Redención

Fernando Gamboa

Redención

Primera edición: junio de 2019

© 2019, Fernando Gamboa
© 2019, Penguin Random House Grupo Editorial, S. A. U.
Travessera de Gràcia, 47-49. 08021 Barcelona

Printed in Spain – Impreso en España

ISBN: 978-84-9129-381-1
Depósito legal: B-10688-2019

Compuesto en Arca Edinet, S. L.
Impreso en Rodesa, Villatuerta (Navarra)

SL 9 3 8 1 1

Penguin
Random House
Grupo Editorial

A mi tío, Carlos Miguel.
DEP

Culpa

Barcelona
17 de agosto de 2017
16:48

Mientras paseaba ociosa con las manos en los bolsillos, curioseando los escaparates de la calle Pelayo en aquella calurosa tarde barcelonesa, Nuria Badal no podía imaginar que, exactamente en dos minutos y treinta y nueve segundos, iba a tomar una dramática decisión que cambiaría su futuro y el destino de todo un país.

Quizá para siempre.

Había perdido de vista a sus amigas, pero en lugar de buscarlas prefirió seguir a su aire, deteniéndose frente al escaparate del Zara y preguntándose, comparando su reflejo con la silueta del estilizado maniquí, si a ella le quedaría igual de bien ese pantalón de lino blanco.

Ladeando la cabeza, concluyó que era demasiado recto y, además, le aplanaría el culo. La única manera de salir de dudas consistía en entrar y probárselo, pero la céntrica tienda estaba en ese momento atestada de gente e imaginó que la cola de los probadores podía ser eterna. Entonces bajó la mirada hasta el cartelito blanco que indicaba el precio y, al ver los 39,90 euros que costaba, se convenció de que en realidad no necesitaba otro pantalón de verano.

En ese instante, el teléfono móvil en el bolsillo trasero de sus vaqueros le avisó con un tintineo de que había recibido un mensaje de WhatsApp. Sacó el smartphone y abrió la aplicación. Laura le había enviado un mensaje, avisándola de que se habían refugiado en el aire acondicionado del Sephora, al otro lado de la calle.

«Voy para allá», tecleó ágilmente, añadiendo una carita feliz al final del mensaje.

Olvidándose definitivamente del pantalón, se dirigió al paso de peatones que tenía justo a su espalda y allí esperó a que el semáforo se pusiera en verde.

A su derecha, un grupo de escandalosas adolescentes inglesas regresaba de la playa con sus toallas al hombro y las mejillas rojas, como si las hubieran abofeteado; mientras que, a su izquierda, un indio sij de barba blanca y aparatoso turbante daba voces a su teléfono sosteniéndolo frente a él. Lo más seguro es que estuviese grabando un mensaje de voz a alguien, pero producía el gracioso efecto de que le echaba la bronca al pobre aparato.

Nuria miró a su alrededor, contemplando distraída la variopinta multitud que desafiaba al calor húmedo de media tarde. La inmensa mayoría eran extranjeros; familias nórdicas rubias y de ojos azules, japoneses recién desembarcados de un crucero, jubilados alemanes con sandalias y calcetines, pakistaníes ofreciendo baratijas con luces, nigerianos vendiendo bolsos de imitación sobre sus mantas…, y sonrió feliz. Le encantaba toda aquella diversidad, la confusión de lenguas y el no ver dos rostros iguales, cada uno de ellos vistiendo, hablando y haciendo lo que le daba la gana.

Entonces el semáforo se puso en verde y se dispuso a cruzar, pero una furgoneta blanca que iba demasiado rápido se detuvo con chirriar de frenos y Nuria se volvió hacia el conductor, reclamándole calma.

Este resultó ser un joven magrebí con cuatro pelos en la perilla y los ojos hundidos que, lejos de prestar atención al semáforo en rojo, tenía la mirada puesta en el techo de la cabina mientras silabeaba para sí, como si estuviera rezando.

Nuria comenzó a cruzar el paso de cebra, pero al pasar por delante de la furgoneta blanca, el joven levantó las manos a la altura de su cabeza y, a continuación, se cubrió el rostro con ellas.

De inmediato acudió a su mente el recuerdo de una película que vio días atrás, en la que un yihadista con chaleco bomba hacía ese mismo gesto, justo antes de inmolarse frente a una mezquita en Irak.

Nuria se quedó clavada en el sitio.

El joven de la furgoneta no parecía llevar ningún chaleco bomba, solo una arrugada camiseta blanca con rayas negras horizontales, y tampoco veía ningún detonador en su mano como el terrorista de la película.

De pronto se sintió mal consigo misma, alarmada por un pobre muchacho que tan solo rezaba en mitad del tráfico, cuando de haber sido un hombre blanco santiguándose, no le habría dado la menor importancia.

Meneando la cabeza, se reprendió a sí misma por ese atisbo de xenofobia, pero en ese momento el joven magrebí retiró las manos de su rostro y, cuando Nuria fue a apartar la vista ligeramente avergonzada, sus miradas se cruzaron.

Justo entonces, el semáforo se puso en verde para los vehículos.

Los ojos hundidos del muchacho se clavaron en ella con un odio indescriptible. De su frente caían regueros de sudor, pero ni el calor de la tarde lo podía justificar. Sus manos aferraron el volante con tanta fuerza que los nudillos se emblanquecieron y en su rostro se formó una mueca cruel, enseñando los dientes con salvaje fiereza.

Nuria supo al instante que algo iba mal con aquel joven.

El resto de los conductores comenzaron a apremiarla con bocinazos para que se quitara de en medio, y solo entonces Nuria se dio cuenta de que aún se encontraba en mitad del paso de cebra.

Al muchacho de la furgoneta no parecía importarle que ella le cortara el paso, solo seguía con sus ojos clavados en Nuria como si pretendiera fulminarla con la mirada.

Los bocinazos de los conductores se convirtieron pronto en voces indignadas, gritándole para que saliera de en medio de una puta vez.

Nuria era consciente del crescendo de los insultos, pero no podía apartar la mirada de aquel muchacho sudoroso que, muy lentamente, comenzó a negar con la cabeza.

Aunque no llevara puesto un chaleco cargado de dinamita, estaba segura de que algo pasaba con él. Algo terrible, que hacía que la mirase como lo haría un depredador a una presa acorralada.

Entonces alguien la cogió del brazo inesperadamente, provocándole un respingo.

—¿Estás bien, niña? —preguntó a su lado una voz de viejecita.

Nuria se volvió hacia ella como si saliese de un sueño.

—¿Eh? —preguntó tontamente—. Sí, estoy bien, gracias. Es solo que… ese hombre trama algo. —Y señaló al joven magrebí.

—Estás cortando el tráfico —le indicó la amable viejecita, tironeando de ella e ignorando la advertencia—. Ven a la acera, hija.

—No, señora. —Nuria se resistió, estirando el cuello en busca de algún policía—. Tengo que avisar. Trama algo, estoy segura.

—Vamos, niña —insistió la frágil abuelita, empeñada en sacarla de en medio.

La mirada de Nuria, sin embargo, no alcanzaba a ver a ningún agente del orden. Solo paseantes indiferentes y conductores cabreados aporreando sus cláxones.

—¡Apártate, imbécil! —le increpó uno de ellos, asomándose a la ventanilla con el puño en alto.

¿Es que nadie más lo veía? ¿Cómo era posible?

Ese joven llevaba la palabra «peligro» escrita en la frente.

Y sus ojos…, esos ojos negros y hundidos, solo podían pertenecer a un loco o a un asesino.

—¡Fuera! —gritaba uno.

—¡Apártate, chiflada! —le exigía otro, entre una sonata de bocinazos y gestos airados.

La anciana desconocida, engarfiada a su brazo con sus dedos huesudos, porfiaba en su empeño de regresar a la acera.

—Vamos, hija —la urgía—. Sal de aquí, que esta gente es muy bruta.

—Pero… —Señaló la furgoneta blanca detenida frente a ella—. El conductor…, yo…

—Que sí, que sí —asintió la terca abuelita—. Pero vamos.

Nuria se sintió impotente ante todo aquello, incapaz de que nadie reparara en lo que veía ni de mantener por más tiempo aquel precario *statu quo*. No tenía sentido permanecer más tiempo bloqueando el tráfico, pues solo conseguiría que algún conductor desquiciado bajara de su coche y la sacara de la calzada a empujones.

—Está bien —claudicó sin quitarle la vista de encima al joven de la camisa a rayas, y regresó a la seguridad de la acera justo cuando el semáforo de los coches se ponía en ámbar.

Memorizó el nombre de la empresa de alquiler de la furgoneta estampado en el costado del vehículo, pero cuando iba a mirar la matrícula este se puso en marcha, justo al cambiar el semáforo a rojo.

Entonces Nuria levantó la vista hacia la cabina del vehículo y, a través de la ventanilla lateral, sus ojos se volvieron a encontrar una última vez con los del muchacho, quien le dedicó una última mirada de desprecio mientras apretaba el acelerador y, con un nuevo chirriar de neumáticos, salía disparado en dirección a Las Ramblas.

Ahora sí, los que estaban alrededor volvieron la cabeza ante aquella ruidosa maniobra. Todos pudieron ver al mismo tiempo que Nuria cómo aquella furgoneta Fiat ganaba velocidad y, saltándose el bordillo de la rambla peatonal, se abalanzaba contra los cientos de personas que allí estaban paseando, lanzándolos por los aires y pasándoles por encima, atropellándolos sin piedad.

Un segundo después comenzaron los gritos.

1

Once años más tarde

Una masa de aire sahariano saturado de polvo y arena en suspensión enrarecía la atmósfera sobre Barcelona, envolviéndola bajo una neblina ocre, densa y caliente.

Había llegado desde el sur la semana anterior como un intangible tsunami que, al alcanzar la ciudad, se había encontrado con las montañas de Collserola cerrándole el paso y estancándose ahí desde entonces. Hacía tanto que no soplaba el viento ni llovía, que aquella pegajosa bruma había terminado por adherirse a cada poro de la ciudad; a los coches, a las calles, a la ropa e incluso al pelo de los peatones, como una capa de sucio maquillaje del que cada noche había que desprenderse al regresar a casa.

La combinación de aquella sucia calima, sumada a la contaminación, la humedad y el intenso calor, resultaba insoportable, y ya no era noticia que las urgencias de los hospitales estuvieran saturadas de niños, ancianos y asmáticos, aferrados a mascarillas de oxígeno en los pasillos y salas de espera.

Ya no se debatía si el calentamiento global era una amenaza real, sino hasta dónde alcanzarían sus efectos y qué se podía hacer para revertirlos. En las redes sociales, incluso, le habían dedicado una apropiada etiqueta al asunto #LaVenganzadelaTierra.

Enjambres de motos, bicicletas y patinetes eléctricos zumbaban nerviosos por la Gran Vía, serpenteando entre el atasco de autobuses y turismos eléctricos, así como los escasos vehículos de gasolina que

14

tenían permiso para circular por el centro en días como ese. Entre todos ellos, el viejo Toyota Prius gris plagado de abolladuras y arañazos que hacía las veces de vehículo camuflado de la policía, con dos agentes de paisano en su interior, era solo uno más entre tantos.

La cabo Nuria Badal se apartó un mechón de pelo de la frente y miró alrededor con sus ahusados ojos verdes. No recordaba un verano tan duro como el que aún estaban sufriendo.

Los habían tenido muy calurosos, cada año un poco más que el anterior, cierto. Pero ya estaban a las puertas del otoño y la pantalla del vehículo policial marcaba unos intolerables cuarenta y cuatro grados centígrados, que la hacían estremecerse ante la perspectiva de salir del vehículo y enfrentarse al mundo exterior.

Aunque sabía que, tarde o temprano, no iba a tener otro remedio.

—Como si no tuviéramos suficiente con la contaminación… —murmuró con fastidio—, solo nos faltaba esto.

—Dicen que es por la inversión térmica —apuntó el sargento David Insúa desde el asiento de al lado, inclinándose hacia adelante para mirar al cielo a través del parabrisas.

—¿Y eso qué quiere decir?

—Ni idea —confesó, sin dejar de contemplar el cielo amarillento—. Lo he escuchado en Google News esta mañana.

—Vaya. Eres un pozo de sabiduría.

—Al menos yo sigo las noticias.

—Como si eso sirviera de algo —masculló Nuria, observando a través de la ventanilla cómo un fulano engominado leía el periódico en el asiento trasero de un estilizado Mercedes, mientras pasaba por su lado conducido por un chófer invisible—. Deberíamos haber esperado hasta la noche para salir y pasado el resto del día en la comisaría, con la nariz metida en el aire acondicionado.

—No podíamos hacer eso —arguyó David, sabiendo que ella ya lo sabía—. El mensaje de Vílchez era urgente.

—¿Crees que se habrá decidido a cantar?

—No lo sé. Pero si es eso, no podemos arriesgarnos a que cambie de opinión.

—Aun así, seguro que dentro de un par de horas seguirá pensando lo mismo —insistió Nuria, solo por pinchar un poco a su compañero—. No acabo de ver la urgencia, y nos habríamos ahorrado el atasco.

En realidad, Nuria no hablaba en serio. No del todo al menos.

Llevaban varios meses sonsacando información con cuentagotas a Vílchez sobre Elías Zafrani, y que este los hubiera convocado en su propia casa era tan arriesgado para él, que solo podía significar que se había decidido a cantar en serio. Tras casi dos años de investigación infructuosa, el testimonio de Wilson Vílchez podría llevar al fin a la cárcel a uno de los grandes capos del contrabando en el área metropolitana de Barcelona.

—Anda, cállate —zanjó David con una sonrisa—. Si te aburres, quita el asistente y conduce tú.

Nuria emitió un gruñido de protesta, pero tomó con ambas manos el volante desactivando el piloto automático.

—¿Por qué puerta quieres que entremos? —preguntó Nuria—. ¿Este u oeste?

David se tomó un segundo para decidirse.

—Por la este. Si atravesamos Villarefu en coche, enseguida darían el aviso de que estamos ahí. Mejor entrar por la puerta este e ir caminando hasta la casa.

—¿Caminando? —resopló, alzando las cejas—. En fin..., tú mandas.

David miró a su compañera de reojo y apuntó una sonrisa cómplice.

Aunque él ostentaba un rango superior, tras años de ser pareja en múltiples investigaciones, se había forjado entre ellos un lazo de confianza y respeto que trascendía cualquier graduación formal. A efectos prácticos, se trataban de igual a igual, y en muy pocas ocasiones David había impuesto su criterio amparándose en el rango.

—Central —dijo Nuria, alzando la voz para que se activasen las comunicaciones—. Aquí cabo Badal, identificación 2117.

—Sargento Insúa, identificación 5862 —dijo David a continuación.

—Aquí, Central. Adelante —respondió de inmediato la voz impersonal de la Inteligencia Artificial en los altavoces del coche.

—¿El sujeto mantiene situación?

—Afirmativo. Su pulsera indica que no se ha movido en las últimas dos horas.

—De acuerdo, gracias. Tiempo estimado de llegada, diez minutos.

—Recibido.

—Central, ¿tendremos visual aérea? —preguntó David.

—Negativo —repuso la voz—. No ha sido autorizado ningún dron de apoyo.

—Menuda sorpresa —rezongó Nuria por lo bajo.

—Por favor, cabo, repita.

—Nada. No ha dicho nada. Manténgase a la espera —atajó David, cortando la comunicación.

Nuria le echó un vistazo a la pantalla del salpicadero, comprobando la señal emitida por la pulsera de Vílchez desde el arrabal.

—¿Para qué preguntas por el dron? —dijo mientras tanto—. Sabes que no hay presupuesto. No iban a autorizarnos uno solo para ir a ver a un posible testigo.

—Me siento más tranquilo cuando hay uno sobre mi cabeza, cubriéndome el trasero.

—Tranquilo —alegó Nuria con un guiño—. Ya me encargaré yo de que no le pase nada a tu trasero.

David le dirigió una mirada evaluadora.

—Prefiero el dron.

Nuria chasqueó la lengua y sus angulosas facciones se dilataron en una amplia sonrisa.

—Mira que eres borde.

El mes anterior David había cumplido cuarenta años, pero si no fuera por las sienes plateadas y el pelo que comenzaba a ralear en la coronilla, mirando su rostro juvenil ausente de arrugas, cualquiera le hubiera echado menos de treinta. Era algo más bajo que ella, así que debió entrar en los Mossos d'Esquadra por los pelos, justo antes de la reunificación de todos los cuerpos de seguridad en la nueva Policía Nacional Unificada.

Su rostro amigable y la sempiterna sonrisa que asomaba en sus ojos grises no se correspondían en absoluto con la supuesta imagen de un tenaz detective, pero esto le resultaba muy útil para pasar desapercibido y no eran pocos los que lo subestimaban a causa de su pusilánime aspecto de vendedor de cosméticos. Un error del que los sospechosos solían salir cuando, sin saber muy bien cómo, de pronto se veían con la cara estampada contra el suelo y las manos esposadas a la espalda.

David era un gran policía, y juntos formaban uno de los mejores equipos del departamento.

—Sal por aquí mismo —le dijo, señalando al frente—, y crucemos por Hospitalet. Tardaremos más, pero será más discreto.

—Buena idea —coincidió Nuria, girando el volante.

En cuanto tomaron la salida, el paisaje urbano mutó como si hubieran aterrizado en una ciudad distinta; descuidados edificios de viviendas subvencionadas, las calles polvorientas, las chilabas, pañuelos y turbantes enmarcando rostros de piel más oscura... A través de los cristales tintados, Nuria contemplaba la transformación de un barrio que recordaba haber visitado con frecuencia diez años antes, allá por el 2019, cuando aún no había ingresado en la academia de policía, y una de sus mejores amigas la invitaba a bebidas gratis en la discoteca donde trabajaba de jueves a domingo. Otros tiempos. Otra vida.

Una vida que comenzó a cambiar pocos años más tarde, cuando casi un millón de refugiados magrebíes cruzaron despavoridos el estrecho en menos de un mes a bordo de cualquier cosa que flotara, huyendo de las atrocidades del Estado Islámico del Magreb.

Por aquel entonces el Gobierno español, paralizado por la avalancha, no pudo hacer nada más que tratar de contener lo incontenible, y para cuando en la Moncloa dieron la polémica orden de detener cualquier barco, lancha o patera que se acercara a las playas usando la fuerza si fuera necesario, ya había cientos de miles de refugiados deambulando por la península ibérica y sin ningún lugar adonde ir, hasta que comenzaron a levantar barriadas de chabolas junto a las grandes ciudades del país.

Una buena parte de ellos construyó una suerte de arrabal de tiendas de campaña y barracas, en lo que hasta entonces había sido el Parque Agrario del Llobregat, a un par de kilómetros al sur de la ciudad.

Seis años después el arrabal aún seguía ahí, y nadie pensaba ya que aquella gente pudiera regresar algún día a unos países que ya ni siquiera existían. Unos países sumidos en el caos que era ahora el norte de África, idéntico al que había empezado veinte años antes en Oriente Medio. La historia no solo se repetía, sino que iba a peor.

Ahora, aquella especie de campo de refugiados improvisado había mutado en un suburbio de casas de madera y bloques de hormigón, y los veinte mil refugiados iniciales se habían convertido en más de sesenta mil niños, mujeres y hombres que amenazaban con desbordar los límites del río Llobregat.

Ante la imposibilidad de cercar un espacio que crecía a ojos vistas, la única solución que aportó el gobierno fue la de sembrar el barrio y sus irregulares límites con postes de vigilancia y sensores, así como instalar puestos de control para los vehículos en los caminos de acceso.

Aquellos postes trufados de cámaras de vigilancia y los controles de carretera mantenían la ilusión de tener Villarefu —así se bautizó popularmente— bajo cierto control, pero la realidad era otra muy diferente. Aunque la mayoría de los refugiados tenían ciertas dificultades para entrar y salir del campo, no sucedía lo mismo con sus actividades legales e ilegales, que eran toleradas con el fin de mantener a la población de su interior justo por encima del umbral de la supervivencia. Sencillamente, dejarles delinquir dentro del barrio resultaba mucho más conveniente a que lo hicieran fuera de él.

El resultado fue que, en la periferia de Villarefu, ya no vivía casi nadie que tuviera alguna posibilidad de hacerlo en otro sitio. Como cangrejos frente a la subida de la marea, parte de la población de las localidades aledañas se habían mudado a otras más apartadas, dejando tras de sí una tierra de nadie de pisos abandonados, donde los españoles que lo habían perdido todo a raíz de la última crisis encontraron un lugar donde instalarse, creando lo que algunos habían bautizado como un «cordón sanitario» entre el arrabal de refugiados y la aún próspera ciudad de Barcelona.

Algo que, aunque pocos reconocieran, a casi todo el mundo le vino muy bien.

—Mis padres vivían a unas pocas manzanas de aquí —dijo por sorpresa David, quizá viendo el gesto en la cara de Nuria—. Junto al campo del Espanyol.

Nuria le devolvió una mirada interrogativa.

—Se volvieron a Galicia en el veinte —añadió, y su voz reflejaba un innegable alivio—. Antes de que todo se fuera a la mierda.

Por un momento, Nuria dudó si al decir «todo» se refería al barrio o al mundo en general. Concluyó que podían ser ambas cosas.

—¿Saliste anoche con Gloria? —preguntó, buscando cambiar de tema.

—No pudimos encontrar a nadie que se quedara con el renacuajo —se lamentó.

—Vaya, lo siento. Pero ya te he dicho que, si alguna vez queréis salir, yo puedo…, ya sabes, quedarme con el niño.

—Ya. Gracias. Quizá un día de estos.

Nuria lo miró fijamente.

—No te fías de mí.

—¿Qué? No. Claro que no es eso.

—No te fías de mí para cuidar de Luisito durante unas horas.

—No, es que… —La miró de reojo—. Vale, sí. Pero admite que no tienes maña con los niños.

—Claro que la tengo. Se me dan muy bien.

David soltó una carcajada.

—Nuria —dijo—. Aún recuerdo el día en que esposaste a uno y le leíste sus derechos.

—Me estaba disparando.

—Con una pistola de agua.

—Podía haber sido gasolina.

—Pero no lo era, y tenía doce años.

—Suficiente para que aprenda que hay que respetar a la policía. ¿Te parece mal eso?

David meneó la cabeza.

—Está bien —claudicó—. La próxima vez que necesitemos niñera, te llamaremos a ti.

—No. No lo harás —rezongó Nuria.

David fue a contradecirla, pero no pudo.

—Tienes razón. —Sonrió con franqueza—. No lo haré.

En ese momento, la pantalla les indicó que giraran a la izquierda y Nuria tomó el desvío, adentrándose en un polígono industrial de antiguas naves de ladrillo con techos de dos aguas abandonadas a su suerte. Los cadáveres huecos de la automatización y el proteccionismo económico, que se había llevado las fábricas de vuelta a Alemania, Japón y Estados Unidos.

Aunque, si la última crisis había sido brutal en Occidente, en Oriente estaban de mierda hasta el cuello y la hambruna diezmaba a la población desde China a Pakistán, como una plaga sin visos de solución.

Quinientos metros más allá llegaron al final del antiguo polígono industrial, cruzaron uno de los puentes que atravesaban el río y, siguiendo una bacheada carretera, pronto tuvieron frente a sí la irregular silueta de Villarefu; una destartalada urbe de tejados de chapa dominada por mástiles de acero de veinte metros de altura erizados de cámaras.

Con el paso del tiempo, aunque el campo había sido levantado por refugiados magrebíes y subsaharianos que huían de la guerra, también acabaron por instalarse en él un número indeterminado de chinos, latinos y pakistaníes dedicados al trapicheo, las falsificaciones y el tráfico de cualquier cosa con la que pudiera traficarse.

Allí donde hubiera una necesidad, siempre aparecía alguien dispuesto a hacer negocio. Una ley tan inamovible como la de la gravedad o la de Murphy.

Frente a ellos, la entrada principal con sus intimidantes torres de vigilancia era el lugar por el que estaba obligado a pasar todo el tráfico de mercancías entrante o saliente. Un cuello de botella donde una docena de camiones esperaban su turno para ser registrados por un puñado de aburridos guardias privados de seguridad, con tan pocas ganas de revisar nada como los camioneros de que los revisaran.

—Puñeta —masculló Nuria, evaluando la hilera de camiones que se interponía entre ellos y la entrada principal—. Esto puede llevarnos más de una hora.

—Vamos a la entrada sur —indicó David—. Allí nunca hay nadie.

Nuria asintió y, sin decir nada, dio media vuelta al vehículo y tomó un desvío que los condujo a una carretera perimetral.

—¿Te acuerdas de cuando todo esto eran campos de cultivo? —preguntó David mientras lanzaba una mirada al imponente cercado.

—Claro que me acuerdo, no soy tan joven.

—Si me hubiesen dicho entonces que años más tarde iba a convertirse en una jodida favela…, no me lo habría creído.

—Ya —coincidió Nuria—. Supongo que, a pesar de todo, siempre se piensa que algo así nunca pasará cerca de tu casa.

21

—Hasta que pasa —concluyó David con un rastro de melancolía.

El Prius rodaba a treinta kilómetros por hora, sufriendo los irritantes badenes negros y amarillos dispuestos cada cincuenta metros. A esa velocidad, Nuria tuvo tiempo de observar los cambios desde la última vez que vino, tan solo unos meses atrás. Ya casi no quedaba ninguna de aquellas tiendas de campaña blancas de ACNUR, las chabolas se habían multiplicado y buena parte de las precarias construcciones de bloques de hormigón habían crecido una e incluso dos plantas. Una vez el campo había alcanzado el límite de las autopistas y el río, simplemente empezó a crecer hacia el único lugar que podía. Hacia arriba.

—La vida se abre camino —murmuró Nuria.

—¿Decías?

—Perdona, yo… pensaba en voz alta. En lo que ocurrirá cuando ya no quepa más gente.

—Supongo que se irán a otro sitio.

—¿Adónde?

—No sé, Nuria. —David chasqueó la lengua—. Algo harán. Pero tampoco es que tú y yo podamos hacer nada al respecto, ¿no? Suficiente tenemos con lo nuestro.

Un kilómetro más allá, Nuria detuvo el vehículo con suavidad junto al acceso de la puerta sur, más pequeño y, como esperaban, con poco tráfico.

Un obeso guardia de seguridad, enfundado en un aparatoso chaleco antibalas y con un lector de tarjetas en la mano, abrió la puerta de su garita acristalada y se aproximó con fastidio al Prius.

—¿Tienen pase? —le espetó a Nuria en cuanto bajó el cristal de su ventanilla.

Esta sacó la identificación de la policía de su bolsillo, plantándosela teatralmente ante las narices.

—Ah, vale. De acuerdo. Les había tomado por… —El guardia calló cuando se dio cuenta de que estaba farfullando.

Nuria respondió alzando las cejas con impaciencia.

Acto seguido, el guardia de seguridad dio un paso atrás y accionó la puerta con el control remoto; haciendo ese gesto tan típico con la mano para que pasaran adelante, como si se tratara de un acto de magnanimidad personal.

Nada más franquear el acceso, el Prius comenzó a traquetear por la irregular grava que cubría las calles del arrabal.

Villarefu era, a efectos prácticos, una ciudad en sí misma habitada por los parias que habían pagado los platos rotos del calentamiento global, que había empujado hacia el norte de África a cien millones de subsaharianos desesperados por el hambre y la sequía.

Aquella fue una migración como nunca el mundo había visto antes, y provocó una reacción en cadena que terminó con sendos golpes de Estado en Marruecos y Argelia. Luego llegó la guerra civil en ambos países y, como postre, el renacimiento del Estado Islámico del Magreb, que, como en Siria quince años antes, había aprovechado el río revuelto para sembrar el caos y el terror con el Corán en una mano y el kalashnikov en la otra.

La siguiente pieza de aquel perverso dominó cayó cuando casi un millón de refugiados magrebíes, huyendo de la guerra, se abalanzaron sobre las cercanas costas españolas en cualquier cosa que flotara, como una versión desesperada del desembarco de Normandía.

Las desordenadas calles de Villarefu estaban tan vacías como era previsible a aquella hora y con el termómetro saliéndose de la escala. Solo dispersos grupitos de hombres en chilaba fumando a la sombra de alguno de los escasos árboles o el rumor de las televisiones a todo volumen hacían pensar que el lugar no había sido abandonado a toda prisa por alguna emergencia.

Nuria observó que la pantalla del navegador del Prius ya no mostraba ninguna calle ni estructura, como si aquello aún siguiera siendo el campo de labranza que fue una vez y a Google no le hubiera merecido la pena actualizarlo en sus mapas, ya que, al fin y al cabo, nadie vivía legalmente allí. Nadie que les importara, al menos.

Justo delante, la irregular calzada se estrechó hasta ser solo un poco más ancha que el vehículo.

Nuria detuvo el coche.

—¿Cuánto hay hasta la casa de Vílchez? —preguntó, mirando aprensiva al exterior, como si se hallara en mitad de un campo de minas.

David desplegó su móvil y comprobó la pantalla.

—Setecientos veintidós metros.

—Joder.

—No seas quejica. ¿Llevas puesto el chaleco?

—¿El chaleco? ¿Con este calor?

—¡Maldita sea, Nuria! —exclamó furibundo—. Ni se te ocurra salir del coche sin llevar puesto el...

Antes de que terminara la frase, esta sonrió levantándose la camiseta para mostrarle el grueso tejido negro del chaleco antibalas.

—¿Por qué te gusta hacerme estas bromas? —rezongó David—. Sabes que no me hacen ni puñetera gracia.

—Pero a mí sí. —Ensanchó la sonrisa, y llevándose el índice a la frente añadió—: Y, además, se te infla una vena aquí mismo que...

David sacudió la cabeza teatralmente.

—Madre mía..., lo que tengo que aguantar.

Con un golpecito abrió la guantera y sacó la mascarilla anti-polvo y sus gafas glasscam reglamentarias, con la minicámara y el auricular que le serviría para estar conectado en todo momento con Nuria y con la Central.

Ella ya había hecho lo propio, y su voz resonó dentro de su cabeza.

—Uno, dos. Uno, dos, ¿me copias? —dijo, con la voz algo ahogada por la mascarilla.

—Alto y claro —contestó—. ¿Central?

—Les recibo a ambos. Activen cámaras.

Los dos policías presionaron el botón rojo sobre el puente de sus gafas, poniendo en marcha el diminuto dispositivo de grabación. Todo lo que vieran y escucharan desde ese momento quedaría regis-trado y serviría de prueba ante un tribunal.

Calándose una sucia gorra del Barça, David se volvió hacia su compañera.

—¿Lista?

Esta asintió, acomodando la coleta castaña amarilleada por el sol bajo su propia gorra de Bob Esponja.

—Vamos allá.

2

Aunque ya se lo esperaba, el golpe de calor al salir del coche fue como un puñetazo en pleno rostro. La analogía estaba muy trillada, pero a Nuria solo se le ocurrió compararlo con meter la cabeza en el horno.

Un horno hediondo, en este caso.

—Dios, qué peste —protestó de inmediato, apenas conteniendo el impulso de llevarse la mano a la nariz.

David le señaló con la cabeza una montaña de bolsas de basura rodeando unos contenedores y sobrevolada por un puñado de gaviotas carroñeras.

—Lo extraño sería que no oliese.

—Joder —resopló Nuria—. Con este calor y encima ese olor nauseabundo...

—Les pondremos una mala reseña en Tripadvisor —zanjó David—. Y ahora vamos. Acabemos con esto cuanto antes.

Dejando atrás el vehículo, se pusieron en marcha y siguieron la ruta que aparecía sobreimpresionada en el cristal de sus gafas, dirigiéndolos a su destino.

Las polvorientas calles de tierra compactada se estrechaban a medida que se adentraban en aquella ciudad de gente sin patria, derechos, ni demasiadas esperanzas. No resultaba un lugar especialmente peligroso, pero no estaba de más estar alerta. Se veía a kilómetros que eran policías, y siempre cabía la posibilidad de que a algún exaltado se le ocurriera una idea estúpida.

A cada lado de la calle se sucedían casuchas de una sola planta levantadas con restos de obra y techos de chapa, aunque no eran pocas las que podían presumir de muros de madera e incluso, excepcionalmente, de paredes de bloques de hormigón y ventanas enrejadas. Algo que, para el resto de los habitantes del barrio y por simple comparación, las hacía parecer lujosas villas.

Nuria apostó consigo misma a que la relativa prosperidad de los dueños de esas casas se debía a negocios ilegales, y que con una orden de registro seguro que encontraría en ellas estupefacientes, dinero negro y software ilegal.

Pero no había ido allí para eso.

El objetivo esta vez era encontrarse con Vílchez y arrancarle un testimonio que pudiera servir ante un juez, si no para encerrar a Elías Zafrani de por vida, sí al menos para sacarlo de circulación durante una temporada.

Los que trabajaban para Elías, o le eran muy fieles o le tenían tal miedo que resultaba imposible sonsacarles una sola palabra sobre su jefe. Ni a mencionar su nombre se atrevían. De modo que la oportunidad de lograr el testimonio de Vílchez para que lo incriminara en algún delito era demasiado buena como para pasarla por alto.

—Cantamos como dos moscas en la sopa —dijo Nuria, en un susurro que le llegó a David por el intercomunicador de su oído—. No hay ni un alma en la calle.

—Con el calor que hace, lo raro es que hubiera alguien.

—Eso, o que nos han visto llegar y se ha corrido la voz. —Nuria dirigió un rápido vistazo a su compañero y luego a sí misma—. Llevamos la palabra *madero* escrita en la frente.

Ambos vestían tejanos gastados, camisetas viejas y zapatillas deportivas, pero cualquiera que los estuviera observando no dudaría de que eran forasteros.

Y solo había una clase de forasteros que se adentrasen en Villarefu de una forma tan despreocupada.

—Ya me he dado cuenta —concluyó David—, pero no podemos hacer nada al respecto.

—Solo espero que nuestro amigo no se asuste. No me haría gracia tener que... —comenzó a decir, con la vista puesta en su móvil—. ¡Mierda!

—¿Qué?

Nuria le mostró la imagen en la pantalla. Ningún punto rojo parpadeaba en ella.

—¡Joder! —exclamó David—. ¡Central! ¡Hemos perdido la señal del sujeto!

—Afirmativo. La señal ha desaparecido. Su pulsera ha sido desactivada.

David y Nuria intercambiaron una mirada de preocupación.

Solo había dos razones por la que una pulsera de actividad se desconectaba de una manera tan brusca: porque su portador pretendía ocultarse o porque dejaba de respirar. Ninguna de las dos posibilidades auguraba nada bueno.

Sin necesidad de hablarlo, desenfundaron sus armas al unísono adoptando una postura defensiva y apoyaron la espalda contra la pared más cercana.

—Central —dijo Nuria, percibiendo cómo una corriente de adrenalina se extendía por todo su cuerpo—, envíenos la última posición conocida de la señal.

—Enviando —contestó la voz impersonal en los oídos de ambos, y un segundo más tarde un círculo negro apareció en la pantalla, a menos de doscientos metros de donde se encontraban.

Con un breve cruce de miradas se lanzaron a la carrera siguiendo la señal, torciendo a izquierda y derecha, sin preocuparse ya de llamar la atención o de que a su paso algunas cabezas se asomasen a las ventanas.

Al cabo de tres minutos de serpentear entre chabolas y callejones se apostaron frente a la vivienda de Vílchez, una estrecha casa de bloques de hormigón sin espacio para ventanas y encajonada entre otras dos de similar aspecto.

—Es aquí —informó Nuria, señalando la descascarillada puerta de madera.

Un candado oxidado colgaba del extremo de la cadena suelta que hacía las veces de cerradura, señal de que el propietario se hallaba en el interior.

—A la de tres —susurró la voz de David en los auriculares de Nuria.

Esta asintió conforme, pero sin dar tiempo a reaccionar a su compañero, exclamó:

—¡Tres! —Y propinó una patada a la puerta.

Con los brazos extendidos y sujetando su Walther PPK frente a ella, Nuria irrumpió en la vivienda.

No había luces encendidas ni ventanas, y solo por la puerta abierta penetraba la luz del exterior, enmarcando su sombra como si hubiera un foco encendido a su espalda.

Se hizo a un lado para permitir el paso de David, que, al pasar junto a ella, le murmuró al oído:

—Ya hablaremos tú y yo.

Sin detenerse, David avanzó con precaución hasta situarse en mitad de la estancia. Lo que debía ser el salón de la casa era tan solo una habitación de cuatro paredes decoradas con un par de afiches de Pío XIII en actitud beatífica y un calendario del año anterior con una latina de grandes pechos subida en una Harley. De la pared colgaba una solitaria foto sin marco, en la que aparecía el propio Vílchez delante de una iglesia junto a una señora de mediana edad de rasgos andinos y tres niños de distintas edades, todos vestidos de domingo.

El lugar olía a cerrado, a moho y a fruta podrida, algo comprensible en una casa sin una sola ventana. En el centro de la sala, como un patético islote, descansaba una mesa de plástico rojo con el logo de Coca-Cola, flanqueada por dos roñosos taburetes de madera. Bajo un espejo picado en la pared opuesta, se amontonaba una montaña de ropa, zapatos viejos y basura al costado de una televisión apoyada sobre un cajón de fruta vacío.

Una bombilla desnuda colgaba del techo como una pera blanca y triste, pero no había interruptor a la vista ni tiempo para buscarlo.

Mientras, desde algún lugar, una radio atronaba con la última canción del verano a ritmo de cumbia.

Sé que no te dije que vendría.
Sé que no sabías que estaba aquí.
Pero mira, linda, ya tú sabes.
Ya tú sabes que yo soy para ti.

David se bajó la mascarilla y se llevó el índice a los labios, señalando el pasillo que se abría al otro extremo. Luego se señaló a él mismo y abrió los ojos exageradamente a modo de advertencia. Esta vez, él iría primero.

Los punteros láser de ambas pistolas trazaron dos finísimas líneas rojas en la oscuridad, haciendo brillar motas de polvo al rasgar las sombras del corredor.

El calor dentro de la casa resultaba algo menos asfixiante que en el exterior, pero, aun así, gotas de sudor perlaban la frente de Nuria. Se las secó con el dorso de la mano antes de que le cayeran en los ojos, pero sentía cómo la humedad resbalaba por su nuca, cuello abajo, y le empapaba la piel bajo el agobiante chaleco antibalas.

La tablazón de madera del suelo crujía a cada paso, haciendo inútil cualquier intento por no desvelar sus movimientos. Aun así, avanzaron por el pasillo muy despacio, uno al lado del otro, barriendo el aire con sus haces de láser, pero sin lograr ver mucho más allá de la mira de sus pistolas. Aquella casa había sido levantada en el poco espacio que separaba las dos viviendas que la ceñían, quizá ocupando lo que había sido un simple callejón, quedando poco más que un interminable pasillo que no estaba claro dónde podía terminar.

—Central —susurró David—, ¿aparece alguna otra señal en nuestra posición?

Silencio.

—¿Central? —insistió David, alzando un poco la voz—. ¿Me oye?

Solo un ligero rumor de estática en el límite de lo audible.

—Central, aquí la cabo Badal —probó esta vez Nuria—. ¿Me recibe?

Más estática.

—Parece que los dos hemos perdido la conexión —confirmó, volviéndose hacia David.

—Qué raro —dijo dando unos golpecitos a su pulsera, que también mostraba el símbolo de ausencia de señal—. Esto no me había pasado nunca.

—Se habrá caído la red —aventuró Nuria.

—Supongo —coincidió David, incapaz de hallar otra explicación.

—¿Y qué hacemos? ¿Seguimos adelante?

David asintió decidido.

—Por supuesto —afirmó, poniéndose de nuevo en marcha.

Hombro con hombro se adentraron en el interior de aquella casa, que a Nuria le recordaba a una suerte de enorme madriguera.

Dieron un cuidadoso paso tras otro. Lentamente.

El aire, caliente y espeso, los envolvía como el último hálito de un muerto.

El rumor de una telenovela africana parloteaba sin sentido en una lejana televisión.

Había una irreal ausencia de ruidos y voces casuales, como si el vecindario al completo mantuviera un silencio expectante, aguardando el desenlace de aquel drama con las orejas pegadas a la pared.

Y por encima de todo ello la insoportable sensación de que, oculto entre las sombras, alguien los observaba en silencio.

Nuria tensó la mandíbula, diciéndose a sí misma que tenía que dejar de imaginar cosas.

Pero la voz quebrada de su compañero le reveló que no era la única en hacerlo:

—Creo que deberíamos…

¡Crac!

Un estampido como de maderas rotas retumbó como un disparo al final del pasillo.

—¡Policía! —bramó David hacia la nada—. ¡Salga con las manos en alto!

Silencio.

—¿Wilson Vílchez? —intervino Nuria en tono conciliador—. ¿Está usted ahí? No tenga miedo. Solo queremos hacerle unas preguntas.

Silencio.

Esperaron una respuesta durante varios segundos. En vano.

—Joder —masculló Nuria entre dientes—. A la mierda con todo.

Y de nuevo, antes de dar tiempo a David, adelantó a su compañero y, en tres zancadas, se plantó frente a un umbral cerrado con una pesada cortina.

El interminable pasillo aún se prolongaba más allá, pero en cuanto David se situó a su lado —esta vez no dijo nada—, Nuria apartó la cortina con el cañón del arma y asomó la cabeza al interior.

Situada en la esquina del techo, una diminuta abertura permitía que la luz del día se difuminase por la habitación revelando la presencia de cubos de plástico, una nevera, un hornillo de gas conectado a una bombona de butano y ollas y platos sucios desperdigados sobre una cochambrosa encimera.

—Cocina —informó Nuria escuetamente, para añadir de inmediato—. Despejado.

Dejó caer la cortina y devolvió su atención al tenebroso pasillo.

Angosto.

Oscuro.

Hosco.

Irradiando la sensación insoslayable de que un par de ojos los acechaban.

Y algo más.

Un desagradable gorgoteo, o quizá un gemido ahogado en los límites de la percepción. Sonidos que no podía discernir si eran reales o fruto de su imaginación.

Ignorando todo aquello, Nuria siguió a David cuando este avanzó con paso decidido.

Aquel absurdo pasillo que parecía no terminar nunca serpenteó hasta desembocar frente a una nueva estancia, también cerrada por una cortina de hule.

Esta vez fue David quien la hizo a un lado, pero en esa ocasión no había ni rastro de luz en la habitación.

Nuria se situó junto a él y, sin dejar de apuntar al interior, desplazó la mano izquierda por el marco de la puerta hasta localizar lo que estaba buscando. Un cable pegado a la pared que siguió a tientas hasta que alcanzó un interruptor. Lo accionó, y una bombilla de bajo consumo se encendió en el techo, iluminando la estancia.

David dio un paso atrás, sobresaltado.

—Dios mío… —musitó Nuria con voz ahogada, conteniendo una arcada.

3

Habían encontrado a Wilson Vílchez.

Lo que quedaba de él, al menos.

Sobre una vieja cama, el cuerpo sin vida de un hombre de mediana edad y rasgos amerindios, atado de pies y manos, teñía el colchón con la sangre que aún le manaba del cuello, rajado de oreja a oreja como una siniestra sonrisa escarlata.

Pero lo que de verdad horrorizó a Nuria es que el asesino no se había contentado con degollar a su víctima. Luego había introducido la mano por la garganta abierta del desdichado, había cogido su lengua y se la había sacado por el corte del cuello, por donde ahora asomaba como una burla macabra.

En cuanto fue capaz de sacudirse el asco y el estupor, enfundando el arma, Nuria se adelantó a tomarle el pulso al cuerpo. No fue ninguna sorpresa para David que ella levantara la vista negando con la cabeza.

—Aún está caliente —dijo volviéndose.

—Central —informó David—. Envíen un equipo forense a estas coordenadas. Tenemos un cadáver.

—…

—¿Central?

—…

—Mierda. Seguimos sin señal.

Nuria comparaba mientras tanto la imagen de Vílchez en su teléfono con la del hombre degollado en la cama.

—Confirmado, es Vílchez —certificó.

—Estupendo —bufó David.

Durante unos instantes ambos guardaron un incómodo silencio, permitiendo que los gritos de la telenovela ocuparan el espacio de aquella habitación, como un falso eco de lo que allí había sucedido minutos antes.

—Una corbata colombiana —dijo él.

—¿Cómo dices? —preguntó Nuria, creyendo haber oído mal.

—Esto que le han hecho con la lengua… —Tragó saliva sobrecogido, pero sin poder apartar la vista del cadáver—. Se llama corbata colombiana. Es un mensaje. Una advertencia.

—¿Una advertencia? ¿Para quién?

—Para todos —dijo volviéndose hacia Nuria—. Es una forma de sugerir lo que le sucederá a cualquiera que tenga intención de colaborar con la policía. Pero sobre todo… —se pasó la mano por la frente, enjugándose el sudor— es un mensaje hacia nosotros.

Nuria volvió a mirar aquella lengua asomando por la garganta como una grotesca mueca, y comprendió a lo que se refería su compañero.

—¿Tú crees que…?

¡Craaac!

Un crujido seco de madera interrumpió la frase antes de que pudiera terminarla.

En un acto reflejo Nuria desenfundó de nuevo la pistola y se pegó a la pared.

David había hecho lo propio, situándose junto a la puerta con su arma en las manos.

Haciéndole una señal con la cabeza a Nuria, esta le cubrió mientras él irrumpía en el pasillo y apuntaba con su pistola a la oscuridad.

—¡Policía! —exclamó de inmediato—. ¡Identifíquese y salga con las manos en alto!

Nuria salió tras él situándose a su espalda, también apuntando hacia la entrada.

Nadie contestó.

—La puerta —susurró David.

Ella tardó un segundo en comprender a qué se refería.

La puerta de la casa, la que ella había abierto momentos antes de una patada, ahora estaba cerrada.

Alguien la había cerrado mientras ellos estaban dentro.

Alguien que quería mantenerlos a oscuras.

—Joder —masculló Nuria entre dientes—. Las linternas están en el coche.

—Enciende tu móvil —la apremió David.

—¿Para qué...?

—Ponle la linterna y lánzalo ahí —explicó antes de que terminara la frase.

Adivinando lo que pretendía su compañero, Nuria lanzó su teléfono varios metros hacia adelante.

La luz de la linterna se quedó alumbrando en mitad del pasillo, pero aparte de las telarañas del techo no reveló nada.

Ambos aguardaron en silencio y sin mover un músculo durante más de treinta segundos.

—Quizá se haya cerrado sola —aventuró David, convenciéndose a sí mismo—, y el ruido haya venido de la casa de al lado.

—Quizá.

—Sería absurdo que, teniendo la oportunidad de escapar, quienquiera que le hizo eso al testigo no lo haya hecho ya.

—Claro.

—Absurdo —repitió.

Por primera vez en los más de dos años que ambos llevaban siendo compañeros, Nuria percibió un rastro de temor en la voz de David. Habían estado en situaciones peores, sin duda, incluso en un par de tiroteos, pero entonces habían actuado por instinto sin detenerse a pensar en lo que estaban haciendo y el miedo había llegado luego, cuando las balas dejaban de silbar en el aire y la adrenalina desaparecía.

Pero ahora, apuntando hacia un simple pasillo envuelto en sombras, todas las posibilidades de lo malo que podía llegar a suceder se abrían como un tétrico abanico.

«Y en la Central ni siquiera saben que estamos aquí dentro», pensó Nuria con inquietud.

—¿Qué hacemos? —preguntó en un susurro.

Gracias a la débil luz que llegaba desde la habitación a su espalda, pudo ver cómo David cerraba los ojos un instante y respiraba hondo, antes de decir:

—Solo podemos hacer una cosa.

Moviéndose con extrema cautela, atentos a cualquier ruido o movimiento, desanduvieron el sinuoso pasadizo en dirección a la entrada. Resultaba una pésima idea enfrentarse casi a ciegas a una situación desconocida y sin apoyo alguno. Ateniéndose al manual, podrían haberse quedado en la habitación del difunto esperando la llegada de refuerzos. Oficialmente, nadie podría haberles recriminado su actitud.

Extraoficialmente, sin embargo, la cosa era muy diferente.

Las cámaras de sus gafas estaban registrando todo lo que sucedía en el interior de la casa y para cualquiera que revisara las imágenes grabadas hasta ese momento, sentado cómodamente ante su escritorio de la comisaría, habrían parecido un par de viejecitas asustadas por un portazo.

No. Definitivamente, no podían quedarse escondidos. Habrían sido el hazmerreír de sus compañeros y la sombra de la cobardía habría planeado sobre ambos hasta el fin de sus carreras.

—¿Ves algo?

—No veo una mierda —rezongó David.

Los punteros láser de sus pistolas trazaban erráticas formas frente a ellos, pero no aportaban la más mínima información sobre lo que tenían delante.

Sin embargo, a cada nuevo paso que daban, y ante la ausencia de movimiento o nuevos ruidos, se sentían más confiados y serenos.

Así, pasaron junto a la pequeña cocina y llegaron de nuevo a la estancia que hacía las veces de salón recibidor.

El cantante de la radio berreaba su absurdo estribillo.

Lindaaaa, tú sabes que te quieroooo.
Y aquí yo estoy enteroooo.
Entero para tiii...

Una vez ahí, comprobaron que todo se hallaba igual que antes y que, por supuesto, estaban solos en la casa.

—Bueno... —resopló David con alivio mal disimulado, bajando el arma—, pues ya está. Aquí no hay nadie más que nosotros.

—Jodida puerta —renegó Nuria, abriéndola de nuevo y tratando de atrancarla para que no volviera a cerrarse sola—. Menudo susto nos has dado.

Una nube de polvo irrumpió en la chabola junto con la luz del día, y Nuria se tomó un momento para habituar la vista mientras dejaba que el calor evaporase las gotas de sudor de su frente.

—¿Sabes? —dijo a continuación, volviéndose hacia David—. Cuesta creer que...

Y la frase murió en sus labios.

David se encontraba de pie en el centro de la habitación, detrás de la mesa de plástico. El rectángulo de luz de la puerta impreso contra el suelo le alcanzaba justo la punta de los zapatos y, desde ese punto, la luz disminuía a medida que ascendía como si no tuviera el valor de ir más allá.

La mirada de Nuria fue ascendiendo por los pantalones tejanos de David, el llavero de Toyota colgando del bolsillo, el cinto con la pistola enfundada, la camiseta manchada de sudor, los hombros, el cuello... y, apoyada sobre su yugular, el frío reflejo de una navaja de barbero por cuyo borde corría una oscura gota de sangre.

Antes de que ningún pensamiento consciente acudiera a su cabeza, Nuria levantó el arma por puro reflejo y no fue hasta entonces que sus ojos se encontraron con los de David.

Unos ojos que reflejaban desconcierto, pero sobre todo un gran enfado consigo mismo por haberse dejado sorprender como un novato. En ellos Nuria no vio miedo, sino una disculpa.

—Lo siento... —masculló, temiendo que alzar la voz pudiera aumentar la presión de la cuchilla contra su garganta.

Nuria dejó de mirar a su compañero y fijó la vista en aquella amenazadora navaja, que parecía capaz de rebanar el cuello de David sin el menor esfuerzo.

Recorrió con la vista el filo de acero hasta el mango, donde una mano de dedos finos y uñas manchadas con la sangre de Vílchez conducía a un brazo que, rodeando el torso de David, iba a parar a un hombre parcialmente oculto tras el cuerpo de su compañero, mostrando la mitad de su rostro.

Al contrario de lo que hubiera sido de tratarse de la escena de una película, el semblante que asomaba a medias no era el de un bruto de nariz chata cargado de pendientes y tatuajes, con una gran cicatriz cruzándole la mejilla.

El hombre que había degollado a Vílchez, y que ahora sostenía la navaja de barbero contra la yugular de David, era tan vulgar que no habría merecido una segunda mirada de haberlo visto en una rueda de reconocimiento. De unos cuarenta años, cabeza afeitada y una nariz fina, en la que se apoyaban unas gruesas gafas de pasta que le conferían el desconcertante rostro de un profesor universitario, y todo ello enmarcado por una poblada y cuidada barba a la última moda.

Unos ojos azules inyectados en sangre que la evaluaban impávidos contradecían su aspecto inofensivo. Unos ojos que parecían valorar si tenían enfrente a una posible amenaza o una nueva víctima; tratando de adivinar su reacción si mataba a su compañero o quizá calculando el tiempo que tendría para abalanzarse sobre ella antes de que realizara el primer disparo. Porque ambos sabían que no tendría tiempo para realizar un segundo.

Respirando hondo, Nuria situó el punto rojo de la mira de su arma justo en mitad de la frente del asesino.

Con una voz queda y calmada que le sorprendió a ella misma, dijo:

—Suéltalo ahora mismo —le ordenó con una firmeza que excluía cualquier negociación—. Levanta las manos, tira la navaja y da un paso atrás. Ahora.

La respuesta del hombre fue una sonrisa de suficiencia, mostrando una dentadura blanca y perfecta.

Aquel gesto le reveló que el tipo estaba encantado de encontrarse en esa situación: con su navaja en el cuello de un policía mientras le apuntaban a la cabeza a menos de cuatro metros de distancia.

Concluyó que debía tratarse de un psicópata o de un asesino profesional. Aunque con la suerte que tenía, probablemente fuera ambas cosas a la vez.

Nuria desvió la vista un instante hacia el fondo del salón, y se dio cuenta de que lo que antes era un gran montón de ropa y basura, ahora estaba desperdigado por el suelo de la habitación. Era ahí donde se había escondido. Donde los había esperado.

Tuvo la oportunidad de escapar tranquilamente, pero en cambio había decidido esperar y atraerlos, como una araña a un par de estúpidas moscas. Con un escalofrío que le congeló el corazón, Nuria comprendió que en ningún momento había pretendido escapar. Muy al contrario, él *quería* estar ahí.

4

No te lo volveré a repetir. Suelta la navaja ahora mismo.

David fue a decir algo, pero al hacerlo la navaja de barbero se desplazó unos milímetros causando un fino corte por el que empezó a manar sangre. Sus ojos se abrieron desorbitados.

—Shhh… —dijo el asesino.

Nuria se esforzaba por conferir a su voz una calma imposible. Sentía cómo las palabras salían de su boca con un ligero temblor.

—Escúchame bien… No tienes escapatoria. —No podía mostrar debilidad ante un maníaco, primera página del manual de psicología criminal—. Pero si tiras la navaja ahora, tendrás una oportunidad de salir vivo de aquí.

El asesino volvió a sonreír, y Nuria comprendió que por ese camino no iba a llegar a ningún sitio.

El problema es que no había más caminos.

En ese momento llegó hasta sus oídos el inconfundible rumor de sirenas de policía acercándose en la distancia.

Esforzándose por no resoplar de puro alivio, Nuria imaginó que, al cortarse la señal de comunicación con la Central, debieron enviar unidades a su última posición conocida.

—En dos minutos esto estará lleno de policías —le dijo con renovada confianza—. Si para entonces no te has rendido, entrarán por esa puerta una docena de compañeros deseando apretar el gatillo y no te puedo garantizar que alguno de ellos no lo haga.

El hombre inclinó la cabeza como un sabueso que escuchara un silbido lejano, pero no reaccionó en absoluto a las palabras de Nuria o al creciente ulular de sirenas.

Por un instante, Nuria temió hallarse frente a un asesino sordo.

Pero no podía ser.

O quizá…

—¿Hablas mi idioma? —preguntó.

El tipo clavó sus ojos en ella con renovada intensidad, insinuando el pico de una sonrisa, pero ni una palabra salió de su boca. Sin embargo, volvió a deslizar la navaja sobre la garganta de David y un hilo de sangre resbaló por su cuello, brotando del nuevo corte.

Los ojos del policía parecieron a punto de salirse de sus órbitas al sentir el frío filo del acero cortando su piel.

—Nu… ria… —gimió tembloroso por sus labios entreabiertos.

—¡No hagas eso hijo de puta! —rugió ella, dando un paso hacia adelante y acortando aún más la distancia que los separaba, firme el arma en sus manos.

La expresión satisfecha del asesino la llevó a intuir que eso era justo lo que pretendía.

Consciente de la inmediata llegada de las patrullas policiales, estaba incitándola a deshacer aquel precario *statu quo* con un movimiento precipitado. Provocándola para que cometiera un error.

Mirando a los ojos enrojecidos de aquel individuo de aspecto anodino, que había degollado y mutilado a un hombre tan solo unos minutos antes y ahora hacía frente al cañón de su arma con la absurda indiferencia de un loco, Nuria comprendió que aquello no iba a terminar bien de ninguna de las maneras.

Jamás se rendiría.

Degollaría a David de un tajo rápido y luego se abalanzaría sobre ella, y lo haría antes de la llegada de los refuerzos.

Era cuestión de segundos.

El corazón de Nuria palpitaba desbocado en su pecho.

La pistola que sujetaba pareció multiplicar su peso por diez y comenzó a temblar en sus manos.

Una gota de sudor le resbaló por la frente hasta el ojo derecho, haciéndola parpadear de forma instintiva.

Y esa fue la oportunidad que el asesino esperaba.

Nuria lo vio en sus ojos un momento antes de que hiciera cualquier movimiento.

Un aullido de rabia estalló en su pecho cuando aquel loco reflejó una mueca cruel en sus labios y entendió que David, indefenso como un muñeco de trapo, estaba a punto de morir.

Solo había una cosa que podía hacer.

Fijó su vista en el punto rojo de la mira que brillaba en la frente del asesino y, tensando los músculos de los antebrazos, apretó el gatillo con decisión.

Pero justo en el preciso instante en que el percutor golpeaba el cartucho, impulsando la bala de plomo con un seco estampido fuera del arma, Nuria descubrió horrorizada que su objetivo ya no estaba ahí.

En la décima de segundo que su dedo índice había necesitado para ejecutar la orden del cerebro de disparar, el asesino, anticipando su reacción, se había desplazado con increíble rapidez hacia su izquierda usando al propio David como contrapeso.

Cuando el proyectil salió de la boca de la pistola entre una nube de humo de pólvora, era ya la cabeza del policía la que se interponía en su trayectoria.

El puntero rojo del láser era un heraldo de la muerte señalando el destino justo entre los ojos suplicantes de David, quien pareció comprender en el último instante lo que estaba a punto de sucederle.

Entonces la bala lo alcanzó, y su cabeza salió impulsada hacia atrás como un resorte.

Nuria no tuvo ocasión ni de gritar.

El cuerpo del policía se desplomó como un títere sin hilos.

Ella contempló alienada al hombre con el que había compartido patrullas y confidencias durante casi dos años, cayendo muerto víctima de su propia bala. Mirándolo sin llegar a verlo, incapaz de que su mente aceptara la certeza del espanto.

Mientras tanto, el cantante de cumbia insistía en su quejido lastimero.

Lindaaaa, tú sabes que te quieroooo…

Abrumada por el horror, Nuria apenas fue consciente de que el hombre de la navaja ya no estaba en el mismo lugar. Con una agilidad inhumana había salido de su radio de tiro, agazapándose en la penumbra del salón un par de metros a su derecha. Era un depredador preparándose para atacar.

Y aquí yo estoy enteroooo...

El instinto de supervivencia fue el que dirigió los brazos de Nuria en aquella dirección, orientando el arma hacia el asesino, y, antes de que llegara a apuntarle siquiera, apretó repetidamente el gatillo, presa del pánico y la ira.

El filo de la navaja centelleó en la oscuridad.

Esperando para tiii...

Ignorando los erráticos disparos, el depredador se abalanzó sobre ella como una diabólica sombra surgida de la peor pesadilla.

Nuria se lanzó hacia atrás disparando sin parar, en un desesperado intento por salir del alcance de aquella cuchilla que cortó el aire con un siniestro siseo a unos centímetros de su cuello.

Aquel salto a ciegas terminó cuando impactó de espaldas contra el suelo, y su nuca fue a golpearse contra algo duro y romo.

Al instante sintió cómo las fuerzas la abandonaban y su visión se oscurecía, como si alguien corriera un telón frente a sus ojos. «Se acabó la función», pensó.

Lo último que pudo ver antes de perder la consciencia fueron los ojos inyectados en sangre del hombre que iba a matarla, dilatados de excitación tras los cristales de sus gafas de pasta.

Nuria soñó que apretaba el gatillo una vez más.

Pero ya no llegó a escuchar ningún disparo.

Y todo fue oscuridad.

5

Señorita Badal?

—...

—¿Señorita Badal?

—Mmm...

—Buenos días.

Nuria abrió los ojos. Frente a ella, el rostro apacible de una mujer de mediana edad sonreía cordial mientras le apoyaba la mano en el hombro.

—¿Cómo se encuentra? —le preguntó a continuación, acomodándole la almohada e inclinando la cama hacia delante con un zumbido eléctrico.

El uniforme blanco de la mujer mostraba una cruz azul sobre el pecho y unas letras pequeñas que no fue capaz de descifrar. Le dolía la cabeza como si alguien la hubiera emprendido a martillazos con ella y, al llevarse la mano a la frente, vio su nombre escrito en una pulsera de plástico amarillo: «Badal, Nuria 57192028H».

—Me duele la cabeza... —masculló con voz pastosa.

—Tranquila, es normal con el golpe que se dio.

—¿El... golpe?

La enfermera le dirigió una mirada un segundo más larga de lo necesario.

—Ahora mismo vendrá el doctor y se lo explicará todo.

Imágenes desordenadas y sin aparente sentido, como las de un sueño interrumpido que tratara de evocarse a la mañana siguiente, comenzaron a desfilar frente a sus ojos sumiéndola en una confusión mayor.

De pronto, la visión de un hombre degollado con la lengua asomándole por la garganta abierta le hizo dar un respingo y agarrar con fuerza el brazo de la enfermera, que dio un paso atrás, sobresaltada.

—¡No! —exclamó Nuria con el corazón súbitamente acelerado—. ¡No!

—Tranquilícese —dijo la enfermera desasiéndose de la presa, esforzándose por mantener un tono de voz calmado y profesional—. Todo está bien. Ahora viene el doctor. —Y frotándose el antebrazo se alejó de la cama, centrando su atención en el flujo del gotero y los indicadores de presión y ritmo cardíaco.

—¿Qué ha pasado? —exigió saber Nuria, elevando la voz—. ¿Cómo he llegado aquí? ¿Cuánto tiempo llevo así?

La enfermera ignoró sus preguntas, inyectando unos mililitros de líquido transparente en el conducto del suero.

—¡Contésteme! —reclamó, tratando de incorporarse.

Pero su mente se nubló de nuevo y las fuerzas le fallaron. Su cabeza cayó de golpe sobre la almohada.

—Tengo que hablar…, hablar… con… —La lengua se volvió de trapo y ya no recordaba qué era aquello tan importante que tenía que decir.

La enfermera extrajo la jeringuilla del conducto y la miró comprensiva.

—No te preocupes, cielo. Descansa un poquito más y mañana estarás mejor.

No sabía cuántas horas habían pasado desde que la enfermera le inyectara el sedante, pero al despertar, la luz que entraba a través de la ventana tamizada por la cortinilla lo hacía de forma oblicua, así que quizá ya era más de media tarde.

La habitación de paredes blancas en la que se encontraba era modesta; con un gastado sillón granate en una esquina, una silla plegable, una pequeña televisión colgada en la pared como un cuadro vacío y un pequeño armario verde turquesa en la esquina opuesta por todo mobiliario. Sin embargo, el lugar estaba limpio, no olía a sudor ni a desinfectantes y no había nadie más compartiendo el cuarto con ella. Eso le dijo que se hallaba en un hospital privado y no en uno de los saturados hospitales públicos, que tantas veces había visitado en acto de servicio llevando a víctimas y a detenidos.

De nuevo, las imágenes de lo sucedido estallaron en su memoria como flashes. El olor a basura, el calor asfixiante, el sudor resbalando por su cuello, la ensordecedora detonación de unos disparos, el humo de la pólvora abrasándole la garganta…

Manoteó los botones del mando de la cama hasta que presionó el de llamada una y otra vez con desbordada impaciencia.

No pasaron ni cinco segundos, cuando una nueva enfermera entreabrió la puerta y asomó la cabeza.

—¡Enfermera! —gritó Nuria al verla—. ¡Necesito que…!

—Un momento, querida —la interrumpió, alzando el índice y volviendo a cerrar la puerta.

—¡Enfermera! —volvió a llamarla, al ver que desaparecía sin dar explicaciones.

Pulsó otra vez el botón rojo con furia.

Un minuto después estaba a punto de rendirse, convencida de que nadie la escuchaba, cuando un hombre de abundante pelo cano engominado entró en la habitación tranquilamente, mirándola por encima de unas anticuadas gafas de leer que se quitó a la vez que esbozaba una sonrisa tranquilizadora.

—Buenas tardes —se presentó con aire profesional, guardándose las gafas en un bolsillo de su bata blanca—. Soy el doctor Martínez y estoy al cargo de su caso. ¿Cómo se encuentra?

—Bien. Estoy bien —contestó apresurada—. ¿Dónde estoy? ¿Cómo he llegado aquí? ¿Qué…, qué ha pasado?

El doctor se aproximó hasta situarse junto a la cama y apoyó una mano en su hombro como había hecho la enfermera esa misma mañana. Debía ser el gesto estándar para pacientes al borde de la histeria.

—Demasiadas preguntas, Nuria.

Aquella súbita familiaridad la aterró más que cualquier otra cosa. Por su experiencia solía ser el preludio de las malas noticias. De repente, ya no quiso preguntar nada más.

—Se encuentra usted en el Hospital MediCare de Valle Hebrón —dijo, señalándose el logo a la altura del corazón—. Ayer sufrió un fuerte golpe en la nuca que la dejó conmocionada y ha estado en observación desde entonces. No hemos apreciado edema intracraneal ni fractura, así que, aparte del chichón y un dolor de cabeza que le durará unos días, está usted perfectamente. Pasará aquí esta noche en observación para asegurarnos —añadió, cruzándose de brazos—, pero mañana por la mañana podrá regresar a casa.

Nuria escuchó el diagnóstico con más cortesía que verdadero interés. Le importaba un bledo el chichón o el dolor de cabeza. No era eso lo que necesitaba saber con una urgencia insoportable.

—¿Cómo he llegado aquí? —El recuerdo de aquella cuchilla de barbero volando hacia su garganta la hizo estremecerse—. ¿Por qué...? —Tragó saliva—. ¿Por qué estoy viva?

El doctor escrutó sus facciones mientras parecía meditar una respuesta. Aquella no debía ser una de las preguntas para las que tenía contestaciones preparadas.

—No lo sé, la verdad. ¿Es usted creyente?

Ahora fue ella la sorprendida.

—Tampoco lo sé —repuso—. Diría que no. Pero ¿qué tiene eso que ver con...?

—Quizá nada. Puede que todo.

Nuria se fijó entonces en el cuello abierto de la bata, donde asomaba una fina cadena de plata. Apostó con ella misma que al final de aquella cadena colgaba una cruz cristiana.

—Desconozco los detalles, pero cuando sus compañeros la trajeron aquí repitieron varias veces la palabra «milagro».

—Entiendo... —De pronto temió encontrarse frente a un miembro de Renacidos en Cristo y sin escapatoria posible a su perorata proselitista.

—Pero si quiere más detalles —sonrió, por fortuna cambiando de tema—, hay dos compañeros suyos en la sala de espera. Y también está su madre.

—¿Mi madre?

—Lleva aquí desde ayer, aguardando a que despierte.

Nuria se sintió mal por no haber pensado en ella ni por un momento. La pobre mujer habría estado preocupadísima y la imaginaba rezando sin pausa con la biblia entre las manos —ella sí era una Renacida militante—, pero lo cierto es que no se sentía con fuerzas para escucharla durante media hora dando gracias a Dios y preguntándole hasta la extenuación si *de verdad* estaba bien.

—¿Podría ver... a mis compañeros?

El médico parpadeó un par de veces, sorprendido.

—Necesito saber lo que pasó antes de hablar con mi madre —se justificó Nuria.

—Claro, como usted quiera. Pero antes déjeme comprobar un par de cosas.

Y sacando un oftalmoscopio, lo acercó primero a su ojo izquierdo y luego al derecho, verificó la presión arterial en el monitor y, con una frialdad que no se molestó en disimular, se despidió anunciando que avisaría a sus compañeros de trabajo para que pasaran a verla durante unos minutos.

El intento de ir a asearse frente al espejo del lavabo se vio frustrado cuando se sentó en el borde de la cama y sintió que las piernas le flaqueaban al tratar de levantarse. De modo que, ante la posibilidad de tropezar, y que sus compañeros de trabajo entraran en la habitación en ese preciso momento y la encontraran tirada en el suelo con su bata de hospital, desechó la idea de inmediato. Pero sí elevó la cama hasta quedar medio sentada y trató también de arreglarse el pelo, peinándolo con los dedos —no había cepillo ni goma de coleta a la que recurrir—, además de darse unas palmaditas en la cara para darse algo de color.

La puerta se abrió, y aparecieron un hombre y una mujer de uniforme, con la gorra de visera bajo el brazo y gesto formal. Si hubiera hecho una lista de los compañeros que esperaba que entrasen por la puerta, ellos dos habrían estado bastante abajo.

—Hola, Nuria —saludaron al unísono al entrar en la habitación, inclinándose ambos para darle un par de besos en la mejilla—. ¿Cómo estás?

—Carla, Raúl. —Los miró a uno y a otro, esforzándose por no parecer desconcertada.

—¿A que no esperabas que fuéramos nosotros?

—Yo, no... Es decir... ¿Cómo os habéis enterado de que estaba aquí?

Carla apretó la gorra entre sus dedos.

—Estábamos en la zona cuando recibimos un aviso de la Central.

—Fuimos de los primeros en llegar —añadió Raúl.

Nuria observó en sus rostros que ambos se hallaban muy tensos. Hizo una pausa antes de formular la siguiente pregunta.

—¿Qué sucedió?

La mirada de incomprensión de ambos fue de libro.

—No… ¿Nadie te lo ha explicado aún? —inquirió Carla.

—Acabo de despertar, como quien dice…

—¿Y no recuerdas… nada?

Nuria sospechó que sus antiguos compañeros de curso en la academia de policía habrían preferido estar en cualquier otro sitio que allí, hablando con ella. Debían haber sacado la pajita más corta.

—Recuerdo más de lo que me gustaría —afirmó, cerrando los ojos un instante—. Pero… hay muchos espacios en blanco. Lo último que recuerdo es que ese loco trataba de cortarme el cuello con una navaja de barbero, y… —Su gesto se torció de súbito en una mueca de espanto—. Oh, Dios mío…, David.

6

La vivienda de Estela Jiménez era la típica de alguien nacido en los años sesenta del siglo anterior. Recargada hasta extremos inverosímiles con cuadros en las paredes, jarrones con flores de plástico en las esquinas y artefactos inútiles como una oxidada plancha de carbón, un molinillo de café con manivela, una máquina de coser o un tocadiscos, situados en lugares privilegiados de la casa. Vestigios de un mundo que ya no existía y un tiempo que no iba a regresar.

Esa mañana había llegado a casa de su madre tras recibir el alta en el hospital, y Nuria se había sentado en el rígido sofá del salón, con las manos sobre el regazo y la mirada puesta en el ventilador de techo que giraba perezoso sobre su cabeza, sin decir apenas una palabra. Desde que su mente había subido el telón y llevado la luz a las tinieblas de su memoria, Nuria permanecía ausente y retraída, incapaz siquiera de llorar o expresar de algún modo la angustia que se había apoderado de ella, oprimiéndole el pecho como si alguien le hubiera colocado encima una losa de granito.

No podía evitar ver una y otra vez cómo David se desplomaba sin vida con un agujero en la frente, repitiéndose sin descanso como un antiguo disco de vinilo rayado. No veía otra cosa que su mirada de terror, una milésima de segundo antes de ser alcanzado por la bala. No oía otra cosa que el estampido del disparo, seguido del golpe de su cuerpo desplomándose sobre el suelo.

Nuria se cubrió el rostro con las manos. No para evitar que su madre fuera testigo de su expresión de angustia, sino en un intento desesperado de impedir que nuevas imágenes entraran en su cabeza, como si estas procedieran del exterior.

El timbre de un microondas sonó como el fin de un asalto.

Unas zapatillas se arrastraron desde la cocina hasta detenerse frente a ella.

—Tómate esto. Te sentará bien.

Nuria alzó la mirada y vio a su madre de pie, sosteniendo una taza humeante de la que colgaba la etiqueta de una infusión de tila. Una mujer que desechaba la cosmética rejuvenecedora por considerarla pecaminosa y que, a causa ello, aparentaba los sesenta y pico años que tenía. El pelo moreno y liso le llegaba más allá de los hombros, enmarcando un rostro más afable de como Nuria la recordaba de su infancia. Unos ojos verdes que los años habían ido apagando y que trataba de resaltarlos con una gruesa capa de rímel —al parecer, en contra de ese maquillaje no tenía nada—, una boca ancha de labios finos y dientes regulares, y una nariz algo prominente para los estándares estéticos tradicionales.

Para Nuria era como mirarse en un espejo treinta años en el futuro.

En cierto modo, odiaba a su madre por eso.

—Gracias, mamá —dijo, tomando la taza y dejándola sobre la mesa—. Y gracias por ir a llevarle comida a Melón.

Estela aceptó el agradecimiento con un leve asentimiento de cabeza. Luego se sentó junto a su hija y cogió su mano.

—¿Te encuentras mejor?

Nuria la miró un instante de reojo.

—No, mamá —replicó con más dureza de la que pretendía—. No me encuentro mejor.

—¿Quieres...?

—No quiero nada, gracias. Solo necesito descansar.

Estela le concedió un segundo de pausa, antes de continuar.

—Te he preparado tu habitación. Si quieres puedes ir allí a tumbarte. —Y haciendo el gesto con las manos, añadió—. Te prometo que te dejaré tranquila.

Nuria inspiró profundamente, soltando el aire muy despacio.

Aunque para su último pastel de cumpleaños tuvo que comprar treinta y dos velas, su madre seguía apañándoselas para tratarla como a una niña de diez años. Las visitas a su casa podrían resumirse en una batería de preguntas retóricas sobre lo que comía mientras la estudiaba con ojo crítico y murmuraba entre dientes lo delgada que estaba, seguido de un interrogatorio sobre su escasa vida sentimental —que implícitamente incluía la pregunta de si le iba a dar algún día un nieto—, y como postre, una retahíla de consejos y directrices cristianas propias de mediados del siglo pasado por cortesía de Salvador Aguirre, candidato de España Primero y adalid de los Renacidos en Cristo.

Invariablemente, al cabo de diez minutos de estar en lo que una vez había sido su hogar, empezaba a perder la paciencia y a mirar hacia la puerta como un perro encerrado en el lavadero. Y esta vez no era diferente.

—Gracias, mamá. —Apoyó la mano en su rodilla—. Pero creo que me iré a mi apartamento.

—¿Qué? ¡No! El médico ha dicho que hoy mejor no te quedes sola.

—Estoy bien, mamá. No me voy a desmayar en mitad de la calle.

—Ayer casi te caes al ir al baño —le recordó, alzando una ceja.

—Eso fue ayer. Hoy estoy bien, y me quiero ir a mi casa.

Los ojos de Estela se entrecerraron con una sombra de ofensa.

—*Esta* es tu casa —le recordó.

Nuria chasqueó la lengua.

—Lo sé… No me malinterpretes, mamá. —La miró a los ojos por primera vez esa mañana—. Es solo que… necesito estar sola.

—Pero… Nurieta… —perseveró en tono de súplica.

Solo su madre la seguía llamando así.

También lo había hecho su padre, mientras aún estaba con ellas.

Ya no quedaba nadie que le recordara aquel diminutivo familiar. Eso la entristeció aún más. Debía salir de ahí.

—Lo siento. He de irme.

Su madre sacudió la cabeza, fijando la mirada más allá del ventilador.

—No te culpes —dijo de forma inesperada.

—¿Qué?

—No te culpes por lo que ha pasado. —Acarició su mano—. El Señor quita y el Señor da. Él es el hacedor y nosotros solo sus instrumentos. Nuestras vidas están en sus manos.

—Ya, pero la pistola estaba en las mías —rezongó—. El Señor no apretó el gatillo, mamá. Fui yo.

—Eso es lo que tú crees. Nada sucede, si no es la voluntad del Señor. No te culpes.

—¿Le culpo a él, entonces? —inquirió súbitamente irritada, apuntando al cielo con el índice—. ¿O quizá a él? —Y señaló el póster del papa Pío XIII, en el que echaba a volar una paloma blanca desde un balcón del Vaticano.

—Expulsa la ira de tu corazón, Nurieta —dijo posando su mano sobre el pecho—. Los caminos del Señor son inescrutables y en su gloria hallarás la paz.

«Y ahí vamos de nuevo», pensó Nuria. Pero esta vez no se sentía con fuerzas de resistir las arengas beatas de su madre.

—Mejor voy a buscar la paz a mi casa —replicó, poniéndose en pie y sin darle a su madre oportunidad de retenerla—. Gracias por traerme y por la tila.

Estela echó un vistazo a la taza que descansaba intacta sobre la mesa.

—Hoy no deberías quedarte sola —insistió.

Nuria caminó hasta la puerta y la abrió, volviéndose antes de salir por ella.

—Adiós, mamá —se despidió secamente—. Luego te llamo —añadió en el último instante, presa de la mala conciencia.

Bajó hasta la calle en el ascensor, esperando que no la atrapara dentro uno de los muchos cortes de energía que se sucedían cada vez con más frecuencia. El mes pasado había permanecido media hora encerrada en uno, asfixiándose de calor y soportando el interminable parloteo de dos vecinas que aprovecharon la ocasión para ponerse al corriente del nuevo novio de la princesa Leonor. No deseaba repetir la experiencia, y menos ese día.

Una vez en el piso de abajo, antes de abrir la puerta y exponerse a la canícula del exterior, sacó su smartphone del bolsillo y pidió un taxi. Mientras esperaba en el relativo refugio de la portería, decidió comprobar los últimos mensajes de compañeros que le seguían llegando y que le preguntaban por su estado y su vuelta a la comisaría.

No contestó a nadie. ¿Qué podía decirles?

Peor aún, ¿qué podían decirle a ella?

Todavía no había presentado el informe oficial, pero la noche pasada había declarado de forma oficiosa ante el comisario Puig en el mismo hospital, mientras aún estaba en la cama. Aunque había temido el momento de verse obligada a relatar lo sucedido en aquella casa, lo cierto es que hacerlo le supuso una inesperada catarsis. Una especie de liberación al compartir aquel horror privado con otros, sacarlo a la vista y extenderlo sobre una mesa: «¿Lo veis? ¿Veis lo que yo vi? ¿Sentís lo que yo sentí? Pues ahora ese recuerdo ya es de todos, compartamos el espanto. No puedo cargarlo yo sola».

Por fortuna, la mayor parte del incidente —así lo había llamado el comisario, y a Nuria ya le pareció bien— había sido registrado por las gafas glasscam de ambos y almacenado en la nube de la Central, de modo que pudo ahorrarse muchos detalles y limitarse a explicar sus reacciones hasta donde estas podían ser explicadas. El comisario Puig ya había visto y oído todo lo sucedido en las grabaciones. Desde el punto de vista de ella… y desde el punto de vista de él.

Por un instante se imaginó a sí misma, de frente, apuntando y disparando su arma en dirección a la cámara. En dirección a David.

La pulsera vibró en su muñeca y, echando un breve vistazo a su teléfono, comprobó que el taxi estaba a punto de llegar.

Abrió la puerta y salió a la calle, que ya a esa hora de la mañana parecía derretirse bajo un sol inmisericorde. Por fortuna, el asfixiante polvo sahariano se lo había llevado el viento la noche anterior, pero el calor aún resultaba insoportable y los pocos transeúntes que se aventuraban a salir lo hacían bajo amplios parasoles o sombreros de ala ancha, arracimados en la estrecha franja de sombra de los edificios y siempre a paso rápido —nadie quería permanecer en la calle más tiempo del imprescindible—; una pareja de turistas chinos con aspecto de haber perdido a su grupo, una antigua vecina sacando al perro a hacer pipí en camisola, que reconoció a Nuria con un leve asentimiento de cabeza, y un par de aquellos carritos autónomos azules de Amazon llevando compras a domicilio. En aquella parte de la ciudad no había desahuciados ni refugiados vagando por las calles. La seguridad privada se encargaba de ello, sin ninguna autoridad legal pero con el consentimiento implícito del ayuntamiento, feliz de mantener a los marginados en la periferia sin que las asociaciones de derechos ciudadanos pudieran acusarlos de nada.

El taxi amarillo y negro se detuvo junto a ella y, abriendo la puerta, se instaló en el asiento de atrás dando los buenos días.

El conductor, un sij de turbante morado y barba interminable, se volvió a medias y preguntó a través de la mampara de plexiglás:

—¿Dónde?

El cargado acento del taxista hizo que a los oídos de Nuria la pregunta sonara como «dundi».

—Calle Verdi, 77, por favor.

—¿Verde? —inquirió el taxista con extrañeza.

—Verdi. Como el músico.

El indio frunció el ceño y meneó la cabeza, señalando la pantalla táctil que tenía frente a ella.

—Escribir.

Nuria chasqueó la lengua con fastidio, pero escribió el nombre de la calle y el número sin hacer comentarios.

—¡Ah, Virdi! —exclamó el taxista al verlo aparecer en el navegador del salpicadero, con un tono que parecía reprochar a la pasajera su mala dicción.

Nuria no se molestó en contestar y el taxi arrancó con un zumbido.

Cansada, dejó caer la cabeza hacia atrás, pero un dolor agudo en la nuca le recordó el chichón que aún tenía y se enderezó en el asiento.

Frente a ella, en la pantalla donde había escrito su dirección, comenzaron a aparecer los inevitables anuncios personalizados.

«Nuria Badal», decía uno de ellos con voz melosa, mientras se sucedían imágenes de médicos de aire experto y dispositivos médicos de aspecto futurista. «En MediCare, tenemos a los mejores profesionales y la más avanzada tecnología a tu servicio, así como la cobertura perfecta para todas tus necesidades médicas. Justo lo que necesitas para tu tranquilidad y la de tus seres queridos, con un veinte por ciento de descuento si contratas ahora».

Un actor de sonrisa confiada y pelo entrecano miró a Nuria desde la pantalla, sugiriéndole que aceptara esa gran oportunidad.

—Déjame en paz —rezongó en respuesta, bajando el volumen al mínimo.

Las pantallas publicitarias no tenían botón de silencio y menos aún de apagado, así que tuvo que conformarse con mirar hacia otro lado mientras escuchaba el murmullo de fondo ofreciéndole seguros de vida, antiinflamatorios e incluso antidepresivos. En menos de veinticuatro horas su informe médico había pasado ya a los archivos comerciales de la red, con lo que, con toda seguridad, la publicidad que recibiría durante los próximos meses sería casi en exclusiva de seguros, hospitales y compañías farmacéuticas.

«Al menos es un cambio», se dijo. Ya estaba harta de que solo le pusieran anuncios de buscadores de pareja.

A pesar del tráfico, el taxi tardó menos de diez minutos en llegar al barrio de Gràcia. El taxista solo abrió la boca para señalar un Waymo de Uber, junto al que se había detenido en un semáforo, y blasfemar algo en hindi sobre la aberración de aquellos coches sin conductor circulando por las ciudades.

—Quitar trabajo —dijo a continuación en un dialecto apenas comprensible—. ¿Por qué coche solo? ¿Dónde taxista? ¿Dónde personas? ¡Quitar trabajo! —repitió, volviéndose en busca de la complicidad de Nuria.

Lo cierto es que Nuria era una usuaria habitual de aquellos pequeños vehículos eléctricos sin conductor ni conversaciones incómodas, que nunca se equivocaban de dirección, nunca tenían accidentes, y que por la noche regresaban a sus garajes a recargar baterías como unos graciosos *Umpa Lumpas* amarillos, más eficientes y baratos que los taxis, los buses e incluso que el metro.

—Sí —convino en cambio, sin intención alguna de debatir las virtudes del sistema—. Una vergüenza.

Y el taxista, satisfecho de haber reclutado a un ciudadano más para su causa, se arrellanó en el asiento, barbulló un último insulto y se puso de nuevo en marcha con el semáforo aún en rojo.

7

Nuria cerró tras ella la puerta de su casa y, de inmediato, apareció un enorme gato blanco y negro por el pasillo, con la cola en alto y maullando a medio camino entre la bienvenida y la recriminación.

—Hola, Melón —le saludó Nuria agachándose frente a él, acariciándole el lomo mientras este se restregaba en sus piernas y ronroneaba feliz por volver a verla—. Yo también te he echado de menos.

El animal se puso de pie apoyándose en las rodillas de Nuria, acercando su nariz y olisqueándole la cara con interés.

—Huelo a hospital, ya lo sé —resopló ella, rascándole la cabeza—. Anda, ven, que te voy a dar de comer.

Se puso en pie y se dirigió a la cocina, con Melón cruzándose entre sus piernas a cada paso como si buscara ponerle la zancadilla. Abrió el mueble de las conservas y sacó una lata de carne para gatos castrados, se la volcó entera en el cuenco de su comida y luego le rellenó el dispensador de agua en el grifo.

—No te lo comas todo de una vez, que te va a sentar mal —le dijo, contemplando cómo, ignorando la advertencia, se lanzaba desesperado sobre el plato de comida—. En fin…, tú verás.

Hecho esto, se encaminó al dormitorio como si fuera sonámbula, tropezando por el camino con la *Roomba,* atascada una vez más bajo el sofá y con la luz de la batería en amarillo. Pero estaba demasiado cansada como para sacarla de ahí o pedirle que limpiara la casa. Mañana sería mejor momento para hacer eso o cualquier otra cosa.

La persiana estaba bajada y una reconfortante penumbra le daba el aspecto de cueva que necesitaba en ese instante. Al mirar la espaciosa cama que ocupaba buena parte del cuarto, estuvo tentada de dejarse caer sobre sus sábanas arrugadas y, abrazada a la almohada, dejar que el día pasara de largo esperando que no reparara en ella.

Sin embargo, reunió la voluntad necesaria para salir de la habitación y entrar en el baño. Luego se quitó la ropa maquinalmente, la dejó amontonada en el suelo y abriendo el agua caliente, se metió en la cabina de la ducha.

Los números rojos del contador de agua le indicaron que solo le quedaban noventa y tres litros para consumir el resto de la semana, pero en ese momento le importaban un bledo las restricciones y la penalización que le fueran a imponer. Necesitaba esa ducha más que el aire.

Entre una nube de vapor se lavó y enjuagó el pelo, que mojado y estirado le rozaba la espalda. Luego se enjabonó con la esponja hasta asegurarse de que cualquier molécula de polvo de aquella chabola desaparecía de su cuerpo, y solo cuando se dio por satisfecha con la capa de espuma que cubría su piel enrojecida, giró el mando hacia la línea azul y levantó la cabeza hacia el difusor de la ducha.

El chorro de agua fría arreció con fuerza, convertido en microscópicas agujas que estimulaban las terminaciones nerviosas de su rostro y su cuerpo, arrastrando la suciedad, el jabón y la abrumadora sensación de irrealidad que la embargaba desde que había despertado en la cama del hospital.

Los espacios en blanco de su memoria se habían completado con todas las piezas, y ahora su mente trataba de refugiarse en las palabras del comisario Puig cuando fue a visitarla al hospital.

Alto, solemne y todavía corpulento a pesar de los diez años de trabajo de despacho, era una figura autoritaria, pero que, desde casi el principio, había entablado una actitud protectora hacia Nuria, en ocasiones casi paternal. Quizá proyectando en ella la hija que nunca tuvo y supliendo al padre que ella perdió.

Esa tarde Puig lucía impecable el uniforme de gala que había llevado unas horas antes en el funeral de David. Aún portaba el crespón negro en la bocamanga, pero había tenido el acierto de no hacer ninguna referencia a la ceremonia. Nuria tampoco se vio con fuerzas de preguntar al respecto.

—Era un maldito yonqui buscando pasta para su próxima dosis —le explicó, con aire resignado—. En realidad, tuviste suerte.

—Una suerte loca —rezongó Nuria.

Puig acercó la silla plegable y tomó asiento a su lado. Sus pobladas cejas negras sobrevolaban unos ojos también negros e inquisidores que intimidaban a cualquiera que tuviera enfrente.

—Escucha —dijo en confidencia—. Hemos visto las grabaciones e hiciste bien tu trabajo. El milagro ha sido que tú lograses salir con vida.

—Maté a David —espetó a secas, despreciando cualquier consuelo.

El comisario le clavó el índice en el centro del pecho.

—Ni se te ocurra volver a decir eso.

—Es la verdad.

—No. No lo es. Ese cabrón se las arregló para situar a David en la trayectoria de la bala. —Hizo una pausa antes de añadir—. Si al final no llegas a reventarle el corazón de un tiro justo antes de perder el conocimiento, se habría llevado por delante a más compañeros antes de que pudieran detenerlo. Lo cierto —agregó—es que voy a proponerte para una medalla al mérito policial.

Nuria compuso un gesto a medio camino entre la incredulidad y el asco.

—No lo dirá en serio.

—Completamente. Y no dudes que aprobarán mi solicitud.

—No la quiero —contestó ceñuda—. No la aceptaré. De ninguna manera.

Puig resopló, pasándose la mano por la cara con cansancio.

—Me importa un carajo lo que quieras o no —dijo muy despacio, con un tono que no dejaba lugar a la réplica—. Te la mereces y la vas a aceptar, es una orden.

Nuria abrió la boca, pero no llegó a decir una palabra.

—Así me gusta —asintió satisfecho el comisario, poniéndose en pie y alisándose la chaqueta—. Me han informado de que mañana te dan el alta, pero tómate el resto de la semana de descanso. Ah, y no olvides tu cita con el evaluador.

—No necesito un psiquiatra.

—Eso será él quien lo decida.

Nuria hizo una mueca de hastío, y esa pareció ser la señal para que Puig se dirigiera hacia la puerta de la habitación, dispuesto a salir.

—Comisario —lo llamó, cuando ya tenía la mano en el pomo—. ¿Tienen alguna pista sobre quién…? —Hizo una pausa—. Los yonquis no actúan de esa manera. Ese cabrón parecía que nos estaba esperando. No me cuadra que estuviera allí por casualidad. Quizá, rastreando el…

—Olvídate de ello —la interrumpió, añadiendo a continuación—. El caso ya está en manos del departamento de homicidios, pero no le des más vueltas. No es el primer drogata que mata a su camello.

—No parecía un simple drogata, comisario. Se movió…, no sé, como a cámara rápida.

Puig negó con la cabeza.

—En las grabaciones no aparece nada raro —aclaró con un punto de impaciencia—. Es normal que tras un shock así, la memoria te juegue malas pasadas.

—Quizá —admitió dubitativa—. Pero aun así quiero ayudar, comisario.

—Imposible —negó tajante—. No puedes trabajar en un caso en el que tú estás implicada, ya lo sabes. Lo que has de hacer es descansar.

—La víctima que encontramos era un posible testigo de la investigación que David y yo llevábamos sobre Elías. Podría ser que…

—Estamos al corriente de la investigación del sargento Insúa —se adelantó Puig—. Si necesitamos que nos aclares algún detalle, nos pondremos en contacto contigo.

—Pero…

—Te he dicho que no —alzó la voz con firmeza—. Recupérate y descansa, y nada de investigar nada por tu cuenta —le apuntó con el dedo—, es una orden. Si me entero de que haces algo que no sea comer o dormir durante esta próxima semana, te meteré tal puro que desearás haber seguido inconsciente en el jodido hospital. —Y acercándose a menos de un palmo de su cara, preguntó—. ¿Está claro, cabo Badal?

Nuria tragó saliva.

—Cristalino, comisario.

—Me alegro de que nos entendamos —asintió, poniéndose en pie y cambiando de tono con una sonrisa paternal en los labios—. Ahora descansa y recupérate. Te quiero ver la semana que viene en la comisaría en plena forma…, pero no antes. ¿Estamos?

—Ahí estaré —contestó, tratando de parecer sincera.

Tras lo cual, el comisario se despidió dándole la mano y salió de la habitación a grandes zancadas.

«No», pensó Nuria, mientras regresaba a la realidad y disfrutaba del modo en que el agua fría de la ducha le acribillaba el rostro. La verdad era que, en realidad, no creía que la semana siguiente estuviera lista para reincorporarse.

Un pasillo eterno y oscuro. Hedor a humedad. Moscas zumbando furiosas. La luz de la linterna apenas rasgando las tinieblas. Estira la mano, haciendo a un lado la sucia cortina, asomándose a su interior. El cono de luz atraviesa la estancia, encontrándose con el cadáver degollado de Vílchez sobre la cama. Pero no es Vílchez, es David que, con un agujero en la frente, se vuelve hacia ella y con voz gorgoteante musita: «Por favor…». Horrorizada, Nuria cierra la cortina bruscamente y se da la vuelta para salir corriendo, pero ahora hay alguien frente a ella. Un hombre con gafas de pasta negra sobre unos ojos inyectados en sangre que al verla sonríe perversamente, dejando a la vista unos dientes afilados como los de un tiburón.

¡Zzzzzz!

¡Zzzzzz!

¡Zzzzzz!

Nuria se incorporó de golpe, desconcertada, saliendo de la pesadilla como quien cae de un tren en marcha.

Con la respiración entrecortada y el sudor corriéndole por el rostro, le dio un toque a su pulsera de actividad para detener la vibración.

Las sábanas estaban empapadas bajo su cuerpo, y Nuria las palpó preocupada por haber sudado tanto, fue entonces cuando recordó que se había derrumbado sobre la cama, desnuda y sin llegar a secarse.

—Sofía —preguntó con voz adormilada al asistente de Google—. ¿Qué..., qué pasa?

—Tienes una llamada entrante de Flavio —informó el sistema de Inteligencia Artificial de la casa—. ¿Acepto la llamada?

El rostro de Flavio apareció en su mente, con el pelo pintado de rosa a la última moda y esa media sonrisa socarrona, tan suya como los chistes fáciles que gastaba en los momentos más inoportunos.

Chasqueó la lengua, molesta. No estaba de humor para hablar con nadie y menos con un exnovio superficial y fumeta.

—No —contestó—. Recházala.

—Llamada rechazada —confirmó Sofía al instante, añadiendo solícita con su voz acaramelada—. ¿Deseas alguna cosa más? ¿Enciendo la cafetera?

—Nada más, gracias —respondió Nuria, y el altavoz del asistente emitió su acorde de despedida.

Con la mirada puesta en la lámpara de papel que colgaba del techo Nuria trató de conciliar el sueño, pero su mente cavilaba sin rumbo como un gato desnortado. Ya no iba a poder dormir de nuevo. Tardó unos minutos en reunir el ánimo necesario, pero acuciada por el hambre se decidió a levantarse.

Hizo a un lado a Melón, que en algún momento de la noche se había acurrucado entre las sábanas junto a ella, y se incorporó de un salto. Pero al hacerlo, un agudo dolor le arreció en la nuca como si le hubieran clavado un clavo al rojo, así que no le quedó más remedio que volver a sentarse en el borde de la cama y esperar a que pasara.

Con los codos apoyados en las rodillas, dejó caer sobre las manos el peso de la cabeza y, restregándose los ojos, resopló con hastío.

«¿Por qué yo?», se preguntó, con una tenaza oprimiéndole el corazón. «¿Por qué me ha sucedido esto precisamente a mí?».

Por un momento, se dejó llevar por la tentación de compadecerse de sí misma.

Pero entonces recordó a su padre.

Recordó aquel último día de clase en tercero, en el que un niño gordo y pecoso, llamado Pau García, la había empujado escaleras abajo rompiéndole un brazo, haciendo que se perdiera ese año el campamento de verano.

Esa misma noche al regresar del trabajo, su padre la había sentado en sus rodillas y tras secar sus lágrimas, le había explicado la fábula de un campesino al que le robaron el caballo, y que furioso y triste tuvo que regresar a su casa caminando. Tras muchos kilómetros andando, bajo una intensa lluvia y maldiciendo su mala fortuna a cada paso, divisó su humilde casa de madera ya bien entrada la noche, pero justo en ese momento un gran rayo cayó sobre la misma y la destruyó como un martillo divino descendiendo de los cielos.

Entonces el campesino comprendió que, de haber venido cabalgando, habría regresado a casa horas antes y el rayo le habría matado mientras dormía. Así que miró al cielo y, de todo corazón, dio gracias porque alguien le hubiera robado el caballo.

—Nunca se sabe, Nurieta —le dijo con un guiño, mesándole los cabellos recogidos en dos graciosas trenzas—. Quizá al final del verano, des las gracias a ese tal Pau por haberte roto el brazo.

En ese momento Nuria no había entendido muy bien sobre qué trataba la historia ni cuál era la moraleja, pero le gustaban los caballos y le gustaba cuando su padre le contaba esos cuentos con voz grave y lejana.

Ojalá no se hubiese ido nunca, y ella pudiera sentarse en sus rodillas y llorar sobre su hombro hasta que, al fin, le diera unas palmadas en la espalda y la convenciera de que todo iba a salir bien.

Cómo lo echaba de menos.

Respiró profundamente, llenando los pulmones del aire cálido y pegajoso de la habitación. Luego apretó los dientes y, dejando escapar un último quejido, se puso en pie y sin prisas caminó desnuda hasta la cocina.

—Nunca se sabe —se repitió a sí misma.

8

A eso de las cuatro su pulsera volvió a emitir un zumbido de abeja y, con fastidio, pensó que de nuevo podría ser Flavio. Sin embargo, esta vez era el nombre de Susana Román el que aparecía indicado en la pequeña pantalla negra.

Nuria dudó un momento si aceptar la llamada, pero al final pidió a Sofía que la conectara.

—Hola, Susi —saludó, desplegando el smartphone y haciendo aparecer el rostro de su amiga.

—Hola, Nuria —contestó, ensanchando una sonrisa preocupada—. Acabo de llegar del hospital. Fui a visitarte y descubrí que ya te habían dado de alta.

—Sí, esta mañana —explicó, lacónica.

—Perdona que no fuera antes, pero llevaba tres días de turnos dobles y…

—No pasa nada —la interrumpió—. ¿Cómo estás?

La cara pecosa de Susana sonrió confusa.

—¿Que cómo estoy yo? —bufó, señalándose a sí misma con el pulgar—. ¡¿Cómo estás tú?!

—Eh…, bien. Estoy bien, gracias.

Susana acercó el ojo a su cámara, hasta que este ocupó toda la pantalla.

—No me mientas…, que te veo.

63

A Nuria se le escapó una risita al ver la enorme pupila de su amiga parpadear en la palma de su mano.

—Estoy bien, de veras.

—Sí, claro —repuso con suspicacia, alejando el ojo del teléfono—. ¿A qué hora quedamos?

—¿Quedar?

—Si estás bien, no tendrás inconveniente en salir a tomar algo, ¿no?

—Bueno, lo cierto es que estoy muy cansada… y no con muchos ánimos de salir, la verdad.

—Razón de más para hacerlo —arguyó Susana.

—Es que…

—Es que nada —la cortó, parodiando la voz del comisario Puig—. Tienes que salir a tomarte unas birras. Es una orden.

Nuria sonrió sin pretenderlo. No podía resistirse a las ocurrencias de su amiga.

—De acuerdo —claudicó, admitiendo que seguramente le haría bien—. ¿A las ocho donde siempre?

—Allí estaré. Y depílate y ponte bragas limpias, que hoy lo vamos a petar.

—¿Qué? Oh, no, Susi. De verdad que hoy no…

—Era broma. —Acercó su cara para que viera cómo le hacía un guiño—. Te espero en el bar —dijo, y su imagen se disolvió cuando cortó la llamada.

Nuria se quedó mirando la pantalla vacía. De pronto, todo el buen humor desapareció de golpe y la lápida de la tristeza cayó de nuevo sobre su ánimo, aplastándola sin piedad.

Por un momento sintió el impulso de llamar a Susana y, sin darle mayores explicaciones, anular el encuentro. Estaría mejor en casa. Vería alguna vieja película, comería helado y dejaría que la tarde se agotara hasta dar paso a la noche. Tenía derecho a encontrarse mal. Es más: ¿Cómo podría salir a tomar algo con una amiga cuando no hacía ni veinticuatro horas que David había sido enterrado?

Caminando y por la puerta, respondió en su cabeza la voz de su padre.

«Debería ir a ver a Gloria», se dijo en cambio. «He matado a su marido y he dejado huérfano a su hijo. Tengo que ir a verla. Que me vea. Que me diga todo aquello que me quiera decir. Todo aquello que merezco que me diga».

Pero supo que no podía hacerlo.

Aún no era capaz de reunir el valor de mirar a Gloria a la cara y decirle que lo sentía, o de revolver el pelo de Luisito y ver en sus ojos la aterrorizada mirada de David, en el instante que comprendió que ella iba a matarlo.

«Dios mío…, ¿por qué nos has jodido a todos de esta manera?».

Horas más tarde, vestida solo con un tanga y estirada en el sofá, Nuria perdía el tiempo zapeando canales de noticias sin prestarle demasiada atención a nada de lo que decían.

—*El delegado del gobierno* —decía la voz en off— *ha asegurado que no tolerará una nueva manifestación no autorizada de proabortistas en la…*

—Siguiente —ordenó Nuria, y la imagen cambió a una foto satelital de un mar de nubes, con una morena despampanante en minifalda, señalándolas con la mano.

—*… unas condiciones nunca vistas en el mar Mediterráneo* —explicaba con voz sensual— *que, al alcanzar los 26 grados a un metro de profundidad, ha dado lugar a una depresión ciclónica con presiones por debajo de los nove…*

—Siguiente.

—*… aunque los últimos datos de desempleo en España lo sitúan por encima del cuarenta y dos por ciento, el candidato de España Primero, Salvador Aguirre, ha declarado que si sale elegido presidente…*

—Siguiente.

—*… ultimando los preparativos de la ceremonia de inauguración de la Basílica de la Sagrada Familia, para la que se esperan multitud de personalidades, incluidas sus majestades los reyes y el presidente del gobierno.* —Esta vez, el presentador miraba a la cámara con fijeza mientras a su espalda se sucedían imágenes de la colocación de la última piedra de la Sagrada Familia, llevada a cabo la semana anterior, y de lo cual los medios habían informado como si fuera la noticia más importante desde el descubrimiento de América—. *Por su* *parte, la congregación de Renacidos en Cristo de España ha convocado un rezo comunitario en la plaza Catalunya para esta tarde, rogando porque el Santo Padre pueda sobreponerse a sus problemas de salud y asistir a dicha inaugura...*

—Al cuerno —gruñó—. Apaga la tele, Sofía —ordenó, y el asistente obedeció de inmediato.

A continuación, se incorporó en el sofá y, mesándose el pelo como si fuera a hacerse una coleta, añadió para sí:

—Ya vale de esconderse —se dijo, poniéndose en pie y encaminándose al armario de su habitación.

Solo dos minutos más tarde, enfundada en una camiseta verde con el logo de Greenpeace y unos shorts tejanos que subrayaban sus inacabables piernas, salió de su apartamento y se dirigió a paso tranquilo a la plaza del Diamante, a unos trescientos metros de su casa.

Con el descenso de la temperatura de la tarde, peatones, patinetes, ciclistas y señoras seguidas de sus segways con la compra del día se habían abalanzado a las estrechas calles del barrio de Gràcia. Aunque aún descollaba el sol sobre las azoteas y seguían a más de treinta grados, comparados con los cuarenta y cinco que habían alcanzado al mediodía, la sensación era casi refrescante.

Al desembocar en la pequeña plaza, enseguida localizó a Susana sentada a una mesa de la terraza bajo una de las sombrillas del bar Puzzle y se dirigió hacia ella, saludándola de lejos.

Susana correspondió al saludo y, apartando la silla, se puso en pie para recibirla con los brazos abiertos y una sincera sonrisa de alivio en el rostro.

—Nuria, cariño —dijo cuando la tuvo al alcance de su abrazo, estrujándola con fuerza.

La diferencia de altura entre ambas era notable. Nuria le sacaba más de una cabeza a Susana y, de lejos, casi se las podría haber tomado por madre e hija.

Ambas eran amigas desde que se conocieron en la academia de policía, donde Susana había ido a parar tras deambular durante años por trabajos sin futuro y relaciones sin sentido. No tenía problema en admitir que entró en la policía por la paga y el trabajo fijo, pero para su propia sorpresa en cuanto se enfundó el uniforme y se colgó la pistola al cinto, descubrió el placer de servir y proteger a los conciudadanos… y los turnos que le permitían irse de vacaciones cada pocos meses. Ninguna de las dos sabría decir por qué, pero se habían hecho amigas desde el primer día.

—Me alegro mucho de verte —admitió Nuria.

Susana dio un paso atrás, poniendo su atención en el demacrado semblante de su amiga.

—Temí que fueras a darme plantón.

—La verdad es que he estado a punto —confesó con una sonrisa a media asta—. Hace diez minutos aún seguía tirada en pelotas en el sofá de casa, perdiendo el tiempo y sin ánimos de salir a la calle.

—Eso es lo peor que podrías haber hecho. Necesitas que te dé el aire y desahogarte. Sobre todo, desahogarte. Siéntate —dijo señalando la mesa—. Pídete algo y me cuentas.

Nuria obedeció sumisa y, aunque en un primer momento se sintió reticente, terminó por dejarse llevar y explicarle todo lo que había sucedido.

Cuando terminó su relato, ya había sobre la mesa cuatro botellas de Moritz y dos platos vacíos de calamares y patatas bravas. Se sentía mucho mejor tras compartir con su mejor amiga el dolor y la culpa que la atormentaba. Más de lo que estaba dispuesta a admitir.

—No imagino cómo debes sentirte… —le dijo Susana, apoyando su mano en el brazo—. Aquella vez que maté a un sospechoso en un atraco, me quedé hecha polvo durante semanas, ¿te acuerdas? Pasé varios días sin dormir agobiada por la culpa, y eso que se trataba de un cabrón con una recortada en la mano. —Se quedó con la mirada fija en una de las botellas vacías—. Si me hubiera pasado lo que a ti, yo…

Nuria se quedó callada. Apuró su tercera botella.

—Perdona —dijo Susana, sacudiendo la cabeza—. No te estoy ayudando mucho.

—Te equivocas. Me alegro de haber podido hablar contigo. Necesitaba sacarlo fuera.

—Estupendo —se felicitó Susana—. No hagas caso de las habladurías. Tú no tuviste la culpa de nada.

—¿Las habladurías? ¿Qué habladurías?

Susana puso cara de haberse tragado un sapo al darse cuenta de que había metido la pata.

—Ninguna, no te preocupes —alegó, tratando de quitarle importancia.

—¿Qué habladurías, Susi?

—Olvídate de ello. Son los típicos idiotas de siempre que…

—¿Qué habladurías? —insistió Nuria con gesto serio.

Susana aguardó un momento y carraspeó incómoda.

—Yo…, bueno, hay algunos cretinos diciendo por ahí que, como eres mujer, te pusiste nerviosa y disparaste sin apuntar. Que te asustaste y en la confusión disparaste a David en lugar de al agresor.

—¿Qué? —inquirió Nuria, incrédula—. ¡No! ¡Eso no fue así! ¡Cualquiera que mire la grabación de la glasscam verá que no fue eso lo que pasó!

—Lo sé, lo sé —trató de apaciguarla—. Ya te he dicho que no hagas caso. Son los mismos de siempre, que no quieren ver mujeres en la policía si no es para fregar el suelo.

—Menudos gilipollas… —barbulló Nuria, encendida—. El día en que la grabación deje de estar bajo secreto de sumario, tendrán que tragarse sus palabras.

—Coincido —dijo Susana, alzando su botella a modo de brindis—. Ojalá se aclare pronto todo esto y puedas volver a la normalidad. Por cierto… —añadió tras dar breve un trago—, ¿has hablado con Gloria?

Nuria meneó la cabeza muy despacio, avergonzada.

—¿La viste en el funeral? —preguntó.

Susana asintió, pero no dijo nada.

—¿Hablaste tú con ella? —insistió Nuria.

—Yo…, no. Le di el pésame, claro, como todos. Pero cuando me acerqué a ella, me miró… No sabría decirte. Creo que, como tú y yo somos amigas, me miró de una manera diferente. —Echó mano de su botella, vio que ya estaba vacía—. No lo sé.

—¿Diferente?

Susana pareció buscar una palabra en su repertorio, pero al no encontrar una mejor acabó por decir:

—Cabreada.

—Joder.

—Sí.

Nuria reflexionó un momento.

—Voy a llamarla —afirmó decidida.

—¿A Gloria? —inquirió Susana, incrédula.

—Debí hacerlo nada más salir del hospital.

Susana apoyó su mano sobre la muñeca de Nuria.

—No, no vas a hacer esa estupidez —afirmó, con toda la contundencia que pudo reunir—. Estás medio borracha y esa es una muy mala idea.

—Tengo que hablar con ella —dijo, tratando de apartar la mano de Susana—. Tengo que pedirle perdón. Tengo que…

—Me parece muy bien, pero hazlo mañana. Ahora no eres capaz de pensar con claridad. ¿Qué vas a decirle?

Un destello de sensatez se abrió paso hasta Nuria entre los vapores del alcohol. Dejó de forcejear con Susana y palmeó su mano con agradecimiento.

—Sí…, quizá tengas razón —murmuró con cansancio—. Mañana. Hablaré con ella mañana.

Susana asintió satisfecha.

—Es lo mejor.

Justo entonces vibró la señal de llamada en la pulsera de Nuria.

Susana vio cómo su amiga bajaba la mirada hacia el teléfono para ver quién era, y cómo de repente palidecía aún más de lo que ya estaba. Antes de que alcanzara a preguntarle quién era, Nuria levantó la mirada y susurró aterrada.

—Es Gloria.

El dedo de Nuria osciló indeciso sobre la pantalla. De izquierda a derecha. Del círculo verde a la equis roja.

Susana apoyó la mano en su antebrazo y negó con la cabeza.

—No lo cojas —dijo en voz baja, como si alguien pudiera oírla—. Mañana —añadió.

Nuria dudó un instante y finalmente ignoró la llamada.

—Mañana —repitió.

9

Cuando Nuria abrió los ojos, le pareció que la lámpara que descansaba sobre su mesita de noche lo hacía en un ángulo extraño. Parpadeó unas cuantas veces tratando de corregir la perspectiva, pero tanto la lámpara como la superficie de la mesita se empeñaban en seguir inclinadas. Aún tardó un rato en comprender que era ella la que estaba torcida, abrazada a la almohada, pero con la cabeza cayendo por el otro lado y el cuello doblado hacia la derecha de un modo poco saludable.

Intentó maldecir, pero descubrió que su lengua y su paladar eran ahora de papel de lija. Tragó saliva con dificultad y su mente dibujó la imagen de un enorme, dulce y refrescante vaso de zumo de naranja.

El objetivo inmediato de su existencia había pasado a ser un zumo de naranja; servirse un gran vaso y dejar que le resbalara por la comisura de los labios, que le inundara la boca y la garganta con su sabor dulce y refrescante. Empujada por ese deseo, levantó la cabeza antes de incorporarse... y le pareció que alguien le clavaba un hierro candente en el lado izquierdo del cuello mientras otro le atizaba con porras de goma en ambas sienes a la vez.

De nuevo quiso maldecir, pero todo lo que salió de su boca fue un quejumbroso graznido.

—Ohhh, jooodeeeer...

Se quedó boca arriba, con las manos entrelazadas sobre la cabeza, tratando de recordar por qué se encontraba en ese estado. Su embotada memoria se remontó hasta la quinta cerveza en la terraza de aquel bar, y luego a una confusa sucesión de fotogramas de algún lugar que no podía reconocer, donde se oía a sí misma gritando palabras incomprensibles a completos desconocidos. Susana no aparecía en esa última parte, pero imaginó que no anduvo lejos.

Por un momento pensó en llamar a su amiga y preguntarle qué demonios había sucedido la noche anterior, pero decidió que era mejor esperar unas horas. Si se había despertado en un estado parecido al suyo, no sería buena idea despertarla antes de tiempo.

Cuando por fin consiguió reunir las fuerzas suficientes como para incorporarse en la cama, se sentó y apoyó los pies en el suelo. Solo entonces se dio cuenta de que se había acostado con la ropa puesta. Aún llevaba puestos los shorts ajustados y la misma camiseta.

Se consoló pensando que, al menos, no se había despertado en una cama extraña junto a un desconocido. Cuando se sintió bastante segura de que no iba a desmayarse a medio camino, se puso en pie y se dirigió al baño en busca de la caja de las aspirinas.

Tras una ducha fría sintió que volvía a la vida, aunque seguía sin tener muy claro lo sucedido la noche anterior, simplemente dejó de importarle. El dolor de cabeza no había desaparecido del todo, pero sí remitido, de modo que su siguiente misión consistió en acercarse a la nevera para saciar el hambre y tomarse, por fin, el anhelado zumo de naranja.

Al llegar a la cocina, la pantalla frontal del electrodoméstico le advirtió de la caducidad de la bandeja de pollo, que se había terminado la cerveza, el humus y, como no podía ser de otro modo, el zumo de naranja; sugiriéndole a continuación un listado de comida y bebidas que podía encargar en Amazon. Durante un instante, sopesó darle al botón de aceptar y esperar a que llegara la compra tirada en el sofá, pero al final decidió que le iría bien tomar el aire, aunque fuera para ir a hacer la compra al supermercado por su propio pie, como en los viejos tiempos.

Se puso la ropa más fresca que encontró, se caló una gorra —la de Bob Esponja se quedó en aquella infame chabola—, las gafas de sol, dio de comer a Melón y, calzándose las chanclas que aguardaban junto a la puerta, fue a echar mano de las llaves en el cuenco junto a la entrada. Pero las llaves no estaban ahí.

—¿Qué leches...?

Durante todos los años que llevaba viviendo en ese piso, independientemente del estado en que hubiera regresado a casa, siempre había dejado las llaves en el cuenco de madera oscura junto a la puerta. Encontrarlo vacío era tan desconcertante como subirse al coche y descubrir que alguien se había llevado el volante.

Se palpó la ropa y giró sobre sí misma mirando al suelo, por si se hubieran caído. Echó un último vistazo al cuenco y, encogiéndose de hombros, seleccionó en el espejo de la entrada la aplicación del llavero. Un segundo más tarde un apagado pitido intermitente le llegó desde la puerta de la cocina.

Intrigada siguió el rastro del sonido, que parecía venir del interior de uno de los cajones. Abrió el primero, el de los cubiertos, y no estaba allí. Abrió el segundo, el de las espátulas y los cuchillos grandes, y ahí se encontraba; emitiendo pulsos azules al compás del molesto pitido.

Nuria lo sacó del cajón levantándolo en el aire frente a ella, como sujetaría a un ratoncito por la cola mientras se preguntaba cómo había podido escapar de su jaula. Las llaves tintinearon inocentes al guardárselas en el bolsillo y, justo antes de cerrar el cajón, trató de recordar cómo había ido a parar ahí.

No llegó a ninguna conclusión, aparte de que aquella era la última vez que se emborrachaba.

Ya era casi mediodía y el sol calentaba el aire, distorsionándolo hasta tal punto que este podía verse fluir en espectrales jirones, elevándose desde el ardiente asfalto por la estrecha calle como en el tiro de una chimenea. Caminando sin prisa alcanzó la esquina, deteniéndose frente a la puerta del supermercado pero sin entrar en él. A pesar del asfixiante calor, le gustaba estar en la calle, y el breve paseo había hecho más por combatir la resaca que las aspirinas. De modo que decidió seguir vagando y estirar las piernas un poco más, ya haría la compra a la vuelta.

Cruzó Travessera de Gràcia y prosiguió hasta la calle Córcega, orlada de estandartes de partidos políticos en cada una de las farolas, como si se preparara un desfile, y allí se detuvo ante el semáforo y miró hacia atrás. ¿Qué tenía que hacer en casa, aparte de perder el tiempo y darle vueltas a la cabeza? Pensó por un momento en llamar a Susana e invitarla a comer, pero eso solo supondría repetir las mismas conversaciones de la noche anterior y esta vez sin cervezas que amortiguaran los malos recuerdos.

De forma impulsiva, levantó la mano frente a un Waymo y este se detuvo con un leve siseo. La puerta se deslizó a un lado y, sin pensarlo, entró en el vehículo sin conductor, volante, ni nada que se pareciera; solo un espacio diáfano de cuatro asientos individuales encarados entre sí.

—Buenos días, señorita Badal —dijo una amable voz masculina desde el altavoz del techo, identificándola al instante—. ¿Adónde desea que la lleve?

Nuria se tomó unos segundos para disfrutar del frescor del vehículo y el mullido asiento. No le habría importado pedirle que diera vueltas por la ciudad mientras se relajaba en aquella burbuja fresca e insonorizada, en la que en ese momento empezaban a sonar los acordes de una de sus canciones favoritas de Jorge Drexler.

Esos jodidos de Google sabían hacer bien su trabajo.

—Vamos a la Barceloneta. —Se oyó decir.

—¿Podría ser más específica, señorita Badal?

—Mmm… No. Solo llévame allí. Ya te guiaré cuando lleguemos.

A Nuria le pareció, o imaginó, que la Inteligencia Artificial del vehículo tardaba un segundo más de lo necesario en procesar la petición.

—Barrio de la Barceloneta —dijo al cabo, con campechana afabilidad—. Destino por determinar. ¿Correcto, señorita Badal?

—Correcto, Bautista —bromeó, de súbito buen humor—. ¿Puedo llamarte Bautista?

—Puede llamarme como usted desee, señorita Badal —contestó, al tiempo que se ponía en marcha con suavidad.

Pensó que, si un hombre en un bar le hubiera dicho esas palabras con ese mismo tono de voz, no habría tenido demasiados problemas para seducirla.

Por un momento estuvo tentada de pedirle que se dejara de tanta formalidad y la llamara Nuria, pero si hacía eso la petición sería enviada a los archivos comerciales y, a partir de entonces, tendría que soportar que cualquier sistema operativo, desde su nevera a la máquina de café de la comisaría, la tutearan con engorrosa familiaridad. Así que guardó silencio y arrellanándose en el asiento, dejó que la conversación decayese hasta quedarse a solas con la música del cantautor uruguayo.

10

Poco más tarde el pequeño Waymo se detenía en la calle del Juicio en el distrito de la Barceloneta. Un antiguo barrio de pescadores anclado junto al mar, pero en el que hacía décadas que ya no vivía ninguno. La extensa playa de arena dorada que antes se desplegaba frente al mismo era ya solo un recuerdo, sin dinero para recuperarla por enésima vez tras los cada vez más violentos embates invernales del Mediterráneo. En su lugar, un dique de grandes bloques de hormigón como dados de gigantes mantenía al mar a raya, protegiendo al barrio de aquella engañosa placidez que, en algunas noches de tormenta, se transformaba en furia incontrolable.

El costo de la carrera apareció en la pantalla del reposabrazos y en cuanto Nuria pulsó sobre el símbolo de aceptar, la puerta se deslizó a un lado y el sistema la despidió con un amable: «Que tenga un buen día, señorita Badal», que ella correspondió de igual modo. No había que perder la educación, se dijo, aunque fuera con una máquina.

De nuevo en la calle, echó un vistazo en derredor y se dirigió a un edificio próximo de grandes ventanales y aire melancólico, construido a principios del siglo pasado y en cuya fachada, las autoridades habían tratado de borrar con poco éxito un llamativo grafiti pidiendo el fin de la censura en Internet.

Al llegar frente al portal, se situó delante de la cámara del interfono y presionó el timbre correspondiente al quinto piso.

—¿Aló? —preguntó una voz distorsionada desde el altavoz.

—Hola —contestó—. Soy Nuria.

Al instante, un zumbido de abeja metálica precedió a un chasquido de la puerta.

—Gracias. —Empujó la puerta y entró en el lóbrego y estrecho vestíbulo.

Por alguna razón, desestimó tomar el ascensor y se dirigió a las escaleras a pesar de las cinco plantas que le quedaban por delante. El esfuerzo quizá la ayudase a aplacar todo aquello que bullía en su interior.

Una vez en el quinto, llamó con los nudillos a la descascarillada puerta y una oronda mulata de piel brillante y pañuelo en la cabeza la recibió con una apabullante sonrisa de bienvenida.

—Ay, mi *amol*... —dijo con cantarín acento dominicano—. Cuánto tiempo.

Nuria no pudo evitar contagiarse de aquella sonrisa, inclinándose para darle dos besos a aquella mujer que apenas le llegaba por los hombros.

—Me alegro mucho de verte, Daisy.

—Pasa, hija. Pasa. —Y haciéndose a un lado, añadió—. Qué lindo que hayas venido.

Una vaharada dulzona, mezcla de jabón, sudor y antibióticos, penetró en su nariz desde el interior de la vivienda. Le recordó al olor del hospital e hizo un involuntario amago de dar un paso atrás.

—Gracias, Daisy —dijo en cambio, apartando esa idea de su cabeza y cruzando el umbral—. ¿Cómo va todo por aquí?

—Todo bien..., gracias —contestó con una voz que no lo hacía pensar—. Aunque la señora Linda se nos fue la semana pasada.

—Oh, vaya. Cuánto lo siento.

—Ya tenía noventa y tres, la pobre viejita. No podía hacer nada sola. No sabía quién era ni dónde estaba, ni reconocía a la familia las pocas veces que venían a visitarla. La verdad —añadió con gesto triste— es que no esperaba que llegase a...

La dominicana se quedó callada, como si guardara un improvisado minuto de silencio en memoria de la difunta.

—En fin —suspiró—. El caso es que ahora tengo una plaza libre, así que si conoces a alguien que...

—Claro. Ya preguntaré.

—Pero que sea de confianza, eh —le advirtió con complicidad—. Ya conoces nuestra… ejem, situación.

Nuria sonrió para tranquilizarla.

—Descuida.

Al decir esto, no pudo evitar pensar en que a la simpática dueña de aquel geriátrico ilegal le daría un síncope si supiera que ella misma era policía. Por fortuna —también para ella—, allí no había que dar más que un nombre y el efectivo por adelantado a primeros de mes. Nadie sabía ni quería saber. La dominicana regentaba con sus dos hijas un discreto negocio que le permitía salir adelante, y los familiares que no encontraban plaza o no podían pagarse un geriátrico regulado sabían que con Daisy sus abuelos estarían en buenas manos. Todos ganaban.

El salón de la casa lo ocupaba en buena medida una gran mesa de comedor, rodeada de sillas de madera y respaldos de mimbre. Uno de los lados del salón se abría a un gran ventanal, ahora cubierto con una espesa cortina, mientras que, en la pared opuesta, situados del mismo modo en que una universidad destacaría a los graduados con honores, colgaban los retratos enmarcados de todos los que habían visto pasar sus últimos días en aquella pequeña residencia clandestina.

A Nuria siempre le había parecido un detalle macabro, sobre todo de cara a los actuales inquilinos, que sabían que tarde o temprano su foto también colgaría de la pared.

Se dio cuenta de que aún no habían añadido la foto de la señora Linda.

—Así no los olvidamos —le dijo Daisy, siguiendo la dirección de su mirada—. A veces miramos la foto de un difunto y nos reímos de las cosas que decía o hacía. Los recordamos —añadió con afecto.

Nuria asintió, y por un momento la abordó una inesperada desolación. Si ella hubiera muerto el otro día, ¿quién la recordaría? ¿Quién pondría su foto en la pared y reiría al rememorar sus anécdotas? ¿Cuánto duraría su nombre en la memoria de los que la conocían?

—¿Estás bien, niña? —le preguntó Daisy con voz preocupada, agarrándole el brazo—. Te has quedado muy callada de repente.

—Sí. Estoy bien, gracias. —Esbozó una mueca con aspiraciones de sonrisa.

La dominicana arqueó una ceja con escepticismo, para preguntar seguidamente:

—Bueno, supongo que has venido a ver a don Pepe, ¿no?

—Sí, claro —afirmó, metiéndose las manos en los bolsillos—. ¿Cómo está?

Daisy asintió satisfecha.

—Muy bien, está muy bien. —Y desviando la mirada hacia el pasillo, añadió—. Aunque ahora está durmiendo, como todos a esta hora. Ya sabes —añadió abanicándose con la mano—. Con este calor...

—Ah, ya, comprendo. —Y señalando la segunda puerta del pasillo, preguntó—. ¿Y crees que...?

—¡Pues claro! —repuso abriendo los ojos exageradamente—. ¡Estará encantado! Solo dame un momento para avisarle de que estás aquí. Seguro que querrá vestirse y acicalarse. —Y con una sonrisa pícara, añadió—. Cuanto más viejos, más presumidos.

Quince minutos más tarde la puerta se abrió y por ella apareció un hombre apoyado en un bastón caminando con pasos cortos. Ataviado con un traje gris de verano a rayas y sin corbata, asomando del bolsillo el pico de un pañuelo blanco a juego con la camisa, y cubriendo su desordenado pelo nevado con un sombrero de rejilla de ala corta. Parecía uno de esos actores italianos del siglo pasado que, sin importar la edad que tuvieran, se mantenían siempre dignos y elegantes.

Sus vivaces ojos destacaban joviales en un rostro macilento sembrado de manchas de vejez. Sonrió mostrando una hilera de pequeños dientes amarillos y asintió satisfecho, como si Nuria hubiera acudido puntual a una cita programada.

—Hola, princesa —saludó con voz gastada.

Ella le tomó de las manos, plantándole sendos besos en las mejillas.

—Hola, abuelo.

Aprovechando que a esa hora el sol ya no incidía en la fachada, el anciano había insistido en que salieran al balcón de su habitación, donde Daisy había dispuesto una mesa plegable y un par de sillas de camping. En ese momento, la dominicana ponía ante ellos un platito de aceitunas y un par de vasos de Martini con hielo.

—Perdonad el desorden —se disculpó, haciendo un gesto hacia el andamio que ocupaba medio balcón y llegaba hasta la azotea—. Están arreglando la fachada, y no veo el día de que terminen y se vayan.

—No pasa nada, querida —la excusó el abuelo—. Estamos la mar de bien aquí.

La dominicana sonrió y les guiñó un ojo.

—Invita la casa —dijo y se marchó contoneando su rotunda anatomía.

Una vez se quedaron solos, nieta y abuelo se miraron furtivamente, escamoteando miradas y cumplidos. Ninguno era demasiado hablador. En alguna ventana, un bebé llamaba a su madre llorando desconsoladamente.

—¿Cómo estás? —preguntó al fin Nuria, dándole un corto sorbo a su bebida.

—Viejo —contestó él, sonriendo sin humor—. Dentro de tres semanas cumpliré ochenta y siete.

Nuria le dirigió una mirada evaluadora.

—Pues no los aparentas.

El aludido desechó el comentario con un ademán.

—Mientes peor que tu madre.

Nuria sonrió. Aquello era un cumplido.

—Te falta práctica —añadió el hombre—. Tu padre sí que era un buen cuentista. Desde pequeño me soltaba unos embustes tan buenos, que fingía creérmelos con tal de escucharle. ¿Tú te acuerdas?

Nuria cabeceó, sonriendo ante el recuerdo.

—De niña me contaba cuentos cada noche. Cuentos que se inventaba sobre la marcha sobre princesas, dragones y brujas. Siempre diferentes y siempre con un final feliz.

—A tu padre le encantaban los finales felices.

—Era un optimista —resopló, llevándose de nuevo el vaso a los labios.

Un incómodo silencio cayó sobre ambos como una gasa que apagara los sonidos. Incluso el bebé dejó de llorar en la calle.

—¿Y cómo está tu madre?

Nuria se encogió de hombros, dejando el vaso sobre la mesa.

—Igual. Sigue con su manía religiosa. Cada vez más obsesionada.

El anciano vio su expresión dolida y meneó la cabeza.

—No la culpes —dijo—. Son tiempos difíciles y cada uno se aferra a lo que puede. Da gracias a que no haya entrado en una secta de chiflados apocalípticos, anunciando el fin del mundo con un gorro de papel de aluminio en la cabeza.

—Sí, supongo.

—¿Y tú? —preguntó a continuación.

—¿Yo?

—¿Crees en algo?

Aquella interrogación la pilló por sorpresa. Nunca le había preguntado algo así.

—No… No sé —respondió vacilante—. Diría que no creo en demasiadas cosas… Bueno, más bien en nada. ¿Por qué me lo preguntas?

Atravesó una aceituna rellena con un palillo antes de contestar.

—A veces uno necesita creer en algo.

—Pensaba que eras ateo.

—Y lo soy —afirmó, llevándose la aceituna a la boca—. No estoy hablando de religión.

—No te sigo, abuelo.

El hombre sonrió como si acabara de oír un chiste privado.

—No importa, cariño. —Dejó el palillo sobre la mesa y cruzó las manos sobre el pecho—. Y cambiando de tema, ¿a qué debo el honor de esta visita?

Nuria bajó la mirada, haciendo como que se sacudía unas migas de la camiseta.

—Hacía tres semanas que no venía y como tenía el día libre…

—¿Estás bien?

—Sí, perfectamente.

De nuevo esa sonrisa en el rostro del anciano, multiplicando las arrugas de sus mejillas.

—De verdad que mientes muy mal, Nuria.

Esta se sonrojó bajo el ligero maquillaje que se había puesto esa mañana.

—No…, no sabía con quién hablar. Es decir, no había nadie con quien quisiera hacerlo. —Levantó la mirada como una niña en busca de consuelo—. Entonces pensé en ti y…, bueno.

Él se inclinó hacia adelante con preocupación.

—¿Te ha pasado algo?

Nuria afirmó en silencio con pequeños movimientos de cabeza. Pensó que si abría la boca para contestar, no podría evitar que las lágrimas la traicionaran.

Conociendo a su nieta, José Badal guardó silencio sin insistir, lamentarse o hacer comentarios. Sabía que, en ese momento, Nuria era como un receloso pajarillo al que cualquier sonido podía asustar.

Transcurrió más de un minuto antes de que ella volviera a mirarlo.

Nuria se encontró entonces con los compasivos ojos azules de su abuelo y ya no quiso ni pudo contener el llanto que, rompiendo la frágil barrera que había levantado hasta ese momento, se resquebrajó como una presa que llevara siglos acumulando presión.

11

Diez minutos después, había compartido por primera vez en voz alta con alguien no solo lo que le había sucedido, como había hecho con Susana, sino también cómo se sentía en lo más profundo de su ser.

No sabía qué la había llevado a desahogarse con su abuelo, a hacerle partícipe de la desesperación que se había aferrado a sus tripas, como un repulsivo parásito que extendía grasientos tentáculos por el interior de su cuerpo, infectando cada pensamiento y cada latido de su corazón.

Bueno, en realidad sí que lo sabía. Recordaba todas aquellas veces en que iba a visitarlo cuando era pequeña y aún vivía su abuela. La casa de pasillos estrechos y sillones oscuros donde se sentaba en el regazo de aquel hombre que siempre tenía una piruleta con sabor a cereza en el bolsillo. Los paseos cogida de su mano hasta el bar de la esquina los domingos por la mañana, donde él se sentaba junto a ella en una mesa de la terraza que siempre parecía estar libre y, mientras se tomaba una copa de vino, le preguntaba con auténtico interés sobre la escuela y lo que había aprendido esa semana.

Luego le daba su opinión al respecto, insistiéndole en que no se creyera ni la mitad de lo que le decían. Repetía que no dudara nunca en hacer todas las preguntas que se le pasaran por la cabeza, aunque los otros niños se rieran y la señalaran con el dedo, ya que eso lo único que demostraba era lo dóciles y bien amaestrados que iban a estar cuando se convirtiesen en adultos.

Pasó mucho tiempo antes de que Nuria comprendiera a qué se refería su abuelo.

Treinta años más tarde y sentada en aquella silla de camping que se combaba bajo su peso, dejaba que las últimas lágrimas que había ido acumulando arrastraran aquella angustia mejilla abajo.

Su abuelo tuvo el acierto de no preguntarle cómo se encontraba.

Cuando sintió que se aflojaba el nudo que le oprimía la garganta, se sorprendió al escucharse a sí misma decir en voz alta que abandonaba el trabajo.

José Badal pareció no reaccionar ante aquellas palabras.

—Voy a dejar la policía —insistió.

El anciano siguió sin hablar, pero echó mano a una de las últimas aceitunas que bailaban solitarias en el plato y se la metió en la boca tranquilamente. Parecía un alarde de teatralidad antes de emitir un juicio, pero no fue así. Tras masticar y tragársela, miró a su nieta y continuó callado.

—¿Has oído lo que acabo de decir? —preguntó Nuria, extrañada ante su falta de reacción.

—Te he oído —confirmó—. Pero en realidad no has dicho nada.

Nuria parpadeó confusa.

—¿Qué?

—Ha hablado una mujer asustada que se compadece de sí misma —dijo, inclinándose hacia adelante en la silla—. Pero esa mujer no eres tú.

—Lo he dicho en serio, abuelo.

Este negó con la cabeza.

—Eso es lo que tú crees, pero no. Te conozco demasiado y esto es como cuando tras aquel campeonato de natación, en el que quedaste última, juraste no volver a meterte en una piscina. Tenías catorce años, ¿recuerdas? Viniste a mi casa, lloraste, te enfadaste conmigo por llevarte la contraria, y a la semana siguiente ya estabas entrenando de nuevo como si tal cosa.

—¿Estás comparando una cosa con otra? —inquirió incrédula.

De nuevo, el anciano movió la cabeza de izquierda a derecha.

—Estoy comparando tu reacción. Esperas que te contradiga y trate de convencerte de que abandonar la policía sería la cosa más estúpida que podrías hacer. Pero eso ya lo sabes.

—Ya no soy una niña de catorce años.

—Entonces no hables como si lo fueras.

La incredulidad de Nuria estaba a punto de cruzar la frontera de la irritación.

—Pero ¿es que no me has oído? ¡He matado a mi compañero! —Alzó la voz muy por encima de lo necesario, pero no le importaba en absoluto—. ¡Disparé a David en la cabeza! ¡Aquí! —añadió, apoyándose el dedo en mitad de la frente.

Don Pepe esperó a que su nieta se calmara antes de contestar.

—Fue un accidente —dijo en voz baja y tranquila—. Tú misma acabas de decírmelo. Sé lo fácil que resulta dejarse llevar por la autocompasión, sentarse en una esquina a oscuras y preguntarse *por qué yo.* —Hizo una pausa en la que sus ojos azules parecieron atravesarla—. Pero tú eres mucho mejor que eso. No solo eres la mejor persona que he conocido nunca, sino también la más valiente y cuerda. Si te rindes, ese criminal que puso a tu compañero en la trayectoria de la bala, en cierto modo, habrá ganado. ¿Acaso eso es lo que quieres?

Dicho esto, estiró la mano por encima de la mesa reclamando la de ella. Nuria vaciló, aún enojada, pero al final correspondió al gesto y estrechó con afecto los dedos huesudos de su abuelo.

—Es que… no sé qué hacer —confesó desolada, de nuevo al borde de las lágrimas—. Cada vez que cierro los ojos, veo a David mirándome fijamente mientras la maldita bala vuela hacia su cabeza. Cuanto más lo pienso, más convencida estoy de que supo que iba a morir. Él…

José Badal la interrumpió, apretando con sus manos la de ella.

—No pienses en ello.

Los rasgos de Nuria reflejaron desolación.

—¿Cómo no voy a pensar en ello? —La barbilla le tembló sin control—. ¿Cómo?

El anciano paseó la vista por la superficie lacada de la mesa, como si buscara la respuesta en las manchas de café que la tatuaban.

—No lo sé —dijo, levantando la vista con tristeza—. Aunque sí sé lo que *no* debes hacer —agregó con gravedad—. No debes quedarte en casa perdiendo el tiempo y lamentándote. Cuanto antes mantengas la mente ocupada en algo, antes olvidarás lo sucedido o, como poco, dejará de dolerte tanto. Si quieres mi consejo, vuelve lo antes posible al trabajo.

—No... No sé si sería una buena idea.

—¡Por supuesto que lo es! —replicó frunciendo el ceño—. Haz caso a la decrépita voz de la experiencia. Llama ahora mismo a tu jefe y le dices que quieres volver a trabajar mañana mismo.

Nuria apuntó un mohín ante el entusiasmo de su abuelo.

—Es más complicado que eso. Aún tengo que pasar una evaluación psicológica y además hay una investigación interna en marcha.

—¿Una investigación?

Ella desechó sus temores con un ademán.

—No te preocupes, abuelo. Es solo un trámite obligatorio para... —Tragó saliva—. En fin, que no te preocupes. Pero por lo menos pasará una semana hasta que tenga la posibilidad de volver.

Estuvo a punto de añadir «si es que vuelvo», pero no quería recibir una nueva reprimenda.

El anciano pareció sopesarla con la mirada, antes de preguntar.

—¿Y qué harás mientras tanto?

Nuria se encogió de hombros.

—Mientras tanto, no lo sé. Pero lo que voy a hacer ahora mismo —afirmó, poniéndose en pie y exprimiendo una sonrisa— es invitar a comer a mi abuelo favorito.

—¿Y luego me acompañarás a ver cómo está Fermina? —preguntó este—. Hace un par de meses que no me acerco a verla y ya no recuerdo la última vez que lo hiciste tú. Seguro que te echa de menos.

Nuria asintió sonriente.

—Claro, yo también tengo ganas de ir a verla.

Tras el prometido almuerzo en un pequeño restaurante de la plaza de la Barceloneta, tomaron un taxi —el abuelo no quería oír ni hablar sobre subirse a un vehículo sin volante ni conductor— y se acercaron a visitar a Fermina.

En realidad, Fermina era un modesto velero *Beneteau Oceanis* de poco más de nueve metros y casi más viejo que ella, amarrado en el Port Vell desde que Nuria tenía memoria. En él su abuelo le enseñó a navegar y fue durante aquellas largas horas de navegación frente a la costa barcelonesa cuando se forjó aquella profunda amistad, que con el tiempo palió el vacío dejado por la muerte de su padre.

Hacía más de un año que Nuria no ponía un pie en el barco, y no había vuelto a zarpar desde que ingresó en la academia de policía. Siempre se decía a sí misma que tenía que volver a salir un día a navegar con su abuelo, como en los viejos tiempos, pero al final, de forma invariable encontraba una excusa para no hacerlo y cada año que pasaba se hacía más difícil repetir aquellas largas charlas a la caña del timón. Demasiados recuerdos, quizá.

Pero esa tarde, aprovechando que un frente nuboso ocultó el sol, mitigando el martirio de estar al aire libre, entre los dos limpiaron la cubierta, pusieron el motor auxiliar en marcha y revisaron los cabos como si se estuvieran preparando para partir. El trabajo de mantenimiento en el Fermina ayudó a Nuria a olvidarse de sus problemas durante un par de horas y, cuando agotada por el calor y el esfuerzo, se sentó en la bañera de popa a descansar, el abuelo bajó a la cocina y regresó con dos botellas de Moritz en la mano.

—No están muy frías, pero es lo que hay. ¿Te apetece?

—¿Estás de broma? —replicó, arrebatándole una de las cervezas—. Estaba a punto de tirarme al agua para refrescarme.

—No sé yo si hubiera sido buena idea —apuntó este, echando un vistazo a la capa de aceite y basura sobre la que flotaba el velero.

—No, mejor la cerveza, qué duda cabe —coincidió Nuria, alzando la botella a modo de brindis—. Por Fermina.

—Por Fermina —repitió el abuelo, imitándola—. Porque un día volvamos a navegar con ella hacia el amanecer.

—Que así sea —añadió Nuria antes de darle el primer trago, e ignorando a la voz que le decía que eso ya no iba a pasar jamás.

Con la caída de la tarde y tras separarse de su abuelo frente a un taxi, Nuria se encontró deambulando sin rumbo por el dédalo de calles estrechas del antiguo barrio del Borne, ojeando con desprecio los carteles electorales de los candidatos que se presentaban a las elecciones del 1 de octubre. Le costaba decidir cuál le caía peor de todos ellos.

Dudó un par de veces si entrar en alguno de los pequeños y acogedores cafés que le salían al paso, pero siempre se imaginaba a sí misma sentada a una mesa y con la vista clavada en su bebida, dándole vueltas a la cabeza hasta caer de nuevo en el pozo del desánimo y los remordimientos.

Su abuelo tenía razón: debía mantener la mente ocupada.

Sin darse cuenta de cómo había llegado hasta ahí, se encontró frente a la puerta de un cine Minimax, instalado en lo que había sido un edificio oficial de la derogada Generalitat. Pagó la entrada y eligió una película al azar, una titulada *La chica mecánica*.

Compró un cubo grande de palomitas y una bebida gigante de cola, y no fue hasta que tomó asiento en la última fila cuando se dio cuenta de que en realidad no tenía hambre. Las estaba dejando en el asiento de al lado cuando se apagaron las luces y se iluminó la pantalla, mostrando una bandera de España ondeando al viento a la vez que comenzaba a atronar el himno nacional por los altavoces.

La docena de espectadores que había en la sala se puso en pie y, por un momento, Nuria se resistió a la idea de imitarlos con la esperanza de que hundiéndose en su butaca nadie la vería. Pero entonces la luz de una linterna le apuntó a la cara desde un costado, deslumbrándola, y una voz sin rostro le pidió por favor que se levantara. Algunos de los presentes se volvieron hacia ella y Nuria imaginó sus gestos de reproche que podían convertirse en una denuncia por desprecio a los símbolos patrios. No valía la pena arriesgarse a una falta y su correspondiente pérdida de puntos de ciudadanía, así que de mala gana se puso en pie como los demás, esperando a que terminaran de sucederse imágenes de la familia real y el presidente, así como de estampas idealizadas de los grandes hitos de la historia de España.

Trató de dejarse llevar por la película, un intrincado *thriller* político-policial ambientado en un futuro no muy lejano en la exótica Tailandia. Siempre había querido ir a Tailandia, pensó torciendo el gesto, pero ya era demasiado tarde. Debió hacerlo diez años atrás, cuando aún no había estallado el conflicto en el sureste asiático.

Al final, la película le gustó tanto que se quedó hasta los créditos, sorprendiéndose al descubrir que estaba basada en un libro escrito hacía casi veinte años. Preguntándose cómo era posible que un simple escritor anticipara un futuro en el que el nivel de todos los mares se elevase más de un metro tras el súbito deshielo de Groenlandia, pero que ni la ONU, ni el FMI ni ninguna otra organización mundial hubieran hecho nada al respecto. ¿Por qué solo dieron el volantazo cuando ya nos habíamos salido de la curva y nos caíamos sin remedio por el precipicio?

La pantalla se fundió a negro, las luces se encendieron y los grandes ventiladores del techo dejaron de funcionar, invitando a los pocos espectadores que aún permanecían en sus asientos a que abandonaran la sala. Uno de ellos, un hombre joven rapado al cero y con un tatuaje de España Primero en el antebrazo, le dedicó una mirada torva al pasar por su lado. A Nuria le pareció que murmuraba un insulto entre dientes, pero prefirió ignorarlo. Lo último que le apetecía era enfrentarse a un neopatriota en busca de camorra.

Para cuando salió del cine, el sol ya no ejercía su dominio aplastante sobre las calles y la temperatura había descendido hasta límites soportables. De nuevo sin saber qué hacer, desechó la posibilidad de meterse de nuevo en el cine y ver otra película, y también por un momento dudó si llamar a Susana o incluso a su madre. Pero, aunque le apetecía hablar, se dio cuenta de que no deseaba hacerlo con nadie que la conociera. De modo que vagó sin rumbo y en el primer bar que le salió al paso entró, se sentó en la barra y pidió un *gin-tonic*.

Al cabo de una hora ya había rechazado a dos pelmazos que insistían en invitarla a una copa, pero el tercero resultó ser un tipo agradable, con unos bonitos ojos ambarinos y una amplia sonrisa que no dudaba en sacar a relucir con encantadora reincidencia. A Nuria le recordó a su gato Melón. Solo le faltaba ronronear y, al cabo de un rato de hablar con él, estuvo tentada de rascarle bajo la barbilla para ver si en verdad lo hacía.

Poco a poco el alcohol, el calor y los encantos del desconocido hicieron su efecto. Deseosa de no pasar la noche a solas consigo misma, se dejó conducir a una pensión cercana donde permitió que las ávidas manos del hombre la desnudaran primero y luego la poseyera una y otra vez hasta bien entrada la madrugada.

Cuando despertó a la mañana siguiente él ya no estaba allí, y no fue capaz de recordar su nombre.

Quizá ni se lo preguntó.

12

La puerta del despacho se abrió, y un hombre más bajo que ella, de pelo cano muy corto y vestido de manera calculadamente informal, asomó sin soltar el pomo de la puerta. A continuación le dirigió una sonrisa cordial, que arrugó la comisura de sus ojos tras sus gafas redondas.

—Agente Badal —la saludó, realizando un amplio gesto en dirección a su despacho—. Buenos días.

—Cabo Badal, si no le importa.

—Claro, claro… Disculpe.

Nuria se levantó de la incómoda silla de plástico de la sala de espera y, correspondiendo al saludo con voz apagada, cruzó la puerta con el mismo ánimo de un paracaidista que no estuviera seguro de si su paracaídas se abriría o no al tirar de la anilla.

Tomó asiento frente al amplio escritorio de madera y echó un vistazo a su alrededor. Un lugar a medio camino entre una oficina y una consulta médica. A un lado, una estantería soportaba una extensa colección de obsoletos y voluminosos libros médicos, quizá sin otra función que la de exhibirse e intimidar a los pacientes, del mismo modo que lo hacía la colección de títulos y fotos con altos funcionarios colgada de la pared opuesta.

No era la primera vez que estaba ahí, pero en las anteriores ocasiones lo había hecho de forma rutinaria, plena de confianza y como un mero trámite que debía cumplir anualmente como el resto de los agentes. Esta vez se sentía algo más que insegura. Tenía miedo.

El hombre de pelo cano rodeó la mesa y ocupó su cómodo sillón de piel marrón, situado bajo el pomposo diploma que acreditaba a don Alberto Paniagua García como psicólogo doctorado por la Universidad de Valladolid.

—¿Desea tomar algo? —dijo, señalando una bandeja con bebidas variadas—. ¿Un café? ¿Agua? ¿Un refresco?

—No, gracias —contestó Nuria, colocando las manos sobre el regazo.

—Relájese, por favor —dijo el doctor al ver su postura cohibida—. Quiero que se sienta cómoda.

—Estoy relajada, gracias.

—De acuerdo… —asintió no muy convencido—. Tiene buen aspecto, cabo Badal —añadió, arrellanándose en su asiento—. ¿Cómo se encuentra?

—Bien, gracias.

El doctor Paniagua pareció evaluar esa respuesta como si le hubiera entregado un informe de cien páginas. Por eso y por otras cosas, Nuria detestaba a los psicólogos.

—Ajá —contestó escueto, desviando la vista hacia la tableta que sostenía entre las manos.

Dio unos golpecitos sobre la pantalla y preguntó:

—¿Cómo está su madre?

—¿Mi madre? —Estuvo a punto de contestar con un «a usted que le importa», pero se contuvo a tiempo—. También está bien, gracias.

—Según parece —levantó la vista y la miró a los ojos—, no la ve demasiado a menudo.

—Bueno, yo…

—¿Por qué?

Nuria se revolvió incómoda en la silla. No se esperaba que la entrevista fuera por esos derroteros.

—No entiendo a qué viene esa pregunta —confesó—. Creí que esto era una evaluación para determinar si podía reincorporarme.

El psicólogo esgrimió una sonrisa de suficiencia que a Nuria no le gustó nada.

—Cualquier aspecto de nuestra vida puede ser revelador como reflejo de nuestra psique, cabo Badal. —Entrelazó los dedos y se inclinó sobre la mesa—. Así que, dígame, ¿cuáles son los sentimientos hacia su madre?

Dudó un segundo, antes de responder.

—Pues... la quiero, naturalmente.

—¿Y?

—Yo... Eh... Es mi madre.

El doctor Paniagua se abstuvo de insistir. En cambio, miró a Nuria antes de hacer una larga anotación en su tableta.

—Entiendo —bisbiseó mientras lo hacía.

Durante un segundo estuvo tentada de preguntarle qué demonios creía entender. Decirle que en realidad no sabía una mierda de nada.

—El trabajo —alegó en cambio—. El trabajo no me deja mucho tiempo libre para ir a visitarla.

—Ya, claro —contestó, sin levantar la vista de la tableta.

Durante un tiempo que a Nuria se le hizo absurdamente largo, el psicólogo siguió escribiendo hasta que, alzando la mirada, preguntó:

—¿Cree usted que está preparada para reincorporarse al servicio?

Aquella apelación tan directa la tomó de nuevo por sorpresa. Quizá es que ese era su juego: descolocar a su interlocutor.

—Sí. Por supuesto —respondió sin vacilar.

—La veo muy segura de ello.

—Lo estoy.

La pausa que siguió a su réplica le hizo intuir a Nuria que de nuevo aquella no era la respuesta correcta. Si aquello hubiese sido un concurso televisivo, se habría encendido una luz roja en su atril con un bocinazo: «¡Meeek!».

—Han pasado solo unos pocos días desde el incidente —dijo el doctor, todo condescendencia—. Es normal que se sienta confusa y alterada, no tiene por qué avergonzarse de ello. Yo estoy aquí para ayudarla, pero ha de ser sincera conmigo.

Y una mierda.

—Estoy bien.

—¿No ha sufrido pesadillas?

—He dormido bien.

—¿Se ha automedicado?

—Nunca lo he hecho.

—¿Drogas? ¿Hachís, marihuana…?

—No.

—¿Bebe usted?

—¿Perdón?

—¿Una cerveza? ¿Vino? ¿Whisky?

—No…, bueno, alguna cerveza cuando salgo por la noche. Nada más.

—¿Ha hablado ya con la viuda de su compañero?

—¿Qué? Yo… No he… —¡Meeek!—. No he podido aún. No he encontrado la…, bueno, la oportunidad adecuada.

—Gloria, ¿no? Se llama Gloria Palau. Y su hijo… —Toqueteó un instante la tableta—. Su hijo se llama Luis, de tres años de edad.

—Sí…, Luisito. Un niño precioso…, tiene los ojos de su padre. Y ella es un encanto de mujer.

Paniagua apuntó algo en su tableta.

—Por lo que veo tenía una estrecha relación —prosiguió de inmediato—. Más allá del terreno laboral.

—Era mi compañero y mi amigo.

—¿Nada más?

—¿Qué?

—Le pregunto si había algún tipo de relación afectiva entre ustedes.

—¿Qué?

Su cerebro parecía incapaz de hacer otra cosa que formular esa pregunta.

¡Meeek!

—¿Había una relación íntima entre el agente Insúa y usted? —explicó el doctor con calma.

—¡No! —prorrumpió al fin, apenas emergiendo de su aturdimiento—. ¡Nunca! —exclamó enervándose en la silla—. ¿Cómo se atreve a sugerir algo así?

—Tranquilícese, por favor.

—¿Que me tranquilice? Pues deje de hacer esas insinuaciones.

—Yo no he insinuado nada. —Alzó las manos, alegando inocencia—. Solo le he hecho una pregunta.

—Y una mierda —dijo esta vez en voz alta, antes de que pudiera contenerse.

¡Meeek! ¡Meeek! ¡Meeek!

—Relájese, cabo Badal. Esto no es un juicio, solo una evaluación para determinar la idoneidad de su reintegración al servicio activo.

Nuria abrió la boca para replicar de nuevo, pero en el último momento se vio a sí misma a punto de insultar al psicólogo que la estaba evaluando.

Entonces cerró los ojos, tomó aire todo lo que le permitieron sus pulmones y expulsándolo por la nariz tal y como le habían enseñado en clase de yoga, dejó que este arrastrara fuera de sí toda su ira.

—Le pido disculpas —dijo al terminar la operación, con voz atemperada—. Toda esta… situación. Es algo muy duro. Todavía estoy… Estoy bien, pero todavía necesito algo de tiempo para asumir… —Se detuvo un instante, al darse cuenta de que estaba balbuceando—. *Necesito* reintegrarme al servicio —concluyó.

—¿Por qué?

—¿Cómo que por qué? Porque es mi trabajo. Es lo que mejor sé hacer, lo que me gusta, lo que necesito.

—¿Y no cree que lo que le ha sucedido puede afectar a su rendimiento como policía?

—No. En absoluto.

—El estrés podría afectarla y hacer que cometiera errores de juicio.

—Eso no va a pasar.

—¿Y si se volviera a encontrar en una situación similar?

Nuria entrecerró los ojos con suspicacia.

—No le comprendo.

—Imagínese —dijo el psicólogo, retrepándose en su asiento—, que volviera a encontrarse en una situación de rehenes. Que un sospechoso armado retuviera a su nuevo compañero, amenazando con matarlo si no tira su arma. Que solo tuviera unos segundos para decidir qué hacer.

Nuria meneó la cabeza, negando tal eventualidad.

—Es imposible que vuelva a sucederme. No a mí.

—Improbable, pero no imposible —corrigió el psicólogo—. Le quedan tres segundos.

—Eso no…

—Dos segundos.

—Pero…

—¡Bum! —exclamó el doctor, golpeando la mesa con ambas manos—. ¡Su compañero acaba de morir!

—¡Esto no es justo!

—La vida no es justa, cabo Badal. Acaba de morir otro compañero. Otra viuda. Otro huérfano. Por haberse quedado paralizada.

La voz del psicólogo era un torbellino que se mezclaba con imágenes de David desangrándose en el suelo. Mirándola desde aquel tercer ojo que ella le había hecho en la frente.

—¡Cállese! —aulló—. ¡No pude hacer nada! ¡No fue culpa mía!

—Fue usted quien apretó el gatillo. —Le apuntó con un índice acusador—. Usted, cabo Badal.

Sin saber muy bien cómo. Como si alguien que no fuera ella tomara el control de su cuerpo y sin posibilidad alguna de evitarlo, se vio a sí misma levantándose de un salto de la silla y abalanzándose sobre el psicólogo. Este, con los ojos desorbitados por el miedo, solo tuvo tiempo de pulsar el botón de alarma antes de que aquella mujer de casi metro ochenta y gesto desquiciado le agarrara por el cuello con intención de estrangularle mientras le gritaba una y otra vez:

—¡Cállese! ¡Cállese! ¡Cállese!

13

El ajetreo en la cafetería de la comisaría de la plaza de España ayudaba, de algún modo, a calmar los ánimos de Nuria y a que su conversación con Susana, sentada frente a ella aún con el uniforme y sosteniendo un humeante café doble entre las manos, no llegara a oídos ajenos.

—Tres semanas de suspensión de empleo y sueldo —le explicaba Nuria, algo más calmada después de la segunda tila—. Y una nueva revisión psicológica dentro de un mes para decidir si la suspensión se convierte en expulsión del cuerpo.

Su amiga la miraba con algo más que sorpresa en los ojos. Le dio un sorbo al café antes de afirmar con cautela.

—Pues creo que aun así has tenido suerte.

Nuria le devolvió una mirada adusta.

—Ya empiezo a estar harta de que me digan que tengo suerte.

Susana negó con la cabeza.

—Joder, Nuria. Has estado a punto de estrangular al psicólogo de la policía.

Nuria frunció el ceño.

—¿Eso que veo en tu cara es una sonrisa?

Susana se tapó la boca, pero ya era tarde para negarlo. Dejó que esta se ensanchara en su cara.

—Pero ¿a quién se le ocurre saltarle encima al psicólogo que te está evaluando?

—¡Ese imbécil no hacía más que provocarme! —replicó, indignada por la reacción de su amiga—. ¡Se lo estaba buscando!

—¡Coño, claro! ¡Es que ese es su trabajo! Estaba empujándote para ver si explotabas. —Soltó una carcajada, ya sin ningún recato—. ¡Y vaya si lo hiciste!

—No tiene gracia.

—Sí que la tiene —objetó Susana—. ¡Menudo susto le debiste dar al fulano!

Finalmente, la sonrisa también afloró en los labios de Nuria.

—Eso es verdad —admitió, rememorando la escena con un brillo de diversión en la mirada—. Creí que se iba a mear encima.

—¡Ja, ja! ¡Hubiera pagado por verlo!

—La próxima vez me llevo las glasscam y cuelgo el vídeo en YouTube. —Le guiñó un ojo.

Las dos amigas se rieron durante un rato, dejando así que la tensión y el malhumor desapareciera, como solía suceder siempre que estaban juntas.

Cuando volvieron a quedarse en silencio a merced del rumor de las conversaciones ajenas, Susana le preguntó:

—¿Y qué vas a hacer mientras tanto?

Nuria se encogió de hombros.

—Ni idea, la verdad. Me han recetado estas pastillas —dijo llevándose la mano al bolsillo y sacando un pequeño bote de plástico lleno de cápsulas verdes—, y sugerido que haga mucho deporte y que busque un hobby que me permita relajarme.

—¿Un hobby? ¿Tú?

—Ya, lo sé. Tendré que buscarme uno. ¿Alguna sugerencia?

—¿Beber cerveza cuenta como hobby?

Nuria negó sonriente.

—Eso entra dentro de las necesidades básicas, como dormir y comer.

—Ahí le has dado —asintió Susana, alzando el café como si fuera un brindis antes de darle un nuevo sorbo—. ¡Ah, ya sé! ¿Qué tal un viaje?

—¿Un viaje? No sé si...

—¡Es perfecto! —exclamó Susana, indiferente al gesto escéptico de su amiga—. Podrías ir a París. Nunca has estado en París, ¿no?

—Pues… no.

—¡Ojalá pudiera acompañarte! Creo que reconstruyeron el centro después de las revueltas, dicen que incluso está mejor que antes. Me parece que hasta la Torre Eiffel la están volviendo a levantar. ¡Tienes que ir!

—Sí, ya… No sé, Susi. No creo que sea una buena idea. Con todo lo que ha pasado, no estoy segura de que unas fotos mías en Instaface paseando por París sea la imagen que quiero dar.

Susana fue a contestar, pero de inmediato se dio cuenta de que Nuria estaba en lo cierto. El etiquetado automático hacía que, aunque solo cruzara un instante por delante de cualquiera que estuviera haciendo una foto o un vídeo, el reconocimiento facial pudiera identificarla, etiquetarla y hacerla aparecer en las redes sociales en cuestión de segundos sin siquiera enterarse. Eran malos tiempos para pasar desapercibida.

—Mmm…, ya —admitió—. Tienes razón. Pero entonces…, ¿qué vas a hacer?

—No lo sé. Puede que siga el consejo del psicólogo.

—¡Ni se te ocurra! —protestó Susana, amenazándola con el dedo—. Mejor borracha que enganchada a esas putas pastillas.

Nuria sonrió de nuevo y le palmeó el brazo con cariño.

—Gracias, Susi.

Esta levantó una ceja.

—¿Gracias? ¿Por qué?

—Por estar aquí.

—Me has invitado a café —alegó—. No podía hacer otra cosa.

Nuria sonrió e inclinándose hacia adelante le preguntó en voz baja:

—Entonces ¿puedo aprovecharme y pedirte otro favor?

—Claro, ¿qué necesitas?

—Información.

—¿Información? —repitió, extrañada por la petición y el tono en que la había hecho—. ¿De qué?

Nuria miró en derredor con discreción antes de contestar.

—He tratado de acceder al informe de mi… —vaciló, buscando una palabra adecuada— incidente, pero está bajo secreto de sumario y no puedo entrar en él.

—¿Y qué quieres que haga yo? Si está bajo secreto, tampoco tengo acreditación para verlo.

—Lo sé. Por eso necesito que averigües lo que puedas. Yo no puedo pasearme por la comisaría haciendo preguntas mientras esté suspendida, pero tú sí.

—De acuerdo —accedió, lejos de estar convencida—. Pero no es mi investigación ni mi departamento, así que no sé hasta dónde podré escarbar sin que me den un portazo en las narices.

—Lo sé. Tú solo averigua lo que puedas.

—De acuerdo —asintió—. Pero antes dime por qué quieres saber todo eso.

—¿Es que tú no querrías saberlo?

—Esa no es una respuesta.

—David está muerto, Susi —contestó con gesto grave—. Necesito saber por qué, si no quiero volverme loca.

—Tan solo estuvisteis en el lugar y en el momento equivocado. Eso es todo. No le dés más vueltas.

Nuria apoyó los antebrazos en la mesa, inclinándose hacia adelante y bajando aún más la voz.

—No, no fue una casualidad. Creo que ese cabrón sabía que íbamos y estaba allí esperándonos.

Susana alzó las cejas con incredulidad.

—¿A vosotros? ¿Y por qué iba a hacer eso?

—Eso es lo que necesito averiguar —replicó en un susurro—. Pero no creo que fuera un simple yonqui, como insiste Puig. —Negó con la cabeza antes de explicarse—. El tipo al que íbamos a ver, al que le rebanó el pescuezo antes de que llegáramos, era un esbirro de Elías al que llevábamos tiempo presionando sin resultado y de buenas a primeras llamó a David para que fuera con urgencia a verlo.

—Joder, ¿crees que iba a traicionarlo?

—Es muy probable.

—¿Y estás pensando que… —miró a su alrededor con precaución, antes de añadir— Elías ordenó que os dieran matarile a los tres?

Nuria se quedó mirando a su amiga en silencio, no hacía falta que contestara a eso.

—Haré lo que pueda —afirmó Susana—. Pero…, bueno, ya sabes cómo va esto.

Nuria le cogió la mano y sonrió tranquilizadora.

—Lo sé. Gracias, Susi.

—De nada. —Le guiñó un ojo en respuesta—. ¿Y tú qué vas a hacer mientras tanto?

Nuria compuso un gesto pensativo.

—Mmm… No sé. Quizá me vaya de viaje a París, como me has sugerido.

Susana meneó la cabeza.

—Y una mierda —resopló—. Te vas a encerrar en casa a ver películas de terror y a comer helado, ¿no?

En respuesta, Nuria ensanchó una sonrisa culpable de oreja a oreja.

14

Cuando la noche al fin cayó sobre la ciudad y el despiadado sol se aburrió de derretir aceras, los agotados barceloneses tomaron el relevo de los turistas en las calles y, poco a poco, comenzaron a aparecer por los portales de los edificios como marmotas tras un sueño invernal.

Las sandalias con calcetines y las hordas de chinos en patinetes eléctricos se esfumaron como por ensalmo cuando las farolas de bajo consumo ya no alumbraron lo suficiente como para lograr buenas fotos que compartir en las redes. Las estrechas calles peatonales del barrio de Gràcia eran espectadoras de los efímeros riachuelos de vecinos que fluían desde los viejos edificios modernistas y confluían en plazas y terrazas, felicitándose por haber sobrevivido a un día más de aquella eterna ola de calor.

Las baterías y placas solares ilegales en la azotea del número 77 de la calle Verdi permitían disfrutar a los vecinos del edificio de casi veinticuatro horas de electricidad garantizadas, cubriendo los cortes de energía que sistemáticamente afectaban a la ciudad en las horas punta de calor. De ser descubiertos, los inquilinos del inmueble tendrían que afrontar una fuerte multa por vulnerar la Ley de Competencia Energética, que gravaba de forma prohibitiva el uso de la energía solar. Pero era eso o morir asfixiados, así que no había mucha alternativa.

Nuria, retrepada en su mullido sofá gris con Melón en el regazo, disfrutaba del aire acondicionado que mantenía la temperatura en unos soportables veintiséis grados centígrados. Clavó la cucharilla en la tarrina de helado de vainilla a medio derretir y sonrió para sí cuando se la llevó a los labios, pensando en lo cerca que había estado Susana de acertar cómo iba a pasar el día. Solo falló en lo referente a las películas de terror, pero estaba distrayéndose con un biopic de Netflix sobre el mandato de Donald Trump y su sustitución en el cargo por parte de su hija Ivanka; así que, al fin y al cabo, tampoco había ido tan errada.

La pequeña bola de helado se deshacía en su boca mientras, con los ojos cerrados, Nuria la hacía rodar con la lengua, llevándola de lado a lado en el interior de las mejillas, deleitándose en que no se escapara ni una pizca de sabor. Abrió los ojos de nuevo, cuando, en la pantalla de cincuenta pulgadas del salón, el actor que interpretaba al cuadragésimo quinto presidente de los Estados Unidos firmaba la orden de ocupación del territorio mexicano al norte del paralelo veinticinco, esgrimiendo que era la única manera de acabar de forma definitiva con la emigración y el tráfico de drogas de los cárteles del Chihuahua y Sinaloa.

—A quién se le ocurre… —masculló Nuria, rememorando lo mal que había terminado la historia, pero al hacerlo con la boca llena de helado sonó más bien como: «*A guien ge e oguje…*».

En ese preciso momento, en la esquina superior derecha de la pantalla, apareció el símbolo de aviso de una llamada.

—*Contegtag llamaga* —pidió en voz alta al asistente.

—Lo siento —contestó la voz de Sofía en tono de disculpa—, pero no puedo ayudarte en eso.

Nuria hizo un esfuerzo por vocalizar y lo intentó de nuevo, abriendo exageradamente la boca al hacerlo.

—*Contegtar… llamaga.*

—Contestando llamada —confirmó esta vez el asistente y, al instante, la imagen de su interlocutora sustituyó al enojado hombre naranja de la pantalla—. *¡Hoga Gugi!* —la saludó efusivamente.

—¿Qué coño te pasa en la boca? —preguntó esta, acercándose a la cámara.

—*Espega…* —se excusó Nuria con un ademán, haciendo aguardar a su amiga unos segundos hasta que pudo tragárselo todo—. Ya está —dijo, pasándose la mano por la boca—. ¿Qué pasa?

—Pasa, que hice lo que me pediste —le informó en voz baja.

—¿Lo que te pedí? —inquirió Nuria, haciendo memoria—. Ah, sí. Que accedieras a…

—Sí, eso —la interrumpió Susana en un susurro.

—¿Por qué hablas así?

—Aún estoy en la comisaría —aclaró, echando una mirada furtiva a su espalda.

—Entiendo —asintió, bajando también la voz, aunque en su caso no tuviera sentido—. ¿Y qué has averiguado?

—Nada —contestó, negando con la cabeza—. No hay nada.

—¿Nada relevante?

—No. Quiero decir, nada de nada. El informe no está en nuestros archivos ni en los del juzgado.

—No te comprendo. Eso…, eso es imposible. Tienes que haberlo pasado por alto.

—Créeme, lo he buscado a conciencia.

—Pero…, pero debe haber un informe. Un agente ha muerto, Susi. El tema está bajo secreto de sumario.

—Pues debería, pero no. ¿Qué quieres que te diga? O alguien lo ha borrado o nunca ha estado ahí.

—¿Y dónde iba a estar si no es ahí?

—Quizá lo hayan clasificado secreto y esté en una intranet a la que no puedo acceder.

—¿Y por qué iban a clasificarlo como secreto?

—Y yo qué sé —replicó—. Pregúntale al comisario.

—Buena idea.

—Joder, no. Era broma, Nuria. No puedes preguntarle eso —le advirtió, frunciendo el ceño—. Si lo haces, sabrá que has entrado en los archivos y te meterá un paquete de narices. O peor aún, se enterarán de que lo he hecho yo por ti, y me meterán a mí el paquete.

—Puedo ser sutil.

—¡Ja! —prorrumpió Susana—. ¿Sutil? ¿Tú? Eres la mujer menos sutil que conozco.

—Mira quién fue a hablar.

Susana exhaló un suspiro.

—En serio, Nuria. No lo hagas. No vas a sacar nada, aparte de otro borrón en tu expediente.

—No puedo quedarme de brazos cruzados, Susi.

—Pues busca otra manera.

Nuria lo pensó un momento y terminó por asentir.

—Sí, quizá tengas razón.

—Siempre la tengo —replicó ufana.

—Sí, claro. —Sonrió Nuria, ya con la cabeza en otro sitio—. Luego te llamo.

El rostro de Susana la miró con desconfianza desde la pantalla.

—¿Qué vas a hacer?

—Aún no lo sé.

—Vale, pero tenme al corriente, ¿de acuerdo? No hagas ninguna estupidez sin avisarme antes.

—Claro, cuenta con ello.

Susana soltó un bufido.

—Joder, qué mal mientes Nuria.

—Eso me han dicho. —Sonrió—. Hasta luego Susi, y gracias —se despidió un segundo antes de cortar la llamada.

Tenía razón. Mentía muy mal.

La sola idea de regresar a Villarefu y en especial a aquella casa le provocó un escalofrío que le recorrió la espalda hasta la nuca. Estaba demasiado fresco lo sucedido allí, cerrando los ojos casi podía percibir aún el olor a humedad y a cerrado, o escuchar la desquiciante música al otro lado de la calle. Era una idea estúpida, pero no se le ocurría otra mejor.

Sin acceso a testigos, a las pruebas o al informe, lo único que podía hacer era regresar a la escena del crimen y tratar de hallar alguna pista por su cuenta. Lo que no podía hacer era quedarse en casa de brazos cruzados… o mejor dicho, sí podía, pero no quería. Hacerlo sería el equivalente a esconderse debajo de la cama y, en realidad —pensó—, no había mejor manera de superar un trauma que enfrentándose a él lo antes posible. Así que, en cierto modo, la excusa para obligarse a ir se la habían puesto en bandeja.

—Vamos allá —murmuró para sí y, dejando a un lado el helado a medio comer, se puso en pie tratando de no pensar mucho en lo que estaba a punto de hacer. No fuera a sufrir un inoportuno ataque de sensatez.

Le llevó solo un momento vestirse de forma discreta, con ropa holgada y oscura a la que añadió un pañuelo negro con el que se cubrió la cabeza. Al amparo de la noche, esperaba que le ayudara a pasar desapercibida dentro del campo, donde la gran mayoría de las mujeres eran magrebíes. Mirándose al espejo concluyó que aquel disfraz no soportaría un segundo vistazo, pero no tenía nada mejor a mano, así que tendría que valer.

A continuación, rebuscó por la casa y se hizo con una navaja, pinzas, bolsitas herméticas y todo lo que creyó que podía resultarle útil para recolectar pruebas y lo metió todo en una pequeña mochila de piel marrón. Luego hizo lo mismo con la linterna reglamentaria y, finalmente, abrió la caja fuerte del armario y sacó de ella su Walther PPK con la funda de clip, enganchándola en la parte de atrás de su cinturón y disimulándola bajo la holgada camisa. Esperaba no verse obligada a usarla mientras estaba suspendida de empleo, porque sería difícil de justificar, pero lo que tenía claro es que de ninguna manera iba a ir a Villarefu en plena noche y desarmada. Una cosa era actuar estúpidamente, y otra distinta serlo.

Ahora le quedaba solucionar el pequeño problema de cómo llegar hasta allí.

Los taxis y los Waymo no entraban en el campo, así que ambos quedaban descartados. Podía pedirle su coche a Susana, pero como precio tendría que mentirle para no preocuparla; de modo que terminó decantándose por uno de los pequeños eSmart eléctricos de BCNrent, que se alquilaban por horas y de los que había un punto de carga a solo dos manzanas.

Por último, hizo un rápido chequeo palpándose los bolsillos para asegurarse de que lo llevaba todo, dio una última inspiración para hinchar los pulmones de aire a veintiséis grados y, girando el pomo con decisión, abrió la puerta y salió de la casa.

A la inversa de lo que sucedía durante las horas más calurosas del día, los transeúntes ocupaban las plazas y terrazas del barrio de Gràcia, mientras que casi no había vehículos en las calles; ni siquiera cuando el pequeño eSmart desembocó en la siempre saturada Ronda de Dalt, en la que apenas había tráfico rodado.

El leve siseo del motor eléctrico y la ausencia de alguien con quien hablar la hicieron sentir repentinamente sola, así que en un acto reflejo encendió la radio y seleccionó una emisora al azar para aliviar el incómodo silencio.

—*Tenemos una nueva llamada* —anunció la locutora—. *Aquí Radio Popular, dígame.*

—*Me llamo Juan* —dijo una alterada voz de hombre—. *Y quiero decir que ya estoy hasta los huevos de tanto politiqueo. Lo del ataque pirata a Formentera es inadmisible. ¡Lo que tienen que hacer es poner barcos de guerra por toda la puta costa y hundir cualquier lancha que se acerque a España, joder!*

—*¿Incluidas las pateras con refugiados?* —preguntó la locutora.

—*¡Desde luego!* —replicó, encantado de que le hubieran hecho esa pregunta—. *Es una puta invasión, ¿es que no lo ven? Los moros están invadiendo otra vez España, y encima nosotros los recibimos con los brazos abiertos.*

—*Yo no diría tanto.*

—*Los dejamos entrar y quedarse, ¿le parece poco?*

—*Le recuerdo que la mayoría son mujeres, niños y ancianos que huyen de la guerra* —opinó la locutora—. *Casi todos los hombres están muertos o luchando contra el ISMA.*

—*¡Me importa una mierda!* —replicó el oyente—. *Es su guerra, ¿no? ¡Que se queden allí y apechuguen! En España ya no cabe ni un puto refugiado más, ¿es que no se da cuenta?*

—*Entonces le parece bien que hundamos las pateras a cañonazos.*

—*Es la única manera de que entiendan que no los queremos aquí.*

—*Comprendo. Pero… ¿qué pasaría entonces con toda esa gente que huye?*

—*Pues que huyan a otro sitio.*

—*¿Y los que ya están aquí?*

—*Pues que los echen a patadas. A todos. Ilegales, legales, refugiados… Esto es España, ¿no? ¡Pues los españoles, primero!*

—*Eso me suena a propaganda electoral* —señaló la locutora.

—*¡Desde luego que lo es! Salvador Aguirre es el único que tiene los huevos de hacer lo que es necesario.*

—*¿Se refiere a expulsar a todos los extranjeros, aunque lleven toda la vida en España y tengan trabajo, hijos…?*

—*A todos* —puntualizó el oyente—. *Llevan demasiado tiempo chupando del bote y quitándonos el trabajo a los españoles. Que se busquen la vida en otro sitio, joder.*

—*Pero muchos tienen la ciudadanía española e incluso han nacido aquí.*

—*¡Pues igual que se les dio, ahora se les quita! ¡España es nuestro país y no de los moros, los sudacas, los chinos o los negros!*

—*Entonces ¿su objeción es hacia los extranjeros... o solo hacia los que no tienen la piel blanca?*

—*Pero ¡bueno!* —replicó el oyente, harto de tanta objeción—. *¿Usted de parte de quién está?*

Nuria, harta de escuchar aquello, estiró el brazo y cambió de emisora. La imagen que se formó en su cabeza de barcos de guerra disparando a pateras cargadas de mujeres y niños era más de lo que podía soportar.

Ahora, una locutora de noticias daba cuenta de los resultados de la encuesta electoral de cara a las elecciones presidenciales del próximo 1 de octubre, en las que la alianza conservadora mantenía su mayoría absoluta, pero los neopatriotas de España Primero bajaban un poco en intención de voto y estaban a un paso de ser innecesarios en aquella coalición. Nuria deseaba que ese dato fuese verdad. Detestaba a su candidato Salvador Aguirre, tanto por ser presidente de un partido machista y xenófobo como por ser a la vez el líder de la Iglesia de los Renacidos en España.

Tras escuchar un breve análisis de la campaña electoral, se pasó a noticias más ligeras, como la preocupante evolución de la profunda borrasca en el Mediterráneo o la inminente inauguración de la Sagrada Familia. En particular, sobre el delicado estado de salud del Santo Padre y la posibilidad de que no pudiera acudir al señalado evento; una noticia aderezada con el sonido ambiente de centenares de fieles Renacidos en Cristo, rezando y poniendo velitas en la plaza Catalunya, rogando por su pronta recuperación.

Mentalmente, Nuria apostó a que su madre estaría ahí, arrodillada con la túnica blanca de los devotos Renacidos, con la frente tocando el suelo en señal de humildad y pidiendo a Dios que le infundiera salud al fundador de su Iglesia.

15

La casualidad quiso que esa noche el obeso vigilante de la ultima vez estuviera de nuevo en la garita como guardia de la puerta sur. Nuria aún conservaba en la cartera la placa de identificación policial, pero cuando se detuvo frente a la entrada le bastó con asomarse por la ventanilla del coche para que la reconociese y la dejara pasar. La ventaja es que así se ahorró convertir su acceso al campo en algo oficial, que en cualquier caso esperaba que fuera breve. Entrar y salir.

Al igual que sucedía en la ciudad que refulgía al otro lado del río, la gente había salido en masa de sus calurosas viviendas para desbordarse por las polvorientas calles de Villarefu. Bajo la tímida luz de las escasas farolas, hombres, mujeres y niños deambulaban arriba y abajo sin ningún lugar real al que ir, sorteando el tráfico de *rickshaws* y bicicletas, o deteniéndose en los humeantes puestos de comida ambulante y los improvisados vendedores de bolígrafos, caramelos o viejos teléfonos móviles de segunda mano. Nuria dejó el eSmart casi en el mismo lugar en que aparcó el Prius días atrás, pero esta vez estaba sola, y tampoco podía contar con la reconfortante presencia de la Central al otro lado de los auriculares.

Con el amplio pañuelo disimulando su melena, la holgada camisa y los tejanos raídos, amparada en la escasa luz de la calle, Nuria lograba pasar desapercibida entre la multitud. A menos que alguien se interesara por aquella mujer alta y cabizbaja, todo iría bien.

Tampoco es que fueran a lincharla si se identificaba como policía, pero prefería no jugar esa carta si no resultaba inevitable.

Con disimulo, levantaba la vista de vez en cuando para ver adónde iba y se obligaba a detenerse de vez en cuando para asegurarse de que seguía el camino correcto. No quería perderse, pero tampoco sería una buena idea que la vieran consultando su teléfono como si fuera una turista perdida en el Barrio Gótico.

La metamorfosis de aquel lugar con la llegada de la noche resultaba tan asombrosa que se imaginaba paseando por un destartalado arrabal de Fez o Dakar, olvidando que en realidad lo hacía por un campo de refugiados a pocos kilómetros de Barcelona.

El olor a aceite refrito de un puesto de buñuelos le abrió el apetito y recordó que no comía nada sólido desde el mediodía, pero concluyó que no sería una buena idea abrir la boca y revelar su acento, así que se aguantó el hambre y se prometió a sí misma regalarse una buena cena al regresar a casa.

De pronto se dio cuenta de que se encontraba frente a la vivienda de Vílchez. En la puerta aún permanecía una pegatina enorme de color negro y amarillo a modo de lacre, que advertía en español, francés y árabe, de las serias implicaciones legales que tendría para cualquiera acceder al domicilio.

Aun así, no le sorprendió demasiado comprobar que el adhesivo estaba un poco despegado del marco. No había advertencia en el mundo capaz de evitar que rateros, vecinos curiosos o adolescentes ociosos echasen un vistazo al escenario de un truculento crimen.

Nuria miró a su espalda con precaución y, cuando estuvo segura de que nadie le prestaba atención, despegó la pegatina. Tomándose un instante, respiró hondo para insuflarse valor, giró el picaporte y entró en la casa.

Una vaharada de olor a cerrado y humedad la asaltó nada más cerrar la puerta, y un escalofrío involuntario recorrió su espalda al revivir la misma sensación que tuvo días atrás.

De pronto, se dio cuenta de que no había sido buena idea regresar con el recuerdo aún tan fresco en su memoria. Todavía podía sentir en sus huesos el horror de lo vivido, la súbita comprensión de la consecuencia de aquel disparo, mientras veía desplomarse a David con un agujero del calibre nueve en la frente.

Por un instante sintió la irresistible urgencia de darse la vuelta y salir corriendo. Cerró los ojos y alargó las respiraciones para bajar el pulso y mantener la calma. Solo así, logró que su lado racional y su entrenamiento se impusieran, mientras se recordaba a sí misma que el asesino de ojos enrojecidos que puntualmente aparecía en todas sus pesadillas estaba completa e irrevocablemente muerto.

Treinta segundos más tarde, de nuevo dueña de sus emociones y sus miedos, Nuria sacó la linterna del bolsillo y alumbró con ella a su alrededor.

—¿Hola? —preguntó a la oscuridad—. ¿Hay alguien en la casa?

Aguardó un segundo, pero no hubo respuesta alguna. Afortunadamente.

A continuación, buscó el interruptor de la luz hasta que dio con una cadenita sujeta al soporte de la bombilla que colgaba del techo, a menos de un palmo sobre su cabeza. Estirando el brazo tiró de ella con un clic, pero no pasó nada.

—Cómo no —rezongó para sí.

Olvidándose de la luz definitivamente, barrió a su alrededor con la linterna... y pensó que se había equivocado de vivienda.

—Pero qué narices... —se preguntó, girando sobre sí misma.

La estancia estaba impoluta, vacía. No solo había desaparecido la montaña de ropa bajo la que se había ocultado el asesino, sino que incluso la mesa y las sillas ya no estaban. Hasta se habían llevado la televisión y el cajón de fruta sobre la que se sostenía.

Lo primero que pensó es que aquello debía haber sido obra de los rateros, que habían decidido que Vílchez ya no iba a necesitar nada de eso. Pero no tenía sentido. Podrían haberse llevado la televisión, el mobiliario y la ropa, pero ¿también la basura? Nadie está tan desesperado, ni siquiera en Villarefu.

Aquello tenía que haber sido cosa de la policía científica. Habían llevado la recolección de pruebas al extremo y eso significaba que, a pesar de sus dudas, al parecer se estaban tomando la investigación muy en serio. Nunca había visto tanta diligencia recogiendo pruebas del escenario de un crimen, y se dijo a sí misma que sin duda era algo muy bueno que se tomaran tan en serio su trabajo. Pero, por mucho que se esforzara, no podía librarse de la sensación de que aquello era bastante raro.

En realidad, ella misma no sabía lo que estaba buscando, y tras descubrir el estado en que los de la científica habían dejado la casa, parecía imposible que se hubieran pasado nada por alto. Aun así, decidió echar un vistazo por el resto de la vivienda y se dirigió a la habitación donde habían encontrado el cadáver.

El círculo de luz blanca de su linterna la precedía por el pasillo, oscilando de lado a lado mientras avanzaba por el mismo, apuntando a suelo y paredes, atenta a no pasarse nada por alto.

Llegó a la diminuta cocina y, haciendo a un lado la cortina de hule, se asomó a la misma. Un puñado de moscas se afanaban sobre los cacharros sucios que seguían amontonados sobre la grasienta encimera, como a la espera de que alguien se ocupara de ellos y los lavara. Al parecer, la diligencia de la policía científica no llegaba hasta ese punto.

De pronto se le ocurrió la deprimente idea de que, quizá, aquel era todo el legado que Wilson Vílchez había dejado atrás: una herencia de platos mugrientos cubiertos de moscas.

Apartando ese pensamiento de su cabeza, cerró la cortina y prosiguió en dirección a la habitación de Vílchez.

El pasillo estaba aún más oscuro que la última vez que estuvo en él, si es que eso era posible. Al ser de noche, no había ni un rastro de luz del sol que se colase por las rendijas de la casa, y solo el tranquilizador foco de su linterna impedía que entrara en pánico y saliera de allí a toda prisa.

—Calma, Nuria —se dijo a sí misma con el corazón acelerándose por momentos—. Aquí no hay nadie…, calma.

Armándose de valor, caminó hasta el final del angosto pasillo y se detuvo frente a la cortina cerrada. Rememoró al desgraciado de Vílchez, degollado como un cerdo en su cama, bañado en su propia sangre y con la lengua asomando por la garganta seccionada.

—Calma, Nuria —repitió y, aguantando la respiración, agarró el borde de la tela plástica y la abrió de un tirón.

Allí ya no estaba Vílchez, por supuesto. Pero sí las sábanas empapadas en sangre, revueltas sobre el viejo colchón azul y blanco. Una nube de moscas bailó frente al foco de la linterna con un zumbido viscoso, asustadas por la irrupción.

—Joder —masculló cerrando de golpe la cortina, al borde de las arcadas.

Respiró hondo en busca de la calma perdida y, hasta que no se sintió segura de no vomitar, no descorrió de nuevo la cortina.

El cadáver ya no estaba, pero todo lo demás parecía seguir en su sitio. Habían abierto los cajones y registrado el modesto ropero, eso era evidente, pero habían dejado la ropa, los zapatos y los enseres.

Aquello no tenía sentido.

Si se habían llevado todo lo que había en el salón en busca de pruebas, ¿no debían haber hecho lo mismo también en el resto de la casa? Ni siquiera se habían llevado la sábana empapada de sangre.

Se giró hacia el pasillo, mirando en dirección a la entrada.

¿Por qué de una estancia habían quitado hasta la basura y en otra dejaron todo casi intacto? ¿Cuál era la diferencia?

Desanduvo sus pasos por el pasillo hasta regresar de nuevo al salón.

—¿Por qué? —se preguntó en voz alta—. ¿Por qué habéis limpiado esto y no aquello?

Barrió las paredes con la linterna, descubriendo que incluso se habían llevado los afiches, dejando solo los agujeros de las chinchetas en la pared.

—¿Por qué? —se preguntó de nuevo.

Sentía cómo la respuesta deambulaba por algún lugar de su mente, resistiéndose a salir, susurrándole que se trataba de algo evidente que era incapaz de ver.

Entonces se fijó en unas pequeñas manchas descoloridas en la pared de cartón prensado, a la altura de sus ojos. Se aproximó para verlas de cerca y un inesperado olor a lejía asaltó sus fosas nasales.

Perpleja, se quedó quieta, parpadeando sus ojos con la linterna enfocando a la pared. Para que aún pudiera percibir el fuerte olor del limpiador, alguien tenía que haberlo empleado hacía poco.

Dando un paso atrás, volvió a recorrer la estancia con la linterna, preguntándose por qué la policía científica habría desinfectado de forma tan concienzuda aquella habitación. Desde luego, no era algo que entrara en sus atribuciones asear el escenario de un crimen después de tomar huellas y muestras.

—¿Qué es lo que habéis eliminado? —preguntó voz en alto, pasando la yema de los dedos por la pared, como si el sentido del tacto fuera a proporcionarle una respuesta.

Entonces, como a veces sucede, su cerebro encajó las piezas y la explicación se hizo tan obvia que chasqueó la lengua, impaciente consigo misma.

—Joder, pues claro —dijo, apagando la luz de la linterna y dándole la vuelta, encendiendo el pequeño foco de luz ultravioleta del otro extremo.

De inmediato, la estancia se sumió en una luz fantasmal azul y negra, haciendo que las motas de polvo adheridas a su ropa y los cordones de sus zapatillas deportivas brillasen en la oscuridad. Pero la característica más interesante de la luz negra y la razón de que fuese parte de la linterna reglamentaria es que hacía destacar de forma llamativa cualquier fluido corporal como la orina, el semen... o la sangre.

Nuria paseó la luz negra por las paredes y el suelo con detenimiento, pero nada destacó ante ella.

Habían borrado hasta el último rastro de sangre de la habitación.

—Mierda —susurró para sí. Aquello cada vez tenía menos sentido.

¿Por qué quitar de ese modo toda la sangre del salón? ¿Desde cuándo la policía científica hacía labores de limpieza? ¿Y por qué no habían hecho lo mismo en la habitación de Vílchez con toda la sangre que allí había? ¿Cuál era la diferencia?

No había terminado de formular la pregunta en su mente cuando la solución apareció en sus labios, antes de ser siquiera consciente de que la formulaba.

—Su sangre —murmuró, rememorando el espeluznante rostro del asesino—. Su jodida sangre.

A resultas del tiroteo, gotas de sangre de David y del asesino se debían haber esparcido en la habitación, salpicando en todas las direcciones. Por alguna razón, alguien había querido borrar todo rastro de sangre de aquel tipo y, al no poder diferenciarla de la de David, la habían quitado toda.

Nuria giró sobre sí misma, iluminando a su alrededor, constatando abrumada que ni una sola gota de sangre había escapado al afán higiénico de la policía científica.

Si es que habían sido ellos, claro. Cosa que empezaba a poner en duda.

Alguien había entrado en la casa y eliminado hasta el último rastro de sangre del asesino de Vílchez, con la única intención de evitar que pudiera ser identificado por su ADN. No imaginaba a un equipo de la científica borrando pruebas del escenario de un crimen, así que, por increíble que pareciera, alguien más habría tenido acceso al escenario del crimen después de ellos.

Pero ¿quién?

Y sobre todo ¿por qué?

Dos buenas preguntas de las que no tenía ni la más remota idea de sus respuestas.

Si alguien se había tomado tanto trabajo para hacer desaparecer la sangre, es que algo en ella podría ser importante, pero tampoco tendría mucho sentido… existiendo el cuerpo del asesino, que en esos momentos debería estar en una cámara frigorífica en el departamento forense.

Un mal presentimiento la llevó a sacar el teléfono del bolsillo y buscar en la lista de contactos el teléfono de Margarita Font, ayudante forense con quien había coincidido de copas alguna vez.

—¿Hola? —preguntó el somnoliento rostro de Margarita, con una nota de inquietud—. ¿Qué pasa, Nuria?

—Hola, Marga. Perdona que te moleste, pero tengo una pregunta que hacerte.

Marga parpadeó al teléfono, frotándose los ojos.

—Espero que sea importante —dijo con un leve reproche—. Me ha costado horrores dormirme con este calor.

—Perdona —insistió—. La próxima vez que nos veamos, yo invito a las copas.

—Es un buen argumento —asintió Marga—. ¿Cuál es esa pregunta?

—Se trata del caso en el que… —Se dio cuenta de que no sabía cómo expresarlo—. En el que David…, en el que yo…

—Sí, ya sé —se adelantó Marga, sacándola del apuro—. ¿Qué quieres saber?

—¿Os llevaron los tres cuerpos? ¿El de Vílchez, el de David y el del asesino?

—Así es.

—¿Y aún conserváis el del asesino?

—¿Conservado? —inquirió con extrañeza—. ¿Por qué íbamos a hacerlo? David fue entregado a su familia y los otros dos, incinerados de inmediato.

—Claro, comprendo. Pero ¿pudisteis identificar al asesino?

Marga hizo memoria durante un momento, luego negó con la cabeza.

—El tipo se había borrado médicamente las yemas de los dedos, lo más seguro es que lo hiciese con Capecitabine; un compuesto antimetabólico que suelen inyectarse los sicarios profesionales para eliminar sus huellas dactilares.

—¿Y no le tomasteis muestras de ADN al hacer la autopsia?

—No se le hizo autopsia —aclaró—. La causa de la muerte estaba muy clara, y las muestras de ADN solo se toman si un juez lo solicita.

—Entonces ¿no hay manera alguna de identificarlo?

—Nuria… —El tono de voz de Marga revelaba cansancio, como si explicara algo que su oyente ya debía saber—. Cada semana incineramos dos o tres cadáveres sin identificar. Se les toma huellas y fotos, pero nada más. No hay tiempo ni recursos para averiguar quiénes son con análisis de ADN, y en la mayoría de los casos resultaría inútil ya que, normalmente, se trata de inmigrantes irregulares que nunca llegaríamos a saber quiénes son aunque lo intentáramos, y, al fin y al cabo, tampoco es algo que le importe a nadie.

—Pero en este caso, se trata de un asesino.

—Presunto asesino —puntualizó Marga—. Y como ya te he dicho, si no hay un juez que lo solicite expresamente, no se toman muestras de tejido ni ADN.

—Entiendo… —masculló Nuria, disimulando su decepción—. Muchas gracias, Marga.

—No hay de qué —contestó la ayudante del forense—. ¿Estás trabajando en el caso? Había oído que te habían suspendido por un incidente con el psicólogo. ¿Ya te has reincorporado?

—Algo así. —Sonrió culpable—. Ahora tengo que dejarte. Disculpa que te haya despertado y gracias de nuevo. Te debo una copa.

—Que sean dos —objetó Marga, levantando dos dedos frente a la cámara.

—Hecho —aceptó Nuria—. Buenas noches. —Se despidió un instante antes de cortar la comunicación.

Se guardó el teléfono en el bolsillo y, durante un minuto largo, se quedó contemplando la esterilizada estancia en que se encontraba, bañada en la luz negra de su linterna.

Alguien se había tomado muchas molestias para ocultar la identidad del presunto asesino de Vílchez. Alguien meticuloso y que conocía mejor que ella el procedimiento forense. Alguien con una razón para hacer algo así.

En su cabeza trazó una lista que resultó ser bastante corta, encabezada por Elías Zafrani, como primer y único integrante de la misma. El posible testimonio de Vílchez en su contra era una poderosa razón para eliminarlo, y disponía de recursos de sobra para contratar a un sicario sin huellas digitales o limpiar a conciencia el escenario de un crimen.

Lo que significaba que, si se había tomado tantas molestias en borrar aquel rastro, es porque dicho rastro podría llevarlo hasta él.

Una gota de sangre del asesino. Quizá eso era todo lo que necesitaba para poder acusar a Elías.

Acuclillándose, paseó la luz negra por el tosco suelo de cemento, descubriendo difusas manchas de limpiador allí donde habían eliminado la sangre.

—Se os tiene que haber escapado alguna —murmuró para sí, comprendiendo al fin la razón de llevarse toda la ropa y la basura de aquella habitación. Resultaba más fácil que buscar muestras de sangre en ella.

Decidida a no pasarse nada por alto, dividió mentalmente la estancia en cuadrículas y revisó de forma metódica cada centímetro cuadrado de la misma con la luz ultravioleta, en busca de cualquier destello blanco que revelase la presencia de materia orgánica. Buscó en las esquinas, en los rincones, en las rugosidades del suelo, entre las junturas del cartón prensado de las paredes y los tornillos que unían las planchas del techo, pero no había nada más que manchas de lejía. Aquello estaba más desinfectado que un quirófano.

Tras casi una hora de exhaustiva inspección, Nuria se rindió, sentándose en el suelo. Quien fuera que había hecho eso, se había tomado mucho tiempo para hacer bien su trabajo. Aquella era la obra de un profesional y, si aún albergaba alguna duda sobre la identidad de quien estaba detrás de todo, ese hecho acababa de clarificarlo. Solo se le ocurría una persona con el interés y los recursos para hacer algo así.

—Hijo de puta —masculló, dejándose caer de espaldas sobre el suelo de cemento—. Con pruebas o sin ellas, te voy a pillar.

Y entonces, con la mirada perdida en el techo de la habitación, su mirada fue a parar a la inútil bombilla de bajo consumo que colgaba desnuda de un cable del techo. Bajo la luz negra, brillaba como lo hacían todos los objetos de color blanco.

Como la sangre, de haber caído sobre ella.

Sin quitarle la vista de encima, como si temiera que fuese a desvanecerse, se puso en pie y, colocándose el guante de látex que llevaba en el bolsillo trasero del pantalón, Nuria estiró la mano hacia ella. Gracias a su altura la alcanzó sin dificultad, la desenroscó con sumo cuidado, sujetándola como si fuera el cáliz de Jesucristo.

Bajo la luz negra la bombilla brillaba como si fuera radioactiva, pero al cambiar a luz blanca, sobre su superficie cubierta de polvo apareció una minúscula mota bermellón oscuro.

Una gota de sangre seca.

—Ya te tengo.

16

No hay coincidencias —concluyó Marga, con bata blanca y sentada en penumbras frente a la mesa de su laboratorio.

La voz de la ayudante del forense sonaba cansada y sus ojos enrojecidos por el cansancio subrayaban esa impresión.

—¿Ninguna en toda la base de datos? —preguntó Nuria, tratando de no traslucir la decepción por aquella noticia.

—Ninguna en toda la base de datos —repitió.

Nuria se consoló pensando que, al menos, eso descartaba que fuera de David o Vílchez. Pero no la acercaba más al asesino. Ni a quien lo había contratado.

—Está bien… —masculló abatida—. Gracias, Marga. Te debo una.

—Espera. Hay algo más.

—¿Algo más? Pero si has dicho que no hay con…

—No hay coincidencia de ADN con ningún perfil que tengamos archivado —la interrumpió—, pero en la sangre hay más cosas que ácido desoxirribonucleico.

—¿Qué quieres decir?

—Quiero decir que, en esta muestra que me has enviado con tanta urgencia, hay restos de una sustancia extraña.

—Define extraña.

—Que no la había visto nunca. —Hizo una breve pausa y añadió—. Su estructura es similar a la de las ATS, pero bastante más compleja.

—¿ATS?

—Anfetaminas —aclaró Marga.

—Al parecer —dijo Nuria, recordando la conversación con Puig—, el sujeto era un drogata.

Marga meneó la cabeza.

—No, no lo era —objetó—. Al menos, no un típico drogata. Esa anfetamina es de un tipo del que no hay referencias clínicas.

—¿Qué quieres decir?

—Que no tiene nada que ver con las drogas habituales. Se trata de algo mucho más complejo, más… —buscó la palabra adecuada antes de añadir— sofisticado.

—Las drogas de diseño son habituales, ¿no?

—Pero no como esta. Nunca había visto una anfetamina parecida.

—Y los efectos de esa anfetamina… —inquirió Nuria con creciente interés—. ¿Qué efectos produciría en quien la tomara?

—Eso no lo puedo saber, Nuria. Solo puedo especular.

—Hazlo, por favor.

Esta vez, la ayudante del forense se tomó su tiempo antes de contestar.

—Yo diría que los efectos podrían ser similares a los de una anfetamina, aunque viendo su estructura, supongo que con resultados más pronunciados. Si tuviera que apostar —añadió—, diría que su fin es aumentar la respuesta sináptica del individuo. Como un chute bestial de adrenalina a su sistema neuromuscular y límbico.

—¿Eso haría —empezó a preguntar Nuria, con la súbita ansiedad que precede a encajar la primera pieza en un puzle— que quien se la tomara pareciera… *acelerado*?

Marga asintió quedamente.

—Sí, supongo que sería una forma de definirlo —admitió—. Mientras durase el efecto, las reacciones neuronales y musculares serían mucho más rápidas de lo normal. Todo esto en teoría, claro.

—Joder —masculló Nuria—. Yo tenía razón.

—¿Razón? —inquirió Marga.

—Oh, nada —repuso, dándose cuenta de que había pensado en voz alta—. No me hagas caso.

—¿De dónde has sacado esta muestra?

—Ya te lo he dicho. La encontré por ahí.

—Venga, Nuria. No me jodas.

—Lo siento, pero no te lo puedo decir.

—Está relacionado con el incidente en Villarefu. ¿No es así? —preguntó, bajando la voz y acercándose a la cámara—. ¿Del sujeto por el que me preguntaste?

—Créeme, Marga. Es mejor que no lo sepas.

La ayudante del forense pareció evaluar lo que podía significar eso y, tras pensarlo un poco, decidió que tampoco necesitaba saberlo.

—¿Puedo al menos quedarme con la muestra?

—Claro. Solo te pido discreción. Esto no…, no es algo oficial.

—Ya lo imaginada. Me he enterado hace un rato de que estás suspendida.

—Y aun así me has ayudado —señaló Nuria.

Las comisuras de los ojos de la forense se arrugaron en una sonrisa traviesa.

—Me moría de curiosidad.

—Gracias, Marga. —Sonrió a su vez Nuria—. Te debo una de las gordas.

—Ya puedes decirlo —subrayó—. Me has sacado de la cama a medianoche, para venir al laboratorio a analizar una muestra de sangre misteriosa, saltándome todos los procesos reglamentarios.

—Lo sé. Pagaré mi deuda con gusto.

La ayudante del forense asintió en la pantalla.

—En fin —concluyó—. ¿Necesitas algo más… o puedo regresar a casa e irme a dormir de una vez?

—No necesi… Oh, sí. Espera. Una última cosa —dijo, alzando el índice—. En caso de tratarse de una especie de «superanfetamina», ¿quién crees que sería capaz de venderla? ¿Y con qué fin?

Marga vaciló, meneando la cabeza.

—Eso ya es mucho especular —advirtió.

—Lo sé. Pero me gustaría saber qué opinas.

—Hummm… —La forense se mordió el labio inferior, pensativa—. Una sustancia así no es fácil de producir ni de colocar en el mercado. Si sus efectos secundarios son análogos a los de las anfetaminas, pueden ser un camino muy corto hacia la esquizofrenia paranoide y la psicosis. No creo que haya nadie tan estúpido como para tomársela si no es por imperiosa necesidad, y nadie que tenga el dinero para pagar algo así suele ser tan estúpido.

—Pero, teóricamente…, un criminal con recursos, podría distribuirla, ¿no?

—Teóricamente, sí —sopesó tras pensarlo un instante—. Pero ¿para vendérsela a quién? Ni siquiera los futbolistas de élite son tan tontos como para eso y, además, están sometidos a controles regulares.

—Podría ofrecérsela a sicarios y asesinos a sueldo —sugirió Nuria.

—Bueno…, sí. A ellos sí podría interesarles, claro. Pero con solo unas pocas dosis, esta droga podría convertirlos en psicópatas. No sé si les saldría a cuenta, ni siquiera a ellos.

Nuria resopló, sintiendo cómo una certeza comenzaba a crecer en su interior, inundándola de ira.

—Gracias, Marga —se despidió entre dientes, y antes de que aquella contestara cortó la llamada.

Esa era la prueba que necesitaba. Todo apuntaba hacia la misma persona. Hacia el culpable último de la muerte de David.

—Elías… —masculló con desprecio.

17

Mientras aguardaba tras los cristales de un Starbucks, observando la entrada del parking de un edificio de oficinas de la avenida Diagonal, Nuria trataba de despabilarse y ahogar el sueño pendiente en enormes tazas de aquel café caro hasta el absurdo.

Hacía seis horas que había tenido aquella reveladora conversación con la forense. Seis horas en las que su mente había trazado una docena de planes, a cual más absurdo. Seis horas tratando de decidir si debía olvidarse de todo, si poner en conocimiento del comisario Puig lo que había averiguado esa noche, o actuar por su cuenta y tratar de llegar ella misma al fondo del asunto.

Ninguna de las tres líneas de acción era cien por cien satisfactoria, pero, de largo, la tercera era la peor elección posible.

Por supuesto, esa era justo por la que se había decidido.

Echó un vistazo a la pulsera en su muñeca y, torciendo el gesto, comprobó que ya eran casi las once de la mañana. No es que esperase que un delincuente siguiera un estricto horario de oficina, pero aquello ya le parecía demasiado.

Durante los meses en que habían sometido a vigilancia a Elías Zafrani, comprobaron que cada mañana acudía puntual a su despacho en la última planta de aquel moderno edificio de oficinas del Eixample barcelonés. Aunque su cuidada apariencia de hombre de negocios y la placa dorada junto a la puerta de Daraya Import-Export no engañaban a nadie, descubrieron que Elías Zafrani no podía clasificarse como el clásico criminal mafioso. Era un hombre discreto y culto, de los que no lucía anillos de oro ni prostitutas colgadas del brazo, y que conducía sus turbios negocios como si se tratase de una eficiente empresa de distribución.

La diferencia, claro, es que lo que distribuía eran programas informáticos clandestinos y datos personales hackeados, además de los clásicos, alcohol y tabaco de contrabando, inmigrantes ilegales y, al parecer, ahora también drogas de diseño.

Mientras Nuria apuraba su tercer capuchino de ocho euros, observando cómo una horda de turistas indios entraba en el café como si pretendieran invadirlo, por el rabillo del ojo detectó movimiento en la calle y, al volverse hacia la ventana, vio cómo se elevaba el portón del garaje de enfrente, como si el edificio entero estuviera bostezando. Segundos más tarde, hizo su aparición el descomunal Chevrolet Suburban de cristales tintados de Zafrani y, apenas reduciendo la marcha, entró en el parking subterráneo que de inmediato se cerró tras él.

—El conejo ya está en la madriguera —murmuró para sí, dejando la taza sobre la mesa y esbozando una mueca de oscura satisfacción—. Ahora vamos a cazarlo.

Se puso en pie apartando la silla, sintiendo el peso del arma que ocultaba en la parte de atrás del pantalón, salió por la puerta del café, y cruzó la acera y luego la avenida, hasta detenerse frente a la entrada principal del edificio de paredes de cristal reflectante. A Nuria no se le escapó la ironía de que, después de más de medio año investigando a Elías Zafrani desde la distancia, al final iba a conocerlo en persona… justo después de haber sido suspendida y apartada del caso.

Las puertas dobles se abrieron con un siseo para dejarla acceder a la amplia recepción, donde un portero uniformado de traje y corbata la saludó desde el mostrador con profesional indiferencia.

—Buenos días, ¿puedo ayudarla en algo, señorita? —dijo esto último, repasándola de arriba abajo con la mirada.

—Voy a Daraya Import-Export.

—¿Tiene cita concertada? —preguntó, echando un vistazo a la terminal que tenía enfrente.

—No, pero no me hace falta.

El recepcionista levantó la mirada y sonrió con la medida justa de condescendencia.

—Lo siento, señorita. Solo se admiten visitas con cita previa.

Nuria había hecho una concesión, poniéndose tejanos sin agujeros y una camiseta sin demasiadas arrugas, pero al ver su reflejo en el espejo que había tras el recepcionista, con la coleta deshecha y las profundas ojeras, comprendió que en aquel contexto parecía una yonqui buscando pasta para un pico.

Entonces echó mano al bolsillo y sacó la placa de policía, plantándola sobre el mostrador con un golpe seco.

—Cabo, si no le importa —le corrigió, disfrutando de la mirada de sorpresa del recepcionista—. Y no, *señorito* —repitió, siendo ahora ella la condescendiente—. No me hace falta cita previa.

Sin esperar respuesta, volvió a meterse la placa en el bolsillo y se dirigió a los ascensores.

La voz del recepcionista volvió a sonar a su espalda.

—Tiene que firmar en el registro, agente —le pidió, esta vez de forma mucho más tímida.

Nuria no se molestó en volverse.

—Lo haré al salir —contestó, al tiempo que entraba en el ascensor que aguardaba con las puertas abiertas.

Pulsó el botón del último piso y se dio la vuelta, justo a tiempo de ver cómo el recepcionista descolgaba el teléfono sin dejar de mirarla. Sin duda alguna, antes de que ella llegara al décimo piso, ya estarían avisados de su inminente llegada.

El ascensor se detuvo con suavidad en la última planta y, con un sonido de campanillas, se abrió la puerta a una oficina de moqueta verde y paredes blancas y amarillas, donde una sonriente recepcionista, aún más alta que ella, la esperaba con un gesto de bienvenida.

—Buenos días, cabo Badal. Me llamo Verónica —la saludó, como si estuviera encantada de verla—. ¿En qué puedo ayudarla?

Nuria resopló internamente. Tenía que reconocer que el sistema de reconocimiento facial del edificio era de los buenos. El ascensor no había tardado ni treinta segundos en identificarla.

—Me gustaría ver al señor Elías Zafrani.

—Por supuesto —asintió la joven—. El señor Zafrani la está esperando. Acompáñeme, por favor. —Y se dio la vuelta, invitando a Nuria a que siguiera los gráciles pasos de sus tacones sobre la moqueta verde.

Nuria miró a sus propios pies, a las viejas Asics de running de cuando aún era posible correr por la ciudad sin mascarilla, y algo en su cabeza le dijo que quizá debería haberse arreglado un poco más o, al menos, plancharse la camiseta.

Pero ya era un poco tarde para eso y, en realidad, le traía sin cuidado. Así que se limitó a acompañar a la cimbreante secretaria por aquella moqueta que discurría entre despachos individuales acristalados, donde trajeados ejecutivos de ambos sexos trabajaban frente a grandes pantallas translúcidas por las que desfilaban columnas de datos y gráficos. Si no supiera que se trataba de una empresa dedicada a actividades criminales, habría sido muy fácil imaginar que se encontraba en las oficinas de un banco. Aunque bien pensado —razonó—, en el fondo tampoco había grandes diferencias entre unos y otros.

Distraída con el discreto lujo y el aire de eficiencia de la oficina, no se dio cuenta de que Verónica había llegado al final del pasillo y se había detenido frente a la puerta abierta de una sala de reuniones.

—Si es tan amable de esperar aquí —le dijo, exhibiendo una sonrisa dentífrica—, el señor Zafrani se reunirá con usted en unos minutos.

En lugar de contestar, Nuria miró a un lado y a otro del pasillo, tratando de adivinar dónde podía estar el despacho de Elías.

Momentos antes, mientras tomaba un café tras otro para combatir la noche en blanco, se había imaginado irrumpiendo en la oficina y sorprendiéndolo en su despacho, mientras contaba con avidez una montaña de billetes manchados en sangre y anfetaminas.

Tenía claro que aquello era una fantasía de su mente insomne y que no iba a pasar, pero de ahí a acabar esperándolo mano sobre mano, como si fuera la consulta de un dentista, había un mundo.

Perder la iniciativa antes incluso de comenzar la ponía en clara desventaja, pero ya nada podía hacer al respecto salvo buscar una excusa y regresar más tarde, y eso hubiera sido aún peor.

De modo que terminó por articular un inaudible «gracias», antes de entrar mansamente en la sala de espera y tomar asiento.

La sala estaba ocupada en su mayor parte por una gran mesa ovalada, rodeada por doce sillas de diseño tan incómodas, que Nuria imaginó que debía ser a propósito. Quizá para abreviar las interminables reuniones de empresa o quizá para fastidiar a las visitas inoportunas como ella, aunque lo más probable es que fuera para ambas cosas.

Al cabo de cinco minutos, desde que Verónica cerrara la puerta de la sala y en un acto reflejo fruto del aburrimiento, Nuria estuvo tentada en aproximar la pulsera de su muñeca al símbolo de enlace en la superficie de la mesa, y así activar la fina lámina de grafeno adherida a su superficie que la convertiría en una pantalla.

Por suerte, se detuvo a tiempo. Con toda seguridad la sala estaría plagada de cámaras de vigilancia, y no iba a proyectar la imagen de determinación que pretendía si la encontraban navegando en la red para matar el rato.

Empezaba a darse cuenta de que la combinación de falta de sueño y los tres cafés tamaño XL estaban comenzando a pasarle factura. Se sentía cada vez más irritable y menos capaz de pensar con claridad. Quizá no había sido buena idea presentarse de forma tan precipitada.

De nuevo volvió a barajar la idea de excusarse en una urgencia policial y regresar en otro momento, descansada y con las ideas más claras, pero cuando ya echaba mano de su teléfono para simular una llamada entrante, la puerta de la sala se abrió y por ella apareció un hombre de cuarenta y tantos años, vistiendo un sobrio traje gris y una camisa negra con corbata del mismo color. De complexión normal y un poco más bajo que ella, lucía un seductor aspecto entre adinerado y despreocupado, que subrayaba con un cabello entrecano estudiadamente despeinado y una sonrisa amistosa.

Lo primero que Nuria pensó de aquel hombre nacido en un pueblucho de la antigua Siria, a las afueras de Damasco, es que había hecho un buen trabajo aprendiendo a mimetizarse con los ricachones de Barcelona. En su opinión, esa desinhibida confianza solía ser genética y potenciada desde la cuna, y no era fácil lograrla por mucho dinero que se tuviera, así que su actitud solo podía ser fruto de un intenso trabajo y buenas dotes de actor. Pero con ella no iba a funcionar.

Lo que sí se vio obligada a admitir es que, aun habiendo estudiado hasta la saciedad sus grabaciones de vigilancia, no se había dado cuenta de lo hipnóticos que resultaban sus grandes ojos azules hasta que la miraron con fijeza desde el otro extremo de la sala.

—Buenos días, señorita Badal —la saludó con un apenas perceptible rastro de acento árabe, avanzando desenvuelto hacia ella con la mano extendida—. Me alegro mucho de conocerla al fin en persona —añadió, logrando parecer hasta sincero.

Nuria tardó un segundo de más en reaccionar, poniéndose en pie y haciendo chirriar las patas de la silla sobre el suelo de parqué.

—Cabo Badal —le corrigió, ignorando la mano tendida.

Zafrani no pareció molestarse por la brusquedad.

—Discúlpeme —se excusó—. No sabía que esta era una reunión oficial.

—Y no lo es —admitió sentándose de nuevo.

—Pues entonces —sonrió—, prefiero seguir llamándola señorita Badal si no le importa. Resulta menos formal.

Nuria estuvo a punto de replicar que desde luego que le importaba, pero se dio cuenta de que esa conversación vacía era una pérdida de tiempo.

Elías Zafrani apartó la silla contigua a Nuria, sentándose frente a ella con fingido interés.

—Y dígame —dijo tras tomar asiento, entrelazando los dedos—, ¿a qué debo el placer de su visita?

En lugar de contestar, Nuria miró a las paredes de cristal que los rodeaban.

—¿No podríamos hablar en un lugar más discreto?

Elías asintió y, levantando la voz, dijo:

—Cristales opacos, por favor.

Al instante, la Inteligencia Artificial de la oficina respondió a su petición y los cristales se tiñeron de blanco hasta hacerlos indistinguibles de una pared.

—¿Mejor así? —preguntó el anfitrión—. Y ahora, dígame, ¿en qué puedo ayudarla?

Nuria frunció los labios. Aquello sí que se parecía más a la fantasía que había elucubrado durante las últimas horas.

—Mi compañero, David, ha sido asesinado —dijo con voz glacial—. Pero eso usted ya lo sabe.

Zafrani asintió solemne y la cálida sonrisa se esfumó de su rostro.

—Mi más sentido pésame —murmuró—. Créame que lo siento.

—Pues no, no le creo —Nuria resopló por la nariz—. Ha sido cosa suya y tengo pruebas de ello.

Elías se echó hacia atrás como si acabara de golpearle, en un gesto entre sorprendido e indignado, pero a Nuria ya le había quedado claro que era un buen actor.

—Le doy mi palabra —arguyó, llevándose la mano al pecho— de que no he tenido nada que ver con eso.

—¡Y una mierda! —rugió Nuria poniéndose en pie de golpe, sin poder contener la ira que crecía en su interior.

Zafrani la miró con sus grandes ojos azules destilando incomprensión.

—Le juro que no tengo nada que…

Pero Nuria sabía que mentía.

Sacó su teléfono del bolsillo y activó el botón de grabación.

—Diga la verdad —lo interrumpió—. Confiese que ordenó a un sicario el asesinato de David y de Vílchez.

Zafrani chasqueó la lengua con impaciencia.

—No sé cómo piensa que va a acabar esto —dijo—. Pero de ningún modo voy a hacer lo que me está pidiendo.

—Hágalo.

—No.

Nuria se echó la mano a la parte de atrás del pantalón, sacó su Walther PPK y apuntó con ella a la frente de Elías.

—Hágalo —repitió con fría determinación—. O le juzgaré yo misma.

18

El dedo índice de Nuria se curvó sobre el gatillo, tenso, listo para disparar.

—Hable —siseó entre dientes, indicando con la vista el teléfono que había dejado sobre la mesa.

—Yo no tengo nada que ver con la muerte de su compañero —insistió una vez más, sin perder la calma—. Ni con la de Vílchez.

—No me mienta, cabrón. —Los músculos de la mandíbula se le tensaban cada vez que abría la boca—. Vílchez trabajaba para usted y ordenó matarlo.

Zafrani levantó las manos pidiendo calma.

—Hay mucha gente que trabaja para mí, señorita Badal. Pero le doy mi palabra de que no he ordenado matar a nadie.

La ira de Nuria en lugar de diluirse iba en aumento ante el tranquilo cinismo del sirio.

—Vuelva a mentirme y le juro que esparciré sus sesos por toda la sala.

Elías señaló al techo.

—Supongo que es consciente de que ahora mismo se está grabando y escuchando cada palabra que dice, ¿no? —Miró el smartphone de Nuria sobre la mesa, con el símbolo de grabación en marcha—. Nada de lo que yo le diga bajo coacción podrá ser usado ante un tribunal.

—La gentuza como usted siempre se libra de la justicia —arguyó Nuria—. La confesión no es para ellos, es para mí. Quiero oírselo decir.

En los ojos azules de Zafrani apareció un destello de comprensión.

—Quiere que confiese... para así poder dispararme con la conciencia tranquila.

Nuria no contestó, pero no pudo evitar que las comisuras de sus labios se curvaran hacia arriba.

—Pero eso significa... —razonó Elías— que en realidad no está segura de lo que me acusa, porque de estarlo ya me habría disparado nada más verme.

—Usted ordenó matar a Vílchez cuando supo que iba a delatarlo, y a mi compañero y a mí para acabar con la investigación, pensando que también podríamos incriminarlo.

Elías chasqueó la lengua, como si fuera víctima de un enorme malentendido.

—Le repito que yo no he tenido nada que ver, y el difunto señor Vílchez no planeaba delatarme ni nada por el estilo.

—Eso es lo que usted cree... —replicó—. Llevaba meses pasándonos información sobre sus actividades, pruebas de sus actividades delictivas. —Cerró el puño de la mano izquierda ante sí—. Casi lo teníamos.

Zafrani negó con la cabeza lentamente.

—No, cabo. Ustedes no tenían nada que yo no quisiera que tuvieran. —Elías se inclinó hacia adelante en la silla, sin que pareciera intimidarle el cañón de la pistola de Nuria a menos de un palmo de su cabeza—. Es cierto que el señor Vílchez trabajaba para mí, pero lo que usted no sabe es que trabajaba *exclusivamente* para mí... y no para ustedes. Sabía que me estaban investigando y buscando a un soplón, así que les proporcioné uno y le pasé cierta información para que se ganara su confianza, soplos que luego sustituí por información falsa o inútil. Si algún día hubiéramos llegado a juicio, mis abogados habrían demostrado que sus acusaciones eran infundadas y yo, víctima de una injusta persecución por parte de la policía. Les habría demandado por falsedad y difamación —añadió—, y me habrían tenido que dejar en paz durante una larga temporada.

Nuria cabeceó incrédula.

—Miente.

—¿Recuerda el alijo de equipos de VR chinos que incautaron en el puerto? Ese fue el cebo, y ustedes se lo tragaron hasta el fondo —resopló, como si le cansara señalar lo obvio—. Luego les di un par de cositas más, como el camión con tabaco en La Junquera o aquel dron que derribaron. Todo ello para que confiaran en Vílchez —confirmó—, pero a partir de ahí, casi todo lo que les pasó estaba manipulado. Los libros de cuentas, las rutas de tránsito, los contactos, los proyectos... Todo eso tenía la suficiente dosis de verdad como para resultar creíble, pero bastantes falsedades como para dejarles en evidencia ante un tribunal.

Nuria sintió que su corazón había decidido dejar de bombearle sangre a la cabeza.

—No..., no puede ser —masculló, sintiéndose mareada, bajando el arma sin ser consciente de ello—. Llevamos seis meses vigilando sus actividades. Tenemos informes.

Elías se encogió de hombros.

—Lo siento por usted —se excusó—. Entiendo que hace su trabajo y, créalo o no, no tengo nada en contra de la policía. —Hizo una pausa y añadió—. No quiero acabar en la cárcel, lo admito, pero yo no ordené asesinar a Vílchez. No hubiera tenido ningún sentido. Estaba haciendo un excelente trabajo para mí y yo soy el gran perjudicado por su muerte... Después de él mismo, claro está.

Ese comentario final hizo reaccionar a Nuria, que volvió a apuntar a Elías con el arma.

—No va a conseguir confundirme —afirmó con todo el aplomo que logró reunir—. Sé lo que es y lo que hace, y aunque fuera cierto algo de lo que dice, la droga que llevaba en el cuerpo el sicario seguro que también apunta a usted.

—¿Droga? —preguntó—. ¿Qué droga?

—No se haga el tonto.

Elías bufó irritado.

—No me hago el tonto, maldita sea. —Abrió las manos en un gesto de desesperación—. Es absurdo pensar que, porque ese sicario estuviese drogado, yo tengo algo que ver con lo sucedido. La mitad de la gente de esta ciudad se mete, fuma o esnifa alguna sustancia.

—No como esa.

—¿No como esa? —inquirió intrigado—. ¿Qué quiere decir?

—Ya lo sabe.

Elías miró hacia el techo, como pidiendo paciencia.

—No, no lo sé —dijo, masajeándose con cansancio el puente de la nariz—. Ya le he dicho que yo no tengo nada que ver con esas muertes. Puede creerme o no, haga lo que le parezca. Pero se está equivocando de persona. Yo no soy su enemigo.

—Dijo el escorpión, mientras cruzaba el río a lomos de la rana...

Zafrani sonrió sin humor ante la referencia.

—Yo no soy ningún escorpión —dijo, y señalándola agregó—... ni usted una rana, señorita Badal. De hecho, es usted quien me está amenazando con la pistola.

—Así es —asintió—. Y espero que no me obligue a usarla.

—¿Diciéndole lo que quiere oír?

—Veo que lo va entendiendo.

—¿... o diciéndole la verdad?

Nuria volvió a sentarse en la silla sin dejar de apuntarlo, apoyando la culata de la pesada arma en la mesa.

—Esta pistola pesa mucho —dijo, al ver cómo Zafrani se fijaba en ello—. Y se me está acabando la paciencia.

—Deberíamos colaborar —sugirió el sirio—. Podemos ayudarnos mutuamente.

Nuria soltó una carcajada.

—¿Bromea? —preguntó y, al ver el gesto serio de su interlocutor, añadió—: ¿Por qué iba a hacer tal cosa? Usted es el jodido sospechoso.

—Yo estoy tan interesado como usted en saber quién los mató y por qué —argumentó—. Si compartimos información, será más fácil que lo averigüe.

—Sí, claro —arguyó escéptica—. Ahora resulta que le importan las muertes de David y de Vílchez. ¿Me toma por idiota?

Elías se inclinó hacia adelante muy despacio.

—No se lo tome como algo personal, señorita Badal... —dijo en voz baja—. Pero a mí no me importa nadie una mierda —precisó con voz glacial—. Lo que quiero es saber por qué los mataron y si ello tiene alguna relación conmigo o con mis negocios.

—«Negocios» —repitió Nuria—. ¿Así llama a lo que usted hace?

Elías señaló a su alrededor con aire inocente.

—Solo soy un simple empresario que ofrece servicios alternativos. Si no hubiera demanda, no existiría la oferta.

Nuria se inclinó hacia adelante.

—No me venga con gilipolleces. Es usted un criminal.

—Cuestión de puntos de vista —arguyó con gravedad—. Pero no he ordenado matar a nadie en mi vida, y mucho menos a Vílchez o a su amigo.

Nuria se quedó mirando fijamente a Elías, sondeando sus ojos azules en busca de la verdad. Escrutando aquellos dos pozos helados y profundos que resaltaban sobre su piel morena.

Concluyó que no podía fiarse de él en absoluto. Pero también que, por mucho que le pesara, parecía estar diciendo la verdad.

—Dígame qué droga llevaba el sicario en el cuerpo —dijo Elías, intuyendo que las reticencias de Nuria estaban a punto de derrumbarse—, y quizá pueda ayudarla a encontrar a los verdaderos culpables.

Ella aparentó meditarlo unos segundos, pero comprendió que su lamentable plan se había ido al garete a las primeras de cambio y que, de cualquier modo, ya no tenía gran cosa que perder.

—No sé de qué droga se trata. —Bajó el arma, rindiéndose ante su propio cansancio y los argumentos de Zafrani—. La forense no supo identificarla. Pero, al parecer... —añadió— es una especie de anfetamina amplificada o algo por el estilo que afecta a la respuesta neuromuscular.

Zafrani se inclinó hacia adelante con interés.

—¿De qué modo?

—No sé la teoría —explicó Nuria—. Pero aquel cabrón se movía muy rápido. Nunca había visto nada así, salvo en las películas. Prácticamente esquivó una bala.

Elías se echó hacia atrás en la silla con gesto alarmado.

—¿Está segura de eso? —inquirió—. ¿No puede ser que el estrés de la situación la confundiera?

Nuria parpadeó un par de veces, reclinándose también en el respaldo.

—¿Sabe? —dijo, blandiendo la Walther PPK frente a ella—. A la última persona que dijo eso estuve a punto de estrangularla. Y no me caía ni la mitad de mal que usted.

Zafrani alzó las manos.

—Tenía que preguntárselo —alegó—. ¿Y recuerda algo más? ¿Algo raro? ¿Quizá... en los ojos?

Nuria se enervó en su asiento como un resorte.

—¿Cómo sabe eso?

—¿Tenía los ojos enrojecidos?

—Como tomates —confirmó—. Como si tuviera conjuntivitis o se los hubiera frotado con estropajo.

Zafrani cerró los ojos y musitó con un hilo de voz.

—*Ya Allah...* —«Dios mío...».

Aunque desconcertada por la reacción de Zafrani, Nuria aguardó unos segundos a que añadiera algo más, o se explicara, o dijera lo que fuera. Pero los pensamientos del hombre permanecían perdidos mientras escrutaba la nada con la vista desenfocada.

—¿Qué? —le interpeló finalmente—. ¿Qué significa que tuviera los ojos rojos?

La mirada de Elías regresó a la Tierra y la dirigió hacia Nuria.

—¿Dijo algo ese hombre? —preguntó con preocupación en lugar de contestarle.

Nuria vaciló un instante, lo que tardó en comprender que no tenía sentido ocultarle información.

—Ni una palabra —aclaró—. Incluso llegué a pensar que podía ser mudo o que no hablaba nuestro idioma.

—¿Pudieron identificarlo?

Nuria negó con la cabeza.

—No tenía documentación ni móvil o pulsera de actividad, las huellas dactilares estaban borradas, y carecía de perfil en la base de datos.

—Un profesional —concluyó Elías.

—Eso parece.

—¿Y cómo era? Descríbamelo.

Nuria dedicó unos segundos a hacer memoria.

—Vulgar —dijo a continuación—. Unos cuarenta años, caucásico, metro setenta y pico, ojos azules, gafas de pasta, cabeza afeitada y barba arreglada.

—¿Y el cadáver? —quiso saber, entrecerrando los ojos—. ¿Aún lo conservan?

—Incinerado.

—¿Y en el informe se describen marcas o tatuajes?

—No, que yo sepa.

—Ya veo —barruntó—. ¿Y cuál ha sido la conclusión oficial?

—No he tenido acceso al informe —confesó—. Pero el comisario piensa que se trataba de un simple yonqui que mató a Vílchez para robarle y que cuando David y yo llegamos, se volvió loco y nos atacó. Fin de la historia.

Al oír eso Elías se retrepó en la silla, cruzándose de brazos.

—Pero usted no cree eso.

—Claro que no —admitió—. Y sospecho que usted tampoco. ¿Qué significa que tuviera los ojos enrojecidos?

Zafrani pareció pensar por un momento hasta dónde compartir información con aquella policía que aún sostenía su arma en la mano.

—Se llama limbocaína —dijo al fin—. Aunque la mayoría lo llama simplemente «limbo».

—¿Una droga?

—Un compuesto anfetamínico muy potente —asintió—. Al parecer, produce los efectos que ha mencionado; reacciones neuromusculares mucho más rápidas, así como un aumento temporal de la fuerza y la velocidad del individuo a costa de un enorme desgaste físico y mental.

—¿Y por qué nunca he oído hablar de esa... limbocaína? ¿De dónde ha salido?

—No hay mucha información fiable al respecto —aclaró—. Casi ninguna en realidad. La mayor parte son rumores e historias que he oído aquí y allá, sobre todo en boca de los refugiados que llegaban del Magreb.

—¿Los refugiados? —preguntó extrañada—. ¿Qué tienen que ver los *refus* en esto? ¿Están traficando con esta droga?

—Más bien, son los que han sufrido sus efectos.

Nuria se enderezó en la silla, frotándose los ojos para diluir el cansancio.

—Me estoy perdiendo —confesó—. Explíqueme eso.

—Como ya le he dicho, toda la información que tengo sobre la limbocaína hay que tomarla con pinzas —advirtió—. Pero, al parecer, se trata de una droga de origen militar creada en un laboratorio israelí. La intención era crear una sustancia para mejorar las aptitudes de los soldados en el campo de batalla —añadió—, y parece que lo consiguieron... solo que los efectos colaterales resultaron ser tan acusados que hicieron inviable su uso.

—¿Efectos colaterales?

—Esquizofrenia, paranoia, psicosis... Nada aconsejable para alguien con un arma entre las manos.

—Entonces... —elucubró Nuria—, ¿supone que el sicario era un soldado israelí o algo por el estilo?

—No, no lo creo. Allí dejaron de usarlo hace años, y dudo que ningún gobierno se atreva a poner algo así en manos de los militares.

—¿Entonces?

—Pues entonces... —prosiguió el relato— parece ser que alguien se hizo con la fórmula y la vendió al mejor postor. A gente con mucho dinero y a quienes no les importaba si sus soldados perdían la cabeza, es más, incluso les venía bien que lo hicieran para ganarse fama de terroríficos e invencibles.

Nuria puso los ojos como platos.

—¿No se estará refiriendo...?

Elías asintió, frunciendo los labios.

—Me temo que sí.

—Joder, ¿el ISMA? —preguntó incrédula.

El sirio asintió de nuevo.

—Es el secreto a voces, y que les permitió hacerse con todo el Magreb en cuestión de semanas. Los refugiados que llegan a España hablan de yihadistas enloquecidos y con poderes sobrehumanos. Les llaman *Alshayatin aleuyun alhamra'*.

—¿Y qué significa?

Elías se inclinó hacia adelante en su asiento, clavando la mirada en Nuria.

—«Diablos de ojos rojos».

19

Diablos de ojos rojos… —repitió para sí Nuria, acomodada en el asiento trasero del Waymo.

—Disculpe, no he entendido la orden —le sorprendió la voz del vehículo autónomo.

—No hablaba contigo —contestó, dándose cuenta de que lo había dicho en voz alta—. Solo llévame a casa.

—Por supuesto —respondió obediente—. Llegaremos a destino en ocho minutos.

Nuria cerró los ojos y trató de recuperar el hilo de pensamiento previo a la interrupción.

Estaba dándole vueltas al hecho de que alguien usando una droga empleada por los soldados del Estado Islámico del Magreb hubiera torturado y asesinado a Vílchez. Si la información que le había dado Zafrani era correcta, las implicaciones eran tantas y tan confusas que no sabía ni por dónde empezar.

Si la limbocaína había llegado a Villarefu de la mano de los refugiados, lo más probable es que se tratase de un ajuste de cuentas relacionado con el tráfico de drogas. Aunque Zafrani le había asegurado que Vílchez no estaba traficando con esa droga a sus espaldas, podría ser que Vílchez no fuera tan tonto como aparentaba y no estuviera jugando a dos, sino a tres bandas, engañándolos a todos e introduciendo la limbocaína en el campo de refugiados por cuenta propia. Pero, de ser así —razonó—, ¿por qué el asesino se quedó a esperarlos a ella y a David, y no se marchó cuando tuvo ocasión?

Zafrani había sugerido que la agresividad generada por la limbocaína quizá le había empujado a enfrentarse a ellos innecesariamente, pero recordaba la mirada y la actitud del sicario, y no tenía nada de irracional. Lo que vio en aquellos ojos enrojecidos fue una inquietante frialdad profesional, sin asomo de ira o emoción alguna.

Un escalofrío recorrió su cuerpo al intuir que nada de aquello había sido una coincidencia.

Que Vílchez los convocara esa mañana en particular no había sido casual. Podía imaginar al sicario, apoyando la navaja de afeitar en el cuello de Wilson mientras le obligaba a mandar un mensaje a David, citándole en su casa.

«Pero ¿por qué?», se preguntó, mientras el Waymo sorteaba con agilidad el tráfico de la rotonda de paseo de Gràcia.

¿Por qué quería ese sicario que ellos dos fueran a casa de Vílchez?

Ella no tenía ninguna relación con el tráfico de drogas, ni había ningún delincuente o grupo criminal que pudiese ganar algo con su muerte. Era una agente más dentro de la Policía Nacional y, pensándolo bien, una relativamente insignificante. Nunca había apresado a capos de la mafia ni investigado a políticos, y toda su carrera hasta la fecha había sido de lo más anodina, sumando arrestos menores y limitándose a cumplir órdenes de sus superiores. En definitiva —concluyó—, no había razón alguna para querer asesinarla.

Lo cual la dejaba a ella como víctima colateral y señalaba directamente a un tercero.

A David.

—Cinco minutos para llegar a destino —informó solícito el Waymo.

«¿David?», se preguntó desconcertada, ignorando el anuncio del coche. «¿Por qué David?».

Habían pasado los últimos años como compañeros, y no había investigación en la que no hubiera participado ella. La más relevante había sido, de lejos, la que estaban llevando a cabo sobre Zafrani. Pero, a pesar de sus prejuicios, después de hablar con él se había convencido de que este no había tenido nada que ver. Al menos de forma directa o intencionada.

Así que si no se trataba de Zafrani…, quizá David estaba llevando una investigación paralela sin informarla a ella. Descartaba por completo que estuviera implicado en algo sucio, pero puede que estuviera cumpliendo órdenes de arriba de mantenerla al margen. Era descabellado, pero no se le ocurría otra razón para que no le hubiera dicho nada.

Impulsada por una súbita inspiración, sacó el teléfono y le pidió llamar a Susana.

Al cabo de unos segundos, apareció en la pantalla del vehículo con voz soñolienta.

—Hola, Nuria… —balbució—. ¿Qué pasa?

—Suenas cansada.

—Turno de noche —aclaró escueta.

—Perdona. No quería despertarte.

—No te preocupes… —la disculpó, frotándose los ojos—. De todos modos, estaba sonando el teléfono.

Nuria sonrió, alegrándose del buen humor de su amiga. Le iba a hacer falta.

—Necesito que me hagas otro favor.

—Si no implica que tenga que levantarme de la cama…

—Necesito los archivos personales de David en la Central —soltó de golpe.

Susana tardó unos segundos en reaccionar.

—Perdona —dijo—. Me ha parecido que decías algo de unos archivos personales, pero no puedo haberlo oído bien.

—Los necesito, Susi.

—Y yo necesito un novio rico y guapo que me regale flores.

—Estoy convencida de que la muerte de David no fue accidental —explicó—. El asesino de Vílchez nos estaba esperando.

—¿Estás segura? ¿Tienes pruebas?

—No, y por eso quiero los archivos de David. Ahí podría encontrar lo que necesito.

Un suspiro sonó al otro lado de la línea.

—A ver, Nuria… —comenzó a decir—. Te quiero mucho y sé que estás pasando una mala época, pero me parece que estás llevando esto demasiado lejos. En serio, no sé si…

—Acabo de ir a ver a Zafrani —la interrumpió.

Susana se despejó de golpe.

—¿Qué? ¿Que has hecho qué? —Las preguntas se atropellaban en su boca—. Pero ¿es que te has vuelto loca? ¿Por qué has hecho eso?

—Iba dispuesta a sacarle una confesión a punta de pistola —aclaró, cuando su amiga dejó de hablar—. Pero terminamos teniendo una conversación muy interesante.

—¿Una conversación? —preguntó escandalizada—. ¿Con Elías? ¿Con el cabrón al que estabais vigilando? ¿Te das cuenta de que, al hacerlo, puede que hayas tirado toda la investigación por la borda?

—Sí —resopló Nuria—. Y menos mal que lo he hecho.

—¿Qué quieres decir?

—Ya te lo explicaré en otro momento —zanjó Nuria—. Pero ahora lo que necesito es que me consigas esos archivos.

—Joder, Nuria —protestó Susana—. Me pides un marrón sin darme explicaciones. Podrían suspenderme.

—Lo que te pido es que confíes en mí.

—Me lo pones muy difícil.

—Lo sé —admitió—. Pero todo esto empieza a oler muy raro. Creo que aquí hay mucho más de lo que parece. Informes clasificados, autopsias negligentes, escenarios del crimen alterados…

—Un momento —le cortó Susana—. ¿De qué coño estás hablando?

Nuria dudó un momento, pero resolvió que le debía una explicación a su amiga.

—Anoche estuve en casa de Vílchez —dijo, y antes de que Susana le repitiera que estaba loca, añadió—. Alguien ha manipulado el escenario del crimen, limpiando con lejía el lugar donde yo… —Se dio cuenta de que aún le costaba hablar o siquiera pensar en ello.

—¿Estás segura de eso? —preguntó Susana, ahorrándole verbalizarlo.

—Lo dejaron como un puñetero quirófano —precisó Nuria—. Querían eliminar cualquier rastro de sangre del asesino.

—Eso no tiene sentido.

—No, no lo tiene —admitió Nuria—. A menos que quieras ocultar algo. Como, por ejemplo —añadió—, que su ADN no está en ninguna base de datos o que iba colocado de una droga desconocida.

—Y eso lo sabes porque…

—Encontré una gota de sangre que se les había pasado por alto y se la envié a la ayudante del forense. El asesino tenía las huellas dactilares borradas químicamente, y ha sido incinerado sin haber sido identificado antes.

—Cariño —intervino Susana—, ¿te estás escuchando? Creo que deberías dormir un poco, la verdad. Suenas…, no sé cómo decirlo suavemente, suenas paranoica.

—No estoy paranoica, Susana. El asesino era un sicario, y los sicarios no trabajan gratis. Alguien lo contrató. Alguien que quería muerto a David —sentenció—, y te juro que pienso atraparlo.

Susana resopló con fuerza, a medio camino entre una carcajada y una reprimenda.

—¿Qué ha pasado con la Nuria de anoche —murmuró—…, la que estaba aburrida, comiendo helado y viendo la tele en el sofá de casa? Me caía mejor que tu versión de loca justiciera.

—Si te pillan —contestó Nuria—, diré que fui yo quien entró en el sistema después de robarte la clave de acceso.

—No digas tonterías, no me van a descubrir —alegó Susana—. Soy muy buena tapando mis huellas.

—Entonces… ¿me vas a ayudar?

—Pues claro, tonta. La duda ofende.

Nuria exhaló un suspiro de alivio.

—Gracias. Muchas gracias.

—Nada de gracias —objetó Susana—. Esto te costará una cena en el Koy Shunka.

—De acuerdo. Empezaré a ahorrar ahora mismo. —Sonrió, para añadir de inmediato—. ¿Cuándo podrás…?

—Dentro de un rato tengo que ir a la Central. Veré qué puedo hacer.

—Es todo lo que te pido.

—En cuanto lo tenga, te aviso —confirmó—. Ah, y… ten cuidado —agregó con tono preocupado—. Estoy segura de que todo esto no es más que un malentendido. Pero, por si acaso…

—Lo tendré, no te preocupes por mí —la tranquilizó, al mismo tiempo que el vehículo se detenía frente a su casa—. Todo saldrá bien.

Cortó la llamada y se quedó retrepada en el mullido asiento del Waymo, ignorando la indicación de pago en la pantalla, tratando de convencerse a sí misma de que Susana tenía razón y todo aquello no era más que un retorcido malentendido.

—Todo saldrá bien —repitió.

Pero esta vez, sin nadie a quien convencer, le sonó mucho menos creíble.

Subir las escaleras hasta su piso le pareció una hazaña comparable a escalar el Himalaya sin oxígeno y, cuando al fin alcanzó a abrir la puerta y atravesar el umbral, se decepcionó por no encontrar una banda de música esperándola entre una nube de confeti y pancartas de apoyo.

—Miauuuu.

—Hola, Melón —saludó al gato, pasándole la mano por el lomo y comprobando que su dispensador de comida estaba vacío. Otra vez.

De debajo del fregadero sacó una enorme bolsa de pienso con olor a pescado seco.

—Perdona, cariño —se disculpó con él, mientras le llenaba el comedero hasta el borde—. Llevo unos días un poco locos.

Tras asegurarse de que tenía suficiente agua y comida para varios días, miró alrededor y sintió un conato de culpa al ver la casa tan desordenada. La tarrina de helado de la noche anterior se le había olvidado sobre la mesa y, como era de esperar, Melón se había encargado de tirarla al suelo y lamerla hasta dejarla limpia como una patena. Camisetas y vestidos que a lo largo de la semana se había ido quitando y poniendo, según entraba o salía de casa, se amontonaban en un brazo del sillón, la *Roomba* parecía querer esconderse de nuevo bajo el sofá, y una tenue capa de polvo cubría todos los muebles, bailando en el aire frente a los rayos de luz que se filtraban por los agujeros de la persiana de la habitación. Si su madre hubiera entrado por la puerta en ese momento le habría dado un soponcio.

Y quizá fue ese pensamiento, el que dibujó una mueca de desinterés en su rostro.

—Tengo cosas más urgentes que hacer —se excusó así misma, sentándose en el sofá.

Como le había dicho a Elías, no tenía constancia de ningún caso investigado por ella que pudiera empujar a nadie a querer asesinarla, pero no estaba de más asegurarse. Quizá se le escapaba algún detalle, o algo a lo que en su momento no había prestado atención.

—Sofía, abre mis archivos personales en la pantalla del salón —le pidió al asistente—. De los casos desde agosto de 2027 hasta hoy.

De inmediato, en la pantalla de la pared, aparecieron los iconos de cuarenta y dos carpetas ordenadas por fecha decreciente.

«Joder», pensó. «No recordaba que fueran tantos».

De modo que, calculando que aquello le iba a llevar un buen rato, se puso cómoda y le pidió al asistente que abriera la primera carpeta.

20

La pulsera de su muñeca vibró un par de veces, anunciando un mensaje entrante.

Nuria necesitó varios segundos para identificar el sonido, luego algunos más para abrir los ojos y, finalmente, unos pocos más para recordar por qué estaba acurrucada en el sofá con la ropa puesta y por qué en la pantalla se mostraba un documento policial.

Se fijó en el encabezado de este y vio la fecha incluida en el informe: octubre de 2027.

—Mierda —rezongó. Se había quedado dormida enseguida.

En la pulsera destellaba la lucecita verde de un mensaje en espera y, pasando el dedo sobre la misma, lo envió a la pantalla, solapándose sobre la imagen anterior.

Era un mensaje de vídeo de Susana y por lo que intuía tras ella, parecía haber sido grabado en un lavabo.

—Nuria —la saludó en voz baja—. He hecho lo que me pediste, y la respuesta es que tampoco está en el sistema. El archivo personal de David también ha sido clasificado —informó con aire conspiranoico—, aunque si lo hicieron con el de la investigación de su muerte..., tiene sentido que también lo hagan con el de la víctima del mismo, ¿no? En fin..., el caso es que no lo he podido conseguir. Pero aquí viene lo bueno. —Acercó el rostro a la cámara, esgrimiendo una sonrisa astuta—. Gracias a mi natural sociabilidad y habilidad inquisitiva, he logrado averiguar a quién le encomendaron la investigación inicial del…, bueno —carraspeó—, del incidente. Adivina —añadió, dejando transcurrir unos segundos para provocar un poco de intriga—. Se lo pasaron a Raúl y a Carla. ¿No me dijiste que fueron a verte al hospital?

El vídeo terminó con su amiga mandándole un gesto obsceno y recordándole que le debía una cena grotescamente cara en un restaurante japonés.

Raúl y Carla. Tenía sentido.

Fueron ellos los primeros en aparecer, aunque alegando que era por haber sido de los primeros en llegar al escenario del crimen, y en ningún caso mencionaron que eran quienes llevaban el caso. Claro que podía ser que se lo hubieran asignado más tarde y una mera casualidad que fueran ellos precisamente quienes la visitaron. Una casualidad más.

Siempre le había parecido una memez la típica frase de «no creo en las casualidades», frase que los personajes solían decir en las películas. Por supuesto que existían, incluso aquellas tan improbables que parecían obra de algún poder supremo con un retorcido sentido del humor.

Aunque, en ese caso en particular, lo cierto es que las casualidades comenzaban a acumularse de forma extraña. Sin llegar a apuntar en ninguna dirección o sugerir que alguien en particular estuviese tras ellas, pero añadiendo coincidencias que, sumadas, creaban una imagen cada vez más distorsionada de lo sucedido, como un paisaje cubista en el que las piezas no encajasen.

Subiéndose a sus piernas de un salto, Melón ronroneó exigiendo atención, mirándola con sus grandes ojos redondos y ambarinos. Unos ojos hipnóticos que le hicieron pensar en los de Zafrani, observándola como un depredador calibrando el sabor de su futura presa.

Sacudió la cabeza para desechar ese pensamiento y se centró en lo inmediato. Se fijó en la hora que aparecía en la esquina derecha de la pantalla, y comprendió por qué la luz que entraba en el salón parecía tan apagada. Había dormido ocho horas.

Apartó a Melón de sus rodillas y se puso en pie, despojándose de las zapatillas y luego desnudándose mientras caminaba en dirección a la ducha.

Entró en la cabina dedicando un fugaz vistazo al contador de agua, calculando que a partir de ese momento debía gastar menos de diez litros en cada ducha que tomara, si es que quería llegar a fin de mes sin más penalizaciones.

Abrió el grifo y, agarrándose el pelo con ambas manos, dejó que aquella lluvia artificial cayera sobre sus hombros, fluyendo por sus senos y su espalda, ciñéndole las caderas y resbalando por las piernas hasta terminar en el plato de la ducha y alcanzar el depósito de reciclado de aguas grises.

Cerró los ojos y respiró profundamente, centrándose solo en la sensación del agua recorriendo su piel como una forma de aclarar su mente y librarla de la vorágine de pensamientos innecesarios.

Respiró e inspiró.

Lentamente.

Hasta que el inconsciente pasó al segundo plano en que debía estar y se centró en lo más importante en ese momento: encontrar respuestas.

Los informes del incidente y los archivos de David estaban clasificados, preguntarle a Puig era jugarse una suspensión indefinida, y Zafrani le había contado todo lo que sabía o quería explicarle.

No había muchas más fuentes donde lograr respuestas.

De hecho, solo había dos.

Raúl y Carla.

Y sabía a cuál de los dos podía sonsacarle algo.

Veinte minutos más tarde se contemplaba frente al espejo de la entrada, girándose de medio lado para ver qué tal le quedaba aquel vaporoso vestido rojo que hacía tanto que no se ponía.

Comprobó que la cintura se ceñía a su piel sin apretarle, el vuelo era lo bastante corto y revelador como para hacer justicia a su estupendo trasero sin parecer vulgar, y el escote insinuaba unos pechos que aún no necesitaban de sujetador para permanecer en su sitio.

Se plantó en jarras frente a su imagen reflejada, acercándose para ver la sombra de las ojeras que delataban varios días de mal dormir. Nada podía hacer contra eso salvo hacer más gruesa la capa de maquillaje, pero quería parecer seductora, no desesperada.

—No estás tan mal —le dijo a su reflejo.

Aún conservaba la figura atlética de diez años atrás y, aunque nunca se había considerado demasiado guapa debido a su rostro alargado y una nariz ligeramente grande, sus felinos ojos verdes, la melena clara cayéndole por los hombros y unos pechos que seguían desafiando a la gravedad eran argumentos más que suficientes para engatusar a cualquier hombre que se le pusiera por delante.

—Menudo zorrón estás hecho —sentenció, con una sonrisa satisfecha en los labios.

A continuación, metió las llaves en un pequeño bolso con algo de efectivo, el teléfono y un pintalabios.

—Me voy. —Le guiñó el ojo al gato, que la miraba desde el sofá sin demasiado interés—. No me esperes despierto.

Y dicho esto, llamó a un Waymo y salió por la puerta en dirección a la calle.

El pequeño cochecito ya la esperaba junto a la acera cuando llegó abajo, y de inmediato partieron en dirección a la calle Blai del barrio del Poblenou, al pie de la montaña de Montjuïc.

Nuria pensó que por fin aquel interminable día estaba llegando a su término, mientras contemplaba cómo las nubes se teñían de rojo atardecer, al mismo tiempo que atravesaba la ciudad a bordo del pequeño vehículo con forma de burbuja.

Al apoyar la cabeza en el respaldo, sintió una fuerte punzada en la nuca, recuerdo del fuerte golpe que la dejó inconsciente. Un dolor que se obligó a soportar, como una íntima penitencia por lo que había hecho y aquello que había dejado de hacer. La sangre de David aún estaba en sus manos, y solo llegando hasta el final de aquel asunto y descubriendo al culpable último, podría concederse un asomo de expiación.

Al llegar a la avenida del Paralelo, pidió al Waymo que se detuviera y pisó la calle con sus sandalias a poco más de una manzana de su destino. Había averiguado dónde encontrar a su objetivo a esas horas de la tarde, y quería aparentar que pasaba por allí por casualidad, como dando un paseo, no bajándose de un coche frente a la puerta.

Una vez en la calle Blai, un paseo peatonal abarrotado de pequeños bares y tascas tradicionales, Nuria se unió en la multitud que peregrinaba de bar en bar, combatiendo el hambre con tapas y el calor con litros de cerveza. Con disimulo se iba asomando, uno a uno, a todos los locales, comprendiendo a medida que caminaba que había cometido un error de cálculo con su apariencia; llamaba tanto la atención que no podía dar dos pasos sin tener que quitarse a un pelmazo de encima. Se sintió como cuando salía de fiesta con sus amigas siendo adolescente, y se tenía que pasar la noche apartando a babosos de oído duro a los que nunca les bastaba un no como respuesta.

Para bien o para mal había llovido mucho desde entonces, y ahora una advertencia o una simple mirada solía ser suficiente para librarse de cualquier fulano a la primera. Y si no lo lograba, siempre podía ejecutarle una llave de judo y hacerle morder el polvo delante de sus amigos mientras le revelaba que era policía y que podía detenerle por desobediencia a la autoridad. Eso nunca fallaba.

Distraída con el enésimo moscón, casi no se dio cuenta de que la persona a quien buscaba se hallaba acodada en la barra junto a un par de amigos, vestido con una camisa azul a cuadros y unos viejos tejanos, sosteniendo en alto un vaso de vino tinto como quien brinda por un difunto o está lo bastante borracho como para hacerlo por cualquier otra cosa.

Nuria se alisó el vestido, ahuecó la melena con un par de gestos rápidos y entró en el bar con paso decidido, atrayendo las miradas de todos los hombres y mujeres del local.

El hombre de la camisa a cuadros entrecerró los ojos al verla, como si le costara reconocerla, pero en cuanto lo hizo la repasó de pies a cabeza con la mirada y la invitó a aproximarse con un gesto achispado.

Nuria disimuló, mirando a un lado y a otro del local como si buscara a otra persona, para terminar acercándose al hombre con una sonrisa tímida en los labios.

—Pero ¡bueno! —exclamó aquel, por encima de la música y el bullicio del pequeño bar—. ¿Qué haces tú por aquí?

—Hola, Raúl. Había quedado con un amigo —explicó—, pero creo que me ha dado plantón.

—Pues él se lo pierde —resopló, mirándole el escote sin disimulo—. ¿No te apetece tomar algo? —dijo, retirándose a un lado para que pudiera sentarse en la barra.

—No sé… —contestó Nuria, echando un vistazo a la hora en la pulsera de su muñeca.

—Venga, quédate —insistió, y volviéndose hacia sus amigos con gesto perentorio, añadió—. Ellos ya se iban.

Los amigos sonrieron cómplices, en apariencia tan bebidos como él, y haciendo honor al código de los hombres hicieron mutis por el foro, apenas dedicando un último vistazo al trasero de la mujer de rojo.

—Está bien —aceptó Nuria, ocupando el hueco que le había hecho en la barra—. Solo una copa.

—Claro, claro —asintió, haciendo un gesto al camarero para que le sirviera a ella otra copa como la suya—. ¿Sigues… suspendida?

Esta vez fue Nuria la que asintió.

—Así es —admitió apesadumbrada.

—Oí que le dejaste un ojo a la funerala a ese cretino del psicólogo. —Sonrió con admiración, alzando de nuevo su copa de vino—. Brindo por ello.

—Debí dejarle los dos —repuso Nuria, tomando la copa que había aparecido frente a ella e hizo el brindis con Raúl.

Este soltó una sonora carcajada y le dio una palmada en el hombro a Nuria, fingiendo que era un gesto fraternal.

—Así que estás de vacaciones, ¿no?

—Algo así —dijo—. Y por cierto… —agregó como si se le acabara de ocurrir—. ¿A ti y a Carla no os habían asignado mi caso?

Raúl esbozó una mueca.

—Así es —admitió—. Pero ya está cerrado.

—¿Alguna conclusión interesante?

Raúl hizo un vago gesto en el aire.

—Ya sabes que no puedo hablar de ello —afirmó—. ¿Por qué no me cuentas cosas de ti? Casi nunca hablamos tú y yo, y estaría bien que nos conociéramos mejor… ¿no te parece? Al fin y al cabo, somos compañeros de trabajo.

Nuria paseó la mano sensualmente por la espalda de Raúl.

—Vamos —le dijo—. Siento curiosidad. Puig no me ha contado nada.

Raúl dejó el vaso sobre la barra de mármol con aire cansado y resopló.

—Porque no hay nada que contar —aclaró—. Un yonqui colocado matando a un camello es el pan nuestro de cada día. —Abrió las manos, como mostrando que no había nada más—. Tuvisteis muy mala suerte apareciendo justo en ese momento, eso es todo.

—¿Y al asesino? —preguntó Nuria—. ¿Lo habéis identificado?

—¿Al yonqui?

—Sí, al yonqui.

Raúl compuso un gesto serio.

—Era un puto yonqui, ¿qué más da quién era? Esa gente es basura.

—¿Y eso es todo lo que tenéis? —insistió— ¿Un yonqui?

El policía la miró intrigado.

—¿De qué va todo esto? —inquirió Raúl, señalando la puerta—. No estás aquí por casualidad, ¿no? ¿Has venido a interrogarme?

Nuria cerró los ojos y suspiró. No tenía sentido seguir mintiendo. Raúl era un cretino, pero no idiota.

—He venido a buscar respuestas —confesó, abriendo de nuevo los ojos—. Las que nadie quiere darme.

—Eres una zorra manipuladora —graznó Raúl, frunciendo el ceño—. No te voy a decir una mierda.

—Haré lo que sea —le espetó.

Los labios de Raúl se curvaron en una sonrisa lujuriosa.

—¿Lo que sea?

Nuria captó el sentido implícito de la pregunta, constatando una vez más lo que los hombres tienen en la cabeza cuando están frente a una mujer.

—Lo que sea —asintió.

Nuria podía ver en el rostro de Raúl, su lucha interna entre el deseo y la incredulidad.

—¿Y por qué ibas a hacerlo?

—Ya te lo he dicho. Necesito respuestas.

Los ojos de Raúl se posaron en el generoso escote de Nuria y la mano en su cadera.

—En ese caso…, quizá, podríamos llegar a un acuerdo —sugirió, aproximándose hasta susurrarle al oído—. Todos saldríamos ganando.

—Eso lo dudo —replicó—. Pero necesito saber lo que pone en ese informe.

Raúl se cruzó de brazos, calibrando la actitud de Nuria.

—Joder —soltó—. Pues sí que tienes interés en el asunto.

—Eres un tío muy listo —ironizó Nuria—. Ahora empieza a hablar.

—Ah, no… —El policía negó con el dedo—. Primero págame, y luego te digo lo que sé.

—¿Y cómo sé que no vas a echarte atrás?

Raúl sonrió fanfarrón.

—Tendrás que fiarte de mí.

Nuria se lo quedó mirando fijamente, tratando de averiguar hasta qué punto mentía.

—Está bien —asintió—. Hagámoslo.

—Estupendo. —Raúl sacó la cartera, dispuesto a pagar su copa—. Vayamos a mi casa, allí podremos…

—No voy a ir a tu casa —lo interrumpió Nuria—. Lo haremos aquí.

Raúl se quedó como una estatua, con el billete en el aire.

—¿Aquí? —repitió incrédulo, apuntando con el dedo hacia el suelo.

—Eso es el baño, ¿no? —Y Nuria señaló hacia una pequeña puerta amarilla con las letras W. C. pintadas a mano—. Será un polvo rápido. No tengo ninguna intención de pasar la noche en tu casa.

—Pero… no es eso lo que yo…

—Lo tomas o lo dejas.

Raúl vaciló durante un instante, pero entre el alcohol y la excitante perspectiva de sexo fácil con Nuria, acabó por decidirse.

—Está bien —rezongó—. Venga, vamos.

El policía se encaminó hacia el baño, seguido de cerca por Nuria y las miradas envidiosas de medio bar.

Nuria cerró la puerta tras de sí y automáticamente se encendió la luz del techo, alumbrando un pequeño cubículo de paredes atiborradas de pintadas a bolígrafo, direcciones de Twitter y una sorprendente variedad de órganos sexuales y posturas creativas. Justo en el centro del cubículo, había un inodoro algo maltrecho pero limpio, y Nuria empujó a Raúl para que se sentara sobre el mismo.

—¿Qué haces? —preguntó este.

—Calla y siéntate —le ordenó Nuria—. Y desabróchate los pantalones.

Raúl vaciló de nuevo, pero en esos momentos no tenía ánimos de discutir ni sangre en el cerebro suficiente como para hacerlo, de modo que obedeció mansamente.

Entonces Nuria se agachó ante él, introdujo la mano derecha en sus pantalones y le agarró el miembro erecto.

—Oh, sí... —gimió Raúl, echando la cabeza hacia atrás.

La mano de Nuria recorrió toda la longitud del miembro desde el glande hasta su base, y allí se deslizó hacia abajo hasta los testículos, agarrándolos primero con suavidad para poco a poco ir aumentando la presión sobre los mismos.

—Cuidado —le advirtió Raúl, bajando la mirada—. Esa zona es delicada.

—Ya lo sé —contestó Nuria y, cerrando la mano con fuerza, le comprimió los testículos, haciendo que los ojos de Raúl estuvieran a punto de salirse de sus órbitas.

El policía hizo un conato de alarido que silenció Nuria, poniéndole la mano izquierda sobre la boca y aflojando un poco la presión al tiempo que le susurraba al oído.

—Y ahora —le dijo con amenazadora frialdad—, me vas a explicar todo lo que había en ese informe si no quieres que haga una tortilla con tus huevos.

—Eres... —boqueó Raúl— una hija de...

—Respuestas —le cortó, aumentando la presión por un instante—. Ahora.

—Vale... Vale —se rindió, alzando las manos—. ¿Qué... quieres saber?

—¿Quién era el asesino? ¿Por qué no se le hizo una autopsia? —preguntó de carrerilla, aflojando la presa—. ¿Por qué mató a Vílchez y luego nos esperó a David y a mí? ¿Por qué habéis limpiado la escena del crimen?

—¿Qué...? —balbució confuso—. ¿De dónde sacas que hemos...?

—He estado allí. Habéis limpiado hasta la última gota de sangre.

—No —alegó, meneando la cabeza—. Yo..., nosotros no hemos hecho eso.

—Entonces ¿quién?

—Pues alguien de la científica habrá metido la pata —sugirió—. O quizá han sido unos okupas, o un familiar aburrido… —alzó la voz para añadir—, ¿cómo coño quieres que lo…?

Nuria cerró la mano y Raúl se calló de golpe.

—¿Y qué hay del informe? ¿Qué averiguasteis?

—Nada —alegó en un gemido.

Nuria frunció el ceño y Raúl se apresuró a añadir:

—Nada, te lo juro. —Alzó las manos—. Es lo que te he dicho antes. Un yonqui que mató a su…

—Y una mierda —le interrumpió Nuria—. No era un drogata sino un asesino profesional, y Vílchez era un soplón a sueldo de Zafrani.

—Entonces ¿para qué preguntas? —alegó Raúl—. Ya sabes más que nosotros.

—Ocultáis algo —afirmó Nuria, clavando las uñas en la fina piel del escroto.

—¡No, joder! —protestó Raúl, apretando los dientes—. Te juro por Dios que no hay nada más.

—¿Y entonces por qué se han clasificado el informe y los archivos personales de David?

—¿Qué? —preguntó Raúl incrédulo—. Y yo qué sé. Eso es cosa de los de arriba.

—¿De quién? ¿De Puig?

—Quizá. —El sudor perlaba la frente del policía, pero estaba lejos de darse cuenta—. O de más arriba. ¿Te crees que a mí me dan explicaciones? —alegó desesperado—. Lo clasificaron y ya está, fin de la historia. No es la primera vez que lo hacen cuando muere un agente… para protegerse las espaldas. En el mejor de los casos, un policía muerto bajo su mando es un inconveniente para seguir ascendiendo —argumentó con la respiración acelerada—. O incluso, puede que lo estén haciendo para protegerte a ti. ¿Habías pensado en eso?

—No te pases de listo —le amenazó.

—Querías la verdad, ¿no? —arguyó Raúl—. Pues ahí la tienes, joder. Estás cagándola a base de bien.

La ira de Nuria se fue difuminando, y poco a poco iba filtrándose la idea en su mente de que, como sugería Raúl, la estaba cagando. Lo cierto es que no había contemplado la posibilidad de que hubieran clasificado el informe para protegerla, y si la limpieza del apartamento era solo un estúpido error…

¿Podía estar tan equivocada?

Las revelaciones de Elías apuntaban hacia una compleja trama de islamistas radicales, pero… ¿y si todo había sido una elaborada mentira? ¿Cómo podía estar segura de que no la estaba manipulando de nuevo?

Es más ¿no podía haber sido cosa suya que se clasificara la investigación? ¿Quizá sobornando o chantajeando a algún mando y así protegerse?

Le había parecido sincero, pero no sería la primera vez que la engañaban mintiéndole a la cara. Y puestos a creer a alguien… ¿por qué creer antes a un delincuente que a un policía?

¿Podía deberse a aquellos ojos azules de Elías que la miraban como si la conocieran de toda la vida?

Apartó ese pensamiento de un manotazo mental. ¿De dónde había salido eso?

—¿Me vas a soltar los huevos de una vez o vas a tenerme así toda la noche? —la interpeló Raúl.

Nuria regresó a la sucia realidad de golpe, y se vio a sí misma agarrando por los testículos a un compañero que solo había aceptado su insinuación sexual.

Despacio, retiró la mano y se puso en pie.

—Perdona —se disculpó.

—¿Que te perdone? —resopló Raúl, metiendo su hombría en los pantalones con sumo cuidado—. Te va a caer una denuncia que te vas a cagar. No vas a volver a llevar placa en tu puta vida.

Nuria se acercó al lavamanos y abrió el grifo para lavarse.

—Es posible —admitió—. Pero si lo haces, todo el mundo se enterará de que te tuve un buen rato cogido de los huevos mientras llorabas como una niña. —Miró a Raúl, secándose las manos en el vestido—. Me pregunto qué apodo te caería en la comisaría.

—Eres una hija de puta —mugió Raúl.

Nuria abrió la puerta del baño, pero se volvió con un gesto de hartazgo, pensando en todos los hombres que la habían jodido a lo largo de su vida.

—Hago lo que puedo para estar a vuestra altura.

21

El camino de regreso a casa resultó muy diferente del de ida. Las calles eran las mismas e incluso el Waymo parecía el mismo del que se había apeado hacía menos de una hora, pero su ánimo era ahora diametralmente opuesto. Ya no se sentía como una astuta investigadora, desentrañando una compleja intriga de terroristas islámicos, drogas y asesinos a sueldo. Ahora se sentía como una novata torpe y paranoica, que hacía todo lo posible para echarse mierda encima a pesar del esfuerzo de sus jefes por protegerla.

Cuanto más lo pensaba, más sentido tenía lo que había dicho Raúl. Que Puig la hubiera mantenido al margen e incluso que la suspensión temporal quizá era lo mejor que podían haber hecho por ella.

Apoyó la cabeza en la ventanilla y suspiró agotada, de pronto fue consciente de todo el cansancio y el estrés acumulado en los últimos días. Comprendió que los remordimientos por la muerte de David la habían empujado a buscar culpables donde no los había e imaginar rocambolescas tramas que nadie más veía.

Ella había apretado el gatillo, fin de la historia.

Debió haberse marchado de vacaciones, tal y como le propuso Susana. Quizá aún estaba a tiempo. Podría ir unos días a Lisboa, o a Roma, o alquilar un coche e irse al Pirineo a hacer largas caminatas en solitario y sin cobertura, lejos de todo y de todos.

Sí, eso es lo que haría, decidió con algo parecido al alivio. Alejarse del calor y la humedad asfixiante de Barcelona, de las restricciones de agua, de las multitudes, de las redes sociales y de la preocupación permanente por cuestiones que en realidad no eran asunto suyo.

Fantaseó con la idea de recorrer los solitarios senderos de montaña del Parque Natural de Aigüestortes, acompañada por el canto de los petirrojos y el rumor de sinuosos riachuelos serpenteando entre verdes prados salpicados de abetos. Se veía a sí misma contemplando un amplio valle desde la cumbre de una montaña, respirando aire puro y fresco a dos mil metros de altura, planteándose quizá si regresar a aquella ciudad en la que había nacido, pero que cada vez se parecía menos a la de sus recuerdos de infancia.

El Waymo se detuvo frente a su casa y la voz de la IA la sacó de su ensueño, indicándole que habían llegado a su destino.

Se apeó maquinalmente del vehículo, entró en la portería y subió hasta su piso, con la cabeza ya vagando por las cumbres nevadas de la comarca del Pallars Sobirà.

Por ello no se dio cuenta, hasta el último momento, de que había alguien esperándola junto a su puerta. Seguramente, la persona a la que menos deseaba ver en el mundo en esos momentos.

—Hola, Nuria —la saludó, al verla detenerse en seco.

—Hola, Gloria.

Nuria acabó de subir los últimos escalones hasta alcanzar el rellano, deteniéndose ante la viuda de su compañero sin saber qué decirle.

Durante unos interminables segundos, guardaron un incómodo silencio que Nuria no se atrevía a romper. Tan solo miraba los ojos castaños de aquella mujer de pelo corto y rostro afable, a la que había arrebatado al amor de su vida y al padre de su hijo. No había palabra alguna que pudiera decir en ese instante y, si la había, no podía imaginar cuál era. Todas las que acudían a su mente le resultaban banales, impersonales o a destiempo.

Fue Gloria, finalmente, la que tomó la palabra.

—¿Cómo estás?

—Estoy..., estoy bien —balbució Nuria—. ¿Cómo...? —preguntó a medias, señalándola.

—Bien, creo —asintió con gesto serio—. Dadas las circunstancias.

Nuria dio un paso hacia ella, farfullando una disculpa.

—Yo lo..., lo siento mucho. —Apoyó la mano en su brazo—. No sabía qué decirte. Quería..., quería...

Gloria cerró los ojos, como si contara hasta tres mentalmente.

—No tienes que decir nada —alegó con la tensión contenida en la voz—. Pero te agradecería que me invitaras a un vaso de agua. Llevo aquí más de una hora.

—Oh, perdona —dijo Nuria, sacando atropelladamente la llave—. Soy un desastre.

—No te preocupes —la excusó y, echando un vistazo al vestido, añadió—. Veo que vienes de fiesta, ¿no?

—Esto… no, no es lo que parece —se disculpó Nuria, abriendo la puerta e invitando a Gloria a entrar.

Gloria la miró de reojo al pasar por su lado.

—Ya…, eso mismo le decía yo a mi madre.

Un minuto más tarde, ambas mujeres se sentaban una junto a la otra en el sofá. Gloria apurando su segundo vaso de agua fría, mientras Nuria se atusaba el inapropiado vestido rojo con incomodidad.

—Yo…, perdona que no te llamara —dijo Nuria cuando Gloria dejó el vaso sobre la mesa de cristal—, o que no te contestara las llamadas —añadió—. No sabía…, no sé qué decirte, salvo que lo siento muchísimo. Yo…

—Ya está —la interrumpió Gloria, que parecía no querer tocar el tema por miedo a acabar estallando—. Lo que pasó, pasó.

—Sí que pasa, Gloria. Debí llamarte enseguida. Pedirte perdón a ti y a Luisito… Explicarte lo que ocurrió.

—No hay nada que puedas decir que cambie lo sucedido —arguyó Gloria, a medio camino entre el reproche y la melancolía—. Supongo que esto no está siendo fácil para ti tampoco.

Nuria bajó la mirada, negando con la cabeza.

—No puedo olvidar que fui yo quien…

—Fue un accidente. —Gloria no le dejó terminar la frase, suspirando resignada antes de añadir—. No fue culpa tuya.

—Pero… —Las lágrimas se acumulaban bajo los ojos de Nuria, amenazando con rebosar—. De verdad que lo siento. Lo siento mucho —masculló.

Gloria, con ese instinto maternal que está por encima de cualquier reproche, sintió cómo el resentimiento que había albergado hasta un minuto atrás se diluía y aproximándose a Nuria, la abrazó como a una niña perdida en busca de consuelo.

—Ya está —le susurró al oído, pasándole la mano por la espalda mientras las lágrimas de Nuria mojaban su hombro—. Ya está.

Cuando al fin Nuria logró controlar los sollozos, inspiró profundamente y con el dorso de la mano se enjugó las lágrimas del rostro.

—No puede ser —resopló— que, al final, seas tú la que tengas que consolarme a mí. —Sentía cómo las lágrimas se agolpaban en su pecho, pugnando de nuevo por salir—. No es justo, joder.

—Está bien, Nuria —dijo Gloria, tomándole las manos entre las suyas—. David adoraba su trabajo y conocía el riesgo. Era feliz haciendo lo que hacía y siempre me hablaba de lo buena compañera que eras. Lo que ocurrió fue algo horrible..., pero no te culpo por ello. —Y negando con la cabeza, añadió—. Y tú tampoco deberías hacerlo.

Nuria tardó unos segundos en reaccionar, tratando de que no la desbordaran las emociones.

—Gracias —dijo, sencillamente—. Gracias, Gloria.

—No me las des —alegó, pasándole el pulgar para limpiar el rímel que le churreteaba las mejillas—. He estado muy enfadada contigo, pero al final he comprendido que no es justo... ni me devolverá a David.

Nuria hizo una mueca al percatarse del dedo de Gloria teñido de negro.

—Gracias, Gloria.

Esta asintió, colocándose el bolso sobre el regazo.

—De nada, Nuria —contestó—. Pero la verdad es que, en realidad, no he venido solo por eso. Hay algo que... quería preguntarte.

El corazón de Nuria se paró en seco.

—¿Preguntarme? —repitió, temiendo a la pregunta más que a una bala dirigida a su cabeza.

Gloria bajó la voz y la mirada, contemplando sus propias manos entrelazadas.

—Lo que sucedió ese día... —comenzó a decir con dificultad—. El comisario Puig me ha asegurado que fue un accidente. Que os encontrasteis allí a un drogadicto que os tomó por sorpresa, y... —Levantó la vista y la miró, como un náufrago miraría un salvavidas—. ¿Fue así? —preguntó en un susurro—. ¿Fue eso lo que pasó? ¿Una casualidad?

Nuria tragó saliva con dificultad.

—Eso es… lo que concluyeron tras la investigación.

Gloria se inclinó hacia adelante, escrutando su expresión.

—Pero no es lo que te he preguntado.

Nuria inspiró profundamente.

—No lo sé —confesó exhalando—. No lo sé, la verdad.

Gloria asintió, al parecer satisfecha con la respuesta.

—Tengo algo que darte —dijo a continuación, metiendo la mano en el bolso.

Nuria parpadeó, desconcertada.

—¿Darme?

Gloria sacó una carpeta azul y se la mostró a Nuria.

—Esto era de David —dijo—. Bueno, en realidad —rectificó—, son las fotocopias de una libreta, donde apuntaba las cosas de su trabajo que no quería incluir en los informes. Cosas que, quizá, podrían ayudar a encontrar… —tomó aire antes de añadir— las respuestas que nadie me quiere dar.

Nuria se quedó mirando la carpeta sin atreverse a tocarla, como si contuviera las cenizas de su amigo.

—¿Por qué… —levantó la mirada hacia Gloria—, por qué me la das a mí?

—Porque David confiaba en ti ciegamente.

Nuria estuvo a punto de decir que ojalá no lo hubiera hecho, pero se contuvo a tiempo.

—Pero —dijo en cambio, señalando la carpeta sin atreverse aún a tocarla— ¿qué hay en esas fotocopias?

Gloria meneó la cabeza.

—No lo sé. Hojeé la libreta y solo vi nombres, números y frases sueltas. Nada que tenga sentido para mí, pero quizá para ti sí lo tenga.

Nuria miraba a la carpeta como si fuera una planta venenosa. No hacía ni una hora que acababa de resolver que se estaba volviendo loca con aquel asunto…, y ahora aparecía Gloria para resucitar su paranoia.

—Yo, no… —comenzó a objetar—. Creo que deberías entregársela al comisario Puig —objetó—. Es él quien dirige la investigación del caso.

—Ya lo hice —replicó Gloria—. A él le di el cuaderno original, pero no creo que siquiera se haya molestado en leerlo.

—¿Por eso estabas tratando de hablar conmigo? —preguntó Nuria, recordando todas las veces que había ignorado sus llamadas.

—Así es —confirmó Gloria—. Pero nunca contestabas, de modo que he tenido que venir en persona.

—Yo…, perdona. Pensaba que tú… —dejó la disculpa a medio formular—. Pero no entiendo por qué quieres dármelo a mí.

—Porque tú eras su amiga —dijo Gloria—. Y si hay alguien que quiere averiguar lo que sucedió de verdad eres tú, ¿me equivoco?

—No, no te equivocas —admitió Nuria—. Pero el informe oficial…

—Al diablo el informe oficial —la interrumpió Gloria—. Necesito saber lo que ocurrió realmente, y quizá aquí esté la respuesta —añadió, colocando la mano sobre la carpeta azul.

La esperanza que Gloria depositaba en ella y en ese puñado de fotocopias resultaba desgarradora. Nuria no creía que nada de lo que hubiera escrito David en su cuaderno pudiera servir de algo y, como ya había quedado demostrado, tampoco nada de lo que ella pudiera averiguar por cuenta propia. Su estado mental no le permitía pensar con claridad y mucho menos investigar algo que la afectaba de un modo tan profundo.

Sin embargo, se oyó decir a sí misma:

—De acuerdo —aceptó, incapaz de decirle lo que en realidad pensaba.

—David nunca me contaba nada de su trabajo —continuó Gloria—. Decía que no quería que me contaminara con la suciedad que había ahí fuera…, pero sé que aquí apuntaba todo lo importante relacionado con sus investigaciones. Su «Cuaderno Sherlock», lo llamaba él —añadió con una sonrisa triste, acercándole la carpeta a Nuria—. Estoy segura de que tú sabrás darle un buen uso.

«Buen uso», pensó Nuria, esbozando una mueca. No se le ocurría nada a lo que le hubiera dado buen uso en su puñetera vida.

Sin embargo, con un suspiro de resignación, tomó la carpeta entre sus manos como quien recibe una misiva póstuma. Que, bien mirado, era justo de lo que se trataba.

—Está bien —accedió—. Gracias, Gloria. Haré lo que pueda.

—No, gracias a ti. Esto era importante para David, pero cuando se lo entregué a Puig no pareció darle importancia. Echó un vistazo a la agenda delante de mí y, por la cara que puso, estoy segura de que la lanzó a la papelera en cuanto salí del despacho.

—Yo no haré eso —le garantizó Nuria—. Lo leeré con atención.

Gloria fue a levantarse, pero vaciló y terminó por no hacerlo.

—¿Tú crees que... —titubeó, como si las palabras se negaran a salir de su boca—, que la muerte de David fue... provocada?

Aquella era justo la pregunta que Nuria temía escuchar en los labios de Gloria. ¿Qué podía responder a aquello? Lo más sensato y humano era que le confirmara la versión oficial, y así todos podrían volver a dormir tranquilos.

—Puede —dijo en cambio su boca, traicionándola una vez más.

Los ojos de Gloria se cerraron por un momento, como si asimilara algo que ya sabía, pero que se negaba a aceptar. Luego se puso en pie, demasiado afectada para seguir allí hablando de ello.

—¿Lo... leerás? —preguntó con la voz rota, señalando la carpeta azul sobre el regazo de Nuria.

Esta asintió, poniéndose en pie y apretándola contra su pecho como un tesoro.

—Hasta la última palabra.

—Gracias —dijo Gloria, y esta vez fueron sus ojos los que se inundaron de lágrimas.

Nuria la abrazó con fuerza.

—No me des las gracias —susurró a su oído, apenas conteniendo ella también el llanto—. Se lo debo a David, y a ti, y a tu hijo. —Suspiró y añadió con firmeza—. Puedes contar conmigo. Para lo que sea.

—Gracias. —Sollozó Gloria—. Gracias.

Nuria estrechó el abrazo, deseando decir cualquier cosa para consolarla y expiar su pecado.

—Y si hay algo en esas páginas que... —añadió, dejando que el remordimiento hablara por ella—. Si descubro al culpable —sentenció sin pensarlo, pero sintiéndolo hasta en la última célula de su piel—, te juro por dios que se lo haré pagar.

22

Echando un vistazo al reloj, que en ese momento marcaba las
2:17 de la madrugada, y despierta como si llevara tres cafés
encima, Nuria comprendió la razón por la cual no son recomendables las siestas de ocho horas a media tarde.

Sin embargo, la parte buena de no poder conciliar el sueño ni a
patadas es que así había podido emplearse a fondo con el contenido de
la carpeta que le había dado Gloria. Llevaba más de dos horas estudiando aquella pila de fotocopias atiborradas de la difícil letra cursiva de
David —siempre bromeaba con que así no le hacía falta encriptarla—,
y de momento no había podido sacar nada con demasiado sentido.

Las anotaciones se remontaban a más de dos años atrás, y en
ellas había reconocido apuntes de casos antiguos, así como algunos
nombres y esquemas uniéndolos para relacionarlos. Nuria se dio
cuenta de que los lúcidos razonamientos que David le había hecho
en algunas de esas investigaciones, haciéndolos pasar por brotes de
súbita inspiración, eran en realidad el fruto de días de trabajo en
aquella libreta.

—Serás tramposo. —Sonrió Nuria, recordando cómo la hacía
creer que era un genio de la deducción.

Ahora entendía por qué la llamaba su libreta Sherlock.

Pasó una página más, aún con la sonrisa en la boca, y el hecho
de estar rememorando la última vez que se las dio de genial detective
hizo que casi se le pasara por alto un nombre.

Wilson Vílchez.

No había fecha alguna asociada, pero por el contexto calculó que correspondería a junio o julio de ese mismo año. Cuando iniciaron los contactos con el peruano. Aunque, para ser exactos, recordó que fue David quien contactó con Vílchez e hizo las veces de enlace. Toda la información que aportaba el difunto soplón se la transmitía directamente a David y este la compartía con ella. O eso había supuesto hasta entonces.

Pasó a la siguiente fotocopia en la que había dibujado un esquema que le resultaba familiar. Uno que le había dibujado en una ocasión, y en el que Elías Zafrani ocupaba la cima de una pirámide, con el nombre de su empresa Daraya Import-Export bajo el mismo y entre paréntesis. A partir de ahí, varias ramificaciones partían hacia abajo dividiéndose según el ámbito delictivo bajo el control de Elías; una rama para el contrabando de software, otra para el tráfico de personas, otra para el alcohol, el tabaco, etcétera, y cada una con el nombre del hombre —o la mujer— al cargo, e interrogantes donde no tenían una cara que ponerle, que era la mayoría de las veces.

Luego esas ramas se dividían de nuevo, según el ámbito o las subsecciones de cada división empresarial y sus responsables; y aún volvían a dividirse una vez más hasta alcanzar a los distribuidores y matones que llevaban a cabo el trabajo a pie de calle. Estos últimos eran los que delinquían y a los que detenían con tanta frecuencia que hasta hacían cortar y pegar con los atestados, pero la cadena trófica se detenía ahí. Ocasionalmente, lograban encausar a los jefecillos que estaban justo por encima, pero eso era todo. Los ejecutivos de aquella empresa delictiva estaban tan protegidos por su cohorte de abogados, que solo estornudar cerca de ellos podía dar como resultado una demanda por acoso policial.

Huelga decir que Zafrani era el macho alfa de aquella manada de hienas de cuello blanco, y acercarse a él sin una orden judicial entre los dientes era una forma rápida de acabar vigilando parquímetros en el desierto de los Monegros.

Lo que había hecho presentándose en la sede de la empresa y amenazándolo con un arma, la verdad es que había sido una soberana estupidez, y si no fuera porque la alusión a la limbocaína había despertado su interés, estaba segura de que ya habría recibido una

Fernando Gamboa

llamada de recursos humanos invitándola a dimitir de una patada en el culo.

En las siguientes páginas las anotaciones eran más breves y concisas, de las que se suelen tomar mientras alguien te habla al teléfono. En ellas se detallaban nombres, direcciones y escuetas indicaciones, que Nuria reconoció como los chivatazos que Vílchez les había ido dando durante los últimos meses... bajo las indicaciones del mismo Elías Zafrani.

La ira volvió a flamear en el pecho de Nuria, al recordar todas las horas de trabajo y vigilancia invertidas en aquella investigación, mientras ese cabrón se debía estar muriendo de la risa, pensando en todas las pistas falsas que les estaba proporcionando.

Irritada, Nuria comenzó a pasar las páginas cada vez más deprisa, para no ver todas aquellas notas subrayadas y enmarcadas en cuadrados hechos a bolígrafo. Cada una de ellas era una burla, un monigote que Elías les pegaba en la espalda desde su lujoso despacho en las oficinas de la Diagonal.

Tan enfadada estaba que llegó a la última página casi sin darse cuenta, y a punto estuvo de cerrar la carpeta de golpe si sus ojos no se hubieran posado en el último recuadro y las dos únicas palabras que aparecían en ella.

La primera era un nombre de mujer Ana P. Elisabets. Sin dirección, ni e-mail, ni teléfono. Un nombre que Nuria no había oído nunca ni relacionaba con ninguna investigación reciente.

Bajo ese nombre, una flecha gruesa dirigía a otro, o más bien a un acrónimo. Uno que conocía muy bien y que incluso había salido a relucir en la conversación con Zafrani. Uno que inspiraba terror solo con mencionarlo.

Con un escalofrío recorriéndole la espalda, leyó el nombre en voz baja, como si temiera invocarlo.

—ISMA —susurró.

No sabría decir durante cuánto tiempo se quedó mirando aquel nombre, dándole vueltas a todo lo que implicaba que hubiera aparecido en la libreta de David. Era la última anotación en la misma, y solo dos días antes de que acudieran aquella desdichada mañana a su encuentro con Vílchez. No era difícil imaginar una relación entre ambas cosas.

163

En aquella página no se hacía mención a Elías Zafrani, a su empresa ni a sus negocios. Solo aquellos dos nombres en grandes letras y subrayadas con insistencia, como si el interlocutor de David hubiera incidido una y otra vez en ellos. Y aunque la anotación no mencionaba a Vílchez como su fuente, se deducía que así era por el contexto y puesto que no aparecía ningún otro nombre apuntado.

Nuria se detuvo a pensar en alguna Ana con la que hubieran contactado o hubiera sido investigada, pero ya sabía de antemano que no iba a recordar ninguna. Aquello parecía importante, pero era un hilo del que de momento no sabía cómo tirar. Quizá le preguntaría a Gloria más adelante.

En cambio, la aparición del ISMA en el cuaderno, tras la conversación que había tenido con Zafrani esa misma mañana, era una pieza que encajaba de algún modo en aquel siniestro puzle.

Si la sustancia encontrada en la sangre del asesino era limbocaína y si, según Elías, los yihadistas del Estado Islámico del Magreb eran quienes la usaban, una línea clara unía ahora ambos puntos. Una que iba de Vílchez a David, y en la que quizá el confidente había revelado algo relacionado con el ISMA; algo que había visto u oído.

Algo lo bastante importante como para que torturaran y asesinaran a Vílchez.

Algo lo bastante importante como para que quisieran matar también a David, por haber recibido esa llamada.

En su cabeza, Nuria imaginó la sucesión de los acontecimientos. En estos, Vílchez llamaba a David para alertarle de algo relacionado con el ISMA, los terroristas lo descubrían, torturaban al desdichado peruano para que confesara a quién se lo había dicho —el detalle de la corbata colombiana, reservado a los chivatos, cobraba ahora todo el sentido—, y antes de morir lo obligaban a llamar a David para que este acudiera a una trampa en la que ambos cayeron a cuatro patas.

—El ISMA —repitió para sí, aún incrédula—. Joder…, el puto ISMA.

Aquella gente, herederos directos del ISIS de Oriente Medio, simbolizaba todo lo malo que podía encarnarse en un ser humano. Decir que eran monstruos era quedarse muy corto y un injusto eufemismo para con los monstruos. Ni el satán bíblico más vengativo habría sido capaz de imaginar un infierno como el que el ISMA reservaba para aquellos que caían en sus manos y no compartían su desquiciada visión del islam.

La red estaba inundada de vídeos con refinadas torturas que duraban horas o incluso días, cuyo único fin era inspirar un terror irracional a cualquiera que pensara enfrentarse a ellos. Los aguerridos guerrilleros marroquíes que aún resistían en sus reductos de las montañas del Atlas dejaban siempre una última bala para ellos mismos en el caso de ser capturados. Pero no todos tenían la suerte de poder usarla, y muchos acababan como desgraciados protagonistas de un vídeo *snuff*.

David no había dejado ninguna otra anotación relacionada con aquello en su libreta, pero solo había una actividad con la que relacionar al ISMA.

El terror.

Si habían llegado hasta España a pesar de la vigilancia de la costa, militarizada como en tiempos de los piratas berberiscos, solo podía ser con un fin: cometer atentados terroristas. Tras los últimos atentados perpetrados en Roma, Marsella y Atenas, que volvieran a poner a España en su punto de mira era solo cuestión de tiempo.

Lo primero en que pensó Nuria fue en llamar a Puig para explicarle lo que había descubierto: la gota de sangre del asesino con limbocaína, la relación de la misma con los yihadistas del ISMA y la mención de estos en la agenda de David. Desde su punto de vista, con eso había más que suficiente como para levantar sospechas e iniciar una investigación en firme. Pero cuando ya estaba a punto de pedir al asistente que la conectara con Puig, se imaginó explicándole al comisario de dónde había sacado la muestra de sangre, cómo la había analizado o quién le había hablado de la limbocaína y su uso por parte del ISMA.

—Mierda —resopló—. Si lo hago, estoy jodida.

Necesitaba algo más que teorías y suposiciones para presentarse ante el comisario y que no la crucificara allí mismo.

Necesitaba pruebas sólidas de que el ISMA estaba tramando algo y de que la muerte de David era consecuencia de ello. De lo contrario, lo único que lograría sería empeorar aún más las cosas; le confiscarían aquellas notas, le abrirían un nuevo expediente sancionador por alterar el escenario de un crimen, y otro más por reunirse con un sospechoso bajo investigación mientras se hallaba suspendida. La verdad es que tendría suerte si no acababa entre rejas.

Extenuada, apoyó los codos en la mesa y hundió la cabeza entre las manos.

Allá donde mirara solo veía callejones sin salida. Aquellas notas era lo único palpable que tenía y ni siquiera eran las originales, solo un puñado de fotocopias. No podía pedirle más favores a Susana y no tenía la confianza suficiente con ningún otro miembro del cuerpo, como para pedirle que se jugara el puesto para hacerle un favor. Aunque lo más deprimente del caso era que, aunque así fuera, no sabría qué favor pedirle. Era como estar con los ojos vendados, en un cuarto oscuro y con la cabeza metida en un cubo. Si había un rastro de luz en aquella historia, era incapaz de verla.

Y, por alguna razón, al pensar en la luz que necesitaba, aquellos ojos azules y luminosos que había tenido frente a ella esa misma mañana le vinieron a la mente.

Era una locura y, seguramente, lo único que lograría iba a ser una orden de alejamiento, pero algo en las tripas le decía que era justo con él con quien debía hablar.

—En fin... —se dijo, apartando los papeles y poniéndose en pie—. De perdidos al río.

23

Nuria echó un vistazo a su pulsera, y esta le mostró que eran las 03.02 en su pequeña pantalla negra.

Su abuela María —recordó en ese momento— siempre decía que nada bueno sucede después de las tres de la madrugada.

El guardia privado instalado en la garita al inicio de la avenida de Pearson la reconoció sin necesidad de que Nuria le mostrase la placa.

—¿Hoy viene sola? —le preguntó el vigilante, echando un vistazo al interior del Waymo.

—Hoy vengo sola —confirmó Nuria.

—¿Otra vez de vigilancia nocturna?

—Otra vez de vigilancia nocturna —repitió.

—Mmm… Claro, claro —murmuró el guardia con camaradería, como si haberle franqueado el paso a ella y a David en un par de ocasiones lo convirtiera en parte del equipo—. Avisaré por radio a los demás para que no la molesten.

—Muy bien —asintió Nuria, deseando acabar aquella conversación.

—De nada. —Sonrió el vigilante, alzando el pulgar—. Si me necesita, ya sabe dónde…

—Gracias, buenas noches —lo interrumpió Nuria, que no estaba para charlas intrascendentes, y pidió al Waymo que continuara antes de que el guardia terminara la frase.

Miraba por la ventanilla mientras se adentraba en aquella exclusiva zona, ahora restringida a residentes, en un ejemplo claro de la desigualdad económica y social que había terminado por segmentar la ciudad, creando guetos para ricos a los que no se podía acceder sin autorización o sin ser expresamente invitados.

El vehículo se detuvo quinientos metros más adelante, en aquella calle que serpenteaba por la ladera de Collserola entre imponentes mansiones, propiedad de empresarios, políticos y futbolistas.

Nuria descendió del vehículo frente a una intrincada verja de hierro con arabescos, en el extremo final de la calle; la puerta de acceso a una casa que había vigilado en múltiples ocasiones junto a David, usando drones, teleobjetivos y micrófonos direccionales.

Esta vez, sin embargo, estaba ahí plantada frente a la entrada, pensando que solo aquella verja de casi tres metros de altura debía costar más que su piso del barrio de Gràcia. Para un hombre con tanto dinero, aunque se tratara de un reconocido delincuente, alguien como ella no era más que una molesta garrapata de la que le costaría poco librarse. Sin la cobertura de ser un agente en servicio, presentarse allí a esas horas en busca de respuestas era lo más parecido a un suicidio profesional que se le podía ocurrir en ese momento.

Pero no sabía qué otra cosa podía hacer, así que llamó al timbre.

Al cabo de unos segundos, la cámara de vigilancia apuntó hacia ella y una voz con marcado acento árabe le espetó desde el altavoz.

—¿Quién es y qué quiere?

—Cabo Nuria Badal de la Policía Nacional —informó, con toda la firmeza que pudo reunir—. Necesito hablar con Elías Zafrani.

La respuesta tardó un instante en llegar, y a Nuria le costó poco imaginar al miembro de seguridad de Elías estudiando en el monitor sus tejanos rotos, la vieja camiseta de los Juegos Olímpicos de París de 2024 y las gastadas zapatillas deportivas.

—¿Tener cita? —preguntó de nuevo la voz, con el tono de alguien que ya sabe la respuesta.

—No —confesó Nuria.

—¿Orden judicial?

—Tampoco.

—Yo sentirlo mucho —mintió el guardia—. Pero si no cita, ni orden, no puede…

—Te lo explicaré despacito, para que lo entiendas —lo interrumpió abruptamente—. Si no abres esta verja y avisas al señor Zafrani de que he venido a verlo, volveré dentro de una hora con esa orden judicial, además de media docena de coches patrulla con las sirenas puestas, ¿crees que eso es lo que prefiere tu jefe?

El breve silencio que siguió a la pregunta sugería que había dado con la tecla correcta. Tenía que seguir presionando, antes de que tuviera tiempo de pensar.

—De modo que o me abres ahora mismo... o ya puedes ir echando currículos para trabajar de segurata en supermercados el resto de tu vida. —Hizo una pausa y añadió—. Tú decides.

De nuevo solo obtuvo silencio por respuesta, e imaginaba al vigilante calibrando la amenaza y sopesando si aquello podía ser peor que despertar a su jefe en plena madrugada.

Los segundos pasaron arrastrándose. Nuria comenzó a temer que el guardia hubiera optado por llamar a la policía él mismo, y que lo próximo que escuchara fueran las sirenas que había mencionado, pero viniendo a buscarla a ella.

—Pase —dijo el altavoz inesperadamente, haciéndole dar un respingo.

La verja emitió un zumbido sordo y se abrió de par en par. Como en los castillos encantados de las películas, pero sin el siniestro chirrido ni el ulular de los búhos.

Paradójicamente, tras salirse con la suya, Nuria se sintió de pronto muy vulnerable. Tomar la decisión de irrumpir en la casa de un criminal en plena madrugada le había resultado fácil estando en el salón de su casa. Ahora, sin embargo, con el camino de gravilla crujiendo bajo sus pies, invitándola a entrar en la guarida del lobo como si recorriera una alfombra roja, comenzó a pensar que, de nuevo, había vuelto a actuar de forma insensata.

—Ojalá la abuela María estuviera equivocada —musitó, y apretando los puños se encaminó hacia la casa.

Los sensores del sendero iban encendiendo las luces según se adentraba en la finca, serpenteando entre un frondoso jardín de pinos y sauces tenuemente iluminados bajo la luz de la luna, y que ocultaban al improbable transeúnte la visión de la casa de Elías Zafrani. Y por casa se refería a una espectacular mansión de piedra de tres plantas de estilo alpino, de grandes ventanales tintados y detalles de madera y pizarra que incluían un gran balcón en la planta superior que recorría toda la fachada. La mayoría de aquellos detalles resultaban invisibles en ese momento, pero había pasado tanto tiempo vigilando aquella casa junto con David, que la conocía tan bien como la suya propia.

El sendero de grava desembocó en una explanada de césped bien cuidado, salpicado de parterres con flores y presidido por una fuente de inspiración mozárabe, alrededor de la cual los vehículos daban la vuelta tras dejar a los ocupantes frente a la puerta principal. Una puerta que se abrió cuando ella se aproximaba y en la que apareció el que debía ser el miembro de seguridad que le había abierto la verja; un fulano de aspecto árabe, bíceps más anchos que la cintura de Nuria y cara de pocos amigos. O de ninguno, probablemente.

El gorila se plantó frente a ella con los brazos en jarra, ocupando todo el umbral y contemplando a Nuria con estudiada intimidación desde sus dos metros de altura.

Estiró el brazo cuando Nuria llegó a su altura, con la mano abierta hacia arriba, como si le estuviera pidiendo limosna.

—Darme el arma —le ordenó secamente.

Nuria abrió los brazos.

—No voy armada.

El gorila la miró de arriba abajo con desconfianza.

—Tener que cachearla.

Nuria sonrió y dio un paso hacia el matón, para así poder decirle en voz baja:

—Si se te ocurre ponerme la mano encima —siseó—, te la parto.

Los labios del fulano se contrajeron, sin duda poco acostumbrado a recibir amenazas de ese tipo y menos aún en boca de una mujer.

—Giwan —mandó una voz desde el interior de la casa—. Déjala pasar.

El gorila aún vaciló un instante, pero terminó dando un paso atrás para que Nuria franqueara la puerta, que cruzó por su lado mirándolo de reojo, por si las moscas.

Al volver la vista al frente, vio a Elías Zafrani esperándola en el recibidor, vestido con una chilaba de seda gris que no habría desentonado en una cena de gala.

—Buenas noches, cabo Badal —la saludó con una formal inclinación de cabeza—. Confieso que es una sorpresa que haya venido a mi casa. ¿A qué debo el placer de volver a verla?

Nuria buscó en la voz del hombre un asomo de sarcasmo, pero parecía desconcertantemente sincero al decirlo. De pie junto a la escalera, la miraba con fijeza con los brazos cruzados y las comisuras de los labios ligeramente curvadas hacia arriba.

Muy a su pesar, Nuria se sintió más intimidada por aquellos penetrantes ojos azules que la estudiaban con un punto de diversión, que por los ciento veinte kilos de músculo del matón a su espalda.

—Tengo que hablar con usted —contestó, con toda la firmeza que pudo.

Zafrani sopesó durante un breve instante la escueta respuesta, pero terminó por señalar hacia su izquierda.

—En ese caso, permítame que la invite a pasar al salón. Ahí estaremos más cómodos.

—No es necesario —replicó Nuria a la defensiva.

—Por favor, insisto —alegó Zafrani—. Podemos hablar lo mismo mientras estamos sentados.

—Está bien —aceptó Nuria con afectado fastidio.

Su anfitrión le pidió que la siguiera hasta el amplio salón de la vivienda. Un espacio diáfano decorado sin demasiada gracia ni preocupación por las tendencias. Muebles rústicos, cuadros representando paisajes de Oriente Medio, lámparas de techo con arabescos, alfombras por todas partes y un amplio sofá blanco en forma de «U», rodeando una mesita tradicional marroquí.

—Tome asiento, por favor —le sugirió el anfitrión, señalando el sofá.

Nuria de nuevo vaciló de forma imperceptible. No es que se sintiera amenazada por aquel hombre, o por hallarse en su casa de madrugada con solo un puñado de preguntas en la cabeza. Era una inseguridad diferente, la nacida de su instinto diciéndole que todo aquel despliegue de amabilidad no podía ser gratuito. Quizá la misma que percibe un ratón, cuando descubre un trozo de queso frente a su madriguera engastado en un sospechoso artefacto de muelles y madera que no alcanza a reconocer.

—Gracias —dijo al fin, sentándose todo lo erguida que le fue posible.

—Pues usted dirá —dijo Zafrani, sentándose frente a ella y entrelazando los dedos con interés.

—Necesito hacerle más preguntas, señor Zafrani.

—Llámeme Elías, por favor —la interrumpió, alzando una mano.

Nuria lo dudó un momento, pero razonó que tenía más oportunidades de lograr respuestas si parecía menos formal y creaba cierta confianza.

—De acuerdo…, Elías. Necesito que me cuente lo que sepa sobre Wilson y si tenía relación con el ISMA —inquirió Nuria sin rodeos.

Zafrani frunció una sonrisa escéptica.

—¿Wilson Vílchez con el ISMA? —inquirió—. ¿Lo dice en serio?

Nuria no contestó a aquella pregunta retórica. Parpadeó un par de veces y esperó en silencio a que su anfitrión prosiguiera.

—Vílchez era peruano y cristiano Renacido —le aclaró Elías—. No muy devoto, cierto, pero no se habría relacionado nunca con esa gente.

—Pero usted es musulmán, ¿no? —señaló Nuria.

Zafrani se la quedó mirando fijamente.

—Mi padre era cristiano y se hizo musulmán para poder casarse con mi madre; pero en Siria, al igual que en mi familia, la religión era algo casi accidental. ¿No será usted de las que cree que todo musulmán es un integrista? —preguntó decepcionado—. Sería como pensar que todos los cristianos son del Ku Klux Klan.

—No, en absoluto —se apresuró a aclarar—. Solo quiero decir que los Renacidos suelen ser fanáticos y poco amigos de relacionarse con otras religiones. Así que, si Vílchez aceptó trabajar para usted, también podría haber aceptado trabajar para otros musulmanes menos… moderados.

Elías meneó la cabeza.

—Olvídese de eso —insistió—. Me habría enterado.

—¿Está seguro? —inquirió Nuria—. Usted vive aquí, en esta… mansión, en Pedralbes. —Señaló, apuntando con el dedo a su alrededor—. Villarefu queda muy lejos.

—No lo bastante —replicó—. Tengo ojos y oídos en todo el campo.

—Y, aun así —arguyó Nuria, inclinándose hacia adelante—... dice no saber nada del sicario que alguien envió para matarnos a Vílchez, a David y a mí.

Elías acusó el golpe y torció el gesto, quedándose por primera vez sin saber qué decir. Pero, como si lo tuviera preparado, justo en ese momento entró en el salón una atractiva muchacha de apenas dieciocho años vestida con una chilaba rosa de bordados dorados, portando una bandeja con una tetera humeante y dos vasos colmados de hojas de menta.

La joven depositó la bandeja sobre la mesa, sirvió el té en ambos vasos y sin decir una palabra se marchó tan sigilosa como había venido.

Cuando las pisadas de sus pies descalzos se alejaron por el pasillo, Nuria no se resistió a comentar:

—Su sobrina, Aya. ¿No es así?

Elías la miró muy serio.

—¿A ella también la han investigado?

—En absoluto. Tan solo aparece en su informe, nada más —aseguró, cogiendo el vaso y soplando para enfriarlo antes de darle un largo sorbo—. Y volviendo a nuestro asunto...

Elías se cruzó de brazos y frunció el ceño.

—¿Adónde quiere ir a parar? —le espetó.

—Quiero ir a parar a que o sabe menos de lo que cree —dijo, devolviendo el vaso a la bandeja—... o no me cuenta todo lo que sabe.

Zafrani se mesó el cabello con un gesto de aburrimiento.

—¿Y por qué iba a hacer yo algo así? —arguyó hastiado—. Ya le he dicho que soy el primer interesado en saber lo que ocurrió y quién está detrás de ello.

—Pero eso no implica compartir información conmigo —señaló—. En realidad, yo le he dado más información que usted a mí.

—Pues adelante, pregunte —alegó Elías, abriendo los brazos—. ¿Qué quiere saber?

—Ya se lo he dicho. Quiero saber qué relación tenía Vílchez con el ISMA.

—Ya he contestado a esa pregunta: ninguna —replicó molesto—. ¿Por qué se empeña en lo mismo?

—Porque tengo razones para creer que así era.

—¿Razones? ¿Qué razones?

Nuria se llevó la mano a la parte de atrás del pantalón, y por un placentero segundo pudo ver el temor reflejado en los ojos azules de Zafrani. Luego este se diluyó de inmediato al ver cómo lo que sacaba no era un arma sino un papel doblado de su bolsillo posterior.

Lo desdobló con cuidado y se lo entregó a Elías por encima de la mesa.

Este lo leyó con curiosidad y lo estudió un instante, antes de preguntar:

—¿Qué es esto?

—Una nota de la agenda de David. Es probable que la escribiera tras haber hablado con Vílchez por teléfono.

Elías volvió a mirarla con mayor atención.

—¿ISMA? —preguntó extrañado—. ¿Ana P. Elisabets?

—Poco después de anotar eso, Vílchez nos pidió que acudiéramos a su casa con urgencia —explicó—. Sospecho que con una navaja de afeitar pegada a su cuello.

Nuria pudo ver cómo el cerebro de Elías se ponía en marcha y encajaba las piezas, tal y como lo había hecho ella.

—¿Cree que Vílchez sabía algo del ISMA y por eso lo mataron?

—Eso es justo lo que pienso.

Elías asintió, en apariencia de acuerdo con la conclusión.

—¿Y quién es esa Ana?

—Ni idea —confesó Nuria—. La he buscado en la red, pero no aparece ninguna mujer con ese nombre en toda España. Esperaba que usted lo supiera.

Zafrani negó con la cabeza.

—Conozco algunas Ana, pero ninguna con esos apellidos o que tuviera relación con Vílchez, y mucho menos con el yihadismo.

—¿Y qué me dice del ISMA? ¿Están infiltrados en Villarefu?

—Imposible —repuso Elías, pero Nuria percibió que ya no era tan tajante—. Los refugiados han llegado aquí huyendo del ISMA. Jamás los admitirían en el campo.

—Puede que estén, pero que nadie se haya dado cuenta. Quizá Vílchez los descubriera, y por eso…

—Ese es el discurso de los políticos de España Primero —la interrumpió Elías—, tratando de vincular a los refugiados con el terrorismo. La gente del campo odia a los yihadistas del ISMA más que nadie. Es muy difícil que se hayan instalado en el campo sin que nadie se entere, sin que yo me entere.

—Vaya —señaló Nuria—. Parece que hemos pasado de «imposible» a solo «muy difícil».

—Dejémoslo en improbable.

Era tal el convencimiento que expresaba Elías, que Nuria no vio sentido a insistir en ello.

Sin embargo, tenía una duda rondándole por la cabeza de la que no podía librarse más que verbalizándola.

—¿Y cómo sé que no me está engañando? —le espetó, mirándolo fijamente.

—¿Perdón?

—¿Cómo sé que usted no está detrás de todo esto? ¿Cómo sé que Vílchez no descubrió que usted era miembro del ISMA, nos lo quiso contar y usted lo mató?

Zafrani parpadeó incrédulo, con una confusión de reacciones en su rostro como si no supiera si echarse a reír o estallar en cólera.

—¿Del ISMA? —preguntó indignado, señalándose con el pulgar—. ¿Cree que yo soy un yihadista?

—Tómeselo como quiera —inquirió Nuria cruzándose de brazos, sin dejarse influir por sus dotes de actor—. Ha confesado que manipuló nuestra investigación, usando a Vílchez para engañarnos. ¿Cómo sé que no lo está haciendo de nuevo, mintiéndome a la cara? ¿Por qué tendría que creerlo? —inquirió.

Zafrani resopló con fuerza, como si tratara de sofocar el fuego de la cólera en su pecho.

—¿Por qué? —repitió, poniéndose en pie—. Le mostraré por qué.

24

Zafrani agarró el cuello de su chilaba con ambas manos y tirando de ella la desgarró hasta que resbaló por sus hombros y cayó al suelo, quedándose desnudo frente a Nuria salvo por unos bóxer negros con el logo de Armani.

Nuria, alarmada por la inesperada reacción de Elías, se echó hacia atrás y se llevó la mano a la parte de atrás de su pantalón, en busca de una pistola que esta vez no llevaba.

Pero él no trató de abalanzarse sobre ella, sino que se quedó muy quieto, como una de esas estatuas hiperrealistas creadas con impresoras 3D, mirándola con fijeza, como si estuviera esperando algo.

Nuria comprendió entonces que la intención de Elías no era asaltarla sexualmente, sino que tan solo lo mirara.

Con una ligera turbación, recorrió con la vista el cuerpo del sirio, admitiendo para sí que, a pesar de haber superado la cuarentena, se mantenía en muy buena forma. No como los policías veinteañeros que abarrotaban el gimnasio de la comisaría, desde luego, pero podía apreciar en Elías los fibrosos músculos de alguien que había tenido que usarlos para ganarse la vida.

Al cabo de unos segundos Nuria iba a pedirle que se vistiera, que no era para tanto, pero en ese momento se fijó en unas marcas oscuras que salpicaban el torso y los brazos de Zafrani, como lunares sobre su piel morena.

Lo primero que pensó Nuria es que se trataban de cicatrices de impactos de bala, pero teniendo en cuenta que a primera vista contaba por lo menos veinte o treinta, era imposible que hubiera sobrevivido a algo así.

—Quemaduras... —dijo entonces, comprendiendo al fin de qué se trataba—. Son quemaduras de cigarro.

Zafrani no dijo nada, pero sus ojos azules asintieron en un lento parpadeo. Luego se dio la vuelta, y Nuria se llevó la mano a la boca para ahogar un gemido involuntario.

Si el pecho de Elías era un campo de oscuros cráteres, su espalda era un mapa de siniestros cañones y quebradas entrecruzadas, profundas marcas de un doloroso episodio del pasado.

—Esto es lo que me hicieron el día que llegaron a mi pueblo... solo para demostrar que podían hacerlo —recordó Elías, con oscura rabia y tristeza—. Después de apagar en mí todos los cigarros que me encontraron en los bolsillos, me azotaron con alambre de espino y... —Hizo una pausa, tratando de mantener a raya aquel espantoso recuerdo—. Si estoy vivo es solo porque me dejaron en una cuneta para que muriera desangrado —añadió, volviendo a colocarse los restos de la chilaba y a sentarse frente a Nuria—. A otros los crucificaron o los quemaron vivos. A las mujeres las lapidaron, a los niños se los llevaron para convertirlos en soldados, y a las niñas... —apretó las mandíbulas y bajó la mirada, para evitar que ella viera sus ojos húmedos—, a las niñas las secuestraron para violarlas y esclavizarlas entre sus tropas... hasta que un día les coloquen un chaleco con dinamita y las hagan explotar en mitad de un mercado.

—Dios mío —musitó Nuria, incapaz de asimilar la dimensión de aquel horror.

—Puede acusarme de lo que quiera, señorita Badal. Puede llamarme mafioso, contrabandista o criminal, pero nunca..., nunca, vuelva a insinuar que tengo nada que ver con el yihadismo.

Nuria asintió, avergonzada.

—Yo... no lo sabía.

—Hay muchas cosas que usted no sabe sobre mí —replicó, y tomándose un momento para recuperar la calma perdida, negó con la cabeza levemente—. No pasa nada —murmuró, levantando la vista—. Todos tenemos nuestros propios fantasmas, ¿no es así?

Por un instante, Nuria se preguntó hasta qué punto aquel hombre la conocía. Si aquella era una frase genérica o sabía de las sombras de su pasado.

Antes de que se decidiera a preguntarle sobre ello, Zafrani inquirió:

—¿Por qué ha venido a verme, señorita Badal?

—Ya se lo he dicho. Necesito saber si…

Elías chasqueó la lengua con impaciencia.

—Por qué ha venido *realmente*.

Nuria fue a contestar lo mismo, pero se sentía demasiado cansada como para seguir aparentando.

—Porque estoy perdida —confesó, echándose hacia atrás sobre el respaldo del sofá —. Porque necesito respuestas… y usted es el único que me las puede dar.

—Ya le he dicho todo lo que sé —alegó Elías, abriendo los brazos.

—Me cuesta creerlo —masculló, con un hilo de voz.

Elías se encogió de hombros.

—Ese no es mi problema.

Nuria respiró profundamente, dejando que el aire le llenara los pulmones antes de exhalarlo. De pronto, los párpados le pesaban como si fueran de plomo e incluso la lengua se resistía a verbalizar sus palabras.

Quiso replicarle, decirle que sí, que era su maldito problema, pero la consciencia se le escapaba como el agua entre los dedos.

Necesitaba descansar. Dejar de hablar, de pensar, de preocuparse…, cerrar los ojos un instante, como en un largo parpadeo. Eso era todo lo que necesitaba.

Sí, eso haría, decidió. Si cerraba los ojos lo bastante rápido, nadie se daría cuenta. Visto y no visto.

Así que, hundida entre los mullidos cojines del sofá, permitió que sus párpados al fin cayeran y la luz se apagara lentamente.

Y fue justo en aquel último momento de lucidez, en el que se dio cuenta de que solo había un vaso de té vacío sobre la mesa. Elías no había probado el suyo.

Un delicioso aroma a pan tostado con mantequilla se abrió paso por sus fosas nasales, despertándola como lo habría hecho el tañido de una campana a un palmo de su oído.

Poco a poco, la consciencia de Nuria comenzó a desperezarse y a ponerse en funcionamiento, como una de esas antiguas máquinas de tren a vapor que al arrancar movían con pereza las bielas hacia adelante y atrás, tomándose su tiempo en hacer girar las pesadas ruedas de hierro sobre los raíles.

Entonces abrió un ojo, dejando que la luz del día alcanzara su adormecido cerebro. La imagen que recibió no fue muy clara, así que abrió el otro, con la turbia esperanza de que la visión combinada de ambos le aclarara lo que tenía ante sí.

Pero la realidad es que eso tampoco fue de gran ayuda. Todo lo que alcanzaba a ver era una superficie blanca que lo ocupaba todo como si estuviera inmersa en un vaso de leche.

Parpadeó confusa y estiró el brazo. Su mano hizo contacto con una suave extensión de algo que parecía ser piel curtida. Como el respaldo de un sofá.

—Pero ¿qué...? —barbulló desorientada.

Y en ese preciso instante, recordó dónde estaba.

—Joder —exclamó, incorporándose tan deprisa que sintió un latigazo en el cuello—. ¡Auch! —protestó de dolor.

—Despacio... —dijo una voz de mujer a su espalda—. Es malo levantarse así de golpe.

Nuria se dio la vuelta con rapidez y se encontró de frente a la joven que la noche anterior les había servido el té. Esta vez vestida con un pantaloncito corto y una camiseta ligera, al estilo occidental.

Ignorándola, Nuria se puso en pie de un salto, pero la cabeza empezó a darle vueltas y tuvo que volver a sentarse.

—¿Qué..., qué hora es? —preguntó balbuceante, cubriéndose los ojos con las manos.

—Las diez y media —contestó la joven, y señalando la bandeja que había dejado en la mesita frente a ella, cumplida de pastelitos y tostadas, preguntó—. ¿Desea té o café?

—¿Qué?

—¿Té o café? —repitió, señalando de nuevo la mesa—. Para acompañar el desayuno.

—No quiero desayunar —mintió, rogando porque el estómago no la traicionara con un rugido—. ¿Dónde está? —inquirió en cambio, mirando en derredor—. ¿Dónde está el señor Zafrani?

—¿Elías? —preguntó la muchacha—. Se fue a la oficina hace rato. Me pidió que la atendiera en todo lo que necesitara.

—Ah ¿sí? —replicó, frunciendo el ceño—. ¿Eso te dijo?

—Y también que usted había tenido un mal día. Que no se lo tomara en cuenta si se comportaba de forma maleducada.

—¿Maleducada yo? —repitió, deteniéndose al darse cuenta de que estaba a punto de añadir alguna grosería—. Gracias por preparar todo esto, eh… Perdona.

—No pasa nada. —Sonrió la joven, y ofreciéndole la mano añadió—. Soy Aya, Aya Zafrani.

—Lo sé —asintió Nuria—. Sobrina de Elías.

—En realidad era sobrina de su esposa —aclaró—, pero como me quedé sin familia, él se hizo cargo de mí y me dio su apellido.

El abotagado cerebro de Nuria sumó dos y dos.

—¿Sobrina de su esposa? —señaló hacia la puerta— ¿Quieres decir que él…?

Aya se quedó mirando por un instante a Nuria, como calibrando si debía seguir hablando con ella.

—¿No le ha contado lo que le pasó a su familia?

Nuria negó con la cabeza.

—No mencionó el tema.

—Pero sí le ha contado lo que ocurrió el día en que los yihadistas entraron en su pueblo, ¿no? Ayer le escuché hablando sobre eso.

—Sí, eso sí.

—Y también le explicó lo que le hicieron a las mujeres y los niños.

—Sí, eso también me lo… —Y no fue capaz de acabar la frase—. Oh, no… —masculló, con el corazón encogido. La inesperada revelación le impactó como un mazazo en el rostro—. ¿Él…?

Aya asintió solemne.

—Tenía mujer y dos hijos —aclaró.

—Dios mío…

—Dios no tuvo nada que ver —objetó la joven—. Ni el suyo ni el mío. Fueron hombres malvados y estúpidos…, haciendo lo que siempre hacen los hombres malvados y estúpidos.

Nuria trató de sacudirse inútilmente la imagen de aquellos yihadistas, asesinando a la esposa de Elías y secuestrando a sus hijos. No podía ni imaginar el dolor, la rabia y la frustración que debía albergar en su interior aquel hombre de formas tranquilas y educadas. Eso no constaba en sus informes y daba una nueva dimensión a alguien a quien había etiquetado como un simple delincuente.

—¿Por qué no me lo habrá contado? —le preguntó.

Aya, aún de pie frente a ella, se encogió de hombros.

—Mi tío tiene secretos —opinó—, y supongo que aún no confía lo bastante en usted para contárselos.

—Sí —admitió Nuria, recordando lo belicosa que había sido con él desde el principio—. Supongo que tienes razón.

—Por favor, no le diga que yo se lo he dicho —le pidió la joven, guiñándole un ojo—. Usted le cae bien, pero a mí me castigaría una semana sin Internet.

Nuria entrecerró los ojos, creyendo no haber oído correctamente.

—¿Has dicho que le caigo bien? —inquirió sorprendida—. ¿Cómo…, cómo sabes eso?

—Conozco a mi tío —asintió convencida—. Se lo noto en la cara.

A Nuria, desconcertada, no se le ocurrió preguntar otra cosa que:

—¿En serio?

—Completamente. —Sonrió ante la confusión de Nuria—. ¿De verdad no se ha dado cuenta?

Nuria parpadeó, estupefacta.

—Yo… no, la verdad —admitió, repasando mentalmente sus anteriores encuentros. Quizá eso explicaba aquella intensidad en los ojos azules de Elías cada vez que la miraba—. No me había fijado.

Aya se cruzó de brazos y sonrió.

—Sí, eso está claro —asintió divertida—. Pero tampoco le cuente a mi tío que le he dicho eso. ¿Vale?

—Descuida —simuló cerrar una cremallera en sus labios—, seré una tumba —la tranquilizó, al tiempo que se ponía en pie—. Gracias por el desayuno y la conversación, Aya, pero ahora he de irme.

—Claro —contestó, y con una sonrisa taimada añadió—. Seguro que nos volvemos a ver por aquí.

Nuria no supo qué responder a eso, vacilando con la palabra en la boca hasta que recordó algo que había pensado justo antes de caer dormida.

—¿Echaste algo en mi té anoche? —le preguntó a la joven, señalando la mesita frente a ella—. Algo para dormirme.

Aya arqueó las cejas con teatral sorpresa.

—¿Por qué iba a hacer yo eso?

Nuria alzó la mano en un gesto de disculpa.

—No, por nada —alegó—. Disculpa. Estoy un poco paranoica últimamente. —Respiró hondo y alargó la mano hacia la joven para estrechársela—. Gracias de nuevo, Aya. Y dale las gracias también a tu tío. Dile que ya…, que bueno… me pondré en contacto con él.

—Se lo diré —asintió la muchacha, con aire pícaro.

Nuria estuvo por pedirle que borrara esa expresión de alcahueta de su cara, pero se limitó a resoplar por lo bajo y, sin decir nada más, se encaminó hacia la salida.

Tenía mucho en lo que pensar.

25

Señorita Badal? —preguntó una solícita voz masculina—. ¿Señorita Badal?

Nuria abrió los ojos, aturdida.

—¿Qué...?

—Ya hemos llegado a destino —le informó de nuevo la voz desde el altavoz del techo del Waymo—. Confío en que haya disfrutado de un agradable viaje.

A Nuria le pareció que aquella última frase destilaba cierto retintín, algo no del todo descabellado tratándose de la Inteligencia Artificial, cada vez más difícil de distinguir de la humana.

La puerta del vehículo se abrió con un siseo hidráulico, invitándola a abandonarlo.

—Que pase un buen día y gracias por utilizar nuestro servicio.

—Gracias, lo mismo digo —contestó, aun a sabiendas de que se lo decía a una máquina.

Se apeó con la lentitud propia de quien acaba de despertarse por segunda vez y, aún con sueño, abrió el portal de su edificio y comenzó a ascender por las sombrías escaleras a paso cansino.

No había llegado ni a la mitad del recorrido cuando escuchó un familiar maullido y allí, en el rellano del tercero, se encontró a un gato blanco y negro sentado en mitad del pasillo como si fuera lo más normal del mundo, mirándola fijamente.

—¿Melón? —preguntó, dudando si no estaría siendo víctima de una alucinación—. ¿Eres tú?

El felino no respondió a la pregunta, pero se acercó a ella y comenzó a frotarse con su pierna con un ronroneo de reconocimiento.

Nuria se agachó, tomándolo en brazos.

—¿Qué haces aquí? —volvió a preguntarle—. ¿Cómo te has escapado?

El gato tampoco contestó esta vez, pero Nuria ya imaginaba la respuesta. No era la primera vez que Melón se le escurría entre las piernas sin que se diera cuenta o que, volviendo a por algo al salir de casa, se dejara la puerta abierta un breve instante y este aprovechara para lanzarse escaleras arriba en dirección a la azotea. Supuso que cuando regresó a casa, el felino debió encontrarse aquella puerta cerrada y que ella ya se había marchado, así que decidió darse un paseo por el edificio.

—Uf… —resopló, acomodándose los ocho kilos de gato entre los brazos y encarando los últimos tramos de escalera hasta su planta—. A partir de mañana, te pongo a dieta.

Cuando al fin alcanzó su rellano, sudando por el calor y el peso extra, dejó a Melón en el suelo y, sacando las llaves, abrió la puerta, encendiéndose automáticamente las luces de casa.

El gato corrió hacia la cocina, plantándose frente a su cuenco de comida con aire impaciente. Nuria se lo llenó hasta el borde, olvidándose del propósito de dieta de hacía un minuto, y se derrumbó en el sofá.

Aquel demencial ritmo circadiano que llevaba estaba afectando su capacidad de raciocinio. Necesitaba volver a retomar la sensata rutina de dormir ocho horas cada noche y comer con regularidad durante el día para que su cabeza volviese a discurrir con claridad. Sentía en cada fibra de su cuerpo cómo la falta de sueño y el estrés le estaban pasando factura; aquella ansiedad enfermiza por buscar respuestas donde quizá no las había la estaba arrastrando a un punto de agotamiento físico y mental insostenible.

Rendida sobre los mullidos cojines del sofá, se prometió a sí misma que aquella locura se acababa ahí y ahora. No estaba llegando a ningún lugar, salvo a certificar a sus ojos y a los de los demás que el maldito psicólogo tenía razón y que estaba perdiendo la chaveta.

Fernando Gamboa

Ya tenía suficiente de imaginar planes yihadistas, de confraternizar con criminales o de sospechar de todo el mundo. Se dijo que aquel no era su trabajo y sintió un profundo alivio al hacerlo. Ella era una simple policía, suspendida por actuar como una demente, y, en realidad, para regresar a su vieja y confortable rutina, lo único que debía hacer era seguir el consejo de Puig: descansar y confiar en que gente más preparada y con mejor información que ella se ocupara del caso.

Sí, eso haría, decidió satisfecha. Nada de lo que hiciera le iba a devolver la vida a David, así que por una vez actuaría con cabeza y se olvidaría de todo lo que no fuera asunto suyo, centrándose, si es que aún podía, en recuperar su puesto de trabajo en la policía.

Concluyó que podría tomar ese camino y dejó que sus párpados se cerraran de nuevo. Aún no era demasiado tarde.

Dejándose llevar por la placentera sensación de dejar sus problemas en manos de otros, se abandonó al abrazo de la inconsciencia, resbalando sin resistencia hacia su confortable oscuridad.

Y justo en ese instante, mientras atravesaba la línea que iba de la vigilia y el sueño, la pulsera vibró en su muñeca emitiendo un aviso de llamada en forma de impertinente zumbido.

—Joder, tiene que ser una broma… —masculló Nuria—. ¿De quién es la llamada, Sofía? —preguntó en voz baja al asistente.

—De Susana Román —contestó el asistente virtual de la vivienda—. ¿La acepta?

Nuria chasqueó la lengua y suspiró resignada, antes de contestar.

—Pásala a la pantalla del salón —le indicó—. Hola, Susi —saludó a la imagen de su amiga, cuyo rostro contraído apareció en la pantalla de la pared revelando unos ojos y una nariz enrojecida—. ¿Qué pasa? Tienes mala cara. ¿Te has constipado?

La respuesta de su amiga tardó unos segundos en producirse.

—¿Dónde estás? —inquirió Susana, pasándose la mano bajo la nariz.

—Pues en mi casa. Tratando de dormir un poco… hasta que alguien me ha despertado.

—¿Estás bien? —preguntó Susana, ignorando el sarcasmo.

—¿Yo? —contestó tontamente, extrañada por aquel interés—. Sí, más o menos. ¿Por qué? ¿Qué pasa?

De nuevo la respuesta de Susana tardó unos segundos en producirse, pero esta vez no sonó urgente, sino angustiada.

—Ha sucedido algo terrible —dijo al fin.

—¿Terrible? —repitió Nuria, despejándose de golpe y poniéndose en pie de un salto—. ¿Qué ha pasado?

—Se trata de Gloria... —añadió con la voz rota—. La han asesinado esta noche.

Los siguientes treinta segundos transcurrieron a cámara lenta en la cabeza de Nuria. Aproximadamente, el tiempo que le tomó asegurarse de que no seguía dormida y que no estaba siendo víctima de una horrible pesadilla.

Tenía la mirada perdida en el rostro de Susana, que parecía aguardar a su reacción.

—¿Nuria? —preguntó al fin su amiga.

—Sí. Yo... —contestó con un hilo de voz—. ¿Cómo ha pasado?

—Aún no tengo los detalles —aclaró—. Pero parece... que alguien entró a robar en la casa. Gloria lo sorprendió, y... —Susana sacó un kleenex y se sorbió los mocos frente a la cámara—. Luisito está bien —añadió—, por fortuna estaba en casa de los abuelos. Pero es increíble..., primero David y ahora ella. Qué mala suerte, joder. Qué mala suerte.

—No, Susi... —objetó Nuria con voz sombría—. La suerte no ha tenido nada que ver.

Los sollozos de Susana se detuvieron.

—¿Qué quieres decir?

La primera reacción de Nuria fue contestar que no quería decir nada, que se olvidara, pero fuera lo que fuese que estaba sucediendo, comprendió que tenía que compartirlo con Susana. Las circunstancias la habían empujado a cruzar una frontera a la que no habría querido ni aproximarse, pero la alternativa a no hacerlo era volverse loca.

—La han asesinado los mismos que asesinaron a Vílchez y nos tendieron una emboscada a David y a mí —explicó con inesperada firmeza.

—¿Aún sigues con eso? —inquirió— ¿Y qué tiene que ver con que hayan asesinado a Gloria?

—Es... complicado.

—No me jodas —protestó Susana—. No sueltes eso y luego me digas que es complicado. Ahora me tienes que explicar qué es lo que pasa.

Nuria comprendió que su amiga tenía razón, aunque no estaba segura de hasta qué punto ponerla al corriente. No quería que ella estuviese también en peligro.

—Ayer vino a verme —dijo al fin.

—¿Gloria? No fastidies.

—Me pasó unas notas de David —aclaró Nuria—. Unas que guardaba en casa, sobre los casos que habíamos llevado él y yo. Casi todo eran ideas y datos que ya conocía, pero justo al final mencionaba a Wilson Vílchez… y al ISMA.

—¿Qué? ¿Los yihadistas?

—Creo que Vílchez le chivó a David algo sobre ellos —explicó Nuria—. Y por eso lo mataron, y luego trataron de eliminarnos también a nosotros.

—Un momento —la interrumpió—. ¿Me estás diciendo que ese Vílchez era un yihadista?

—No, eso no —objetó—. Lo que pienso es que vio o escuchó algo, algo que quizá le explicó a David, pero los del ISMA lo descubrieron y…

Susana se tomó un instante para digerir aquella información.

—¿Y todo eso lo has deducido… —arguyó al cabo con escepticismo— porque David escribió ISMA en sus notas? La verdad —añadió— es que me parece muy cogido por los pelos. Podría no tener nada que ver una cosa con la otra.

—Hay más —apuntó Nuria—. El asesino iba colocado con un tipo de anfetamina llamada limbocaína, una droga muy rara y que es usada por las fuerzas del ISMA en el Magreb. Eso relaciona al asesino con el ISMA —concluyó—, y que Gloria haya sido asesinada solo parece confirmarlo.

—¿Y tú cómo sabes eso?

—Zafrani me explicó que esa droga es la que usan los islamistas del Magreb.

—¿Qué? —inquirió Susi, con el tono que se dedica a alguien que afirma haber apostado todos sus ahorros en la lotería—. ¿Estás…? ¿Joder, lo dices en serio? ¿Has ido a ver otra vez a ese fulano?

—Era la única manera. Pensaba que él era el culpable.

—¿Pensabas?

—Aún no lo he descartado, pero creo que son los islamistas los que están detrás de todo esto.

—Joder, Nuria. Estás como una puta cabra —diagnosticó fácilmente, para añadir a continuación—. Entonces... ¿me estás diciendo que el ISMA ha asesinado a Gloria?

—Eso parece.

—Pero ¿por qué? ¿Por esas notas de David?

—Es muy posible.

Susana resopló, meneando la cabeza con incredulidad.

—No te lo tomes a mal, Nuria —dijo al cabo de un rato—, pero creo que has estado bajo una gran presión con todo lo que ha pasado, y en tu cabeza has empezado a buscar respuestas donde no las hay. —Ahora sus ojos miraban a la cámara con algo parecido a la compasión—. Todo eso del ISMA suena... demasiado complicado. Seguro que hay una explicación mucho más sencilla a esta locura.

—Seguro que la hay —replicó Nuria—. Pero la mía es la correcta.

—¿Lo ves? Eso es a lo que me refiero. Creo que te has formado una idea en tu cabeza y haces lo que sea para que los hechos encajen en ella.

—¿Crees que estoy desvariando?

—Creo que estás estresada —arguyó Susana—, y que eso no te permite pensar con claridad.

Nuria fue a contradecirla, pero lo cierto es que su amiga tenía razón en eso y dijese lo que dijese, no iba a poder convencerla de que su estrés no tenía nada que ver en sus conclusiones.

—¿Cómo la han matado? A Gloria —aclaró innecesariamente—. ¿Le han... —tragó saliva, luchando contra la imagen que acababa de formarse en su mente— cortado el cuello?

La cabeza de Susana osciló de lado a lado.

—Le dispararon a quemarropa —explicó compungida—. En el corazón.

—Dios mío.

—Al parecer no había señales de lucha —añadió—. Así que o la pillaron por sorpresa...

—… o era alguien conocido—razonó Nuria.

Susana asintió conforme.

—Quién sabe.

—Joder —masculló Nuria—. ¿Y no hay pistas?

Susana negó con la cabeza.

—Ya te he dicho que tengo muy poca información —explicó—. Ha sucedido hace solo unas horas y la investigación aún no se ha puesto en marcha. Solo sé lo que te he contado. Ah, bueno —apuntó, acordándose de algo—, sí que hay algo más. Parece ser que el asesino se asustó y salió huyendo… y por el camino se le cayó la pistola. Eso hará más fácil atraparlo.

Nuria parpadeó incrédula.

—¿En serio?

—En serio —confirmó Susana—. Eso es lo que hace pensar que quizá alguien entró a robar, se asustó y disparó a Gloria sin pretenderlo.

—¿En el corazón?

Susana torció una mueca.

—Esas cosas pasan, ya lo sabes —dijo, y Nuria supo que se refería al afortunado disparo que le salvó la vida en casa de Vílchez.

—¿Y el arma? ¿Ya han podido rastrearla?

—Aún no, que yo sepa. Pero al parecer es una Walther PPK. Una elección poco habitual para un vulgar ladrón de casas.

Nuria fue a decir que, en efecto, ese era justo el modelo de pistola que ella misma usaba. De hecho, incluso abrió la boca para hacerlo, pero antes de llegar a emitir sonido alguno se quedó congelada en el gesto.

Había recordado a Melón vagando por el edificio.

Como si el tiempo se hubiera detenido, volvió la cabeza hacia su habitación mientras el corazón se le paraba en seco.

26

Lo siguiente que recordó Nuria de aquel momento es que había salido corriendo de casa. No era consciente de haber abierto la puerta, ni de haber bajado la escalera o ni siquiera de haber llegado a la calle. Para cuando su espíritu volvió a reunirse con su cuerpo, se descubrió sentada en los escalones de la parroquia de San Juan Bautista, en la plaza de la Virreina.

Ser de nuevo consciente de sí misma fue como recibir un puñetazo en el estómago y sin poder evitarlo, vomitó, pero al tenerlo vacío tan solo un hilo de saliva y bilis cayó sobre los escalones de piedra gris de la vieja iglesia.

Por el rabillo del ojo vio a una pareja de ancianos sentados a su lado, que meneando la cabeza miraban en su dirección, murmurando algo sobre incívicas borracheras. Pero Nuria apenas albergaba la lucidez necesaria como para saber dónde estaba y por qué sentía la garganta como si hubiera estado bebiendo ácido.

Todo lo que sucedía a su alrededor le resultaba ajeno, como si aconteciera en una dimensión paralela: la pareja de ancianos, los niños jugando a la pelota en la plaza entre gritos de felicidad, las palomas picoteando los restos del arroz que alguien había lanzado en una boda el día anterior… Si todos se hubiesen evaporado en el aire, ni siquiera se habría extrañado.

Lo único cierto era aquella espantosa sensación de irrealidad que le devoraba las tripas desde que había abierto su caja fuerte y descubierto que estaba vacía.

¿Cómo era posible que le hubieran robado su arma? Eso era lo único que le importaba. O más bien ¿por qué lo habían hecho?

Las respuestas a ambas preguntas resultaban tan dolorosamente obvias, que se resistía incluso a pensarlas. Alguien había hackeado su caja de seguridad haciéndose con la contraseña, había robado su arma y luego la había usado para asesinar a Gloria.

La siguiente e inevitable pregunta la respondió su atormentada cabeza antes siquiera de formularla: para inculparla. Por eso habían usado su pistola.

No le cupo ninguna duda de que sus huellas estarían marcadas en la culata y que ninguna otra huella aparecería en el teclado de su caja fuerte, ni en ningún otro lugar de su casa. Pero, a pesar de ese esfuerzo por tratar de señalarla a ella como autora del asesinato de Gloria, aquello no tenía ningún sentido en una era de conexión permanente a la red, donde siempre quedaba un registro de todo lo que se hacía, el dónde y el cuándo.

Recordó que en el bolsillo trasero del pantalón llevaba su móvil. Lo sacó y, al desplegarlo, este se encendió de inmediato. Con un par de toques accedió a su registro de actividad, introdujo las últimas veinticuatro horas y se quedó con la vista puesta en la misma, hasta que apareció un escueto mensaje.

«No hay datos disponibles para ese periodo».

—Mierda —maldijo Nuria, provocando una nueva mirada reprobadora de la pareja de ancianos—. Mierda, mierda, mierda…

¿Por qué coño no había datos? ¿Cómo era eso posible? ¿Otra vez se había caído la red, como cuando ella y David entraron en casa de Vílchez? ¿Dos veces?

Una, podía ser casualidad. Dos, no.

¿Podría alguien haberla manipulado en ambas ocasiones? ¿Habían borrado su localización de la base de datos? Se suponía que toda esa información iba a parar a un servidor gigantesco de Google en algún lugar de los Estados Unidos, en teoría a salvo de los hackers. Aunque no era la primera vez que piratas informáticos accedían a aquellos superordenadores y hacían alguna trastada, siempre se había tratado de ladrones de datos o ciberactivistas. No podía creer que ella fuera lo bastante importante como para llevar a cabo algo tan complejo.

Se acordó de que también habían abierto su caja de seguridad sin forzarla, lo que implicaba que habían averiguado su contraseña. Una contraseña que no estaba registrada en ningún lugar físico ni digital. Nadie la había visto abrirla, jamás.

Nadie humano, al menos.

—Joder —murmuró para sí—. No es posible.

Con un mal presentimiento palpitando en su pecho, se conectó con Sofía.

—Hola, Nuria —la saludó de inmediato su asistente virtual—. ¿En qué puedo ayudarte?

—¿Alguien entró ayer en casa, mientras yo no estaba?

La respuesta llegó de inmediato.

—No me consta.

—¿Qué significa eso? —le espetó—. ¿No te consta significa que no?

—Significa que no me consta —aclaró.

—Ya veo… —respiró profundamente para calmarse, antes de añadir—. ¿Tienes acceso a la clave de mi caja de seguridad?

—No, Nuria. No tengo acceso. Su caja de seguridad no está conectada a mis sistemas, pero si lo desea puedo…

—No, no lo deseo —la interrumpió—. Lo que quiero saber es si has podido ver en algún momento cómo escribía la contraseña y si eso ha quedado registrado en tu memoria.

—Negativo —aclaró—. No tengo registro visual de su contraseña de la caja de seguridad.

—¿Y de algún otro tipo? —preguntó Nuria con súbita inspiración—. ¿Has podido… oírla?

—Mi sistema de audio está conectado a su pulsera de actividad —le recordó—. En circunstancias normales, puede detectar cualquier sonido en un rango de entre quince y ochenta mil hercios.

—¿Eso es un sí?

—Siempre que se produzca en un rango de entre quince y ochenta mil hercios.

—No sé nada de hercios. ¿Eso incluye el sonido del teclado de mi caja de seguridad?

—Así es —confirmó de inmediato—. Los teclados alfanuméricos de las cajas de seguridad emiten en una frecuen...

—Vale, vale... —le interrumpió Nuria—. Lo pillo.

Ahí estaba la respuesta. Si alguien había tenido la habilidad y los recursos para alterar sus registros o su recepción de la señal cuando estaba en Villarefu, también habría podido acceder a los registros sonoros de su asistente virtual y averiguar la clave de la caja fuerte por el sonido del teclado.

Nuria sintió un escalofrío que la recorría de pies a cabeza y entonces comprendió que, si podían hacer algo así, podían hacer cualquier otra cosa.

Quien fuera que estaba detrás de todo aquello se encontraba mucho más allá de sus pobres capacidades. Se sintió como un pequeño ratón de laboratorio que de repente descubría no ser más que un minúsculo animalito vagando por un laberinto vigilado por gigantescos hombres enfundados en batas blancas.

Se quedó mirando la pulsera de su muñeca, una evolución de los antiguos smartwatches pero de aspecto similar a las pulseras de actividad de la década pasada, de donde había tomado el nombre. Las pulseras no solo monitorizaban su estado físico y sustituían con su vibración a los irritantes tonos de llamada de otros tiempos, también indicaban la posición exacta y en cada momento de aquel que lo llevara.

De pronto, aquel complemento de aspecto inofensivo que hacía un par de años se había convertido en obligatorio para cualquier ciudadano mayor de catorce años dejó de parecer tan inocente. Si sus suposiciones eran correctas y alguien estaba manejando los hilos de su vida como si se tratara de un maldito videojuego, mientras llevara consigo aquel aparato seguiría estando a su merced.

Nuria situó la mano ante su rostro y se quedó mirando la pulsera, como si acabara de descubrir que estaba ahí, haciendo que la pareja de ancianos se convenciera de que aquella joven ojerosa se encontraba bajo el efecto de las drogas.

A continuación, y con un gesto tan poco habitual que no recordaba la última vez que lo hizo, la agarró con la mano izquierda y estirando de la misma, con no poca dificultad, logró sacársela de la muñeca.

La pequeña batería que se alimentaba de la energía cinética de su brazo aún duraría unas cuantas horas antes de desactivarse. El sistema centralizado que comprobaba el registro de pulsaciones cardíacas de los dispositivos sabría de inmediato que se había quitado la pulsera, pero aún tendría unos minutos de ventaja antes de que llegara el aviso a la policía.

—Suficiente —dijo para sí, poniéndose en pie y alzando la mano para llamar a uno de los *rickshaw* que aguardaba a clientes a un costado de la plaza.

Un minuto más tarde, un musculoso nigeriano a los mandos de un *rickshaw* con publicidad de Mercadona pedaleaba a toda velocidad calle abajo por Torrent de l'Olla, con cincuenta euros en el bolsillo y la única misión de llegar hasta el Puerto Olímpico y tomarse allí una cerveza a la salud de aquella loca que, además, le había regalado un smartphone y una pulsera de actividad último modelo.

Mientras tanto, la mujer loca desanduvo el camino hacia su casa, mirando con recelo las cámaras de vigilancia de Indetect que orlaban las esquinas de la plaza, pero a pesar de sus temores no parecía haber nadie siguiéndole los pasos. Al menos de momento.

Mientras caminaba, trató de calcular el tiempo que tenía antes de que comprobaran el número de serie de su pistola y emitieran una orden de detención contra ella.

Y concluyó que no mucho.

Torció por la calle Robí perdida en sus pensamientos, de modo que tardó más de la cuenta en percibir que algo raro estaba sucediendo.

Se detuvo en seco.

Su casa estaba justo a la vuelta de la esquina, pero a una veintena de metros, y dándole la espalda, un hombre se llevaba la mano a la oreja y parecía hablarle a la manga de su camisa, mientras mantenía la vista clavada en la fachada de su edificio. No llegó a reconocerlo, pero no costaba mucho imaginar que era un miembro de un operativo policial mucho más amplio. Si creían que era una asesina, no menos de diez agentes estarían rodeando la casa en ese momento.

Al final, había tenido menos tiempo del que pensaba.

Entonces se dio la vuelta y, con la cabeza gacha, comenzó a caminar en dirección contraria.

Si no llega a ser por la torpeza de aquel policía de paisano, habría caído de cabeza en la trampa y a esas alturas ya estaría con las manos esposadas a la espalda, jurando que ella no había matado a nadie mientras la llevaban camino de la comisaría.

Rezando por no cruzarse con ningún conocido, caminó sin rumbo durante diez minutos, solo preocupada por alejarse todo lo posible de su casa y no ofrecer una imagen clara ni a las cámaras de vigilancia ni a sus sistemas de reconocimiento facial.

Se le ocurrió que debía llamar a Susana y ponerla sobre aviso, pero al ir a activar la pulsera recordó que esta iba camino del puerto.

—Mierda —masculló sin detenerse, pensando que se había precipitado al deshacerse del aparato.

Pero entonces recordó que, si la policía había intervenido su teléfono, quizá habrían interceptado su última llamada a su amiga y quizá ya la habría metido en un lío.

Se dio cuenta de que había obrado bien.

El problema es que ahora, sin la pulsera que le permitía identificarse, cualquiera que quisiera llevarse unos puntos extra de ciudadanía podría dar aviso y denunciarla.

—Piensa, Nuria —se dijo—. Piensa.

Y la primera palabra que acudió a su cabeza fue «dinero». En cuestión de minutos, en cuanto certificaran que había huido, bloquearían sus cuentas y entonces sí que estaría bien jodida. Necesitaba todo el efectivo que pudiera conseguir.

A lo lejos vio la señal de un cajero de CaixaBankia y se dirigió hacia el mismo, haciendo un esfuerzo por no correr, mientras rogaba por que no fuera demasiado tarde.

Afortunadamente, a pesar de que ya solo usaba la pulsera en los cajeros para sacar dinero, aún guardaba en su cartera una vieja tarjeta bancaria a punto de caducar.

Al llegar al cajero a pie de calle, pasó la tarjeta por el lector y tecleó su número secreto con el corazón encogido, temiendo que apareciera un texto indicando que su tarjeta había sido bloqueada y sonara la alarma antirrobo.

Durante cinco eternos segundos, el cerebro del cajero pareció reflexionar sobre la conveniencia de joderle o no la vida. Nuria bajó la vista para no verse grabada por la cámara de seguridad, maldiciendo la circunstancia de estar en manos de un estúpido trasto con el cerebro de un microondas.

Finalmente, con lo que a Nuria le pareció que era música celestial, el dispensador de billetes emitió su característico traqueteó y un pequeño fajo de billetes de cincuenta euros asomó por la ranura. Eran solo unos pocos cientos de euros, todo lo que tenía en su famélica cuenta corriente, pero tendría que bastar.

Se los metió en el bolsillo trasero y se alejó del cajero a toda prisa. Que no hubieran bloqueado su tarjeta no significaba que no la estuvieran rastreando, y de ser así, ahora mismo habría acabado de encenderse una lucecita roja en la Central.

Cuando alcanzó las inmediaciones del Hospital de Sant Pau, se permitió aflojar el paso y, tras echar un vistazo alrededor, se decidió a entrar en un bar regentado por chinos. El típico local con deslucidas fotos de platos combinados con sus respectivos precios, pegadas al cristal del escaparate en un torpe español plagado de faltas de ortografía.

En el interior, una docena de personas se distribuían en pequeñas mesas con manteles de hule rojo, ensimismadas en sus cafés y bocadillos de la mañana, mientras echaban un vistazo a las noticias en sus teléfonos desplegables. Nadie levantó la cabeza al verla entrar, y eso significaba que su rostro aún no había aparecido en las noticias, pero en cualquier momento lo haría y, entonces, ya no solo tendría que esconderse de las cámaras de vigilancia ciudadana.

—¡Eh, usted! —exclamó alguien a su espalda.

A Nuria se le paró el corazón, sabiendo que se estaba dirigiendo a ella.

Con un sudor frío, giró sobre sí misma lentamente, temiendo encontrarse con un agente de paisano que acabara de reconocerla.

Sin embargo, resultó ser solo el camarero chino que la miraba desde detrás de la barra.

—¿Qué quiere? —preguntó, con la proverbial cortesía de los bármanes chinos—. ¿Quiere bocadillo?

—Eh... No, un café solo —contestó Nuria, recuperada del susto.

El barman torció el gesto ante lo pobre del pedido, mientras terminaba de secar una taza con un trapo sucísimo.

—Tú sentar ahí —le indicó, señalando una de las pocas mesas vacías y secándose el sudor de la frente con el mismo trapo.

—Mejor deme una Coca-Cola —rectificó Nuria—. Sin vaso.

27

Necesitaba un plan.

Dio un buen trago a la lata de refresco y la dejó sobre la mesa, cerrando los ojos por un instante, recreándose con el frío líquido deslizándose por su garganta.

Si se habían dado tanta prisa en ir a detenerla a su casa, a esas alturas ya estarían bajo vigilancia todas sus redes sociales y de mensajería, y puede que también sus personas más cercanas.

Una vigilancia deprimentemente fácil, sopesó resignada, al comprender que esta se limitaría a poco más que a su madre y a Susana.

Por suerte, su abuelo estaba fuera del radar de la vigilancia electrónica y, a menos que su madre hablara más de la cuenta, difícilmente darían con él. Esperaba que no lo hicieran ya que, entre otras cosas, sería el fin del negocio de Daisy y una excusa para deportarla a ella y a su hija. Así que, pasara lo que pasara, debía evitar todo contacto con su abuelo, por mucho que necesitara en esos momentos de un fuerte abrazo, que le asegurase que todo iba a salir bien.

Con el segundo trago a la Coca-Cola, sopesó llamar al comisario Puig y explicarle lo que había sucedido. Aclararle que todo se debía a una oscura trama para implicarla en la muerte de Gloria y quizá responsabilizarla también de la muerte de David. Que alguien con los medios para manipular sus registros personales en la red quería quitarla de en medio por lo que sabía… o por lo que creían que sabía. Tantos años a sus órdenes debían valer al menos eso.

Lo malo es que sabía perfectamente cómo transcurriría esa conversación.

Puig le ordenaría que se presentase en comisaría de inmediato, ella le pediría garantías de que investigaría su teoría conspiratoria, él le contestaría que la investigación seguiría el curso habitual y se atendría a las pruebas, ella le diría que eso no era suficiente, y cuando él contestara algo así como «eso es lo que hay», ella colgaría el teléfono y las cosas no habrían hecho más que empeorar.

Necesitaba pruebas. Demostrar sin ningún género de dudas que le habían tendido una trampa, y para ello solo disponía de dos testigos que la habían visto pasar la noche durmiendo en un sofá. El problema es que la credibilidad de ambos testigos no solo sería puesta en entredicho, sino que suscitaría aún más interrogantes que complicarían la situación en lugar de aclararla.

Que el testigo principal que podría salvarla fuera un criminal bajo investigación ya era un problema. Pero que justo ella fuera la investigadora resultaba de una ironía sangrante y que, además, su coartada consistiese en que se había quedado dormida en su casa, ya era un puñetero chiste. Un chiste sin pizca de gracia.

Nuria respiró profundamente y echó la cabeza hacia atrás en la silla, asumiendo que se había convertido en una sospechosa de asesinato en busca y captura. Las redes de todos sus contactos estarían intervenidas y si llamaba a cualquiera de ellos los metería en problemas.

De modo que la lista de personas a las que podría recurrir y que tenían medios para ayudarla era corta. Muy corta.

En realidad, solo tenía un nombre.

—Daraya Import-Export —informó una educada voz de mujer en el aparato—. ¿En qué puedo ayudarle?

—Buenos días —contestó Nuria—. Necesito hablar con el señor Zafrani.

—El señor Zafrani está reunido en estos momentos. Pero si me deja su número, se pondrá en contacto con usted en cuanto le sea posible.

—No me vale —replicó Nuria—. Tengo que hablar con él ahora mismo.

—Ahora mismo está reuni...

—Pues que se desreuna —la interrumpió Nuria, impaciente—. Soy la cabo Badal, de la policía. Se trata de una emergencia.

—Ah. Comprendo —dijo la secretaria para su sorpresa, como si hubiera estado esperando la llamada—. Enseguida le paso.

Puso el teléfono en espera, y Nuria se quedó con la duda de si el cambio de actitud se debía a que se había presentado como agente del orden o por decirle su nombre.

Al cabo de unos segundos volvieron a conectar la línea y la voz de Elías sonó en el aparato.

—¿Señorita Badal? ¿Qué sucede?

Nuria sintió una inesperada oleada de alivio al percibir el tono de preocupación, y de forma casi inmediata se enfadó consigo misma por ello.

—Tengo un problema —le espetó sin preámbulos.

—¿Solo uno?

—Déjese de bromas —replicó secamente—. Necesito su ayuda.

—¿Qué necesita? —preguntó, cambiando de tono.

Nuria dudó sobre qué decirle y qué no.

—Si no me dice lo que le pasa —añadió Elías, percibiendo su vacilación—, no podré ayudarla.

—Me busca la policía —dijo al fin.

—¿En serio? ¿A usted? —preguntó el hombre con incredulidad—. ¿Y se puede saber por qué la buscan?

—Creen que he matado a alguien —explicó—. A Gloria, la mujer de David.

Nuria pudo sentir cómo Zafrani se quedaba pensando al otro lado del teléfono.

—¿La persona que le entregó las notas donde se mencionaba al ISMA?

—Esa persona, sí.

—Pero, usted... no ha...

—Claro que no, joder —replicó Nuria, molesta ante la insinuación—. Era mi amiga.

—Entiendo... —exhaló Elías, y se quedó en silencio.

—¿Me va a ayudar o no? —preguntó Nuria, al ver que no añadía nada más.

—¿Por qué me ha llamado a mí?

—¿Eso importa?

—Desde luego que importa.

Nuria barruntó qué respuesta darle, pero se encontraba demasiado alterada como para decir algo que no fuera la verdad.

—Porque creo que es la única persona que puede ayudarme. —Y tras pensarlo un instante, añadió—. Y porque tenemos intereses comunes. Los que han matado a Gloria puede que sean los mismos que ordenaron el asesinato de Vílchez.

—Sí, es posible —convino tras pensarlo unos segundos, preguntando a continuación—. ¿Aún conserva su pulsera?

—No. Ya me he deshecho de ella. Estoy llamando desde el teléfono de un bar, cerca de…

—No me lo diga —le interrumpió Elías—. ¿Ya se ha olvidado de que me pincharon las líneas?

—Oh. Sí…, claro —farfulló Nuria, azorada por no haber caído en ello. Ella misma había cursado la petición judicial—. ¿Entonces…?

—Dentro de unos minutos la llamarán a este mismo número por una línea segura —aclaró—. Manténgase a la espera.

—Entendido —dijo Nuria, y al instante se cortó la llamada.

Despacio, colgó el anacrónico teléfono situado junto a la barra y se quedó de pie junto al mismo, preguntándose qué había hecho mal para verse de pronto perseguida por la gente a la que quería y poniéndose en manos de alguien a quien detestaba.

¿Siempre ocurriría igual? ¿Era la razón por la que tantos otros se pasaban al lado oscuro de la sociedad? ¿Porque alguien los empujaba?

Nuria se preguntaba eso sin apartar la vista del roñoso teléfono blanco de la barra, con los números del teclado casi ilegibles bajo innumerables capas de grasa y mugre.

El camarero la miraba de reojo, y Nuria se preguntó si habría cotilleado la conversación que acababa de tener con Elías. Si había escuchado que la buscaba la policía, quizá estuviera tentado de dar el aviso y delatarla, pero echando un vistazo a su alrededor desechó tal posibilidad. No creía que le hiciera gracia que la policía apareciera en su bar.

Las órdenes de expulsión de extranjeros estaban a la orden del día, y las bonificaciones que ofrecían a los policías que delataran a inmigrantes en situación irregular los había convertido en una tentación demasiado grande como para arriesgarse a llamar la atención.

Distraída en sus divagaciones, le sorprendió el escandaloso timbre del anticuado teléfono.

El camarero hizo el gesto de ir a cogerlo, pero Nuria se adelantó y descolgándolo, contestó de inmediato.

—¿Hola?

—¿Nuria Badal? —preguntó una voz desconocida.

De pronto, Nuria se sintió inquieta y terriblemente desconfiada. Por su cabeza pasó la idea de colgar el teléfono y salir corriendo, pero mantuvo la calma suficiente como para comprender que no llegaría muy lejos.

—Sí, soy yo —contestó al cabo.

—¿Dónde se encuentra?

—En un bar cerca del hospital de Sant Pau, llamado... —se quedó mirando al camarero malcarado que le puso delante una servilleta con el nombre impreso— El chino feliz. —Nuria levantó una ceja escéptica, pero se ahorró mencionarle la ironía.

—Lo conozco —afirmó el hombre al teléfono—. Estaré ahí en veinte minutos —añadió y, sin decir nada más, colgó.

Nuria hizo lo propio, dedicándole su mejor sonrisa de agradecimiento al camarero. Pero ni con esas logró cambiarle el rictus amargado. Se preguntó si el concepto de felicidad significaba lo mismo en español que en chino mandarín.

Regresó a su mesa seguida por la mirada curiosa del resto de clientes y de camino se hizo con un ejemplar manchado de aceite de *La Vanguardia*, más por disimular su nerviosismo que por interés real en leerlo.

Se sentó y situó el periódico frente a ella, como hacían los espías en las películas antiguas. No podía descartar que la policía hubiera distribuido ya imágenes suyas en las redes, así que cuanto menos contacto visual tuviera con desconocidos, mejor.

Paradójicamente, haber contactado con Zafrani y que este se estuviera encargando de ayudarla la ponía más nerviosa de lo que estaba antes. Minutos atrás solo le preocupaba que la policía la atrapase, pero ahora también se preguntaba el precio que debería pagar por la ayuda de un criminal como Elías. En lugar de sentirse más segura, su instinto le advirtió de que podía ser justo al revés y de que quizá se había metido en la boca del lobo ella sola.

Porque ahora que se detenía a pensarlo… ¿quién sino él sabía que ella no estaba en casa la pasada noche? ¿Y si, a pesar de lo que le dijo Aya, sí que le había puesto un somnífero en el té? En cuanto ella se durmió, pudo dar la orden de que alguien se colara en su piso, robase la pistola y eliminara a Gloria. Tuvo tiempo de sobra de hacer algo así. Además, si alguien tenía los medios y hackers a sueldo para alterar sus archivos de Internet era él. Buena parte de su actividad delictiva se desarrollaba en el ciberespacio, eso era un hecho.

Así que tuvo la oportunidad y los medios, pero le faltaba un móvil. ¿Por qué iba a organizar algo tan enrevesado para quitarla de en medio cuando ella estaba durmiendo indefensa en el salón de su casa? No tenía sentido. Podría haberla enterrado en el jardín y librarse de ella como de una mascota muerta. Incluso si lo que quería era inculparla del asesinato de Gloria, podría haberlo hecho todo exactamente igual…, y luego enterrarla en el jardín. Habría seguido siendo una prófuga y sospechosa de asesinato, y él no tendría que preocuparse más por ella.

Pero, claro… —razonó— También, estaba el hecho incontestable de que Gloria fue asesinada justo después de que ella le revelara a Elías la existencia del diario de David y su mención del ISMA.

Otra casualidad. Una más en aquel embrollo sin pies ni cabeza.

Una plétora de ideas confusas daba vueltas en su cabeza, tratando de encajar unas con otras sin ningún sentido, como una bandada de estorninos borrachos volando en una tormenta. Podía sentir que más allá, por debajo del caos, una imagen trataba de abrirse paso en su mente, pero era una sensación tan sutil que ni siquiera estaba segura de que estuviera ahí o tuviera relación con el caso.

De nuevo, el dolor de cabeza que irradiaba desde el lugar en que se golpeó la nuca volvió a hacer acto de presencia, así que abriendo el periódico decidió dejar de pensar en su situación —o al menos intentarlo— y centrarse en noticias que no la afectasen directamente, como la pérdida de contacto con la Mayflower II de SpaceX en su camino a Marte o el batacazo del Barça en la Champions de eSports.

Hacía una eternidad que no leía un periódico impreso, y se maravilló con el viejo tacto del papel y el olor a tinta. Era de los pocos que había sobrevivido a la digitalización masiva de la prensa, a costa de perder actualidad y de asumir que sus noticias ya estarían desfasadas antes siquiera de salir de la imprenta. Había logrado sobrevivir gracias a artículos de opinión y sesudos análisis de viejos periodistas que se negaban a sucumbir a la vorágine de la inmediatez digital o a relatar las noticias en streamings de YouTube disfrazados de veinteañeros.

Un par de veces Nuria echó mano al bolsillo para sacar el teléfono en un acto reflejo, olvidando que ya no lo tenía. Se sentía como si hubiera perdido un brazo o una pierna; sin teléfono ni pulsera estaba tan descolocada como un neopatriota en una biblioteca.

Fue justo en ese momento que un hombrecillo de mediana edad con aspecto de indefenso ratón de oficina, de a los que de pequeño les robaban la merienda en el colegio, se acercó sonriente y la observó con ojos curiosos tras unas gafitas redondas.

—¿Nos vamos? —preguntó con un sutil acento que no fue capaz de identificar, como si se conocieran de toda la vida—. Tengo el coche en la puerta.

Nuria vaciló un instante, pero una vez había llegado hasta ahí no tenía sentido hacerse la remolona.

—Claro —contestó insegura, dejó un billete de cinco sobre la mesa y se puso en pie, siguiendo al hombrecillo que ya salía por la puerta.

No tenía ni idea de adónde pensaba llevarla, no había tenido ocasión de preguntarlo. Completamente a ciegas, había puesto su vida en manos de Elías, un hombre al que hasta hacía poco no le habría confiado ni un vaso de cerveza para que se lo sujetara.

Sabía que las circunstancias eran las que la habían puesto en esa situación, sin posibilidad de hacer otra cosa. Como esos toros de San Fermín que se creen libres corriendo por la calle cuando en realidad son embaucados para que ellos solitos se metan en la plaza.

Ya en la calle, el hombre se detuvo junto a un Lexus de cristales tintados, invitándola con un gesto a entrar en la parte de atrás del mismo. Nuria sintió un escalofrío recorriéndole la espalda y vaciló, con la mano ya en el tirador de la puerta.

Sabía que si entraba en ese coche ya no habría marcha atrás y que con toda probabilidad se estaría equivocando. La única duda era saber hasta qué punto.

«Quizá valga la pena averiguarlo», pensó para sí. «Tampoco es que tenga mucho que perder».

Y llenándose los pulmones de aire como si fuera a zambullirse, agachó la cabeza y entró en el vehículo.

28

La puerta del Lexus se cerró de forma automática en cuanto ella tomó asiento. Un instante después el hombre abrió la puerta del conductor e hizo lo propio tras el volante.

—¿Lleva pulsera o teléfono? —preguntó, volviéndose en su asiento.

—Estoy limpia.

El hombre dedicó unos segundos a estudiarla de arriba abajo, y no fue hasta que finalizó su examen visual que asintió satisfecho.

—Bien —dijo, volviéndose hacia adelante y poniendo el motor eléctrico en marcha.

—¿Adónde vamos?

El hombre la miró por el retrovisor, al tiempo que se incorporaba a la circulación.

—Me han pedido que la recoja y la lleve a un lugar seguro —contestó.

—¿Y cuál es ese lugar?

—Uno seguro —repitió, sin dejar de mirar al frente.

—Entiendo —resopló Nuria y, comprendiendo que no iba a sacarle nada más al tipo, decidió relajarse en el cómodo asiento de cuero y esperar. No podía hacer otra cosa.

El lujoso vehículo eléctrico descendió por la calle Lepanto en dirección al mar, y al pasar junto a la plaza Gaudí, Nuria pudo ver fugazmente la impresionante mole de la Sagrada Familia, con sus dieciocho torres arañando el cielo a casi ciento ochenta metros de altura. Habían tardado dos años más de los previstos en terminarla y había costado una indecente cantidad de dinero que, sin duda, habría tenido mejor fin ayudando a los necesitados, pero debía admitir que el resultado final era impresionante.

Lo triste, pensó viendo las banderas españolas y vaticanas ondeando en lo alto de cada una de las torres, era que lo que durante ciento cincuenta años había sido el proyecto de una ciudad tolerante y progresista, paradójicamente, en su inauguración iba a convertirse en un acto publicitario del gobierno más reaccionario de las últimas décadas y del papado más retrógrado de esos últimos siglos.

Cuando el vehículo pasó de largo y perdió de vista el templo, se dijo que demasiados problemas tenía ella misma como para preocuparse ahora por la política o la religión. Nada podía hacer al respecto, así que nada debería importarle.

Desde la confortable insonorización del Lexus, Nuria contemplaba el intenso tráfico de bicicletas y patines eléctricos, fluyendo nerviosamente entre coches y autobuses como salmones entre las rocas de un río.

El vehículo torció a la derecha al llegar a la calle Aragón, y cuando se detuvieron en el primer semáforo en rojo, el conductor se giró en su asiento y le alargó una tela de color negro.

—Póngasela —ordenó.

—¿Qué? —preguntó Nuria, sin entender a qué se refería.

El conductor se la tiró y cayó en su regazo.

—Que se la ponga.

Nuria la desplegó ante sí. Una capucha.

—No me pienso poner esto.

El hombre se volvió hacia adelante, y aunque el semáforo ya se había puesto en verde, se cruzó de brazos y la miró a través del espejo.

—Pues entonces no iremos a ningún sitio —dijo despreocupadamente, ignorando los bocinazos que los apremiaban desde atrás.

—No voy a ponerme una capucha mientras un desconocido me lleva en coche a un lugar que no conozco —protestó—. Joder, no soy tan estúpida.

El conductor se volvió de nuevo en su asiento y, para sorpresa de Nuria, le alargó la mano.

—Ismael —dijo.

Nuria se quedó mirando aquella mano pequeña y nudosa, de uñas cortadas con pulcritud.

Aunque renuente, Nuria le estrechó la mano.

—Hola, Ismael. Yo soy...

—No necesito saberlo —la interrumpió con brusquedad—. Y ahora que ya me conoce, ¿va a ponerse la capucha para que podamos seguir?

—¿Es... imprescindible? —inquirió Nuria, sabiendo cuál iba a ser la respuesta.

—Absolutamente —confirmó el hombre.

Nuria vaciló, segura una vez más de estar equivocándose, pero también de que no tenía más remedio que seguir adelante.

—Está bien —resopló, colocándose la capucha en la cabeza y esperando que aquel no fuera su error definitivo.

El vehículo se puso en marcha de inmediato entre un recital de bocinazos e improperios del resto de conductores, y aunque al principio Nuria fue capaz de deducir por dónde estaban circulando, al cabo de un rato perdió el hilo y dejó de intentarlo. Estaba segura de que Ismael había dado algunas vueltas de más con el fin de despistarla.

Unos veinte minutos después el vehículo aflojó la marcha y, por el eco del sonido, Nuria supo que acababan de entrar en un lugar cerrado. Algo que se confirmó cuando una pesada persiana metálica se cerró con estrépito a su espalda.

El motor eléctrico del Lexus se detuvo con un siseo e Ismael le indicó que ya podía quitarse la capucha.

Nuria así lo hizo, y se descubrió en el interior de un garaje o un pequeño local mal iluminado y sin ventanas.

Sin esperar a que la invitaran a ello, abrió la puerta y salió del vehículo.

—¿Dónde estamos? —preguntó mirando a su alrededor, tratando de identificar el lugar.

—Vamos —dijo Ismael, señalando la pared del fondo del local, ignorando la pregunta.

El hombre se dirigió a una ajada puerta de contrachapado, cerrada con una cadena y un candado. A continuación, la abrió con una llave que sacó del bolsillo y la atravesó, seguido por una cautelosa Nuria.

Cuando Ismael encendió la luz, Nuria se encontró en una habitación sin ventanas con las paredes estampadas de grandes manchas negras de humedad y basura vieja acumulada en los rincones. Por todo mobiliario había una mesa y dos sillas arracimadas bajo la lámpara, un colchón pegado a la pared del fondo y un hornillo eléctrico con una roñosa sartén y una cafetera. El olor a cerrado y a humedad resultó tan insoportable, que Nuria dio un paso atrás nada más cruzar el umbral.

—Ahí tiene el baño —le indicó Ismael, señalando una puerta abierta a la izquierda—. No trate de salir ni ponerse en contacto con nadie, ¿entendido?

Nuria se volvió hacia el hombre con gesto airado.

—Debe ser una broma.

—¿Una broma?

—No pienso quedarme aquí ni un minuto. Esto es un puñetero zulo.

—Lo siento, pero las suites del Ritz estaban todas ocupadas.

—No me joda —replicó Nuria furibunda, aproximándose al hombre hasta ponerle el índice frente a la nariz—. No me creo que Elías le haya dicho que me meta en este agujero.

Ismael era mucho más bajo que Nuria, pero no pareció intimidado por ello. Quizá porque iba armado o quizá porque no sabía que ella era brazalete verde de Krav Magá. O quizá por ambas cosas.

—El señor Zafrani —explicó con calma— me ha pedido que la traiga aquí. Es un lugar seguro —añadió.

—¿Seguro para mí o para él?

—Seguro para todos —alegó—. De eso se trata, ¿no?

Nuria meneó la cabeza, lejos de estar convencida.

—¿Y cuánto tiempo quieren que me quede aquí?

—Eso ya no sé decírselo. Imagino que el que sea necesario.

—El que sea necesario… —bufó Nuria, echando un vistazo al sucio colchón—. Esto no me gusta nada, Ismael. Nada de nada.

—Si quiere, puedo volver a dejarla donde la recogí —ofreció, señalando con el pulgar la puerta abierta a su espalda—. Usted decide.

Nuria exhaló profundamente, volvió a mirar a su alrededor y terminó por cabecear resignada.

—Necesito hacer un par de llamadas —le dijo al hombre—. He de avisar de que estoy bien.

Ismael negó con la cabeza.

—Nada de llamadas.

—Pero mi madre… Ella no sabe lo que me ha pasado.

—Lo siento —alegó, pero esta vez pareció sincero al decirlo.

—Mierda —musitó Nuria para sí, atisbando el desagradable rumbo que estaba tomando su vida.

—Le traeré agua, comida y algo para leer —dijo Ismael, dirigiéndose hacia la puerta.

Nuria ni siquiera contestó, con la vista puesta en una cucaracha que acababa de asomar bajo el mugriento colchón.

—Volveré en un rato —se despidió Ismael, cerrando la puerta al salir.

Aturdida como estaba, Nuria no se dio cuenta del sonido producido por la cadena, y ya era tarde cuando escuchó cerrarse el candado alrededor de la misma. Resignada, ni siquiera se molestó en protestar porque la dejara ahí encerrada.

Fue entonces cuando bajó la mirada hacia el suelo y descubrió una miríada de salpicaduras y manchas de sangre seca sobre el pulido cemento.

Aquel lugar sin ventanas ni posibilidad de escape era ni más ni menos que un calabozo. Un calabozo donde habrían secuestrado y torturado a gente, puede que hasta la muerte… y ella había entrado ahí por propia voluntad; encerrada por fuera y sin posibilidad de pedir ayuda o saber siquiera dónde estaba.

—Muy bien, Nurieta —murmuró desolada, apoyando la espalda en la pared y dejándose resbalar hasta terminar sentada en el suelo—. Ahora sí que te has lucido.

29

Sin la pulsera ni el smartphone, Nuria no tenía forma de saber qué hora era o cuánto tiempo llevaba ahí encerrada. De hecho, la ausencia de ventanas o siquiera una rendija por donde entrara la luz del día le impedía saber si era de día o de noche.

Llevaba horas tirada en aquel asqueroso colchón, eso era seguro. Con la mirada vagando por las siniestras manchas de humedad que cubrían techo y paredes, y espantando a las cucarachas que de vez en cuando se envalentonaban y trataban de subirse a sus piernas.

Creía estar volviéndose loca, dándole vueltas a la muerte de Gloria y al hecho de que alguien hubiera tratado de implicarla en el asesinato. No podía ser casualidad que eso hubiera sucedido justo después de que le entregara a ella la copia de las notas de David.

A su modo de ver, si descartaba la implicación de Elías, solo había dos posibilidades: o la misma Gloria se lo había dicho a alguien que no debía, cosa poco probable teniendo en cuenta todas las precauciones que había tomado; o la habían seguido hasta su casa y escuchado cómo le entregaba las fotocopias, lo que implicaba que habían instalado micros o cámaras en su casa.

—Por Dios, qué tonta soy —se dijo, golpeándose la frente.

No hacía falta que nadie instalara micrófonos en su casa para espiarla, como en las películas antiguas. Si habían escuchado la combinación de su caja fuerte, no les habría supuesto ningún problema seguir la conversación que había tenido con Gloria en el sofá mientras le entregaba las notas.

Peor aún, si habían hackeado su pulsera, sabrían lo que había dicho y hecho en cualquier momento durante las últimas semanas, así como cuándo salía de casa para poder entrar y robarle el arma con toda la tranquilidad del mundo.

Se lo había puesto demasiado fácil.

Aunque saber el *cómo* no era lo importante. Lo que de verdad importaba era el *quién*.

La mención del ISMA en las notas de David y la presencia de la limbocaína en la sangre del asesino de Vílchez los convertía, por propiedad conmutativa, también en los principales sospechosos de todo lo demás. Pero lo que le chirriaba era que, hasta donde ella sabía, los integristas islámicos le habían declarado la guerra a la tecnología por estar en contra de las enseñanzas de Alá y ser puerta de entrada de la apostasía en las mentes de los musulmanes.

De hecho, lo primero que hacían al conquistar una población era destruir todo rastro de tecnología más avanzado que una rueca y eliminar cualquier tipo de comunicación con el exterior. Así que le parecía difícil imaginar a uno de esos fulanos con barba y turbante convertido en un experto hacker capaz de infiltrarse en los sistemas de su asistente de Google.

Claro que también podrían haber pagado a alguien para que lo hiciese. Aunque eso tampoco parecía propio del ISMA y sus métodos, bastante más expeditivos. Esa gente era más de liarse a tiros en un centro comercial o detonar un camión cargado de explosivos.

Nuria se llevó las manos a la cabeza, desesperada por no comprender nada de lo que estaba sucediendo, por ser responsable de la muerte de David y Gloria, por haberse convertido en sospechosa de asesinato, por encontrarse encerrada en aquel asqueroso zulo a merced de un hombre que bien podría estar negociando por su cabeza en ese preciso instante… Todo era tan confuso que se veía incapaz de delimitar hasta dónde era responsabilidad suya lo que le estaba ocurriendo o si se había convertido en una estúpida marioneta en manos de un titiritero que la usaba a capricho para sus fines.

Nuria sintió cómo un llanto de desesperación pugnaba por abrirse camino en su garganta, pero se resistía a caer en ello. Si se dejaba arrastrar por la autocompasión, podía caer en un pozo del que quizá le resultara imposible salir. Debía contener las lágrimas que amenazaban con emerger, aun a riesgo de ahogarse en ellas.

Y justo en ese instante, mientras se presionaba los ojos con la palma de las manos a modo de tapón, la persiana metálica que daba a la calle se elevó escandalosamente.

Nuria se puso en pie de un salto y se colocó en guardia, buscando con la mirada cualquier cosa que pudiera usar como arma, pero a menos que le arrancara una pata a la mesa no tenía nada más que sus propios puños.

Pudo oír cómo un vehículo eléctrico entraba sin hacer apenas ruido y de inmediato la persiana volvió a bajarse con estrépito. Segundos más tarde, alguien comenzó a trastear con la cadena, soltó el candado con un clac y abrió la puerta.

La cabeza ratonil de Ismael asomó por la misma y se sorprendió al encontrar a Nuria frente a él, con los puños cerrados y el gesto contraído como si estuviera a punto de lanzarle un derechazo.

—Tranquila, señorita —le dijo, alzando las manos—. Soy yo.

—Quiero salir de aquí —le espetó Nuria, sin bajar la guardia—. Prefiero vérmelas con la policía que quedarme un minuto más en este maldito agujero.

Para sorpresa de Nuria, Ismael asintió comprensivo.

—La entiendo —afirmó, echando un despectivo vistazo al lugar—, pero era necesario. Ahora ya nos podemos ir.

—¿Ir? —repitió Nuria, que no se lo esperaba.

—Así es. —Una sonrisita curvó los finos labios del hombre—. Ya tenemos un sitio mejor donde esconderla, este… *lugar* —añadió con una mueca de desagrado— es solo para emergencias.

—Ah, bien —contestó, ahora sí relajando el gesto—. Entonces… ¿nos vamos?

—Nos vamos —confirmó Ismael y, como recordando algo a última hora, se llevó la mano al bolsillo trasero del pantalón—. Pero antes… —Y con aire cómplice sacó la capucha negra y se la ofreció a Nuria.

En cuanto se hubo sentado en el asiento de atrás del vehículo, con la capucha cubriéndole la cabeza, se levantó la persiana metálica y salieron al exterior. Nuria resistió el impulso de asomarse por debajo de la tela negra, pero al cabo de unos pocos minutos de dar vueltas con el coche en absoluto silencio, Ismael volvió a dirigirse a ella.

—Si quiere, ya puede quitarse la capucha —le dijo.

Nuria no tardó ni un segundo en hacerlo, lanzándola al otro extremo del asiento. Luego miró a través de la ventanilla y vio que circulaban por la ronda litoral, justo entre la escarpada mole de la montaña de Montjuïc y los muelles de carga del puerto de Barcelona, donde miles de contenedores de llamativos colores se apilaban como gigantescas piezas de Lego.

Una punzada de nostalgia le asaltó al recordar cuando, siendo niña, su padre la llevaba a la muralla del castillo de la cima, antes de que lo convirtieran en prisión y lo cerraran al público, y mostrándole aquellos mismos contenedores y los barcos que los descargaban, jugaban a adivinar de dónde provenían y qué escondían en su interior. La respuesta de Nuria siempre solía ser «juguetes» y, admitiendo su derrota, su padre siempre terminaba invitándola a un helado de fresa y vainilla como premio a su perspicacia.

El Lexus abandonó la ronda en la salida 21 y, rodeando la plaza Drassanes, tomó la avenida del Paralelo hasta Nou de la Rambla, internándose en el barrio del Raval, donde callejeó a paso lento entre hordas de turistas, filipinos en sus puestos de comida ambulante y magrebíes ociosos fumando frente al portal de sus edificios.

—¿Adónde vamos? —preguntó Nuria, fijándose en las miradas curiosas que levantaba el lujoso vehículo, mientras atravesaba uno de los barrios más deteriorados de la ciudad.

—A un piso de esta zona —contestó, señalando el punto de destino que se mostraba en la pantalla del navegador—. Llegaremos enseguida.

—No permitiré que vuelva a encerrarme por fuera, se lo advierto.

Ismael la miró un instante por el retrovisor.

—No se preocupe —la tranquilizó, pero sin llegar a responderle realmente.

Nuria fue a repetirle que estaba ahí por voluntad propia, y que si volvía a tratar de encerrarla en un zulo no se lo iba a permitir, pero antes de llegar a abrir la boca, el vehículo se detuvo frente a un desvencijado portal de la calle D'en Robador, custodiado por una prostituta demasiado vieja enfundada en un vestido de leopardo demasiado ajustado.

—Aquí es —le indicó Ismael—. Ya puede bajar.

—¿Aquí? —preguntó Nuria estudiando la variopinta fauna de la calle, compuesta por borrachos, prostitutas y camellos—. No me lo diga. Otra vez estaba lleno el Ritz.

El conductor amagó una sonrisa y pulsando un botón hizo que se abriera la puerta del Lexus.

—Nosotros nos despedimos ahora.

—¿Y yo qué hago? —preguntó Nuria, viendo cómo la prostituta, tambaleándose en sus tacones, se aproximaba a la puerta abierta como si aquello hubiera sido una invitación.

—Alguien vendrá y se hará cargo de usted.

—¿Alguien? ¿Qué alguien?

Ismael se volvió en su asiento.

—Buena suerte, señorita —le dijo a modo de despedida, dejando claro que no iba a decir una palabra más.

Nuria resopló, renuente a abandonar el cómodo interior del vehículo sin saber qué diantres hacía ahí, pero comprendió que no tenía más remedio que bajarse.

—En fin... —masculló—. Gracias, Ismael —y al decirlo estuvo segura de que aquel no era su nombre.

Nada era nunca lo que parecía, pensó para sí mientras descendía del coche, y aquella idea no hizo más que reforzarse cuando la sexagenaria prostituta se aproximó hasta ella y, antes de que Nuria tuviera oportunidad de decirle que no la molestara, la miró de arriba abajo, llevándose las manos a la cintura y diciéndole con una voz ronca por el tabaco y el alcohol.

—Acompáñame, guapa —le guiñó uno de sus párpados alicatados de azul celeste—. Te están esperando.

30

Siguiendo el irregular taconeo de la prostituta, Nuria subió por la estrecha y oscura escalera del edificio como si lo hiciera por la de un templo maya perdido en la selva. Mirando en derredor, pensó que solo faltaban algunas lianas y telarañas colgando del techo para que aquello pareciera el escenario de una novela de aventuras.

Finalmente, tras una lenta ascensión sin intercambiar una palabra, pero acompañada por los gritos de los vecinos y los disparos de alguna serie de televisión, llegaron al último piso del edificio.

Al alcanzar el rellano con un número 5 pintado a bolígrafo en la sucia pared, la mujer leopardo se detuvo frente a una puerta que parecía maltratada a propósito y llamó a la misma con un redoble de nudillos.

Al cabo de unos segundos la puerta se abrió y un rostro familiar apareció en el umbral.

Era un hombre árabe de aspecto algo descuidado, poblada barba, cubierto con una túnica gris con manchas de té y un gorro de oración de punto blanco en la cabeza. Nuria necesitó varios segundos para reconocerlo.

—¿Elías?

Este no contestó, sino que alargó un billete de veinte a la prostituta, que ella hizo suyo con la velocidad de una cobra.

—Gracias, Lola —dijo este.

—A mandar —contestó ella con un guiño, y sin más se dio la vuelta y comenzó a descender los escalones con su escandaloso taconeo.

—¿Sorprendida? —preguntó entonces Elías, haciéndose a un lado para permitir que entrara Nuria.

—Un poco —admitió ella—. No esperaba que estuviera aquí, y menos… —hizo un ademán hacia él— con este aspecto.

—Me gusta pasar desapercibido —alegó, invitándola con un gesto a adentrarse en el piso—. En el Raval soy tan solo Mohamed. Un emigrante más, que hace lo que puede para ir tirando y no se mete con nadie. Así es más fácil enterarse de lo que se cuece en los bajos fondos.

—Como aquel rey que salía de noche para mezclarse entre sus súbditos, ¿no?

—Algo así —asintió Elías—. Pero sin salir en moto para ir a ver a la amante.

El interior del piso no era muy diferente del exterior. Muebles viejos que quizá pertenecieron al inquilino anterior, desgarros en el papel de las paredes, cortinas amarilleadas por el sol, y un aspecto general de no haber sido limpiado a fondo desde el siglo anterior. Sin embargo, comparado con el agujero infecto donde había estado las últimas horas, era como estar en un hotel de lujo.

—Siéntate, por favor —pidió Elías cordialmente, pasando a tutearla al tiempo que señalaba una de las cuatro sillas que rodeaban la mesa de madera situada en medio del salón—. ¿Cómo te encuentras?

—Hambrienta —confesó Nuria, agradecida por aquella familiaridad—. No he comido nada desde ayer.

—Ya, claro. Perdona por eso. Estas horas han sido una locura.

—No pasa nada —le disculpó—. Pero si no como, me va a dar algo.

Elías dijo unas palabras a su teléfono en árabe y luego miró a Nuria.

—¿Shawarma o falafel? —le preguntó.

—Los dos —contestó esta sin dudarlo—. Y ensalada. Y algo de beber. Y postre. —Y ante el gesto de sorpresa de Elías, añadió—. ¿Qué pasa? Tengo hambre.

Elías sonrió y, hablando de nuevo en árabe al teléfono, transmitió el pedido.

—En diez minutos lo tendrás aquí —informó a Nuria.

—Gracias.

—De nada —contestó, tomando asiento en una silla frente a ella y percatándose de que esta observaba su pulsera como si llevara una serpiente venenosa enroscada en la muñeca.

—Han hackeado mi cuenta —explicó Nuria—. Han manipulado mis registros, mi cronología y me han estado espiando. Puede que alguien sepa todo lo que he hecho y dicho en los últimos días…, incluidas nuestras conversaciones. —Hizo una pausa y añadió—. No hay mucha gente con los recursos necesarios para hacer algo así. —Y se quedó mirando a Elías.

Este torció una sonrisa al comprender la insinuación de Nuria.

—Yo no tengo ni esos recursos ni el interés —aclaró, antes de que se lo preguntara—. Una cosa es colarse en la intranet de la policía y otra muy distinta infiltrarse en el sistema de Google para borrar datos personales o espiar a alguien. No te lo tomes a mal —añadió—. Pero si yo fuera capaz de hacer eso, créeme que habría personas más interesantes a las que me dedicaría a espiar.

—Pues alguien lo ha hecho conmigo —apuntó Nuria—. Y también podría estar haciéndolo contigo ahora mismo.

—Por eso no te preocupes —alegó, mostrándole su pulsera—. Yo utilizo un sistema de encriptación cuántico para mis comunicaciones, parecido al que emplea la NSA para controlar sus satélites de espionaje. El sistema entero me costó una pequeña fortuna —explicó, girando la muñeca ante sí—, pero es imposible de descodificar.

—Ya… —resopló Nuria—, e imagino que no tendrás uno de esos de sobra, ¿no?

Para estupefacción de Nuria, Elías se sacó una idéntica a la suya y la dejó sobre la mesa.

—¿En serio? —inquirió Nuria sorprendida, mirando a la pulsera.

—No la pierdas —le advirtió Elías—. Y úsala con inteligencia. Nadie podrá rastrearte y puedes enlazarla a una pantalla o a un smartphone para comunicarte, pero si te pones en contacto con alguien asegúrate de no hablar más de la cuenta.

—Que sea casi rubia no significa que sea casi tonta.

—Solo digo que seas precavida. Cualquier contacto puede ser un riesgo. Para ti y para la persona con la que contactes.

—Sí, lo sé —coincidió Nuria, colocándosela y sintiendo la leve presión ejercida al ceñirse la pulsera a su muñeca de forma automática—. Yo... te agradezco lo que estás haciendo —vaciló, poco acostumbrada a decirlo—. No sabía a quién recurrir.

—No te preocupes —alegó Elías, minimizando el agradecimiento con un gesto—. Lo importante es que estés a salvo.

—Que esté a salvo... —repitió Nuria, pensativa—. Te lo agradezco mucho, pero la verdad es que no entiendo por qué lo haces. ¿Qué sacas tú con ayudarme?

—¿Por qué debería sacar algo?

—Vamos —bufó, alzando una ceja—. De verdad que no me importa. Solo siento curiosidad.

Elías asintió, y recostándose en la silla juntó las yemas de los dedos ante sí.

—Si las sospechas se confirman y resulta que el ISMA está tramando algo —dijo tras reflexionar unos segundos—, quiero enterarme y prepararme para ello. Tuve que huir de ellos una vez, después de que destrozaran mi vida —inspiró y exhaló largamente, clavando los ojos en Nuria—. Pero eso ya no va a volver a pasar. Ahora podré verlos venir porque tengo algo que ellos quieren.

—¿El qué? —preguntó Nuria, y no había acabado de hacerlo cuando se dio cuenta de cuál era la respuesta.

—Tú —respondió Elías, afilando la mirada.

Nuria se quedó contemplando en silencio al hombre sentado al otro lado de la mesa. Con la barba postiza, la raída túnica y el aspecto desaliñado, estaba lejos de parecer el poderoso criminal al que había investigado los últimos seis meses. Lo que tenía ante sí era un hombre al que habían arrebatado lo que más quería, y que ahora veía la posibilidad de vengarse usándola a ella como cebo.

Fijándose en cómo se blanqueaban sus nudillos de tanto apretar los puños, supo cuál de los dos hombres era en realidad el más peligroso.

Justo en ese instante, alguien golpeó la puerta y Nuria dio un salto en su silla.

—Es la comida —la tranquilizó Elías, poniéndose en pie y dirigiéndose a abrirla.

Diez minutos más tarde Nuria dejaba sobre la mesa el resto del shawarma que no se había podido comer y le daba un largo trago a la botella de refresco.

—Tenías hambre —certificó Elías, mirando la pelota del papel de aluminio que había contenido el falafel.

Sin dejar de beber, Nuria asintió con la cabeza.

—Me dejasteis en ese almacén sin agua ni comida —le recordó, dejando la botella casi vacía sobre la mesa.

—Disculpa por eso. Tuvimos que actuar deprisa y asegurarnos de que nadie te seguía antes de traerte aquí.

—Ya, claro —contestó, llevándose la mano al pecho y conteniendo un eructo—. Gracias también por esto.

—De nada —asintió—. ¿Necesitas algo más?

—Una ducha —dijo, mirando a su espalda en dirección al pasillo que conducía al baño—. Pero que puede esperar. Antes necesito que aclaremos mi situación.

—Tu situación —apuntó Elías— es que estás en busca y captura como sospechosa de asesinato y tu cara aparece en toda la red y en los noticiarios de televisión —añadió—. Así que no te conviene salir mucho a la calle en los próximos días. El sistema de reconocimiento facial de las cámaras de vigilancia te identificaría tarde o temprano.

—Estupendo —gruñó Nuria.

—¿Crees que es también el ISMA quien está detrás de esto?

—En el zulo he tenido mucho tiempo para darle vueltas al asunto —explicó—, y solo ellos habrían tenido motivo para hacer algo así. Si como parece están detrás del asesinato de Vílchez y la muerte de David, es lógico pensar que también hayan asesinado a Gloria y traten de eliminarme a mí también de la ecuación. Lo único que no entiendo… —añadió pensativa, dejando la frase en el aire.

—Es por qué no te han matado a ti también —completó Elías.

—Exacto. Les habría resultado mucho más sencillo pegarme un tiro en la calle que hacerme quedar como asesina y convertirme en prófuga.

—Quizá no esperaban que pudieras escapar —opinó Elías—. Piénsalo. Y si te mataban a ti también, ya habrían sido dos policías, una esposa de policía y un confidente asesinados. Demasiados muertos y muchas preguntas en el aire. En cambio —razonó—, si las pruebas te señalan a ti como la asesina de esa mujer, también serías sospechosa de haber matado a Vílchez y a David. Serías noticia durante unos días y luego nadie haría más preguntas. —Juntó las manos y añadió—. Caso resuelto.

—Pero… al final se habría descubierto la verdad —alegó Nuria—. Aunque hayan falseado pruebas, acabaría demostrando que yo no fui. Seguro que hay testigos y pruebas que demuestren mi inocencia.

—Puede —admitió Elías—. Pero estarías en prisión preventiva mientras el caso se resuelve, quizá durante años, e incluso…

—Incluso podrían matarme en la cárcel, llegado el caso —coligió Nuria, llevándose las manos a la cabeza—. Joder…, ¿cómo no lo he visto antes?

Elías abrió las manos, poniendo las palmas hacia arriba.

—A veces, los árboles no nos dejan ver el bosque.

Nuria apoyó los codos en la mesa y hundió la cabeza entre las manos.

—Mierda —resopló—. Estoy bien jodida.

—Eso parece —confirmó Elías.

Nuria levantó la mirada.

—Muchas gracias por los ánimos.

Zafrani torció una mueca detrás de su barba postiza.

—No estoy aquí para animarte, sino para ayudarte a salir de esta.

—Ya, gracias —resopló Nuria, echando un vistazo a su alrededor—. Pero no me puedo quedar eternamente encerrada en este… —reprimió un gesto de desagrado y añadió— sitio.

—Eso es cierto —coincidió Elías—. Por eso tenemos que adelantarnos a los acontecimientos y tomar la iniciativa. Ya basta de huir, ¿no te parece?

—¿Qué quieres decir?

—Que dejemos de ser las liebres… para convertirnos en los cazadores.

—Suena bien —asintió—. Pero eso es más fácil decirlo que hacerlo. No sabría ni por dónde empezar.

Entonces Nuria vio asomar una sonrisa bajo la barba de Elías.

—Por suerte, yo sí —anunció el sirio.

Y como en un torpe truco de magia, metió la mano en el bolsillo de su túnica y sacó un papel doblado que depositó teatralmente encima de la mesa.

31

Nuria se quedó mirando el trozo de papel sobre la mesa, un instante antes de alargar la mano y cogerlo.

—¿Qué es esto? —preguntó, abriendo las dobleces y leyendo una serie de números y letras sin sentido.

—Es un código de un contenedor —explicó Elías—. De uno que ha llegado hace cosa de dos semanas al puerto de Barcelona con tres toneladas de mercancía y que, según mis contactos, no pasó el control de aduanas de la Guardia Civil.

—¿Y qué tiene de especial? Que yo sepa la mayoría de los contenedores no lo hacen. Es un control aleatorio.

—Cierto, pero este en concreto tenía que hacerlo al provenir de un país de riesgo. Pero, según parece, *algo sucedió* en los ordenadores de aduanas y apareció como si ya hubiera superado los controles cuando en realidad no fue revisado.

—¿Algo sucedió?

—Manipularon la base de datos.

—Ya veo —dijo Nuria, volviendo a leer el código del papel—. Pero no comprendo qué relación tiene con todo esto.

—El origen del contenedor es la ciudad de Yidda. En el Califato de La Meca.

—De acuerdo... ¿Y?

Elías se rascó su barba falsa.

—¿No entiendes lo que eso significa?

—Pues no, pero estoy segura de que estás a punto de explicármelo —aventuró Nuria.

—Verás —indicó Elías en tono didáctico—: Yidda es el puerto principal del Califato de La Meca, el más radical de los reinos en que se desintegró Arabia Saudí tras la guerra con Irán —añadió, colocando el índice sobre el papel que Nuria aún sostenía entre sus manos—. Un califato teocrático wahabita al que le sobra dinero del petróleo, de armas de la guerra recién terminada… y que siente una profunda simpatía hacia los movimientos yihadistas internacionales.

—¿Insinúas… —razonó Nuria con preocupación— que ese contenedor podría haber sido enviado por ese Califato de La Meca a los yihadistas de aquí?

—Es una posibilidad —asintió Elías pesadamente—. Tanto su procedencia como el que haya evitado los controles de aduanas resulta muy sospechoso.

—¿Y qué es lo que podrían haber enviado en su interior? —inquirió Nuria, cada vez más inquieta.

—¿En un contenedor de setenta y seis metros cúbicos? —preguntó de forma retórica—. Pues cualquier cosa. Desde fusiles para armar a un pequeño ejército, a misiles, robots de combate o armas biológicas, si tenían dinero para comprarlas. Cualquier arma que se te ocurra —sentenció—. Los saudíes se las compraron a Estados Unidos para usarlas contra Irán y Yemen, y ahora se las revenden a cualquier grupo yihadista suní que tenga dinero para pagarlas; se llame Boko Haram, Abu Sayyaf, Al Qaeda, ISIS o ISMA. Los del Califato de La Meca solo exportan tres cosas: petróleo, armas y yihadismo…, y el petróleo lo transportan en petroleros.

—¿Robots de combate? ¿Armas biológicas? —Alzó las cejas, incrédula—. ¿Lo dices en serio?

—Es poco probable —apuntó Elías—. Hasta la fecha, los islamistas nunca han usado nada así para cometer un atentado, ellos son más de chaleco bomba o AK47. Imagino que porque son difíciles de conseguir y manejar, además de ser muy caras. Pero bueno… —añadió—, siempre hay una primera vez para todo.

—Joder. —Nuria se sentía sobrepasada por toda aquella información, incapaz de asumir el alarmante cariz que estaba tomando el asunto. Aun así, hizo un esfuerzo por seguir pensando como una policía y buscar respuestas viables a preguntas sencillas—. ¿Y dónde está ahora ese contenedor?

—El contenedor fue sacado del puerto en camión por un transportista local —relató Elías—. El transportista lo llevó a un área de descanso de la AP7 sin vigilancia, según él, siguiendo las instrucciones que le habían dado, y se fue a dormir a un hostal. Cuando se levantó por la mañana, el camión seguía ahí pero el contenedor estaba vacío. Enseguida denunció el robo, pero la mercancía no estaba asegurada y la dirección de entrega resultó ser falsa, así que todo quedó en nada.

—E imagino que no sabrán quién cometió el robo.

—Imaginas bien.

—¿Y sabes si la policía interrogó al conductor?

—Lo hicieron —confirmó—, en cuanto el transportista informó del robo. Pero como nadie se hizo responsable del contenedor y no hubo denuncia, cerraron el caso.

—¿Quieres decir que la policía ya no busca lo que había en ese contenedor? —inquirió incrédula.

—Así es —asintió Elías—. Si no hay denuncia ni sospechas de nada raro, es normal que se olviden de ello.

—Pero… ¿cómo sabes tú todo eso? —inquirió entonces Nuria, pensativa—. Me refiero a lo de aduanas, el robo del contenedor, que interrogaron al conductor…

—Ya te dije una vez que mi negocio depende de estar bien informado —explicó sin más—. Y eso incluye personal del puerto, de aduanas o la misma policía —añadió sin darle mayor importancia—. Lo difícil es unir los puntos, relacionar hechos sin aparente conexión.

—¿Y cómo es posible que la policía no haya llegado a la misma conclusión? ¿Que no estén preocupados por lo que puede haber en ese contenedor?

—Al parecer, para ellos es solo un error administrativo de la Guardia Civil de aduanas. Recuerda que no manejan la misma información que nosotros.

—Entonces, quizá tenemos que dársela —alegó Nuria—. Han de encontrar lo que fuera que hubiese en ese contenedor.

En respuesta, Elías sacó su teléfono, alargándoselo a Nuria.

—Pues llámalos —le dijo—. Explícales lo que sabes, cómo lo sabes y quién eres. Seguro que estarán encantados de hablar contigo en persona.

—Podría hacer una llamada anónima —objetó.

—Claro que podrías. Pero si tú fueras el policía que recibe esa llamada anónima, advirtiendo de un posible atentado terrorista sin aportar ni una prueba o siquiera un nombre, ¿qué harías? ¿Cuántas llamadas anónimas de ese tipo crees que reciben a diario?

Nuria resopló, reclinándose en su asiento.

—Ya —resopló—. Pero algo hemos de hacer.

—Encontrarlo nosotros mismos.

—¿Nosotros? —repitió Nuria—. Querrás decir tú. Yo estoy en busca y captura. En cuanto pise la calle, corro el riesgo de que me descubran.

—Es cierto. —Elías desechó el pretexto con un ademán—. Pero, a pesar de todo, el sistema de reconocimiento facial de las cámaras de vigilancia de Indetect no es perfecto. Con una gorra, unas gafas y un poco de cuidado, costará que puedan identificarte.

—Ya, bueno… —dijo Nuria, dudando que fuera tan fácil esquivar a la Inteligencia Artificial del Ministerio de Seguridad Interior—. Pero, aunque así sea, la realidad es que no sabemos qué ha podido ser de la mercancía de ese contenedor o dónde ha ido a parar, ¿no es así? No tenemos nada de nada.

—Bueno… —objetó Elías, meneando la cabeza—. Eso no es del todo exacto. Sí que tenemos algo.

Nuria parpadeó desconcertada.

—¿Y a qué esperabas para decírmelo? —inquirió Nuria con impaciencia.

Elías se retrepó en su asiento con los brazos cruzados.

—No has dicho la palabra mágica.

—¿La palabra mágica? —repitió incrédula—. ¿En serio? *¿Joder* te sirve?

—¿Sabe? —rezongó Elías, frunciendo el ceño y dejando de lado el tuteo—. Ya me estoy empezando a cansar de su actitud grosera, señorita Badal. He sido comprensivo hasta ahora, teniendo en cuenta la tensión a la que se ha visto sometida, pero si no deja de comportarse como una niña malcriada va a tener que empezar a buscarse la vida por su cuenta. —Hizo una pausa y añadió—. ¿Me he expresado con claridad?

Un nuevo exabrupto se formó en los labios de Nuria, pero esta vez logró refrenarlo a tiempo, pues se dio cuenta de que Elías estaba en lo cierto. Se estaba comportando como una imbécil, y justo con quien no debía.

—Te pido disculpas —cabeceó lentamente.

—Disculpas aceptadas —asintió Elías.

—Estupendo…, y ahora que estamos bien, te agradecería mucho que te dejaras de adivinanzas y me dijeras todo lo que sabes de una puñetera vez.

Elías meneó la cabeza.

—En fin… —resopló con hastío—. Al parecer, tras unas cuantas cervezas en un bar clandestino del campo de refugiados, el difunto señor Vílchez mencionó en público que pronto iba a ser un héroe y a salir en los periódicos.

—¿Un héroe?

—Dijo que había descubierto la guarida de unos terroristas en Barcelona, y que los iban a detener gracias a él.

A Nuria se le abrieron los ojos como platos.

—¿En serio dijo eso?

Elías asintió lentamente.

—Eso es lo que ha llegado a mis oídos.

—Joder… —masculló Nuria, atando cabos—. Seguro que fue eso lo que le dijo a David, y a lo que se refería con las notas de su cuaderno.

—Es probable —coincidió Elías, con una pesadumbre que sorprendió a Nuria—. El pobre diablo no pudo mantener la boca cerrada.

—Alguien le fue con el cuento a los terroristas —razonó Nuria—. Estos mandaron al tipo aquel a casa de Vílchez…, y, antes de matarlo, le obligó a tenderle una trampa a David —asintió para sí, sintiendo cómo al fin las primeras piezas iban encajando—. Yo fui a esa casa solo porque David me pidió que lo acompañara. El asesino quizá ni me esperaba. Puede que quisiera torturar a David como hizo con Wilson… —dedujo, con la mirada vagando por las juntas de la superficie de la mesa— y yo le estropeé los planes.

—Es posible —coincidió Elías.

—Es más que posible —corrigió Nuria, levantando la vista—. Ahora comienzo a entender lo que pasó —dijo esto y se calló abruptamente. El recuerdo de aquella infausta mañana había irrumpido de nuevo en su cabeza, oprimiéndole el corazón como si una mano gigantesca se lo exprimiera.

—¿Todo bien? —preguntó Elías al ver el cambio en el rostro de Nuria.

Esta respiró hondo.

—Sí —mintió—. Todo bien. Me estaba preguntando… —añadió espirando— si Wilson mencionó dónde estaba esa guarida.

—Solo que estaba en Barcelona —recordó Elías—. Pero tampoco sabemos si se refería a la ciudad en sí, o a toda el área metropolitana.

—¿Y dijo cuándo los vio? —preguntó, esforzándose por pensar como la policía que aún era.

—No —dijo Elías—. Pero la escena del bar fue pocos días antes de que lo asesinaran… así que, aproximadamente, coincide en el tiempo con la desaparición del contenedor.

—Lo que sumado a la limbocaína en la sangre del asesino y la mención del ISMA en las notas de David…

—Blanco y en botella, como suele decirse.

—¡Joder! —prorrumpió Nuria, llevándose las manos a la cabeza—. Ya lo tenemos. Es tan simple que ha de ser cierto.

—Eso creo yo también —coincidió Elías, satisfecho al comprobar que llegaban a las mismas conclusiones—. Pero tengo una duda a la que llevo dándole vueltas desde que me enteré de todo esto.

—¿Dónde está esa guarida de los terroristas? —aventuró Nuria.

—Esa también —asintió Elías—. Pero antes creo que debemos contestar otra más importante.

—¿Más importante? —preguntó Nuria, intrigada.

—Suponemos que Vílchez le contó a David lo que había visto, ¿no?

—Ajá.

—De acuerdo… pero ¿a quién se lo contó *después* tu compañero? —preguntó, mirando a Nuria—. ¿Se lo contó a tu comisario? ¿Al departamento antiterrorista? Si es así, ¿cómo es que nadie hizo nada? ¿O acaso … —añadió, dejando la última pregunta en el aire— se guardó esa información para sí?

—No lo sé —confesó Nuria—. Quizá creyó oportuno esperar a tener más datos antes de ponerlo en conocimiento de los superiores. Quizá se arriesgó, pensando en la posibilidad de un ascenso. Si iba con el rumor a los jefes —especuló—, podrían haber pasado dos cosas: que no le hicieran caso o que se lo hicieran y se lo pasaran al departamento de antiterrorismo, y al final no se llevara ningún mérito. En cualquier caso, perdía.

—¿Hubieras hecho lo mismo?

—No lo sé —respondió Nuria tras pensarlo un momento—. Pero él tenía una familia que mantener, y quizá eso le hizo arriesgarse en busca de ese ascenso.

—Entonces ¿crees que no se lo dijo a nadie?

—Si no me lo dijo a mí… —opinó Nuria—, dudo que se lo contara a otro. Ni siquiera lo hizo con su mujer.

Elías asintió, aunque lejos de parecer convencido.

—Aun así —añadió—, la viuda de tu compañero entregó el cuaderno original, con sus notas, al comisario.

Nuria se cruzó de brazos y frunció el ceño.

—¿Adónde quieres ir a parar?

—A que me cuesta creer que no hayan seguido investigando la muerte de Vílchez y la de tu compañero —aclaró—. Sobre todo, teniendo en cuenta la mención del ISMA en esas notas. Y si, además, según dices alguien limpió a fondo la escena del crimen eliminando todas las huellas —añadió—…, me pregunto si, realmente, la policía es tan torpe como para no relacionar ambos hechos.

—¿Insinúas que lo saben, pero no hacen nada? —inquirió—. Pero eso no tiene sentido, ¿por qué iban a hacer algo así?

—Lo tiene —objetó, bajando la voz e inclinándose hacia Nuria—… si fueran ellos quienes están detrás de todo esto.

32

Te equivocas —afirmó Nuria sin duda alguna.

—Piénsalo —dijo Elías—. Eso lo explicaría todo. Por qué pudieron colar el contenedor en aduanas, por qué eliminaron las pruebas de casa de Vílchez, por qué tienes tus comunicaciones intervenidas…, incluso por qué estás ahora mismo en busca y captura.

—Pero ¿tú te estás escuchando? —le espetó—. ¿Una conspiración policial? ¿Hablas en serio?

—Totalmente —puntualizó—. Y si dejaras de lado tu corporativismo, también te lo estarías planteando.

—Y una mierda —replicó, enfadada—. Esa es la mayor estupidez que he oído en mi vida. El cuerpo de policía jamás haría algo parecido. La inmensa mayoría es gente decente y honesta, que arriesga su vida por proteger a los demás.

—Y yo no digo que no sea así —insistió Elías—. Pero ¿pondrías la mano en el fuego por todos los oficiales y agentes? Solo hace falta una manzana podrida para contaminar a todo el cesto… y te recuerdo que yo mismo tengo a algunos haciendo horas extras para mí, así que no me vengas con que son incorruptibles.

—¡Te digo que no, joder! —rechazó Nuria entre aspavientos—. Puede que alguno haya aceptado tu dinero a cambio de pasarte información, pero nadie del cuerpo participaría en algo como esto. Jamás, habiendo compañeros muertos de por medio —meneó la cabeza, negándose a aceptar aquella posibilidad que socavaría los cimientos de su propia vida—. Es de locos —añadió— que tenga que estar discutiendo sobre la integridad de la policía con un delincuente.

—Un delincuente que te está protegiendo… de esos mismos policías a los que defiendes.

—Por culpa de un malentendido —apostilló Nuria—. Alguien está manipulando las pruebas para inculparme. En cuanto se descubra quién está detrás de todo esto —añadió, con un punto de desesperación en la voz—, las cosas volverán a ser igual que antes.

El tono de Nuria hizo que Elías se quedara mirando un instante aquellos ojos verdes y cansados.

—¿Eso es lo que quieres? —preguntó—. ¿Que todo vuelva a ser como antes?

—Claro que sí —alegó con extrañeza—. Quiero que todo esto acabe y recuperar mi vida. Mi trabajo, mis amigos, mi casa, mi ga… ¡Joder! —exclamó, acordándose de repente—. ¡Melón! ¡Me he olvidado de él!

—¿Melón?

—¡Mi gato! El pobre se ha quedado solo. Tengo que ir a casa.

—Eso es imposible —le recordó Elías—. ¿No hay nadie que pueda encargarse de él?

—Bueno… —reflexionó un instante—, sí, supongo. Mi vecina puede quedárselo el tiempo que haga falta.

—Pues llámala —sugirió Elías, señalando su nueva pulsera—. Ahora no hay peligro de que te localicen. O mejor aún, mándale un mensaje —rectificó—. Seguro que habrá alguien escuchando y así evitas que se te escape algo.

—Sí, eso haré —asintió Nuria—. Supongo que será lo mejor.

—Estupendo —se felicitó Elías con sorna, dando una muda palmada—. Y ahora que el grave asunto del gato está resuelto, ya podemos volver con nuestro pequeño problema de terrorismo internacional.

—Eres idiota —gruñó Nuria.

Una sonrisa se formó ahora bajo la poblada barba falsa de Elías.

—Venga, centrémonos.

—Será lo mejor —resopló Nuria, añadiendo a continuación—. Antes me ha surgido una pregunta… ¿Por qué zona de la ciudad trabajaba Vílchez? A tu gente la tienes repartida por zonas, ¿no es así?

La costumbre de negarlo todo hizo a Elías vacilar por un instante.

—El Raval —indicó al fin.

—¿Este barrio, precisamente? —Miró a su alrededor con súbita comprensión—. Joder. —Señaló hacia abajo con el dedo—. ¿Estamos en un punto de distribución?

—No. —Negó con la cabeza—. Este es un piso franco que nadie más conoce... o conocía, hasta ahora. Ni siquiera Vílchez sabía de su existencia.

—Pero si es en este barrio por donde se movía, es posible que viera a los yihadistas por aquí, ¿no? Que su guarida esté en esta zona.

—Ya pensé en ello —se adelantó Elías—. Pero nadie más ha reportado nada sospechoso en el barrio. No sabemos lo que vio o escuchó Vílchez, pero los terroristas islámicos no van por la calle con banderas negras y un kalashnikov al hombro. Si quieren pasar desapercibidos será casi imposible dar con ellos —concluyó—. Más aún en un barrio donde mucha de la población es magrebí.

—¿Y esa tal Ana P...?

—Ana P. Elisabets —le recordó Elías—. No aparece en las redes, ni mis contactos han averiguado nada de ella, pero aún estoy recabando información.

—Pues es la única pista de verdad que tenemos.

—Lo sé. ¿Puede que tu amigo escribiera mal su nombre en el cuaderno?

Nuria negó con firmeza.

—David era muy cuidadoso en esos detalles —esgrimió—. Si escribió Ana P. Elisabets, es porque se escribe así exactamente.

—Pues entonces, por fuerza ha de tratarse de un nombre falso. Es la única explicación para que no aparezca en las bases de datos.

—Eso parece —coincidió Nuria—. Y eso solo nos deja una opción para dar con ella. Hacerlo a la antigua usanza.

—¿Y qué significa eso?

Nuria frunció una mueca resignada.

—Preguntando.

—¿Preguntando a quién?

—Por el barrio, claro. Si dices que esta es la zona en la que solía trabajar Vílchez, puede que sea aquí donde podamos encontrar a esa tal Ana.

—También podría ser que no —alegó Elías—. Podría haberla conocido en Villarefu, que es al fin y al cabo donde vivía Vílchez. O en cualquier otro lugar de la ciudad, en realidad.

—Ya, podría —admitió Nuria—. Pero por algún sitio hemos de comenzar, ¿no? Y puestos a elegir, el Raval es el más probable. ¿Me acercas tu teléfono? —preguntó a continuación.

Elías introdujo la mano en su túnica y se lo entregó a regañadientes.

—¿Ese es tu plan? —preguntó escéptico—. ¿Salir a la calle a preguntar a la gente por las buenas? ¿Ya no te preocupan las cámaras de vigilancia?

Nuria acercó su pulsera al smartphone para vincularlo.

—Tú mismo has dicho que con un buen disfraz no podrán identificarme. Y, en cualquier caso, ¿se te ocurre un plan mejor? —inquirió mientras abría la aplicación de Google Maps.

El silencio de Elías lo tomó como un no.

—Habrá que inventarse una buena historia sobre una prima perdida o algo así —prosiguió, acotando el mapa al barrio—. Y no iremos preguntando a la gente por las buenas, como tú dices, sino que podemos seleccionar bares y tiendas a lo largo del barrio, e ir preguntando por zonas. Si está aquí, alguien debe haber oído hablar de ella.

Nuria levantó la vista y vio cómo Elías la observaba con curiosidad.

—¿Qué pasa? —le espetó.

—Nada. Es solo… que se te ve en tu salsa.

Ahora fue Nuria la que dejó traslucir una leve sonrisa.

—Es estupendo poder tomar al fin la iniciativa de algo —explicó—. Ya estaba harta de ir siempre huyendo detrás de los acontecimientos. Y además…, bueno —añadió—, soy policía. Esto es para lo que me han entrenado.

—Ya lo veo —admitió Elías—. ¿Por dónde quieres empezar a buscar?

Nuria estudió el callejero durante un momento para luego ampliar una zona en concreto con un movimiento de dedos sobre la pantalla.

—Pues si no tienes otra idea mejor, yo empezaría por ejemplo… de norte a sur. Me dirigiría hacia la calle Tallers —indicó, desplazando el dedo por la pantalla según hablaba—, y bajando calle a calle en dirección a...

Se quedó repentinamente en silencio, con la vista y el dedo fijos en un punto del mapa.

—¿Qué pasa? —quiso saber Elías, al cabo de unos segundos—. ¿Todo bien?

—No puede ser... —masculló Nuria—. Joder, no es posible.

—¿Qué no es posible? —preguntó, inclinándose sobre la mesa para ver lo que había provocado esa sorpresa en Nuria—. ¿Qué es lo que has visto?

Ella, sin embargo, respondió apartando el teléfono y guardándoselo en el bolsillo.

—¿Qué haces? —preguntó Elías—. Enséñame lo que has visto.

Una sonrisa taimada se dibujó en el rostro de Nuria.

—Eso voy a hacer —contestó, poniéndose en pie y metiéndose en el bolsillo la servilleta de tela que acababa de usar—. Vamos.

—¿Vamos? —repitió Elías con desconcierto—. ¿Adónde?

Nuria se encaminó hacia la puerta sin dudar.

—Ya lo verás —dijo abriéndola—. ¿Llevas dinero?

—¿Qué? —farfulló Elías, levantándose de la silla—. Sí, claro, ¿para qué?

—Estupendo. Sígueme.

Cuando Elías llegó a la puerta, Nuria ya estaba bajando los escalones de dos en dos.

—Maldita sea... —rezongó Elías, asomándose al hueco de la escalera—. ¡Espera! ¡No salgas así a la calle!

—Tranquilo —contestó Nuria, asomándose para que pudiera ver cómo se había cubierto la cabeza con la servilleta, anudándosela bajo el cuello—. Todo controlado.

—No, no hay nada controlado —replicó Elías, tratando de seguirle el ritmo—. Eso no es ningún velo, es una maldita servilleta.

—Pues me compraré uno en la primera tienda que encontremos —contestó sin detenerse—. No te preocupes.

—Que no me preocupe... —masculló Elías, perdiendo el aliento—. Pero ¿se puede saber adónde vamos?

De nuevo sin detenerse, la voz de Nuria le llegó desde el piso inferior.

—¡Es una sorpresa! —contestó como si aquello fuera un juego para ella, y segundos más tarde Elías oyó cómo abría la puerta de la calle.

Cuando al fin la alcanzó, Nuria ya estaba en la penumbra de la calle Robadors, consultando el móvil bajo una de las escasas farolas que habían sobrevivido a la necesidad de discreción de los camellos del barrio.

—Por aquí llegaremos antes —dijo, señalando hacia la calle Hospital—. No hará falta ni que cojamos un *rickshaw*.

—Si me dijeras dónde… —insistió Elías, recuperando el resuello a su lado.

—No seas pesado —le recriminó Nuria—. Tú solo sígueme.

—Pero las cámaras —advirtió Elías señalando a la siguiente esquina, donde varias de ellas cubrían todos los ángulos del cruce de calles—. Te pueden reconocer.

—Bah, está muy oscuro. —Nuria desechó su preocupación con un gesto, tras echarles un vistazo—. Son cámaras viejas de baja definición y hay mucha gente. No me reconocerían aunque bailara delante de ellas. Y, además —añadió, señalándose la cabeza—, llevo un velo.

—Eso es una servilleta.

—Bueno. —Sonrió de nuevo—. Espero que Alá no me lo tome en cuenta.

Dicho lo cual, comenzó a caminar a toda prisa y sin dar tiempo a Elías a hacer otra cosa que más que seguirla.

Las calles del Raval, empapeladas como el resto de la ciudad con la omnipresente publicidad electoral, eran un hervidero de turistas comprando bolsos y camisetas falsas del F. C. Barcelona a los manteros, puestos ambulantes de pupusas y comida filipina despidiendo empalagosas nubes de humo de aceite de palma requemado, músicos callejeros interpretando pegadizos reggaetones, y multitud de barceloneses latinos, magrebíes, pakistaníes y africanos caminando de un lado a otro sin rumbo, comprando y saludando a los vecinos a esa hora en que el calor ya no resultaba un martirio insoportable.

—No me gusta esto —dijo Elías, abriéndose paso entre la multitud para ponerse a la altura de Nuria—. No me gusta ir a ciegas y sin saber adónde voy.

—No te preocupes —alegó ella—. Estamos cerca.

De camino se detuvieron a comprar un velo de verdad a un mantero y aunque Nuria seguía destacando entre la multitud por su altura y color de piel, ahora una sombra cubría sus rasgos bajo la luz de las farolas amarillentas, lo bastante como para que ninguna cámara la pudiera identificar con facilidad.

Al volverse hacia Elías para contestarle, este no pudo evitar fijarse en que aquel velo verde que le ocultaba la melena hacía juego con sus ojos.

—Te juro que no entiendo por qué no me dices adónde vamos —protestó Elías una vez más.

Cansada de la insistencia del sirio, Nuria se detuvo en seco.

—Sé dónde está Ana P. Elisabets.

—¿Qué? Pero... ¿cómo?

—Ya lo verás.

—¿De verdad sabes quién es?

—Y dónde encontrarla.

—Maldita sea —protestó Elías—. Deberías habérmelo dicho. No podemos arriesgarnos a perderla o que escape. Voy a llamar a algunos hombres para que nos ayuden.

Nuria colocó su mano sobre el antebrazo de Elías.

—No hace falta que llames a nadie. No se va a escapar.

—Pero...

—Confía en mí, ¿vale?

Elías fue a apartar la mano de la mujer de su muñeca, pero aquellos ojos verdes parecían capaces de controlar su voluntad.

Casi sin ser consciente de ello, bajó la mano y asintió en silencio.

—Espero no arrepentirme.

—Ya casi estamos —repuso Nuria, haciendo un gesto con la cabeza hacia un callejón cercano, y antes de que Elías pudiera añadir nada más, esquivando a una pandilla de adolescentes en monopatines, se dirigió hacia el pasaje a paso rápido, adentrándose en sus sombras sin dudarlo.

A Elías de nuevo no le quedó más remedio que ir detrás de ella, apretando el paso para no quedarse rezagado. Una imagen, ella caminando delante y él varios pasos rezagado, que a cualquiera que los observara le habría llamado la atención, pues la costumbre en las parejas musulmanas solía ser justo la contraria. Elías confió en que nadie se percatara de ello.

Al llegar al final del callejón, Nuria se detuvo, volviéndose hacia Elías con expresión triunfal.

Cuando este llegó a su altura, miró en derredor antes de preguntar.

—¿Qué pasa?

Una hilera de dientes asomó en el rostro de Nuria.

—Pasa que ya hemos llegado.

Elías volvió a mirar a su alrededor, buscando sentido a esa afirmación.

—¿Llegado adónde? —preguntó—. ¿Es aquí donde encontraremos a esa Ana?

En respuesta, Nuria levantó la mano para señalar la placa de la calle justo sobre su cabeza.

Elías alzó la vista y leyó en voz alta:

—*Passatge d' Elisabets.*

33

Elías necesitó un instante para comprender lo que implicaba aquella sucia placa de mármol blanco, atornillada a la pared a tres metros de altura.

—No es una persona… —murmuró, recuperándose de la sorpresa al tiempo que se volvía hacia Nuria.

—P. Elisabets —recitó Nuria—. Passatge Elisabets, es una calle.

—Asombroso —admitió Elías—. Pero… ¿y Ana?

—Eso aún no lo sé —admitió Nuria—. Aunque sospecho que la encontraremos aquí dentro —añadió, señalando hacia la estrecha callejuela despejada de transeúntes.

Solo un par de famélicas farolas iluminaban desde las esquinas del pasaje, dejándolo sumido en las sombras, pero lo que llamó la atención de Nuria fue que la cámara que apuntaba hacia el interior de este tenía los cables cortados. Alguien la había saboteado.

Sin pensárselo dos veces, Nuria se adentró en el oscuro callejón antes de que Elías pudiera evitarlo. Fue a pedirle que se detuviera, que esperara a que trazaran un plan para encontrar a esa tal Ana, pero adivinó que ella no le iba a hacer ni puñetero caso. No le quedaba más remedio que seguir sus pasos.

—No parece una calle muy popular —apuntó, observando que estaban solos.

—No hay comercios y apenas portales —coincidió Nuria, que se había detenido frente al buzón de un edificio de viviendas de tres plantas, buscando alguna Ana entre los inquilinos—. Nada —concluyó tras comprobar que nadie con ese nombre vivía ahí.

—Mira esto —dijo Elías, que adelantando a Nuria se había detenido ante una puerta metálica sin placa ni indicativo alguno—. Parece la salida trasera de un restaurante —señalando el contenedor con restos de comida y el olor a cocina que salía desde un extractor en la pared.

—Quizá Ana trabaje ahí.

—O Ana sea el nombre del restaurante —aventuró Elías, echándose la mano al bolsillo para comprobar en su teléfono si estaba en lo cierto. Entonces recordó que este seguía en poder de Nuria.

—¿Me puedes devolver ya el móvil? —le pidió, alargando la mano—. Quiero comprobar una cosa.

—Uy, sí. Perdona —se excusó, sacándolo del bolsillo trasero del pantalón para entregárselo.

Pero justo en el momento en que iba a hacerlo, pasó de largo ante él con el aparato en la mano.

—Pero ¿qué narices…?

—¡Shhh! —le hizo callar Nuria, que se había detenido frente al siguiente local—. Ven aquí, corre.

Elías resopló en un esfuerzo de contención, pero acabó acercándose a la mujer del velo verde.

—¿Qué pasa? —preguntó, viéndola encender el teléfono para usarlo como linterna.

—Mira —dijo, iluminando una vieja persiana metálica atiborrada de grafitis.

—Un local abandonado —advirtió Elías—. De estos hay muchos en el barrio.

—No, hombre —bufó Nuria—. Mira arriba.

Elías alzó la vista, para encontrarse con un amarilleado rótulo de un par de metros de ancho, donde apenas se distinguían unas letras rojas casi borradas por el tiempo: «Asociación Nacional Animalista».

—ANA —leyó en voz alta—. No es el nombre de una mujer, es un acrónimo —se volvió hacia ella y añadió admirado—. Lo has encontrado.

Nuria asintió satisfecha.

—He tenido suerte —admitió y, agachándose para iluminar el candado que aseguraba la puerta, tiró un par de veces de este para comprobar si cedía.

—Un momento —dijo Elías, inclinándose junto a ella y quitándole su smartphone de las manos—. ¿Qué crees que estás haciendo?

Nuria lo miró como si le hubiera preguntado por su próstata.

—¿Cómo que qué hago? Pues ver si podemos entrar, por supuesto. Para eso hemos venido, ¿no?

—¡Desde luego que no! —repuso Elías—. Has dado con este sitio, lo cual me parece increíble. Pero ahora debemos planear los próximos pasos con precaución.

—No hay nada que planear —repuso Nuria—. Lo que hay que hacer es entrar y ver qué encontramos.

—¿En la que según Vílchez es una guarida de terroristas? —preguntó Elías—. Eso no parece muy inteligente.

—El candado está puesto por fuera —indicó—. Así que no hay nadie en casa.

—Eso da igual.

—¿Acaso tienes miedo? —le retó, poniendo los brazos en jarra.

Los ojos de Elías destellaron en la oscuridad.

—Ni se te ocurra insinuar algo así —siseó este, acercándose mucho—. Pero lo que no voy a hacer es precipitarme por tus prisas.

—También podemos fastidiarla por esperar demasiado —advirtió Nuria—. Quién sabe si en este mismo momento no están a punto de actuar.

Elías se quedó pensativo, evaluando las posibilidades que tenían ante sí.

—Eso es cierto —admitió a regañadientes—. Debemos actuar, pero no podemos hacer esto solos.

—¿Qué propones?

—Tú regresarás al piso franco para evitar riesgos —dijo tras meditarlo un instante—. Yo reuniré a mi equipo y registrarán el lugar a conciencia.

—Registraremos —corrigió Nuria.

—Son gente competente —explicó—. Veteranos de guerra, no matones de barrio. Es mejor que tú te quedes al margen aguardando en el piso franco.

—No voy a quedarme en ningún sitio. Yo soy la única aquí que sabe qué buscar y cómo hacerlo.

—Te doy mi palabra de que te tendré al corriente de todo lo que hallemos —insistió Elías—. Pero es mejor que estés a salvo. Demasiado riesgo estás corriendo ahora mismo en la calle.

—¿Y a ti qué más te da el riesgo que yo corra?

Elías dejó escapar un suspiro, como si la respuesta fuera tan obvia que resultara tedioso explicarla.

—Hay alguien que te quiere fuera de juego —explicó con paciencia—. Así que mientras estés libre, para ellos eres un problema y para nosotros una ventaja. Mientras no sepamos a qué nos enfrentamos, es mejor que sigas oculta —concluyó—. Si te atrapa la policía, nos quedamos sin esa ventaja.

—¿Así que eso soy? ¿Una ventaja?

Elías puso los ojos en blanco.

—Yo no he dicho eso —rezongó—. Solo te pido que te mantengas a salvo mientras averiguamos qué está pasando. Es por tu bien.

—Mi bien es cosa mía.

—Pues no lo parecía esta mañana —replicó Elías, cruzándose de brazos— cuando me llamaste pidiendo ayuda desesperadamente.

Nuria acusó el golpe, pero tragándose el orgullo tuvo que admitir que era lo más sensato.

—Tú ganas. —Echó un último vistazo a la persiana metálica—. Me vuelvo al piso franco.

Elías resopló aliviado.

—Me alegro de que hayas entrado en razón. —Metió la mano en el bolsillo izquierdo de la túnica y sacó un par de llaves—. De la portería y el piso —le informó, depositándolas en su mano—. Hay comida y agua en la nevera, y procura pasar desapercibida. Te tendré informada de lo que encontremos.

Nuria asintió con gesto distraído.

—Está bien, estamos en contacto —dijo escueta, y sin más se dio la vuelta regresando por donde habían venido.

Elías se la quedó mirando mientras se alejaba por el oscuro callejón. A pesar de que el velo le ocultaba la melena, su espigada figura de casi metro ochenta y su enérgica forma de caminar hacían imposible que pasara desapercibida. Por mucho que intentara esconderse, era solo cuestión de tiempo que alguien que hubiera visto las alertas en la red la terminara reconociendo por la calle, o que las cámaras de Indetect identificaran su patrón de movimiento al pasar frente a ellas.

Sea como fuere, le quedaba poco tiempo. Muy poco tiempo.

34

Para cuando las campanas de la cercana parroquia de San Agustín tañeron tres veces, con su sonido grave y melancólico, Nuria ya desandaba el camino hacia el pasaje Elisabets, recorriendo las mismas calles ahora desiertas todo lo tapada que le permitía su velo verde y con una pequeña mochila a la espalda.

Mientras el pesado contenido de una pequeña mochila rebotaba en su espalda, pensó que una de las ventajas de estar en un barrio lleno de pakistaníes, es que siempre podía encontrarse alguna tienda abierta a casi cualquier hora de la noche y comprar también casi cualquier cosa.

Con disimulo, buscaba las esquinas más oscuras y ángulos muertos de las cámaras de vigilancia para no ser detectada. Aunque fueran anticuadas y no funcionaran bien con poca luz, no valía la pena arriesgarse.

Arracimados a los costados de la acera, los endebles tenderetes que horas antes vendían comida callejera en el bullicio callejero ahora se hallaban desmontados y pegados a la pared. En muchas ocasiones, con los mismos vendedores durmiendo en sacos de acampada bajo las precarias estructuras para evitar que les robaran durante la noche o, simplemente, porque no tenían otro lugar adonde ir.

A pesar de llevar unas zapatillas deportivas, a oídos de Nuria, sus pasos resonaban como redobles en el silencio de la calle Hospital, y hasta que no alcanzó al fin la esquina del pasaje Elisabets, no sé sintió algo más segura y a salvo de cámaras y vecinos curiosos.

Asomándose a la oscuridad del callejón, comprobó que, como imaginaba, la gente de Elías aún no había hecho acto de presencia.

«Mejor», dijo para sí.

Lanzando furtivas miradas a su espalda, se internó en el callejón hasta alcanzar la persiana metálica bajo el rótulo de la Asociación Nacional Animalista.

Acuclillándose, dejó la recién comprada mochila a su lado, sacó una linterna de su interior y examinó el voluminoso candado que aseguraba la persiana.

—Chino. —Sonrió, al ver los caracteres grabados en su superficie.

A continuación, de la misma mochila, sacó unos alicates y un par de clips. Sujetando la linterna con los dientes, con los alicates estiró uno de los clips dejando una pequeña doblez en el extremo para hacer de ganzúa, y dobló el otro con forma de «L» para ejercer de llave de presión. Primero introdujo este por el ojo hasta el fondo para mantener la tensión y luego, con la otra mano, insertó la ganzúa y uno a uno fue liberando los cuatro pasadores del candado hasta que, con un sonoro clac, este se abrió como por arte de magia. Aquel robusto candado, que aparentaba soportar el envite de un martillo neumático, no se había resistido ni cinco minutos a un par de clips y algo de maña.

—Hombres... —bufó, imaginando al que lo compró en su momento, pidiendo en la ferretería el candado más grande que tuvieran.

A continuación metió las herramientas en la mochila, miró a un lado y a otro de la calle para asegurarse de que no había nadie en las cercanías y, rogando para que el engranaje de la persiana estuviera engrasado, engarzó los dedos por debajo para levantarla unos centímetros del suelo.

Apenas hizo ruido, así que tensando los músculos de la espalda hizo fuerza con las piernas y la levantó a medio metro de altura. Lo suficiente como para deslizarse por debajo. Luego lanzó la mochila al interior, agarró la linterna y rodó bajo la persiana hasta colarse en el interior.

De inmediato se puso en pie y, dándose la vuelta, cerró la persiana, que al chocar contra el suelo hizo más ruido del que pretendía.

Luego se quedó inmóvil, atenta a cualquier sonido. Ni el más mínimo rayo de luz penetraba en el interior de aquel local bañado por la más absoluta oscuridad.

Así aguardó durante casi un minuto, aguantando la respiración, pero ni el más mínimo ruido llegó a sus oídos.

Entonces encendió la linterna.

En su cabeza había imaginado encontrarse con cajas repletas de kalashnikov y lanzacohetes, amontonadas bajo un enorme mapa con los objetivos marcados con rotulador rojo, así como el día y la hora programada para los atentados.

Pero claro, aquello no era una película de acción norteamericana y los malos nunca eran tan tontos como pretendían los guionistas de Hollywood.

En realidad, el local estaba más vacío que su cuenta corriente. A la luz de la linterna, no veía más que un espacio sin ventanas de unos cien metros cuadrados, que recordaba demasiado al lugar donde había pasado varias horas encerrada. Paredes sucias con manchas de humo, un techo ennegrecido y el torpe intento de dibujar una esvástica componían toda la decoración del lugar.

Con el haz de la linterna barrió el suelo y las esquinas, buscando cualquier detalle que revelara quién podía haber estado allí últimamente, pero solo un par de colillas y una botella vacía de agua, dejaban intuir cierta ocupación humana. Una ocupación, sin embargo, que podía ser de hacía diez días o de hacía diez años. Aparte de eso, solo quedaba la típica basura irreconocible relegada a los rincones y algunos trozos de papel de estraza marrón.

Entonces, sospechando de tal apariencia de normalidad, se le ocurrió agacharse y deslizar la yema de los dedos por el suelo de baldosas grises. Luego colocó los dedos delante de la linterna, para iluminarlos mientras los frotaba entre sí.

Estaban limpios. Ni rastro del polvo acumulado que cabría esperar con el paso del tiempo. Sin lugar a duda, había habido alguien ahí hacía poco, y se había esmerado en borrar las huellas de su paso por el local. Literalmente.

Sabiendo eso, se dedicó a registrar el lugar de forma más meticulosa, guardando en bolsas de plástico tanto la botella de agua como las colillas. Quizá encontrara la manera de hacerlas llegar al laboratorio forense para que las analizaran.

En realidad, no creía que alguien cuidadoso hasta el extremo de barrer el polvo del suelo para borrar pisadas cometiera el error de dejar sus huellas o ADN impreso en la botella o los cigarros; pero si algo había aprendido durante sus años en la policía, era que, salvo excepciones, los delincuentes no destacaban por ser unos dechados de inteligencia. Y los terroristas no eran una excepción.

Cuando se sintió satisfecha con el registro, decidió dar aún una pasada más. Pero esta vez lo hizo caminando en sentido contrario para asegurarse de que ninguna sombra ocultaba alguna pista, por irrelevante que esta fuera.

Fue entonces cuando un ruido en el exterior le hizo quedarse clavada en el sitio, como una estatua.

Podía haber sido una rata o un gato especialmente torpe. Pero también un paso.

Congelada, sin mover un solo músculo, puso toda su atención en el exterior, y entonces volvió a oírlo. Otro paso.

Había alguien al otro lado de la puerta.

Apagó la linterna.

Más pasos se acercaron a la persiana, menos cuidadosos que el primero.

Susurros en árabe entre al menos tres personas. Quizá más.

Obviamente se habían apercibido de la ausencia del candado, y Nuria imaginó que estarían discutiendo entre ellos si alguien podía estar en el interior o se les había olvidado ponerlo. Maldijo no haber estado más atenta durante las clases de árabe.

Si eran los terroristas que regresaban a su guarida, con toda probabilidad estarían armados. Mientras ella tan solo contaba con una linterna, unos alicates y un puñado de clips. Ni MacGyver hubiese sabido qué hacer con eso.

Su temor se confirmó cuando pudo distinguir el sonido del cerrojo de varias armas descorriéndose para amartillarlas.

—Mierda.

No había dónde esconderse en aquel espacio diáfano que, aunque en ese momento se encontraba a oscuras, en cuanto subieran la persiana quedaría iluminada como una vaca cruzándose en una carretera. No tenía con qué defenderse y tampoco llevaba un teléfono para llamar a nadie, aunque en realidad ya era demasiado tarde para eso.

Desesperada, solo se le ocurrió aferrar la linterna como una cachiporra y en el instante en que los intrusos comenzaron a forcejear con la persiana metálica, correr hasta el costado de esta y pegarse a la pared.

Cuando la persiana ya se levantaba dejando entrar la luz de dos potentes linternas, sacó también los alicates de la mochila.

«De perdidos al río», pensó.

Cuando la persiana se abrió del todo, nadie se aventuró a entrar, sino que desde el exterior y a cubierto, barrieron el interior del local con sus linternas para asegurarse de que no había nadie dentro.

Desde donde estaban no podían verla, y Nuria fantaseó con la posibilidad de que entraran todos a la vez, y ella aprovechara la oportunidad para escabullirse como una lagartija por su espalda.

Pero aquella remota posibilidad se rompió en mil pedazos, cuando el haz de una de las linternas rozó el espacio frente a sus pies y allí, en el suelo como una bandera arriada, su velo verde traicionaba su escondite miserablemente. Se le debió caer en el revuelo y ni siquiera se había dado cuenta.

«Pues al final, parece que Alá sí que va a castigarme», pensó amargamente.

Los terroristas intercambiaron rápidas frases en árabe mientras las linternas enfocaban el pañuelo, y supo que en cuestión de segundos se vería con una bala entre ceja y ceja.

—¿Nuria? —preguntó entonces, una voz teñida de incredulidad.

Aturdida, guardó silencio durante unos segundos.

—¿Elías? —preguntó al fin, asomándose por la puerta abierta—. ¿Qué…, qué haces aquí?

El sirio se encontraba de pie, pistola en mano, flanqueado por cuatro hombres también armados y con pistolas. Uno de ellos Giwan, el corpulento guardaespaldas con el que había tenido el encontronazo en casa de Elías.

—¿Yo? —repuso molesto—. ¿Qué haces *tú* aquí? Te dije que vendría tras reunir a mi equipo.

—Pero no imaginé que fuera justo esta misma noche.

—Me mentiste —le recriminó Elías—. Me dijiste que te ibas a quedar esperando en el piso franco.

—En realidad —rectificó, alzando el índice—, eso lo dijiste tú. Yo solo dije que me iba…, no que no iba a volver.

Elías meneó la cabeza con fastidio.

—Ha sido una estupidez por tu parte.

—Puede —admitió Nuria—. Pero lo hecho, hecho está, ¿no?

—En fin… —resopló—. ¿Has averiguado algo?

Nuria negó con la cabeza.

—Está limpio —explicó—. Solo una botella vacía y un par de colillas de las que quizá podría extraer huellas o ADN, pero nada más —añadió—. Esa gente es muy cuidadosa.

—Y si no hay nada… ¿No podría ser que nos hayamos equivocado?

—Quizá. Pero alguien ha barrido el suelo en la última semana. Algo que no tiene mucho sentido en un lugar abandonado como este, ¿no te parece?

—Es posible. —Asintió con la cabeza—. Según parece el local fue asaltado por neopatriotas en los disturbios tras la derogación de la Generalitat y desde entonces está vacío. En el ayuntamiento no consta ninguna actividad declarada en el mismo, pero eso tampoco significa gran cosa —agregó—. Si sabían que estaba abandonado, pudieron usarlo unos días y luego marcharse. Esa gente no es de echar raíces.

—Podría ser el lugar donde descargaron lo que trajeron en el contenedor —especuló Nuria—. Quizá fue eso lo que vio Vílchez.

—Puede —aceptó Elías, iluminando con su linterna el interior—. Pero no parece haber muestras de ello. Ni cajas, ni trozos de poliestireno blanco, ni de cinta o bridas…

—Es verdad. No hay nada de eso —coincidió Nuria—. Pero quizá no desembalaron nada, solo guardaron las cajas hasta poder llevarlas a otro sitio.

—Eso no tiene mucho sentido —alegó Elías.

—Sí que lo tiene —alegó, y saliendo al exterior miró hacia arriba—. ¿Lo ves? No hay farolas que funcionen en este tramo del pasaje. La cámara de vigilancia de la esquina está saboteada y no hay ventanas con vecinos que pudieran asomarse. Es perfecto para descargar de noche sin que te vean.

Elías lo meditó un momento antes de oscilar la cabeza dubitativamente.

—De acuerdo —dijo—. Pero, aunque tengas razón, estamos donde al principio. Si no hay más pistas, no hay donde seguir buscando.

—Quizá sí —apuntó Nuria, pensativa—. Según me dijiste, tienes acceso a la base de datos de la policía, ¿no?

—No es tan sencillo —alegó, alzando las manos—. Puedo llegar a tener acceso a algunos documentos en concreto y en momentos puntuales, no a toda la red.

—¿Y a las cámaras de Indetect? —preguntó señalando hacia la esquina de la calle Hospital—. ¿Podrías acceder?

—¿A las cámaras? —preguntó extrañado—. ¿Para qué? ¿No hemos quedado en que no funcionan?

—Lo sé —asintió—. Pero no quiero imágenes de esta calle, sino de las adyacentes el día que robaron el contenedor. Aunque no tengamos imágenes de ellos descargando, podemos conseguir una de cuando entran en el pasaje. No debe haber mucho tráfico por aquí —concluyó con una sonrisa astuta—, y si averiguamos el vehículo y la matrícula, quizá…

35

El Chevrolet Suburban negro de cristales tintados ocupaba buena parte del ancho del pasaje y, con las puertas abiertas, casi rozaba las paredes de ambas aceras. De no estar vacías a esas horas, le hubiera resultado imposible transitar por las estrechas calles del Raval con el enorme SUV.

—¿No tenías un vehículo más discreto para venir hasta aquí? —preguntó Nuria, nada más subirse a la parte de atrás del descomunal vehículo eléctrico.

En respuesta, Elías le dio unos golpes a la ventanilla con los nudillos.

—Es blindado —dijo—. Ante la posibilidad de que nos tropezáramos con terroristas armados, preferí venir preparado.

—Eso está claro —apuntó Nuria, lanzando un vistazo rápido a la tercera fila de asientos, donde se sentaban dos de los hombres de Elías que, sumados a los otros dos que ocupaban los asientos de piloto y copiloto, componían aquella singular guardia pretoriana. Cuatro fulanos de aspecto a medio camino entre árabe y caucásico, vestidos con camisas y pantalones amplios que permitían ocultar armas y blindaje con cierta discreción bajo la ropa.

Sin embargo, su aspecto no era el típico de los exmiembros de fuerzas especiales que solían dedicarse a la protección militar privada. A excepción de Giwan, quien aparentaba estar al mando de la cuadrilla, los demás no tenían aspecto de culturistas ni lucían los tatuajes típicos de los militares. Más bien parecían tipos normales, en buena forma, silenciosos y tremendamente interesados en todo lo que sucedía a su alrededor.

—No son matones de barrio —apuntó Elías, adivinando los pensamientos de Nuria.

—Tampoco parecen los típicos mercenarios —apuntó Nuria.

—Son kurdos —aclaró Elías—. Veteranos de la guerra contra Turquía.

Nuria les dedicó un segundo vistazo con más detenimiento.

—Pensé que los habían aniquilado a todos —dijo, recordando las noticias de los espantosos ataques bacteriológicos turcos contra el Kurdistán.

—No a todos —aclaró Elías con gravedad—. No a todos.

—Ya, bueno..., me alegro de que así fuera —asintió Nuria, sintiendo una inesperada corriente de simpatía hacia aquellos cuatro supervivientes—. ¿Cuándo tendremos las imágenes de las cámaras? —preguntó a continuación.

—Eso depende del hacker. Me pondré en contacto con él a primera hora, y...

—No —le interrumpió Nuria—. Llámalo ya.

Elías se la quedó mirando antes de contestar.

—Son las cuatro de la mañana —alegó, al darse cuenta de que hablaba en serio.

—Es un hacker —replicó Nuria, volviéndose hacia él con una mueca—. Seguro que está jugando a la consola o viendo porno en las Hololens. Llámalo —insistió.

Elías fue a abrir la boca para decirle que no tenía sentido tanta urgencia y que podían localizarlo dentro de cuatro horas, pero viendo la expresión decidida en el rostro de Nuria, comprendió que no iba a poder convencerla.

—De acuerdo —resopló, y sacando el móvil del bolsillo, se giró para que Nuria no pudiera ver el número.

Al cabo de unos segundos el rostro de un joven despeinado con barba de dos días apareció restregándose los ojos.

—*Syd Zafrani?* —preguntó en árabe con voz somnolienta—. *Marhabaan madha yhdth?*

Elías le respondió rápidamente, dándole órdenes con un tono que no daba margen a la discusión.

—*Nem sayidi* —repetía el joven, asintiendo—. *Nem sayidi.*

—*Hal fahimt klu shay'an?* —preguntó Elías finalmente—. *Hal huw adihu?*

—*Nem sayidi* —volvió a afirmar el joven.

—*Eazimun* —afirmó Elías, satisfecho—. *Sa'ursil lak altafasil min Spacelink.*

—*Nem sayidi* —asintió una vez más, con una nota de agradecimiento—. *Sayahsul ealayha alyawm.*

—*Shukran ya Ahmed. 'Ana 'aeulealayha* —se despidió Elías, cortando la comunicación.

—¿Y bien? —preguntó Nuria.

—En cuanto lo tenga, se pondrá en contacto conmigo.

—Vale, ¿y eso será...?

—Trabaja rápido —explicó Elías—. Es de los mejores.

Nuria exhaló un suspiro impaciente.

—De acuerdo. —Y devolviendo su atención al exterior del vehículo, preguntó extrañada—. Un momento..., por aquí no se va al piso franco. ¿Adónde vamos?

—A mi casa —aclaró Elías con naturalidad.

—¿A tu casa? ¿Por qué?

—Porque allí estarás más segura.

—Querrás decir controlada.

—Tómatelo como quieras —alegó impaciente—. Pero no quiero más sorpresas como la de esta noche. Mis hombres podrían haberte disparado o alguien haberte identificado.

—Pero no lo han hecho.

Elías se volvió hacia ella en el asiento con gesto solemne.

—Mire, señorita Badal —dijo, empleando un tono grave y dejando de lado el tuteo—. Me estoy jugando mucho por ayudarla, pero no estoy dispuesto a que me metan en la cárcel por su culpa. —Hizo una larga pausa para asegurarse de que lo entendía, y añadió—: Así que a partir de ahora haremos las cosas a mi manera, actuando con prudencia y decidiendo entre ambos los pasos a seguir. Nada de ir por su cuenta ni tomar riesgos innecesarios, ¿queda claro?

Nuria se lo quedó mirando fijamente.

—¿Y si digo que no? —preguntó retadora.

—Giwan —dijo Elías, dirigiéndose al conductor—. *'Awqaf alsayara.*

En respuesta, el hombre detuvo el vehículo junto a la acera.

—Puede bajarse ahora mismo, si así lo desea —le dijo a Nuria, inclinándose sobre ella y abriéndole la puerta de su lado—. Incluso puedo proporcionarle un arma y algo de efectivo —agregó, sacando de su cartera unos cuantos billetes de cien euros—. ¿Qué me dice?

Nuria se giró hacia la puerta abierta y apoyó el pie derecho en el estribo del Suburban, pero cuando ya se encontraba con medio cuerpo fuera del vehículo, se dio cuenta de que era el orgullo el que estaba actuando por ella.

Depender de buenas a primeras de alguien a quien hasta hace poco intentaba detener era difícil de asumir; que este fuera un hombre lo hacía aún peor; y que ese hombre la tratara como a una adolescente rebelde resultaba algo casi imposible de aceptar.

El problema, pensó, con el pie todavía en el estribo, era que en ese momento no veía otra posibilidad, no ya para atrapar a los supuestos yihadistas —si es que realmente existían— y demostrar su inocencia, sino simplemente para no terminar en una celda o bajo un metro de tierra.

Por experiencia propia, sabía que los policías no solían tener mucha simpatía con alguien que había matado a un compañero y, si creían que ella había asesinado a Gloria y antes a David intencionadamente, no resultaría descabellado que a alguno de sus antiguos camaradas se le escapara una bala en dirección a su cabeza.

Estaba bien jodida, desde cualquier punto de vista que lo mirase, pero si era capaz de tragarse su orgullo quizá había una remota posibilidad de escapar de esa pesadilla o, al menos, sería posible descubrir quién estaba detrás de todo lo que estaba pasando y hacérselo pagar con intereses.

Sin abrir la boca, volvió a sentarse y cerró la puerta del vehículo, fijando la mirada al frente.

Elías la miró de reojo y se dirigió al conductor.

—Giwan —le indicó, inclinándose hacia adelante en el asiento—. *Linadhhab 'iilaa alayt.*

—*Nem sayidi* —contestó este, y volvió a poner el vehículo en marcha en dirección a la zona alta de Barcelona.

—¿Un café? —preguntó Elías, invitando con un gesto a Nuria a tomar asiento en el mismo sofá donde se había quedado dormida la última vez.

—Son las cuatro de la mañana —le recordó Nuria, echando un vistazo a su pulsera.

—Por eso mismo. Yo ya no voy a dormir en lo que queda de noche. A menos, claro —añadió, apuntando hacia el techo—, que prefieras descansar un rato. Arriba tengo un cuarto de invitados.

Nuria lo pensó un instante y terminó por dirigirse hacia el sofá.

—¿Solo o con leche? —preguntó Elías.

—Solo con hielo, gracias.

—De acuerdo, vuelvo enseguida —dijo, encaminándose a la cocina—. Ponte cómoda.

Nuria echó un vistazo al mullido sofá blanco, pero acabó decidiéndose por una incómoda silla de madera en la que tendría menos posibilidades de caer rendida.

Aun así, quizá debido al bajón de adrenalina de la noche o a la acumulación de cansancio, sintió cómo sus ojos comenzaban a cerrarse poco a poco mientras su barbilla se aproximaba peligrosamente a su esternón.

—No, joder. —Se rebeló contra el sueño—. Otra vez no. —Y se puso en pie de un salto.

De pronto, la idea de echarse a dormir en esa habitación de invitados que le había mencionado Elías resultaba de lo más tentadora.

Tenía que moverse, así que comenzó a caminar por el salón como si lo hiciera por una sala de un museo, entreteniéndose en cada objeto con el único fin de mantener la mente en funcionamiento.

A través de los amplios ventanales que daban al jardín, solo se veían las pequeñas luces led que ribeteaban los altos setos que rodeaban la propiedad como un desfile de luciérnagas, de modo que ahí no había mucho que ver.

Nuria sonrió para sí al recordar muchas y largas vigilancias que ella y David habían realizado ante esa misma casa, controlando entradas y salidas, maldiciendo aquellos mismos setos y ventanales polarizados que impedían ver nada desde el exterior.

Resultaba irónico pensar que ahora ella pudiera curiosear a su aire por esa misma casa y que quizá, en ese mismo momento, hubiera otra pareja de policías espiando desde el exterior y maldiciendo del mismo modo la imposibilidad de ver lo que sucedía dentro.

Apartando de su cabeza la idea de estar siendo vigilada, decidió distraerse estudiando los muebles y la decoración del amplio salón, esperando sacar alguna conclusión respecto a su propietario.

Paseó la vista por la gran mesa de caoba rodeada de sillas dieciochescas, la recargada lámpara de techo imitando un farolillo, el suelo de madera cubierto de mullidas alfombras de intrincados dibujos, los cuadros campestres en los que ya se había fijado la última vez y la estantería atiborrada de libros que cubría una pared por completo.

Se acercó a la misma con curiosidad, deslizando los dedos por el lomo de los ejemplares a medida que leía sus títulos girando la cabeza de lado a lado, según si estaba escrito de arriba abajo o al revés.

La mayoría de los libros estaban en árabe, pero también había títulos en inglés, francés y sobre todo en español, desde clásicos como Cervantes o Lope de Vega, a ensayos o novelas populares de los últimos años.

Sin poder evitarlo, alargó la mano hacia un ajado ejemplar de tapas amarillas de *El amor en los tiempos del cólera*, de Gabriel García Márquez. Recordó la emoción de haber leído esa novela años atrás por recomendación de su abuelo, reconociendo el pequeño vapor de río dibujado en una esquina de la cubierta en el que Fermina Daza y Florentino Ariza terminan juntos al fin, navegando el río Magdalena.

Con esa sonrisa nostálgica de quien comprende que ya no podrá volver a leer un libro por primera vez, del mismo modo que ya no podrá dar un primer beso de amor, lo abrió con sumo cuidado y se encontró con una escueta firma dibujada en la primera página.

—Los cinco mil dólares mejor invertidos de mi vida —le sorprendió una voz a su espalda.

Nuria dio un respingo y el libro se escabulló de entre sus manos, a punto de caérsele al suelo.

—Cuidado, es una primera edición autografiada —bromeó Elías.

—Joder —le reprendió Nuria, volviéndose y cerrando el libro de un golpe—. No vuelvas a hacer eso.

—Perdón, no pretendía asustarte —se excusó, esgrimiendo una sonrisa que decía justo lo contrario—. Aquí tienes tu café —añadió, ofreciéndole un vaso largo con hielo y café hasta el borde, decorado con unas hojas de hierbabuena.

—Gracias —bufó Nuria a regañadientes, devolviendo el ejemplar a la estantería y sujetando el café.

—¿Te gustan los libros? —preguntó Elías, volviéndose hacia su estantería.

—Me gusta leer —asintió Nuria—. O, mejor dicho, me gustaba cuando era más joven. Ahora…

—No tienes tiempo —se adelantó a responder Elías.

—Sé que es una excusa barata —alegó Nuria—. Pero el día a día me absorbe tanto… El trabajo, las noticias, las redes sociales…

—Claro. Todo es urgente ahora —se lamentó—. Ya no hay tiempo para detenerse a oler las flores.

—Ya no hay ni flores —sentenció Nuria, taciturna.

—Te equivocas—objetó Elías, se giró hacia ella—. Siempre hay flores, solo hay que saber encontrarlas.

Nuria sintió en ella la mirada de aquellos intensos ojos azules y carraspeando incómoda, dio un paso atrás.

—¿A qué te dedicabas antes de venir a España? —preguntó, buscando cambiar de conversación.

—Era profesor de filología hispánica.

—¿En serio? ¿Profesor? —inquirió Nuria con genuina sorpresa.

Elías, que seguía observándola sin disimulo, tardó unos segundos en contestar.

—Lo fui —confirmó—. En otra vida.

—¿Por eso elegiste venir a España?

El sirio ahogó una carcajada al oír esa palabra.

—¿Elegir? —meneó la cabeza, divertido ante la idea—. Yo no elegí nada. Salí huyendo de mi país para evitar que me cortaran la cabeza y la ensartaran en una pica. Llegué a España como podía haberlo hecho a cualquier otro lugar, pero una vez aquí, hablar el idioma mejor que la mayoría de los españoles, trabajar sin descanso y ser bueno a la hora de organizar cosas me ayudó a salir adelante.

—Y con salir adelante... —apuntó Nuria con malicia—, te refieres a convertirte en un traficante.

—Me refiero a sobrevivir de la única manera que pude —alegó Elías—. No lograba trabajo de forma legal a causa de la burocracia, así que era eso o vender falafel en un carrito de comida ambulante. Yo no elegí dedicarme a esto —dijo, haciendo que los cubitos de hielo tintinearan en el vaso—. Las circunstancias me empujaron a ello.

Nuria hizo un amplio gesto con la mano, abarcando el enorme salón de aquella lujosa casa en uno de los barrios más exclusivos de Barcelona.

—Sí, ya lo veo... Qué duro es verse obligado a esta vida.

Elías bajó la cabeza, exhalando un largo suspiro.

—No hay manera de que dejes de verme como un simple delincuente, ¿no?

—¿Vas a dejar de pretender que no lo eres? —replicó Nuria—. Que seas refugiado, millonario y leas a García Márquez no te hace mejor persona.

—Sé lo que soy y lo que hago —admitió sin tapujos—. Pero te recuerdo que ahora mismo, la peligrosa criminal en busca y captura eres tú.

—Pero lo mío es un malentendido, y lo sabes.

—Cierto, y por eso te estoy ayudando, así que... ¿dónde me deja eso a mí? ¿Soy un delincuente o alguien que trata de hacer justicia?

Nuria comprendió adónde llevaba el razonamiento.

—Ambas cosas, supongo.

—Exacto —asintió Elías, alzando su vaso—. Igual que tú, trato de jugar la mejor mano posible con las cartas que el destino me ha dado.

36

Arrellanándose en el sofá, Elías señaló el sillón al otro lado de la mesita de té, invitándola a sentarse.

—Ponte cómoda —le dijo—. Aún quedan un par de horas hasta que amanezca.

—Así estoy bien —contestó Nuria, de pie detrás del sillón.

—Como quieras —concedió Elías con una mueca y, tras darle un sorbo a su café, preguntó—. ¿Puedo llamarte Nuria?

—Diría que hace ya rato que me estás tuteando.

—¿Eso es un sí?

—Claro —respondió con indiferencia, dándose la vuelta para centrar su atención en uno de los cuadros—. ¿Por qué no?

—De acuerdo. En ese caso, me gustaría saber por qué te hiciste policía, Nuria.

—¿Y eso qué más te da?

—Siento curiosidad.

—¿Es que tus espías no averiguaron eso de mí? —inquirió, girándose—. ¿Necesitas llenar los espacios en blanco de mi ficha?

—No hay ninguna ficha —aclaró Elías—. Solo os investigué en lo referente a vuestro trabajo policial, nunca en lo personal. Además —añadió—, yo he contestado a tus preguntas. Me parece justo que ahora tú hagas lo propio, ¿no?

Nuria exhaló con cansancio.

—Está bien —se rindió, dirigiéndose al sofá y tomando asiento frente a Elías—. ¿Qué quieres saber? ¿Por qué me hice policía?

—Eso es.

—A mi padre —dijo, dejando el vaso de café a medio beber sobre la mesita de latón— le encantaban las novelas y las series policíacas. De pequeña, cuando veíamos alguna en televisión, siempre terminaba preguntándome si no me gustaría ser una de esas detectives tan listas que siempre atrapaban a los malos.

—Y tú decidiste cumplir su sueño.

Nuria negó con la cabeza.

—No —le corrigió—. En realidad, no era mi vocación y quería hacer cosas más divertidas. Ponerme un uniforme azul y recibir órdenes todo el día no estaban en mi lista de preferencias.

—Pero…

—Pero el 17 de agosto de 2017… sucedió algo.

—El atentado en Las Ramblas —afirmó Elías, recordando la fecha de inmediato.

—Así es.

—¿Y fue eso lo que te empujó a entrar en la policía? —preguntó extrañado.

—Yo estaba allí —aclaró Nuria, bajando la mirada hacia sus manos, que ahora descansaban sobre su regazo.

—¿De verdad?

—Estaba de compras con unas amigas por la calle Pelayo —asintió—. Al cruzar el paso de cebra justo antes del final de la calle, me quedé mirando al conductor de una furgoneta de alquiler porque estaba mirando al cielo y rezando a Alá mientras esperaba que se pusiera el semáforo en verde. —Con la mirada perdida en aquel día, añadió—: Recuerdo que me llamó la atención porque el día anterior vi una película en la que un terrorista hacía eso mismo justo antes de detonar su chaleco bomba. Entonces… —Nuria siguió hablando, con la vista clavada en los arabescos de la alfombra bajo sus pies— él me miró y sonrió como un loco, con los ojos desorbitados, sudando a mares y los nudillos blancos, de tanta fuerza con que aferraba el volante. Luego supe que era Younes Abouyaaqoub —explicó compungida—, el terrorista que inmediatamente después atropelló a cientos de personas en Las Ramblas.

—Dios mío.

—Yo estaba allí, de pie frente a él, en mitad del paso de cebra a veinte metros de Las Ramblas —insistió—. Miré a mi alrededor en busca de algún policía al que llamar la atención, pero no había ninguno a la vista. Solo estaba yo, y solo yo creía que algo terrible estaba a punto de suceder…, y no supe qué hacer. —Nuria abrió las manos poniéndolas boca arriba, como sosteniendo en ellas su pesada carga—. Entonces el semáforo se puso en verde y el resto de los conductores comenzaron a dar bocinazos, a gritarme para que me apartara… —suspiró y concluyó—, y yo lo hice.

Elías se tomó un momento para asimilarlo.

—¿Y qué ibas a hacer? —apuntó finalmente—. Tú aún no eras policía y él era un terrorista. Si hubieras tratado de detenerlo, seguro que te habría atropellado a ti también.

—Quizá —admitió—. Pero debí intentar algo, gritar, señalarlo o cualquier otra cosa —se lamentó—. Me quedé paralizada.

—Fuiste precavida.

—No fue precaución. Fue miedo.

—¿Acaso no son la misma cosa?

—No, no lo son —objetó Nuria—. La precaución te lleva a evaluar los riesgos y actuar con cabeza. El miedo te paraliza y te hace cometer estupideces.

Elías asintió despacio, conforme con la definición.

—En cualquier caso, me alegro de que no lo hicieras —apuntó—. Ese cabrón te habría atropellado igual que atropelló a tantos un minuto después.

—Puede —admitió, y levantando la mirada hacia Elías concluyó—. Pero por eso mismo decidí ingresar en la policía catalana pocos días después. Cuando aún eran los Mossos d'Esquadra.

—¿Para combatir el yihadismo?

Nuria negó con la cabeza.

—Para no volver a ser esa muchacha asustada e incapaz de reaccionar, paralizada por el miedo.

De pronto, Nuria tuvo la impresión de que estaba hablando demasiado. Por alguna razón no se sentía incómoda siendo escrutada por los ojos azules de Elías, más bien al contrario. Pero, al fin y al cabo, seguía siendo el hombre al que había estado persiguiendo durante el último medio año. Era muy extraño estar frente a él ahora, charlando y tomando café en su salón a las cuatro de la madrugada.

—¿Y tú? —le preguntó.

—Yo ¿qué?

—¿A qué le tienes miedo?

—¿Qué te hace suponer que le tengo miedo a algo?

—Venga ya —bufó Nuria—. No me vengas con esas. Todos le tenemos miedo a algo.

—A los payasos —contestó Elías, haciendo una mueca—. Me dan un miedo espantoso.

—Lo digo en serio.

Esta vez, Elías se tomó unos segundos antes de responder.

—A la ignorancia, supongo —confesó—. La que lleva a algunas personas a odiar por miedo a lo diferente. Y también a la cobardía —añadió tras pensarlo un momento—. La de los que, aun viendo que algo está mal, miran y callan.

—¿Y por eso te rodeas de libros? —preguntó, señalando las estanterías—. ¿Para combatir la ignorancia?

—No, para combatirla no —aclaró con una sonrisa triste—. Esa es una batalla perdida. Los libros son para consolarme y convencerme de que, a la larga, la ignorancia siempre termina siendo derrotada. Roma volverá a arder hagamos lo que hagamos, los hombres somos así —sentenció con amargura—. Pero los libros nos ayudarán a reconstruirla.

Nuria pareció meditar las palabras de Elías para terminar meneando la cabeza.

—Pues no lo entiendo.

—¿El qué?

—Todo ese discurso de ver Roma arder mientras lees tus libros… No me encaja con que estés ayudándome a huir de la policía y a perseguir a unos yihadistas.

—No estoy ayudándote. Nos enfrentamos a un enemigo común.

—Llámalo como quieras —desechó Nuria con un ademán—. Pero no cuadra con tu pose de estoicismo.

—Lo mío con los yihadistas… —masculló, arrugando la nariz solo por nombrarlos— es algo personal.

—Por lo que le pasó a tu familia —dijo Nuria, dándose cuenta al instante de que había metido la pata.

El rostro de Elías reflejó una mal disimulada sorpresa.

—¿Quién te ha dicho eso? —inquirió circunspecto.

—Nadie.

Elías pensó en ello durante un momento, hasta que terminó por mirar hacia arriba.

—Aya… —nombró a su sobrina, al adivinar de dónde había salido la información—. Esa jovencita habla demasiado.

—No te enfades con ella —la disculpó Nuria—. Fui yo quien le sonsaqué.

—Aun así. Ha de tener cuidado de lo que dice y a quién se lo dice.

—¿Es que no te fías de mí?

Elías se tomó un momento antes de contestar, eligiendo las palabras adecuadas.

—¿Crees que si así fuera…, estarías ahí sentada?

Nuria se encogió de hombros.

—No sé cómo sueles tratar a tus invitados.

Elías resopló, mirándola con sus penetrantes ojos azules.

—Yo nunca tengo invitados.

Nuria no supo qué contestar a eso y, justo entonces, la campana de una cercana iglesia anunció con toques graves que ya eran las cinco de la mañana.

—Quizá debería tratar de dormir un poco —dijo, comprobando la hora en su pulsera—. Aunque sea un par de horas.

Elías asintió conforme.

—Por supuesto —dijo, señalando a la escalera a su espalda—. Primer piso, la primera puerta a la derecha. Esa es la habitación de invitados. —Le indicó con un gesto—. Yo me quedaré aquí un rato más.

—De acuerdo, gracias —dijo Nuria, poniéndose en pie y encaminándose hacia la escalera—. Buenas noches.

—Que descanses —respondió Elías poniéndose en pie, observando cómo Nuria abandonaba el salón y subía las escaleras—. Nos vemos en unas horas.

37

Nuria. Psssst… —dijo una voz junto a su oído, mientras alguien apoyaba la mano en su hombro—. Nuria…

—¿Eh? ¿Qué pasa? —reaccionó asustada, incorporándose en la cama como un resorte.

Frente a ella, el rostro de una joven sonreía en la penumbra de la habitación.

—¿Aya? —preguntó, reconociéndola—. ¿Qué pasa?

—Mi tío me ha pedido que te avise.

—¿Por qué?

—No me lo ha dicho. Solo que te espera en su despacho.

—De acuerdo, gracias —dijo, restregándose los ojos y comprobando la hora.

Eran casi las nueve de la mañana, pero le parecía que había dormido menos de diez minutos.

—El despacho está al final del pasillo —le indicó Aya, y con un atisbo de sonrisa pícara abandonó la habitación.

Incorporándose, Nuria apoyó los pies descalzos en el suelo de madera y, sentada en la cama, dedicó un instante a estudiar aquel dormitorio.

Como el resto de la casa, parecía la habitación de uno de esos coquetos hoteles de montaña, en los que la gente de dinero que va a esquiar luce jerséis de cuello alto y bebe chocolate caliente junto a la chimenea. Nuria se preguntó si la casa la construyó un suizo desubicado que añoraba su hogar en los Alpes y decidió recrearla en las faldas de Collserola.

La salvedad, claro, era que al otro lado de su ventana lo que podía ver no era un exuberante paisaje montañoso, sino la ciudad de Barcelona extendiéndose hasta el mar como un batiburrillo irregular de tejados y antenas, salpicado por los escasos rascacielos y la fabulosa mole de la Sagrada Familia, erizada de ahusadas torres de piedra apuntando hacia un cielo que había amanecido cubierto de inesperadas nubes negras.

Desperezándose, apartó la vista del ventanal —del que sabía por propia experiencia que no podía verse nada desde el exterior—, se vistió con la misma ropa del día anterior y salió al pasillo, al final del cual se encontraba una puerta entreabierta, tras la que se adivinaba unas estanterías con archivos y la esquina de un escritorio.

Por costumbre y porque no lo consideró necesario, decidió no calzarse, así que sus pies descalzos no hicieron ningún ruido al atravesar el pasillo y solo cuando abrió la puerta del despacho, Elías se apercibió de su presencia.

—Buenos días —la saludó, volviéndose hacia ella y levantándose del sillón que ocupaba—. ¿Cómo has dormido?

—Bien, gracias —contestó sin más explicaciones—. ¿Qué pasa?

—Mira esto —dijo, señalando el monitor que ocupaba buena parte de la mesa.

Nuria se aproximó, situándose junto a Elías y estudiando el fotograma en blanco y negro de una calle mal iluminada.

—¿Son las imágenes de las cámaras de vigilancia? —preguntó asombrada—. ¿Ya las tenemos?

—Así es —afirmó Elías—. El muchacho ha sido rápido.

—Genial —se felicitó Nuria, apoyándose en la mesa—. ¿Qué estamos viendo?

—Una cámara de la calle del Bonsuccés. —Y señalando la esquina superior derecha de la pantalla, añadió—: La noche del robo del contenedor, a las tres y cuarto de la mañana. Observa —dijo, tocando la superficie de la pantalla para desactivar la pausa del vídeo.

Durante unos segundos no sucedió nada, pero entonces una gran furgoneta blanca sin indicativos de pertenecer a ninguna empresa pasó rauda frente a la cámara, perdiéndose calle abajo.

—¿Crees que puede ser nuestra furgoneta? —preguntó Nuria, acercándose al monitor.

—Estoy bastante seguro.

—Pero no se alcanza a ver al conductor ni la matrícula.

—No, no se ven —confirmó Elías.

—Y tampoco se ve si entra en Elisabets, así que podría ir a otro sitio. Puede ser de alguien que no tenga nada que ver.

—¿A las tres de la mañana?

—Esa calle está llena de pequeños comercios. Podría ser un frutero camino de Mercabarna o cualquier otra cosa.

—Podría —admitió—. Pero seguro que son ellos.

Nuria se volvió a Elías, que disimulaba una sonrisa astuta.

—Vale, voy a picar, ¿por qué crees que son ellos?

—Hay otro vídeo.

—Lo imaginaba —rezongó Nuria—. ¿De la furgoneta entrando en la calle Elisabets?

—No exactamente —aclaró, abriendo una nueva ventana—. De la calle Pintor Fortuny, una hora más tarde —dijo, manipulando la imagen hasta que esta ofreció un primer plano del frontal de una furgoneta, tomado desde arriba.

—¿Es la misma?

—La misma —confirmó Elías, situando el índice sobre esta—. Tiene una abolladura ahí, junto a la puerta.

—Tampoco se ve al conductor.

—Pero sí la matrícula.

—Ya lo veo —dijo Nuria, aguzando la vista—. Pero estamos hablando de varias manzanas de distancia entre una imagen y la otra. Seguimos sin saber si es esa.

—Nadie tarda una hora en recorrer cuatro manzanas —le recordó Elías—, y, además, sabemos que descargó algo muy pesado.

Nuria volvió a mirar a Elías con curiosidad.

—Ah, ¿sí? —preguntó, frotándose los ojos—. ¿Sabemos eso?

—Fíjate bien —dijo Elías, abriendo ambas ventanas de vídeo, una junto a la otra—. Fíjate en el paso de las ruedas aquí —dijo, señalando la primera imagen—, y luego aquí —añadió, señalando el mismo punto en la segunda—. Está mucho más alto.

—Es cierto. En la primera lleva una carga muy pesada y en la segunda ya no.

Ahora fue Elías quien se volvió hacia Nuria.

—Las armas suelen ser cosas muy pesadas, ¿no?

Nuria no respondió, sino que tomó el smartphone de Elías y marcó un número en el teclado virtual.

—Tu teléfono es irrastreable, ¿no? —preguntó para asegurarse.

—Lo es —confirmó Elías con suspicacia—. Pero ¿a quién llamas?

—A alguien a quien preferiría no llamar, pero que en esto puede ayudarnos —contestó, al tiempo que un rostro de mujer aparecía en la pantalla

—¿Diga? ¿Quién es? —preguntó, extrañada al ver la llamada de voz entrante desde un número fantasma.

—Hola, Susi.

—¡La madre que te parió! —fueron las primeras palabras que salieron del altavoz—. ¿Tienes idea de la que se ha liado por aquí? ¿Dónde estás? ¿Estás bien? ¿Qué coño está pasando, Nuria?

—Estoy bien —le aseguró cuando se detuvo el torrente de preguntas—. ¿Cómo estás tú?

—¿Que cómo estoy? —replicó airada—. ¿Cómo crees que estoy? ¡Preocupadísima, joder! ¡Encontraron tu pistola en casa de Gloria! ¿Cómo coño llegó ahí? Te está buscando la mitad del cuerpo de policía.

—Bueno, esperemos que sea la mitad torpe.

—Joder, Nuria. No estoy para bromas. Deberías entregarte y aclarar esto en persona —añadió—. Que seas una fugitiva solo te hace parecer más culpable.

—Lo sé, pero no puedo arriesgarme. Robaron mi arma de la caja fuerte para asesinar a Gloria y luego borraron mi registro de localización de esa noche.

—¿Eso hicieron? ¿Por qué? ¿Cómo es posible?

—No tengo ni idea, Susi. Pero yo ni siquiera me acerqué a casa de David y si han hecho eso con mis datos, pueden hacer cualquier otra cosa.

—Joder, Nuria. En menudo lío te has metido.

—A mí me lo vas a decir.

—¿Por qué no pones el vídeo? Quiero verte la cara.

—Es mejor así.

—¿Mejor? ¿Por qué? Dime qué está pasando, Nuria.

—Aún no estoy segura —confesó, mirando a Elías—. Alguien se está tomando muchas molestias para quitarme de en medio, pero aún no sé por qué.

—¿Alguien? ¿Quién?

—Tampoco lo sé. Pero estoy tratando de averiguarlo.

—¿Averiguarlo? ¿Cómo? ¿Dónde estás?

—Demasiadas preguntas —objetó—. Mi pulsera está encriptada, pero si te interrogan es mejor que digas la verdad; que no sabes dónde estoy.

—¿Una pulsera encriptada? —inquirió Susana con extrañeza—. ¿De dónde la has sacado? Sabes que son ilegales.

Nuria dejó escapar un bufido.

—Esa es ahora mi última preocupación, Susi. Quería que supieras que estoy a salvo —añadió—, pero necesito que me hagas un favor sin hacer más preguntas.

—¿Un favor? —preguntó, añadiendo tras una pausa—. ¿De qué se trata?

—Necesito que me localices una matrícula —dijo—. Apunta: 3867 WHH.

—Apuntado —confirmó—. ¿Para qué la quieres?

—Sin preguntas, Susana. Cuanto menos sepas, más a salvo estarás.

Nuria pudo escucharla resoplar al otro lado del aparato.

—Está bien —rezongó—. Luego te lo miro.

—Luego no, Susi. Lo necesito ya.

—Pero…

—Desde tu ordenador puedes acceder a la intranet de tráfico. Te llevará un minuto. No te lo pediría si no fuera importante.

—Joder, Nurieta —masculló Susana—. Me debes un montón de explicaciones y una caja de cervezas.

—Cuenta con ellas.

—En fin…, dame un momento —murmuró, dejando una pausa que se terminó en menos de ese minuto—. Aquí está. Una Renault Master Gran Volumen de color blanco del año veintiséis.

—Sí, esa es.

—Pues según parece…, la robaron hace cosa de tres semanas, y apareció dos días más tarde en un descampado cerca de Gavá, completamente calcinada.

—¿Se sabe quién la robó? —quiso saber Nuria, replicando la pregunta que acababa de silabear Elías frente a ella.

—¿Lo preguntas en serio?

—Totalmente.

—Pues no —resopló Susana—. No se sabe. No se molestaron en dejar una tarjeta de visita.

—Entiendo… —Nuria cerró los ojos, intentando que aquel hilo no se le escapara de entre las manos—. ¿Y dónde está esa furgoneta ahora?

—Déjame que lo mire… Ah, sí. Aquí está. Se llevó a la chatarrería del pueblo —dijo, leyéndolo en su terminal—. Imagino que allí seguirá, si es que no la han convertido ya en virutas.

—Gracias, Susi —dijo, acordándose de otra cosa en el último momento—. Necesito mandarte también unas huellas digitales para que las pases por la base de datos en busca de alguna coincidencia.

Por un instante pareció que Susana iba a protestar de nuevo, pero terminó por exhalar sonoramente.

—Está bien —aceptó resignada—. Mándamelas.

—Gracias, Susi. Me estás salvando la vida.

—De nada, Nurieta. No sé lo que estás haciendo, ni por qué…, pero confío en ti.

Nuria sintió cómo se le formaba un nudo en la garganta.

—Gracias —repitió con voz algo temblorosa—. Necesitaba oír eso —añadió emocionada—. Tú ten mucho cuidado ahí fuera, cariño. Están pasando cosas raras.

Susana se carcajeó sin ganas al otro lado de la línea.

—¿No me digas? —ironizó—. Tú no dejes que te cojan, ¿vale?

—Haré lo que pueda.

—Más te vale —advirtió Susana—. Y no olvides esa caja de cervezas.

Esta vez, la risa de Nuria fue auténtica.

—Hasta luego, Susi —se despidió, cortando la comunicación para no prolongar más la despedida, y de inmediato se volvió hacia

Elías—. Necesito polvos de talco y cinta adhesiva, para sacar las huellas de la botella que encontré en el local de anoche.

—Ahora mismo pido que te lo traigan. ¿Algo más?

—Deberíamos averiguar adónde se llevaron lo que fuera que descargaron en el local. El lugar estaba vacío, así que debieron volver a subirlo a un vehículo y llevárselo de ahí.

—Eso va a ser complicado —advirtió Elías—. Son muchos días de grabaciones a revisar, y si quemaron la furgoneta tras la primera vez…, significa que utilizaron otro vehículo diferente —razonó—. Llevará muchas horas encontrarlo.

—Pues razón de más para no perder el tiempo—dijo, poniéndose en pie de un salto—. Iré a la chatarrería. Quizá todavía esté ahí la furgoneta.

—Pero ¿no estaba calcinada? ¿Qué esperas encontrar?

—No lo sé —admitió—. Pero más vale asegurarse. Quizá sí que dejaron una tarjeta de visita, cosas más raras he visto.

—De acuerdo —asintió escéptico—. Yo seguiré comprobando las imágenes de las cámaras —indicó Elías—. Haré que uno de mis hombres te acompañe.

—No necesito una niñera.

—Lo sé —dijo Elías, con un tono no del todo sincero—. Pero me quedaré más tranquilo y cuatro ojos ven más que dos —y añadió a continuación—. Llevaos el utilitario de Aya, llamaréis menos la atención.

Nuria fue a protestar, reacia a cualquier tipo de ayuda, pero comprendió que era tan solo un absurdo reflejo condicionado. En realidad, que alguien le cubriera las espaldas por una vez no era tan mala idea.

38

Por mucho que insistió en ello, Nuria no tuvo manera de evitar que precisamente fuera Giwan quien la acompañara. Como tampoco que, sin admitir discusión alguna, se pusiera al volante del utilitario de Aya, un Tesla Model Y rosa chicle con pegatinas de corazones en el salpicadero.

A pesar del llamativo color, el Tesla resultaba mucho más discreto que el desmesurado Suburban de la noche anterior, pero aun así Nuria no podía evitar sentirse vigilada cada vez que pasaban bajo una cámara de Indetect, inquieta ante la posibilidad de que la identificaran a pesar de los cristales tintados del vehículo. De un día para otro, su percepción de aquel sistema de Inteligencia Artificial que identificaba y vigilaba las calles había dado un giro de ciento ochenta grados, y ya no le parecía una eficiente ayuda sino una constante amenaza.

Aunque hacía ya más de dos años que había comenzado a implantarse en toda España «en aras de la seguridad y la convivencia», era ahora cuando estaban apareciendo las primeras protestas, debido sobre todo a la puntuación de buena ciudadanía que llevaba aparejado.

Al principio muchos se lo tomaron a broma, comparándolo con los puntos que daban por comprar en el Carrefour. Pero cuando descubrieron que no solo sumaba puntos, sino que también restaba por hacer lo contrario a una cada vez más estricta normativa, dejó de parecer tan divertido. Y cuando, por perder esos puntos, se comenzaron a perder también derechos y se sufrían inconvenientes como la imposibilidad de lograr un crédito o restricciones de acceso a ciertas oportunidades, el asunto perdió toda la gracia en absoluto.

A poco de salir de casa, las nubes comenzaron a descargar una embarrada lluvia amarillenta que ensuciaba el techo de cristal del vehículo y obligaba a que los limpiaparabrisas tuvieran que oscilar a toda prisa para evacuar toda el agua y el fango que les caía encima.

Tras abandonar la saturada Ronda de Dalt, colapsada a causa de la lluvia, se encaminaron en dirección al cercano pueblo de Gavá por la autovía mientras dejaban a su izquierda la irregular silueta de Villarefu, borrosa tras la densa cortina de agua.

Giwan mantenía las manos en el volante, aunque el Tesla podría haber recorrido el trayecto de forma autónoma perfectamente. Nuria recordó que, al principio, ella también se resistía a dejar la conducción en manos del piloto automático, y supuso que quizá al kurdo le pasaba lo mismo.

—No hablas mucho —le comentó, tras más de diez minutos de viajar en silencio.

El guardaespaldas giró su cabeza calva hacia Nuria.

—Poco —contestó con su fuerte acento, tras tomarse su tiempo en pensar la respuesta.

—¿Hace mucho que llegaste a España?

—No.

—¿No? ¿Cuánto?

—Poco —aclaró, y volvió a mirar hacia el frente.

—Ya veo —murmuró Nuria—. ¿Y tú y tus compañeros... llegasteis juntos?

—No —respondió simplemente.

—No tienes muchas ganas de hablar, ¿no?

Giwan volvió a mirar a Nuria antes de contestar de nuevo.

—Poco.

Por fortuna, pocos kilómetros más allá llegaron al depósito donde habían dejado la furgoneta para su desguace y, tras cruzar la puerta abierta del recinto, se dirigieron a la caseta prefabricada del encargado.

Tras detener el vehículo Giwan hizo el amago de salir, pero Nuria le retuvo poniéndole la mano sobre el antebrazo.

—Tú espera aquí —le dijo—. Será más fácil si voy yo sola.

—No —replicó el kurdo.

—Si tú vienes, le vas a intimidar —arguyó Nuria—, y no es eso lo que pretendo —añadió, soltándose la coleta y ahuecando la melena mientras se miraba en el espejo—. ¿Comprendes? Si necesito que le des una paliza a alguna viejecita, no te preocupes que te avisaré de inmediato.

El hombre tardó unos segundos en adivinar el plan de aquella mujer alta y tozuda, pero terminó por asentir sin atisbo de ofenderse por el burdo sarcasmo.

—Estupendo —dijo Nuria y, sin más, abrió la puerta del Tesla, cogió su pequeña mochila y salió a la lluvia, empapándose bajo el sucio aguacero antes de llegar a la caseta. Esto provocó que la camiseta blanca que llevaba se le pegase al cuerpo como una segunda piel.

«Aún mejor», pensó para ella, cuando tras llamar a la puerta una voz masculina la invitó a pasar.

Menos de dos minutos después, Giwan observó cómo la mujer salía de la caseta siguiendo a un hombre bajito y barrigudo que se protegía con un paraguas. El hombre echó un somero vistazo al Tesla rosa de cristales tintados, quizá preguntándose si había alguien dentro y, a continuación, señaló un punto que quedaba fuera de la vista del kurdo. Seguidamente, el hombre barrigudo le entregó el paraguas a Nuria, que aceptó con un mohín coqueto, y volvió a refugiarse en la caseta a toda prisa, no sin antes dedicarle un último repaso al trasero de Nuria cuando esta se alejó en la dirección que le había indicado.

Giwan sonrió para sí. Los hombres eran todos iguales, con independencia de la edad y el lugar de procedencia, no podían resistirse a admirar un buen trasero…, y debía admitir que la amiga del señor Zafrani, aunque demasiado alta, flaca y terca para su gusto, tenía el suyo bien puesto.

Caminando bajo la lluvia en la dirección que le había indicado el encargado de la chatarrería, Nuria descubrió la furgoneta unos cincuenta metros más allá, junto a una montaña de neumáticos viejos. Por desgracia, todos los buenos presagios al saber que aún no la habían reciclado se esfumaron al descubrir los restos ennegrecidos que chorreaban agua bajo la lluvia.

Sobreponiéndose a la decepción, se aproximó a la furgoneta, un modelo de doble fila de asientos y con una sección de carga sobredimensionada, al que le faltaba la puerta del copiloto y tenía abierta la corredera lateral, por donde la lluvia entraba sin impedimento.

—Pues qué bien —masculló Nuria, comprendiendo lo difícil que iba a resultar sacar una sola huella de ese desastre.

Aun así, cerró el paraguas y, ciñéndose los gruesos guantes de látex que había cogido de la cocina de Elías, entró en la furgoneta.

Si el exterior estaba ennegrecido, el interior estaba carbonizado. Las dos filas de asientos eran amasijos de muelles retorcidos, la tapicería de plástico estaba derretida, las ventanas habían estallado y cualquier superficie del interior o aparecía quemada o cubierta de una gruesa capa de hollín.

El amplio compartimento de carga, como era de esperar, estaba vacío. Si había habido algo allí antes del incendio, ahora no sería más que un montón de cenizas. El suelo de la furgoneta, debilitado por el calor del incendio, crujía bajo sus pies mientras ella exploraba el interior de forma concienzuda, distribuyendo paredes, suelo y techo en imaginarios cuadrantes que iba revisando uno por uno.

Tras asegurarse de que no pasaba nada por alto, con cuidado de no apoyarse en ningún sitio, avanzó hasta la segunda fila de asientos y rebuscó entre los restos de chamuscada tapicería que había por el suelo, bajo lo que quedaba de los asientos y en cualquier hueco donde pudiera haber caído algún objeto. Pero nada.

Cuando terminó de revisar los asientos delanteros, quedó convencida de que no solo no se habían contentado con incendiar el vehículo, sino que antes de ello lo habían limpiado a conciencia. Aquella gente sabía lo que hacía.

Para colmo, la remota posibilidad de sacar una huella digital de algún lugar de la chapa exterior que no hubiera acabado achicharrada quedaba descartada, por toda el agua que en ese momento caía sobre la misma.

Pero entonces, sus ojos se posaron en el hueco dejado por la puerta que faltaba.

«¿Dónde está?», se preguntó, asomándose por aquel mismo hueco.

Saltó al exterior, haciendo visera con la mano para poder ver bien bajo la lluvia, y a un puñado de metros descubrió la puerta, apoyada contra el costado de un desguazado Megane.

La puerta presentaba el mismo aspecto carbonizado que el resto del vehículo, tanto exterior como interiormente. Revisó los marcos y los alrededores del derretido tirador de plástico de la puerta, pero tampoco había ni un centímetro cuadrado de superficie limpia. Sin embargo, a punto ya de rendirse, bajo aquella insistente lluvia enfangada que le entraba en los ojos y los irritaba, se fijó en algo en lo que no había caído antes. No se veían restos de cristales.

Con sumo cuidado, introdujo los dedos por el hueco de la ventanilla y, palpando la estrecha abertura del cristal, descubrió que la ventanilla aún seguía ahí. Al parecer se habían dejado la ventanilla abierta al prender fuego a la furgoneta, y ahora el cristal se encontraba intacto y protegido en el interior de la puerta.

Nuria se preguntó si su suerte al fin iba a cambiar.

Diez minutos más tarde, al cobijo de un cobertizo para herramientas, Nuria observaba a Giwan mientras este trataba de separar ambos lados de la puerta usando la fuerza bruta. Los tornillos se habían deformado hasta tal punto que no quedó más remedio que hacerlo por las bravas, pero por suerte la estructura se había debilitado y el musculoso kurdo, aunque a regañadientes, manejaba con soltura la cizalla hidráulica.

Finalmente, con la calva empapada en sudor por el esfuerzo y el calor reinante dentro del cobertizo, Giwan soltó el último perno y la puerta se abrió como un sándwich, dejando a la vista el vidrio de la ventanilla y el sistema de poleas que lo sujetaba.

—Permíteme —dijo Nuria, haciendo a un lado a Giwan sin demasiados miramientos.

Agachándose frente al cristal, abrió su pequeña mochila y sacó una bolsita con hollín recogido de la misma furgoneta, con sumo cuidado espolvoreó el hollín sobre el cristal hasta cubrirlo con una fina capa, y acto seguido lo abanicó hasta que este desapareció totalmente. Había traído un bote de polvos de talco para usarlo a tal efecto, pero el hollín era mucho mejor y por desgracia tenía de sobra.

—Mierda —musitó para sí, y volviéndose luego hacia Giwan le dijo—. Ayúdame con esto.

Entre los dos levantaron la ventana, sujetándola solo por los bordes, y con cuidado le dieron la vuelta.

Nuria repitió la operación, esparciendo el hollín y abanicándolo, pero esta vez, una difusa mancha negra permaneció justo en el borde. Una huella digital que no habían alcanzado a limpiar.

Aquel era un proceso del que siempre se encargaba el departamento de científica en el cuerpo de policía, pero Nuria sabía lo suficiente como para tomar huellas si estas eran lo bastante evidentes, y aquella lo era.

Sacó una pequeña libreta y un rollo de cinta adhesiva de la mochila, lo aplicó sobre la huella para recoger el molde de hollín y, a continuación, lo pegó sobre una de las hojas de papel en blanco, sobre la que quedó revelado el dibujo en espiral de una huella digital de color negro.

—Creo que lo tenemos —afirmó Nuria con entusiasmo contenido, volviéndose hacia Giwan.

Este en cambio le devolvió un gesto de absoluta indiferencia, como si acabara de presumir de haber hecho una «o» con un canuto.

En el camino de regreso, Nuria fotografió la huella y se la hizo llegar a Susana, para que junto a las que le había enviado antes de salir de casa de Elías, buscara en la base de datos de sospechosos de yihadismo o simpatizantes con la causa del ISMA o cualquiera de sus filiales a nivel mundial.

Cuando terminó de hacerlo, se quedó observando el tráfico de todos los vehículos que trataban de entrar en Barcelona al mismo tiempo por la Diagonal, hasta que su mirada se alzó por encima de coches, motos y triciclos eléctricos, en dirección al centro de la ciudad.

Recordó que desde hacía varios días no se había puesto en contacto con su madre o su abuelo, y que ambos debían estar preocupadísimos. Era muy posible que la policía se hubiese puesto en contacto con ellos y los tuviese monitorizados las veinticuatro horas del día, así que ir a verlos en persona estaba descartado; pero ahora quizá sí que podía llamarlos para asegurarles que estaba bien, que era inocente y que no debían preocuparse. El problema era que, en esos momentos, no sentía ánimos de enfrentarse a la andanada de preguntas que vendría a continuación y que no podía o no quería responder aún.

Finalmente, y tras respirar hondo, usó la pantalla del coche y les envió un breve mensaje a ambos, asegurándoles que pronto se aclararía todo y podría ir a verlos. Sabía que era quedarse muy corta, teniendo en cuenta todo lo que estaba pasando, pero se convenció a sí misma de que en breve se sentiría con el ánimo suficiente como para hablar con ellos y, sobre todo, tendría algo más que contestar a sus preguntas aparte de «no lo sé».

Por un momento, también sopesó la posibilidad de ir a casa a por algo de ropa y a por objetos personales. Desde luego sería una auténtica estupidez, y la policía pensaría exactamente lo mismo, así que cabía la posibilidad de que no tuvieran su piso bajo vigilancia al descartar que pudiera ser tan tonta.

Llevaba dos días con la misma ropa sin poder cambiarse y, aproximando la nariz a su camiseta con disimulo, descubrió horrorizada que empezaba a oler como un mapache. Un mapache muerto, para ser precisa.

Lamentablemente, confiar en que la policía creyera que no era tan estúpida como para ir a casa era una jugada demasiado arriesgada. En realidad, hasta la fecha tampoco había hecho gala de ser demasiado lista.

A la postre, decidió que ya resolvería el problema de la higiene personal de algún modo y que debía centrarse en las tareas que tenía por delante, como evitar que la detuvieran, demostrar que ella no mató a Gloria y, en los ratos libres, descubrir si había una posible célula yihadista planeando un atentado terrorista en Barcelona.

Haciendo una mueca, concluyó que iba a costarle encontrar hueco para ir a depilarse.

39

Nuria aguardó a que se cerrara el portón abatible del amplio parking de la casa, para bajar del vehículo con la seguridad de que nadie podría verla desde el exterior.

Tan pronto como lo hizo se dirigió al despacho de Elías, a quien encontró concentrado frente al monitor de su escritorio tomando notas en una libreta.

—¿Cómo ha ido? —preguntó, girándose en el sillón al oírla llegar.

—Aún no lo sé —admitió Nuria, tomando una silla para sentarse junto a él—. Encontré una sola huella y se la mandé a mi amiga para que la analizara. ¿Y a ti? —añadió, inclinándose hacia la pantalla—. ¿Has encontrado algo?

—Más o menos.

—¿Y eso qué significa?

—Significa que ningún otro vehículo ha circulado por ese callejón después de que lo hiciera la furgoneta, a excepción de un par de motos. De hecho —añadió—, apenas ha entrado o salido gente en el pasaje y la resolución es tan mala que resulta imposible distinguir los rasgos faciales.

—¿Y cómo han podido sacar entonces la mercancía? —Señaló el monitor con el logotipo de la manzana—. Porque si algo está claro, es que allí no estaba.

—Se me ocurren varias posibilidades —apuntó Elías—. Puede ser que estemos del todo equivocados, y lo estemos basando todo en la falsa premisa de que en ese local descargaron lo que sacaron del contenedor.

—También puede ser que ese contenedor proveniente de Yidda no trajera nada especial —añadió Nuria—; y que un vulgar ladrón me robara el arma y luego, casualmente, matara a Gloria; y que fuera un simple yonqui al que maté en Villarefu… Todo eso es posible —concluyó—, pero si lo juntas, que todo apunte en la misma dirección resulta tan improbable como que me toque la lotería sin haberla comprado.

—También puede ser —prosiguió Elías— que lo sacaran de ese almacén y se lo llevaran caminando, metido en bolsas o mochilas. Recuerda que no tenemos imágenes de ese pasaje, sino solo de las calles adyacentes.

—Ese contenedor llevaba varias toneladas de carga —objetó Nuria, escéptica—. Me cuesta creer que algo tan pesado se lo hayan podido llevar en bolsas de la compra. Para empezar, y contando con que pudiera desmontarse —razonó—, habrían necesitado hacer más de cien viajes, arriesgándose cien veces a que alguien sospechara algo o a un policía que les pidiera la documentación. No —concluyó—, esa gente me parece demasiado concienzuda como para correr un riesgo así.

—Entonces, puede que lo sacaran de ese local y lo llevaran a otro en el mismo callejón.

Nuria meneó la cabeza.

—Eso tampoco tiene sentido. ¿Para qué iban a hacer algo así? Simplemente, lo habrían descargado en ese segundo sitio la primera vez, ¿no te parece?

Elías se dejó caer hacia atrás en el sillón, haciendo crujir el cuero bajo su peso.

—Pues no se me ocurre otra explicación —resopló—. Creo que estamos pasando algo por alto. No se los puede haber tragado la tierra.

Y de pronto, como le sucedía en contadas ocasiones, dos neuronas ociosas hicieron contacto entre sí en un breve fogonazo de intuición y, como consecuencia de ello, un claro pensamiento cristalizó como por ensalmo en el cerebro de Nuria.

—Joder... —musitó—. Eso es.

—Eso creo yo —coincidió Elías—. Hemos cometido un error en alguna parte de nuestro...

—No, eso no —lo interrumpió Nuria—. Tienes razón en lo otro.

—¿En lo otro? ¿Qué otro?

—Déjame ver el Street View de Google Maps, necesito comprobar una cosa.

Elías la miró sin comprender, pero ahorrándose las preguntas, abrió la aplicación en el monitor que tenían frente a sí.

—Llévalo al pasaje Elisabets —le indicó Nuria—. Frente al local.

Elías movió los dedos sobre la superficie táctil y, desde la toma satelital de Barcelona, la imagen se precipitó como si estuvieran en caída libre hasta detenerse frente a la persiana metálica del ANA.

—¿Y ahora? —preguntó Elías.

—Gira la cámara hacia el suelo —indicó Nuria.

Lanzándole una mirada de reojo, Elías manipuló la imagen hasta mostrar el suelo embaldosado del pasaje.

—Avanza hacia allí —le indicó Nuria, señalando el final de la calle—. Despacio.

—Si me dices lo que buscas —sugirió Elías—, sería más fácil ayudarte.

—Tapas de alcantarilla.

—¿Tapas de alcantarilla? —repitió—. Pues ahí tienes una —señaló la pantalla.

—No, esa es cuadrada.

—¿Y qué?

—Las cuadradas son las de la luz, gas y... —se calló bruscamente, incorporándose en la silla y apoyando el índice en el monitor—. ¡Ahí está! —exclamó entusiasmada, como si hubiera encontrado una pepita de oro en un río—. ¡Vamos, acerca la imagen!

Elías hizo lo que le pedía, sin entender muy bien aún de qué iba esa obsesión de Nuria. Amplió la imagen y esta fue ocupada por una vulgar tapa de alcantarilla con el escudo del Ayuntamiento de Barcelona.

—Por ahí se fueron —sentenció Nuria, cabeceando convencida.

—¿Estás sugiriendo... que usaron las alcantarillas para llevarse la carga y huir?

—Es lo que yo hubiera hecho en su lugar —razonó Nuria—. Ahí abajo están a salvo de las cámaras de vigilancia. Pueden desplazarse a cualquier punto de la ciudad sin ser detectados y salir por un millón de lugares diferentes.

—Pues si es lo que han hecho —arguyó Elías con frustración—, entonces los hemos perdido.

En los ojos de Nuria, lejos de aparecer contrariedad, se reflejaba un renacido fervor.

—Vamos a por ellos —dijo entonces, volviéndose hacia Elías.

—¿Qué?

—Vamos ahí —insistió—. Bajemos a la alcantarilla y persigámoslos.

Elías frunció el ceño, desconcertado.

—Pero ¿tú te estás oyendo? —le preguntó incrédulo—. ¿Perseguirlos? Seguramente hace ya días que se fueron..., si es que en realidad hay alguien a quien perseguir.

—No podemos hacer otra cosa —señaló Nuria—. Pueden haber dejado alguna pista por el camino y es el único rastro que podemos seguir ahora mismo.

—¿Un rastro? ¿Por el alcantarillado?

—Nunca se sabe —arguyó—. Tenemos que intentarlo.

Elías volvió la mirada hacia la pantalla y luego de nuevo hacia Nuria, para terminar meneando la cabeza.

—Está bien —asintió, incrédulo de las palabras que salían de su boca—. Avisaré a los hombres para que se preparen para esta noche.

—Esta noche no —rechazó Nuria—. Tenemos que ir ahora, ya hemos perdido demasiado tiempo.

—Es más seguro esperar a la noche.

—En las alcantarillas siempre es de noche —le recordó Nuria.

Elías dejó escapar un largo bufido, tras el cual acercó el teléfono a los labios y dio una serie de órdenes a Giwan en árabe.

—Diles que lleven botas de agua y linternas —le recordó Nuria, alzando el dedo.

Elías la miró largamente, antes de añadir de mala gana.

—*Tudhkar ʿiihdar almasabih alkahrabayiyat walʾahdihat lilma* —preguntando a continuación con aire solícito—. ¿Alguna cosa más? ¿Un generador de fluzo? ¿Un Medidor de Energía Psicokinética?

—Diles que no traigan sarcasmo —apuntó con un mohín—. Creo que ya tenemos de sobra con el tuyo.

Elías volvió a mirar una vez más aquella tapa de alcantarilla.

—Tengo una alarma sonando ahora mismo en mi cabeza —rezongó entre dientes—. Advirtiéndome de que no haga lo que estamos a punto de hacer.

—No hace falta que vengas —replicó Nuria despreocupadamente—. Ni tú ni tus hombres. Puedo ir yo sola.

—Eso es lo que tendría que hacer sin duda alguna —coincidió—. Actuar con sensatez, en lugar de dejarme arrastrar por tu alocada imprudencia.

—¿Y por qué no lo haces?

Elías clavó sus ojos azules en los de Nuria.

—A veces hay que escuchar al corazón y no a la cabeza —afirmó solemne—. Equivocarse, para seguir en el camino correcto.

—¿Y eso qué significa? ¿Es un proverbio árabe o algo por el estilo?

Elías parpadeó un par de veces, como debatiendo consigo mismo qué decir mientras aún mantenía la mirada puesta en Nuria. Finalmente, exhaló un suspiro y, apoyándose en la mesa, se puso en pie con cansancio.

—Significa que tenemos que prepararnos —indicó, apartando el sillón y dirigiéndose a la salida, dejando a Nuria sola en el despacho—. Salimos en quince minutos.

40

Al igual que la noche anterior, como si solo hubieran hecho que prolongar el paseo, Nuria y Elías ocupaban los asientos intermedios del Suburban blindado, observando en silencio el lento avance en dirección al barrio del Raval.

Los cuatro kurdos del equipo de seguridad, pertrechados con equipo nocturno, armas y ropa ancha para ocultarlas, se mantenían también en expectante silencio. Solo Giwan, de nuevo al volante, se volvió hacia Elías en una de las innumerables paradas a causa del tráfico para expresar un lacónico «*Maaf*», disculpándose como si el atasco fuera cosa suya.

La lluvia, aunque con menor intensidad que en la mañana, seguía derramándose sobre la ciudad desde unas nubes densas y preñadas de barro que parecían haber encallado en las faldas de Collserola como una marea de espuma en la orilla de una playa.

Los medios no cesaban de repetir que aún debería llover mucho más, para compensar los meses de absoluta sequía y resolver las restricciones de agua impuestas a principios de año. A parecer de los climatólogos, Barcelona nunca volvería a disponer de un aporte suficiente de agua para abastecer a sus ciudadanos; las restricciones habían llegado para quedarse e irían a peor con el paso del tiempo.

—Todo se está yendo al infierno —murmuró Nuria, con la vista puesta en la heterogénea colección de cubos que algunos barceloneses colocaban en la acera frente a sus portales, buscando recoger toda el agua de lluvia enfangada que les fuera posible.

Elías siguió la mirada de Nuria y resopló brevemente.

—Todo se está yendo al infierno desde el inicio de los tiempos —apuntó melancólico—. Pero, mientras a la mayoría le da igual con tal de sacar algún beneficio de ello, hay personas que tratan de que no sea así. Personas que buscan hacer de este mundo un lugar mejor. Personas como tú —concluyó inesperadamente.

Nuria trató de no reaccionar ante aquel inmerecido halago y ni siquiera desvió la vista de la ventanilla. Se limitó a menear la cabeza con escepticismo.

—Pues ojalá a los demás se les dé mejor —resopló al cabo de unos segundos—, porque yo no hago más que cagarla desde que tengo memoria.

—Estoy convencido de que eso no es así —objetó Elías.

Nuria sí se volvió esta vez hacia él, pero al ir a contestarle que no la conocía en absoluto, Giwan anunció que ya estaban llegando y decidió dejar la réplica para otro momento.

El Suburban enfiló la calle del Bonsuccés y, mientras Nuria rogaba para que se tratase de un presagio, el vehículo torció a la derecha en el pasaje Elisabets, ocupando de nuevo casi la totalidad del ancho del callejón e internándose con lentitud por el mismo, como un tanque negro y silencioso.

El vehículo se detuvo finalmente frente al local abandonado y, de inmediato, todos descendieron del mismo.

Como ejecutando una ensayada coreografía, dos de los kurdos se desplegaron junto al coche, mientras los otros dos abrían la tapa de la alcantarilla con una palanca y, sin pensárselo dos veces, comenzaron a descender por la tosca escalerilla de acceso.

Elías intercambió unas palabras con Giwan que desenfundando su pistola se la ofreció a Nuria, quien en lugar de tomarla la observó con recelo.

—Sig Sauer M17 —le indicó el hombretón, sacando el cargador y volviendo a introducirlo con un golpe en la culata—. No encasquilla.

Nuria dudó un instante más, sabiendo las implicaciones que podía tener empuñar un arma en sus circunstancias, sin saber si había sido usada para cometer algún crimen previamente. Poner sus huellas en aquella culata podía traerle aún más problemas de los que ya tenía.

—No creo que sea buena idea que entres ahí abajo desarmada —opinó Elías, viéndola vacilar—. No sabemos lo que podemos encontrarnos.

Nuria lo meditó por unos segundos, estiró la mano y cogió aquella pistola de color caqui con una linterna adosada al cañón, comprobando al hacerlo su increíble ligereza y comprendiendo al momento que se trataba de un arma de origen militar.

—Estupendo —dijo Elías, viendo a Nuria sopesar la pistola antes de encajarla en la parte de atrás de su pantalón—. ¿Estás lista?

—En absoluto —confesó esta—. Pero vamos allá.

Elías asintió satisfecho y se dirigió a Giwan en español.

—Busca un sitio donde esperar con el vehículo y mantente a la escucha —le indicó—. Te avisaremos de dónde has de ir a recogernos.

El kurdo asintió, dirigiéndose de nuevo al vehículo.

Dos de los hombres ya habían desaparecido en el interior de la alcantarilla y el tercero aguardaba junto a la boca de esta, vigilando la entrada del pasaje.

—Las damas primero —indicó Elías, señalando el oscuro agujero circular del que emanaba un penetrante olor a heces y humedad.

Nuria tomó aliento por última vez y, levantando la vista, dejó que la lluvia le cayera sobre el rostro durante unos instantes, recordándose a sí misma por qué estaba ahí, haciendo lo que estaba a punto de hacer y quién sabía si cagándola de nuevo.

—De perdidos, al río —masculló un dicho que estaba repitiendo demasiado últimamente, bajando la mirada hacia la alcantarilla—… de mierda —añadió a continuación, rezando porque aquel no fuera otro más de su larga lista de errores previos.

Cuando las botas de agua de Nuria alcanzaron el resbaladizo suelo de hormigón, alzó la mirada hacia el círculo de luz a doce metros sobre su cabeza, desde el que caían gruesas gotas de lluvia. Elías ya estaba a mitad del descenso de la escalinata y en ese momento el tercer guardaespaldas entraba también en la alcantarilla, deslizando la pesada tapa de hierro sobre su cabeza, que, como en un eclipse, ocultó la grisácea luz del día hasta que solo hubo oscuridad.

Nuria miró entonces a su alrededor, descubriendo que se encontraban en un estrecho túnel abovedado de ladrillo de apenas tres metros de anchura y otros tantos de altura, iluminado por enfermizos fluorescentes situados en el techo cada veintena de metros y por el que fluía una corriente negra y maloliente de aguas fecales, bolsas de plástico y otros restos que prefería no identificar. Solo una estrecha franja de hormigón en forma de acera de apenas dos palmos de anchura los mantenía por encima del nivel del agua, a salvo de aquel río de inmundicia.

La corriente, que fluía en dirección al mar, pasaba entre los barrotes de una verja de hierro situada a un par de metros que les cerraba el paso. Nuria se aproximó a la misma, y comprobó que una sólida cadena asegurada con un candado la mantenía cerrada.

—Está muy oxidado —comentó, examinándolo de cerca—. No creo que se haya abierto en años.

Elías, que ya había alcanzado el final de la escalera, se acercó por su espalda para comprobarlo.

—Tienes razón —observó, dando un fuerte tirón a la cadena—. Por aquí hace mucho que no pasa nadie.

—Lo cual nos deja solo un camino a seguir —señaló Nuria, mirando en dirección contraria.

—Eso parece —confirmó Elías y, apuntando con el dedo hacia el túnel que debían recorrer, se dirigió al trío de kurdos—. Vamos, adelante.

En respuesta, estos abrieron sus chalecos y de su interior sacaron unos pequeños subfusiles Kriss Vector que Nuria solo había visto en las películas, de un aspecto tan extraño como peligroso. Entonces, encendiendo las potentes linternas adosadas a sus cortos cañones del calibre 45, se pusieron en marcha en fila de a uno por aquel túnel abovedado ribeteado de fluorescentes y que parecía extenderse hasta el infinito.

Elías invitó con un gesto a Nuria para que los siguiera.

—¿Tú no llevas pistola? —le preguntó esta, al percatarse de que de su cinturón solo pendía una linterna y una radio.

Elías se abrió las manos, como si pidiera perdón por algo.

—Espero no estropearte mi imagen de criminal desalmado —apuntó—. Pero la verdad es que no me gustan demasiado las armas. Y, además, ya estáis vosotros para protegerme, ¿no?

Nuria alzó las cejas con indiferencia.

—Si tú lo dices —contestó ambiguamente, mirando al trío de hombres que ya se alejaba por el túnel.

Según avanzaban por aquel subterráneo de apariencia interminable, el caudal de agua de la cloaca parecía ir descendiendo. La leve inclinación del suelo era suficiente para empujar a la corriente en dirección contraria a la que iban ellos, mientras que la lluvia que caía en la superficie llegaba a través de pequeños desagües a media altura, que se veían obligados a esquivar para no quedar empapados. Aun así, la terrible humedad y el calor imperante allí abajo hicieron que al cabo de solo cinco minutos Nuria ya sudara copiosamente y sintiese cómo la camiseta —un préstamo de Aya, al verla regresar del desguace cubierta de hollín— se le pegaba al cuerpo.

—Debimos traer agua —se lamentó, pasándose la lengua por los labios resecos.

—Y pinzas para la nariz —añadió Elías con tono asqueado.

Nuria fue a hacer un comentario jocoso al respecto, pero se adelantó el hombre que iba a la cabeza señalando al frente y advirtiendo en torpe castellano.

—Delante. Cruce —advirtió.

Efectivamente, a unos cincuenta metros el túnel se dividía en dos tramos en apariencia idénticos, y cuando alcanzaron la bifurcación en forma de «V» se detuvieron frente a la misma, mientras Elías consultaba el plano que había descargado en su smartphone.

—Parecen idénticos —explicó, estudiando el esquemático dibujo de trazos de colores—. Solo que uno va hacia el noreste y el otro hacia el norte.

Nuria se aproximó para ver por ella misma el diagrama.

—¿No se ve ninguna sala o espacio donde pudieran haber guardado las armas?

—Es un plano muy simple —advirtió Elías—. Solo indica los túneles principales y las intersecciones.

—Pues entonces habrá que dividirse —opinó Nuria—. Unos por uno y otros por el otro.

—Esa es una mala idea. ¿Y si nos los encontramos?

—¿Después de tantos días? —cuestionó Nuria—. Me parece poco probable que estén agazapados tras una esquina, con las armas preparadas.

—Poco probable, pero no imposible.

—Bueno, pues si eso te preocupa —señaló al trío de kurdos—. Vete tú por un lado con el Equipo A, y yo me iré por el otro.

Elías puso los ojos en blanco y meneó la cabeza con fastidio.

—Yihan y Yady —ordenó—, vosotros ir por ahí y, si veis algo raro, avisadme por radio antes de actuar. Y tú, Aza —se señaló a sí mismo—, vendrás con nosotros.

Los dos primeros asintieron y, sin más preámbulos, se internaron por el corredor de la derecha con las armas en ristre.

Nuria, que se los había quedado mirando, se volvió hacia Elías.

—Pensaba que no entendían el español y por eso les hablabas en árabe.

Elías negó con la cabeza.

—Lo entienden casi todo —aclaró—. Pero como no lo hablan bien y yo no hablo nada de kurdo, tenemos la costumbre de comunicarnos en árabe. Giwan es el único que tiene algo más de vocabulario.

Nuria recordó lo parco de la conversación con el aludido esa misma mañana, y le costó imaginar a alguien con menos vocabulario.

—Es bueno saberlo —dijo, volviéndose hacia aquel túnel de aspecto interminable y poniéndose en cabeza de la marcha sin esperar a nadie.

Aza miró a su jefe y este se encogió de hombros. Ante la decidida actitud de aquella mujer, no les quedaba más remedio que seguirla.

A partir de la intersección, el túnel comenzó a inclinarse de forma cada vez más pronunciada, lo que hacía aumentar la fuerza de la corriente de aguas fecales que discurría a pocos centímetros de sus pies. Nuria no pudo dejar de pensar en que, si la lluvia se hacía más intensa, aquella agua negra los alcanzaría y podrían verse en problemas para avanzar.

—Esto no me encaja —advirtió la voz de Elías, caminando un metro detrás de ella.

—¿Qué no te encaja? —preguntó Nuria sin detenerse.

—Todo esto —contestó—. Si sacaron el cargamento a través de esta alcantarilla, no los imagino cargando todo por aquí. Todo esto es muy resbaladizo y apenas podemos caminar en fila india.

—Ya, pero hasta hace una semana no llovía y esto debía estar casi sin agua.

—Aun así… —señaló hacia arriba—, podrían haber salido por cualquiera de las bocas por las que hemos pasado.

—Podrían —admitió Nuria—. Pero si es así no tendríamos nada que hacer. Nuestra única oportunidad es esperar que…

La frase de Nuria fue interrumpida por un chisporroteo en la radio que Elías llevaba al cinto.

Los tres se detuvieron en seco, y Elías tomó la radio en su mano para escucharla con más atención.

Tras unos interminables segundos en silencio, la radio crepitó de nuevo, pero ninguna voz surgió de la misma.

—¿Hola? —preguntó Elías al transmisor, presionando el botón rojo—. ¿Me recibís? Cambio.

La respuesta, en forma de interferencias, tardó unos segundos en llegar.

—Tienen que ser ellos —concluyó Nuria—. Aquí abajo no hay cobertura y las radios apenas funcionan. Deben estar intentando…

—… *Yihan*… —carraspeó la radio, interrumpiendo de nuevo su explicación—… rápido…

Elías y Nuria intercambiaron una mirada de comprensión.

—¡Deprisa! —exclamó Nuria, señalando el camino por el que acababan de venir—. ¡Han encontrado algo!

41

Desandar un túnel hasta el cruce y remontar el otro a toda prisa les llevó menos de tres minutos. Ignorando el peligro de resbalar en la enmohecida superficie de hormigón y caer de bruces en las asquerosas aguas negras, corrieron todo lo que les permitieron sus piernas y la pegajosa humedad, que se hacía evidente en las ropas pegadas al cuerpo y en los regueros de sudor recorriéndoles el rostro.

Finalmente, tras doblar un último recodo, encontraron a Yihan y Yady montando guardia frente a una puerta metálica en un lateral del túnel. Nuria se dio cuenta enseguida de que la puerta estaba entreabierta y la cerradura había sido forzada.

—¿La habéis forzado vosotros? —le preguntó a la pareja de kurdos, señalando la chapa doblada.

Yihan meneó la cabeza por toda explicación.

—Ver aquí —indicó, abriendo la puerta e internándose por un oscuro pasadizo.

Nuria lo siguió sin pensárselo y en cuanto Yihan accionó el interruptor de la luz, una ristra de viejas bombillas se encendió descubriendo que se encontraban en un estrecho corredor, en el que apenas cabían uno al lado del otro y que conducía a una herrumbrosa escalera metálica que ascendía haciendo un giro a la derecha.

—¿Sabes dónde lleva esto, Yihan? —La voz de Elías sonó algo preocupada a oídos de Nuria.

—No —contestó al más puro estilo kurdo.

Nuria se giró hacia Elías.

—¿Todo bien?

Este frunció los labios. Su gesto contraído y el sudor que perlaba su rostro pegándole el pelo en la frente delataban que estaba lejos de encontrarse bien.

—No me gustan los espacios estrechos —alegó, separando las manos para mostrar que apenas tenía espacio para sus hombros.

—¿Estrechos? —repitió Nuria con fingido asombro—. ¿Y qué esperabas encontrar en una alcantarilla?

—No *tan* estrechos —puntualizó.

Ante el gesto compungido de Elías, Nuria sintió una mezcla de compasión y de regocijo, al verlo perder la irritante aura de confianza que se empeñaba en proyectar a su alrededor.

Disimulando una sonrisita cruel, se volvió hacia adelante a tiempo para ver cómo Yihan ya doblaba el recodo de la escalera y se perdía de vista. Sin perder un instante y seguida de cerca por Elías, siguió sus pasos subiendo con precaución por aquella escalera cuyos peldaños crujían bajo su peso.

Al torcer la esquina se encontró de nuevo con Yihan, quien se había detenido frente a una nueva puerta metálica, también forzada y oxidada.

Nuria se limitó a señalar la cerradura para que el kurdo comprendiera la pregunta y volviera a negar con la cabeza.

Entonces empujó la puerta y apuntó con la linterna del subfusil al otro lado de esta, antes de internarse en la oscuridad.

Nuria desenfundó también su arma y encendió la linterna acoplada, siguiendo los pasos de Yihan con precaución.

Bajo la escasa luz que aportaban las linternas, resultaba difícil deducir qué era el lugar donde se encontraban. Lo único que podía apreciar era que se trataba de una estancia bastante amplia para hallarse bajo tierra, de unos cien metros cuadrados y en la que había esparcidos por el suelo una miríada de fragmentos de cables de diferentes tamaños y colores, bridas, tornillos, componentes de circuitos y restos de cinta americana.

—Es como si alguien hubiera montado aquí un taller de electrónica —advirtió Nuria, deteniéndose al sentir cómo algo crujía bajo sus pies.

Intrigada, enfocó su linterna al suelo y después al techo, justo sobre su cabeza.

—Los han roto —dijo.

—¿Qué?

—Los fluorescentes —aclaró—. Rompieron los fluorescentes de la sala. —Se volvió hacia Elías y añadió—. Di a tus hombres que busquen pistas, pero que no revuelvan nada. Que me avisen a mí si encuentran algo.

—No son unos incompetentes.

—Ya lo sé. Pero tampoco son policías…, ni tú tampoco —añadió—. Díselo.

Aunque a regañadientes, Elías les dirigió unas palabras en árabe a sus hombres y a continuación le preguntó a Nuria.

—¿Qué es este sitio?

—No lo sé —confesó, fijándose en la docena de estrafalarias consolas junto a las paredes cubiertas de décadas de suciedad—. Parece una sala de control abandonada o algo por el esti… —se interrumpió, aproximándose a una de las consolas—. Pero ¿qué narices…?

—¿Qué pasa?

—Mira —contestó medio riéndose, alumbrando el armatoste que tenía ante ella.

Elías se acercó en dos zancadas, fijándose en la llamativa inscripción en letras rojas del frontal superior de la consola.

—Street Fighter —leyó en voz alta.

Nuria se guardó la pistola y alargó la mano hacia el pequeño joystick rojo de un polvoriento cuadro de mandos, como si se dispusiera a echar una partida.

—De pequeña, yo jugaba a esto en la Nintendo —dijo Nuria, sonriendo ante el lejano recuerdo—. Era muy buena.

De pie a su lado, Elías se acercó a la sucia pantalla y pasó un dedo por su superficie, dejando un surco negro sobre esta. Mirando a su alrededor, contempló la docena de consolas similares que ocupaban los costados de la sala.

—No entiendo qué hacen estas máquinas aquí abajo —apuntó con desconcierto—, en las alcantarillas.

—Es que creo que ya no estamos en las alcantarillas —razonó Nuria, recorriendo las paredes desconchadas con el haz de la linterna, hasta dar con una tapia de ladrillos ocupando el espacio donde debería haber estado la puerta principal—. Me parece haber leído alguna vez algo sobre este lugar —añadió—. Debe ser un negocio abandonado, de una antigua calle subterránea llamada «La avenida de la Luz».

—¿Una calle subterránea en Barcelona? —preguntó Elías, incrédulo—. Nunca había oído hablar de algo así.

—La clausuraron antes de que yo naciera —aclaró Nuria, volviéndose hacia él—. Al parecer había cines, restaurantes, tiendas y... —hizo un círculo en el aire con el dedo— salones recreativos. Si no me equivoco, justo encima tenemos la calle Pelayo y un centro comercial.

Elías levantó la mirada, como si esperara ver la calle a través del techo.

—Cuesta creerlo.

—Ya —admitió Nuria—. Es uno de esos pequeños secretos de Barcelona que la gente de fuera no conoce.

—*Alsyd Zafrani* —dijo entonces la voz de Aza, devolviéndolos a la realidad—. Mirar aquí.

Nuria y Elías se volvieron al unísono.

El kurdo se hallaba en el otro extremo del salón, agachado frente a una de las máquinas de videojuegos y enfocando bajo la misma con su linterna, mientras trataba de alcanzar algo introduciendo la mano.

Cuando llegaron a su altura, este sacaba la mano vacía con aire de disculpa.

—Mucho pequeño —se excusó.

Nuria se agachó junto a Aza y, pegando la mejilla al suelo, pudo ver cómo la linterna iluminaba lo que parecía ser un trozo de papel que se había metido bajo la máquina.

—Espero que no haya bichos —dijo, y apretándose contra el suelo introdujo su mano, mucho más fina que la del kurdo—. No llego... —bufó, tratando de pinzar una esquina del papel con la punta de los dedos.

Pero entonces, y como por arte de magia, la máquina se elevó en el aire y Nuria retiró la mano rápidamente.

Aún tardó un instante en darse cuenta de que los tres kurdos la estaban levantando en vilo como si tal cosa.

—Ahora ya lo puedes coger —le sugirió Elías con una sonrisa condescendiente.

Nuria resopló y, dedicándoles una mirada de agradecimiento a los tres hombres, estiró la mano y se hizo con lo que resultó ser un retazo de papel de color naranja fluorescente.

—Se ve nuevo —observó Nuria.

—Así es —coincidió Elías—. Diría que es parte del envoltorio de un paquete.

Nuria le dio la vuelta al llamativo trozo de papel.

—¿Qué es esto? —preguntó, al descubrir una serie de letras y números sin aparente sentido, impresos en letra de molde negra sobre el basto papel—. ¿Tú lo entiendes?

—Parece un número de serie.

—Pero ¿de qué?

—No sé, quizá de esto que pone aquí debajo —dijo, señalando una larga sucesión de letras sin aparente sentido—: «exaazaisowurtzitano» —leyó en voz alta con dificultad.

—¿Eso es una palabra? —preguntó Nuria—. Parece una clave de wifi.

—Quizá lo sea —dijo—, aunque faltan letras delante, ¿lo ves? —indicó Elías, señalando el desgarro del papel donde se adivinaba el inicio de otra letra.

—Eso parece —coincidió—. Pero ya lo miraremos con calma al regresar a la superficie —añadió, guardándose el papel en el bolsillo trasero del pantalón—. Sigamos buscando. Quizá hay algo más por aquí.

Una hora más tarde, Nuria tuvo que admitir que se había equivocado. Aparte de un montón de trozos de cable eléctrico de colores y algunos retazos de cinta americana, no encontraron nada más. Quizá un equipo de la policía científica, y tras una búsqueda minuciosa, habría dado con algo, pero aquel no era el caso y tendría que conformarse con lo que tenía. Un simple trozo de papel usado en un envoltorio.

El camino de regreso se desarrolló en un cansado silencio, roto solo por el murmullo de aquella infecta corriente que a Nuria le pareció algo más caudalosa que un rato antes.

Cuando alcanzaron la escalerilla por la que habían descendido, el agua ya lamía las suelas de sus botas y, cuando al fin ascendió por la escalerilla y regresó a la superficie, se alegró profundamente de ver otra vez la luz del día, por apagada que esta estuviera tras el manto de nubes.

Giwan se presentó con el vehículo en el callejón apenas salieron todos de la alcantarilla, y de inmediato Yihan y Aza volvieron a colocar la tapa en su sitio. No había nadie a la vista, así que era poco probable que alguien los hubiera visto entrar o salir.

Una vez todos abordaron el Suburban, este se puso en marcha de nuevo en dirección a la casa de Elías bajo la persistente lluvia que encharcaba las calles.

—¿Me pasas el trozo de papel? —preguntó Elías a Nuria, al tiempo que sacaba el teléfono.

Nuria casi se había olvidado de este, imbuida en la decepción de no haber encontrado nada más allí abajo.

—Sí, claro —dijo, inclinándose para sacarlo del bolsillo trasero del pantalón y entregándoselo a Elías.

—Gracias. —Y lo sujetó ante él con la mano izquierda, mientras tecleaba aquel impronunciable nombre en su móvil.

Al instante, un conciso mensaje apareció en la pantalla: «La búsqueda de exaazaisowurtzitano no obtuvo ningún resultado».

—¿Seguro que lo has escrito bien? —preguntó Nuria.

Elías le puso delante el papel y el teléfono.

—Compruébalo tú misma.

—Pues sí —confirmó al cabo de unos segundos—. Debe ser culpa de las letras que faltan.

—O que, al fin y al cabo, sea algún tipo de código.

—No lo creo —opinó Nuria—. Fíjate en la última parte: «wurtzitano». Suena a que es algo. A ver —señaló la pantalla—, búscalo en Google.

Elías compuso una mueca escéptica, pero aun así tecleó aquel nombre que le recordaba al protagonista de *Apocalypse Now*.

Para su sorpresa, apareció la imagen de una piedra de aspecto metálico bajo el nombre de wurtzita.

—Lo sabía —dijo Nuria, deslizando la página en el móvil—. Es un mineral. Lo de wurtzitano seguro que tiene algo que ver.

—Aunque así sea. No veo la…

—¡Mira! —lo interrumpió, leyendo un enlace bajo el epígrafe de usos militares—. Boletín de Observación Tecnológica de Defensa. Entra ahí.

Obediente, Elías apoyó el dedo sobre la superficie de grafeno y el enlace los llevó a una página del Ministerio de Defensa, titulada *Materiales energéticos de alta densidad.*

Nuria comenzó a repasar el artículo a toda prisa, hasta que subrayado en amarillo apareció de nuevo la palabra wurtzitano, al final de una nomenclatura mucho más larga. Exactamente la misma que aparecía en el trozo de papel que Elías aún sostenía en la mano.

—«Hexaazaisowurtzitano» —leyó este—. Solo le faltaba una H delante.

—Joder, mira esto —exclamó Nuria, arrebatándole el teléfono—. «También llamado HINW o CL-20 —leyó—, es un explosivo de nitroamina desarrollado en las instalaciones de investigación estadounidenses de China Lake, ampliamente superior a los explosivos convencionales de…» —se interrumpió en seco, tapándose la boca en un acto reflejo—. Oh, dios mío…

—¿Qué? —inquirió Elías, alarmado.

Nuria permaneció con la vista clavada en el móvil, como si no le hubiera oído.

—«Actualmente —prosiguió al cabo de unos segundos—, el CL-20 es el material de mayor poder destructivo conocido —levantó la vista hacia Elías, para añadir con tono funesto—… solo superado por los dispositivos nucleares».

42

Diez minutos más tarde, atascados en el tráfico bajo la lluvia, Elías se despidió en árabe de una conversación que estaba manteniendo por teléfono y se volvió hacia Nuria, que seguía buscando información sobre aquel terrible explosivo en la pantalla del asiento trasero del vehículo.

—Según parece —le informó—, el CL-20 en forma de explosivo plástico lo usan en minería en casos de extrema dureza de la piedra y las fuerzas especiales de algunos países europeos. No es algo que puedas comprar en la tienda de la esquina —añadió Elías—, pero con buenos contactos y dinero suficiente, se puede conseguir.

—¿Aquí en España?

—No en España, pero sí en Europa —aclaró—. Una empresa francesa llamada Eurekol tiene la patente.

—Entonces, si ese explosivo puede conseguirse en Europa... —razonó—. ¿Puede ser que no sea CL-20 lo que llegó en el contenedor desde el Califato de La Meca?

—Puede —admitió Elías—. Pero en el mundo del contrabando, las rutas de transporte no suelen seguir el camino más corto.

—¿Qué quieres decir?

—Pues que, aunque parezca que lo lógico es traer ese explosivo directamente en camión desde Francia, y sin necesidad de pasar controles fronterizos ni aduanas, en la práctica no suele hacerse —explicó—. Para borrar huellas y que la empresa que lo vende pueda alegar inocencia, lo normal es que una mercancía así recorra varios países y pase por diferentes manos, hasta que se pierda su rastro en algún estado africano o de Europa del Este…

—…Y termine en un puerto como el de Yidda —recordó Nuria—, desde el que lo reenvían a Europa sin que nadie se entere.

—Exacto.

Nuria exhaló un largo suspiro y se masajeó la sien. El dolor de cabeza parecía estar amenazando con volver.

—Resumiendo… —murmuró—. Parece que tenemos correteando por el alcantarillado de la ciudad a un comando terrorista con… ¿cuánto? ¿Mil? ¿Dos mil kilos de CL-20?

—En realidad —apuntó Elías con una mueca—, puede que también falsearan el peso del contenedor. De ser así —añadió funesto—, podríamos estar hablando de cuatro o cinco toneladas.

—Madre mía… —masculló, cubriéndose la boca con la mano—. ¿Qué…, qué podrían llegar a hacer con todo eso?

Elías resopló, calculando una respuesta.

—No soy ningún experto —advirtió—, pero una vez vi cómo el Dáesh destruía un edificio entero con menos de cien kilos de dinamita. Así que, con cinco mil kilos del explosivo más potente conocido…, quién sabe. Podrían volar un barrio entero de la ciudad —resopló—. Sería el mayor atentado terrorista de la historia.

Nuria cerró los ojos. El dolor de cabeza iba en aumento.

—Tenemos que detenerlos —resolvió convencida.

—Lo sé —asintió Elías, con idéntico gesto de preocupación—. Pero solo tenemos un trozo de papel y una montaña de especulaciones. Ya no queda ninguna pista que seguir.

Nuria entreabrió los ojos y miró a Elías de soslayo.

—Puede que sí la haya —dijo, tocando con su pulsera la terminal del vehículo para vincularla—. *Llamar a Susana* —ordenó en voz baja.

El pequeño altavoz de la pulsera emitió un par de zumbidos, al cabo de los cuales apareció la voz de Susana.

—¿Hola?

—Soy yo, Susi.

—¿Nuria? —preguntó, bajando la voz con aire conspirador—. ¿Qué pasa? ¿Va todo bien?

—Podría ir mejor —contestó evasiva—. ¿Tienes ya los resultados de las huellas?

—Acabo de recibirlos.

—¿Y?

—Poca cosa —confesó—. Tengo una coincidencia parcial de la huella que encontraste en la ventanilla del vehículo con otra que estaba en la botella de agua, pero no es concluyente. Nunca la admitirían como prueba en un juicio.

—Eso no va a ser un problema. Dame lo que tengas.

—No creo que te sirva de mucho, Nuria. La lista de sospechosos es demasiado larga.

—¿Cuántos?

—Más de cien, y eso solo en la provincia de Barcelona.

—Joder —suspiró, atenazada por la jaqueca y las malas noticias.

Inesperadamente, la voz de Elías preguntó a su lado.

—¿Cuántas coincidencias son de hombres?

—¿Quién es ese? —preguntó Susana con suspicacia.

Nuria se tomó un segundo para decidir hasta qué punto debía ser sincera.

—Un amigo —respondió.

—¿Un amigo? —repitió con extrañeza—. ¿Desde cuándo tú tienes amigos?

—Ya vale, Susi —le atajó—. Confía en mí, por favor.

—Me lo pones difícil, Nuria.

—Lo sé, pero necesito tu ayuda sin que me hagas preguntas. Es por tu bien —añadió—, créeme.

Un resignado suspiro sonó al otro lado de la línea.

—Cincuenta y siete —dijo al cabo—. Cincuenta y siete coincidencias corresponden a hombres.

—Gracias, Susi. ¿Y cuántos de ellos son musulmanes?

—¿Musulmanes? Pues espera que lo mire…, catorce. Sí, catorce.

—Siguen siendo muchos —murmuró Elías.

—Sí, hay que reducir el círculo —coincidió Nuria, pensativa.

—¿Qué es lo que estáis buscando? —intervino Susana—. Si me lo dices, quizá pueda ayudarte.

—Cuanto menos sepas…

—Déjate de chorradas, joder —le recriminó su amiga—. Dime qué coño buscas o corto ahora mismo la llamada.

—Está bien —claudicó Nuria—. Pero tienes que jurarme que nada de lo que te diga se lo contarás a nadie, a menos que yo te lo pida.

—Vale, de acuerdo —aceptó a regañadientes.

—Lo digo en serio, Susi. Júralo.

—Joder —resopló—. Está bien…, lo juro. Y ahora desembucha.

—Busco gente con posibles conexiones islamistas —le soltó—. Gente que… —hizo una pausa, dudando si dar ese último paso— pudiera colaborar en un atentado terrorista.

—¿Un atentado terrorista? ¿Hablas en serio?

—Me temo que sí.

—Pero ¿en qué cojones estás metida, Nuria?

—Aún no estoy segura —confesó—. Pero creo que puede haber un comando yihadista preparando un atentado en Barcelona.

—¡No me jodas! —exclamó de nuevo—. ¡Pues tienes que ponerte en contacto ahora mismo con el departamento antiterrorista!

—No, aún no. Me faltan pruebas.

—Da igual, ya las buscarán ellos. Hay que alertarlos.

—No, Susi —insistió—. Hasta que no tenga nada sólido que ofrecerles solo harán que entorpecerme, pensando que es una maniobra para exculparme. De momento —concluyó—, la mejor posibilidad de detenerlos es mantener a antiterrorismo al margen.

—Maldita sea, Nuria —protestó—. Las cosas no se hacen así.

—No me queda otro remedio. Por favor, ayúdame.

Susana mantuvo un pensativo silencio durante unos instantes.

Aun sin verle la cara, Nuria podía imaginar el gesto contrariado de su amiga, luchando consigo misma.

A la postre, un chasqueo de lengua al otro lado de la línea indicó que se rendía.

—De los catorce… —indicó Susana al cabo de un rato, con tono resignado—, tres han sido investigados por conexiones o simpatizar con el yihadismo. Pero uno de ellos está en la cárcel —aclaró—, así que quedan dos en libertad. Te envío los datos.

—Estupendo. Gracias, Susi.

—No me gusta nada todo esto que está pasando —expresó Susana con aire fúnebre.

—Lo imagino. A mí tampoco.

—¿Y qué vas a hacer ahora?

Nuria se volvió hacia Elías, que había decidido mantenerse en silencio.

—Creo que iré a hablar con esos dos hombres.

—Joder, eso es una estupidez, Nuria. Si uno de ellos resulta que es un terrorista...

—Tranquila, tengo refuerzos. —Miró de soslayo a Elías, sentado a su lado en el asiento—. Estaré bien.

—Debería ir yo también —sugirió Susana—. Así al menos...

—Ni hablar —la interrumpió Nuria—. Ya has hecho demasiado y, además, te aseguro que iré con cuidado. No me pasará nada.

—Joder. Querrás decir que no te pasará *nada más*.

—Sí, eso mismo. —Sonrió Nuria a su pesar—. Confía en mí, ¿vale?

—De acuerdo, confiaré —resopló Susana, resignada—. Pero tú prométeme que, si descubres que alguno de esos dos es un yihadista, te irás corriendo y avisarás a antiterrorismo.

—Claro, te lo prometo.

—Joder, Nuria —rezongó Susana—. Mientes de pena.

—Ya sabes —confesó—. Me falta práctica.

—En fin... —Se rindió su amiga—. Ten mucho cuidado, ¿vale?

—Lo tendré.

—Y tú, quien seas el que está con ella —se dirigió a Elías—. Más vale que no le pase nada porque te encontraré y te arrancaré las pelotas, ¿entendido?

Elías esbozó un amago de sonrisa ante la amenaza.

—Entendido.

—Ya vale, Susi —la interpeló Nuria, meneando la cabeza—. Te tengo que dejar.

—De acuerdo. Tenme al corriente.

—Claro. Hasta luego.

—Joder, Nu... —empezó a decir Susana al darse cuenta de que le estaba mintiendo de nuevo, dejando la frase a medias cuando Nuria cortó la conexión.

Tras hacerlo se quedó contemplando la pantalla en negro, pensativa.

—Aquí están —dijo Elías a su lado, sacándola de su estado—. Uno vive en Villarefu y el otro…, vaya. Qué interesante.

—¿Qué?

—El otro vive en el Raval —dijo levantando la vista—. Apenas a un par de manzanas de donde acabamos de estar.

43

Sentados a la mesa de un popular café, cobijados de la lluvia bajo el pórtico de la plaza de Vicenç Martorell, Nuria y Elías mantenían la vista puesta en la salida de una pequeña mezquita, situada en un bajo al otro lado de la calle.

La tarde acababa de ceder el paso a la noche bajo aquel cielo plomizo del que no dejaba de caer agua constantemente, como si dios se hubiera olvidado de la lluvia durante todo el año y ahora quisiera compensarlo en unos pocos días.

Nuria dejó su taza de café sobre el plato y comprobó en la pulsera que eran las ocho menos cinco.

—Ahí está —dijo Elías, señalando al frente con la mirada.

Nuria levantó la vista y vio a media docena de hombres ataviados con amplias túnicas, taqiyah cubriéndoles la cabeza y pobladas barbas de pelo encrespado.

Entre ellos, Nuria reconoció de inmediato a Abdul Saha.

Del todo ajeno a que estaba siendo vigilado, charlaba animadamente con otro feligrés mientras desplegaba un paraguas negro para protegerse de la lluvia.

Tras despedirse, llevándose la mano derecha al pecho, Abdul se dio la vuelta y tomó la calle de les Ramelleres, sorteando los charcos para no mancharse los bajos de la túnica, pero sin percatarse de los dos hombres que habían comenzado a seguirle a unos pocos metros de distancia.

Abdul pasó junto a la mesa donde se encontraban Elías y Nuria sin dedicarles ni un vistazo y prosiguió calle arriba.

—Vamos —dijo Elías, levantándose de la silla en cuanto sus hombres pasaron de largo.

Nuria se puso en pie y, calándose la gorra, salió también tras los dos kurdos, que caminaban varios metros por delante.

Las tiendas de suvenires turísticos de la calle Tallers ya comenzaban a cerrar ante la ausencia de posibles clientes, y solo un puñado de personas se apretujaba bajo el toldo de lona de un puesto ambulante de shawarmas. Ellos cuatro eran de los pocos que ocupaban la calle, y Nuria rezó para que Abdul no se girase porque, si lo hacía, se percataría de inmediato de que le estaban siguiendo.

Afortunadamente, el tamborileo de la lluvia contra la calle ahogaba el sonido de sus pasos y cuando desembocaron en la plaza de Castilla, el objetivo no se había dado cuenta todavía de su llamativa presencia.

En ese momento, Elías se llevó la mano derecha al oído y, presionando el discreto auricular con el índice, dirigió unas palabras en árabe a su equipo.

De inmediato, Aza y Yihan aceleraron el paso hasta situarse cada uno a un lado del presunto yihadista y mientras uno simulaba preguntarle por una dirección, el otro sacó del bolsillo un pequeño inyectable de ketamina y con un rápido movimiento se lo clavó en el hombro.

Abdul se volvió de inmediato hacia Yihan con la sorpresa pintada en el rostro, llevándose la mano al lugar del pinchazo. Este, sin embargo, levantó las manos con inocencia, alegando que no había hecho nada.

Nuria y Elías ya casi habían llegado a su altura cuando Abdul dio un tembloroso paso atrás y, desconcertado, se llevó la mano a la frente. Aza le agarró por los hombros, lo que a la vista de cualquiera hubiera parecido ser un buen samaritano ayudando a un desconocido que se estuviera mareando. Más aún cuando Abdul perdió el equilibrio y, entre los dos kurdos lo sujetaron con cuidado para que no cayera de golpe, sentándolo suavemente en el suelo.

Un grupo de turistas observó la escena con curiosidad, mientras cenaban bajo el toldo de una de las terrazas de la plaza, pero ni ellos ni ninguno de los pocos transeúntes testigos del suceso hicieron el amago de aproximarse para ayudar.

En realidad, Elías y Nuria fueron los únicos que se acercaron, de forma aparentemente casual, y entre los cuatro rodearon al hombre caído mientras le cacheaban con disimulo en busca de un arma y le arrebataban la pulsera.

—Seguro que es él, ¿no? —preguntó Nuria, súbitamente preocupada porque se estuvieran equivocando de persona.

—Seguro —confirmó Elías, sacando su teléfono y confirmándolo con un rápido escaneo de su rostro.

Justo en ese instante una furgoneta gris de reparto sin marcas irrumpió en la plaza deteniéndose junto a ellos. La puerta lateral se deslizó a un lado y desde el interior Yady los apremió a que subieran a bordo. Rápidamente, Aza y Yihad subieron al vehículo llevando a Abdul en volandas, ya inconsciente.

Nuria y Elías se hicieron a un lado como si con ellos no fuera la cosa, y la furgoneta con Abdul y los tres kurdos se puso en marcha con un chirrido de neumáticos.

—Acabo de ser cómplice de un secuestro —murmuró Nuria, viendo cómo la furgoneta se alejaba—. Esto no hace más que mejorar.

En ese momento el Suburban negro entraba también en la plaza con Giwan al volante, deteniéndose donde segundos antes lo había hecho la furgoneta.

—Para hacer una tortilla —opinó Elías, filosófico—, siempre hay que romper algunos huevos.

Diez minutos más tarde, tras serpentear entre estrechas callejuelas, Giwan detuvo el Suburban frente a la persiana metálica de un local con aspecto de hallarse abandonado, en una desangelada calle industrial del barrio de Pueblo Seco.

—¿Dónde estamos? —preguntó Nuria, cuando vio que Elías abría la puerta del vehículo y se disponía a salir.

—¿No lo reconoces? —repuso este enigmáticamente.

Nuria trataba de adivinar a qué se refería, cuando Giwan accionó la persiana y reconoció el inconfundible chirrido.

—¿Ya no tengo que llevar una capucha en la cabeza? —inquirió con sarcasmo, al comprender que se encontraban en el zulo donde pasó tantas horas encerrada.

Elías se limitó a esbozar una sonrisa cómplice.

—¿Vamos? —preguntó, cuando la persiana había subido lo bastante como para permitirles pasar.

Nuria tomó aire profundamente, como si estuviera a punto de saltar desde un trampolín, y siguió a Elías al interior del local al tiempo que Giwan cerraba la persiana metálica tras ellos.

En aquella primera estancia se encontraba ya aparcada la furgoneta gris y, tras encender la luz, la rodearon hasta la puerta que daba al verdadero zulo.

Esta vez no había cadena alguna cerrando la puerta, y cuando Nuria entró de nuevo en la misma se olvidó de inmediato del olor a humedad y de las cucarachas que se ocultaban bajo el colchón.

En medio de la habitación, sentado de rodillas en el suelo con las manos atadas a la espalda y una capucha negra en la cabeza que quizá era la misma que había llevado ella, Abdul Saha balbuceaba palabras en árabe, mientras se balanceaba adelante y atrás. Nuria se preguntó en un primer momento si estaba rezando o lloriqueando. Enseguida comprendió que, en realidad, estaba haciendo ambas cosas.

Alguien le había tirado por la cabeza un cubo de agua para despertarle y su túnica estaba ahora empapada y pegada a su cuerpo, lo que le daba un aspecto aún más desvalido. Rodeado como estaba por el equipo de kurdos, a Nuria le recordó las infames imágenes de los presos iraquíes en la infame cárcel de Abu Ghraib.

Elías se quedó contemplando durante unos instantes a aquel hombre indefenso que no dejaba de musitar plegarias, y resoplando con desagrado, miró a sus hombres y asintió pesadamente.

En respuesta, Aza fue a buscar la sucia toalla del baño y, echando hacia atrás la cabeza a Abdul, la estiró sobre su rostro, mientras Giwan iba a llenar de nuevo el cubo de agua y los otros dos sujetaban por los hombros al desdichado.

Sin mediar palabra, Giwan comenzó a derramar el agua con parsimonia sobre la toalla, justo donde esta le cubría la nariz y la boca.

Al principio no sucedió nada, pero al cabo de unos segundos cuando Abdul se vio obligado a respirar, descubrió que no podía hacerlo ya que el agua inundaba su boca y fosas nasales.

Con un desesperado espasmo trató de sacudirse, pero entre los tres le tenían fuertemente sujeto y Giwan seguía vaciándole el contenido del cubo sin misericordia, hasta que el líquido alcanzó los pulmones de Abdul y el desdichado comenzó a sufrir terribles convulsiones al borde del ahogamiento.

A pesar de ello, Giwan prosiguió con su ritual inmisericorde hasta que se acabó el agua del cubo. Entonces dejaron de sujetarle y Abdul se derrumbó sobre el suelo, tosiendo espasmódicamente y boqueando como sin aliento, desesperado en busca de una bocanada de aire.

Elías se aproximó, situándose en cuclillas frente a él.

—Abdul Saha —le dijo en castellano, cuando le vio recuperar el aliento—. ¿Ese es tu nombre?

—*Madha taraydaa?* —respondió en cambio.

—Yo hago las preguntas y tú respondes —siseó amenazante en su oído—. ¿Eres Abdul Saha?

—Sí, yo soy —contestó dubitativo, temiendo las consecuencias de confesar su nombre.

—Te voy a hacer unas preguntas —prosiguió Elías en el mismo tono—. Si nos dices la verdad, te dejaremos ir —afirmó—. Pero si te niegas a hablar o nos mientes…, bueno, seguiremos aquí hasta que mueras, ¿lo comprendes?

Esta vez Abdul no pareció tener fuerzas para contestar, así que asintió exageradamente.

A Nuria no le costó imaginar su rostro contraído por el terror, bajo aquella capucha negra de fieltro.

—Estupendo —dijo Elías—. Y ahora dime… ¿dónde están los explosivos? ¿Dónde se oculta el resto del comando? ¿Cuál es el objetivo del atentado?

En respuesta, Abdul alzó la cabeza en dirección a Elías, como si no estuviera seguro de haber escuchado bien las preguntas.

—¿Qué…, qué atentado?

Elías se pasó la mano por la frente y sin decir nada se puso en pie, asintiendo de nuevo a sus hombres.

Estos agarraron de nuevo por los hombros a Abdul y volvieron a ponerle de rodillas, mientras Aza le colocaba la toalla sobre la cara y Giwan iba a llenar el cubo.

—¡No! ¡No! —gritó Abdul, aterrorizado—. ¡No sé nada! ¡No sé nada! ¡Lo juro! ¡No sé nada!

El sonido del agua llenando el cubo ahogaba los gritos de Abdul, y Nuria sintió cómo el corazón se le encogía frente el miedo de aquel hombre.

Horrorizada por lo que estaba viendo, tomó del brazo a Elías y, abriendo la puerta, se lo llevó fuera de la habitación.

—Debe haber otra forma de hacer esto —le exigió, en cuanto cerraron la puerta tras ellos.

—Es posible —coincidió Elías—, pero yo no la conozco y tampoco tenemos tiempo de averiguarlo.

—Pero esto está mal —alegó Nuria, señalando la puerta—. Muy mal. ¿Y si resulta que nos equivocamos de hombre? ¿Y si no sabe nada?

Elías se encogió de hombros.

—Si es así, lo sabremos pronto. Mi gente sabe lo que hace.

—Joder…, lo estamos torturando, por Dios. Yo no…, no puedo.

—No hay elección. —Elías la tomó por los hombros para tranquilizarla—. Estamos haciendo lo que hay que hacer —insistió—. Si es un terrorista, no hay otra manera de lograr que confiese.

—Pero ¿y si no lo es? Estaremos torturando a un inocente.

Nuria se quedó mirando a Elías, tratando de averiguar la respuesta en su silencio.

—Tengo que volver ahí dentro —contestó—. Pero creo que tú deberías salir a dar un paseo. —Le señaló la persiana de hierro—. No hace falta que estés aquí.

Nuria vaciló, mirando hacia la puerta, luchando contra todos sus principios.

—Lo sé, pero me quedo —dijo con una voz que no parecía la suya, regresando a la habitación—. Acabemos con esto de una vez.

44

Media hora más tarde Abdul Saha no era más que un guiñapo acurrucado en el suelo. Los restos empapados de lo que era un hombre, despojado de su dignidad y de la esperanza de ver el amanecer al día siguiente. Una bola de carne temblorosa y lastimera que se había defecado encima de puro terror, en un último reflejo condicionado de defensa de cuando éramos monos a punto de ser devorados por un depredador.

Nuria contemplaba la escena desde un rincón, asqueada e hipnotizada a la vez. Se dio cuenta de lo fácil que era arrebatar a un hombre su dignidad, quitarle todo lo que es o cree ser, hasta convertirlo en un bebé gimoteante.

Viendo a Abdul Saha abrazado a sus rodillas, en mitad de un charco de agua y heces, Nuria comprendió que todo lo que somos no es más que una sucesión de capas superpuestas, reales e imaginadas, con las que nos protegemos de un mundo peligroso. Pero el dolor y la certeza de una muerte inmediata podían arrancar todas esas capas como si de una cebolla se tratase, dejando expuesto lo que somos en realidad: animales asustados.

—Ya basta de mentiras —dijo Elías, de pie frente a su víctima—. Conocemos tus vínculos con el ISMA.

Abdul negó imperceptiblemente con la cabeza, ya sin fuerzas siquiera para hacerlo.

—No… —Tosió estentóreamente, intentando expulsar el agua que le inundaba los pulmones—. Yo… no…

—Deja de mentir y haré que paren. Esto te lo estás haciendo a ti mismo.

—No sé… nada…

Elías se acuclilló, acercándole los labios a su oído.

—Tenemos tus huellas en la furgoneta —le susurró como si fuera un secreto— y en el local donde descargasteis, que por casualidad está junto a tu casa.

A pesar de su lastimoso estado, Abdul se las compuso para alzar la mirada y fruncir el ceño con extrañeza.

—¿Furgoneta…? —Su voz traslucía desesperación—. ¿Qué… local?

Elías resopló decepcionado. Se incorporó apoyando las manos en las rodillas y dirigió una mirada significativa a Giwan, que sostenía el cubo de plástico rojo en la mano.

—¡Ya basta! —exclamó Nuria—. Este pobre diablo no sabe nada.

Elías compuso un gesto de irritación.

—No interrumpas —le recriminó entre dientes—. Sal de aquí si no quieres verlo, pero no vuelvas a interrumpir.

—¿Es que no lo ves? —insistió en cambio Nuria, dando un paso adelante—. Puede que este hombre sea un integrista, pero no sabe nada del atentado.

—Eso no lo sabes.

—Joder, sí que lo sé. Míralo —insistió—. No he visto a nadie más aterrorizado en toda mi vida. Si supiera algo, ya lo habría dicho.

Elías aún mantenía el gesto irritado, pero en sus ojos Nuria vio que comprendía que ella tenía razón.

—Está bien —aceptó, volviéndose hacia el despojo que había sido Abdul Saha—. Llamaré a alguien para que se ocupe de él.

—¿Que se ocupe? —preguntó Nuria, alarmada—. ¿Qué quieres decir?

—Tranquila —aclaró, meneando la cabeza—. Solo lo mantendremos aquí un tiempo, bajo vigilancia.

—¿Es necesario?

—Es innegociable —alegó—. Hasta que esté absolutamente seguro de que no es una amenaza, no pienso arriesgarme a dejarlo libre.

Nuria dedicó un nuevo vistazo al desdichado y comprendió que aquello era lo más sensato.

—Está bien —admitió a regañadientes—. ¿Y qué hacemos ahora? —añadió—. Aún nos queda otro nombre en la lista.

Elías se secó las manos en los pantalones.

—Pues deberíamos ir a hacerle una visita.

Veinte minutos más tarde, el Suburban recorría las amplias calles industriales cercanas a El Prat, al límite de la velocidad permitida y en dirección a Villarefu.

Nuria tecleó en el móvil y de inmediato apareció la ficha y la foto de un tal Alí Hussain.

—Diecisiete años —leyó—. Es casi un niño.

A su lado, en el asiento trasero del vehículo, Elías le dedicó una mirada de soslayo.

—He visto a niños de diez años empuñando fusiles de asalto, asesinando a familias enteras a sangre fría.

Nuria no supo cómo responder a aquello, y lo que hizo fue devolver su atención al móvil que sostenía desplegado entre las manos.

—Tiene antecedentes por robar una moto —prosiguió—, y fue investigado por seguir a grupos yihadistas en las redes sociales. Eso es todo.

—Un currículo así —señaló Elías— podría aplicarse a la mitad de los chavales de Villarefu.

—Pues es todo lo que tenemos —dijo Nuria, dejando el teléfono sobre su regazo—. Si resulta que él tampoco sabe nada…, habrá que ampliar la búsqueda a hombres no fichados por relación con el integrismo.

Elías frunció el ceño al oír aquello.

—¿De cuantas personas estaríamos hablando?

Nuria bajó la vista hacia el móvil.

—Catorce —leyó—, y eso solo si contamos a musulmanes y en la provincia de Barcelona.

—Son demasiados —sentenció Elías—. No podemos interrogar a catorce posibles terroristas.

—Lo sé.

—Si este tal Alí tampoco sabe nada... —Negó con la cabeza.

—¿Qué?

Elías se volvió hacia ella con aire de disculpa.

—Creo que deberías marcharte.

—¿Marcharme? ¿De qué estás hablando?

—Estoy hablando de que si ese chico no nos lleva a ningún sitio..., deberías salir del país. Empezar una nueva vida en otro lugar. Aquí ya no podrás hacer nada excepto esperar a que te detenga la policía.

—No lo entiendes, ¿no? —inquirió ceñuda—. No quiero empezar una nueva vida. Quiero recuperar la que tenía.

—No, quien no lo entiendes eres tú —replicó Elías—. Esa vida ya no va a volver. Aunque encontraras a esos terroristas, como mucho te darían una palmadita en la espalda y te mandarían para casa, pero han pasado demasiadas cosas para que puedas volver a ser agente de policía.

—Eso no lo sabes.

—Claro que lo sé —rezongó—. Y tú también lo sabes, maldita sea. Allá tú, si quieres engañarte a ti misma, pero eso no va a cambiar nada.

Nuria apretó los puños, furiosa.

—¿Y qué hay de ti? ¿Qué ha sido de todo ese discurso antiyihadista? ¿Ya no te importa que puedan cometer un atentado?

—Si no me importara, no estaría aquí ahora mismo —replicó Elías—, pero yo no tengo una orden de busca y captura sobre mi cabeza. No aún, al menos. Puedo seguir investigando sin impedimentos.

—¿Eso soy yo ahora? ¿Un impedimento?

—Yo no he dicho eso —la corrigió—. Pero cada minuto que pasas conmigo, buscando a esos integristas por toda la ciudad, es más probable que acabes entre rejas.

—Lo que yo haga es cosa mía.

—Pero a mí me importa.

—Pues entonces es tu problema —replicó desdeñosa—. No el mío.

Elías fue a contestarle, pero ya con el gesto a medio camino, decidió callar y volver la vista hacia el frente.

—Como quieras —gruñó, no volviendo a abrir la boca hasta que llegaron al punto de control de Villarefu.

Sin demasiada sorpresa por su parte, Nuria constató cómo el Suburban ni siquiera se detenía frente al control de seguridad.

Un simple destello luminoso con los faros fue señal suficiente para que el vigilante reconociera el vehículo y alzara la barrera, dejándolos pasar sin hacer siquiera amago de comprobar quién iba a bordo. Estaba claro quién era la autoridad real en Villarefu, y que la policía siempre iría varios pasos por detrás de Elías y otros como él.

A consecuencia de la lluvia, las calles del arrabal se habían convertido en un lodazal por el que los refugiados caminaban, hundiendo hasta los tobillos sus pies enfundados en sandalias, mientras los niños, ajenos a la impertinente lluvia, jugaban en los charcos saltando y lanzándose agua unos a otros como si estuvieran en la playa.

El Suburban blindado serpenteó entre el laberinto de calles pobremente iluminadas, hasta que fue a detenerse a pocos metros de una construcción de bloques de hormigón sin pintar, de una sola planta y techo de chapa.

Bajo una bombilla que colgaba del portal, una decena de hombres y mujeres aguardaban frente a la puerta de la casa en actitud cabizbaja, protegiéndose de la lluvia con chubasqueros o retazos de plástico haciendo las veces de paraguas.

—Ahí —indicó Giwan, parco como siempre en palabras, señalando con el dedo al grupo.

Elías se inclinó hacia adelante en su asiento.

—¿Seguro?

—Seguro —confirmó, mostrándole la localización en la pantalla del salpicadero.

—¿Qué hace ahí toda esa gente? —preguntó Nuria.

—No lo sé —contestó Elías—. Pero no me da buena espina. —Y abriendo la puerta del vehículo descendió del mismo—. Esperad aquí —dijo a todos, y en dos zancadas cruzó la calle hasta la casa.

A la luz de los faros, Nuria pudo ver cómo Elías se presentaba y los gestos de sorpresa iniciales se convertían en muestras de respeto que rozaban la devoción.

Elías se convirtió de inmediato en el centro de atención de aquella gente, que señalaban hacia la casa y meneaban la cabeza con aprensión.

—A la mierda —dijo Nuria, y abriendo también la puerta salió del vehículo.

—Tú esperar —le ordenó Giwan, señalándole a Nuria el asiento trasero—. Aquí.

—Lo que tú digas, majo —replicó, calándose la gorra y dando un sonoro portazo.

Sorteando los charcos más profundos, se acercó hasta Elías caminando tranquilamente y se situó a su lado, dejando claro que iba con él.

La pequeña multitud se calló de inmediato al verla aparecer.

—Te he dicho que esperaras en el coche —le recriminó Elías.

—Ya te oí la primera vez —contestó Nuria—. *Layla saidda* —saludó en árabe al grupo con una inclinación de cabeza, antes de volverse de nuevo hacia Elías—. ¿Qué es lo que pasa? ¿Por qué está esta gente aquí?

—Eso es justo lo que me estaba explicando esta señora —aclaró sin ocultar su fastidio, señalando a una anciana de piel apergaminada bajo un raído nihab y que se protegía de la lluvia con un saco de arpillera de ACNUR—. Me temo que hemos llegado tarde.

—¿Tarde? ¿Qué quieres decir? ¿El chico se ha ido?

—No, está ahí dentro —dijo Elías, indicando la puerta abierta de la casa y desde la que se filtraba la temblorosa luz de unas velas—. Lo están lavando y amortajando para su funeral.

45

Resguardados de la lluvia bajo el pequeño portal de la vivienda, Nuria escuchaba incrédula la explicación de Elías tras regresar del interior de la misma.

—¿Un ataque al corazón? —repitió suspicaz.

—Es lo que me han dicho —confirmó Elías.

—¿En alguien tan joven? Resulta difícil de creer.

—Ya. Suena raro, la verdad —coincidió Elías.

—Me gustaría examinar el cadáver —dijo Nuria, mirando hacia el pasillo que se internaba la casa—. Comprobar si tiene alguna marca.

—No puedes hacer eso. —Elías negó con la cabeza—. Solo los familiares y allegados tienen derecho a velar el cadáver.

—Tú podrías —alegó Nuria—. He visto cómo ha reaccionado esta gente al verte. Para ellos es un honor que hayas venido.

—Puede —aceptó—. Pero de ningún modo voy a ponerme a deshacer la mortaja al cadáver de su hijo muerto.

—Yo sí.

—No me cabe duda —resopló Elías—, pero no vas a hacerlo. Olvídate de eso.

Nuria chasqueó la lengua, contrariada.

—Que simpatice con el yihadismo, que su huella aparezca en la furgoneta robada y que, justo ahora, haya muerto… es demasiada casualidad.

—¿Estás sugiriendo que lo han matado para borrar el rastro?

—Eso es justo lo que estoy pensando.

—Los islamistas no suelen actuar de ese modo.

—Puede, pero siempre hay una primera vez para todo —apuntó Nuria—. Quizá el muchacho se arrepintió o se fue de la lengua, o vete a saber qué. El caso es que si Abdul Saha no sabe nada —añadió—, este es el único hilo del que podemos tirar ahora mismo.

Elías inclinó la cabeza hacia el interior de la vivienda, del que les llegaban apagados susurros y plegarias.

—Te recuerdo que el muchacho está muerto. Eso hace difícil interrogarle.

—Sí, pero podríamos registrar sus pertenencias —sugirió Nuria—. Quizá encontremos algo.

—No creo que…

—¿Vas a hacerlo por las buenas —le espetó Nuria—, o prefieres que lo haga yo por las malas?

Elías se pinzó el puente de la nariz con el índice y el pulgar, como si estuviera manteniendo a raya un inminente dolor de cabeza.

—Está bien… —resopló—. Espera aquí.

De mala gana Elías volvió a entrar en la casa murmurando disculpas y, dos minutos más tarde, regresó acompañado de un hombre flaco, de mejillas chupadas y ojos hundidos, con una desgastada americana marrón descosida por las costuras.

—Este es Ibrahim Hussain —le presentó con fingida pesadumbre—. El padre de Alí.

—Mi más sentido pésame por su pérdida —correspondió Nuria, con una leve inclinación de cabeza.

Elías tradujo las condolencias y el hombre correspondió con un sentido *shukran*, llevándose la mano derecha al corazón.

Seguidamente, los condujo por un pasillo oscuro y estrecho, que desembocaba en una habitación del tamaño de una celda, con un minúsculo ventanuco cerca del techo de chapa y una cortina de cuentas haciendo las veces de puerta. El austero mobiliario constaba de una cama arrimada a la pared, una estantería colmada de libros y un minúsculo escritorio sobre el que descansaba un anticuado monitor de ordenador con un teclado.

El padre de Alí abarcó el cuarto con un ademán, indicó algo en árabe y regresó al velatorio, junto al cadáver de su hijo.

—Esta es su habitación…, era —se corrigió.

Nuria giró sobre sí misma, estudiando la colección de pósteres que tapizaban las toscas paredes de la habitación y en los que aparecían youtubers, pilotos de carreras de drones, gamers adolescentes de estrambóticos peinados y mujeres ligeras de ropa junto a bólidos de Fórmula-E.

—Desde luego, no parece la habitación de un islamista radical —apuntó Nuria.

—No, no lo parece —coincidió Elías, tomando un viejo ejemplar de *Playboy* que descansaba en las estanterías—. Ni siquiera tiene un afiche de La Meca o un versículo del Corán. Me temo que nos hemos vuelto a equivocar.

Nuria chasqueó la lengua con frustración.

—Mierda —masculló, consciente de que en aquel cuarto de adolescente llegaba a un callejón sin salida.

—¿Nos vamos? —preguntó Elías, devolviendo la revista a la estantería—. Aquí no tenemos nada que hacer.

—Espera —alegó Nuria, renuente a quemar aquel último cartucho—. Ya que estamos, echemos un vistazo.

—Como quieras —concedió Elías—. El padre nos ha concedido cinco minutos.

—Pues aprovechémoslos. —Señaló la estantería—. Tú mira por ahí, que yo compruebo los cajones.

—Está bien, pero ¿qué buscamos?

—No lo sé —confesó Nuria, inclinada sobre el escritorio—. Cualquier cosa que no encaje con un adolescente.

—Con un adolescente refugiado —puntualizó Elías, sacando revistas de la estantería, y ojeándolas antes de volver a dejarlas en su lugar—… y muy interesado en la tecnología —añadió al cabo de un rato—. Casi todas las revistas son sobre Inteligencia Artificial y robótica. Incluso tiene libros técnicos sobre el tema. —Dio la vuelta a uno de ellos para comprobar el precio en la contraportada—. Libros muy caros, por cierto. Este mismo, cuesta casi ciento cincuenta euros.

Nuria cerró de golpe el cajón de los calcetines, volviéndose hacia Elías.

—¿En serio? —inquirió sorprendida—. ¿De dónde sacaría el dinero?

—Esa no es la pregunta —le corrigió Elías, dejando el anterior ejemplar en la estantería y tomando otro de aspecto igual de aburrido—. La pregunta correcta es por qué se lo gastaría en un libro titulado *Diseño y aplicación de sensores e interfaces en Inteligencia Artificial de control motriz*.

—¿Qué diantres es eso?

—Algo sobre sensores e interfaces en Inteligencia Artificial de control motriz.

—Ah, ya. Gracias por la aclaración.

—¿Qué quieres que te diga? Yo tampoco sé del tema. Pero está claro que el joven Alí sí que lo dominaba.

—Un momento… —dijo Nuria, mirando a su alrededor—. Aquí hay un monitor y un teclado, pero ¿dónde está el ordenador?

—Es cierto —asintió Elías—. Y tampoco veo su pulsera por ningún lado.

—Pues por aquí tampoco está —apuntó Nuria—. ¿Crees que —señaló en dirección a las plegarias—… la podría llevar aún puesta?

—Imposible —aseguró Elías, contundente—. Tiene que estar por aquí, busquemos bien.

—De acuerdo —aceptó Nuria, agachándose para mirar debajo de la cama—. Yo buscaré la pulsera y la torre del ordenador. Tú pregunta a sus padres, por si ellos saben qué ha pasado con ambos.

Dos minutos más tarde Elías regresó meneando la cabeza.

—Dicen que no lo saben. Al parecer, Alí era muy reservado y les dijo que estudiaba algo relacionado con última tecnología, y que los iba a sacar a todos de Villarefu.

—¿Y no les contó quién financiaba unos estudios tan caros?

Elías negó con la cabeza.

—Al parecer —agregó—, también había encontrado un trabajo al que a veces se llevaba una cajita negra como de este tamaño —hizo el gesto, como si aprehendiera una pequeña fiambrera—; que imagino sería el ordenador.

—¿Y qué trabajo era ese?

—Tampoco lo saben. Pero, aunque les decía que se trataba de algo relacionado con sus estudios, a veces llegaba manchado de tierra.

—Qué raro.

—No creas, los adolescentes son muy reservados —le recordó Elías—. Mi sobrina apenas me dice lo que hace o con quién sale.

—Ya, pero en este caso también ha desaparecido su ordenador, su pulsera y también su smartphone —indicó Nuria—. No los he encontrado por ningún sitio.

—Quizá no tuviera.

—¿Un adolescente aficionado a la tecnología sin smartphone? —preguntó Nuria, elevando una ceja—. Sería más fácil encontrar a un Renacido sin su crucifijo.

—Ya —admitió Elías, comprendiendo el poco sentido que tenía su suposición—. Pues no sé qué más… —empezó a decir, dejando la frase en el aire. Su vista se había quedado fija en un pequeño libro de cubierta de piel marrón y caracteres enrevesados en el lomo—. Qué raro.

—¿Qué es eso? ¿Un Corán?

—Casi, es el Sahih Al-Bujari —leyó, tomándolo de la estantería—. Un libro de hadiz. Algo así —aclaró, al ver el gesto de incomprensión de Nuria— como una recopilación de frases que se supone que pronunció Mahoma.

—¿Y por qué te parece raro?

—Porque no es un libro que la gente suela tener en casa —aclaró—. Ni siquiera los creyentes, y este chaval no parecía que lo fuera. —Elías pasó la mano por la portada, grabada en dorado relieve sobre la piel—. Además, parece un ejemplar bastante caro.

—Déjame mirar una cosa —dijo Nuria, quitándoselo de las manos.

Como decía Elías, aquel libro olía a dinero.

—¿Acaso sabes leer árabe? —preguntó este, sabiendo de antemano la respuesta.

Nuria le ignoró y pasó con cuidado las primeras páginas de finísimo papel de india, hasta que dio con lo que buscaba.

—¿Qué es esto? —preguntó, girando el libro para que Elías pudiera leerlo.

—Un sello.

—Eso ya lo veo, pero ¿de qué?

—De una mezquita —leyó—. Centro Cultural Islámico Ciutat Diagonal.

—La conozco —señaló Nuria—. Esa es una mezquita construida en la parte alta de Esplugues, no muy lejos de donde tú vives.

—Lo sé —asintió Elías—. La visité alguna vez, hasta que llegaron los refugiados saudíes en sus jets privados huyendo de su propia guerra y el ambiente se hizo demasiado wahabita para mi gusto.

—¿Wahabita? Me suena que ya lo has mencionado antes.

—Es la rama del islam más intolerante —aclaró Elías—, en la que se inspiran los movimientos yihadistas. Respaldada y financiada por los califatos de la antigua Arabia Saudí.

Nuria levantó la mirada hacia Elías.

—¿Califatos? —preguntó al oír la palabra, abriendo mucho los ojos—. ¿Como el de La Meca?

—Así es —confirmó, percatándose entonces de que había un marcapáginas asomando por el libro—. A ver…, déjame ver esto.

Nuria le devolvió el hadiz a Elías, que lo abrió por el lugar señalado, encontrándose con un párrafo subrayado a lápiz.

—«Que combatan por la causa de Allah quienes son capaces de sacrificar la vida mundanal por la otra —tradujo, apoyando el índice bajo el párrafo—. A quien combata por la causa de Allah, y caiga abatido u obtenga el triunfo, le daremos una magnífica recompensa. Por qué no combatís por la causa de Allah, cuando hay hombres, mujeres y niños oprimidos que dicen: ¡Señor nuestro!, sálvanos de los habitantes opresores que hay en esta ciudad. Envíanos a quienes nos proteja y socorra».

Al terminar la cita, Elías cerró el libro y pasó los dedos sobre la repujada portada en oro y verde, exhalando un suspiro con la amargura de quien ve confirmadas sus peores sospechas.

Luego levantó la vista hacia Nuria, pero la expresión de ella era muy diferente.

Habría jurado que casi estaba sonriendo.

46

La lluvia volvía a arreciar cuando el Suburban se detuvo con suavidad a una manzana de distancia del Centro Cultural Islámico Ciutat Diagonal. Una anodina construcción de hormigón de una sola planta sin minarete, rodeada de acristalados edificios de oficinas y casas ajardinadas, que podría haber pasado por una simple biblioteca de no ser por las veladas referencias a la arquitectura árabe que se distinguía en el enrejado de las ventanas.

—Es muy tarde —advirtió Elías, echando un vistazo al edificio velado por la lluvia—. Lo más seguro es que a esta hora ya no haya nadie en la mezquita.

Nuria observaba el discreto templo, iluminado por las farolas de la calle que hacían destellar las pequeñas gotas de agua bajo sus focos de luz anaranjada.

—Pues si no hay nadie —contestó Nuria, desabrochándose el cinturón de seguridad—, volveremos mañana. Pero vamos a asegurarnos.

Elías se volvió hacia ella.

—Es que no estoy seguro… de que sea una buena idea ir a hablar con el imán —advirtió—. Creo que deberíamos intentar un acercamiento más sutil.

—No hay tiempo para ser sutil —replicó Nuria, ya con la mano en la maneta de la puerta—. Si han asesinado al muchacho es porque, por alguna razón, están borrando su rastro. Así que tenemos que darnos prisa porque si no… —añadió, dejando la insinuación en el aire mientras abría la puerta y salía al exterior.

Calándose de nuevo la gorra, rodeó el vehículo y a paso rápido cubrió los cincuenta metros que la separaban de la puerta principal del edificio. Tras alcanzar la protección del portal, buscó un timbre donde llamar, pero no había ninguno a la vista, ni tan siquiera una campanilla como en las casas antiguas.

—Mira —le indicó Elías, que había llegado corriendo para guarecerse junto a ella.

Nuria levantó la vista, para descubrir una pequeña cámara disimulada en una esquina bajo el dintel. La lucecita roja parpadeante, significaba que estaba activada y grabando.

—Es un portero automático con reconocimiento facial —señaló Elías—. Esto no estaba antes.

—Un poco excesivo para una mezquita, ¿no?

—Vayamos a la parte de atrás. Allí hay una puerta de servicio y un timbre donde llamar.

Elías les hizo un gesto a sus hombres para que esperaran en el vehículo y, arrimados a la pared para protegerse de la lluvia, rodearon aquel templo que ocupaba casi media manzana.

Entraron en el callejón que separaba la mezquita de un complejo de oficinas contiguo y, bajo un indicativo verde de salida de emergencia, hallaron la puerta de seguridad y un pequeño interfono a su lado al que Nuria llamó con vehemencia.

Elías la miró de reojo, pensando en que esa no era forma de llamar a un timbre a medianoche, pero al pasar los segundos y no contestar nadie, decidió que podía ahorrarse el comentario.

—Bueno, lo hemos intentado —dijo, consultando la hora en su pulsera—. Tendremos que volver maña…

—¿Sí? —preguntó una voz con timbre metálico.

Elías tardó unos segundos en reaccionar, lo que Nuria aprovechó para tomar la iniciativa.

—Buenas noches —saludó, acercándose al interfono—. ¿Es usted el imán… —bajó la vista al móvil, donde aparecía su nombre y foto en la página de la mezquita— Mohamed Ibn Marrash?

La voz del interfono pareció vacilar por un instante.

—¿*Quién es usted?* —preguntó a su vez, con el fuerte acento de quien usa poco el idioma—. ¿Qué desea?

—Me llamo Nuria —Miró de reojo a Elías, antes de formular la mentira que habían preparado de camino—. Amiga de la familia de Alí Hussain.

Toda la respuesta del imán fue un prolongado silencio.

—*Salam aleykum, sheij* —intervino Elías, al ver que no decía nada—. Venimos de casa de Alí Hussain para informarle de que ha ocurrido una desgracia y el joven ha fallecido esta misma mañana. Usted lo conocía, ¿no?

—¿Alí Hussain? —preguntó, tras una imperceptible pausa—. *Sí, alguna vez vino en busca de guía espiritual. Pobre muchacho…, no sabía nada. De Allah somos y a él hemos de volver.*

—¿Podríamos hablar un momento con usted sobre él? —preguntó Nuria con impaciencia, adelantándose de nuevo a Elías.

—¿Quiénes son ustedes? —preguntó el clérigo.

—Ella es Nuria Badal y yo soy Elías Zafrani, *sheij* —aclaró Elías—. Un antiguo feligrés de esta mezquita.

—*No me suena su nombre.*

—Por desgracia —se excusó—, hace mucho que no acudo a rezar.

Esta vez la pausa fue más larga, y cuando Nuria pensaba que iba a sugerirles que volvieran al día siguiente, la puerta se abrió con un zumbido eléctrico.

—*Pasen, adelante* —les invitó el imán desde el interfono—. *Estaré con ustedes en un minuto.*

Elías y Nuria intercambiaron una mirada de genuina sorpresa.

—No me esperaba que accediera —dijo Elías.

—Hombre de poca fe… —bufó Nuria, empujando la puerta.

Elías la retuvo sujetándola por el brazo.

—Espera —le dijo—. Debes ponerte esto.

Como un prestidigitador, Elías hizo aparecer en su mano el velo que Nuria se había dejado en el coche el día anterior.

—¿Es necesario?

—Es una mezquita —alegó por toda explicación.

—En fin… —resopló, y tomándolo de manos de Elías se lo pasó por encima de la cabeza y la gorra, sin preocuparse demasiado si le asomaba algún mechón de pelo por debajo.

En cuanto traspasaron el umbral, la puerta se cerró tras ellos con un chasquido y Nuria fue repentinamente consciente de que ahí dentro estaban solos. Instintivamente, palpó la culata de la pistola de Giwan que aún llevaba bajo la camisa, encajada en la parte de atrás del pantalón.

El interior del edificio estaba tan solo iluminado por las tenues luces de emergencia y, tras seguir por un pasillo flanqueado de puertas cerradas con aspecto de almacenillos y oficinas, llegaron a lo que Nuria supuso que debía ser la antesala de la mezquita; a medio camino entre una sala de espera y un vestuario, con bancos, cubículos para dejar los zapatos y una especie de lavamanos a ras de suelo.

Más allá, unas amplias puertas dobles de madera parecían dar paso al salón de rezos, y Nuria no pudo resistirse a abrirlas y asomarse a su interior, asombrándose de inmediato por su sobriedad a tono con el resto del templo. Tenía la vaga idea de que las mezquitas estaban siempre decoradas con intrincados motivos geométricos, espectaculares lámparas de araña y lujosas alfombras persas, pero aquello le pareció más una aburrida sala de actos de un hotel de negocios. Un espacio vacío y anodino de luces halógenas en el techo, moqueta gris y paredes pintadas en color crema, con un discreto púlpito en la pared opuesta.

—Disculpe —dijo la misma voz del interfono a su espalda, provocándole un respingo—. Pero usted no puede entrar ahí.

Nuria se dio la vuelta de golpe, para encontrarse frente a un hombre tan alto como ella, de larga barba grisácea, ojos tranquilos y gesto beatífico. Una taqiyah blanca cubría su cabeza rapada, a juego con la amplia túnica blanca sobre la que mantenía las manos entrelazadas.

—Es el salón de rezos de los hombres —explicó, avanzando hacia ellos—. Las mujeres no pueden entrar.

—No pasa nada —mintió Nuria, y ofreciéndole la mano añadió—. Soy Nuria Badal.

—Y yo Elías Zafrani, *sheij* —añadió Elías, imitándola.

El imán estrechó la mano tendida de este, pero ignoró la de Nuria, a la que solo dedicó una inclinación de cabeza.

—Mohamed Ibn Marrash —se presentó a su vez, volviendo a entrelazar las manos sobre el pecho—. Pero claro, eso ya lo saben —y dirigiéndose a Elías, preguntó—. ¿En qué puedo ayudarles?

—Nos gustaría hacerle unas preguntas sobre Alí Hussain —le espetó Nuria, molesta con el desprecio del imán.

Elías aguardó unos segundos, pero cuando comprendió que el imán no iba a responder directamente a Nuria, no le quedó más remedio que intervenir.

—La familia está velándolo —le dijo—, y nos han pedido que vengamos a hablar con usted. Quieren saber si era un buen creyente.

—Era un muchacho muy inteligente —aclaró—. Pero estaba perdido hasta que vino aquí y encontró paz en las palabras del profeta Mahoma, que la paz y la bendición de Allah sean con él.

—¿Sabía que era un refugiado?

—Así es.

—Pero no suelen venir refugiados hasta este centro, ¿verdad? Este lugar está bastante lejos y sus feligreses suelen ser... —hizo una pausa, buscando la manera de decirlo— gente adinerada, ¿no es así?

—Todos los musulmanes son bienvenidos a esta mezquita, sin distinción de raza o condición —replicó, enervándose—. Incluso los infieles pueden asistir, si así lo desean.

—Pero ¿por qué venía el chaval hasta esta mezquita? —insistió Nuria.

El imán parpadeó indiferente, como si no hubiera oído nada más que la lluvia cayendo en el exterior.

—¿Por qué cree que decidió venir a esta mezquita? —tomó de nuevo la palabra Elías—. Hay varias en el campo de refugiados, mucho más cerca de su casa.

—Eso ya no lo sé —confesó el imán—. Quizá alguien le trajo —aventuró—, o quizá Allah, alabado sea, le inspiró para acercarse a esta humilde casa de rezo y encontrar la paz que necesitaba.

—Entiendo —asintió Elías—. ¿Y cómo venía hasta aquí? ¿Quién lo traía?

—Tampoco sabría decirle —se excusó—. Como comprenderá, no puedo estar al corriente de la vida diaria de todos mis fieles. Supongo que algún alma piadosa con vehículo propio.

—¿Supone? —intervino de nuevo Nuria, pero el imán la volvió a ignorar.

—¿No está seguro? —repitió Elías, ignorando una vibración en su pulsera que indicaba una llamada entrante de Giwan. No tenía tiempo para eso.

—No llegué a preguntárselo —aclaró—. Pero acudía con frecuencia a los rezos, así que lo di por supuesto.

—Claro —asintió Elías—. ¿Y llegó a ver con quién se relacionaba?

—¿A qué se refiere?

—Si entablaba relaciones con alguien en particular. ¿Se quedaba después del rezo a hablar con alguien?

El imán abrió las manos como muestra de ignorancia.

—No lo sé. No me dedico a controlar a los creyentes.

—Pues tiene la mezquita rodeada de cámaras —intervino de nuevo Nuria, sin poder contenerse.

—Es por seguridad —replicó el imán, girándose ahora sí hacia ella con impaciencia—. Son malos tiempos para los musulmanes. Es raro el día en que no aparece una nueva pintada en la fachada o una ventana rota de una pedrada —aclaró—. No tengo interés alguno en vigilar a nadie.

—Desde luego que no, *sheij* —intervino Elías, tratando de atemperarlo—. La señorita Badal no quería ofenderlo. Le pido disculpas.

—Está bien —asintió el imán, volviéndose de nuevo hacia Elías—. Y ahora, si no hay nada más en lo que pueda ayudarles...

—En realidad, sí —lo interrumpió Nuria antes de que acabara la frase, y ante la mirada interrogativa de Elías hizo un gesto con la mano, imitando el movimiento de una cámara de vigilancia.

Elías la miró sin comprender, hasta que ella señaló hacia el techo y silabeó en silencio la palabra «grabaciones».

—¿Podríamos ver las grabaciones de las cámaras de vigilancia? —preguntó al fin Elías, comprendiendo lo que quería decirle—. Así podríamos ver con quién se relacionaba el muchacho y... encontrar más amigos suyos a los que informar de su fallecimiento.

La respuesta del imán fue tan rápida como contundente.

—Imposible.

—Será solo un momento.

—De ningún modo —negó tajante.

—Pero...

—No, y no insista —le advirtió el imán—. Ni puedo, ni deseo hacer eso. Espero que lo comprenda.

Elías y Nuria intercambiaron una mirada de decepción. No había nada más que rascar ahí.

Nuria hizo un gesto con la cabeza hacia la puerta de salida y Elías asintió en respuesta.

—Muchas gracias por su ayuda, *sheij* —le dijo Elías al imán—. Espero no haberle provocado demasiadas molestias.

—Un fiel visitando la casa de Allah, alabado sea, nunca es una molestia —recitó el religioso, mirando a Nuria de reojo.

Esta rezongó por lo bajo y, sin hacer amago de despedirse, se dio la vuelta para regresar por donde habían venido.

—Pueden salir por la puerta principal si así lo desean —les indicó el imán con un gesto obsequioso, ahora que al fin se iban—. Y que Allah, alabado sea, guíe sus pasos.

—Gracias —respondió Elías, pero no siguiendo los pasos de Allah sino los de Nuria, que ya se encaminaba hacia la puerta, impaciente por abandonar el edificio.

—Menudo imbécil —masculló Nuria, lo bastante fuerte como para que lo oyera el imán.

—La verdad es que no ha sido de mucha ayu... —apuntaba Elías, cuando de nuevo la pulsera volvió a vibrar en su muñeca.

Esta vez sí, sacó el teléfono y contestó.

—¿Sí? —preguntó—. ¿Qué pasa, Giwan?

Lo que oyó en boca del kurdo le hizo quedarse clavado en el sitio.

—¡Nuria! —exclamó, estirando el brazo hacia ella inútilmente—. ¡Espera!

Pero Nuria, ansiosa por marcharse, ya había abierto la puerta principal y salía al exterior bajo la lluvia.

Al instante, al otro lado de la calle, varios focos de gran potencia se encendieron al unísono en dirección a ella, deslumbrándola con su luz blanca e iluminándola en el umbral de la puerta como a una estrella de rock a punto de salir al escenario.

—¡Al suelo! ¡Al suelo! —bramó una voz autoritaria a través de un megáfono—. ¡Policía!

47

Nuria no podía recordar la cantidad exacta de ocasiones en que había estado en aquella sala de interrogatorios de la comisaría, pero habían sido muchas. Casi siempre sentada en una de esas sillas atornilladas al suelo y diseñadas para ser incómodas, con los codos apoyados en la mesa metálica y lanzándole preguntas al sospechoso como una ametralladora sin darle tiempo a pensar las respuestas, buscando las contradicciones que le traicionasen.

Pero esa noche era ella quien se encontraba en el lado malo de la mesa con las manos esposadas a la espalda, y era otro policía quien se sentaba enfrente, mirándola fijamente como si pretendiera leerle el pensamiento.

Para colmo ese policía, por desgracia, no era otro que el sargento Raúl Navarro. Con un polo azul con el escudo de la policía y una pulsera de España Primero, reclinado en el asiento y disfrutando sin disimulo de la situación.

—¿Qué hacemos aquí? —preguntó Nuria, tras más de media hora de estar sentada en silencio y sin que le hiciera ni una pregunta—. Ya me habéis tomado declaración y la he firmado. ¿A qué estamos esperando?

—A que aparezca la Virgen —se burló Raúl—. A ver si obra un milagro y te saca de esta.

—Entiendo… —asintió Nuria—. Por cierto ¿cómo están tus huevecillos? ¿Ya se te ha pasado la inflamación? —Se inclinó sobre la mesa, dedicándole un guiño cómplice—. Sin rencores, ¿eh? Mira el lado bueno, ahora ya no necesitarás una lupa para verlos.

Raúl esquinó una sonrisa.

—Estás bien jodida —masculló en voz baja—. Y voy a disfrutar mucho viendo cómo te hundes en la puta mierda.

—Ya, supongo. —Se encogió de hombros, fingiendo indiferencia—. Pero mira, por lo menos así dejaré de ver tu cara de lerdo tan a menudo. Eso que gano.

Raúl resopló con teatral decepción.

—Joder, ¿lerdo? ¿Eso es lo mejor que se te ocurre? Mi hija de cinco años insulta mejor que tú.

—Vaya, lo siento.

—No te preocupes, en el talego tendrás tiempo de aprender.

—No, no... —Negó con la cabeza—. Me refería a que siento que seas padre. Pobre niña. Verás qué decepción cuando descubra que su padre es gilipollas.

Esta vez, la sonrisa cruel de Raúl se ensanchó en su rostro.

—Mejor —concedió—. Pero no...

Pero en ese preciso instante la puerta se abrió con un chasquido, interrumpiéndolo.

La intimidante figura del comisario Puig apareció en el umbral, vestido de uniforme y con una carpeta marrón bajo el brazo. Su mirada severa se clavó en Nuria durante unos segundos, antes de volverse hacia Raúl.

—Sargento, ¿qué hace la cabo Badal esposada por la espalda?

—Es el procedimiento, comisario —alegó, sorprendido por la pregunta—. Cuando se trata de sospechosos de asesinato.

—Quíteselas ahora mismo.

—Pero...

—La cabo Badal aún sigue siendo miembro del cuerpo, sargento, y no tratamos así a otros policías, aunque estén detenidos.

—A la orden, comisario —respondió sumiso, poniéndose en pie y acercándose a Nuria por la espalda.

En cuanto se vio libre, Nuria se masajeó las marcas rojas de sus muñecas.

—Gracias, comisario.

—No me las dé aún —replicó Puig, cortante.

Raúl, con las esposas en la mano, se dispuso a tomar asiento de nuevo.

—Yo me encargo, sargento —le dijo Puig, colocando la mano en su hombro—. Puede retirarse.

—Comisario —objetó aquel, reacio a perderse el espectáculo—. Si me lo permite, yo podría ayudarle a…

Puig no le dejó terminar la frase.

—¿No me ha oído, sargento?

Raúl dejó escapar un leve bufido de decepción, dedicando una furtiva mirada de reojo a Nuria mientras se dirigía hacia la puerta.

—Sargento —le llamó esta, cuando ya se disponía a salir, haciendo que se volviera de forma involuntaria.

—¿Qué? —preguntó Raúl, al ver que Nuria no añadía nada más.

—No, nada… —respondió, despidiéndolo con un gesto—. Ah, sí. —Hizo como que recordaba algo—. Gilipollas.

En respuesta, Raúl le lanzó un beso desde la puerta.

—Que disfrutes de la cárcel —se despidió, abandonando la sala—. No te olvides de escribir.

El comisario Puig se quedó mirando la puerta hasta que esta se cerró, antes de volverse de nuevo hacia Nuria.

Sin decir nada, tomó asiento en la silla que había ocupado el sargento, dejó la carpeta sobre la mesa y, con gesto cansado, situó la mano extendida sobre esta como si pretendiera leer su contenido a través de la yema de los dedos.

Luego cerró los ojos y dejó escapar un sonoro suspiro.

—¿Por qué? —preguntó, levantando la mirada.

Nuria esperó a que terminara la pregunta, pero cuando fue a abrir la boca entendiendo que esta acababa ahí, el comisario prosiguió hablando.

—¿Por qué me mintió? —repitió entristecido, bajando la vista hacia aquella carpeta, que Nuria imaginó que contenía su declaración.

—Yo no le he mentido, comi…

Puig la interrumpió levantando la mano.

—No lo estropee aún más —le advirtió.

—Todo lo que he dicho es cierto —insistió, señalando la carpeta.

—Me ha mentido —le recordó Puig—. ¿Por qué me iba a tener que creer ahora su declaración?

—Yo… —Nuria buscó una buena respuesta, pero no la tenía—. Porque es la verdad.

—¿La verdad? —repitió, abriendo la carpeta y paseando la vista por sus páginas—. Sicarios, traficantes, hackers, terroristas islámicos…

—Entiendo lo que parece —alegó Nuria—. Pero es la verdad. Hasta la última palabra.

Puig dedicó una severa mirada a Nuria. Una mirada de decepción y desconfianza.

—¿He de creerme que mientras no estaba en casa le robaron el arma de la caja fuerte? ¿La pistola con la que horas después asesinaron a la viuda de su excompañero y al que, de forma presuntamente accidental, había matado días antes de un disparo en la cabeza?

—¿Presuntamente?

—A la luz de los nuevos acontecimientos —explicó Puig—, a partir de ahora todo lo relacionado con usted va a ir con un *presuntamente* delante.

Nuria se inclinó hacia adelante, apoyando los brazos en el frío metal de la mesa.

—¿En serio cree… que yo disparé a David a propósito y luego maté a Gloria?

—Lo que yo crea carece de importancia —alegó, barajando las hojas del informe—. Mi labor es establecer lo sucedido, ciñéndome a las pruebas, y, por el momento, lo que tenemos es un agente muerto en acto de servicio en extrañas circunstancias, y a la esposa de este, asesinada días más tarde con la misma arma —levantó la vista—: la suya.

—Pero ya he explicado que entraron en mi casa y forzaron la caja, y que cuando mataron a Gloria, yo estaba en casa de Elías, durmiendo. Además, eran mis amigos, joder. Yo jamás les habría hecho daño.

—Eso es irrelevante —desestimó Puig, hurgando de nuevo en el informe—. Pero cuando habla de Elías…, se refiere usted a Elías Zafrani, el sujeto al que usted y el sargento Insúa se supone que estaban investigando.

—¿Cómo que *se supone?* ¿También va a poner eso en duda? Llevábamos meses detrás de él, siguiéndolo y buscando pruebas para encerrarlo.

—Pero no lograron nada.

—No podíamos —alegó—. Tiene contactos dentro del cuerpo. Gente que le mantenía informado de nuestra investigación y le permitía ir siempre un paso por delante de nosotros.

—Contactos dentro del cuerpo... —repitió Puig—. ¿Como usted?

—¿Qué? ¡No! ¡Yo no! —exclamó—. Me refiero a alguien que le ponía al corriente de la investigación.

—Una investigación que, insisto, llevaban el sargento Insúa y usted misma.

—¿Qué insinúa?

—No insinúo nada. Solo ato cabos.

—Pues desátelos porque se está equivocando del todo —replicó—. David y yo hacíamos nuestro trabajo lo mejor que podíamos, pero no sabíamos que estaba jugando con nosotros, dándonos pistas falsas.

—Entiendo... —asintió, con cara de no estar creyéndose ni una palabra—. ¿Y cuál es su relación actual con el señor Elías Zafrani?

—¿Relación? —Nuria frunció el ceño—. No tenemos ninguna relación. Solo estábamos colaborando para evitar un atentado terrorista.

—Evitar un atentado terrorista —repitió escéptico—. Ustedes dos.

—Pensamos que... —Puig la intimidaba hasta el punto de sentirse como una niña dando explicaciones al director de la escuela— era demasiado pronto para alertar al departamento antiterrorista. Queríamos lograr alguna prueba sólida, pues de lo contrario no nos creerían.

—¿Y la consiguieron?

—Solo circunstanciales —confesó—. Pero el chico al que fuimos a ver a Villarefu debía tenerlas y por eso lo mataron. Está todo explicado en mi declaración.

—Ya, claro..., el chico que murió de un infarto —murmuró, echando un breve vistazo a los papeles—. Y como encontraron un Corán en su casa, fueron a la mezquita a hablar con el imán.

—Un hadiz —le corrigió—, con una cita marcada de las que emplean los yihadistas. Ese imán seguro que sabe algo —añadió—. Por eso los llamó en cuanto aparecimos, ¿es que no lo ve?

—En realidad —aclaró Puig—, fue el sistema de reconocimiento facial de la cámara exterior lo que envió tu imagen a la Inteligencia Artificial de la Central, y lo que al identificarte hizo saltar la alarma.

—Bueno, eso da igual —desechó el detalle con un ademán—. Ese imán oculta algo. Me apuesto cualquier cosa a que está implicado de algún modo.

—Y eso lo sabe porque…

—Porque encaja.

—¿Encaja? —repitió, pasando las páginas de su declaración—. ¿Por ese libro en casa de un muchacho muerto, al que llegaron gracias a una huella parcial que podría pertenecer a decenas de personas distintas?

—Sé que aún no hay pruebas irrefutables —alegó Nuria—. Pero sí suficientes indicios como para…

—¿Sabe lo que significa «Sesgo de confirmación»? —interrumpió Puig.

Nuria parpadeó un par de veces, descolocada por la pregunta.

—Sí, claro.

—Es la tendencia —explicó igualmente el comisario, como si le hubiera dicho que no— a interpretar la información para confirmar las propias creencias.

—Ya. Pero no veo que tiene que…

—No, eso está claro —resopló Puig—. Usted no ve nada.

Nuria fue a replicar, pero el comisario la calló con un gesto.

—Pero lo que yo sí veo —dijo, cerrando la carpeta del informe y dirigiéndole una mirada de conmiseración— es a una buena agente que mató por accidente a su compañero, y que eso le afectó psicológicamente hasta el punto de perder la cabeza y comenzar a imaginar absurdas intrigas para no enfrentarse a lo que había hecho. Usted ha construido una fantasía —prosiguió, inclinándose hacia adelante— en la que es el epicentro de una complicada trama con terroristas, hackers, sicarios y policías corruptos. Una trama en la que usted es la víctima y la heroína al mismo tiempo, pero de la que no tiene prueba alguna. —Hizo una pausa y añadió—: ¿Lo ve ahora?

Nuria tardó unos segundos en comprender lo que le estaba insinuando el comisario. Pero no, no era posible. No se lo había imaginado. No se estaba volviendo loca.

Aunque, en el fondo, sentía que las palabras del comisario tenían cierto sentido.

—Pero... Elías —objetó—. Él también cree que se está preparando un ataque yihadista.

—¿Elías Zafrani? —dijo Puig, y abriendo de nuevo la carpeta extrajo una hoja que entregó a Nuria—. Lea esto, por favor.

—¿Qué es?

—La evaluación psicológica de su amigo.

Nuria cogió la hoja con el encabezado del psicólogo forense y leyó el diagnóstico final a pie de página.

—El sujeto —leyó en voz alta— sufre una marcada tendencia a la esquizofrenia paranoide. —Hizo una pausa y añadió con voz trémula—. Se recomienda su internamiento en un centro psiquiátrico para ulterior evaluación. —Levantó la vista de la hoja y murmuró con voz trémula—. No..., no lo entiendo. ¿Qué significa esto?

—Significa que el señor Zafrani es un demente —le aclaró Puig—. Un paranoico, obsesionado con los yihadistas ¿De quién partió la idea de los terroristas islámicos? —le preguntó a continuación—. ¿De usted —señaló la puerta a su espalda—... o de él?

Nuria hizo memoria de sus primeras conversaciones con Elías cuando creía que era él quien estaba detrás de la muerte de David.

Entonces recordó cómo él había relacionado la droga presente en el cuerpo del asesino de Vílchez con el ISMA, y cómo a partir de ese momento el punto de mira pasó a centrarse sobre unos presuntos terroristas islámicos.

Unos terroristas de cuya existencia, en realidad, no tenía ni una sola prueba.

—¿Lo va entendiendo al fin? —preguntó Puig, leyendo su expresión—. Entre ustedes dos han retroalimentado sus propias locuras. Usted buscando un culpable a su desgracia y él dando rienda suelta a su obsesión por los yihadistas, arrastrándola en su esquizofrenia. Ha sido como echar gasolina al fuego.

Nuria negaba con la cabeza mientras Puig hablaba.

—No..., no es posible.

—Claro que sí —objetó—. ¿O es que acaso no le pareció raro que un criminal de cuello blanco como Zafrani lo dejara todo de lado y se pusiera a jugar a los espías? ¿Cree que un hombre como él, en su sano juicio, se arriesgaría a tanto sin necesidad?

—Él quería venganza —alegó Nuria, cada vez menos convencida de sus propios argumentos—. Quería… ayudarme.

Una sonrisa cansada asomó en el rostro pétreo del comisario.

—¿Ayudarla, agente Badal? Pero ¿usted se está escuchando? ¿Por qué él iba a querer ayudar, precisamente, al agente de policía que le ha estado investigando? —aguardó unos segundos antes de proseguir—. Usted estaba confusa y vulnerable, y él se aprovechó de ello —razonó Puig—. El señor Zafrani es un esquizofrénico y, en algún momento, víctima de su paranoia, quizá habría terminado pensando que usted le estaba engañando, que era parte de un complot terrorista o cualquier otra locura, y entonces le habría pegado un tiro en la nuca.

—No, él no es así.

—Por supuesto que sí —insistió Puig—, y lo sabe. Ahora mismo usted es víctima de un síndrome de Estocolmo, pero acabará comprendiendo que tengo razón. No solo la hemos detenido —concluyó—, también le hemos salvado la vida.

Abrumada, Nuria bajó la cabeza para no tener que mirar a Puig a los ojos. Para no tener que ver nada, en realidad. Se resistía a creer que hubiera estado tan equivocada, que todo lo vivido hubiese sido nada más que la materialización de una fantasía.

Pero, cuanto más lo pensaba, más sentido tenía que así había sido.

Ella solo había encontrado una botella de agua, una huella parcial en la ventanilla de un vehículo carbonizado, un trozo de envoltorio de un producto químico que quizá llevaba años allí debajo y unas pocas palabras anotadas por David en su cuaderno, que podrían significar cualquier otra cosa. Todo lo demás podía deberse a la mala suerte o al sesgo de confirmación que había mencionado Puig.

—No puede ser… —repitió Nuria como una letanía, hundiendo el rostro entre sus manos—. No puede ser…

El comisario se levantó de su silla y, rodeando la mesa, en un gesto inaudito en él, apoyó su pesada mano en la espalda de Nuria.

—Lo siento. De verdad que lo siento.

48

Si alguna virtud tienen los calabozos de una comisaría es la de simplificarlo todo. De repente, todas las distracciones desaparecen y uno se encuentra entre cuatro paredes de hormigón gris, entonces cualquier preocupación intrascendente queda relegada frente a ellas. Las ideas se clarifican, y la mente se despeja de todo aquello que no sea tan sólido y palpable como la puerta de acero que mantiene el resto del mundo al otro lado.

Tumbada boca arriba en el catre, con las manos entrelazadas bajo la nuca, Nuria trataba de hacer memoria sobre todo lo sucedido en los últimos días: quién dijo qué, cuándo y por qué. Seguía resistiéndose a aceptar la conclusión del comisario, esa en la que había sido víctima por su necesidad de encontrar un culpable a sus desgracias, y en la que se dejaba al descubierto la supuesta esquizofrenia de Elías. Esto último en particular le costaba asumirlo especialmente.

Ser víctima de la locura propia ya es difícil de admitir. Pero serlo de una locura ajena tiene un grado de humillación y vergüenza que lo complica todo. ¿Podía haber sido engañada tan fácilmente? Se supone que ser agente de policía implica cierto equilibrio mental y capacidad inquisitiva para discernir entre la verdad y la mentira, entre la demencia y la cordura. Así que terminar siendo manipulada por un chiflado paranoico, como si fuera una marioneta, era además un duro golpe a su vapuleado amor propio.

Unos pasos se acercaron por el pasillo y se detuvieron al otro lado de la puerta; al momento, el pesado cerrojo de la celda se descorrió y la puerta se abrió con un quejido de bisagras.

—Nuria Badal —dijo el agente que apareció en el umbral—. Acompáñeme.

Nuria levantó la cabeza.

—¿Otro interrogatorio? —protestó—. Ya he testificado y he hablado con el comisario. No tengo nada nuevo que contar y necesito dormir un poco.

—Pues hágalo en su casa —replicó el policía—. Han pagado la fianza y podrá irse.

—¿La fianza? —repitió, incorporándose de golpe en la cama—. ¿En serio?

El guardia torció el gesto.

—¿Tengo cara de estar bromeando?

—Pero… ¿quién lo ha hecho?

—Lo sabrá si se levanta y me acompaña —arguyó el agente, señalando el pasillo con impaciencia.

Nuria dudó un instante, pero terminó por ponerse en pie sobre el frío suelo de la celda.

Mientras seguía dócilmente al policía por los pasillos del sótano de la comisaría, trataba de comprender cómo era posible que un juez hubiera consentido ponerla en libertad bajo fianza en tan poco tiempo, y sin hablar con ella o acudir a una vista previa. Lo normal era un trámite que llevaba días o semanas, nunca horas, y mucho menos de madrugada. Solo se le ocurría que, quizá, el comisario Puig hubiera intercedido personalmente ante el magistrado, garantizándole que no había riesgo de fuga. De otra manera, le costaba imaginar que, solo unas horas después de ser detenida como sospechosa de asesinato, fueran a dejarla salir por la puerta.

Otra cosa era quién había podido pagar la fianza. Pero, respecto a eso, las pocas dudas que hubiera podido albergar se esfumaron en cuanto la condujeron a un despacho donde la esperaba un tipo moreno y engominado, enfundado en un traje a medida que debía costar lo que ella ganaba en tres meses.

—Buenos días —la saludó con aire de gravedad, ofreciéndole la mano—. Soy Raimundo Smith, el abogado del señor Zafrani.

En lugar de corresponder al saludo, Nuria dirigió su atención a la ventana.

—¿Qué hora es? —preguntó entrecerrando los ojos, sorprendida de que ya fuera de día.

—Las once de la mañana —contestó el abogado e, indicando una de las dos sillas libres a ese lado de la mesa, añadió—. Siéntese, por favor.

—¿Lo envía Elías? —preguntó Nuria, ignorando de nuevo el gesto.

El abogado rodeó la mesa y se sentó al otro lado.

—El señor Zafrani me ha pedido que tramite con extrema urgencia su fianza —explicó mientras extraía unos documentos de la cartera de piel marrón que descansaba sobre la mesa—. Por fortuna, el juez de guardia ha sido comprensivo y, a pesar de estar acusada de evasión de la justicia, posesión de un arma de fuego ilegal y ser sospechosa de asesinato, ha aceptado dejarla en libertad provisional bajo fianza. Así que si es tan amable de firmar este consentimiento —añadió, sacando una pluma del bolsillo interior de la americana y depositándola sobre los documentos—, mi labor aquí habrá concluido y usted podrá regresar a casa hasta que se fije fecha para el juicio.

—¿Cómo está Elías? —preguntó, acercándose a la mesa para echar un vistazo a los documentos—. ¿También está libre?

—El señor Zafrani ya se encuentra descansando en su domicilio. Los cargos contra él son leves, así que no ha necesitado fianza.

—¿Doscientos cincuenta mil euros? —preguntó Nuria con asombro, al descubrir el monto de la fianza—. ¿Y Elías..., el señor Zafrani, ha aceptado pagarla?

—Ha insistido en hacerlo.

Nuria se quedó mirando aquella mareante cifra, pensando en lo que implicaba para ella aceptar ese inmenso favor. Detestaba sentirse en deuda con nadie, y no digamos ya con un criminal con tendencias paranoicas. Pero, por otro lado, si no firmaba se quedaría encerrada en prisión preventiva hasta la celebración del juicio, y sabiendo de la celeridad de la justicia española eso podía significar uno o dos años pudriéndose entre rejas.

—En fin... —masculló para sí, y tomando aquella pluma ribeteada en oro estampó su firma al pie de la última página—. Aquí lo tiene —añadió al terminar, devolviéndole las hojas y la pluma al abogado—. Dé le las gracias al señor Zafrani, y dígale que…

—Puede decírselo usted misma —la interrumpió, sacando un smartphone del maletín y desplegándolo ante ella—. También me ha pedido que le entregue esto.

Nuria acercó su pulsera a la pantalla para sincronizarlo y casi al instante aparecieron en ella los ojos azules Elías.

—Hola, Nuria —la saludó sonriente—. ¿Cómo estás?

—Bien, gracias —respondió, sintiendo cómo a ella también se le formaba una sonrisa involuntaria—. Gracias por lo de la fianza, yo no…

—No tiene importancia —lo desestimó con un ademán—. Lo que importa es que estés libre. ¿Ya has salido de la comisaría?

—Aún no. Acabo de firmar los papeles para salir.

—Estupendo —se felicitó—. Pues ven conmigo y te invito a almorzar, debes tener mucha hambre y hay mucho de lo que hablar.

—Te lo agradezco. Pero, la verdad, preferiría irme a mi casa. Estoy agotada.

Elías compuso un breve gesto de decepción, pero asintió comprensivo.

—Sí, por supuesto. ¿Quedamos entonces para cenar?

—Yo… es que, me apetece estar sola.

—Claro —dijo—. Han sido unos días difíciles y tienes que recuperarte.

—Sí, eso mismo… Ya hablaremos.

Alargó la mano para apagar el teléfono, pero Elías volvió a hablar antes de que su índice alcanzara el icono.

—¿Pasa algo? —preguntó este, acercándose mucho a la cámara—. Te veo rara.

—No pasa nada —contestó Nuria con demasiada rapidez—. Todo va bien.

Elías afiló la mirada, escrutándola con detenimiento.

—¿Estás segura?

—Sí, estoy segura —contestó Nuria, tratando de parecer convincente—. Es solo que estoy cansada. De verdad.

Elías alargó su silencio hasta el límite de la incomodidad, estudiando a Nuria con sus inquisitivos ojos azules.

—De acuerdo —dijo al fin—. Hablaremos mañana.

—Sí, claro —contestó Nuria, y antes de que Elías pudiera añadir algo más, apagó el teléfono.

Cuando levantó la vista, se dio cuenta de que el abogado también la estaba mirando con extrañeza.

—¿Qué? —le espetó Nuria.

En respuesta, el abogado frunció los labios y meneó la cabeza.

—Nada. No es asunto mío —dijo, mientras guardaba los documentos y el móvil en el maletín.

—¿Qué pasa? —insistió Nuria.

El abogado terminó de cerrar el maletín, y solo entonces volvió a mirar a Nuria.

—¿Cuánto hace que conoce al señor Zafrani? —preguntó.

Nuria estuvo a punto de contestar que no era asunto suyo, pero sentía curiosidad por lo que el picapleitos tenía que decir.

—Déjese de rodeos —replicó—. ¿Adónde quiere ir a parar?

—Muy bien. Seré directo —contestó—. Al señor Zafrani no le gusta nada que le mientan. Yo que usted no lo haría…, y aún menos cuando él es el garante de su fianza.

—¿Y quién dice que he mentido? —replicó Nuria, frunciendo el ceño—. ¿Me está llamando embustera?

En respuesta, el abogado alzó ambas manos en señal de rendición.

—Le pido disculpas —alegó en un tono que decía todo lo contrario, tomando el maletín y poniéndose en pie—. La habré interpretado mal.

—Pues sí, eso ha hecho —afirmó rotunda—. Del todo.

—Le reitero mis disculpas —insistió con una leve inclinación de cabeza, y al alcanzar la puerta repiqueteó en ella con los nudillos y se volvió una última vez—. Dentro de unos minutos vendrá un agente para devolverle sus efectos personales y colocarle la tobillera. Luego ya podrá marcharse a casa.

—¿Tobillera? ¿Qué tobillera?

—La de seguimiento, por supuesto —aclaró el abogado, mientras le abrían la puerta desde el exterior para que saliera—. Me temo que, mientras esté en libertad bajo fianza, deberá llevar una. Es la condición que exigió el juez para permitir que saliera.

—Pero yo no he dado mi consentimiento para que me la pongan —objetó irritada.

—Claro que lo ha hecho. —El abogado señaló la copia de los documentos que había dejado sobre la mesa—. La próxima vez, señorita Badal, le sugiero que antes de firmar un documento lo lea con mayor detenimiento.

—Cabo Badal —le corrigió Nuria.

El abogado esgrimió una sonrisita condescendiente.

—Claro —contestó cuando ya salía por la puerta—. Lo que usted diga.

Menos de media hora después Nuria abandonó el edificio de la comisaría y tomó un Waymo en dirección a su casa. La excusa que le había dado a Elías era cierta, ya que se sentía muy cansada, y solo deseaba darse una larga ducha y echarse en la cama a dormir. Estaba tan agotada que no tenía ni hambre, y eso que no recordaba la última vez que había comido algo.

Antes de que se diera cuenta, el vehículo se detuvo frente a su edificio y pagó acercando la pulsera que le había proporcionado Elías —y que por fortuna no le habían confiscado— al lector del vehículo.

A duras penas logró reunir las fuerzas necesarias para alcanzar su piso, y por ello se le cayó el alma a los pies al descubrir la puerta de su apartamento cubierta de cintas amarillas de la policía científica. Un sello de lacre cubría lo que quedaba de la destrozada cerradura.

—Por supuesto —resopló, al comprobar que su piso era ahora territorio prohibido—. Cómo no.

Por un momento sintió la tentación de arrancar las cintas y el lacre, pero entonces su vista fue a parar a la pulsera negra que rodeaba su tobillo derecho. Si entraba en su casa, era muy probable que el GPS que llevaba para controlarla hiciese saltar alguna alarma en la Central, lo que la llevaría de nuevo a la cárcel sin pasar por la casilla de salida.

Concluyó que aquello no era una buena idea.

—¿Y dónde narices voy yo ahora? —se preguntó, apoyándose en la pared y dejándose resbalar hasta quedar sentada en el suelo.

Entonces sacó el móvil del bolsillo y, tras quedarse mirando unos segundos la pantalla negra, dejó escapar un suspiro resignado y llamó a quien debía haber llamado mucho antes.

49

Hola, mamá —la saludó sin excesivo entusiasmo— ¿Cómo estás?

—¿Qué cómo estoy? —repitió soliviantada— ¿Qué está pasando, hija? ¡Acaba de llamarme tu comisario para decirme que estás en libertad bajo fianza!

—¿El comisario Puig te ha llamado? ¿Por qué?

—¿Cómo que por qué? —alegó exaltada—. ¡Porque soy tu madre!

—Ah, ya… Por eso.

—¿Qué está pasando? —inquirió con urgencia—. ¿Por qué te han detenido? Estoy escuchando cosas muy extrañas sobre ti, y ya no sé qué pensar. ¿Y por qué no me has llamado antes?

Postrada en el frío suelo del descansillo, frente a la puerta precintada de su casa, agotada por falta de sueño y el cansancio, lo último que deseaba era tener que dar explicaciones por teléfono a su madre.

—Sí, debí llamarte, perdona —se disculpó—. Pero no he hecho nada, mamá. Ha sido todo un malentendido.

—¿Un malentendido? —repitió—. Que yo sepa por un malentendido no detienen a la gente.

—A veces sí —aclaró, sin deseos de dar más explicaciones—. ¿Y qué te ha dicho el comisario?

—Me preguntó si sabía qué habías estado haciendo estas últimas semanas y, claro, le tuve que explicar que no tenía ni idea

—suspiró teatralmente—. Como nunca me llamas ni vienes a visitarme…

—Ya —dijo Nuria, evitando caer en la trampa—. ¿Y qué más te dijo?

—Nada más. Solo me dijo que estaba preocupado por ti y que, si hablaba contigo, te dijera que tuvieses cuidado.

—¿Que tuviese cuidado? ¿Eso te dijo?

—Pues sí, eso me dijo.

—¿Y no te dijo *de qué* debía tener cuidado?

—Eso le pregunté yo y me contestó que tú ya sabías a qué se refería. —Hizo una pausa para respirar y prosiguió—: ¿En qué estás metida, hija?

—En nada, mamá. No te preocupes.

—¿Cómo no voy a preocuparme, Nuria? —inquirió indignada—. Sigo siendo tu madre —añadió—, aunque a ti no te guste ser mi hija.

—No digas tonterías, mamá.

—No es ninguna tontería. Cada vez te importo menos.

—Eso no es verdad.

—Pues entonces ¿por qué ya nunca vienes a verme?

Nuria estuvo a punto de decirle que justo para eso la llamaba, para preguntarle si podía pasar unos días con ella hasta que pudiera recuperar su piso. Pero de pronto esa idea se deshizo en su mente y el agotamiento hizo que su cerebro no atajara a tiempo a su lengua.

—Es por tu obsesión religiosa —le espetó directamente—. Esa locura de los Renacidos en Cristo te está sorbiendo el cerebro, y me entristece mucho ver lo que están haciendo contigo. Por eso cada vez voy menos a verte —añadió, soltándolo todo—. No soporto ver cómo te has convertido en una fanática religiosa.

Esta vez, la pausa de su madre fue mucho más larga.

—Entiendo —murmuró al otro lado de la línea.

—No, no creo que lo entiendas —objetó Nuria con voz cansada.

—Ellos me lo advirtieron —se lamentó con voz trémula—. Que intentarías apartarme de la senda, pero yo les dije que no, que en el fondo eras buena chica y que al final sabrías ver la bondad de la obra de los Renacidos.

—¿Bondad? Venga ya, no me jodas —explotó—. Son fanáticos, machistas, homófobos… Son una puñetera secta, maldita sea, ¿cómo es que no lo ves?

—No sabes de lo que hablas, Nuria. Bien lo decía el profeta Jeremías: «He aquí, que sus oídos están cerrados y no pueden escuchar —recitó—. He aquí, que la palabra del señor les es oprobio y no se…».

—¡Ya vale! —le interrumpió Nuria con brusquedad—. No me sueltes el rollo bíblico.

—No es ningún rollo —le reprendió ofendida—. Es la palabra de Dios.

—Lo que tú digas —bufó—. Pero es por esto mismo por lo que ya no voy a verte, mamá. Al final siempre acaba saliendo dios o la puñetera Iglesia en cualquier conversación, y no soporto ver cómo te han adoctrinado. Tienes que elegir, mamá —añadió, tomando aire para insuflarse aliento—. O los Renacidos… o yo.

—No tienes derecho a hacerme eso.

—Eres tú la que te lo estás haciendo a ti misma —sentenció cortante—. Elige.

Esta vez el silencio al otro lado de la línea se hizo eterno.

Tiempo suficiente para que Nuria se preguntase qué prefería realmente que contestara su madre.

Tiempo suficiente para comprender que en el fondo deseaba que eligiese a su secta y no volver a verla.

Tiempo suficiente para darse cuenta de que el agotamiento y la frustración la habían empujado a hablarle así, y que en realidad ella tenía razón; no tenía derecho a hacerle eso.

—Mamá… —comenzó a decir.

—Ya he elegido —la interrumpió con tono glacial.

—Escucha, mamá, yo…

—Adiós, Nurieta.

—¡No! ¡Espera! —exclamó, pero ya era demasiado tarde. Su madre cortó la llamada antes de que pudiera decir nada más.

Allí sentada, en el frío suelo del rellano junto a su puerta, Nuria no pudo evitar que la autocompasión aflorase convertida en dos hilos de lágrimas resbalando por sus mejillas.

Había estropeado, quizá para siempre, la relación con su madre. Había matado a su compañero de trabajo y puede que provocado el asesinato de su mujer. Había tirado por la borda su carrera de policía. Estaba en libertad bajo fianza acusada de asesinato y, para colmo, ya no podía ni siquiera regresar a su casa.

—Joder... —resopló, apoyando los codos en las rodillas y descansando el rostro entre las manos, desolada—. Estoy que me salgo.

De pronto, no tenía lugar adonde ir ni nadie a quien acudir. Levantando la cabeza, pensó en llamar a Susana y preguntarle si podía dormir en el sofá, pero ya había exprimido demasiado su amistad durante los últimos días y aparecer en su casa podría incluso complicarle la vida en el cuerpo de policía. No quería arriesgarse a que Puig o Raúl descubrieran que Susana la había ayudado. No podía perderla también a ella.

Por un instante pensó también en ir a la residencia de su abuelo y pedirle cobijo a Daisy. Nada le apetecía más que ir a verlo, recibir su consuelo y dejar que la calmase con su sensatez y cariño, que le dijese que todo iba a salir bien mientras le daba un abrazo. Pero ese era un riesgo que tampoco quería correr. Si iba allí, la tobillera de seguimiento delataría la situación del geriátrico ilegal, y puede que alguien se preguntara por qué había ido a ese piso de la Barceloneta precisamente.

El patético recuento de amigos a los que acudir se completaba con un exnovio imbécil y un par de rollos de Tinder con los que podría echar un polvo, pero de los que no podía esperar mucho más.

—Mierda —rezongó jugueteando con la pulsera cuando comprendió que solo había una persona a la que podía acudir en realidad.

Media hora más tarde, bajo un cielo azul cobalto y un sol de justicia, Nuria descendía de un taxi frente a aquella incongruente finca de estilo alpino, al pie de las montañas de Collserola.

La puerta principal se abrió de inmediato, y en ella apareció un hombre atractivo de mediana edad que la miraba con unos ojos tan azules como el cielo sobre sus cabezas.

—Me alegro de que hayas cambiado de opinión —saludó a Nuria cuando esta se aproximaba, con una cálida sonrisa de bienvenida.

—Ya, bueno —repuso Nuria—. Era esto o buscarme un hostal.

—Qué halagador.

—Es que no quiero molestarte.

—Y no lo haces —aclaró Elías—. Aquí puedes quedarte todo el tiempo que desees.

—Solo serán un par de días —se apresuró a aclarar Nuria—. Me iré en cuanto recupere mi piso.

—Claro, claro —asintió, haciéndose a un lado e invitándola a pasar al interior de la vivienda—. Tu habitación está lista, y me he tomado la libertad de comprarte algo de ropa en Amazon Express que debe estar al llegar.

Nuria se detuvo en seco.

—¿Que has hecho qué?

—En realidad, ha sido cosa de mi sobrina —alegó a la defensiva—. Me hizo ver que llevabas días con la misma ropa y que seguro que no estabas de humor para ir de tiendas, así que ella misma escogió un par de prendas para que estuvieras más cómoda. Espero que no te parezca mal.

Nuria se debatió un instante, entre el agradecimiento y la irritación de que alguien tomara decisiones por ella. Si algo necesitaba con urgencia era sentir que recuperaba el control de su vida, y vestirse con ropa que no había elegido desde luego no era un buen comienzo. Pero, por otro lado, no podía obviar la buena intención que había detrás de aquel gesto, y se dio cuenta de que molestarse por ello sería absurdo e injusto.

Y, además, en el fondo tenía razón; ya estaba empezando a oler mal de nuevo. Necesitaba ropa limpia con urgencia.

—Gracias —contestó Nuria, forzando una sonrisa—. No teníais por qué molestaros.

—Solo intento ser un buen anfitrión —correspondió Elías, y señalando a la escalera que subía al primer piso, añadió—: Como imagino que estarás exhausta, te dejo para que descanses. En cuanto llegue la ropa haré que te la suban a tu habitación.

—Gracias —repitió Nuria—. Eres muy amable.

Elías respondió con una sonrisa que arrugó la comisura de sus ojos.

—Un placer —asintió—. Y ahora tengo que dejarte, pero si necesitas cualquier cosa no dudes en pedírsela a alguien del servicio

—añadió, encaminándose hacia su despacho—. Nos vemos para la cena —se despidió, dedicándole un guiño.

Para su sorpresa, Nuria sintió cómo el corazón se le aceleraba y el rubor encendía su rostro.

Contrariada por aquella traición de su propio cuerpo, bajó la mirada y se volvió hacia a la escalera sin decir nada más.

¿Qué coño le pasaba?, se preguntó mientras subía aquellos escalones de madera oscura. ¿Es que ahora iba a sentirse atraída por Elías? ¿Acaso no tenía bastantes problemas, como para añadir un criminal esquizofrénico a la lista?

Meneando la cabeza, enfadada consigo misma, alcanzó la habitación de invitados y, al abrir la puerta, descubrió que lo había echado de menos.

La limpieza y el orden impecable, la decoración masculina pero acogedora y la sensación de que había alguien que se preocupaba por ella no hicieron más que acrecentarse cuando vio que sobre el escritorio le habían dejado una bandeja con un sándwich, fruta fresca y una jarra de zumo de naranja recién exprimido.

—Maldita sea… —barbulló al percibir cómo, a su pesar, un inoportuno sentimiento de afecto crecía en su interior.

50

Nuria no estaba segura de en qué momento se quedó dormida, pero el sándwich de pavo a medio devorar junto a su almohada sugería que fue justo después de darse la ducha cuando, envuelta en la toalla, se estiró en la cama dispuesta a relajarse y a calmar el hambre.

Con cierta incredulidad, se frotó los ojos al ver que al otro lado de la ventana el día estaba llegando a su fin, y tuvo que comprobar su pulsera dos veces para creerse que ya eran casi las ocho de la tarde. ¿Cuánto había dormido? ¿Ocho horas? ¿Nueve, quizá? El tema de las siestas se le estaba escapando de las manos.

La toalla, aún húmeda, había empapado también las sábanas, así que con una pequeña contorsión se libró de ella y la dejó a un lado, quedándose desnuda con los brazos en cruz sobre la cama, con la mirada vagando por el techo y la mente en blanco.

No fue hasta que bajó la vista y vio alrededor de su tobillo derecho el dispositivo de seguimiento que la realidad la arrastró por los pelos hasta el jodido presente.

Por un momento, trató de recrear la sucesión de acontecimientos que la habían llevado a terminar viviendo en la casa de un delincuente, con una tobillera de vigilancia controlando hasta el último de sus movimientos. Pero terminó por apartar esa reflexión de su cabeza, había cosas en las que era mejor no pensar. Una y otra vez había hecho lo que creía correcto…, y una y otra vez se había equivocado.

En ocasiones —razonó—, no importan las cartas que se jueguen, pues el resultado de la partida es siempre el mismo. Había seguido su instinto y este le había fallado miserablemente, tanto a la hora de interpretar los hechos como a la de juzgar a las personas y, sobre todo, a ella misma.

Como le había dicho Puig, su necesidad de encontrar un culpable más allá del infortunio la había llevado a buscarle tres pies al gato de Schrödinger. Pero no podía acusar a Elías por arrastrarla en su paranoia, pues era ella quien le había empujado a ver cosas que no existían y a emprender una absurda caza de viejos fantasmas.

Aún no sabía cómo decírselo ni qué palabras emplear para ello, pero debía enfrentarse a él y hacerle ver que habían estado equivocados, que no había un comando islamista persiguiéndola ni preparando un atentado en Barcelona. La anfetamina que la forense halló en el cuerpo del asesino podría no ser limbocaína; la huella en la ventanilla de la furgoneta era posible que perteneciera a cien personas más; las notas de David quizá se referían a una mujer llamada Elisabets y no a una calle del Raval; el contenedor que fue robado pudo haber llevado patitos de goma, y ese trozo de envoltorio que encontraron bajo una máquina recreativa en un local abandonado bajo tierra quizá llevase décadas allí o podría significar cualquier otra cosa.

«Sesgo de confirmación», así lo había llamado el comisario. Tendría que usar esa palabra para explicárselo a Elías, y ojalá no tuviera que recurrir al diagnóstico del psiquiatra forense para convencerlo. A nadie le gusta que le digan que está mal de la cabeza, y menos si eres el jefe de una organización criminal. No suele ser un gremio que lleve bien las críticas de ese tipo y menos en boca de un policía.

—Una expolicía —se recordó en voz alta, torciendo el gesto.

Buscando deshacerse de ese deprimente pensamiento, se incorporó en la cama y descubrió al hacerlo que alguien había pasado una hoja de papel por debajo de la puerta.

Intrigada, se levantó de la cama, se acercó a la puerta y agachándose, cogió la nota y la leyó con curiosidad.

«Abre la puerta» decía una letra manuscrita pulcramente redondeada, típica de una joven adolescente.

Con precaución, pues aún iba desnuda, abrió unos centímetros la puerta y se encontró con una pequeña pila de ropa cuidadosamente doblada, con una pequeña nota sobre la misma.

Estiró la mano y, tomando la hoja de color rosa pálido, la desdobló.

«Espero que te gusten —leyó la segunda nota—. He elegido la talla a ojo, pero creo que te irán bien. La cena es a las ocho en el comedor. Besos, Aya».

—Joder —maldijo Nuria al comprobar la hora. Tenía menos de cuatro minutos.

Bajar las escaleras a toda prisa con chancletas casi le cuesta un tropezón, pero encontró el comedor sin perder la dignidad por el camino, mientras terminaba de dominar a un mechón rebelde que trataba de escaparse de la improvisada coleta.

Al llegar, se encontró a Elías y a su sobrina sentados al extremo de una alargada mesa y riéndose de algún chiste privado.

—Perdón por el retraso —se excusó Nuria, deteniéndose en el umbral.

Tío y sobrina se volvieron hacia ella al unísono; Aya con expresión satisfecha y Elías con una indisimulable turbación en la mirada.

—¡Qué guapa! —saludó la joven, invitándola con una sonrisa a que se acercara—. Ese vestido verde te sienta de maravilla. Hace juego con tus ojos. ¿A que sí, tío?

El aludido tragó saliva y asintió.

—Desde luego —coincidió—. Estás muy guapa.

Nuria bajó la mirada, alisándose con recato el juvenil vestido que le llegaba justo por encima de las rodillas.

—Yo…, gracias —respondió azorada—. Ya me dirás, esto…, cuánto te debo por él.

—Venga ya —la reprendió Aya—. No digas tonterías. Lo he comprado yo con la tarjeta de mi tío —añadió, y susurrando como si el aludido no estuviera sentado frente a ella, añadió—: Y él no sabe ni el dinero que tiene.

—Ajá —gruñó Elías, frotándose la barbilla teatralmente—. Ahora entiendo esos cargos inexplicables de joyas, bolsos y zapatos que me llegan a fin de mes.

—Eso no es verdad —replicó Aya airadamente—. Yo nunca me he comprado joyas.

Elías la apuntó acusador con el dedo.

—¿Así que lo otro sí es verdad?

—Tío, por favor —replicó ella, señalando a Nuria—. ¿No ves que estás incomodando a tu invitada?

Esta, plantada todavía en el umbral del comedor, levantó las manos a la altura del pecho.

—No quiero molestar —alegó, señalando ahora a su espalda con el pulgar—. Puedo volver a...

—Solo estamos bromeando —se adelantó Elías, poniéndose en pie e indicándole la silla que quedaba libre entre él y Aya—. Por favor, toma asiento.

Durante un instante Nuria vaciló. A pesar de la familiaridad, no podía dejar de pensar en qué estaba a punto de sentarse a cenar con un delincuente. Claro que, bien pensado, razonó a continuación, técnicamente ella también lo era y además se moría de hambre, de modo que rodeó la mesa y se sentó a la cabecera de la mesa.

—¿Pesa? —preguntó entonces Aya, señalando hacia abajo.

—¿El qué?

—La tobillera —aclaró la joven—. ¿Pesa mucho?

—Aya... —le recriminó Elías.

—No pasa nada —la excusó Nuria, echando un vistazo al feo dispositivo fijado a su pie—. No, no mucho —explicó—. Al cabo de unas horas te olvidas de que la llevas.

—Es *cool* —afirmó Aya—. ¿Sabes si la tienen en rosa?

—Ya vale de tonterías, Aya —la interrumpió Elías—. Nuria está muy cansada y lo último que necesita es que la molestes.

—No me molesta —la defendió Nuria.

—Pues a mí sí —objetó Elías—. Anda, ve a la cocina y ayuda a servir la cena.

—Vale, voy —repuso la joven, poniéndose en pie y dirigiéndose a la cocina—. Pero si te querías quedar a solas con ella... —añadió con picardía—, solo tenías que pedírmelo.

—A que te vas a la cama sin cenar.

—¡Ya te gustaría! —replicó Aya fuera ya de su vista, seguido de una sonora carcajada.

Elías puso los ojos en blanco y abrió las manos a modo de disculpa.

—Lo siento. La quiero como a una hija, pero hay veces en que... —Y dejó la frase en el aire, meneando la cabeza.

—No pasa nada. Es una edad difícil —y añadió a continuación, con una mueca culpable—. Lo sé por experiencia.

Una breve sonrisa asomó a los labios de Elías.

—¿Qué tal has dormido? —preguntó—. ¿Has podido descansar?

—Estoy bien, gracias. Yo... quería pedirte disculpas por la forma en que te hablé esta mañana por teléfono.

—No te preocupes. Lo comprendo perfecta...

—Déjame acabar —lo interrumpió Nuria—. Lo que quiero decirte es que te agradezco mucho todo lo que estás haciendo por mí. —Hizo una pausa, buscando las palabras adecuadas—. Pero... no sé cómo decirlo...

—No quieres sentirte en deuda conmigo —apuntó Elías.

Nuria se lo quedó mirando unos segundos, antes de asentir lentamente.

—Eso mismo.

—Tranquila —alegó, haciendo un ademán para quitarle importancia—. Ni lo estás, ni quiero que creas que lo estás. Tan solo he hecho lo que debía.

—Ese es el problema —arguyó Nuria—. Que no sé por qué crees que debías ayudarme, o pagarme la fianza, o traerme a tu casa —agregó, abriendo los brazos—. Lo único que he hecho desde el principio ha sido crearte problemas.

Elías se reclinó sobre la mesa.

—Eso no es cierto.

—Claro que lo es. La primera vez que hablamos casi te pego un tiro —recordó, imitando un arma con la mano—, y desde entonces solo te he metido ideas absurdas en la cabeza.

—¿Ideas absurdas? —inquirió ceñudo—. ¿A qué te refieres?

—Pues... —arguyó Nuria, insegura respecto a cómo abordar el tema— lo de los yihadistas, el atentado... Ya sabes..., toda esa locura.

La expresión de Elías era la viva imagen del desconcierto.

—No tengo ni idea de lo que estás hablando.

Nuria se removió en su silla, terriblemente incómoda.

—Es culpa mía —afirmó—. Lo que me sucedió… —Las palabras asomaban a sus labios, pero era incapaz de darles sentido—. Cuando mataron a David, yo creí…, busqué un responsable y al principio estaba convencida de que eras tú, pero luego apareció lo de esa droga y todo se precipitó. Tú me señalaste a los islamistas y yo desperté tu odio hacia ellos. Nos retroalimentamos el uno al otro, ¿comprendes? —explicó, señalándose a ella misma y a él alternativamente—. Nos estuvimos engañando el uno al otro sin saberlo, creando una fantasía que a los dos nos encajaba, pero que no ha sido más que una… —tragó saliva y añadió—, que una locura.

Elías necesitó un buen rato para traducir las confusas palabras de Nuria.

—¿Me estás diciendo… que crees que todo lo que hemos averiguado hasta ahora es mentira?

—Se llama «sesgo de confirmación» —aclaró Nuria—. Es cuando…

—Ya sé lo que es —le interrumpió Elías, enervándose en su asiento—. ¿Quién te ha metido esa idea en la cabeza?

—Nadie.

—Mientes —replicó—. ¿Quién ha sido? ¿Tu comisario?

—No —contestó Nuria, pero su tono delató que había acertado de pleno.

—¿En serio? —gruñó Elías—. ¿Estás un rato con él y te convence de que todo lo que has visto es mentira? ¿Que has tenido una especie de alucinación?

—No solo yo —alegó molesta.

—Ah, claro —resopló—. ¿Yo también he estado alucinando e inventándome cosas? ¿Te crees que estoy loco?

Al oír aquello, Nuria bajó la mirada con incomodidad.

Elías se dio cuenta y alzó las cejas con asombro.

—¿En serio? —inquirió incrédulo—. ¿Crees… que estoy loco?

—El psiquiatra forense hizo un informe sobre ti mientras estabas detenido —explicó, esforzándose por no desviar la vista de los ojos de Elías—. El diagnóstico fue que tienes tendencia a la esquizofrenia paranoide por… lo que le pasó a tu familia.

—¿Qué?

—No es culpa tuya —lo justificó Nuria tomándole la mano, compasiva.

—Desde luego que no —dijo Elías, apartándose con brusquedad.

—Soy yo quien te empujó a obsesionarte con los yihadistas —insistió Nuria—. Si yo no hubiera aparecido, nada de esto habría pasado. Todo es culpa mía —añadió con gesto consternado—. Lo siento mucho, de verdad.

En ese momento Aya irrumpió en el comedor con un cuenco entre las manos y una sonrisa en los labios.

—Os vais a chupar los dedos con mi crema fría de aguacate con... —Se detuvo en seco al ver las caras de ambos—. ¿Pasa algo? —preguntó, mudando el gesto—. ¿Qué me he perdido?

Elías se puso en pie de golpe, quitándose la servilleta que tenía sobre las piernas y lanzándola sobre la mesa.

—Pasa que la señorita Badal tiene que irse.

Aya miró a uno y a otro desconcertada.

—¿Qué? ¿Por qué? —fijó su atención en Nuria, y preguntó—. ¿En serio?

—Lo siento, Aya —se excusó Nuria, poniéndose en pie—. De verdad que lo siento —repitió, dirigiéndose a Elías.

Pero Elías Zafrani ya ni siquiera la miraba, y en la expresión de su rostro endurecido Nuria solo pudo ver una infinita decepción.

51

El sol ya se había puesto hacía un buen rato tras la montaña de Collserola, de modo que el anochecer la encontró vagando sin rumbo, como un fantasma sin castillo encantado en el que recalar.

Nuria había rechazado el ofrecimiento de Giwan de llevarla, y el de Aya de llamar a un taxi. En parte porque tenía ganas de pasear, pero también porque en realidad no sabía adónde ir. O para ser realista, porque no tenía adónde hacerlo.

—Bocazas —masculló para sí, incrédula ante su capacidad para fastidiarlo todo una y otra vez.

Si hubiera mantenido la boca cerrada a esas horas estaría disfrutando de una deliciosa cena, sin otra preocupación que diferenciar qué copa era la del vino y cuál la del agua. Pero en cambio ahí estaba, deambulando como gata desnortada.

Y para colmo, había empezado a llover otra vez.

—Te has lucido, Nurieta —resopló para sí.

Si cabe, aún se sentía más desgraciada al caminar por las solitarias calles de aquel barrio de Pedralbes, donde al parecer la gente rica debía pagar a otros para que pasearan por ellos.

Echó un vistazo a su pulsera, y bajo el símbolo de llamadas perdidas vio que el número había pasado a ser un nueve desde la última vez que lo miró, pero ni siquiera tenía ganas de comprobar quién había llamado. Así se ahorraba cagarla una vez más en el mismo día —se dijo—, mientras volvía a meterse la mano en el bolsillo de los tejanos e, involuntariamente, se acordaba del precioso vestido verde que había dejado sobre la mullida cama en la que podría haber dormido esa noche.

—Te has lucido —se repitió una vez más.

Al cruzar la garita de control, saludó con una leve inclinación de cabeza al vigilante y siguió caminando sin detenerse, dejando que sus pies la guiaran, hasta que al cabo de un rato fue consciente de que había abandonado el barrio de Pedralbes y se encontraba al pie del antiguo depósito de agua de Finestrelles. Un feo tanque de hormigón armado, encaramado a la pequeña loma que separaba Barcelona de la colindante Esplugues.

A sus pies, velada por la ligera lluvia, se extendía la ciudad como una irregular pléyade de luces y calles rectas, como brillantes canales ambarinos que desembocaban en el mar. A la izquierda podía distinguir la esbelta silueta de las torres de la Sagrada Familia, iluminadas como árboles de Navidad; al frente, la tenebrosa mole oscura de la montaña de Montjuïc, coronada por el achaparrado castillo donde se amontonaban disidentes políticos y rebeldes independentistas; mientras que, mirando a la derecha, entre el aeropuerto y las estribaciones del macizo del Garraf, se intuía la irregular silueta de Villarefu parcamente iluminada por las escasas farolas del arrabal.

¿Qué iba a hacer ahora?, se preguntó, sentándose en uno de los bancos de madera junto al camino, sin importarle que este estuviera empapado.

Sin trabajo, ni ahorros, ni nadie a quien recurrir, tardaría poco en perder su piso por no poder pagar el alquiler y la pondrían de patitas en la calle. El primer paso hacia la inevitable cuesta abajo que iba a ser su vida a partir de ese momento; ya que sin empleo, dinero, ni casa, los puntos de su tarjeta de ciudadanía empezarían a restarse rápidamente, y acabarían tocando fondo en cuanto se celebrase el juicio y terminase con algún tipo de antecedente engrosando su currículo ciudadano. Con suerte, si no acababa en la cárcel, como mucho podría encontrar trabajo de friegaplatos o paseadora de perros.

En cuestión de días, recapituló, se las había arreglado para que su madre la repudiara, para defraudar a Puig, ofender a Elías, y abusar de la amistad de Susana hasta el punto de poner también en riesgo su carrera. Estaba fuera de control, y cada vez tenía más claro que no era él quien había perdido la cabeza, sino ella. Se había convertido en un peligro para todos los que la rodeaban, era como un chimpancé con una escopeta cargada en las manos.

De pronto, lamentó haber rechazado el arma que Giwan le había ofrecido discretamente antes de marcharse de casa de Elías. De haberla tenido, habría podido solucionar todos los problemas de golpe con una bala de nueve milímetros. Pum, y adiós. A tomar por culo todo. Habría ido de cabeza al infierno, eso seguro, pero al menos así se ahorraría encontrar a su padre ahí arriba, y tener que darle explicaciones de cómo podía haber llegado a joderlo todo hasta ese punto.

—Papá, lo siento —masculló entre dientes, mirando al cielo en una disculpa, lamentando que todas aquellas lecciones de amor y sensatez, antes de que el maldito cáncer se lo llevara, hubieran terminado no sirviendo para nada más que…

Pero sus pensamientos se interrumpieron de golpe al darse cuenta de que sus ojos se habían posado inadvertidamente en un edificio de una planta, poco iluminado, situado justo al otro lado de la loma en que se encontraba y a menos de quinientos metros de distancia.

De alguna manera, sus pasos la habían conducido hacia la mezquita donde la habían detenido menos de veinticuatro horas antes. Y allí, sentada bajo la lluvia con el agua empapándola una vez más y pensando en el suicidio como la mejor manera de terminar el día, se le ocurrió que, puestos a hacer mutis por el foro, bien podía dedicar una última hora de su tiempo en pasar a saludar a un clérigo misógino y a todas luces gilipollas.

Total, no creía que el infierno musulmán fuera a ser peor que el cristiano.

Extrañamente animada por aquella última misión en su vida, descendió el camino desde el depósito de agua, saltando de charco en charco y seriamente tentada de agarrarse a las farolas para dar vueltas a su alrededor.

Fue entonces, tratando de realizar un torpe paso de claqué con sus chanclas, cuando se fijó en el localizador que llevaba al tobillo y cayó en la cuenta de que si se acercaba a la mezquita donde la habían detenido, saltarían las alarmas en la Central y cinco minutos después estaría de nuevo en el asiento trasero de un coche patrulla con las manos esposadas a la espalda.

Miró a su alrededor, buscando cualquier cosa que pudiera usar como herramienta para librarse de la tobillera, pero, al parecer, el servicio de limpieza en aquel barrio era mucho más eficiente que en el resto de Barcelona. Eso, y que la gente tampoco solía dejar cizallas tiradas por la calle. Todo lo que vio fue una papelera en la esquina siguiente, a la que se aproximó sin demasiadas expectativas.

Sin ganas de ponerse a rebuscar, sacó la bolsa de basura de la papelera y la vació sobre la acera. Un puñado de bolsitas negras con cacas de perro, kleenex, vasos de café para llevar y el resto de un bocadillo envuelto aún en papel de aluminio.

No había ningún objeto cortante, pero, sin embargo, Nuria sintió una punzada de hambre contemplando el resto del bocadillo y recordó que se había marchado de casa de Elías sin probar bocado.

Arrugando la nariz con desagrado, agarró aquel medio bocadillo de pan mojado que aún conservaba varias lonchas de chorizo y se lo acercó a la cara, debatiéndose entre la repulsa y el hambre. Resultaba asqueroso y tentador al mismo tiempo, pero mientras lo sostenía frente al rostro, su mirada se posó en el envoltorio plateado y una loca idea acudió a su mente.

Sin pensarlo, tiró el bocadillo al suelo y se quedó con el papel de aluminio, que alisó y extendió para comprobar su tamaño.

—Podría funcionar —murmuró satisfecha, al comprobar que tenía el tamaño suficiente.

Con el papel de aluminio en la mano, se refugió bajo el portal de un edificio y sentándose en los escalones de la entrada, lo enrolló cuidadosamente alrededor de la tobillera hasta estar segura de que ninguna parte de esta asomaba por algún lado.

Complacida con su habilidad, se puso en pie y rotó el tobillo, comprobando que su invento quedaba bien sujeto y el localizador completamente aislado.

Disponía de solo unos minutos antes de que saltara la alarma por haber hecho eso y que mandaran una patrulla al último lugar donde había estado localizable, pero para entonces ella ya estaría lejos y, cuando adivinaran dónde encontrarla, ya habría hecho lo que tenía en mente hacer.

Sin perder más tiempo, Nuria comenzó a caminar calle abajo a buen ritmo, y esta vez sí se agarró a una farola y, dando vueltas a su alrededor, comenzó a canturrear por lo bajo:

—*I'm singing in the rain. Just singing in the rain...*

52

Con el fin de esquivar el ángulo de visión de la cámara de vigilancia de la puerta principal, en esta ocasión Nuria se aproximó al Centro Cultural Islámico Ciutat Diagonal desde la parte de atrás, pendiente de que no hubiera otras cámaras ocultas. Lloviendo sería muy difícil que el sistema pudiera identificarla, aunque pasara justo por debajo, pero no valía la pena arriesgarse.

La difusa idea con la que había ido hasta ahí era la de llamar a la puerta trasera y soltarle cuatro verdades a la cara al imán wahabita. Sin embargo, a medida que se acercaba al edificio, menos sentido veía a hacer algo así y más cortos eran los pasos que daba. Era un plan tan chorra, como llamar al timbre y salir corriendo.

Finalmente, sus pasos se fueron acortando tanto que terminó por detenerse a unos metros de la puerta. Allí plantada, bajo la lluvia que resbalaba por sus mejillas y le caía sobre el pecho en irregulares hilos de agua, bajó la cabeza y chasqueó la lengua.

—Pero ¿qué coño estoy haciendo? —se preguntó, mirándose los dedos de los pies.

Así se quedó durante casi un minuto, observando cómo el agua fluía por la acera alrededor de sus sandalias y se perdía calle abajo.

No solo había perdido a su madre, a sus amigos y la cordura, admitió para sí en un instante de lucidez, además estaba a punto de perder la poca dignidad que le quedaba.

Con un súbito sentido de la vergüenza, dio un paso atrás y, exhalando un suspiro de cansancio, se dio la vuelta y comenzó a regresar sobre sus pasos.

Pero justo en ese instante, el zumbido de la puerta de la mezquita sonó a su espalda y por el rabillo del ojo, vio que esta se entreabría y una mano asomaba por ella.

Durante un instante Nuria vaciló, viendo cómo se abría la puerta, plantada en mitad de la acera como un alma en pena. Lo lógico o lo adulto sería seguir su camino o, en todo caso, dar la vuelta y encararse con el imán, si es que era él quien aparecía por la salida de atrás de la mezquita. Pero lo que hizo fue saltar un seto y ocultarse en el portal que tenía justo al lado.

¿Lógica y adulta? ¿A quién quería engañar?

Agachada detrás del seto, observó cómo de la mezquita salía un muchacho de rasgos árabes, seguido a continuación por el imán.

Lo primero que hizo el *sheij* fue mirar a ambos lados para asegurarse de que nadie podía verlos y, entonces, ante el asombro de Nuria, ambos se fundieron en un largo y sentido abrazo. Iluminados por el tenue resplandor que salía por la puerta abierta, indiferentes a la lluvia, el imán se apartó tomándolo por ambos brazos y con gesto afectuoso le dirigió unas palabras en árabe que Nuria no pudo entender. Luego le entregó un pequeño paquete del tamaño de un libro, que el muchacho aceptó con una agradecida inclinación de cabeza.

Se despidieron con un nuevo y breve abrazo, y el muchacho se encaminó hacia la calle pasando frente al portal donde estaba escondida, yendo a detenerse en la misma esquina a solo un par de metros de distancia. Nuria rezó para que no se volviera hacia donde ella estaba, porque de hacerlo la habría descubierto fácilmente, torpemente agazapada tras un arbusto, como una niña pequeña jugando al escondite o la espía más inepta de la historia.

El imán permaneció frente a la puerta abierta de la mezquita, observando al muchacho con el gesto melancólico reservado a los seres queridos.

Nuria miraba a uno y otro alternativamente, preguntándose si Mohamed Ibn Marrash despediría a todos los fieles de su mezquita con tal afecto y a esas horas de la noche.

En ese instante, la familiar silueta blanca de un Waymo apareció silenciosa rodando calle abajo y fue a detenerse frente al muchacho con un siseo. Este, volviéndose, se despidió por última vez del imán con un gesto y entró en el vehículo, que de inmediato se puso en marcha.

Nuria vio como el imán regresaba al interior del edificio; entonces, se puso en pie y alcanzó a ver por encima del seto el número de identificación en el costado del pequeño vehículo.

—¿Qué coño ha sido eso? —se preguntó, mientras trataba de darle sentido a la escena que acababa de contemplar.

«¿Y si lo que oculta ese imán no tiene nada que ver con el islamismo, sino con inconfesables gustos sexuales?», pensó a continuación. El muchacho que había salido de la mezquita a duras penas tendría dieciocho años y por su aspecto algo andrajoso bien podía ser un refugiado de Villarefu. Igual que el difunto Alí Hussain.

Para colmo, incluso el paquete que le había entregado el imán al despedirse de forma tan afectuosa tenía el mismo tamaño que el libro que en su momento también regaló al joven Alí.

Quizá había perdido la capacidad de razonar con claridad, pero, aun así, todo aquello era demasiado raro.

Llamar a la puerta del centro islámico e insultar al imán a la cara hubiera sido estúpido e inútil. Pero si resultaba que el fulano mantenía relaciones con menores de edad, aprovechándose de su posición como líder religioso…, eso ya era muy diferente. Aunque el muchacho tuviera más de dieciocho y aquello no fuera constitutivo de delito, si algo así salía a la luz, estaba segura de que sus fieles no se lo perdonarían y lo correrían a gorrazos hasta la frontera de Perpiñán.

Una pérfida sonrisa se dibujó en el rostro de Nuria, mientras pedía un Waymo desde su pulsera.

En menos de dos minutos un vehículo idéntico al que acababa de irse dobló la esquina y se detuvo frente al portal en que Nuria seguía escondida. De inmediato, la puerta se abrió invitándola a entrar y ella de un salto se coló dentro, sentándose bruscamente, mientras miraba a su espalda para asegurarse de que el imán no había vuelto a asomarse.

—Buenas noches, señorita Badal —la saludó el vehículo al identificarla, con su cortesía habitual—. ¿Adónde desea que la lleve?

Fernando Gamboa

—Necesito ir al mismo sitio al que va el vehículo 677RT. He de entregarle una cosa a su pasajero.

—Lo lamento mucho, pero no puedo informarle del destino de otro pasajero, señorita Badal. La normativa europea de protección de datos me lo impide.

—No quiero que me informe —alegó Nuria—. Quiero que me lleve a su mismo destino. Eso no viola ninguna ley.

La Inteligencia Artificial del Waymo pareció meditar la respuesta, antes de preguntar a su vez.

—¿Desea que dé el aviso al vehículo 677RT para que nos espere?

—No —se apresuró a contestar Nuria—. Prefiero que me lleve al mismo destino que él y allí darle una sorpresa.

De nuevo, la Inteligencia Artificial se tomó más tiempo del acostumbrado para contestar. Probablemente, confirmando con su ordenador central en Silicon Valley que no había ninguna irregularidad en el procedimiento.

—Por supuesto —dijo al cabo de unos segundos con tono servicial—. Estaremos allí en diecisiete minutos, aproximadamente.

Nuria suspiró aliviada y por una vez echó de menos los taxis de toda la vida, sin protocolos de protección de datos ni reparo alguno en saltarse cualquier legislación, siempre que le plantaras un billete de cincuenta euros bajo la nariz. El clásico «siga a ese coche» de las películas había pasado a la historia definitivamente.

—¿Desea escuchar música? —preguntó el vehículo mientras se ponía en marcha.

—No. Nada de música.

—¿Escuchar las noticias?

—No quiero nada —aclaró Nuria—. Solo que te des prisa.

—Lo lamento mucho, pero no puedo superar el límite de velocidad permitido.

—Ya lo sé. Solo quiero llegar lo antes posible.

—Llegaremos a destino en diecisiete minutos, aproxi...

—¿Sabes? —le interrumpió—. Mejor pon las noticias.

—¿Nacionales? ¿Internacionales? ¿Deportes? ¿Cultura?

—Lo que te dé la gana —replicó impaciente, echando de menos una vez más a los taxistas humanos.

—Aleatorio, entonces —decidió la voz del techo, al tiempo que se dirigía a la entrada 11 de la Ronda de Dalt.

Un cuarto de hora después, la radio seguía informando de los asuntos más variopintos, aunque centrándose con insistencia en los eventos programados para la inauguración de la Sagrada Familia durante el fin de semana.

—*Su majestad Felipe VI, acompañado por la princesa Leonor y la infanta Sofía* —murmuraba el altavoz sobre la cabeza de Nuria—, *ofrecerá una recepción a su santidad Pío XIII tras la misa que se llevará a cabo en...*

—Apaga las noticias —le ordenó Nuria, al ver cómo el vehículo se incorporaba a la B20 y poco después tomaba la salida 54.

No sin cierto asombro, comprobó que por una vez su intuición parecía estar cumpliéndose, al ver al Waymo dirigirse hacia Villarefu. Eso significaba que el muchacho era también un refugiado. Aquello no podía ser una simple coincidencia.

A esas horas de la noche, el tráfico en la carretera que conducía a Villarefu era casi nulo, pero aun así le resultó imposible atisbar las luces de posición del Waymo al que iban siguiendo. Aunque este les llevara dos minutos de ventaja, en aquella oscuridad debería...

Inesperadamente, su vehículo giró a la izquierda y tomó un estrecho camino que se internaba en los campos de cultivo que rodeaban Villarefu.

—¡Eh! ¡Para! —alertó Nuria—. ¡Que no es por aquí!

—¿Ya no desea ir al mismo destino que el vehículo 677RT? —preguntó el Waymo, haciéndose a un lado hasta detenerse con un siseo.

—Sí, claro que sí. Pero ese no es el camino.

—Según mis datos, esta es la única ruta posible para llegar al destino solicitado.

—Pues te equivocas —replicó—. ¿Es que no ves que Villarefu está por allí? —añadió, señalando en la otra dirección—. Tienes que dar la vuelta.

—¿Desea entonces cambiar el destino?

—¿Qué? ¡No! Lo que quiero es que... —Dejó la frase en el aire, pues en ese mismo instante vio los faros de un vehículo aproximándose de frente a través de la lluvia.

Solo cuando estuvo ya muy cerca pudo ver que se trataba de un Waymo sin pasajero en su interior, igual al que ella ocupaba, con la identificación 677RT bien visible en su costado.

—Nada. No he dicho nada —rectificó Nuria, mirando atrás para ver cómo el vehículo se alejaba—. Sigue hasta el destino solicitado, por favor.

Sabía que era cosa de su imaginación, pero a Nuria le pareció que la Inteligencia Artificial del Waymo emitía un inaudible bufido de hartazgo, antes de informar con voz neutra.

—Cuatro minutos hasta el destino, señorita Badal —dijo, poniéndose en marcha de inmediato.

Nuria trató de atisbar entre la lluvia hacia dónde se dirigían, pero por más que se esforzaba no lograba ver ninguna luz que delatara la presencia de algún edificio.

«¿Dónde narices habrá ido ese chaval?», se preguntó intrigada.

El estrecho y mal asfaltado camino de tractores por el que circulaba se dirigía a una de las autopistas que rodeaban Villarefu, y cuando parecía que el vehículo autónomo iba a subir el talud y atravesar la valla de protección, justo enfrente, apareció un pequeño túnel sin iluminación que pasaba bajo la vía. Un túnel que, al cruzarlo, desembocó en un campo de cultivo en mitad del cual se levantaba un único edificio sin iluminación.

—¿Es ahí donde vamos? —preguntó Nuria.

—Lo lamento —comenzó a responder el vehículo—, pero no puedo...

—Vale, vale —le cortó—. No me sueltes otra vez el rollo.

La voz se calló en seco, y Nuria se concentró en la ventanilla izquierda, donde poco después logró distinguir que se trataba de un viejo almacén aparentemente abandonado a una decena de metros de la carretera, al final de un corto camino de acceso en cuya entrada acabó por detenerse el Waymo.

—Ya hemos llegado al destino, señorita Badal.

—No me digas —rezongó esta, acercando su pulsera a la pantalla para efectuar el pago.

—Gracias y buenas noches —le deseó el Waymo, abriendo la portezuela—. Espero que haya...

Nuria salió y cerró la puerta de golpe, ahorrándose el discurso de despedida.

Captando la indirecta, el pequeño vehículo eléctrico se puso en marcha de inmediato y Nuria lo vio alejarse por donde había venido, dejándola sola en plena noche y bajo aquella fina pero persistente lluvia, en mitad de ninguna parte.

53

Al otro extremo del enfangado camino de tierra se hallaba lo que parecía una pequeña nave de techo de chapa, de las que utilizaban los agricultores de la zona para guardar el tractor y las herramientas durante la noche, antes de que la sequía convirtiera la mayoría de sus tierras de cultivo en secarrales.

El lugar parecía abandonado desde hacía años, las malas hierbas prosperaban entre los restos del naufragio de una época más simple e inocente, apenas iluminado por el resplandor de los focos de la cercana autopista.

Nuria avanzó hacia la nave, preguntándose dónde demonios se habría metido el muchacho. Allí no había nada más que el almacén abandonado y el campo de refugiados a unos cien metros de distancia, al otro lado del talud de la autovía.

Al final iba a resultar que estaba equivocada y no se trataba de un refugiado, sino de un joven que, por alguna razón que se le escapaba, se había ido a instalar en aquel lugar apartado.

Quizá fuera por el cansancio acumulado o por los retortijones de su estómago pidiendo la cena, pero el hecho es que su deseo de interrogar al muchacho y sonsacarle algo sucio del imán había perdido prioridad claramente. Aquella lluvia parecía estar disolviendo su animosidad hacia el religioso como si fuera un terrón de azúcar, y por un momento dudó si volver a llamar al Waymo para que regresara a buscarla.

Sin embargo, tras tomarse un respiro, comprendió que ya que estaba ahí no tenía sentido marcharse sin hablar antes con el joven misterioso.

—Diez minutos —se dijo para convencerse a sí misma—. Y luego me largo.

Avanzó por el camino hasta plantarse frente a la puerta frontal de la nave, cerrada por dentro con una gruesa cadena, y golpeando con los nudillos llamó en voz alta.

—¡Hola! ¡Hola! ¡Me pueden abrir!

Aguardó unos segundos, pero no hubo respuesta alguna desde el interior. Ni luces, ni ruido, ni movimiento.

Pero no podía ser, allí debía haber alguien.

—¡Hola! —insistió—. ¿Pueden ayudarme? ¡Está lloviendo mucho y me he quedado tirada!

Otra vez esperó respuesta, y otra vez solo recibió silencio a cambio.

—Mierda —maldijo en voz baja, y olvidándose de la puerta principal comenzó a rodear el edificio.

Tablones, herramientas y aperos de labranza oxidados descansaban desordenados sobre la pared de la nave, como perros fieles esperando a un amo que ya no volvería jamás.

Tanteando con precaución dónde pisaba, Nuria llegó hasta la parte de atrás, donde otra puerta cerrada con un candado, esta más pequeña, le impedía el paso.

—¡Hola! —golpeó la chapa con fuerza otra vez—. ¿Hay alguien ahí?

De nuevo, el rumor de la autovía se tragó sus palabras y nadie contestó al otro lado.

La lluvia comenzó a arreciar y la paciencia de Nuria se extinguía en el proceso, imaginando al muchacho al otro lado de la puerta, quizá asustado o quizá riéndose de la loca que llamaba a su puerta a esas horas de la noche. No sabía cuál de las dos posibilidades la enfurecía más, pero en ese momento ambas le parecían inaceptables.

—Esto es ridículo —dijo, echando una última mirada a la puerta.

Entonces volvió sobre sus pasos, agarró un mazo que había visto tirado entre la maleza y, regresando a la puerta, sin vacilar des-

Fernando Gamboa

cargó todo su peso sobre el candado, haciéndolo saltar por los aires a la primera con un estrépito que pensó debió escucharse hasta en Villarefu.

Dejando caer el mazo, cogió la cadena con ambas manos y tiró de ella hasta liberar la puerta, que abrió sin miramientos de una patada como si fuera un antidisturbios.

Sin dudarlo un segundo entró en la nave y se plantó frente al umbral, esperando que las luces se encendieran en cualquier momento. Pero nada sucedió.

—¿Hola? —preguntó a la oscuridad—. No quiero hacerte nada, no te asustes.

Nada. Ni el más mínimo ruido. Ni el sonido de una respiración.

Tanteando a los costados de la entrada, buscó a ciegas un interruptor hasta que, con un clic, hizo que una bombilla en el techo despertara.

Entonces se dio cuenta de que había estado hablando sola.

Aquella nave estaba vacía. Un puñado de picos y palas se amontonaban aburridos en una esquina, acompañados por un generador de gasolina, una silla vieja, un oxidado quinqué colgando de un clavo y un par de cables mal enrollados, descansando sobre el suelo de planchas de madera. Nada más.

Una risa disparatada comenzó a ascender por su pecho y su garganta, y lejos de querer contenerla, la permitió salir y un segundo más tarde estaba doblándose sobre sí misma a carcajadas, como si hubiera perdido la cordura.

Todo el absurdo, toda la sucesión de decisiones estúpidas que había tomado la habían conducido finalmente ahí, a una nave vacía en mitad de ninguna parte, empapada de pies a cabeza, sin nadie a quien acudir ni lugar alguno adonde ir. Incluso los refugiados del campo tenían amigos, familia…, algo a lo que podían llamar hogar. Los envidió por ello, y de inmediato comprendió que, si había llegado al punto de envidiar a unos refugiados, es que de verdad había tocado fondo.

—Joder —musitó, dirigiéndose hacia la silla al otro lado de la nave. Se sentía tan cansada…

Ñieeec.

El suelo crujió bajo sus pies, combándose bajo su peso.

—¿Qué narices...? —rezongó, dando un paso atrás y volviendo a pisar en el mismo punto con idéntico resultado.

Poniéndose en cuclillas, estudió de cerca aquella plancha de madera que parecía no tener nada debajo que la sustentase y, olvidándose de sus penas, llevada por la curiosidad, introdujo los dedos bajo el borde, levantándola lo justo para ver que debajo no había nada más que oscuridad.

Entonces vio las herramientas apiladas en la esquina e incorporándose, tomó un pico y regresó de inmediato al mismo punto.

Esta vez introdujo la punta de hierro del pico, hizo palanca con ella, levantó la plancha de madera y la apartó a un lado.

—La madre que me parió —farfulló aturdida, al descubrir el oscuro agujero de un metro cuadrado que se abría a sus pies y por el que asomaba el extremo de una escalera de mano.

¿Qué coño era aquello? ¿Un sótano? ¿Un almacén? ¿Un zulo? ¿Un escondite? Y lo más importante, ¿por qué leches le pasaba todo esto a ella?

—Te estás divirtiendo, ¿no? —inquirió mirando al cielo—. ¿No hay nadie más en el mundo a quien puedas complicarle la vida?

Cada vez que las cosas parecían regresar a una cierta normalidad, todo volvía a enredarse de la forma más extraña posible. Había seguido al muchacho con la idea de hablar con él y averiguar si tenía alguna relación con el imán, y acababa de encontrar una entrada secreta a dios sabe qué nuevo problema.

Porque, si algo estaba claro, es que aquello no era una bodega para vinos espumosos.

Su primer impulso fue volver a dejar la plancha de madera en su sitio y hacer mutis por el foro. Demasiados líos tenía ya, como para meter la nariz en otro berenjenal. Se quedó pensando si llamar a Puig y ponerle al corriente, pero de inmediato se lo imaginó preguntándole qué hacía ahí, por qué la señal de su localizador había desaparecido durante media hora y si era consciente de que había cometido un allanamiento de morada mientras estaba en libertad bajo fianza.

No se le ocurría ninguna respuesta creíble que impidiera que acabase de nuevo con sus huesos en el calabozo.

No. No era buena idea llamar a Puig, pero tampoco podía largarse de allí como si nada y olvidarse del asunto. Quizá, solo quizá —barruntó, acuclillada frente al misterioso agujero—, si lograba descubrir algo valioso para la fiscalía, podría llegar a un trato y librarse de la tobillera o de la libertad bajo fianza.

Era una posibilidad muy remota, no era tan ingenua, pero lo cierto es que ya no le quedaban más cartas que jugar.

—En fin… —se incorporó decidida—. ¿Qué tengo que perder?

Si iba a bajar, necesitaba luz. No llevaba consigo el móvil y, por supuesto, nada de linternas o mecheros. Entonces su mirada se volvió hacia su derecha, donde un momento antes había visto un quinqué reposando en una estantería.

Escéptica, se acercó hasta el mismo mientras miraba de reojo el tenebroso agujero. El quinqué, oxidado y cubierto de telarañas, parecía llevar siglos ahí.

—Cómo no —bufó, al comprobar que no había combustible dentro.

Entonces se fijó en el generador que descansaba en el suelo, justo al lado, y apoyando el pie en el costado lo zarandeó ligeramente. Lo justo para escuchar el ruido de la gasolina chapoteando en su interior.

—Bien —dijo para darse ánimos, mientras desenroscaba el tapón del depósito y a continuación hacía lo propio con el del quinqué.

El primer problema, cómo trasvasar la gasolina de uno al otro, lo resolvió arrancando un manguito del generador y usándolo para hacer la transfusión. El segundo resultaba algo más complejo, ya que el quinqué, por supuesto, carecía de mecha, y la única tela seca que había por allí era la de su propia ropa interior, que calculó podría enrollarla e introducirla por el orificio correspondiente del quinqué.

Sin embargo, el tercer problema resultó el verdaderamente difícil. ¿Cómo narices, iba a encender el quinqué sin disponer de fuego?

Nuria recorrió de cabo a rabo la pequeña nave, buscando una caja de cerillas olvidada, un encendedor o cualquier otra cosa que pudiera producir fuego, pero no había nada.

—Venga, Nuria. Concéntrate —murmuró para sí—. ¿Hay coches que se conducen solos y tú no vas a poder hacer fuego?

Por un momento, se quedó contemplando su pulsera y sopesó la posibilidad de abrirla y usar su pequeña pila para crear una chispa.

Pero la realidad es que, aunque flexible, aquel era un aparato hecho para resistir y no sería fácil destriparlo, amén de que quizá no serviría para nada y al hacerlo se quedaría incomunicada. Tenía que idear otro método.

—Una chispa —se dijo—. Una chispa…

Y entonces cayó en la cuenta de que el generador que tenía a sus pies podía darle todas las chispas que quisiera. Así que cortó el cable eléctrico a palazos, volvió a colocar el manguito que le había quitado, se quitó el tanga y, tras volver a ponerse los pantalones, rompió un trozo y lo impregnó de gasolina, dejándolo en el suelo junto al quinqué.

Con una expresión de intensa concentración en el rostro, conectó el generador y tirando con fuerza del cable de arranque lo puso en marcha a la primera. Luego tomó el extremo del cable, cuyos dos polos había pelado a mordiscos y los acercó con cuidado a la tela impregnada.

—Solo me faltaba electrocutarme ahora —murmuró un instante antes de juntar ambos polos sobre la tela.

El chispazo que se produjo fue tan brillante y ruidoso, que soltó un gritito de sorpresa y se cayó de culo sobre el duro suelo.

—¡Joder! —exclamó, aturdida por la inesperada explosión.

El generador se había parado de golpe y humeaba sospechosamente, pero una sonrisa satisfecha se formó en su rostro al comprobar que una llama azulada ardía ahora sobre el pequeño retazo de tela blanca.

54

Con todo aquel estrépito —pensó—, cualquiera que hubiese en aquel agujero se debería haber percatado ya de su presencia, a no ser que fuera sordo y ciego. Eso significaba que, si el muchacho al que había ido siguiendo se estaba ocultando de ella por alguna razón, debía estar esperándola ahí abajo, oculto en las sombras.

Nuria tomó el quinqué y se asomó por aquel agujero que olía a tierra y a cerrado, pero la luz amarillenta de la mecha no alcanzaba más allá de un par de metros.

—¡Hola! —voceó mirando hacia abajo—. Solo quiero hablar contigo un momento, chaval —añadió—. No tienes por qué esconderte.

Esperó unos segundos, pero nadie contestó. Ni un ruido.

A pesar de estar ya con la lámpara en la mano, titubeó indecisa. Se vio a sí misma como a esas descerebradas de las películas de terror, que indefectiblemente decidían bajar solas a un sótano oscuro y tenebroso sin necesidad alguna. ¿Es que no veían la tele? Se burlaba siempre al verlas, imaginando que nadie en su sano juicio y un mínimo de bagaje cinematográfico haría jamás algo así.

Pero ahí estaba ella. En un almacén ruinoso y solitario en plena noche, decidida a descender a un siniestro pozo sin otra cosa que un oxidado quinqué.

«Y sin bragas», añadió para sí, tomando nota de no volver a reírse de los guionistas de películas de serie B.

—¡Voy a bajar! —exclamó, más para infundirse valor que para advertir a nadie.

A continuación, sin darse tiempo para pensarlo mejor, tomó aire profundamente y con cuidado de no resbalar apoyó los pies en los primeros travesaños de la escala.

Enseguida se dio cuenta de que las chanclas eran más un estorbo que una ayuda, así que sacudiendo un pie y luego el otro, las dejó caer.

El sonido de estas tocando fondo le llegó de inmediato, lo que le permitió calcular que no habría más de cinco o seis metros de descenso. No era demasiado, pero debía procurar no resbalarse, ya que solo disponía de una mano para sujetarse dado que con la otra llevaba el quinqué. Así que, muy lentamente, fijando los dedos de los pies en cada escalón antes de pasar al siguiente, fue descendiendo palmo a palmo hasta que al fin sus pies desnudos alcanzaron el suelo de tierra arcillosa.

De inmediato se giró en redondo con la lámpara en alto, y esta casi se le cae al suelo de la sorpresa al ver lo que se abría ante sí.

Aquello no era un sótano ni un zulo, ni nada por el estilo. Había estado del todo equivocada.

Lo que había frente a ella era un estrecho corredor que se extendía en línea recta hasta fundirse en la oscuridad, más allá del halo de luz del quinqué. Mucho más allá.

—Pero ¿qué…? —barbulló boquiabierta, tratando de hallarle un sentido a aquello.

¿Qué hacía eso en mitad del campo? se preguntó perpleja, hasta que el recuerdo de la cercana Villarefu acudió a su memoria.

—Un túnel —advirtió al fin—. Estos cabrones han hecho un túnel bajo la autopista.

Por lo que podía apreciar a la luz de la lámpara, se trataba de una galería excavada en la tierra húmeda y tan solo sostenida por unos pocos puntales de madera cada cuatro o cinco metros. El techo apenas distaba unos pocos centímetros por encima de su cabeza, mientras que las paredes estarían a cuatro o cinco palmos la una de la otra. Pero, aun así, no podía evitar el asombro ante aquella inesperada obra de ingeniería.

Inevitablemente, recordó los túneles que los palestinos excavaban bajo los muros que los israelíes habían levantado a su alrededor.

Túneles de centenares de metros por los que llegaban incluso a circular camiones, entrando y sacando armas, hombres y mercancías entre Egipto y el colosal campo de refugiados en que los israelíes habían convertido la franja de Gaza.

Este era mucho más estrecho que sus homólogos de Oriente Medio, pero, aun así, resultaba chocante hallar algo parecido a las afueras de Barcelona y que nadie se hubiera percatado de ello. Aunque la pregunta que se planteó Nuria en cuanto salió de su asombro no era cómo lo habían construido, sino para qué lo habían hecho.

Obviamente, era para poder entrar y salir del arrabal sin cruzar los puestos de control, como al parecer había hecho el muchacho al que siguió hasta ese lugar, pero ¿por qué exactamente?

Nadie se molesta en excavar un túnel bajo tierra para ir a orar a una mezquita de la parte alta de Barcelona. Quizá, razonó, ese túnel fuese la vía de entrada del contrabando que constantemente aparecía en Villarefu de forma inexplicable.

—Joder, Elías… —resopló, sospechando quién podía estar detrás del mismo.

Lo que no alcanzaba a imaginar era qué relación tenía aquello con el imán y lo que suponía para su teoría del interés de este hacia los muchachos. Quizá estaba del todo equivocada y, en realidad, el imán era parte de una red de contrabandistas o traficantes.

Las ideas bullían en la mente de Nuria, sucediéndose una a otra con rapidez, enlazando posibilidades cada vez más extrañas. ¿Y si el bulto que había visto darle al muchacho frente a la mezquita no era un Corán, sino un paquete de droga o un arma? ¿Podría ser que el imán fuera en realidad un narcotraficante? ¿Lo sabría Elías? ¿Era posible que no lo supiera? ¿Podría no ser todo más que una retorcida maniobra suya para eliminar a la competencia?

De pronto, un golpe ahogado le llegó desde algún lugar al otro extremo del tenebroso túnel, que tuvo la virtud de cortar de golpe la espiral de especulaciones y hacerla regresar de golpe al inquietante presente, como quien se cae de la cama a media noche.

Una vez más tenía dos opciones ante ella: darse la vuelta y regresar por donde había venido o seguir adelante por aquel claustrofóbico túnel en la más absoluta oscuridad.

Levantó la mirada hacia la boca del pozo que se abría sobre su cabeza, hacia la seguridad y el sentido común. Si ascendía por aquella escala y llamaba a un taxi, calculó que en media hora podría estar sentada a la mesa de un restaurante o tomando una ducha caliente en algún hostal.

Luego bajó la vista, para ver sus pies descalzos sobre la tierra húmeda bajo la luz de una lámpara de petróleo que podía apagarse en cualquier momento, y que apenas era capaz de insinuar lo que había un puñado de metros más allá.

Las alternativas estaban muy claras. Hacer lo sensato y racional, o cometer un error más en la interminable lista de errores cometidos en los últimos días.

Se sintió como aquella ocasión en que la invitaron a ir al Casino de Barcelona y, acercándose a una de las mesas de ruleta, decidió apostar una pequeña cantidad al color negro. La bolita rodó por el borde dorado de la ruleta hasta que perdiendo velocidad cayó hacia el centro y comenzó a rebotar en las casillas de los números hasta que se detuvo en el número tres. «Número tres —recitó el aburrido crupier—. Rojo, impar y falta». Nuria torció el gesto, y tomando otra de las fichas que llevaba en la mano volvió a realizar exactamente la misma jugada, dejando una ficha de cinco euros sobre el rombo de color negro.

«Ahora le toca al negro», pensó, augurando que recuperaría lo perdido.

El crupier advirtió con un «No va a más» que cerraba la ronda de apuestas, y volvió a impulsar la pequeña bolita blanca en dirección opuesta al giro de la ruleta.

Unos segundos después, la bolita dejaba de rebotar entre casillas y el crupier anunciaba mecánicamente: «Número treinta y dos. Rojo, par y pasa».

En ese momento Nuria supo que debía darse la vuelta y olvidarse de la ruleta por el momento, pero algo en su interior le impedía rendirse, como si aquella tozudez de la bolita blanca tuviera como fin perjudicarla a ella específicamente.

Así que, aun sabiendo que cometía un error, tomó dos de las fichas de cinco y las depositó sobre el tapete, en concreto sobre el rombo negro frente a ella.

Cuando la bolita se detuvo de nuevo en una casilla roja, ni siquiera se sorprendió. Simplemente, colocó cuatro nuevas fichas sobre el rombo negro y compró ocho más.

Así, las tiradas se sucedieron una tras otra, hasta que en la séptima u octava, le resultaba difícil recordarlo, perdió seiscientos cuarenta euros mientras calculaba que las probabilidades de que saliera de nuevo el color rojo eran de una entre mil, y se disponía a cambiar más dinero para doblar de nuevo su apuesta. Su suerte debía mejorar en algún momento, se decía frunciendo el ceño.

Pero no lo hizo.

En aquella ocasión fue el límite de su tarjeta, y no el sentido común, lo que le obligó a parar y regresar a casa cargada de frustración y rabia, convencida de que con una tirada más habría recuperado su dinero e incluso habría sacado algo para invitarse a una buena cena. Pero esta vez no había un límite de crédito a las estupideces que pudiera cometer.

Comprendió que hasta el momento no había hecho más que equivocarse y además había reaccionado como aquella vez, doblando de nuevo la apuesta, cometiendo equivocaciones cada vez mayores en la desesperada búsqueda de un acierto que la redimiese de una tacada.

Sabía que estaba haciendo lo mismo que cuando perdió el sueldo de un mes en el casino, pero estaba segura de que, en aquella ocasión, había hecho lo que debía hacer, y que solo una conspiración en su contra de la ley de probabilidades había impedido que regresara a casa con una victoria en los bolsillos.

¿Qué posibilidades había de que volviera a suceder algo parecido?

La había cagado tanto, que ya solo podía acertar.

De modo que asió con fuerza el asa del quinqué, se calzó las chanclas y, decidida, comenzó a adentrarse en el angosto túnel, sumergiéndose paso a paso en la densa oscuridad.

55

Avanzando durante lo que le pareció una eternidad a través de aquel túnel sumergido en tinieblas, tan solo abrigada por el exiguo resplandor de la lámpara que mantenía frente a ella, Nuria empezaba a sentirse entumecida. El cansancio, el hambre, la humedad y la sensación de absoluta soledad comenzaban a hacer mella en su estado físico y sobre todo en su claridad mental.

A cada paso, sentía crecer la imperiosa necesidad de sentarse un rato y descansar, y a duras penas era capaz de convencerse a sí misma de lo peligroso que sería hacerlo.

Se cambió de mano el quinqué por enésima vez, tratando de calcular la distancia que habría recorrido por aquel claustrofóbico túnel. No se le ocurrió contar los pasos de buen principio y ahora no tenía ni idea de si había caminado quinientos metros o cinco kilómetros, pero si atendía a su cansancio para hacer el cálculo, perfectamente podría haber pasado de largo Villarefu y estar adentrándose bajo las montañas del Pirineo.

Una vez más fue a cambiarse el quinqué de mano, con la muñeca y los dedos adoloridos por la incómoda posición, pero la fatiga hizo que el asa se le resbalara de entre los dedos.

—¡No! —exclamó, sintiendo cómo se le escurría entre las manos.

Pero, pese a sus protestas, la lámpara cayó al suelo sin que pudiera evitarlo, con tan mala fortuna que se rompió el tubo de vidrio que protegía la mecha y esta cayó sobre la fina película de agua que cubría el suelo del túnel, apagándose de inmediato con un siseo desolador.

—¡Joder! —bramó envuelta en la oscuridad—. Pero ¡qué coño pasa contigo! —increpó al cielo—. ¡Ya vale, no!

Un acceso de ira incontenible la llevó a darle una patada adonde suponía que descansaban los restos del quinqué, pero por fortuna ni siquiera llegó a darle.

—Mierda —rezongó, recostándose en la pared y hundiendo el rostro entre las manos, conteniendo a duras penas el deseo de echarse a llorar que brotaba desde su pecho.

Desolada, dejó que su espalda resbalara por la rugosa pared hasta que acabó sentada en el suelo encharcado, sin importarle siquiera que se empaparan sus tejanos.

—Mierda. Mierda. Mierda… —musitó en un lamento, agotada y sin fuerza de voluntad para seguir soportando las zancadillas del destino. Quizá era mejor quedarse ahí sentada y mandarlo todo al infierno. Al final alguien acabaría por pasar, aunque fuera el día siguiente, aunque fuera un…

Un crujido a pocos metros de distancia, como de pasos sobre madera, atajó de golpe su arrebato de autocompasión.

Con un latigazo de adrenalina, apartó las manos de su cara y volvió la cabeza en la dirección del ruido.

Fue solo entonces, y gracias a que ahora estaba por completo a oscuras, que logró distinguir un mínimo hilo de luz atravesando el túnel de arriba abajo, a una decena escasa de metros de donde se encontraba.

Enjugándose las lágrimas con el dorso de la mano, se incorporó con esfuerzo y caminó agachada, procurando no hacer más ruido del que ya había hecho hasta el momento.

Frente a ella, bajo aquel tenue resplandor, se materializó una escala idéntica a la que había usado para descender, con una trampilla a través de la cual se filtraba el hilo de luz.

No tenía más remedio que subir por ahí, de modo que, tras quitarse las sandalias y encajarlas en la parte de atrás del pantalón, se aferró a los primeros peldaños y comenzó a subir muy lentamente, aguzando el oído ante cualquier sonido que pudiera delatar la presencia de alguien.

Paso a paso, como un oso perezoso trepando a un árbol, alcanzó la trampilla y, tras aguardar un inacabable minuto para estar segura de que no había nadie al otro lado, apoyó la mano bajo la misma y empujó, descubriendo que ofrecía una resistencia inesperada.

Por un instante, pensó en la inquietante posibilidad de que estuviera cerrada por fuera, pero antes que desesperarse, decidió intentarlo de nuevo, engarzando los dedos de los pies en los escalones y empujando con ambas manos con todas sus fuerzas.

Esta vez la trampilla sí cedió, pero con tanto ímpetu que a punto estuvo de dar un portazo con la misma.

De pronto, se vio deslumbrada como si le estuvieran apuntando con un foco a la cara. Sus ojos se habían habituado a la oscuridad del túnel, así que al levantar la trampilla y dejar entrar la luz de golpe, tuvo que entrecerrar los ojos hasta que pudo habituarse y abrirlos lentamente.

Fue entonces cuando descubrió que se encontraba en un espacio diáfano de paredes de hormigón y sin ventanas, con una escalera en una de las esquinas que debía conducir a un piso superior.

Estaba en un sótano.

Una hilera de tubos fluorescentes a lo largo del techo iluminaban una mesa plegable rodeada de cuatro sillas de camping, cajas de madera y metálicas que se apilaban abiertas y desordenadas junto a una esquina, estanterías con herramientas, cables eléctricos, rollos de cinta americana y pequeñas cajas de plástico etiquetadas. Mientras que en la pared opuesta adonde ella se encontraba, bajo la potente luz de un flexo y sobre lo que parecía ser un banco de trabajo de electricista, pudo distinguir un ordenador rodeado de libros técnicos, aparatos de medición de voltaje, más cables y una vieja batería de coche.

Asomada como un conejo en la boca de la madriguera, Nuria aguardó unos segundos más, atenta a cualquier ruido, y solo cuando estuvo convencida de que nadie podía oírla, salió del agujero y cerró con cuidado la trampilla tras de sí.

Aun consciente de que podía estar metiéndose en la boca del lobo, Nuria suspiró aliviada al dejar atrás el frío y húmedo túnel que la había llevado hasta allí. Incluso el suelo de cemento pulido lo sintió cálido bajo sus pies descalzos.

Fue al mirar sus pies embarrados cuando se dio cuenta de que estaba dejando unas llamativas huellas de barro a cada paso, que se distinguían de las que había dejado el muchacho al que había seguido y que, cruzando la estancia, se perdían al pie de la escalera.

Nuria siguió aquellas otras huellas de barro fresco, con la esperanza de encontrar una salida al otro extremo de aquella escalera.

Ya no aspiraba a interrogar al joven al que había seguido hasta ahí, ni descubrir para qué empleaban aquel túnel; solo quería salir de nuevo a la superficie y respirar aire fresco bajo la lluvia. Lo deseaba con urgencia.

Pero, sin embargo, mientras atravesaba la estancia con pasos sigilosos, algo en uno de los muros de aquel sótano llamó su atención. Concretamente, en la pared que había dejado justo a su espalda. Al volver la vista atrás, vio que esta se encontraba empapelada del suelo al techo con diagramas, planos y decenas de fotografías.

Durante varios segundos, de pie en mitad del sótano, vaciló entre el ansia de escapar de allí y la curiosidad por saber lo que habían clavado en aquellos grandes paneles de corcho.

Se quedó mirando durante unos segundos la escalera y su promesa de libertad, sabiendo cuál era la elección inteligente y sensata que debería tomar.

Pero, antes incluso de decidirse, ya sabía que no iba a ser esa la que escogería.

—Maldita sea —siseó Nuria entre dientes, y dándose la vuelta, volvió sobre sus propios pasos, dejando un nuevo rastro de huellas embarradas sobre el cemento gris.

Rodeó la trampilla por la que había salido y, poniendo los brazos en jarras, se plantó frente a aquel maremágnum de diagramas, mapas e imágenes que llegaban a superponerse entre sí y sobre los cuales alguien había realizado multitud de anotaciones en árabe en color rojo.

El cuadro general le resultó incomprensible a primera vista, pero entonces identificó un objeto repetido en varias de aquellas fotografías, y que no era otra cosa que el Nou Palau Blaugrana: el campo del equipo de baloncesto del Fútbol Club Barcelona. Un imponente pabellón deportivo con capacidad para veinte mil espectadores situado frente al renovado Camp Nou, en los terrenos que una década atrás ocupaba el Miniestadi.

Aquellas fotos, tomadas desde todos los ángulos posibles, orbitaban alrededor de un punto, que era justo el que ocupaba el Nou

Palau Blaugrana, en un enorme plano de Barcelona desplegado sobre la pared.

De haber tenido consigo unas glasscam o un simple teléfono, podría haber traducido al instante las inscripciones en árabe que orlaban el panel que tenía ante sí. Pero, aun sin saber lo que significaban todas aquellas indicaciones en la lengua de Mahoma, era fácil imaginar que no se trataba de una ruta turística.

Absorta ante la infinidad de planos y diagramas, tratando de entender lo que significaban, Nuria no oyó los pasos sobre su cabeza ni el leve chirrido de una puerta al abrirse al final de la escalera. Solo cuando alguien echó un pesado cerrojo para cerrarla por dentro, salió de su ensimismamiento y se giró en aquella dirección con el corazón en la boca.

Unos segundos después alguien hizo crujir los peldaños de madera con pasos presurosos, y por la escalera apareció el mismo muchacho al que Nuria había seguido desde la mezquita. Llevaba en las manos una bandeja con una humeante taza de té y un sándwich. Tan concentrado en que no se le cayeran mientras bajaba por la escalera, que no alcanzó a ver las huellas de Nuria o el pequeño charco que se había formado frente a la pared opuesta, y mucho menos a la mujer que se había agazapado bajo el hueco de la escalera.

De hecho, llegó a depositar la bandeja sobre la mesa de trabajo antes de volverse al oír un ruido a su espalda. Justo a tiempo de ver a una mujer de casi metro ochenta materializarse frente a él, como salida de la nada.

—Hola —lo saludó la aparecida con una sonrisa en los labios.

El muchacho abrió la boca con muda sorpresa. Pero antes de que tuviera oportunidad de decir esta boca es mía, sin cambiar la expresión afable de su rostro, la desconocida le asestó una brutal patada en los genitales que lo dejó doblado en el suelo, boqueando como un pez.

Luego la mujer se acuclilló frente a él con gesto arrepentido, contemplando su rostro congestionado por el dolor.

—Lo siento, chaval —le dijo, con aparente sinceridad—. Pero tenemos que hablar.

56

Para cuando el muchacho logró recuperar las pulsaciones y el aire en los pulmones, Nuria ya se las había arreglado para atarlo a una silla con cinta americana.

Mientras lo inmovilizaba, había descubierto que el joven no lo era tanto como le había parecido en un principio y que, en realidad, se trataba de un veinteañero cuyo rostro imberbe y pinta de delincuente juvenil la había confundido. Eso ayudó a que se sintiera menos culpable por aquella patada traicionera.

—Está muy bueno —le felicitó Nuria mientras devoraba el sándwich vegetal, sentada frente a él en otra silla—. Espero que no te importe, pero es que me muero de hambre.

—¿Quién coño eres? —preguntó el joven, con un leve acento árabe que hacía que las «e» sonaran como «i»—. ¿Qué haces aquí?

—Las preguntas las hago yo de momento —advirtió cuando acabó de tragar—. ¿Cómo te llamas?

El joven se retorció en la silla, poniendo a prueba sus ligaduras.

—Suéltame, puta.

Nuria se limpió las manos en el pantalón y meneó la cabeza con aire decepcionado.

—Podemos hacer esto fácil o difícil —le advirtió—. La decisión es tuya.

—La decisión es que te voy a dar por el culo y luego te sacaré los ojos, zorra.

—Ya veo —bufó Nuria, alzando una ceja.

—No, no ves nada —replicó entre dientes—. No tienes ni idea de con quién te estás metiendo.

Nuria se esforzó por transmitir indiferencia ante las amenazas. Cualquier atisbo de temor o preocupación le haría perder toda ventaja.

—Está bien —concedió impasible—. Lo haremos a tu modo.

Dicho esto, se puso en pie y, acercándose a la mesa, empezó a rebuscar herramientas que pudieran resultarle útiles.

—Solo quiero que me contestes a unas pocas preguntas —explicaba, mientras recolectaba un cúter, unos alicates y un soldador de estaño—. No quiero lastimarte —añadió—. Pero lo haré si es necesario.

Mientras decía esto, su mirada fue a parar a la batería y de ahí a un rollo de fino cable de cobre que descansaba sobre la mesa. Con una clara idea en mente, dejó lo que había cogido, agarró la batería y el cable, y lo dejó en el suelo frente al joven.

Este se quedó mirando ambos objetos con extrañeza, hasta que comprendió las oscuras intenciones de aquella mujer que se había comido su cena.

—No sé mucho de electricidad —dijo esta, desenrollando el cable—. Pero apuesto a que si junto los dos polos de la batería pueden salir unos buenos chispazos. —Levantó la vista hacia el joven—. ¿Me equivoco?

—No voy a decirte nada —replicó desafiante, pero Nuria pudo apreciar un leve cambio en la inflexión de su voz. Parecía haber bajado un peldaño en su escala de confianza.

Nuria sonrió cínicamente, fingiendo que iba a disfrutar del proceso.

—A ver… —dijo, sosteniendo ambos extremos del cable—. ¿Dónde te parece que puedo enganchar esto? ¿En los dedos? ¿Bajo las uñas, quizá? —Se quedó pensativa, como si evaluara las consecuencias—. Sí, bajo las uñas tiene que doler.

—Allah, alabado sea, es testigo… —siseó— de que cuando me suelte te voy a hacer mucho daño, puta infiel.

—Mmm… ¿Sabes? —apuntó pensativa—. En realidad, se me ocurre un sitio aún mejor. No serás virgen, ¿no?

El muchacho no llegó a contestar, pero el rubor en su rostro fue toda la confirmación que Nuria necesitaba.

—¿En serio? —resopló—. ¿Amenazas con violarme y aún eres virgen? En fin…, lo siento por ti —añadió—. Me temo que tu primera vez con una mujer no va a ser como la esperabas.

Dicho esto, se agachó frente a él y le desabrochó el cinturón.

—¿Qué…, qué haces? —inquirió alarmado.

—No te emociones, chaval —contestó Nuria, mientras le bajaba los pantalones hasta los tobillos, dejando a la vista unos calzoncillos blancos gastados y un revelador bulto bajo los mismos—. Vaya —alzó las cejas—, pues sí que te has emocionado.

—¡No me toques, ramera! —ladró furibundo—. ¡Si me tocas te mataré!

—Solo tienes que contestarme a unas preguntas —insistió Nuria, mientras tomaba el cable y le daba varias vueltas alrededor de los pernos de la batería—. Si no…, bueno. —Se incorporó y dio un paso atrás, satisfecha con su trabajo—. Ah, una última cosa… —añadió, acercándose a la mesa de trabajo, conectando la radio portátil que descansaba sobre la mesa y poniéndola a todo volumen, en una emisora de machacona música arabeat.

Hecho esto, se volvió de nuevo hacia el muchacho.

—Es por los gritos, ¿sabes? —aclaró, alzando la voz por encima de la música—. Los hombres sois muy quejicas cuando alguien os fríe los huevos.

Nuria vio aflorar el pánico en sus ojos y aprovechó el momento para insistir.

—Solo has de contestar a unas pocas preguntas y me marcharé por donde he venido… Bueno, no por ahí exactamente —rectificó con una mueca—. Pero me iré y no te haré daño. Te doy mi palabra.

Los dientes del muchacho castañeaban incontroladamente.

Nuria tomó ambos extremos del cable de cobre y, poniéndose en cuclillas, los aproximó a sus genitales.

—Empezaremos por algo fácil —apuntó Nuria—. ¿Cómo te llamas?

—Kamal —murmuró entre dientes—. Me llamo Kamal.

—Estupendo, ¿ves qué fácil? —le felicitó, dedicándole un guiño—. Ahora dime, Kamal, ¿qué estás tramando hacer en el pabellón de baloncesto?

—No lo sé —alegó Kamal, negando con la cabeza.

—¿No lo sabes? —resopló Nuria—. ¿No sabes qué significa eso de ahí atrás?

—No. No lo sé —repitió Kamal, apretando la mandíbula.

Nuria se encogió de hombros.

—En fin…, como quieras —bufó Nuria, y se dispuso a bajarle los calzoncillos—. Despídete de tu descendencia.

Kamal observó la operación con ojos desorbitados y el terror pintado en el rostro, por el que empezaban a correr gruesas gotas de sudor.

—¡No!

—Demasiado tarde, amigo —dijo, dejando sus genitales expuestos.

—¡Espera! ¡Espera!

—Última oportunidad —le advirtió Nuria—. ¿Qué es lo que estás planeando aquí?

—Yo… No… —masculló horrorizado

—Está bien —resopló Nuria—, tú lo has querido.

—¡No! ¡Para!

Nuria se detuvo, con los extremos del cable a solo unos milímetros de los testículos de Kamal.

—¿Me vas a contestar?

—Yo…, no lo sé. De verdad —imploró, hiperventilando—. Solo escribo líneas de código…, interfaces para sistemas autónomos…

—¿Sistemas autónomos? —preguntó haciendo memoria—. ¿Eso no es lo mismo que estudiaba Alí Hussain… antes de morir?

—No estoy seguro.

—Y una mierda no estás seguro. ¿Por qué dos refugiados se interesan tanto por esos temas? ¿Y quién paga todo esto? ¿El imán al que acabas de ir a ver? Es él, ¿no? Dímelo, joder.

—¡No lo sé!

—No me vengas con gilipolleces, Kamal —acercó de nuevo los extremos pelados de los cables—. ¿Qué estáis tramando aquí?

—Solo sé que es una acción —alegó—. No sé nada más.

—¿Una acción? ¿Qué clase de acción?

—Yo… no estoy seguro.

—No me jodas, Kamal —le advirtió amenazadora, frotando los cables y provocando varias chispas.

—Es la voluntad de Allah, alabado sea su nombre —añadió, con ojos desorbitados—. Yo solo soy una herramienta de su palabra.

—Y una mierda la voluntad de Alá —le espetó Nuria—. ¿Es un atentado? ¿Cómo planeáis hacerlo? ¿Cuándo? ¿Quién está contigo?

—Allah está conmigo —replicó Kamal—. Quien combata por la causa de Allah y caiga abatido u obtenga el triunfo…

—… le daremos una magnífica recompensa —lo interrumpió Nuria, terminando la frase.

Los ojos de Kamal se abrieron en un gesto de genuina sorpresa.

—Sí, yo también lo he leído —le aclaró Nuria—. En un libro en casa de Alí Hussain… durante su funeral. El mismo libro —aventuró— que te ha regalado esta noche el imán del Centro Islámico, con esa cita remarcada para que la leas, ¿no es así?

No le hizo falta que el joven contestara para saber que estaba en lo cierto.

—Es él quien está detrás de todo esto, ¿no? —preguntó—. ¿El imán Mohamed Ibn Marrash es un terrorista?

—¿Quién eres? —preguntó en cambio Kamal.

—Una amiga —contestó sin pensarlo—… aunque no lo parezca. Solo quiero evitar que te pase lo mismo que a Alí Hussain.

—¿Y a ti qué te importa lo que me pase o me deje de pasar?

—Es mi trabajo.

—Tú no eres policía —afirmó Kamal.

Nuria dudó un instante, antes de negar con la cabeza.

—No, no lo soy —confirmó apesadumbrada.

—Entonces ¿qué quieres?

—Ayudarte.

—¿Ayudarme? —bufó Kamal—. Pues entonces, suéltame.

—Lo haré, te lo prometo. Pero primero has de decirme lo que estáis planeando aquí.

—¿Y por qué crees que voy a traicionar a mi pueblo, a mi imán y a mi dios, contándote nada?

—Bueno…, en primer lugar —advirtió, mostrándole los cables que aún sujetaba—, porque aún puedo obligarte. Pero, además —añadió—, así evitarás acabar asesinado como tu amigo.

—¿Asesinado? —inquirió Kamal, frunciendo el ceño—. ¿Tú le mataste?

—¿Yo? No digas idioteces —replicó—. Alguien de los vuestros lo mató para borrar el rastro —razonó en voz alta, y al hacerlo se dio cuenta de que las piezas iban encajando en su cabeza mientras hablaba.

—No, eso no es posible —alegó convencido—. Alí quería ser parte de la yihad.

—¿La yihad? ¿De eso se trata?

—Siempre se trata de eso —puntualizó Kamal—. Es la única lucha por la que vale la pena dar la vida.

De pronto, como si todas las luces de su cabeza se hubieran encendido al unísono, Nuria comprendió que no había estado equivocada ni había sido arrastrada por la supuesta locura de Elías, como le había hecho creer Puig. Todo era cierto: sus sospechas, sus certezas... y finalmente había sido el destino o la casualidad lo que la había llevado hasta aquel sótano empapelado de respuestas.

Embargada por aquella súbita epifanía, casi se olvidó de Kamal y lo que le estaba preguntando. Volvió la cabeza hacia el plano de Barcelona, dejó caer los cables al suelo y caminó hacia el otro extremo del sótano, con la vista clavada en el círculo rojo trazado con rotulador sobre el Nou Palau Blaugrana.

Aquel que estuviera detrás de todo esto estaba planeando algo terrible. Cada semana se celebraban en ese pabellón uno o dos encuentros de baloncesto en los que con frecuencia se superaban los veinte mil espectadores. Veinte mil víctimas potenciales en caso de un atentado con explosivos, que lo podría convertir en el mayor atentado terrorista de la historia. Diez veces peor que el famoso atentado de las Torres Gemelas.

La magnitud de la tragedia era tan descomunal, que le resultaba imposible siquiera hacerse una idea de lo que podría suponer para toda la ciudad, el país o el mundo entero. Nada volvería a ser lo mismo si lograban llevarlo a cabo.

—De eso se trata, ¿no? —afirmó para sí, sin importarle que Kamal no la oyera por encima de la música arabeat que seguía retumbando en la radio—. De un atentado, con los explosivos que trajisteis en el contenedor desde el Califato de La Meca. Queréis... —tragó saliva— volar el Palau.

Entonces se fijó en unos trazos, enmarcados entre guiones diagonales y rodeados de palabras en árabe: una fecha. Una fecha escrita en número árabes, pero en la que reconoció el símbolo que ocupaba el lugar central de los meses, idéntico al empleado en el alfabeto occidental: un nueve.

—Septiembre… —leyó, y recordando que ya estaban a finales de mes, añadió, volviéndose de golpe hacia Kamal—. ¡Queréis hacerlo en los próximos dí…!

Pero se interrumpió de golpe, al darse cuenta de que ya no estaba a solas con él.

De pie, junto a Kamal, se encontraban dos hombres de rasgos árabes y gesto cabreado, armados con sendas pistolas, que la apuntaban directamente.

Uno de ellos apagó la radio que le había impedido oírlos llegar y, ahora, en silencio, sí pudo oír los peldaños de madera crujir bajo las pisadas de un hombre que descendía por la escalera con parsimonia.

—Mira a quién tenemos aquí —dijo el imán, apareciendo con su impoluta túnica blanca y una perversa sonrisa de oreja a oreja—. La infiel impertinente.

57

Mientras uno de los acompañantes del imán seguía apuntándola con su arma, el otro liberaba a Kamal de la silla, cortando con una navaja la cinta americana que lo mantenía inmovilizado. En cuanto este se vio libre, se subió los pantalones y los calzoncillos, ansioso por recuperar su dignidad.

Lo siguiente que hizo fue acercarse a Nuria y lanzarle un escupitajo a la cara.

—Esto lo vas a pagar —siseó entre dientes.

Nuria no dijo nada, pero supo que Kamal tenía razón.

Lo iba a pagar, y seguramente de la peor manera posible.

Lo único que le quedaba era darse el gusto de encajar las piezas de aquel rompecabezas, antes de que se la rompieran a ella.

—Sabía que estaba detrás de esto —se dirigió al clérigo que la observaba desde una prudente distancia, mientras sus dos esbirros se empleaban en sentarla en la misma silla en la que había atado a Kamal y, del mismo modo, la amarraban con el rollo de cinta americana que ella había dejado sobre la mesa.

—Ya —concedió el imán—. Lástima que nadie la creyera.

—¿Y quién dice que no lo han hecho?

El imán meneó la cabeza.

—Señorita Badal… Es usted como un niño tratando de resolver un problema de mecánica cuántica.

—Pues explíquemelo —le invitó Nuria, mientras miraba cómo le fijaban los tobillos a las patas de la silla—. Mi agenda acaba de despejarse para esta noche.

—Me alegro de que conserve el sentido del humor. —Sonrió el clérigo—. Le va a hacer falta.

—Eso dígaselo a la policía cuando aparezca.

—Por favor, no insulte mi inteligencia. Este sótano está aislado y de aquí no puede salir ninguna señal y, además… —añadió, señalando su pulsera y la tobillera, ambas destrozadas a martillazos y que ahora yacían junto a su pie, aún con restos de papel de aluminio a su alrededor—, veo que usted misma se ocupó de que no pudieran localizarla. Así que sabe tan bien como yo —concluyó— que aquí no va a venir nadie.

—Usted lo ha hecho.

—Porque activó una alarma del túnel. ¿Acaso creía que iba a poder entrar aquí sin que nos enteráramos? La curiosidad mató al gato —recitó con una sonrisa siniestra—. Se dice así, ¿no?

Luego fijó su atención en la batería y los cables de cobre con los que había amenazado con torturar a Kamal.

Nuria siguió su mirada, y no pudo evitar que un escalofrío le recorriera la espalda.

—No pensaba usarlo —alegó—. Solo pretendía asustarlo para que hablara.

—Ya…, claro, ¿y lo hizo? —preguntó el clérigo, echando un vistazo a Kamal—. ¿Le dijo algo interesante?

—Lo cierto es que no —confesó Nuria—. Pero tampoco hay que ser un genio para deducir lo que están planeando hacer aquí.

—Ah, ¿no?

—Quieren cometer un atentado.

—No me diga. —Sonrió el imán, condescendiente.

—En el pabellón de baloncesto del Barcelona, antes de fin de mes —aclaró, apuntando hacia el plano de la pared con la barbilla—. Con el explosivo CL-20 que les han traído desde el Califato de La Meca, que luego llevaron a un local del barrio del Raval y después escondieron en el alcantarillado.

El clérigo ahora sí alzó las cejas con genuina sorpresa.

—¿No quiere saber cómo sé todo eso? —preguntó Nuria, tirando del sedal para que el pez no soltara el anzuelo.

—En realidad, no —repuso el imán, reponiéndose del desconcierto inicial.

—¿Ah…, no? —ahora la sorprendida era Nuria.

—No —repitió, mostrando los dientes en una sonrisa de suficiencia—. No tiene la menor importancia lo que usted sepa o deje de saber —aclaró—. Ya está todo programado y la voluntad de Allah, alabado sea, se cumplirá sin importar lo que usted o cualquiera crea saber. —Y ensanchando una cruel sonrisa de satisfacción, añadió—: Ya es demasiado tarde para que puedan evitarlo.

—Se olvida de que soy policía —alegó Nuria—. Podemos…

El imán la interrumpió con una risotada.

—¿Podemos? —repitió—. La policía, y no usted, es quien estaría aquí de saber algo, ¿no le parece? Y, además —añadió—, usted *era* policía. Ahora mismo —señaló los restos de la tobillera—, es solo una sospechosa de asesinato que está violando su libertad condicional. Si mañana la encontrasen muerta, nadie se sorprendería demasiado.

—Se equivoca —objetó Nuria sin un mejor argumento que argüir, tratando de evitar que el miedo se trasluciera en su voz.

El imán dio un paso adelante y se agachó hasta poner su rostro frente al de ella.

—Ya lo veremos —siseó, y a continuación dirigió unas palabras en árabe a Kamal y señaló algo que había a su espalda.

Este desapareció de la vista de Nuria, regresando al cabo de un momento con una lata de gasolina de diez litros con el logo de Shell, que dejó en el suelo frente a ella.

Al ver la lata de gasolina, el corazón de Nuria dio un vuelco y sintió cómo la sangre le huía del rostro.

—¿Qué…, qué vais a hacer? —preguntó, esforzándose por controlar el temblor de su voz.

Sin decir una palabra, Kamal se agachó frente a la lata y, desprecintándola con ayuda de un cúter, desenroscó el tapón. El penetrante olor del combustible hizo que a Nuria se le pusiera la piel de gallina.

—Ya lo verás —siseó Kamal, agarrando el bidón por el asa e inclinándolo para verter su contenido alrededor de los pies descalzos de Nuria, creando un mortífero charco a su alrededor.

—No, no lo hagas, Kamal... —imploró—. Tú no eres como ellos.

—Sí que lo soy —replicó orgulloso.

Nuria comprendió que se había equivocado de tecla.

Una risita siniestra salió de la boca del imán, que observaba satisfecho la escena con las manos entrelazadas a la espalda.

Está cometiendo un grave error —le espetó—. Aunque esté suspendida..., sigo siendo policía y se abrirá una investigación. Acabarán descubriéndolo tarde o temprano.

—Puede —admitió el clérigo— Pero, para entonces... —terminó la frase, haciendo el gesto de una explosión con las manos.

—Pero ¿por qué? —inquirió Nuria—. ¿Qué ganará matando a civiles inocentes? La violencia solo engendra más violencia.

—En efecto —coincidió el clérigo—. Pero la historia también demuestra que la violencia es el único lenguaje que todo el mundo entiende.

—¿Y qué cree que va a pasar después del atentado? ¿Que alguien va a negociar? ¿Es que no ve usted las noticias? —Meneó la cabeza con incredulidad—. Hay políticos que están esperando la menor excusa para expulsar a todos los musulmanes de España, empezando por los refugiados. Eso es lo único que va a conseguir con ese atentado —insistió fervorosa—. Matar a inocentes y poner las cosas aún más difíciles para los musulmanes en España y quizá en toda Europa. ¿Es eso lo que quiere? —le espetó—. Porque eso es justo lo que va a conseguir.

La expresión en el rostro del imán no era la que Nuria esperaba ver tras su perorata.

—¿Ah, sí? ¿No me diga? —apuntó, con una sonrisa satisfecha en los labios.

Nuria tardó unos segundos en comprender el significado de aquel gesto, y bastantes más en intuir lo que ello comportaba.

—Usted ya lo sabe... —masculló incrédula—. Joder. Usted sabe lo que va a pasar. Pero... ¿por qué?

—¿Realmente cree que tengo que darle explicaciones?

—¿Después de todo por lo que he pasado? —alegó—. Ya lo creo que sí.

—Pues yo no veo por qué tendría que hacer tal cosa —replicó con gesto aburrido, consultando su reloj—. En realidad, ya es tarde para todos.

—Por favor. —El tono de Nuria rozaba la súplica—. Necesito comprender. Concédame eso al menos, antes de... —No se atrevió a terminar la frase, mientras miraba a Kamal esparcir el combustible sobre cajas y estanterías.

El clérigo pareció pensárselo un momento antes de resoplar con hastío y, cogiendo una silla, se sentó frente a ella.

—Vamos a ver... —apuntó con tono didáctico—. ¿Qué cree usted que puede pasar si su país trata de expulsar al diez por ciento de la población?

—Pues que habría protestas, manifestaciones, disturbios...

—¿Y cómo piensa que reaccionaría su gobierno ante tales hechos?

—Mal, muy mal —dedujo Nuria, recordando la brutalidad ejercida por los antidisturbios y el ejército durante las protestas estudiantiles de dos años atrás—. Habría violencia en las calles. Mucha represión.

—Exacto —asintió el clérigo, como un maestro satisfecho—. ¿Ha visto que sencillo?

—¿Y ya está? ¿Eso es lo que busca? ¿Que haya represión contra su gente?

—¿Le parece poco?

—Pero sigo sin entenderlo, ¿para qué quiere eso? Lo único que va a lograr es hacer sufrir a varios millones de musulmanes.

El imán meneó la cabeza teatralmente, como decepcionado por la respuesta.

—¿Conoce usted la fábula de la rana en la olla?

—¿Qué? —inquirió Nuria, desconcertada por el cambio de rumbo de la conversación.

—Si usted mete una rana en una olla hirviendo —comenzó a relatar el clérigo sin más—, esta saltará de inmediato para evitar morir abrasada, ¿no es así?

Nuria fue a contestar, pero el imán alzó la mano para interrumpirla.

—Pero si a esa rana se la mete en una olla de agua fría y muy lentamente se va subiendo la temperatura, esta se quedará quieta. Tolerará esos pequeños cambios hasta que ya sea demasiado tarde y muera.

—No entiendo adónde quiere ir a parar —dijo Nuria cuando vio que la fábula terminaba ahí.

—Los musulmanes en España —explicó— son millones de ranas a las que se está matando lentamente. Nuestra misión —añadió, dedicando una mirada a los hombres que le acompañaban— es calentar la olla de golpe para que salten.

—¿Que salten? ¿Adónde? La mayoría son nacidos en España y el resto ya no tiene siquiera un país al que regresar. No querrán o no podrán irse, aunque quieran, y lo único que conseguirá será que el gobierno se emplee cada vez con más dureza contra ellos.

—Veo que aún no lo comprende —advirtió el imán—. No quiero que se vayan, quiero que se rebelen contra la opresión de los infieles. Quiero que luchen por la tierra que por derecho les pertenece.

—¿La tierra que les pertenece? Pero ¿de qué coño habla?

—¿Es que no conoce su propia historia? Antes de que existiera España o cualquier otro reino cristiano, este lugar era un califato y el islam su religión.

—¿Está hablando de Al-Ándalus? Pero ¡si eso fue hace mil años!

—Hace poco más de quinientos, en realidad —puntualizó el clérigo—. Muchos menos de los ochocientos años durante los cuales esta fue tierra de musulmanes. Y ya es tiempo —añadió solemne— de que vuelva a serlo.

—¿En serio? —se burló Nuria—. ¿Vosotros cuatro vais a reconquistar Al-Ándalus con vuestras pistolas y un puñado de bombas?

—Nosotros cuatro, no —señaló el imán, alzando el índice—. Como ha dicho antes, somos millones.

—Millones que lo que quieren es vivir en paz, ¿es que no lo comprende? —replicó Nuria—. Mucha de esa gente tuvo que huir de su país por culpa de guerras provocadas por gente como usted. Lo más probable —arguyó— es que os acaben linchando ellos mismos.

—Quien no lo comprende es usted —insistió el clérigo, con aire de estar perdiendo la paciencia—. Cuando tengan que defenderse de un gobierno que los oprime, de la policía que los golpea y de los infieles que los desprecian, cuando estén desesperados y sin un lugar al que huir, no les quedará más remedio que levantarse en armas

contra la injusticia. Y entonces, comprenderán que solo la yihad puede salvarlos. Que solo reconquistando esta tierra podrán de nuevo
vivir en paz. Exactamente del mismo modo que sucedió en Irak, Siria o Marruecos.

Nuria meneó la cabeza, exhalando con cansancio.

—Ah, vale, claro. Ahora lo entiendo… Está usted completamente loco —concluyó—. Eso jamás va a suceder —se dirigió a los
tres hombres que se mantenían al margen de la conversación—. ¿Es
que no veis que os está engañando? Os está hablando de algo que
pasó cuando la gente peleaba con lanzas y espadas —se dirigió a ellos,
y en especial a Kamal—. No va a haber ninguna reconquista ni ningún Al-Ándalus. Simplemente, acabaréis muertos o en la cárcel por
culpa de un loco.

En respuesta, el imán se puso en pie con gesto impaciente.

—Creo que ya he perdido demasiado tiempo con usted —dijo,
y a continuación se dirigió a Kamal en árabe.

—¡Espere! —protestó Nuria, tratando de prolongar su vida
aunque fuese unos segundos más—. ¡Va a cometer un grave error!

—Mi único error —replicó hastiado de la conversación— ha
sido no librarme de usted desde el principio.

—¿Como hizo con Gloria? —le espetó Nuria, furiosa.

Por un breve instante el imán pareció desconcertado. Quizá
no debía ni saber el nombre de la mujer de David cuando mandó
asesinarla.

—*Afealha alan* —le ordenó sin embargo a Kamal, señalando
a Nuria.

Este, en respuesta, asintió obediente y tomó el cúter que había usado para romper el precinto de la lata, acuclillándose frente a
Nuria.

—Mejor cierra los ojos —le pidió, casi con amabilidad.

—No… —Nuria se debatió inútilmente en sus ligaduras—.
No lo hagas… —rogó, con la voz distorsionada por la angustia que
le ascendía por la garganta.

—Cierra los ojos —insistió Kamal, acercando el cúter a su garganta—. Así será más fácil.

Nuria comprendió que se refería a que sería más fácil para él,
así que se esforzó por mantenerlos abiertos.

—No —replicó, dirigiéndose tanto a Kamal como al imán y sus dos sicarios, que parecían estar disfrutando de lo lindo con el espectáculo.

—Como quieras —se lamentó Kamal, incorporándose.

Dicho lo cual, se colocó a su espalda y desde atrás la agarró con fuerza por el pelo con la mano izquierda, mientras que con la derecha apoyaba el filo del cúter contra su cuello.

58

Kamal comenzó a recitar una oración en árabe y Nuria apretó los dientes, tan solo rogando por no sentir dolor cuando la afilada hoja del cúter cortase su arteria carótida.

—Sois unos putos psicópatas asesinos —masculló Nuria, aceptando al fin que su destino estaba sellado dijese lo que dijese.

—Adiós, agente Badal —se despidió el clérigo, alisándose la túnica con desinterés—. Ya me ha hecho perder demasiado tiempo. Ahora, Kamal se ocupará de…

Pero antes de que pudiera terminar la frase, dos ahogadas detonaciones estallaron desde el otro lado del sótano, y a los dos esbirros que flanqueaban al imán les brotaron sendas flores rojas en la frente, desplomándose al unísono como si lo tuvieran ensayado.

Nuria, incapaz de comprender lo sucedido, volvió a fijar su vista en el imán, que tan confuso como ella se dio la vuelta con una expresión de desconcierto en el rostro.

La voluminosa figura del clérigo le impedía ver a Nuria lo que había tras él, cuando este se abalanzó sobre el cuerpo de uno de sus esbirros y, tras arrebatarle la pistola de su mano sin vida, gritó: «¡Allah Ackbar!» y realizó dos disparos hacia el otro extremo de la habitación.

Antes de que hubiera un tercer disparo, hubo dos nuevas detonaciones y el imán sufrió un espasmo, un instante antes de derrumbarse junto a los otros dos cuerpos con un par de agujeros en el pecho.

No fue hasta entonces que Nuria pudo ver que la trampilla se encontraba parcialmente abierta y el cañón de un arma asomaba desde su interior.

—*La tataharak 'awsa'asibik!* —gritó una voz familiar.

Kamal, situado a la espalda de Nuria, le tiró del pelo hacia atrás, poniéndola de cara al techo y dejando expuesto su cuello como a un cordero tras el ramadán.

—*Al'iifraj ean alsikin!* —ordenó ahora la misma voz.

Inmovilizada, Nuria no podía ver a quién pertenecía esa voz que le resultaba tan familiar.

—*Iidha aqtarabat, sa'aqtuluha!* —respondió Kamal, presionando el filo de la cuchilla contra su piel.

—¡Tira el cuchillo! —ordenó entonces la voz, cambiando de idioma—. No voy a hacerte daño. Te doy mi palabra.

—¡La mataré! —repitió Kamal, y Nuria sintió cómo el acero se le clavaba en la carne.

—¡Mira! —dijo la voz con una calma tensa—. ¡Dejo mi arma en el suelo! —Nuria pudo escuchar el sonido de un objeto metálico golpeando contra el suelo, antes de que el recién llegado añadiera—. ¿Lo ves?

Tras esto, la fuerza con la que Kamal tiraba de su pelo hacia atrás disminuyó, con lo que pudo bajar la mirada lo suficiente como para comprobar que su oído no le había jugado una mala pasada.

Era Elías.

—¿Lo ves? —repitió, levantando las manos mientras salía del agujero completamente—. Voy desarmado. Suéltala y hablemos.

—¡Quédate quieto! —rugió Kamal.

Ignorándolo, Elías dio un cauteloso paso la frente.

—No voy a hacerte daño —insistió, aún con las manos en alto.

Kamal separó el cúter del cuello de Nuria y apuntó con él a Elías.

—¡Te he dicho que no…!

Pero la frase quedó interrumpida por una apagada detonación, como de un petardo debajo de una almohada, y Kamal salió despedido hacia atrás como si hubiera recibido una coz en el pecho.

El fogonazo había surgido de la trampilla, que había quedado abierta, y un segundo más tarde apareció por ella Giwan, sujetando con ambas manos una humeante pistola con un voluminoso silenciador acoplado, con la que no dejaba de apuntar a Kamal mientras este yacía en el suelo, conmocionado y con un creciente charco de sangre formándose junto a su hombro derecho.

—¿Estás bien? —preguntó ansioso Elías, que había saltado sobre ella en cuanto se produjo el disparo.

Nuria, aún conmocionada, apenas era capaz de fijar la vista en el hombre que tenía delante. No digamos ya comprender lo que acababa de suceder ante sus ojos.

—¿Cómo…? —articuló a duras penas, respirando con dificultad.

Elías alargó la mano para hacerse con el cúter que había caído al suelo, y se dispuso a cortar las ligaduras con las que habían inmovilizado a Nuria.

—Luego te lo explico todo —contestó Elías, serrando una gruesa brida negra.

—No, ahora —exigió Nuria, clavándole la mirada—. ¿Cómo sabías que estaba en este sitio?

Elías dejó de cortar las bridas y levantó la vista hacia ella. En sus ojos, Nuria pudo leer una profunda preocupación.

—¿Sigues sin confiar en mí?

Nuria no contestó a la pregunta, sino que miró con fijeza a Elías a la espera de una respuesta.

Este suspiró decepcionado y señaló la franja de piel blanca en la muñeca izquierda de Nuria.

—Tu pulsera —aclaró—. Te la llevaste al irte corriendo de mi casa, y al tratar de localizarla vi que la señal desaparecía en este cobertizo, al otro lado de la autopista.

—Creía que era irrastreable.

—Y así es. —Sonrió Elías—. Excepto para mí, claro está.

—¿Y viniste a ver qué había pasado?

Elías asintió, volviendo a afanarse con el cúter.

—Encontramos el túnel, lo seguimos… y, bueno, ya sabes el resto de la historia.

Mientras decía esto, terminó de liberar a Nuria de sus ataduras y se quedó ante ella en cuclillas.

—Tienes un pequeño corte en el cuello —añadió, sacándose un pañuelo de papel del bolsillo y aplicándolo contra la herida—. Ese misera…

—Lo siento —lo interrumpió Nuria—. Por todo. Me he comportado como una loca.

—¿Tú crees? —contestó Elías, levantando una ceja.

—Mejor no digas nada —replicó Nuria, e inclinándose hacia adelante tomó su rostro entre las manos y lo besó en los labios. Un beso largo y sentido, que a ambos les costó dar por terminado.

Cuando lo hicieron, separando lentamente sus bocas, Elías mantuvo aún las manos en su rostro y la mirada clavada en sus pupilas.

—Gracias —susurró Nuria esbozando una sonrisa, mientras otra idéntica tomaba forma en los labios de Elías.

—De nada —contestó él, con los ojos brillando de emoción.

—*Luein Allah laka, almartad alkhayin!* —les interrumpió Kamal, vociferando—. *Luein Allah laka!*

Nuria y Elías se volvieron de inmediato hacia el joven, tirado en el suelo con la mano izquierda cubriéndose la herida del hombro mientras Giwan se mantenía de pie frente él, apuntándole con su arma a la cabeza.

—¿Qué dice? —quiso saber Nuria, que hasta ese momento no se dio cuenta de que Aza y Yihan también se encontraban en el sótano, vigilando la escalera y la trampilla con sus subfusiles Vector.

Elías hizo un gesto quitándole importancia.

—Que Allah nos maldecirá, que somos unos apóstatas traidores… —tradujo—. Vamos, lo de siempre.

Con algo de esfuerzo Nuria se levantó de la silla, rechazando la mano de Elías cuando se prestó a ayudarla.

—Puedo sola —alegó, añadiendo a continuación para no parecer demasiado brusca—. Gracias.

—¿Has dicho dos veces *gracias* en dos minutos? —inquirió Elías, frunciendo el ceño—. ¿Quién es usted y qué ha hecho con Nuria?

Esta le dedicó una mirada de soslayo y se aproximó a Kamal, agachándose frente a él y prestando especial atención a la creciente mancha de sangre que se formaba a su alrededor.

—Parece que el disparo ha perforado una arteria —le dijo sin saber en realidad si era cierto, confiando en que los conocimientos de anatomía de Kamal no fueran muy extensos—. Si no contenemos la hemorragia —añadió con aire profesional—, morirás desangrado.

—Eso no importa —masculló entre dientes, con la voz deformada por el dolor—. Allah el misericordioso me acogerá en...

—Ya, ya —lo interrumpió Nuria—. Ya me lo has dicho antes. —Y girándose hacia Giwan, señaló su arma—. ¿Me prestas tu pistola? —le preguntó.

El kurdo se volvió hacia Elías con gesto interrogativo, y este asintió afirmativamente.

Obediente, Giwan entregó a Nuria su Sig Sauer ofreciéndole la culata y esta la tomó con precaución, comprobando de inmediato el peso extra del arma debido al aparatoso silenciador, lo que la obligaba a sujetarla con ambas manos.

Luego se volvió hacia Kamal y le apuntó a la cabeza.

Este bufó con desprecio, como si aquel intento de intimidación le hiciera mucha gracia.

—Adelante, infiel —la retó envalentonado—. Dispara. Sé que me vais a dejar morir igualmente.

—En eso tienes razón —le confirmó Nuria—. Los mierdas como tú no tienen derecho a la vida. Pero te equivocas en lo de que Allah te acogerá en su seno y todo eso. ¿Acaso no te han explicado lo que le sucede a un yihadista si lo mata una mujer?

Kamal se esforzó por mantener su gesto retador, pero Nuria vio aparecer la sombra de la duda en su mirada.

—¿No es así, Giwan? —preguntó al kurdo, que se mantenía a su lado—. ¿No había incluso una unidad de mujeres en el ejército kurdo en Siria que luchaba contra los yihadistas del ISIS? Se llamaban... —Hizo memoria durante un momento—. Ah, sí. El YPG, ¿no es así?

Giwan asintió, sorprendido de que Nuria supiera tal cosa.

—*Yekîneyên Parastina Gel* —precisó en su lengua—. Mujeres valientes —añadió—. Si mujer matar yihadista, él no ir a paraíso. Hombres de Dáesh huir —frunció los labios en algo que podría haberse entendido como una sonrisa— cuando mujeres de YPG llegar.

Nuria hizo lo propio, dirigiéndose de nuevo a Kamal.

—¿Lo comprendes ahora? —le preguntó, viendo en su mirada que así era—. Si yo te mato antes de que te desangres, ni paraíso, ni Allah, ni las setenta y dos vírgenes. Te pudrirás en el infierno o donde coño sea que vayáis los yihadistas pringados y vírgenes como tú.

—Tiene razón —corroboró Elías, que se había situado a su espalda—. Si ella te mata, no irás al paraíso.

—Mientes —alegó Kamal, pero su confianza se deshacía como un terrón de azúcar en un tazón de dudas—. Igual que mentiste al decir que no ibas a hacerme daño.

—No lo hice —le recordó Elías—. Fue él quien te disparó —señaló a Giwan—, no yo.

—Tú decides —intervino de nuevo Nuria, tratando de no aflojar la presión hacia Kamal—. O me cuentas todo lo que sabes o vas al infierno de cabeza.

—*Allah ackbar* —recitó Kamal—. *Ashhaduan la Ilahail-la Al-láh.*

Nuria inspiró profundamente, insuflándose paciencia y exhalando con intencionada lentitud.

—Como quieras —asintió, y poniéndose en cuclillas junto a la cabeza de Kamal, apoyó el cañón de la pistola en su sien—. Te doy cinco segundos para que salves tu alma. Uno… Dos… Tres…

Pero, para su extrañeza, la expresión de Kamal no fue de terror o ni siquiera de preocupación. En su lugar, los labios del joven se curvaron en una mueca cruel.

Nuria intuyó que algo no iba bien y dio un paso atrás. Lo justo para distinguir el pequeño objeto que Kamal había ocultado en su mano izquierda sin que se hubieran dado cuenta.

—¡Cuidado! —exclamó Nuria, al ver cómo el encendedor asomaba en la mano de Kamal y lo prendía con un chasqueo del pulgar.

—*Allah ackbar!* —aulló Kamal, mostrando el mechero prendido frente a Nuria, aún empapada de gasolina—. *Allah ackbar!*

59

Cuando Nuria comprendió lo que sucedía, se quedó paralizada, incapaz de reaccionar.

El tiempo pareció detenerse para ella cuando Kamal lanzó el encendedor al aire. Hipnotizada por aquella minúscula llama que trazaba un gracioso arco en el aire y que, de alcanzarla, la prendería como un pebetero olímpico.

Una parte de su mente asumió que no podía hacer otra cosa que ser testigo de su propio final, y que quedarse quieta era una forma cómoda de acabar con todo aquello.

—¡Aparta! —gritó Elías a su espalda.

Pero antes de que tuviera tiempo de hacerlo, este la placó sin miramientos y un segundo más tarde se encontró rodando por el suelo en una maraña de brazos y piernas.

—*Hariq! Hariq!* —vociferó Yihan en árabe.

—*Indhahab!* —gritó Aza.

Desorientada, Nuria no entendió qué estaba pasando hasta que una ráfaga de calor arreció contra su cara, y no necesitó entender árabe para saber que estaban gritando: «¡Fuego! ¡Fuego!».

Sin darle tiempo a incorporarse, Giwan tiró de su brazo para levantarla como si fuera un saco de patatas, y no fue hasta entonces que se dio cuenta de que la habitación había estallado en llamas que alcanzaban el techo y se extendían por el suelo a toda velocidad.

—¡Estás ardiendo! —le gritó Elías, dándole manotazos en el pelo para apagar las llamas que habían prendido en él.

Nuria lo imitó, desesperada al sentir el creciente calor en su cuero cabelludo, y al hacerlo bajó la vista y descubrió horrorizada que el borde de su camisa también estaba en llamas.

—¡Me quemo, joder! ¡Me quemo! —gritó, y tirando de la camisa se la arrancó de cuajo y la lanzó lo más lejos posible.

La gasolina con la que Kamal había regado el sótano había ardido rápidamente, convirtiendo cada estantería en pasto del fuego e inundando la estancia de un irrespirable humo negro que se acumulaba en el techo, como una maligna presencia.

—*Indhahab!* —exclamó de nuevo Aza, corriendo hacia las escaleras.

—¡Vámonos! —la apremió Elías, tirando de Nuria—. ¡Es la única salida!

—¡Cuidado! —advirtió Giwan, en retaguardia.

Kamal, envuelto en llamas tras caer en el charco de gasolina que él mismo había creado alrededor de Nuria, se abalanzaba sobre esta con el cúter en la mano.

—¡Kamal, no! —le gritó, inútilmente, y cuando ya estaba casi sobre ella, en un acto reflejo levantó el arma que aún llevaba en la mano y apretó el gatillo varias veces.

Pero, a pesar de lo que se ve en las películas, los impactos de armas de fuego, a menos que les aciertes justo en el corazón o el cerebro, no hacen que la gente muera de inmediato. Por lo general, lo único que se consigue es cabrearla aún más.

Justo lo que sucedía con Kamal, que loco de furia parecía no sentir ningún dolor, mientras se abalanzaba sobre Nuria aullando de pura rabia y blandiendo el cúter como un alfanje al grito de «*¡Allah ackbar!*».

Nuria vio cómo aquella antorcha humana le asestaba un mandoble dirigido a su cuello, pero lanzándose hacia atrás logró evitar la afilada hoja del cúter por tan solo unos milímetros.

Kamal aún avanzó un paso más, tratando de alcanzarla con un gesto de revés, pero una nueva salva de disparos le detuvo en seco y, esta vez sí, cayó desplomado como si le hubieran cortado los hilos. Su cuerpo sin vida rodó por los pocos escalones que había logrado subir, hasta terminar boca abajo y desmadejado al pie de las escaleras, mientras era consumido por el fuego.

Al levantar la vista, Nuria vio a Elías sobre ella y apuntando su pistola humeante en dirección a Kamal, como si aún no se fiara de que estuviera muerto del todo.

—¡Rápido! —exclamó Giwan, apremiándolos para que siguieran subiendo—. ¡Rápido!

Nuria se dio cuenta entonces de que las llamas rodeaban al kurdo y ya lamían la base de la escalera.

—¡Arriba! —la espoleó Elías, agarrándola por debajo de la axila y tirando con fuerza para que se levantara—. ¡Arriba!

No tuvo que repetírselo dos veces para que se diera la vuelta, y casi a cuatro patas subió los escalones con toda la velocidad que le daban sus cansadas piernas, envuelta en una irrespirable nube de humo negro que ascendía por el mismo hueco de la escalera y que también hacía las veces de tiro de chimenea.

Al final de esta, Aza aguardaba sosteniendo en alto la trampilla para que pudieran salir enseguida, haciéndoles gestos de apremio que ni ella ni Elías necesitaban.

En cuanto estuvieron fuera, Nuria pudo ver que se hallaban en el interior de una casa que también se llenaba de humo negro a una velocidad alarmante.

—Salgamos de aquí —le instó de nuevo Elías, ayudándola a ponerse en pie—. ¡Abrid esa puerta! —les urgió a sus hombres.

Yihan se encontraba ya forcejeando con la misma, una sólida puerta metálica que al parecer estaba cerrada con llave.

—Las ventanas tienen rejas —descubrió Nuria, incorporándose.

—¡Rompedla! —les conminó Elías.

Pero Yihan y Aza ya estaban propinándole fuertes patadas con sus botas militares, que hacían temblar la puerta y el marco, aunque sin lograr forzarla.

—*Alaibtiead!* —bramó entonces Giwan, apenas apareció por la escalera entre una nube de humo—. *Alaibtiead!*

En respuesta, tanto Aza como Yihan se hicieron a un lado cuando el corpulento jefe del equipo arremetió como un toro contra la puerta y, en un estruendo de metal desgajado, hizo saltar la cerradura reventando la puerta y saliendo al exterior del mismo impulso que llevaba.

Un segundo más tarde, Elías y Nuria cruzaban la misma puerta seguidos de cerca por Aza y Yihan, trastabillando con los rostros ennegrecidos por el humo, entre toses estentóreas.

Bajo la lluvia que apagaba los rescoldos de su ropa, Nuria se alejó todo lo que pudo de la casa hasta que cayó de rodillas en el barro, sin apenas fuerzas para mantenerse en pie, tosiendo cada vez que inhalaba el anhelado aire puro del exterior, y el humo que se había filtrado en sus pulmones y le irritaba la tráquea.

Mirando a su alrededor, pudo ver cómo los otros estaban igual de afectados que ella, tratando de recuperar el aliento en mitad de una embarrada calle de barracas de ladrillo, madera y techos de chapa de zinc. No le costó mucho adivinar que se encontraban en el interior de Villarefu.

Tras ella, la vivienda de la que acababan de escapar parecía una más entre las otras, sin ningún rasgo que la diferenciara, a excepción de la negra humareda que escapaba por puertas y ventanas, y el difuso resplandor del fuego del sótano reflejándose en los cristales.

—Tenemos…, cof…, que irnos… —dijo Elías a su lado, mientras se esforzaba por ponerse en pie, hablar y respirar al mismo tiempo.

Nuria se lo quedó mirando sin comprender, hasta que este le dirigió una fugaz mirada a su tobillo y bajando la vista entendió a qué se refería. Si la relacionaban con lo sucedido y comprobaban que ya no llevaba el localizador, perdería la libertad provisional y la volverían a encerrar de inmediato.

—No. —Meneó la cabeza, respirando a duras penas—. Ahí dentro… —tosió abruptamente— aún pueden quedar pruebas…, cof…, del atentado… que planean…, cof… —Y señalando hacia la casa, añadió—. Tenemos que volver al…

Pero no pudo terminar la frase.

En ese preciso instante, la tierra tembló bajo sus pies y, atónita, Nuria fue testigo de cómo la casa de la que acababan de salir pareció expandirse durante un brevísimo instante, como si alguien la inflara desde su interior, una milésima de segundo antes de que estallara envuelta en una bola de fuego, sin darle tiempo de comprender lo que veía ni ponerse a cubierto.

La explosión, procedente del sótano, provocó que el estallido fuera de abajo arriba. Pero, aun así, la onda de choque proyectó esquirlas y astillas en todas direcciones que surcaron el aire como una mortífera nube de metralla.

En cien metros a la redonda las ventanas estallaron, las puertas se combaron y los tejados de chapa más cercanos y peor ensamblados salieron volando en todas las direcciones.

Nuria sintió cómo, tras salir despedida, se estrellaba desmadejada contra el suelo embarrado mientras minúsculas esquirlas aguijoneaban su piel como un enjambre de avispas enfurecidas.

El efecto de la onda de choque fue tal, que tan solo le permitió encogerse en posición fetal, protegiéndose la cabeza con los brazos mientras rogaba para que aquello terminara pronto. Durante un fugaz instante, Nuria pensó que aquello debía ser lo que se sentía cuando te atropellaba un camión. Un camión envuelto en llamas y cargado de agujas.

Al estruendo de la explosión le siguió un inmediato y terrorífico silencio, y Nuria, apenas consciente, creyó que la detonación le había roto los tímpanos, dejándola completamente sorda.

Por desgracia, tardó muy poco en salir de su error cuando los primeros gritos estallaron a su alrededor, seguidos al momento por lamentos de dolor, asustados llantos de bebés y desesperadas llamadas de auxilio.

En un esfuerzo sobrehumano, Nuria alzó la cabeza y abrió los ojos.

Lo que vio ante sí fue un escenario dantesco de casas destrozadas y escombros, en cuyo epicentro se alzaban las patéticas y humeantes ruinas de la casa, siseando bajo la lluvia que apagaba las incontables llamas que salpicaban lo que ahora era poco más que un solar sembrado de cascotes.

—¿Elías? —susurró apenas, con toda la fuerza que pudo imprimir a su voz—. ¿Elías? —repitió, buscándolo a su alrededor.

Entonces, a su derecha, distinguió un bulto inmóvil cubierto de polvo y cascotes.

—Elías… —lo llamó de nuevo, sin ningún resultado.

Incorporándose a duras penas, se acercó gateando y comenzó a apartar los escombros que lo cubrían. Con un profundo alivio que la sorprendió a ella misma, descubrió que no era él. Se trataba de Aza.

—Aza —lo llamó, zarandeándole sin ningún resultado—. Aza, despierta.

Colocándole la mano bajo la nuca le acomodó la cabeza para que estuviera recta, y al retirarla vio sangre en su mano.

—Mierda —masculló, y tomándole el pulso en el cuello comprobó que al menos las pulsaciones eran fuertes y regulares. Estaba vivo.

—¿Aza bien? —preguntó una voz a su espalda, y al girar la cabeza vio a Giwan de pie, cubierto de sangre y barro, pero en apariencia inmune a la destrucción que se cernía a su alrededor.

—Está inconsciente —le indicó Nuria—. Hay que llevarlo a un hospital.

Giwan asintió conforme.

—¿Has visto a Elías? —quiso saber entonces Nuria.

En esta ocasión, Giwan negó con la cabeza.

—Yo buscarlo —añadió.

—No —replicó Nuria—. Tú quédate aquí con Aza. Yo lo buscaré.

Giwan hizo el ademán de negarse, pero Nuria se puso en pie tambaleante y señaló a Aza.

—Podría entrar en parada cardiorrespiratoria —le explicó—. No podemos dejarle solo. —Y antes de que Giwan pudiera alegar nada, se alejó tambaleándose.

Víctima de la conmoción, le costaba mantener el equilibrio sobre la marea de escombros que alfombraban la calle.

Haciendo visera con la mano para protegerse de la lluvia, giró sobre sí misma en busca de Elías, pero solo un par de farolas parecían haber sobrevivido a la explosión, con lo que resultaba casi imposible distinguir nada con claridad más allá de unos pocos metros de distancia.

—¡Elías! —lo llamó de nuevo—. ¡Elías!

Una figura se alzó entre los restos de una casa adyacente y, durante un segundo, el corazón de Nuria se aceleró, pero la esperanza duró lo que tardó en darse cuenta de que se trataba de otro hombre, uno más bajo y grueso que llevaba en brazos el cuerpo de un bebé. Como muertos vivientes en una película de zombis, hombres, mujeres y niños parecían emerger de entre las tumbas, moviéndose inseguros y tambaleantes mientras emitían incongruentes gemidos y llamaban a sus seres queridos.

Nuria comenzaba a ser consciente de la magnitud de aquella devastación que con toda seguridad se habría cobrado decenas de muertos y heridos. Una tragedia que había desencadenado ella misma, y que de no haber seguido a Kamal y entrado en el túnel, quizá no habría sucedido.

Meneó la cabeza despacio, contemplando impotente a todas aquellas víctimas, con la insoportable certeza de haberse convertido en una especie de heraldo de la muerte que convertía en dolor todo aquello que tocaba.

De pronto, una mano se posó en su hombro y le hizo dar un respingo, sin fuerzas siquiera para apartarse.

—¿Estás bien? —preguntó una voz preñada de preocupación.

Nuria tardó unos segundos en identificar al dueño de aquella voz, cubierto de barro y sangre que resbalaban por su rostro merced a la lluvia que no dejaba de caer.

—Bien —contestó, tomándole la mano en un gesto de preocupación—. ¿Y tú?

—He estado mejor. —Una mueca cansada se esquinó en el rostro de Elías, apretando afectuosamente la mano de ella—. Me alegro de verte.

Nuria asintió de nuevo y se volvió en la dirección de la que había venido.

—Aza está inconsciente.

—Lo sé, y Yihan tiene una fea herida en el muslo, pero Giwan ya se está ocupando de ellos. Nos ha ido de un pelo —resopló—. Hemos tenido mucha suerte.

—¿Suerte? Mira lo que he provocado —alegó Nuria, abarcando toda aquella destrucción con la mirada—. Esto es horrible..., yo...

—Tú no has hecho nada —la interrumpió tajante—. Esos desgraciados debían tener explosivos almacenados en el sótano y con el fuego han estallado.

—Si yo no hubiera venido... —continuó lamentándose Nuria, como si no le hubiera oído—. Si me hubiera quedado en tu casa esta noche... —añadió—. Si te hubiera creído...

Elías la sujetó con fuerza por los hombros, obligándola a mirarle a los ojos.

—Ya basta —le ordenó—. Tú no tienes la culpa de nada. De hecho, has sido la única persona que ha hecho lo correcto en toda esta locura.

—¿Lo correcto? —repitió frunciendo el ceño, liberándose de Elías—. Mira a tu alrededor, ¿te parece que esto es lo correcto? La he cagado otra vez, joder. —Sus labios se fruncieron en una mueca de dolor—. La he cagado —repitió.

Elías se aproximó a ella, pero esta vez en lugar de aferrarla con fuerza, se acercó poco a poco y la abrazó, haciendo que su cabeza descansara sobre su hombro izquierdo.

—No, no es cierto —le susurró al oído—. Nada de esto es culpa tuya.

Exhausta emocional y físicamente, Nuria cerró los ojos y se dejó consolar entre los brazos de Elías y, por primera vez en mucho tiempo, a pesar del caos y la destrucción que la rodeaba, se sintió segura. Ni siquiera fue consciente de que ella misma también abrazaba a Elías con desesperación, como un náufrago a su tablón en mitad de la tormenta.

—¿Y qué vamos a hacer ahora? —preguntó, abriendo de nuevo los ojos, regresando a la espantosa realidad.

Y apenas había terminado de formular la pregunta cuando un coro de sirenas acompañadas de destellos rojos y azules comenzó a escucharse a lo lejos.

—Largarnos de aquí —fue la inmediata respuesta de Elías, sacando el teléfono de su bolsillo—. Y rápido.

60

El Suburban negro derrapaba en el barro en dirección a la salida del arrabal, buscando alejarse lo más rápido posible del lugar de la explosión.

Yady había aparecido al volante del enorme vehículo apenas un minuto después de que Elías le avisara y, tras recostar a Aza en la tercera fila de asientos, aún inconsciente, arrancaron a toda velocidad justo cuando las primeras ambulancias y coches de policía llegaban al lugar de los hechos.

—*Abta* —le ordenó Elías a Yady dándole un toque en el hombro, a lo que el conductor respondió bajando la velocidad de inmediato.

—Es mejor no llamar la atención hasta que salgamos —explicó, dirigiéndose a Nuria.

—¿Adónde vamos? —preguntó esta.

—Si logramos salir sin que nos detengan —aclaró Elías—, dejaremos a Aza en un centro médico de los que no hacen preguntas.

—¿Y luego?

—Y luego a mi casa, naturalmente.

—¿Y qué pasa con todo esto? —Nuria señaló hacia la devastación que dejaban atrás—. He de decirles que el imán estaba planeando un atentado inminente. Explicar lo que ha pasado.

—Si haces eso —alegó Elías—, será a ti a quien detengan. Y, de cualquier modo —añadió, señalándose a sí mismo y luego a ella—, no podemos ir por ahí con este aspecto.

Nuria cayó entonces en la cuenta de que la horrible pinta que presentaba Elías no debía ser muy diferente a la que lucía ella misma.

Como para confirmarlo, se pasó la palma de la mano por la frente.

—Mierda —masculló, al descubrirla teñida de hollín y sangre—. Necesito un espejo —urgió, levantando la vista.

—Creo que me he dejado el estuche de maquillaje en casa.

—Tengo que verme —insistió Nuria—. Déjame el móvil.

—No sé si eso es una buena idea.

—¿Tan mal estoy?

Elías pareció pensarse la respuesta buscando las palabras adecuadas, lo que alarmó aún más a Nuria.

—Dame el móvil —repitió.

Elías introdujo la mano en su bolsillo y sacó el teléfono, entregándoselo a Nuria con reticencia.

Esta lo desplegó de inmediato, activando la cámara integrada en la esquina superior izquierda. Un segundo después el semblante de una desconocida se materializó en la pantalla.

Supo que era una mujer, por los ojos verdes que destacaban sobre un rostro cubierto por una gruesa capa de sangre y suciedad, así como por el pelo apelmazado y algo chamuscado que le caía por encima de los hombros.

Necesitó un rato inusitadamente largo para comprender que esa mujer que le devolvía la mirada era ella misma.

—Dios mío... —musitó, palpándose el rostro para confirmar que de verdad era ella.

Varios hilos de sangre manaban desde unos cuantos cortes en la frente, las mejillas y el cuello, y resbalaban hasta su mandíbula para de ahí caer sobre su pecho y mancharle el desgarrado sujetador deportivo.

—Es solo suciedad y sangre —dijo Elías al ver su cara, tratando de quitarle hierro al asunto—. Nada que no se arregle con una ducha y un par de tiritas.

Nuria lo miró de reojo, tentada de mandarle al cuerno, pero se limitó a plegar el teléfono.

—Tenías razón —admitió—. No ha sido una buena idea verme. —Y volviéndose hacia la tercera fila de asientos vio a Yihan ocupándose de Aza, que seguía inconsciente—. ¿Algún cambio? —le preguntó.

Yihan, quien tenía su propio muslo envuelto en un improvisado vendaje, se limitó a menear la cabeza con gesto preocupado.

—No te preocupes —la tranquilizó Elías—. Se pondrá bien. Es un tipo duro.

—Lo siento mucho —se lamentó Nuria de nuevo—. Todo esto no debería…

—Deja de decir eso —la interrumpió Elías, apuntándola con el dedo—. Y ahora agacha la cabeza y mantente callada —añadió, señalando al frente—. Estamos llegando al punto de control y es mejor que nadie te vea.

Dos minutos más tarde, circulaban a toda velocidad a través de los campos de cultivo, en dirección a las luces de la ciudad. A pesar de las sirenas y alarmas que atronaban desde cada esquina de Villarefu, el trámite de salida duró lo que Elías tardó en intercambiar unas palabras con el vigilante de seguridad, quien no hizo ni el amago de echar un vistazo al interior del vehículo cuando se detuvo frente a él.

—Gracias —repitió Nuria una vez más, mientras dejaban atrás el campo de refugiados—. A todos… —y dirigió una mirada a cada uno— por salvarme la vida.

—Ya nos las has dado —repuso Elías—. Pero la próxima vez que planees infiltrarte en la guarida de unos terroristas, avisa antes. Por favor.

—Lo tendré en cuenta.

—Y ahora…, explícame —añadió Elías tras un momento, volviéndose hacia ella en el asiento—. ¿Qué sucedió después de que te fuiste de mi casa? ¿Cómo acabaste en ese sótano?

—Siguiendo el túnel —repuso Nuria—. Como vosotros.

—Ya sabes a qué me refiero, ¿te secuestraron?

—¿Secuestrarme? No, qué va. Fui yo misma quien se metió en la boca del lobo. —Bajó la cabeza y añadió compungida—. Fue una estupidez por mi parte. La cagué…, y por ello ha muerto mucha gente.

—No la cagaste —contradijo Elías—. Te arriesgaste mucho y has tenido suerte de salir con vida, pero gracias a ti todo ha terminado ya.

—Yo no estoy tan segura de eso —resopló Nuria.

Elías se la quedó mirando fijamente, tratando de averiguar si hablaba en serio.

—¿Qué quieres decir? Acabamos de acribillar a tiros a todo el comando y su escondite ha volado por los aires, ¿es que crees que aún queda suelto alguno más?

—No lo sé. Puede que no.

—¿Entonces?

—Es por algo que me dijo el imán —recordó Nuria—. Quiso darme a entender que el atentado iba a cometerse, pasase lo que pasase. «Ya está todo programado», fueron sus palabras exactas.

—¿Crees que podrían haber colocado ya los explosivos?

—Y haberlos programado para que estallen —asintió—. Sí, eso es lo que creo.

—Pues si es así —rezongó Elías—, estamos jodidos. Quién sabe dónde pueden estar.

—Yo lo sé —apuntó Nuria levantando el índice.

Al oír aquello, incluso Giwan se volvió hacia ella desde el asiento del copiloto.

—¿Qué? —inquirió Elías, parpadeando incrédulo—. ¿Me tomas el pelo?

Nuria meneó la cabeza.

—Tenían un plano de la ciudad en la pared del fondo, con un montón de diagramas y fotos del Nou Palau Blaugrana —explicó—. Vosotros no tuvisteis tiempo de verlo, pero yo sí.

—¿Estás segura?

—Del todo —asintió con firmeza—. El atentado va a ser ahí, lo que no sé es cuándo exactamente. Aunque… puede que sea durante un encuentro del baloncesto del Barça durante este mes —añadió, al recordar la fecha escrita en el plano de la pared—. Los números estaban en árabe, pero el mes era sin duda un nueve.

—No debe haber muchas posibilidades entonces, ya estamos a finales de septiembre —recordó Elías, al tiempo que se acercaba el móvil a los labios y le preguntaba en voz alta al asistente de Google—. ¿Qué encuentros se jugarán este mes en el Palau Blaugrana?

Casi antes de terminar la pregunta, una suave voz femenina contestó desde el teléfono.

—El único encuentro que se celebrará durante el mes de septiembre en el Nou Palau Blaugrana será el de este próximo miércoles 27, a las 20.45 de la tarde, entre el Fútbol Club Barcelona y el CSKA de Moscú, enmarcado dentro de la segunda jornada de la Euroliga. ¿Desea que le consiga unas entradas? —añadió de inmediato—. ¿Quiere que...?

—No, gracias —le atajó Elías, tocando la pantalla para cortar la comunicación.

—Menos de cinco días —calculó Nuria.

—Es un partido importante y el pabellón estará lleno hasta la bandera. —Elías se volvió hacia Nuria y en su mirada vio el horror de lo que podía llegar a suceder—. Será una masacre.

—No, no lo será —le corrigió Nuria, con una convicción más allá del sentido común—. Porque vamos a evitarlo.

61

Tras dejar a Aza y Yihan en un centro médico tan discreto como caro, en el barrio de Les Corts, Yady condujo el Suburban hasta la casa de Elías, donde la sobrina de este los esperaba bajo el porche con aire impaciente.

—¿Se puede saber dónde os habéis meti...? —les espetó en cuanto el vehículo frenó frente a la casa, pero se detuvo de inmediato al ver las condiciones en que se encontraban—. ¡Dios mío! —exclamó Aya, corriendo hacia ellos—. ¿Qué os ha pasado? ¡Parece que vengáis de una guerra!

—Ha sido una noche complicada —contestó su tío, saliendo del coche.

—¿Estás bien? —preguntó la joven, acercándose a Nuria con preocupación—. Tienes un aspecto espantoso.

—Estoy bien —asintió—. Gracias.

—Yo también estoy bien —apuntó Elías con sorna, al ver que su sobrina lo dejaba de lado.

—Ven adentro —añadió Aya, tomando del brazo a Nuria y llevándosela con ella, ignorando olímpicamente a su tío—. Te limpiaré esas heridas.

—No hace falta, de verdad —alegó Nuria, dejándose llevar—. Yo...

—Shhh —la chistó Aya—. Calla y ven conmigo —la invitó, señalando a la puerta principal.

Elías, mientras tanto, aún de pie junto al coche, se volvió hacia Giwan con gesto indignado.

—Pero ¿tú has visto?

El kurdo se encogió de hombros y levantó las manos, en un gesto que podía significar que tampoco lo entendía o que aquello no era asunto suyo.

En cualquier caso, Elías adivinó que no iba a encontrar mayor comprensión por su parte.

—Id a descansar un rato —les indicó a Giwan y Yady, haciéndoles un gesto hacia la casa adyacente situada en la parte de atrás, donde residía el equipo de seguridad—. Me temo que esto aún no se ha acabado.

Los dos kurdos asintieron conformes y, tras despedirse de ellos con un escueto gesto de agradecimiento, Elías siguió los pasos de Aya y Nuria, que ya se habían perdido escaleras arriba.

—¡Nuria, en mi despacho en diez minutos! —le avisó, mientras se dirigía a su propio cuarto para asearse y cambiarse de ropa.

—¡Okey! —contestó Aya en su lugar, un segundo antes de que cerrara tras ella la puerta de la habitación de Nuria.

Al oír a su sobrina, Elías tuvo la completa certeza de que al menos tardaría veinte.

La predicción fue acertada a medias, pues no fue hasta treinta minutos más tarde que Nuria hizo su aparición en el despacho.

—¿Qué vamos a hacer ahora? —preguntó, nada más cruzar la puerta.

Elías levantó la vista del monitor, esbozando un mohín de preocupación al ver el rostro y los brazos de Nuria acribillados de heridas y moretones. Pero, aun así, tuvo que admitir que la media hora había sido bien aprovechada por su sobrina. La mujer que tenía ante él en ese momento, recién duchada y vestida con unos shorts y una blusa holgada, no parecía ser la misma que había visto media hora antes cubierta de barro, sangre y ceniza.

—¿Cómo te encuentras? —le preguntó Elías, esforzándose por no transmitir demasiada admiración.

Con una goma de pelo, Nuria se hizo una coleta en su cabellera chamuscada mientras tomaba asiento junto a Elías.

—¿Qué sabes de la explosión? —preguntó en cambio—. ¿Has averiguado si ha habido víctimas?

Elías señaló el monitor.

—Aún no hay nada fiable —le informó—. Los bomberos creen que ha sido una explosión de gas, pero ya empiezan a desatarse rumores de un atentado. Espero que no logren relacionarnos.

—¿Relacionarnos? —preguntó Nuria, sorprendida—. Lo que tenemos que hacer es contarles lo que hemos descubierto en ese sótano. Sabemos dónde y cuándo podría cometerse un atentado, hay que avisarlos y que lo anulen todo.

—De acuerdo, pero... ¿a quién? —objetó—. ¿Y cómo piensas hacerlo para que te escuchen? Tu credibilidad no es que esté por las nubes en estos momentos.

—Pues lo hacemos de forma anónima —alegó Nuria—. No podrán ignorar una amenaza de bomba.

Elías negó con la cabeza.

—Sí que lo harán —señaló, como si se tratara de una obviedad—. ¿Cuántas amenazas de bomba anónimas crees que habrán recibido por la visita del Papa, el Rey y el presidente? ¿Cinco? ¿Diez? ¿Veinte? Una amenaza anónima sería solo una más entre las de muchos otros chiflados con ganas de llamar la atención.

—Pues llamaré a Puig —arguyó Nuria—. Él me creerá o, al menos, me escuchará.

—Tienes mucha fe en ese hombre... —opinó Elías— para ser alguien que solo quiere verte entre rejas.

—Eso no es verdad —le defendió Nuria—. No puedo culparlo por hacer su trabajo.

—Haz lo que quieras —se rindió Elías, entregándole su teléfono a Nuria—. Pero veremos si piensas lo mismo cuando tengas que explicarle por qué te has saltado la libertad condicional. Ah —añadió—, y no le digas nada de mí.

—Descuida —le aseguró, antes de pedirle al móvil que la pusiera en contacto con el comisario.

Al cabo de unos segundos, la voz de Puig asomó escéptica desde el pequeño altavoz.

—¿Agente Badal? —preguntó—. ¿Es usted?

—Soy yo, comisario.

—¿Dónde está? ¿Qué ha...?

—Comisario, escúcheme con atención —lo interrumpió—. La explosión en Villarefu..., yo he estado ahí.

—Está bien, entréguese y hablaremos.

—¿Entregarme? —repitió—. Ni hablar, comisario. Escúcheme, bajo la casa que ha explotado, en el sótano, estaba el escondite de un comando yihadista. Yo pude escapar de milagro —miró a Elías de reojo— antes de que todo explotara. Eran cuatro terroristas dirigidos por Mohamed Ibn Marrash, el imán del Centro Cultural Islámico Ciutat Diagonal. Todos han muerto, aunque el ADN confirmará lo que estoy diciendo —añadió—, pero ahora viene lo gordo, preste atención. —Hizo una pausa para tomar aire—. Ese comando estaba preparando un gran atentado con explosivos en Barcelona. Creemos..., estoy segura —se corrigió—, de que van a atentar contra el Nou Palau Blaugrana durante el partido de baloncesto del miércoles por la noche —concluyó, poniendo énfasis en las últimas palabras.

Seguidamente, guardó silencio a la espera de que la gravedad de su afirmación calara en el comisario.

La respuesta, sin embargo, no fue la que esperaba.

—¿Dónde se encuentra? —quiso saber Puig.

—¿Qué? —inquirió Nuria, desconcertada—. ¿Y qué más da eso? ¿No ha escuchado lo que acabo de decirle? ¡Se va a cometer un atentado!

—Ha dicho que los terroristas han muerto en la explosión —le recordó.

—Sí, pero el imán me dio a entender que ya lo tenían todo en marcha —aclaró—. Creo que las bombas ya deben estar puestas y programadas para explotar.

—¿Le dio a entender? Mire, señorita Badal... —resopló, como si se viera obligado a explicar una obviedad—, todas las zonas sensibles son registradas a conciencia antes de un partido. Nadie podría esconder ni un simple petardo en las cercanías sin que los equipos de rastreo lo encontraran.

—También podría ser... —aventuró Nuria— que algún terrorista haya sobrevivido y se inmole con una mochila bomba o con un vehículo cargado de explosivos.

—Eso tampoco va a pasar —objetó Puig—. El pabellón estará protegido con bolardos y cientos de policías. Cuando hay partido, nadie puede acercarse a menos de cincuenta metros sin pasar antes un control exhaustivo con escáneres y perros.

—¿Y qué hay de las alcantarillas? Esa gente se movía mucho bajo tierra.

—Es lo primero que se registra —explicó, y pareció que su paciencia estaba llegando a su fin—. Los accesos cercanos se sellan y los túneles están sembrados de sensores de infrarrojos. Cualquier cosa viva más grande que una rata haría saltar las alarmas.

Nuria estaba quedándose sin argumentos cuando algo en su memoria hizo conexión y la respuesta apareció ante sus ojos mágicamente.

—¡Oh, espere! —exclamó, levantando la vista hacia Elías—. ¡Eso es! ¡Van a usar drones! Los dos muchachos que colaboraban con el imán —explicó más para ella misma que para quienes la escuchaban— tenían libros sobre drones y sistemas autónomos. No puede ser casualidad —dedujo—. ¿Y si han cargado de explosivos a unos drones y luego los han programado para que se lancen contra el pabellón durante el partido? —añadió con creciente excitación—. Quizá por eso me dijo el imán —concluyó— que el atentado ya era inevitable. ¿Me está escuchando, comisario? ¡Van a atentar usando drones!

—Le estoy escuchando —confirmó—, pero eso tampoco va a pasar. Se usan inhibidores de señal y contramedidas electrónicas. Ningún dron podría entrar en el espacio aéreo restringido sin ser detectado.

—Pero si ya les han programado una ruta, los inhibidores de señal no servirán de na...

—No va a haber ningún atentado, ¿entendido? —la interrumpió Puig con brusquedad—. Y ahora, dígame dónde se encuentra.

—¿Para qué quiere saberlo?

—Sabe muy bien para qué —alegó Puig—. Han sucedido muchas cosas en las últimas horas y debe entregarse o decirme dónde está... antes de que las cosas se pongan más feas.

—Yo no he hecho nada, comisario.

—Eso podrá explicárselo al juez que le concedió la libertad condicional.

Elías, junto a ella, negó con la cabeza.

—Lo siento —contestó Nuria tras un breve titubeo—. Pero no puedo hacer eso.

—Lo está empeorando, cabo.

—Lo imagino —admitió.

—Cabo Badal... —insistió condescendiente, cambiando de tono—. Aunque no sea capaz de verlo, estoy tratando de protegerla de...

—Pues no, no lo veo —le atajó Nuria secamente—. En fin... Adiós, comisario. —Y sin añadir nada más cortó la llamada.

Después de hacerlo se quedó en silencio, comprendiendo que había quemado su último puente con Puig.

—No me cree —constató Nuria—. Solo está preocupado por detenerme.

—Te lo dije —le recordó Elías—. Para él te has convertido en un asunto personal, una manzana podrida que amenaza con infectar su carrera. Quizá antes fue tu amigo —añadió—, pero ya no lo es. Ahora no se detendrá hasta meterte entre rejas.

El rostro de Nuria palideció al oír aquello, de pronto fue consciente del terrible futuro que le aguardaba.

—Perdona —se disculpó Elías, meneando la cabeza al darse cuenta del efecto de sus palabras—. Soy un imbécil.

—No pasa nada... —musitó abatida, desmintiendo sus palabras con el tono de su voz—. Es la verdad y más vale que me vaya haciendo a la idea.

—No tiene por qué ser así —alegó Elías, cogiéndole la mano inadvertidamente—. Yo puedo ayudarte a salir del país.

Nuria esbozó una sonrisa cansada.

—Gracias, pero no quiero convertirme en una fugitiva. Si logro demostrar mi inocencia, pasaré una temporada en prisión por saltarme la condicional —aventuró—, y luego podré empezar de cero. O casi —añadió, al recordar que una estancia en la cárcel bajaría varios niveles su calificación ciudadana.

—No has hecho nada de lo que te acusan —alegó Elías—, y has descubierto una trama yihadista. Deberían darte una medalla, no meterte a la cárcel ni siquiera un minuto.

—Lo sé —asintió Nuria—. Pero quizá incluso me vaya bien, ¿quién sabe? Y, en cualquier caso, siempre será mejor eso que pasarme el resto de mi vida huyendo de la justicia, ¿no crees?

—No, no lo creo.

—Ya, bueno —resopló—. Por suerte es mi decisión.

Elías hizo el amago de rebatirla, pero los ojos verdes de Nuria clavados en los suyos eran la viva imagen de la determinación.

—Espero que sepas lo que haces —se rindió al fin.

—Yo también.

En ese momento se abrió la puerta del despacho y entró Aya, portando una bandeja con un par de vasos de té y un cuenco con fruta y galletas.

—He pensado que tendríais hambre —se explicó, dejando la bandeja sobre una mesita auxiliar.

Entonces levantó la vista y descubrió la expresión cariacontecida de su tío y la no mucho más alegre de Nuria.

—¿Qué pasa? —inquirió, mirándolos con incredulidad—. ¿Otra vez os habéis peleado? ¿En serio? ¿Qué pasa con vosotros? —espetó, realmente molesta—. ¿No podéis estar ni dos minutos juntos sin discutir?

—¿Y tú no has aprendido a llamar a la puerta antes de entrar? —la reprendió Elías.

—No cambies de tema —alegó la joven—. Os gustáis mucho el uno al otro —afirmó, señalándolos alternativamente con el dedo como una maestra de primaria—. Cualquiera puede verlo —añadió—. Hasta el bruto de Giwan se ha dado cuenta, por el amor de dios. Así que dejad de hacer el tonto, afrontad vuestros sentimientos y solucionad esto de una vez por todas —concluyó, apoyando ambas manos en la mesa y mirándolos fijamente—. ¡Madurad, maldita sea!

Dicho lo cual, se dio la vuelta y salió del despacho dando un portazo.

Durante un buen rato los dos se quedaron mirando la sólida puerta de nogal en un incómodo silencio que ninguno parecía atreverse a romper.

—Una chica con carácter —murmuró Nuria, rompiendo el trance.

—Yo sí me he dado cuenta —declaró Elías, volviéndose hacia ella.

—¿Qué?

—He dicho que yo sí me he dado cuenta —repitió—. Y sé que tú también.

Nuria bajó la mirada y guardó silencio, buscando las palabras.

—No podemos —dijo al fin, levantando la mirada—. No compliquemos más las cosas, por favor... No ahora.

—Puede que no tengamos un después.

—No. —Negó con la cabeza—. Yo..., es muy complicado.

—Siempre lo es —replicó—. Lo que quiero..., lo que necesito, es que me digas si tú sientes lo mismo.

Nuria apoyó la cabeza en el respaldo del asiento y mirando al techo inspiró profundamente, retuvo el aire en los pulmones y lo dejó escapar poco a poco mientras bajaba la vista hacia los ojos de Elías, fijos y expectantes.

—¿Por qué yo? —preguntó al cabo—. Podrías tener a la mujer que quisieras. Una más guapa, más joven, más lista, una que no vaya a ir a la cárcel...

—Eso ya lo sé. Pero te quiero a ti —aclaró contundente—. Desde el momento en que entraste en mi despacho y me amenazaste con pegarme un tiro, supe que quería estar contigo.

Nuria resopló, esquinando una sonrisa de incredulidad.

—Tú estás mal de la cabeza.

—Mira quién fue a hablar —replicó Elías, imitando su gesto.

Ambos se quedaron mirando fijamente, sonriendo como dos tontos felices, y Nuria sintió cómo su coraza emocional se hacía añicos y caía al suelo convertida en polvo.

Luego Elías se inclinó hacia ella y, apoyando su mano en su nuca, la besó muy suavemente, dejando que sus labios resbalaran sobre los de ella. No fue como el beso que habían tenido tras su rescate, urgente y desesperado, sino un beso de calma y esperanza. Un beso de verdad, como hacía tiempo que no le habían dado uno.

Sin saber muy bien cómo, Nuria se dio cuenta de que ambos se habían puesto en pie uno frente al otro, mientras dejaba que los labios de Elías besaran una a una las heridas de su rostro y que sus manos exploraran su cuerpo por debajo de la blusa, al tiempo que ella se aferraba a su cuello y a su espalda, atrayéndolo hacia sí con el ansia de quien tiene los minutos contados.

La mano derecha de Elías se escabulló por debajo del pantalón corto de Nuria, atrapando su nalga con fuerza, mientras con la otra mano abarcaba la forma de su pecho y, bajando la cabeza, llevaba sus labios hasta el endurecido pezón que ahora asomaba por encima del escote.

Nuria gimió estremecida y Elías separó sus labios de su pecho, para levantarla en vilo y sentarla sobre el borde del escritorio, apartando todo lo que allí había de un manotazo. Luego sus manos ávidas recorrieron las caderas de Nuria hasta el botón del pantalón corto, que desabrochó sin dejar de mirarla a los ojos.

Mientras Elías desabrochaba uno a uno los botones del short no dejaron de contemplarse el uno al otro, sonriendo felices como adolescentes jugando a ser adultos.

—Esto es una locura —advirtió Nuria, no como un reproche, sino como la constatación de un hecho indiscutible.

Elías soltó una breve carcajada y volvió a besarla.

—Pero ¿no habíamos quedado ya en que los dos estamos locos? —inquirió divertido.

Nuria se contagió de la risa de él.

—Es verdad —asintió, y se lanzó de nuevo hacia sus labios.

Pero en ese preciso instante, la pulsera de Elías comenzó a vibrar y una luz roja en el techo a lanzar destellos insistentes.

—¿Qué demonios es eso? —preguntó Nuria, desconcertada al ver cómo Elías se apartaba de ella y la expresión de su rostro cambiaba radicalmente.

—Es la alarma de perímetro —anunció con voz tensa, volviéndose hacia la ventana—. Tenemos visita.

62

Visita? —preguntó Nuria, corriendo hacia la ventana—. ¿Qué quieres decir? ¿Quién es?

—No lo sé —confesó—. Pero las alarmas no saltan solas.

—¿Y no puede haber sido un gato?

—Es un sistema con Inteligencia Artificial que detecta posibles amenazas, analizando la forma de andar o los gestos de las personas. Así que no, no salta por culpa de un gato —aclaró, al tiempo que la imagen del monitor se dividía en ocho cuadrantes con vistas de las ocho cámaras situadas en el exterior de la casa—. Mira —añadió, señalando cuatro de ellas, cuyos bordes se habían iluminado de color rojo—. Están rodeando la finca.

Nuria vio al menos doce figuras embutidas de negro desplegándose furtivamente al otro lado del seto bajo la lluvia. Todos ellos equipados con cascos, chalecos antibalas y fusiles de asalto.

—Joder, son las fuerzas especiales de la policía —exclamó al reconocerlos—. ¿Qué hacen aquí?

—Ni idea —repuso Elías, sentándose delante de la pantalla del ordenador y tecleando instrucciones furiosamente—. Pero seguro que no vienen a tomar café.

—Tiene que ser por mí —razonó Nuria, con la vista puesta en las cámaras de vigilancia—. Deben saber que estoy aquí.

Elías la miró en escorzo, negando con la cabeza.

—Lo dudo —arguyó—. No mandan a las fuerzas especiales para detener a alguien que se ha quitado el localizador del tobillo.

—Entonces puede que vengan a por los dos —razonó—. Saben que tú tienes a esos kurdos tuyos protegiéndote el culo y por eso han traído a la caballería.

Elías dejó de escribir en el teclado y se reclinó sobre el escritorio.

—Mierda —rezongó—. Tenemos un problema.

Nuria apartó su vista de las cámaras de seguridad y se volvió hacia él, que permanecía absorto frente al otro monitor.

Lo que vio la dejó paralizada, y no era otra cosa que dos fotos, una de ella y otra de Elías, debajo de un titular en grandes letras rojas de *Elcaso.es*: «Los terroristas de la explosión en Villarefu, en busca y captura».

—Pero ¿qué cojones…? —se calló en seco, cuando en la misma pantalla se puso en marcha un vídeo filmado por algún testigo que se encontraba en los alrededores de la explosión de Villarefu, en el que se los veía a ambos subiendo al Suburban negro y huyendo a toda prisa del lugar. No habrían resultado más sospechosos si hubieran gritado «Allah es grande» mientras ondeaban banderas negras del ISMA.

Y justo en ese momento, se abrió la puerta del despacho y apareció Aya con su camiseta de dormir y ahogando un bostezo.

—¿Qué pasa, tío? ¿Qué es esa luz? —inquirió aproximándose, mostrándole su muñeca izquierda—. ¿Y por qué está vibrando mi pulsera?

—Ve arriba y ponte algo —le ordenó, levantando la vista del monitor—. Tienes un minuto.

—¿Qué? —replicó desconcertada—. ¿Por qué? ¿De qué estás hablando?

—Nos vamos en dos minutos —le aclaró—. Tú verás si quieres hacerlo en pijama.

La muchacha, dudando aún si aquello era una broma de su tío, miró a Nuria con aire interrogativo.

—Yo que tú le haría caso —asintió Nuria con gravedad.

Aya aún vacilaba, insegura y de pie frente a ellos, cuando Giwan y Yady irrumpieron a paso ligero en el despacho, equipados con chalecos antibalas y sus ametralladoras cortas colgando de un costado. A Nuria no le pareció posible que se hubieran preparado tan rápido a no ser que durmieran con el equipo puesto.

—Marchar. Ahora —dijo Giwan sin preámbulos y no como una sugerencia.

Aya dedicó una mirada al enorme kurdo y, entonces sí, salió disparada hacia su habitación.

—De acuerdo —confirmó Elías—. Déjame que compruebe los sistemas defensivos y nos vamos.

—¿Sistemas defensivos? —preguntó Nuria, señalando la imagen donde podían verse a los policías abriéndose paso a través y por encima del seto—. Es la policía. Si te enfrentas, solo empeorarás las cosas.

—No pienso enfrentarme —aclaró, poniéndose en pie—. Solo retrasarlos mientras escapamos.

Nuria miró a Elías y al equipo de seguridad alternativamente.

—¿Escapar? ¿Cómo? —inquirió escéptica—. Antes de que las fuerzas especiales asalten una casa, se mandan los drones a sobrevolar el objetivo y se bloquean todas las calles adyacentes. Ni una lagartija podría salir sin que la detecten.

—Por suerte no somos lagartijas —replicó Elías—. ¿Estás preparada?

Nuria sacudió la cabeza, atónita.

—¿Has oído lo que he dicho? —le interpeló—. Esto no es una broma.

Elías se acercó a ella y la tomó por los hombros.

—Te he oído —dijo—. Y no, esto no es ninguna broma. Pero necesito que confíes en mí. Sé lo que hago.

—Debemos entregarnos —objetó Nuria—. Todo esto es un gran malentendido. Si nos entregamos y explicamos lo que ha pasado, lo del imán y la explosión, todo se aclarará. Es la única salida.

—No vamos a hacer eso —alegó Elías—. Aclararemos el malentendido, pero no metidos en un calabozo mientras nos aplican la ley antiterrorista.

—Pero...

—Maldita sea, Nuria —la interrumpió—. Tú eres una prófuga a la espera de juicio por asesinato y yo un refugiado sirio. Somos los sospechosos perfectos, ¿es que no lo ves? —preguntó—. Da igual lo que digamos, nos acusarán de colaborar con los terroristas islámicos y acabaremos en una jaula de Guantánamo el resto de nuestras vidas.

A Nuria le llevó solo un momento darse cuenta de que Elías podía tener razón.

Por muy descorazonador que resultara, debía admitir que las pruebas, aunque circunstanciales, se acumulaban en su contra a una velocidad pasmosa. Daban igual sus intenciones o lo que hubiera sucedido en realidad, la ley patriótica permitía que los encarcelaran incomunicados hasta veinticuatro meses, y eso es lo que harían sin duda alguna. Aunque llegaran a averiguar lo que había sucedido en realidad, les resultaría más fácil dejarlos pudrirse en un agujero, amparándose en la seguridad nacional, que admitir que se habían equivocado y que los habían encarcelado injustamente. Ambos eran una piedra en el zapato del sistema —comprendió resignada—, y nadie los iba a echar de menos.

—De acuerdo —resopló—. ¿Cuál es el plan?

Elías asintió, satisfecho de que hubiera entrado en razón.

—No hay tiempo para planes —advirtió, señalando las imágenes de las cámaras—. Solo para huir.

Menos de un minuto más tarde una veintena de efectivos de las Fuerzas Especiales de Acción Rápida ya habían rodeado la casa en todos sus ángulos. Equipados con su aparatoso blindaje corporal y los cascos integrados de protección NQB coronados de antenas, parecían enormes cucarachas negras correteando por el jardín, apostándose junto a las puertas y ventanas donde emplazaban las cargas explosivas con las que pretendían abrirse paso.

Luego aguardaron la orden para asaltar la vivienda, a la espera de que el mando operativo diera el visto bueno desde la sala de control móvil. Desde allí observaban el objetivo a vista de dron, atentos a cualquier actividad sospechosa en el interior de la casa.

—Cargas listas —murmuró en su radio el capitán López, jefe del equipo de asalto—. Desplegando abejas.

A su orden, el líder de cada uno de los cuatro grupos en que estaban divididos sacó de su mochila algo que parecía un pequeño huevo Kinder de aluminio. La diferencia estribaba en que, al abrirlo, en lugar de un juguete de plástico para niños, albergaba algo que recordaba a un insecto metálico y que, activándose de manera automática, desplegaba sus finas alas de grafeno y salía volando como si de verdad anhelara la libertad. Unas abejas metálicas, controladas por la Inteligencia Artificial de la Central de policía que, en lugar de flores y néctar, volaban en busca de imágenes térmicas y sonidos que ayudaran a localizar con precisión a los objetivos antes del asalto.

En esta ocasión, sin embargo, se encontraron con que las ventanas polarizadas y aisladas térmicamente les impedían tener la menor idea de cuántas personas había en el interior o dónde se encontraban.

—Nada desde las abejas —confirmó el jefe de equipo, quien en la visera de su casco recibía las imágenes en directo de su pequeño robot volador—. ¿Algo desde arriba?

—Tampoco desde el aire —contestaron desde el centro de mando—. Tendrán que entrar a ciegas.

—Recibido —confirmó López—. ¿Reglas de enfrentamiento?

Esta vez, la respuesta se demoró durante unos segundos, señal de que desde el centro de mando móvil habían trasladado la pregunta a instancias superiores.

—Nivel cinco —respondió al fin la voz.

El capitán López, sudando bajo su caparazón de kevlar negro, sintió cómo un escalofrío recorría su espalda.

El nivel cinco era la traducción técnica de «dispara primero y pregunta después», y solo se aplicaba en casos extremos. Debían tenerlo muy claro ahí arriba para dar una orden de ese tipo, el tipo de orden que nadie obligado a cumplirla desea recibir.

—Por favor, confirmar el nivel cinco de enfrentamiento —requirió, rogando por que lo hubiera escuchado mal.

—Nivel cinco confirmado —repitieron desde el centro de mando—. Inicien asalto.

—Recibido —corroboró López—. Líderes de grupo —añadió, cambiando de canal—. Nivel cinco de reglas de enfrentamiento. Armen las cargas y detonen a mi señal: cinco, cuatro...

Pero no había alcanzado el tres en la cuenta atrás, cuando una serie de pequeñas explosiones recorrieron todo el perímetro de la casa, creando al instante una densa niebla de humo blanco alrededor de la misma.

—¡Alto el fuego! —bramó López—. ¡Quién coño ha lanzado ese humo!

—¡No hemos sido nosotros! —contestó un jefe de grupo—. ¡Son los de la casa!

«Mierda», pensó para sí el capitán.

—¡Atentos! —advirtió, al comprender que los habían descubierto—. ¡Nos están esperando!

En ese preciso instante, comenzaron a escucharse ráfagas de disparos de ametralladora provenientes de la vivienda.

—¡Detonen las cargas! —ordenó—. ¡Inicien el asalto!

Cuatro pequeñas cargas de C4 detonadas al unísono hicieron pedazos las puertas traseras y delanteras de la casa, así como el amplio ventanal del salón y la ventana de la cocina.

No se había apagado aún el eco de las detonaciones cuando lanzaron granadas aturdidoras e irrumpieron en la casa, desplegándose con rapidez y barriendo la planta baja con sus miras láser, a la espera de que en cualquier momento abrieran fuego contra ellos.

Y justo en ese momento, cuando el equipo de asalto ya había tomado posiciones en el interior de la vivienda y antes de que pudiera reaccionar, el capitán López escuchó el lejano golpe de la puerta de un vehículo al cerrarse, seguido del estruendo de un impacto y de madera haciéndose añicos.

—¡Están huyendo en coche! —advirtió uno de sus hombres por radio.

Corriendo hacia la puerta por la que acababa de entrar, López vio el Suburban negro de cristales tintados, arrastrando tras de sí un trozo de la puerta del garaje mientras se dirigía a toda velocidad hacia el portón de la finca.

—Hijos de puta... —masculló para sí, con un punto de admiración hacia la hábil maniobra, aunque eso no le impidió señalar al vehículo y ordenar—. ¡Fuego! ¡Abran fuego! —exclamó—. ¡Que no escapen!

El equipo de asalto salió al exterior precipitadamente y comenzó a vaciar sobre el Suburban los cargadores del calibre cinco cincuenta y seis de sus SCAR-L, pero aunque acertaban casi todos los disparos, aquella mole motorizada no parecía ni inmutarse.

—¡Está blindado! —comprendió el capitán—. ¡Disparen a las ruedas!

Pero ya era demasiado tarde.

El Suburban se lanzó como un rinoceronte negro sobre la verja de la entrada, llevándosela por delante con un crujido de acero al romperse como si estuviera hecha de alambre.

El descomunal vehículo encaró la calle a toda velocidad, donde la veintena de policías que se mantenían en el exterior abrieron fuego con sus pistolas reglamentarias aún con menos éxito. Las balas simplemente rebotaban, como si estuvieran disparándoles pelotas de goma.

Parecía imposible evitar que aquel monstruo con dos motores eléctricos de quinientos dieciséis caballos cada uno y diseñado para soportar el impacto directo de un RPG lograra escaparse, cuando, de pronto, una tanqueta negra con el logotipo de la policía apareció rugiendo desde una calle lateral.

Lanzándose contra el Suburban a toda velocidad, lo embistió brutalmente en el costado y lo lanzó dando vueltas en el aire hasta que terminó por estrellarse contra el muro exterior de otra finca, donde quedó volcado boca arriba y humeando, con las ruedas girando vanamente en el aire como si todavía conservara la esperanza de huir.

63

Una docena de policías rodearon el Suburban inmovilizado, cubriéndose tras otros vehículos y sin dejar de apuntarlo con sus armas, esperando a que en cualquier momento se abriera una puerta y un terrorista comenzara a dispararlos.

—¡Que nadie se acerque! —vociferó el capitán López, deshaciéndose del engorroso casco integral y dejándolo caer al suelo, mientras corría en dirección al accidente con su SCAR-L entre las manos—. ¡Pueden tener explosivos!

Había dejado a la mayoría de sus hombres en la casa, pero cuatro de ellos lo seguían calle abajo a toda velocidad con sus armas en ristre.

—¡Manténganse a cubierto! —ordenó a voz en cuello, situándose tras la tanqueta y apuntando con su fusil hacia el vehículo, que con el motor todavía en marcha parecía no querer rendirse a la evidencia.

El golpe había sido tremendo, pero teniendo en cuenta que habrían saltado todos los airbags no creía que hubiera nadie gravemente herido, así que o aún se hallaban conmocionados o estaban agazapados, decidiendo qué hacer.

Pensó que tácticamente, lo mejor era presionarlos y obligarlos a salir antes de que se reorganizaran, pero no serían los primeros yihadistas que se inmolaran al verse acorralados. Por lo que él sabía, en ese Suburban podía haber explosivos como para volar una manzana de casas.

—Capitán, ¿me recibe? —sonó en su auricular la voz del centro de mando.

—Alto y claro —contestó López, llevándose la mano al oído.

—Informe de la situación.

—Vehículo inmovilizado y rodeado, sin señal de los ocupantes —describió—. Solicito permiso para lanzar aturdidoras y gas lacrimógeno. Eso los obligará a salir.

La respuesta, de nuevo, le tardó en llegar.

—Denegado —dijo la voz—. Destruya el vehículo.

—Pero con bombas de gas, puedo hacer que...

—Negativo —lo interrumpió—. Se mantiene el nivel cinco de las reglas de enfrentamiento. Proceda según las órdenes.

El capitán López estuvo a punto de insistir en que el riesgo era mínimo si usaban el gas, y que aún les quedaba en la manga el cañón de ultrasonidos de la tanqueta, que al máximo de potencia podría incluso dejarlos inconscientes.

Pero si algo tenía claro era que las órdenes que le estaban llegando, aunque de forma indirecta, venían de muy arriba. En casos así lo que correspondía era mantener la boca cerrada y decir sí a todo. No valía la pena jugarse la pensión, y menos por tratar de salvarles el pellejo a un puñado de terroristas.

—Confirme, capitán —le requirió la voz del auricular.

—Recibido —contestó López—. Aplicando nivel cinco.

Acto seguido, desenganchó del chaleco antibalas una granada M67 de fragmentación y, poniéndola en alto, se la mostró al resto de su equipo, que le imitó de inmediato con sus propias granadas.

—¡Todo el mundo fuera! —exclamó, dirigiéndose al resto de policías que rodeaban el vehículo a distancia—. ¡Aléjense todo lo posible!

Al ver las granadas en manos del capitán López y sus hombres, los agentes comprendieron lo que iba a suceder a continuación y les faltó tiempo para salir en desbandada en busca de protección.

—A mi señal, seguros fuera —dijo, llevando la mano a la anilla de la granada—. Tres. Dos. Uno... ¡Lancen!

Cinco pequeñas granadas verdes rodaron por el asfalto hasta alcanzar el vehículo, haciendo clinc, clinc mientras rebotaban.

—¡Fuego en el hoyo! —advirtió López—. ¡Cuerpo a tierra!

Cuatro segundos después, cinco granadas de cuatrocientos gramos de peso y ciento ochenta de material explosivo estallaron al unísono junto al desventurado Suburban, que desapareció tras una nube de humo gris que fue deshaciéndose bajo la lluvia.

Cuando finalmente volvió a distinguirse el vehículo entre el humo, los neumáticos habían estallado, la chapa negra aparecía acribillada de abolladuras y las ventanillas aparecían astilladas y agrietadas, pero en esencia el Suburban permanecía estructuralmente intacto y sus ocupantes no habrían recibido ni el más mínimo impacto de metralla. Pero eso, el capitán López ya lo imaginaba.

En realidad, no contaba con que las granadas destruyeran el vehículo, sino que el efecto de la onda de choque en su interior dejara fuera de combate a los ocupantes.

—¡Ahora! —ordenó, señalando al Suburban.

Sin esperar a ver si le seguían sus hombres, corrió hacia el vehículo volcado y, agachándose junto a la portezuela del copiloto, trató de abrirla sin éxito. Sin embargo, la ventanilla presentaba una profunda grieta; sin pensarlo dos veces, desenfundó su Colt del 45 y, pegando el cañón a la fisura, vació el cargador sobre la misma.

Ni un grito de dolor salió del interior del vehículo, así que, o estaban todos muertos o...

—Mierda —rezongó, temiéndose lo peor, al tiempo que acercaba el ojo al agujero que acababa de agrandar a base de plomo.

Sus temores se vieron confirmados al comprobar que el vehículo estaba completa e insultantemente vacío.

—Qué hijos de puta —masculló entre dientes, mientras por dentro maldecía al inventor de los coches autónomos—. ¡A la casa! —exclamó, señalando al excéntrico chalet alpino del que acababan de irse—. ¡Registren la casa! ¡Nos la han jugado!

Mientras tanto, a no mucha distancia de allí, tres hombres, una mujer y una adolescente, ascendían en fila de a uno por una estrecha escalera de piedra que discurría a través de un pasadizo subterráneo. El camino, realizado en completa oscuridad, era tan solo alumbrado por las linternas tácticas de Giwan y Yady, que iban en cabeza y a la cola del grupo respectivamente.

—¿Adónde lleva esto? —preguntó Nuria con inquietud, recordando la desagradable experiencia en el túnel de unas pocas horas antes.

—Ya lo verás —contestó Elías a su espalda.

—Déjate de adivinanzas —replicó Nuria—. No estoy de humor.

—Va a parar a una casa abandonada que está ladera arriba, en medio de un bosquecillo, junto a la carretera de Les Aigües —aclaró Aya, volviéndose hacia Nuria—. Al parecer, antiguamente todo era parte de la misma finca —explicó, al tiempo que señalaba hacia arriba—, y este pasadizo secreto conectaba la casa del dueño con la de los empleados. Me gusta imaginar —añadió, con un mohín que apenas se distinguió en la oscuridad— que la hija del propietario estaba enamorada del hijo de un trabajador y se encontraban a escondidas en este sitio.

—Como Romeo y Julieta.

—Algo así —confirmó Aya, haciendo oscilar la mano—. Pero con final feliz.

—Un momento... —barruntó Nuria, parándose en seco y girándose hacia Elías—. ¿Es así como salías y entrabas de tu casa sin que te detectáramos en las vigilancias? ¿Por eso compraste esta casa?

El aludido sonrió culpable.

—Ya casi estamos —dijo en cambio, indicando con su mano hacia adelante.

Siguiendo su gesto, Nuria se dio la vuelta y vio a Giwan ascender por una escalera de caracol, seguido de cerca por Aya.

Nuria miró de reojo a Elías.

—Tienes muchas cosas que explicarme.

Elías asintió conforme.

—A su debido tiempo.

Nuria vaciló un instante, pero comprendió que aquel no era el lugar ni el momento, así que continuó caminando en pos de Aya, deseando salir de una vez al exterior. Ya tenía bastante de túneles y pasadizos subterráneos.

La escalera de caracol la condujo hasta una puerta abierta, tras la cual ya esperaban Aya y Giwan en lo que parecía haber sido una especie de bodega, pues aún conservaba los pequeños nichos donde se encajaban las botellas.

Fernando Gamboa

—Aquí es donde guardaban el vino —apuntó Aya, leyéndole el pensamiento—. Incluso encontramos algunas botellas intactas, ¿te acuerdas, tío?

—Esperad aquí —dijo en cambio Elías, adelantándose junto a Giwan y desapareciendo por una puerta situada al otro lado del sótano.

Nuria, poco acostumbrada a hacerlo, se cruzó de brazos tratando de controlar su inquietud. A su lado, sin embargo, la sobrina de Elías, que había tenido el tiempo justo de ponerse una camisa y unas zapatillas deportivas, se mordía el labio inferior mientras que su pierna derecha parecía haber cobrado vida propia.

—¿Estás bien? —le preguntó Nuria, señalándole el temblor de su pie.

—¿Yo? Sí, supongo. —Forzó una sonrisa tensa—. No es la primera vez que tenemos que salir de casa con lo puesto.

—Tiene que ser complicado, ¿no? Vivir así.

—Al final te acostumbras —aclaró Aya, con un guiño que Nuria tardó en descifrar.

Cuando comprendió la indirecta de la joven ya no le dio tiempo a contestarle, pues en ese momento Elías asomó por la puerta y con un gesto perentorio las urgió a que lo siguieran.

—Vamos, deprisa —dijo, y volvió a desaparecer.

Siguiendo los pasos de Aya, que estaba claro que no era la primera vez que pasaba por ahí, salió a lo que efectivamente era una casa abandonada y de la que apenas se conservaba algo más que las paredes mancilladas por los grafitis y el moho. El suelo cubierto de cascotes, las ventanas sin cristales y un techo repleto de goteras delataban que hacía mucho que nadie vivía ahí.

—Debió ser una casa hermosa —observó Nuria, fijándose en el tamaño de los ventanales y los artesonados que habían sobrevivido a cien años de vandalismo.

—Algún día la arreglaré —apuntó Elías, que se había detenido junto a la salida para esperarlas—. Pero de momento es mejor que se quede así, llama menos la atención y no hay peligro de que se cuelen okupas.

—¿Esta casa también es tuya? —inquirió Nuria, sorprendida.

—De una empresa de rehabilitación —explicó—, que por casualidad pertenece a uno de mis apoderados. Una inversión de futuro —añadió.

437

Nuria fue a decir algo respecto a ese incierto futuro, pero entonces la interrumpió Giwan asomándose desde el exterior de la casa.

—Rápido —les advirtió—. Aún no a salvo.

Dos minutos más tarde ya se encontraban en mitad del denso bosque de pinos y matorrales que tiempo atrás debió ser un cuidado jardín, pero por el que ahora era difícil avanzar sin cubrirse de arañazos.

—Maldito barro —protestó Aya, poniéndose a cuatro patas para no resbalar ladera abajo—. Puaj... —añadió, al levantar las manos y vérselas cubiertas de lodo—. Qué asco.

—Vamos, no te pares —la azuzó Elías, resollando a causa del esfuerzo—. Tenemos que llegar arriba.

—¿Qué? —inquirió Aya levantando la vista hacia lo alto del collado, doscientos metros más allá—. ¿Hasta ahí vamos?

—Es donde nos espera Ismael. Sería peligroso que se acercara más.

—¿Ismael? —preguntó Nuria, recordando al hombre que la condujo al zulo—. ¿Ese no es quien...?

—Así es —confirmó Elías, descansando un instante para recuperar el aliento—. Tenemos que darnos prisa y salir de aquí, antes de que empiecen a rastrear esta zona.

Nuria volvió una última vez la mirada hacia la casa, ahora rodeada de sirenas azules de policía y sobrevolada por varios drones negros, que la asediaban como moscas a un trozo de carne.

—¿Podrás recuperarla? —preguntó Nuria con preocupación, dirigiéndose a Elías.

—¿La casa? Sí, claro —aclaró confiado—. Aunque no sé si quiero regresar ahí. Quizá ha llegado el momento de empezar a hacer cambios en mi vida —añadió clavando sus ojos en Nuria.

De cualquier modo, aquel instante perdió relevancia cuando uno de los drones de la policía comenzó a ascender en zigzag por la falda de la colina en que se encontraban, como un sabueso buscando un rastro.

—¡Ya vienen! —alertó Aya señalando el aparato—. ¡Nos están buscando!

64

Azuzados por el creciente zumbido de los motores del dron, que se alejaba y acercaba por momentos, ascendieron penosamente la embarrada colina hasta alcanzar el linde del camino.

Pero allí no había nadie esperándolos.

—¿Dónde está Ismael? —preguntó, mirando a un lado y a otro del camino de tierra—. ¿Seguro que es el lugar correcto?

—Seguro —confirmó Elías—. Le he mandado mi localización.

—Pero...

—Shhh. Escucha —la interrumpió Elías, señalando hacia su derecha.

Nuria percibió entonces, por encima del traqueteo de la lluvia, el rumor de un vehículo acercándose por su derecha.

—Atrás —ordenó Giwan con un gesto perentorio, mientras Yady apuntaba con su arma en la dirección del sonido—. Esperar.

Nuria comprendió lo que el kurdo quería decir. Más valía aguardar un momento más y estar seguros de que el vehículo que se aproximaba no era de la policía.

Una duda que por fortuna se resolvió de inmediato cuando vio aparecer el familiar Lexus negro por el camino de grava.

—¿Han pedido un taxi? —preguntó Ismael con su sonrisa ratonil, bajando la ventanilla al tiempo que frenaba frente a ellos.

—¡Vamos, adentro! —los espoleó Elías, señalando el vehículo en un gesto innecesario, pues antes de que este acabara de detenerse ya estaban los cinco tomándolo al asalto.

En el interior del vehículo, Nuria se vio emparedada en el asiento trasero entre Giwan y Yady, mientras que Elías ocupó el asiento delantero con Aya en sus rodillas.

Sin perder un instante, Ismael dio la vuelta y tomó el mismo camino por el que había venido, alejándose a toda velocidad del posible campo de visión del dron.

A través del espejo retrovisor, Ismael echó un vistazo a los ocupantes de las plazas traseras, dirigiéndole una fugaz mirada de reconocimiento a Nuria y otra más larga, de abatimiento, al descubrir la escandalosa cantidad de barro que habían subido a bordo y que ensuciaba el suelo y los impolutos asientos de piel negra.

—¿Todo bien? —preguntó a Elías sin despegar la vista del camino, como si aquella situación fuera lo más normal del mundo.

—Perfectamente —aclaró este—. ¿Está todo preparado?

—Todo listo —asintió Ismael.

—¿Adónde vamos? —quiso saber Nuria—. ¿Al piso del Raval?

—Esta vez, no —explicó Elías, girando la cabeza—. Tengo una casa a media hora de aquí donde estaremos más anchos y pasaremos desapercibidos.

—¿Dónde?

—En una urbanización a las afueras de Piera.

—Ya veo… —reflexionó Nuria—. Pero el caso es que yo no voy a ir.

Aya se volvió hacia ella con incredulidad.

—¿Qué?

—¿Cómo dices? —preguntó Elías con tono parecido.

—He dicho que no voy… No puedo ir con vosotros.

—¿Qué? ¿Por qué no? —le espetó Aya, contrariada.

—Déjame a mí, Aya —la interrumpió su tío, haciéndole un gesto para que guardase silencio—. ¿De qué demonios estás hablando? —se dirigió a Nuria—. ¿Por qué no puedes venir?

—El atentado —contestó—. Tengo que hacer algo.

—¿Un atentado? —preguntó Aya con estupor—. ¿Dónde? ¿Cuándo?

—¡Aya, por favor! —le recriminó Elías, volviéndose de nuevo hacia Nuria—. A ver…, Nuria —articuló despacio, en un esfuerzo por mantener la calma—. ¿Qué significa eso de *hacer algo*? Ya hemos hecho todo lo posible…, mucho más de lo que se le puede pedir a nadie que haga. —Le resultaba muy difícil girar la cabeza mientras mantenía a su sobrina sobre las rodillas, así que, estirando el brazo, manipuló el espejo retrovisor interior para poder mirarla a los ojos—. Hablaste con el comisario y no te creyó, por nuestra cuenta hemos acabado con el comando yihadista y casi hemos muerto al hacerlo y, para colmo, míranos ahora, huyendo con lo puesto porque creen que nosotros somos los terroristas.

El estupor de Aya no hacía más que incrementarse mientras escuchaba a su tío, pero tuvo el buen juicio de mantenerse callada.

—Lo sé —murmuró Nuria, cabizbaja—. Y lo siento mucho.

—No te lo digo para que me pidas disculpas, sino para que seas consciente de la situación real en la que nos encontramos. —Hizo una pausa para tomar aire y añadió—. Lo único que podemos hacer ahora mismo es salir del radar hasta que la situación se aclare.

—Tienes razón —asintió Nuria—. Pero tengo que hacer algo. No puedo quedarme de brazos cruzados y ver cómo muere la gente en televisión.

—Pero ¿es que no escuchaste a tu comisario? —objetó, cada vez más alterado—. Según él, lo tienen todo bajo control. «Ni una mosca podría acercarse» —le recordó—. Eso fue exactamente lo que dijo.

—Ya lo sé, pero se equivoca —sentenció.

—¿Y no será que la que te equivocas eres tú?

—Joder, piénsalo —arguyó efusiva—. Imagina que fueras tú quien quiere cometer ese atentado, ¿no tendrías en cuenta todas esas variables? ¿No te habrías informado de las medidas de protección que toma la policía? ¿No las tendrías en cuenta para poder sortearlas?

—Creo que sobrestimas la inteligencia de los yihadistas —discrepó Elías—. Esa gente suele ser muy cortita —argumentó, golpeándose la sien con el índice—, ya que, de no ser así, no serían integristas. La mayoría son pobres desgraciados de pocas luces a los que les han lavado el cerebro.

Nuria soltó una carcajada desprovista de humor.

—¿En serio crees que un paleto de pocas luces habría sido capaz de planear y ejecutar todo lo que ha sucedido en las últimas semanas? Mira en qué estado estamos todos, maldita sea —añadió, señalando a todo el grupo con un gesto circular—. Somos unos jodidos prófugos huyendo con lo puesto, ¿te parece una casualidad?

—¿A qué te refieres?

—Me refiero a que tengo la desagradable sensación de que, en realidad, la gente de pocas luces somos nosotros... o yo, al menos —puntualizó—. Desde la muerte de David, he ido perdiendo el control de mi vida sin poder hacer nada para evitarlo —explicó, clavando su mirada en el espejo desde el que la miraba—. Me he sentido como un ratón de laboratorio al que vuelven loco en un laberinto, mientras un fulano con bata blanca me va cambiando el queso de sitio cuando estoy a punto de alcanzarlo.

—¿No crees que estás exagerando? —arguyó Elías—. A fin de cuentas, nosotros estamos vivos, mientras que al imán y compañía los tendrán que recoger con una pala.

—Puede que sí exagere —admitió Nuria—. Pero no tiene sentido que hayan sido tan astutos cubriendo sus huellas y en cambio no lo tuvieran todo previsto para cometer el atentado, incluso en el caso de estar muertos. Cuanto más lo pienso —concluyó funesta, mirando por la ventanilla—, más convencida estoy de que esto no ha terminado.

Elías guardó silencio, mientras el Lexus serpenteaba bajo la lluvia por los caminos forestales de Collserola, en dirección a la autovía.

—Está bien —admitió Elías, aunque lejos de parecer convencido—. Supongamos que sea como tú dices... ¿Qué podríamos hacer al respecto? ¿Montar guardia delante del Palau Blaugrana?

—No lo sé —confesó Nuria, devolviendo la mirada a los ojos azules que la observaban desde el espejo retrovisor—. Pero sí sé lo que *no* quiero hacer: esconderme.

Poco después, desde la ventanilla abierta de un taxi, Nuria veía alejarse el Lexus en dirección norte camino de la casa franca a la que, de haber tenido algo de sentido común, ella misma también debería estar dirigiéndose.

—Tendrías que haberte ido con ellos —dijo entonces, volviéndose hacia el hombre que se sentaba a su lado en el asiento trasero—. Cuidando de tu sobrina.

—Aya no necesita que la cuide —resopló Elías—. Es una chica lista y, dadas las circunstancias, creo que estará más segura con Giwan y Yady que conmigo.

—Aun así, no hacía falta que te quedaras. Yo tampoco necesito que nadie me cuide.

—De eso ya no estoy tan seguro —objetó Elías, arqueando una ceja—. Pero no me quedo contigo para protegerte, sino para ayudarte.

—¿Cómo? —replicó Nuria—. Si ni siquiera sé qué hacer a continuación. Sinceramente —meneó la cabeza—, estoy muy perdida.

—Pues en ese caso… —sugirió Elías, sacudiéndose el barro de la camisa—, propongo que vayamos al piso del Raval, nos aseemos y, con ropa limpia, ideemos un plan de acción. Aún tenemos —tecleó en la terminal del taxi y activó una cuenta atrás— ciento nueve horas y dieciocho minutos de margen hasta el día del partido. Algo se nos ocurrirá.

Nuria estudió los números verdes de la pantalla y luego bajó la mirada para contemplarse a sí misma. Tenía todo el aspecto de haber participado en una lucha de barro.

—Es cierto —admitió—. Todo está yendo demasiado deprisa. Tenemos que sentarnos y pensar con calma.

—Estupendo —declaró Elías, y sin perder más tiempo le dio la dirección al taxista pakistaní, indicándole que condujera sin infringir ninguna norma de tráfico. No era un buen momento para llamar la atención.

El viejo Prius negro y amarillo se puso en marcha con el siseo de su motor híbrido, tomando la B-23 en dirección sur.

—Ir por ronda litoral —explicó el taxista, dando un golpecito en el GPS—. Mucho atasco en Diagonal con lluvia y gente.

—¿Gente? —preguntó Nuria.

—Sí, evento grande hoy en Barcelona. Mucha gente.

—Te equivocas —le corrigió Elías—. La inauguración de la Sagrada Familia es mañana domingo.

—Sí, Sagrada Familia mañana —confirmó el taxista—. Hoy ceremonia grande a las doce, gente venir a mitin de España Primero —añadió—. Mucha gente y mucho coche en Diagonal. Tráfico fatal.

Elías y Nuria cruzaron una mirada de inquietud.

Elías fue a comprobarlo, pero Nuria se le adelantó preguntando al taxista.

—¿Y sabe dónde se va a celebrar ese mitin de España Primero? —preguntó con el corazón encogido, pues antes de que le contestara ya sabía cuál iba a ser la respuesta.

—En Palau Blaugrana —corroboró el taxista, señalando hacia la entrada de la Diagonal—. En radio decir que nunca tan lleno de gente.

65

Mierda, mierda, mierda… —Nuria se llevaba las manos a la cabeza—. ¿Qué hacemos? ¡Quedan menos de dos horas!

Elías meneaba la cabeza.

—No lo sé.

—Joder, a esos mítines de España Primero la gente va con sus hijos —recordó Nuria con un gesto de pavor—. Suele haber casi más niños que adultos.

—Lo sé —asintió Elías con desasosiego—. Habrá miles de niños en ese pabellón.

—Voy a llamar otra vez al comisario —decidió Nuria—. He de advertirle.

—¿Otra vez? Te dirá lo mismo que antes.

—Pero le di información errónea —alegó—. No será el próximo miércoles, ¡será hoy!

—Lo sé, pero piénsalo. Tratándose de un mitin político habrán tomado aún más precauciones. Debe de haber cientos de policías.

—Sí, pero…

—Creo que deberías darles más margen de confianza —insistió Elías—. No soy muy fan de la policía, pero por lo general saben cómo hacer su trabajo.

—Acabamos de escaparnos de un asalto de las FEAR en toda regla —le recordó—. No sé si eso habla muy bien de ellos, y… —se calló de golpe, dándose cuenta de que, en su cabeza, había cruzado la línea que separa a la policía de los delincuentes.

—Vale, de acuerdo —contestó Elías, sin advertir el conflicto interno de Nuria—. Pero ¿no hay alguien más a quien puedas llamar? ¿Algún otro contacto de confianza?

Nuria, sin embargo, seguía aturdida por lo que acababa de decir; tratando de comprender en qué momento se había pasado «al lado oscuro».

Elías, mientras tanto, esperaba una respuesta creyendo que solo estaba haciendo memoria.

—¿Y bien? —insistió.

Nuria terminó por negar cabizbaja.

—No hice demasiados amigos mientras estuve en el cuerpo —barruntó al fin—, y desde luego, ninguno de ellos se jugaría la placa por hacer caso a una presunta terrorista. Tengo a mi amiga…, Susana, pero no quiero meterla en más líos. Es agente de a pie y, si fuera a algún mando con esta historia, tendría que dar explicaciones que le complicarían mucho la vida. No —decidió—, no puedo hacerle eso.

—Entonces ¿qué quieres hacer?

—No lo sé —confesó, apoyando la cabeza contra la ventanilla—. Te juro que no lo sé… Pero creo que hay algo que se nos escapa.

—¿A qué te refieres?

—No estoy segura —repitió, volviéndose hacia Elías—. Hay cosas que siguen sin encajar en todo este asunto; traer un contenedor desde el Califato de La Meca y colarlo por las aduanas, excavar un sótano y un túnel por debajo de la valla del campo de refugiados… —meneó la cabeza, meditabunda—. Todo eso requiere una cuidadosa planificación de muchos meses…, aunque por entonces no pudieran saber lo del mitin en el Palau. No tiene sentido —añadió— que hayan empleado tanto tiempo y recursos sin saber lo que tenían que hacer y cómo hacerlo. Cuanto más lo pienso, más convencida estoy de que el atentado se llevará a cabo sin intervención humana.

Al oír la palabra atentado, el taxista giró imperceptiblemente la cabeza, tratando de captar el resto de la conversación.

—¿Puede poner algo de música, por favor? —le pidió Nuria al darse cuenta, señalando la radio del vehículo.

El taxista asintió y, obediente, encendió la radio y toqueteó el dial hasta dar con una emisora de música *pakipop*.

—Y suba el volumen, si no le importa —añadió Nuria con su mejor sonrisa de advertencia.

Cuando se dio por satisfecha, se volvió hacia Elías, que parecía abstraído en su asiento.

—¿Qué opinas? —bajó la voz, lo justo para que este la oyera.

—Soy más de música clásica, la verdad —respondió en el mismo tono.

—En serio, Elías —le recriminó—. Aún no me has dicho lo que piensas, ¿crees que tengo razón o que se me ha ido la pinza?

—Si creyera que se te ha ido la pinza no estaría en este taxi. Pero la dolorosa verdad... —añadió, poniendo las manos boca arriba— es que no tenemos nada. Porque, a ver ¿qué sabemos con seguridad? Que tenían planeado atentar en el Palau en septiembre —dijo, levantando el pulgar—, que al parecer disponían de explosivos —alzó el índice—, y que al menos un par de ellos tenían conocimientos sobre programación de sistemas autónomos —terminó, añadiendo el anular y dejando los tres dedos en alto.

—No es mucho.

—Casi nada —corroboró Elías—. Aunque... —añadió pensativo— hay algo a lo que llevo dándole vueltas desde ayer.

—¿A qué?

—No acabo de entender —dijo, echándose hacia atrás en el respaldo y fijando la mirada en el techo del automóvil—, por qué llevaron los explosivos del contenedor a aquel local abandonado del Raval..., si disponían de ese enorme zulo en Villarefu, con un túnel por el que podían llegar sin que nadie los detectara. ¿Por qué arriesgarse?

—Puede que quisieran estar más cerca de su objetivo —sugirió Nuria—. Dentro de la misma ciudad.

—Quizá —sopesó sin estar convencido—. Pero lo cierto es que, a efectos prácticos, en coche quizá se tarda más en llegar al Palau desde el Raval que desde Villarefu.

—Eso es cierto —admitió—, aunque la distancia es casi el doble.

—Y eso no es todo —añadió Elías—. ¿Por qué desde el local del Raval bajarían luego a las alcantarillas? —preguntó, frunciendo el ceño—. Si les preocupaba haber sido descubiertos por Vílchez y que este los delatara, podrían haber ocultado lo que sea que tuvieran en el zulo, ¿no te parece? ¿Qué sentido tendría cargarlo por las alcantarillas? ¿No hubiera sido más sencillo volver a meterlo en un camión y llevárselo?

—Quizá no querían robar otra furgoneta y verse obligados a deshacerse de ella. Recuerda que fue ahí donde encontré la huella que nos puso sobre la pista.

—De acuerdo, pero llegaría un momento en que tendrían que volver a cargar los explosivos en un vehículo y llevarlos al lugar del atentado —afirmó Elías—. No se quedarían ahí eternamente.

—¿Seguro?

Elías se quedó mirando a Nuria, extrañado por la pregunta.

—¿Crees que se quedaron a vivir ahí abajo? —inquirió—. No me parece que...

—No, no me refiero a ellos —le interrumpió Nuria—. Me refiero a los explosivos. ¿Y si... —añadió abstraída, posando la yema del índice en los labios— en realidad no estaban escondiéndose en las alcantarillas? ¿Y si lo que estaban haciendo era llevarlos al lugar donde quieren detonarlos?

—¿Desde el Raval al Palau Blaugrana? —arguyó Elías, escéptico—. ¿Por las alcantarillas? No tiene mucho sentido —alegó—. Está lejísimos y, además, todos los subterráneos y alcantarillas de los alrededores del campo habrán sido examinados a conciencia.

—Cierto —admitió Nuria—. Pero recuerda que el envoltorio que encontramos del CL-20, junto a restos de cables y material eléctrico, significa que estuvieron desembalando los explosivos bajo tierra. Así que, quizá, no solo se limitaron a llevarlos de un sitio a otro para ocultarlos —razonó—, sino que los estuvieron manipulando. Probablemente, preparándolos para detonar.

—De acuerdo —convino Elías—. Supongamos que así sea. Pero eso nos lleva de nuevo a que la policía ya los habría descubierto de haberlos colocado en algún lugar del Palau... o los han encontrado, pero por alguna razón no han querido hacerlo público.

—No lo creo —descartó Nuria de inmediato—. Estoy segura de que, si los hubieran encontrado, alguien lo habría filtrado. Aunque lo más probable es que ellos mismos le habrían dado toda la publicidad posible. Desbaratar un atentado terrorista de este calibre —concluyó— es el sueño erótico de cualquier gobierno y, especialmente, de este que tenemos ahora.

—Eso es verdad —coincidió Elías amargamente—. Pero ¿no puede ser que la policía los haya pasado por alto?

—Tampoco lo creo posible —arguyó—. Los Tedax de la policía son muy concienzudos y disponen de lo mejor en equipos de detección de explosivos. Quizá podrían haber pasado por alto un pequeño artefacto muy bien escondido… pero si lo que pretenden es hacer una masacre —concluyó—, estaríamos hablando de cientos de kilos de CL-20.

—Pero entonces, eso significaría… —razonó Elías— que la bomba está en algún otro sitio y la harán llegar en el último momento. Aunque, si es así…, ¿cómo lo van a hacer? —se preguntó, masajeándose las sienes—. Nadie podría colarse con un chaleco bomba, hay barreras para que ningún vehículo pueda acercarse, defensas antiaéreas —enumeró Elías—, inhibidores de señal…

—Sensores de infrarrojos en las alcantari… —añadió Nuria, pero quedándose callada a mitad de la frase.

—¿Pasa algo? —preguntó Elías, al ver cómo se quedaba con la mirada perdida.

—Joder, eso es… —masculló, enfocando de nuevo los ojos hacia Elías—. Tiene que ser eso.

—¿Tiene que ser el qué? —le espetó Elías—. ¿De qué estás hablando?

Un gesto de comprensión se extendió por el rostro de Nuria.

—Creo que ya sé cómo van a hacerlo.

Elías se irguió en el asiento.

—¿Lo sabes? ¿En serio? —inquirió—. ¿Cómo?

—A ver… —respondió Nuria, inclinándose hacia él—, sabemos que trajeron explosivos en el contenedor, ¿no es así?

—Muy probablemente.

—Pero ¿y si no trajeron *solo* los explosivos? ¿Y si había algo más en ese contenedor? Tú mismo dijiste que en uno de ese tamaño cabría hasta un tanque, así que ¿por qué no emplearon uno más pequeño?

—¿Insinúas que han traído un tanque? —preguntó Elías, alzando las cejas.

—No, un tanque no —meneó la cabeza—. Pero ¿qué tenían en común Kamal y Alí?

—¿Los dos muchachos? —preguntó Elías con algo de extrañeza—. ¿Aparte de que ambos eran refugiados, jóvenes e idiotas?

—Aparte de eso, sí.

Elías bajó la cabeza, haciendo memoria.

—Que los dos… —contestó al cabo, levantando la mirada lentamente— habían estudiado programación de sistemas autónomos.

—Exacto —le felicitó Nuria—. Y así es como creo que van a hacer llegar el explosivo hasta el pabellón.

—¿Con un coche autónomo?

—No exactamente —le corrigió—. Ningún vehículo podría acercarse al campo, con o sin piloto humano. Yo estoy hablando de algo que esté programado para moverse por el alcantarillado cargado de explosivos y situarse justo debajo del Palau antes de estallar.

Elías puso los ojos como platos.

—¿Estás hablando de un robot?

—No estoy segura —confesó Nuria—. Sé que los militares usan bichos de esos de cuatro patas con Inteligencia Artificial y el tamaño de ponis para transportar el equipo en el campo de batalla como antes se hacía con las mulas. ¿Y si los terroristas hubieran dispuesto de un robot de esos… —discurrió en voz alta—, lo hubieran cargado hasta arriba de CL-20, y luego programado para colarse por las alcantarillas hasta situarse bajo el Palau Blaugrana?

Elías meneó la cabeza, nada convencido por esa posibilidad.

—Te olvidas de una cosa —objetó Elías—. Según el comisario, los sensores infrarrojos detectarían cualquier cosa más grande que una rata.

—No es así —le corrigió Nuria—. Dijo que detectarían cualquier cosa *viva* más grande que una rata. Si se tratara de algún tipo de robot de carga, uno de origen militar de los que usan para infiltrarse tras las líneas enemigas, sería sigiloso y no tendría firma de calor.

—Es…, es posible —murmuró Elías, frotándose las sienes con preocupación—. Yo también he visto vídeos de esos robots militares con forma de perro, de gato y hasta de serpiente, escabulléndose en edificios o cuevas, haciéndose explotar para destruir un objetivo.

—Ese explosivo, el CL-20 —apuntó Nuria—, ¿recuerdas lo que leímos sobre él? Decía que era el explosivo convencional más potente conocido.

—Lo recuerdo —asintió—. Solo por debajo de los explosivos nucleares.

—Un robot de esos... —añadió Nuria— podría cargar con facilidad cien o doscientos kilos de CL-20.

—Doscientos kilos... —repitió Elías—. Con eso podrían volar por los aires el pabellón con toda la gente dentro.

—Y explicaría por qué se fueron al alcantarillado —prosiguió Nuria—. No estaban escondiéndose —comprendió—. Estaban preparando el robot y adaptándole los explosivos, dejándolo listo para que llegase al punto indicado y detonase. Por eso dijo el imán que ya estaba todo programado —recordó—. Lo dijo literalmente, el muy cabrón. Por eso no le preocupaba morir o ser detenido, el robot cumpliría su misión de cualquier modo.

Elías tenía el gesto demudado, el mismo de un hombre al que acabaran de quitar el suelo bajo los pies.

—*Allah yahminana...* —rogó, negando quedamente con la cabeza—. Que Allah nos proteja... —suspiró—. Si eso es así..., ¿qué vamos a hacer?

Al contrario que a Elías, aquella revelación pareció dotar a Nuria de la certeza que tanto había necesitado. Como alguien perdido en el desierto y que encuentra al fin un mapa, aunque este conduzca directo al infierno.

—Lo único que podemos —contestó decidida.

66

Tras tomar la primera salida de la ronda, el taxi dio la vuelta para dirigirse hacia la Diagonal entre las advertencias del conductor sobre el atasco y las calles cortadas que iban a encontrarse.

Ignorando la quejumbrosa letanía del taxista, Nuria y Elías estudiaban el teléfono en el que habían desplegado un laberinto de líneas de colores entrelazadas que representaba el trazado subterráneo de Barcelona.

—Amplía esa zona —indicó Nuria, señalando la esquina superior izquierda de la imagen.

Elías desplazó los dedos sobre la superficie del plano, haciendo zoom para que se expandiera y mostrara todos los detalles del mismo.

—¿Qué es esto? —preguntó, apoyando el dedo sobre un gran cuadrado azul al norte del pabellón.

—«Depósito de regulación de aguas pluviales de la Zona Universitaria» —leyó Nuria, la leyenda que apareció bajo el mismo—. Es como un pantano subterráneo. Aquí —señalo con el índice una gran estructura algo más abajo—. Este es el Palau Blaugrana.

La silueta del pabellón de baloncesto era como una isla ovalada, al otro lado de la calle del estadio de fútbol del Barcelona y rodeada de bloques de edificios y manzanas perfectamente cuadriculadas.

—Fíjate —observó Elías—. Al no haber viviendas, solo hay una alcantarilla que pasa bajo el Palau.

—No parece gran cosa —apuntó Nuria, contemplando la delgada línea azul que partía el estadio de forma longitudinal—. ¿Y si es solo una estrecha tubería?

Elías meneó la cabeza.

—Piensa que cada semana se juntan ahí veinte mil personas durante dos horas —le recordó—. Esa es mucha gente yendo al baño al mismo tiempo.

—Una preciosa imagen —murmuró Nuria, arrugando la nariz—. Pero lo que me pregunto es ¿cómo accederemos a ella?

—Es solo un solo túnel. —Elías situó el índice sobre la pantalla—. El agua entra por el norte, atraviesa el campo por debajo y sale por el sur, llevándose todos los desperdicios camino de la depuradora.

—Una entrada y una salida —certificó Nuria—. Eso simplifica algo las cosas.

—Cierto, pero te recuerdo que los accesos cercanos estarán sellados. Eso nos obligará a encontrar una entrada accesible. Al norte del estadio, si es posible —añadió—. Así iremos a favor de la corriente y no contra ella.

—A favor de la corriente de pis y caca —precisó Nuria.

—Mejor no pienses en eso —sugirió Elías, devolviendo su atención a la imagen—. La línea del alcantarillado viene bajo la avenida Juan XXIII y se bifurca en dos para pasar bajo el Palau.

—Sí, pero toda esta zona alrededor del campo estará vigilada y los accesos sellados —indicó Nuria, señalando el trazo azul—. Tendremos que entrar por encima de la Diagonal.

Elías resiguió la línea con el dedo.

—La línea pasa bajo la plaza Pío XII...

—Joder, cuántos papas con calles —murmuró Nuria para sí.

—Luego sube por la calle Pedro y Pons —prosiguió Elías—, y tuerce a la derecha en el paseo Manuel Girona.

—Amplía esta parte —señaló Nuria—. En la siguiente esquina.

Elías movió los dedos sobre la pantalla, haciendo que la sección de un cruce de calles la ocupara completamente.

—Un acceso —confirmó, al ver un círculo en mitad del mismo.

—Está lo bastante lejos para que no la hayan sellado —sopesó Nuria—. Aunque con lo que está lloviendo, habrá que ir con mucho cuidado para que no nos arrastre la corriente y tardaremos un buen rato en llegar.

—... o no —apuntó Elías, pensativo.

Nuria levantó la vista con extrañeza.

—¿Qué quieres decir?

—Que la lluvia podría ser una ventaja.

Nuria enarcó una ceja.

—No veo cómo.

En lugar de aclarárselo, Elías se limitó a esbozar una mueca astuta, dirigiéndose al taxista a continuación.

—Cambio de destino —le dijo, alzando la voz para hacerse oír por encima de la música—. Vamos al centro comercial Finestrelles —le indicó—. Está a menos de dos minutos, en la calle Laureá Miró, junto a la salida doce de la ronda.

—Yo conozco —confirmó el taxista.

—Pero no entre en el aparcamiento —precisó—, será solo un momento.

El taxista asintió, y Elías se retrepó en su asiento con aire satisfecho.

—¿Al centro comercial? —preguntó Nuria, con cara de no entender nada—. ¿Te parece un buen momento para ir de compras?

—Confía en mí —esgrimió por toda respuesta.

Nuria fue a abrir la boca para replicarle, pero decidió mantenerse callada por una vez. Tampoco es que pudiera presumir de tomar buenas decisiones.

Como había adelantado Elías, llegaron en pocos minutos al centro comercial y este le pidió a Nuria que aguardara en el taxi, subido en la acera y con las luces de emergencia encendidas.

—Será solo un momento —dijo Elías, abriendo la portezuela del vehículo y cruzando la calle a toda prisa sin esperar a que el semáforo de peatones se pusiera en verde, ignorando los bocinazos de los conductores.

Nuria se quedó así, esperando mano sobre mano con la incómoda compañía del taxista, que no dejaba de lanzarle vistazos por el espejo retrovisor.

Sin nada que hacer, aparte de esperar, solo le quedaba aguardar estoicamente mientras miraba por la ventanilla, observando a los transeúntes caminar bajo la lluvia indiferentes a la catástrofe que se cernía sobre la ciudad.

«Seguro que algunos de ellos», pensó distraída, «tienen amigos o familiares que han ido al mitin».

Y, súbitamente, con un vuelco en el corazón, recordó que ese era justamente su caso.

—Mamá… —musitó angustiada.

Salvador Aguirre, el líder de España Primero, lo era también de los Renacidos en Cristo, con lo que ambas organizaciones se retroalimentaban la una a la otra. Así, la mayoría de los Renacidos españoles eran también votantes de España Primero; lo que significaba que su madre quizá sería una de las veinte mil personas que abarrotarían el pabellón en un par de horas.

Por un instante pensó en usar la terminal del taxi para llamarla y advertirle de que no asistiera al mitin, pero entonces recordó que se negaba a usar el teléfono móvil desde que se hizo Renacida. Vivían en una época en que hasta las tostadoras estaban conectadas a Internet, pero, irónicamente, no tenía manera alguna de contactar con ella.

Frustrada por no poder hacer nada más que sentarse y esperar, encendió la pantalla integrada en el asiento, buscando distraer la mente de algún modo antes de que le diera por abrir la puerta y salir corriendo.

En esta, aparecieron imágenes grabadas del día anterior, en las que Pío XIII, rodeado por su cohorte de devotos, llegaba al Palacio Pontifical para alojarse junto a la comitiva vaticana.

La transmisión mostraba en directo cómo el papa, con un rostro macilento a juego con el cielo gris sobre su blanco solideo, necesitaba de la ayuda de dos ayudantes para descender del todoterreno blanco con cúpula de cristal blindado, que le permitía ver y ser visto al tiempo que permanecía protegido. Al parecer, se dijo Nuria al verlo, las plegarias de los devotos rogando por su salud habían surtido efecto.

Las imágenes cambiaron entonces, y una toma aérea mostró cómo miles de fieles y curiosos abarrotaban la plaza de la catedral, vitoreando a la comitiva. El dron de la televisión descendió entonces en un abrupto picado hasta situarse a ras de suelo, y a toda velocidad comenzó a recorrer la avenida entre los aplausos de los espectadores, que trataban de captar la atención para salir en las noticias.

Decenas de miles de espectadores que en su mayoría no llevaban paraguas bajo los que resguardarse, sino que soportaban la lluvia con gesto alegre bajo sus túnicas blancas, como si aquello fuera una prueba de su devoción.

Anonadada, Nuria comprendió entonces que los Renacidos, a los que había tomado hasta ese momento como una secta más o menos minoritaria dentro del catolicismo, eran en realidad un fenómeno de masas capaz de movilizar a millones de fieles comprometidos de todo el mundo.

Y justo entonces, por el rabillo del ojo, vio cómo Elías corría hacia el taxi, empujando un carrito de supermercado cargado hasta los topes con grandes bolsas del Decathlon.

—Pero ¿qué narices…? —masculló desconcertada.

Al alcanzar el vehículo, Elías dio un golpe en el maletero y el taxista, observándolo intrigado por el retrovisor, accionó de mala gana la palanca de apertura.

Nuria oyó cómo trasteaba tras su asiento y cómo introducía algo pesado en el maletero, antes de cerrarlo con un golpe seco que desató un gruñido de protesta del taxista. Un segundo después, dejando el carrito abandonado en la acera, Elías abrió la puerta y entró en el vehículo con la ropa empapada y sacudiéndose el agua del pelo.

—Listo —afirmó satisfecho.

—¿Qué es lo que está listo? —inquirió Nuria—. ¿Qué narices has comprado?

—Un par de cosas que creo que nos van a hacer falta —explicó sin aclararlo—. Ya lo verás.

El taxista se había vuelto en su asiento y observaba horrorizado cómo el agua que chorreaba de Elías se extendía por el asiento y formaba un pequeño charco a sus pies.

—Pagar extra por lluvia —le señaló huraño— y por carga —añadió, aludiendo al maletero— y por aquí parado.

—Lo que usted quiera, amigo —repuso Elías—. Le compro un taxi nuevo si quiere, pero arranque de una puñetera vez.

El taxista le sostuvo la mirada un instante, como evaluando la sinceridad de la propuesta, hasta que finalmente, sin llegar a cambiar su expresión ceñuda, preguntó a regañadientes.

—¿Dónde ir?

Nuria y Elías intercambiaron una breve mirada, preguntándose en silencio una última vez si iban a hacerlo.

Nuria creyó ver una sombra de titubeo asomando en el gesto de Elías y, temiendo contagiarse de aquella duda que era la antesala del miedo, se volvió hacia el taxista con toda la resolución que fue capaz de reunir.

—Calle Eduardo Conde, esquina con paseo Manuel Girona —le indicó—. Vaya todo lo rápido que pueda —y en un susurro inaudible, añadió cuando el taxista ya se había dado la vuelta—… antes de que nos arrepintamos.

67

El tráfico en Barcelona en los días de lluvia solía ser siempre un desastre, como si los conductores viesen por primera vez en su vida caer agua del cielo y decidiesen circular a veinte o treinta kilómetros por hora para recrearse en el milagroso acontecimiento.

Si ello coincidía con un mitin en el Palau Blaugrana y veinte mil personas que se dirigían hacia el mismo lugar al mismo tiempo en sus vehículos particulares, el atasco en la Ronda de Dalt adquiría proporciones épicas.

Pero si, además de eso, decenas de miles de fieles Renacidos habían llegado a la ciudad para ver a Pío XIII y las autoridades habían cortado al tráfico varias manzanas alrededor de la Sagrada Familia, de cara a su inminente inauguración, el resultado era un caos circulatorio que habría asustado al más curtido conductor de Beijing o Calcuta.

—Yo avisar —se excusó el taxista, mientras señalaba el embotellamiento—. Mucha gente.

Completamente detenidos y rodeados de vehículos tan atascados como ellos, la Ronda de Dalt, con sus muros de hormigón de seis metros de altura a ambos lados, era como el fondo de una trampa para moscas donde se hubieran quedado pegados sin remedio.

—Estamos jodidos —evaluó Elías, tras asomar la cabeza por la ventanilla—. Esto parece no tener fin y no nos hemos movido un metro en los últimos diez minutos.

—Tenemos que salir de aquí —afirmó Nuria—. No podemos perder más tiempo.

—La siguiente salida está a solo trescientos metros —calculó Elías—. Pero como si fueran trescientos mil.

—Pues habrá que ir a pie —resopló Nuria.

—Hay más de dos kilómetros hasta el acceso al alcantarillado —le recordó Elías—. Y con el peso de mis compras, tardaríamos casi una hora.

—¿Tus compras? —inquirió Nuria, señalando al maletero—. ¿Bromeas?

—Nos harán falta.

—¿Y no me vas a decir de qué se trata? ¿A qué coño viene tanto misterio?

Elías se quedó pensando un momento antes de contestar:

—Linternas y neoprenos —aclaró—. Evitarán que nos detecten los sensores de infrarrojos de las alcantarillas.

Sorprendida, Nuria parpadeó varias veces antes de contestar.

—Oh —dijo—. Eso —asintió pensativa—. Buena idea…, sí. Bien pensado.

—Gracias.

—¿Y la caja grande?

—Nuestro medio de transporte cuando estemos ahí abajo.

—¿Nuestro medio de transporte? —repitió, tomándose unos segundos para imaginárselo— ¿No será…? —Hizo un gesto ondulado con la mano—. ¿En serio? —inquirió con incredulidad.

—En serio —confirmó Elías—. Pero de nada nos va a servir si no logramos salir de este atasco.

Contrariada, Nuria iba a darle la razón en ese punto cuando una moto pasó rozando su ventanilla, escabulléndose entre el tráfico como un salmón entre las rocas de un arroyo.

Nuria se quedó mirando la motocicleta mientras se alejaba, hasta que se volvió hacia Elías con una sonrisa aviesa en los labios.

Menos de un minuto después el zumbido de un ciclomotor de comida a domicilio se aproximó por detrás, y Nuria salió del taxi, plantándose decidida en el estrecho espacio entre el vehículo y el muro de la ronda.

—¡Alto! —le ordenó, levantando la mano como un guardia de tráfico.

El conductor de la moto, un repartidor con acné y piercings labiales embutido en un chubasquero con el logo de McDonald's, redujo la velocidad de inmediato, pero lejos de detenerse maniobró entre los vehículos para cambiar de carril y esquivar a la loca que se interponía en su camino.

Sin embargo, al hacerlo se encontró frente a un fulano que también le pedía que se detuviese con idéntico gesto.

El joven hizo el amago de volver a cambiar de carril, pero Elías imitó su movimiento dejándole claro que no le iba a dejar pasar.

—¡Necesito tu moto! —le gritó, por encima del ruido de la lluvia y los bocinazos.

—¡Y una mierda! —respondió aquel, frenando en seco a unos pocos metros—. ¡Quítate de en medio!

—¡Te la compro! —insistió Elías, sacando la cartera y poniéndola en alto—. ¡Te pago el doble de lo que vale!

—¡Que te apartes, gilipollas! —insistió, manteniendo apretado el freno—. ¡Tengo que entregar un pedido!

Entonces, por el rabillo del ojo pudo ver cómo la mujer saltaba por encima del capó de un coche y se plantaba a su lado.

—Lo siento, chaval —le dijo, meneando la cabeza—. Pero no tenemos tiempo para esto.

Y acto seguido, antes de que el joven pudiera volver a abrir la boca, Nuria sacó una pistola automática de la parte de atrás de su pantalón y le apoyó el cañón en la frente.

—Como dice mi amigo —añadió con impaciencia—, necesitamos tu moto.

Al cabo de un momento Nuria conducía el ciclomotor hacia la salida número diez de la ronda, con Elías sentado en el diminuto asiento trasero al tiempo que sujetaba precariamente la pesada caja sobre las piernas y una voluminosa bolsa en cada mano.

A sus espaldas, el repartidor de los piercings se iba haciendo pequeño en el espejo retrovisor, mientras intercambiaba una mirada de desconcierto con el taxista y sostenía en la mano un Rolex equivalente a su sueldo de un año.

Nuria sorteó la miríada de vehículos zigzagueando entre ellos hasta alcanzar la rampa de salida número diez, y allí exprimió toda la potencia que eran capaces de darle los cinco caballos del motor eléctrico, que resultaron no ser muchos.

El peso combinado de Nuria, Elías y sus recientes compras parecía ser demasiado y, a pesar de haber tomado algo de carrerilla, a media altura de la rampa apenas superaban los diez kilómetros por hora de velocidad.

—¡Vamos! —le exigía Nuria, inclinándose hacia adelante como si eso pudiera ayudar en algo—. ¡Sube, maldita sea!

El pequeño motor parecía al límite de su resistencia, haciendo un ruido ronco bastante preocupante.

—Con lo que cuesta el Rolex que le he dado... —recordó Elías amargamente— podría haber comprado una Harley Davidson.

Nuria se volvió a medias.

—Aún hemos tenido suerte —arguyó con una mueca— de que no haya sido una bicicleta.

A duras penas, el ciclomotor logró remontar la rampa y les permitió desembocar en una intersección de dos avenidas, ambas también colapsadas por el tráfico.

—¡Mierda! —exclamó Nuria, dándole un golpe al manillar—. ¡Está todo igual!

—¡A la acera! —le indicó entonces Elías, apuntando con la barbilla hacia los pocos peatones que caminaban bajo la lluvia—. ¡Súbete a la acera!

Nuria vaciló un instante, pero comprendió que no tenían otra posibilidad de llegar a tiempo. Zigzaguear entre el atasco les habría llevado una eternidad.

—¡Agárrate! —le advirtió.

Y entonces, retorciendo con furia la empuñadura derecha, aceleró la moto hasta unos vertiginosos cincuenta kilómetros por hora y, aprovechándose de la rampa para minusválidos del paso de cebra, subió a la acera mientras accionaba el claxon con el pulgar y gritaba a pleno pulmón ante la incredulidad de los transeúntes que se apartasen de su camino, que se trataba de una emergencia policial.

Quinientos metros y mil bocinazos después, tras haber estado
a punto de atropellar a media docena de peatones, provocando terror
y vergüenza ajena a partes iguales en su desquiciado descenso por la
calle del Gran Capitán, Elías señaló a la izquierda, levantando al hacerlo, la bolsa del Decathlon que llevaba en esa mano.

—¡Gira por aquí! —exclamó—. ¡A la izquierda!

La calzada estaba tan saturada de vehículos detenidos como
calle arriba, de modo que Nuria dio un golpe de manillar e hizo saltar la moto a la acera, escabulléndose por el primer hueco que vio
entre los coches.

—¡Cuidado! —gritó Elías, que apenas fue capaz de mantener
el equilibro mientras evitaba que la caja se le escurriera entre los brazos—. ¡Si nos matamos, no ganaremos nada!

—¡No seas gallina! —le recriminó Nuria, apenas girando la
cabeza un segundo, antes de volver a dar gas a fondo y tomar la calle
Manuel Girona, que milagrosamente estaba libre de tráfico.

Gracias a ello, dejaron con rapidez a su izquierda el campus de
la UPC y a su derecha los jardines del Palacio Real.

—¡A partir de aquí es dirección contraria! —advirtió Elías,
refiriéndose a la esquina que estaban a punto de alcanzar.

—¡Lo sé! —contestó Nuria—. ¡Me volveré a subir a la acera!

—¡No puedes! —replicó Elías.

—¡Claro que sí!

—¡No! ¡No puedes! ¡Mira delante!

Nuria se fijó entonces en el inicio de la calle que estaban a punto de tomar, y descubrió que ambas aceras estaban protegidas con
vallas amarillas y luces estroboscópicas de advertencia.

—¡Mierda! —gruñó Nuria—. ¡Están en obras!

—¡Lo sé! ¡Tienes que dar un rodeo!

Nuria negó con la cabeza. El acceso de entrada que habían elegido estaba justo enfrente, en línea recta. Menos de quinientos metros en línea recta.

—¡No hay tiempo!

—¡Lo que no hay es sitio! —protestó Elías, viendo cómo apenas había espacio entre los coches que venían en dirección contraria.

—¡Pues habrá que hacerlo! —replicó Nuria, y sin dudarlo se
internó por la calle de dos carriles, desdeñando los alarmados boci-

nazos de los conductores, que veían a una mujer de ceño fruncido y rictus concentrado, esquivando vehículos a toda velocidad en un ciclomotor de reparto de McDonald's.

—¡Estás loca! —le gritó Elías desde el asiento de atrás.

—¡Lo sé! —contestó Nuria, sin soltar el acelerador—. ¡Lo siento!

De alguna manera, Elías se las arregló para inclinarse hacia adelante en el sillín y acercar sus labios al oído izquierdo de Nuria.

—No lo sientas —le dijo, sin necesidad esta vez de alzar la voz para que lo oyera—. Me encanta.

Elías no pudo verlo, pero en el rostro de Nuria se formó una sonrisa de oreja a oreja… que los conductores que venían de frente interpretaron como un signo claro de que se hallaban ante una desequilibrada.

Como Moisés atravesando las aguas del Mar Rojo, el ciclomotor se abrió paso entre el tráfico hasta llegar a la altura de una iglesia de ladrillo de aspecto industrial y un campanario a juego en forma de chimenea.

—¡Es aquí! —indicó Elías al verla—. ¡Es en este cruce!

Nuria frenó en seco y el asfalto mojado hizo que la moto casi derrapara, pero logró controlarla en el último momento, apenas a un metro de estamparse contra un obsoleto buzón de correos.

Frente a ellos se encontraba una calle de cuatro carriles y dos direcciones, con su preceptivo atasco, que se cruzaba de forma casi perpendicular con la calle Manuel Girona.

—¡Ahí está! —exclamó Nuria, señalando una tapa de alcantarillado de hierro forjado—. ¡Justo en medio de la intersección!

Y no terminó de decirlo cuando dio un nuevo golpe de potencia al exhausto ciclomotor y, obligando a los conductores que bajaban por la avenida a frenar con brusquedad para esquivarlos, se detuvo justo en mitad de la calzada, al lado de la tapa redonda y gris con la inscripción «Ajuntament de Barcelona. Clavegueram».

—Aquí es —confirmó Nuria, apagando el motor y volviéndose hacia su pasajero—. ¿Estás listo?

—Ni remotamente —admitió Elías, echándole un preocupado vistazo a su pulsera—. Pero se nos acaba el tiempo.

68

Haciendo caso omiso a los crispados bocinazos de los conductores, que se veían obligados a sortear la pequeña motocicleta en mitad de la calle y la tapa abierta de la alcantarilla, Elías descendió apresuradamente por la escalerilla hasta llegar al fondo del pozo de acceso.

—Ya estoy abajo —avisó a Nuria—. ¡Tírame la caja y las bolsas!

—¡De acuerdo! —contestó esta, asomada a la oscura boca de apenas un metro de diámetro—. ¡Ten cuidado!

Y dicho esto, arrastró la pesada caja de cartón hasta el borde, la dejó caer por el pozo y se quedó mirando cómo golpeaba las paredes, antes de estrellarse con estrépito contra el fondo levantando una columna de agua sucia, como si hubiera lanzado una bomba.

—¡Mierda! —prorrumpió Elías, una docena de metros más abajo.

—¿Estás bien? —inquirió Nuria, asomándose preocupada.

La respuesta tardó unos segundos en llegar.

—Estoy bien —contestó una voz contrariada desde las profundidades—. Pero debí comprar también un chubasquero.

Nuria imaginó a ese hombre acostumbrado a Rolex de oro y trajes a medida empapado de agua pestilente, y no pudo evitar que a sus labios asomara una sonrisita cruel.

—¡Te tiro las dos bolsas! —le avisó, y sin esperar respuesta las dejó caer una tras otra.

—¡Las tengo! —confirmó Elías al cabo de un momento y, asomándose por el hueco, añadió—. ¡Ya está todo! ¡Date prisa, antes de que aparezca la policía!

Nuria miró alrededor y supo que muchos de los conductores que pasaban junto a ella lanzándole bocinazos y miradas acusadoras estarían llamando en ese mismo momento a la guardia urbana. No tenía ninguna duda de que en cuanto dieran su descripción y la de Elías, saltarían todas las alarmas y se les echaría encima el equipo antiterrorista.

Dispuesta a quitarse de en medio cuanto antes, se situó de espaldas al pozo para comenzar a bajar por la escalerilla, pero entonces su mirada fue a parar al cajón de transporte del ciclomotor, con una gran letra «M» amarilla pintada en el mismo.

Cuando un minuto más tarde Nuria descendió del último escalón de hierro, Elías la esperaba enfundado hasta la cintura en su grueso neopreno negro, mientras la corriente de agua negra discurría entre sus piernas, justo por debajo de las rodillas. Afortunadamente, la escalera terminaba en un pedestal de cemento por encima del nivel del agua, y sobre el que descansaban las bolsas y la gran caja de cartón.

—¿Por qué has tardado tanto? —inquirió Elías cuando Nuria pisó suelo firme.

La pregunta se respondió sola, cuando Nuria se dio la vuelta y descubrió que llevaba una bolsa de papel marrón agarrada entre los dientes.

—No me lo puedo creer… —rezongó Elías—. ¿Ahora vas a comer? ¿Aquí? —añadió, señalando la inmundicia a su alrededor.

Nuria se encogió de hombros.

—Me muero de hambre —alegó, abriendo la bolsa y sacando un BigMac envuelto en papel encerado—. ¿Quieres?

—Joder, no —lo rechazó, frunciendo la nariz.

—¿Es por algún rollo religioso? —preguntó, desenvolviéndolo y dándole un mordisco—. Creo que no lleva cerdo —apuntó mientras masticaba.

—Es porque es asqueroso —explicó—. Este sitio es infecto.

—Ah, ya —asintió Nuria, como si acabara de darse cuenta de dónde estaba—. Bueno, he comido en sitios peores —alegó, y le dio otro despreocupado bocado a la hamburguesa.

Elías cerró los ojos y, meneando la cabeza, alargó la mano para tomar una de las bolsas de plástico.

—Aquí tienes tu traje —le dijo, dándose la vuelta para ofrecerle algo de intimidad.

Nuria fue a decirle que no hacía falta, pero decidió que tampoco le molestaba que pensase que era una damisela pudorosa. De modo que, tras finiquitar la hamburguesa con un par de mordiscos, se deshizo de la ropa maltrecha y sucia que llevaba puesta, embutiéndose con cierta dificultad en el traje de neopreno que, aun siendo de mujer y de su talla, resultó ser tan recio que le costó horrores hacer pasar sus pies por las perneras.

—¿No había uno más grueso? —protestó, volviéndose hacia Elías—. ¿Es que vamos a bucear en el Polo Norte?

—Es un semiseco Neotek de cinco milímetros —aclaró Elías—. Según el vendedor, el mejor que tenían para conservar el calor dentro del traje y el agua fuera —agregó didácticamente. Y, además —abrió la cremallera de uno de los grandes bolsillos incorporados a cada muslo, introdujo la mano y sacó del mismo su pistola—, tiene bolsillos estancos.

—Ya, claro. Pero casi no puedo moverme. Anda, ven y súbeme la capucha, que yo no puedo.

Elías se aprestó a ayudarla, y al terminar se contemplaron el uno al otro, embutidos en unos trajes que solo dejaban a la vista el óvalo del rostro, la pistola en la mano y una linterna frontal sobre la frente.

—Parecemos unos astronautas cutres —resopló Nuria, mirándose las manos enguantadas.

—Pues espérate a ver nuestra nave espacial —apuntó Elías, torciendo una mueca.

Acto seguido, se agachó junto al voluminoso bulto que había estado en la caja de cartón, una suerte de crisálida amarillo limón constreñida a presión por un par de cinchas.

—Sujeta esto —le dijo a Nuria, pasándole un par de remos extensibles de aluminio.

A continuación, desabrochó las cinchas y agarró un pequeño cabo terminado en una pieza de plástico redonda.

—Vigila —advirtió, volviéndose hacia Nuria.

—¿Que vigile? ¿Qué he de vigi…?

Pero antes de que terminara la pregunta Elías tiró con fuerza del cabo y, liberando el contenido de una botella de aire comprimido, la crisálida se abrió abruptamente como una grotesca flor amarilla, desplegándose y estirando su cuerpo informe hasta convertirse, en cuestión de segundos, en una balsa para cuatro personas flotando sobre un turbulento río de aguas negras.

Zarandeados por la corriente, los costados de la balsa hinchable golpeaban peligrosamente contra las paredes de la cloaca, lo que les obligaba a usar los remos para tratar de mantener la embarcación lo más centrada en la corriente que fuera posible.

—Como se raje la goma con un cristal o un hierro que sobresalga —indicó Elías con preocupación—, tendremos un problema.

Nuria, sentada a su lado sobre el eje transversal de la balsa, sacó el remo del agua, donde se le había enganchado lo que parecía ser una enorme y pringosa bola de pelos largos y negros.

—Creo que voy a vomitar —anunció reprimiendo una arcada, mientras sacudía el remo para librarse del asqueroso pegote.

—Hazlo —contestó Elías, apretando los dientes mientras empujaba el remo para apartarse del muro—. Puede que así esto huela un poco mejor.

—¡Mira! —exclamó Nuria—. ¡Hay un desvío hacia la izquierda ahí delante!

—Recuerda el plano —le instó Elías—. Habrá uno a la izquierda, luego dos a la derecha, y el cuarto a la izquierda será el que nos lleve bajo el Palau Blaugrana.

—Lo recuerdo —asintió Nuria, mientras apoyaba el remo en la pared—. Pero… cómo sabremos cuándo estamos justo debajo del pabellón. Aquí abajo no hay cobertura.

—Habrá que hacerlo a ojo —admitió Elías—. Será unos cien metros después de que tomemos el último desvío.

—¿Y si nos lo pasamos de largo, o nos equivocamos de desvío, o el plano del alcantarillado está mal hecho?

—Pues entonces sí que estaremos jodidos. Con toda la lluvia que está cayendo no creo que pudiéramos remontar la corriente en contra.

Pasaron junto al ramal y enseguida apareció el siguiente, cincuenta metros más allá.

—¿Sabes en lo que estaba pensando? —preguntó Nuria, resoplando por el esfuerzo de apartar de nuevo la balsa de la pared.

—Sorpréndeme —resolló Elías.

—En que, si estamos en lo cierto y esa gente ha mandado un robot militar aquí abajo con los explosivos, no estoy segura de que podamos detenerlo con un par de simples pistolas. Quizá… —añadió inquieta— ese trasto esté blindado, o incluso tenga alguna forma de defenderse.

Elías se tomó unos instantes antes de responder.

—Sí, ya había pensado en ello.

—¿Y?

—Seguramente estés en lo cierto —admitió.

Nuria aguardó a que dijera algo más, pero el segundo desvío pasó junto a ellos sin que añadiera nada.

—Vaya —resopló—. Esperaba un «pero no te preocupes» o «tengo un plan por si eso pasa».

Sin dejar de mirar al frente y empujar con su remo, Elías añadió:

—No te preocupes. Tengo un plan por si eso pasa.

Nuria alzó abrió los ojos con sorpresa.

—¿En serio? —preguntó esperanzada.

Esta vez, Elías sí que se volvió hacia ella para mirarla antes de responder.

—No. La verdad es que no.

—Eso me pasa por preguntar —rezongó Nuria, meneando la cabeza.

—¿Qué quieres que te diga? —alegó Elías—. Hay tantas cosas que pueden salir mal, que no creo que valga la pena ni nombrarlas. —El tercer desvío pasó raudo junto a ellos cuando añadió—. Necesitaremos tener un poco de suerte.

Ahora fue Nuria quien se volvió hacia él.

—¿Un poco? —repitió, levantando una ceja escéptica.

—Es una forma de hablar —aclaró Elías—. ¿O es que quieres que te diga lo que pienso de verdad?

Nuria negó con la cabeza.

—No. Mejor que no —confesó, devolviendo su mirada al frente y clavando de nuevo el remo en el agua.

Las desvaídas luces de emergencia, que mantenían la alcantarilla apenas por encima del nivel de penumbra, no permitían apreciar nada más que la forma general del túnel y la corriente de aguas negras, que a medida que descendían se iba haciendo más y más fuerte alimentada por los desagües y el agua que llegaba en pequeñas cascadas desde la calle.

Si seguía lloviendo con la misma intensidad durante uno o dos días más, Nuria estaba segura de que el nivel del agua podría llegar hasta el techo.

—Ahí está nuestra salida —indicó Elías, señalando un desvío a la izquierda a unas decenas de metros más adelante—. Prepárate.

Nuria no estaba muy segura de lo que podía hacer para desviar la balsa de la corriente principal, de modo que se limitó a imitar a Elías, al ver cómo este trataba de reducir la velocidad que llevaban clavando el remo en el agua y los costados.

—¡Vamos demasiado rápido! —advirtió.

—¡Hago lo que puedo! —protestó Elías, apretando la mandíbula.

El ramal se aproximaba con rapidez y Nuria comprendió que, a la velocidad a la que iban, solo tendrían una oportunidad para tomarlo.

—¡Usa el remo! —le gritó Elías, con medio cuerpo fuera de la barca.

—¡Eso hago, joder! —protestó Nuria, temiendo romperlo de tanto que lo estaba rozando contra el muro—. ¡Eso hago!

Y cuando estaban ya a solo un par de metros del desvío y estaba claro que no iban a poder tomarlo, Nuria vio justo delante a la altura de su cabeza, un aparato negro del tamaño de su puño, fijado a la pared con un par de tornillos y con una pequeña luz verde parpadeante.

Sin pensarlo, alargó la mano izquierda hacia el mismo mientras que con la derecha se agarraba a uno de los asideros de la balsa.

De inmediato sintió un latigazo seguido de un crujido en su hombro izquierdo, pero no soltó su presa.

La desbocada balsa se frenó casi en seco, y así Elías, aunque sin saber muy bien lo que acababa de suceder, tuvo la oportunidad de desviar el rumbo impulsándose con su remo, logrando que en el último instante la proa de la balsa entrara por el desvío.

Desconcertado, se volvió de inmediato hacia Nuria con una interrogación en la mirada.

—¿Qué ha pasado? —preguntó—. ¿Cómo lo has hecho?

Nuria, agarrándose el hombro izquierdo con la mano derecha, dejó caer al suelo el aparato negro que había arrancado de cuajo de su soporte.

Elías se lo quedó mirando confundido, antes de preguntar.

—¿Es… eso lo que creo que es?

Nuria asintió quedamente.

—Un sensor —dijo torciendo una mueca, al ver que la luz del led había pasado a ser de color rojo—. Me parece que no vamos a tardar mucho en tener compañía.

69

Este túnel es más estrecho —apuntó Elías, observando cómo apenas sobraban unos centímetros entre las paredes de ladrillo y el costado de la balsa.

—Y hay menos corriente y mucha menos agua —añadió Nuria—. ¿Notas cómo rozamos el suelo?

—Es verdad. Espero que no pinchemos.

—Bueno, ya casi estamos, ¿no?

—Sí, supongo —confirmó Elías, mirando al techo como si tratara de ver a través de él.

—Pues entonces... ¿qué hacemos?

—Si te digo la verdad, no estoy muy seguro —confesó—. Mi plan solo llegaba hasta aquí.

—Ya —murmuró Nuria, como si se lo hubiera imaginado—. Este tramo de alcantarilla solo tiene dos accesos, ¿no? Por donde hemos venido —señaló hacia atrás con el pulgar—, y hacia adelante.

—Eso es.

—Pues desde un punto de vista operativo —razonó, recordando las lecciones de la escuela de policía—, la mejor opción es dividirnos y cubrir ambos extremos del túnel, ¿no te parece?

—No, no me lo parece.

—Pero es la única manera de proteger el perímetro entre los dos.

—Me da igual —objetó—. Separarnos me parece una terrible idea. Debemos permanecer juntos.

—Pero eso no tiene ningún sentido táctico.

—A la mierda con la táctica —replicó contundente—. Además, lo previsible es que venga desde el sur, ¿no? Es allí donde lo prepararon y, seguramente, donde se ha mantenido oculto hasta hoy. Yo digo que sigamos por aquí y busquemos un buen lugar donde esperar algo más abajo.

—¿Y si te equivocas? ¿Y si no viene por el sur?

—En el peor de los casos, tendremos un cincuenta por ciento de posibilidades de acertar —argumentó—. Pero si, como parece probable, se trata de algún tipo de robot militar, uno solo de nosotros no podrá detenerlo y entonces... —negó con la cabeza— las posibilidades se reducirán a cero.

Nuria se quedó mirando a Elías, sopesando su razonamiento.

—No estoy segura de que eso que dices tenga mucho sentido.

—Yo tampoco —confesó Elías—. Pero sea como sea, prefiero que sigamos juntos.

Nuria pareció pensárselo un instante, antes de terminar asintiendo.

—Está bien —accedió—. Cada decisión que he tomado ha sido un desastre... así que, quizá, es momento de cambiar de método.

—Y si me equivoco —añadió Elías—, podrás echármelo en cara.

—Eso no lo dudes —confirmó Nuria con una sonrisa desprovista de humor—. Si es que sobrevivimos, claro.

—Bueno, no sé tú —objetó Elías, empujando con el remo para ganar algo de velocidad—, pero yo no puedo morirme —afirmó muy serio—. Tengo una agenda apretadísima la próxima semana.

Nuria miró de soslayo a Elías, en apariencia tan tranquilo como si estuviera remando en una de las barcas del Parque de la Ciudadela. Podía percibir en su mandíbula crispada y en la fuerza con la que apretaba el remo que la procesión iba por dentro y que lo más probable es que estuviese tan nervioso como ella, pero el hecho de que no lo aparentara le inspiraba una seguridad que, aunque falsa, no por ello era menos bienvenida.

—Mira —dijo entonces Elías, señalando al frente—. Ese parece un buen sitio.

A unos treinta metros por delante, lo que parecía ser un arco de refuerzo producía un puntual estrechamiento del túnel y un lugar donde ponerse a cubierto, aunque fuera de forma parcial.

—¿Crees que ya habremos dejado atrás el Palau? —inquirió Nuria.

—Diría que sí, ¿no oyes?

Nuria aguzó el oído, percatándose entonces del ruido producido por una fuerte corriente de agua, proveniente de algún lugar más allá del siguiente recodo.

—Debe ser la alcantarilla principal —aventuró Elías—. La misma de la que hemos salido y que se vuelve a juntar con esta, tras pasar bajo el pabellón.

—Pues entonces, no se hable más —sentenció Nuria, pasando la pierna izquierda por encima del costado de la balsa y sentándose a horcajadas sobre el mismo—. Aquí nos quedamos —añadió, a la vez que también pasaba la otra pierna y bajaba de un salto al llegar a la altura del arco.

Las aguas negras le cubrían justo por encima de los escarpines, así que no tuvo problemas para mantener el equilibrio a pesar de lo asquerosamente resbaladizo que era el suelo.

Elías la imitó, y al ver a Nuria sujetando la balsa por una de las asas le hizo un gesto con la mano.

—No te preocupes por eso —le dijo, señalando con el dedo la forma del arco—. La balsa es demasiado ancha para que pase.

Nuria así lo hizo, y al comprobar cómo la balsa se quedaba atascada, una estrambótica idea se abrió paso en su cabeza.

—Fíjate… —murmuró, señalando la balsa amarilla—. No cabe por ahí. Es más grande.

—Ya —confirmó Elías—. Es lo que te he dicho.

Nuria sacudió la cabeza con vehemencia.

—No. Me refiero a que es más grande que *todo* el hueco del túnel.

Elías la miró sin comprender.

—¿No lo ves? —insistió Nuria, echándose hacia atrás, acalorada, la capucha que cubría su cabeza—. ¿Qué pasaría… si la pusiéramos en pie?

Elías miró de nuevo a la balsa, luego al arco de hormigón y finalmente a Nuria, comprendiendo sus intenciones.

—Pásalo por ahí —resopló Elías, ahogado por el esfuerzo—, y luego por aquella anilla que…

—Ya sé lo que tengo que hacer —le espetó Nuria, mientras pasaba el cabo de la balsa por un par de anillas situadas a la altura del techo—. ¿Lo ves? —añadió satisfecha un momento después—. Ya está. Puedes bajarme.

Elías flexionó las rodillas y entonces Nuria, sentada sobre sus hombros, se dejó resbalar por su espalda hasta alcanzar el suelo de nuevo.

—¿Cuánto decías que pesabas? —rezongó Elías, llevándose las manos a las lumbares con gesto dolorido.

—Eso no se pregunta —le reprendió Nuria, agarrando el extremo del cabo—. Venga, no seas quejica y ayúdame a tirar.

Obediente, Elías aferró la cuerda e hizo una cuenta atrás.

—Tres. Dos. Uno… ¡Arriba!

Al tirar del cabo con todas sus fuerzas, izaron la balsa desde la proa hasta que esta quedó en posición vertical, bloqueando todo el espacio del túnel y dejando solo unos dedos bajo la zona inferior, por la cual fluía el agua sin problema.

—Joder, es perfecto —se admiró Nuria, dando un paso atrás.

—Ni hecho a medida —confirmó Elías, asegurando el cabo—. Ojalá logremos engañarlo.

—Ya verás como sí —afirmó Nuria, convencida—. Cuando llegue al otro lado —añadió, señalando el falso muro creado por la balsa—, creerá que se trata de una pared sólida y se detendrá. No creo que sea muy listo ni que esté programado para derribar muros.

—Eso es una suposición muy arriesgada —opinó Elías—. Si estás equivocada, lo atravesará como si fuera papel.

—O también puede hacerse explotar si no ve otro remedio —arguyó—. Pero creo que vale la pena intentarlo, ¿no? Para liarnos a tiros siempre estamos a tiempo.

—Supongo que sí —asintió Elías, terminando de fijar el nudo.

—Por cierto —inquirió Nuria, señalándose su muñeca—. ¿Qué hora es?

Elías se incorporó y, levantando con no poco esfuerzo el borde de la manga del grueso neopreno, comprobó la hora en su pulsera.

Luego alzó la mirada hacia Nuria y respiró profundamente, antes de anunciar.

—Las once y cincuenta y siete.

Asomados a dos minúsculos agujeros practicados en el suelo de goma de la balsa, observaban inquietos el pasadizo que se extendía más allá y que se perdía en una curva a derechas a unos cincuenta metros de distancia.

A sus espaldas, sin embargo, todo era oscuridad, tras haber inutilizado las luces de emergencia más cercanas por el temor a que el suelo de goma de la balsa pudiera ser translúcido y rompiese el engaño de que se trataba de una auténtica pared.

—No veo nada —cuchicheó Nuria, alternando ambos ojos para observar por el mismo agujero.

—Shhh... No hagas ruido.

—Ya debería haber llegado —prosiguió Nuria, ignorándolo—. Hace ya rato que empezó la ceremonia ahí arriba —añadió—. ¿Y si al final no hay atentado? Quizá con la explosión, de algún modo, impedimos que lo activaran.

—O quizá es un robot muy presumido —musitó Elías—, y aún está en casa arreglándose para salir.

Nuria propinó un amistoso puñetazo al hombro izquierdo de Elías.

—Hablo en serio.

—Vale, quizá tengas razón —admitió Elías en susurros, frotándose el hombro—. Es raro que no haya aparecido ya, pero aun así tenemos que quedarnos y esperar.

—Claro, claro —asintió Nuria—. Es solo que...

—Shhh... —la chistó de nuevo.

—Joder, estoy hablando muy bajo —protestó Nuria.

—No, calla —le advirtió Elías, llevándose el índice a la oreja—. Escucha.

Nuria inclinó la cabeza, pegando el oído a la goma y esperando oír en cualquier momento unas pesadas pisadas metálicas chapoteando en el agua.

Pero no fue capaz de distinguir nada por encima del rumor de la corriente del agua. Si acaso, un remoto repiqueteo, como el que haría una tropa de secretarias tecleando en viejas máquinas de escribir.

—¿Qué...? —empezó a formular, pero la mano de Elías salió disparada hacia su boca para impedir que hablara.

En circunstancias normales, habría respondido a ese simpático gesto propinándole un sonoro guantazo en el rostro. Pero aquellas no eran unas circunstancias normales y, menos aún, cuando fue capaz de percibir cómo aquel tamborileo se hacía más evidente y se convertía en una sorda vibración bajo sus pies que podía sentir hasta en los huesos.

Apartando la mano de Elías, volvió a asomarse por el agujero, temerosa de lo que estaba a punto de encontrarse.

Pero la realidad resultó ser mucho peor.

—Dios mío...

Como una mancha de petróleo extendiéndose por el pasadizo, Nuria contempló hipnotizada una marea negra emergiendo tras la curva, una amenazadora oscuridad adhiriéndose como una temblorosa sombra a las paredes del túnel.

Conteniendo un grito de espanto, Nuria distinguió que se trataba de entes individuales que se desplazaban como un único organismo de patas articuladas y cuerpos segmentados, cada uno de ellos con una pequeña cabeza con pinzas y sobre la que centelleaban un par de sensores láser de luz roja.

Cientos de máquinas con el aspecto de tarántulas negras y el tamaño de un gato, aferrándose a las paredes y avanzando inexorablemente hacia ellos.

—Roboarañas... —siseó Elías a su lado, con el miedo impregnándole la voz.

Pero Nuria no alcanzó a preguntarle qué eran exactamente, pues en ese mismo momento descubrió aterrada que, cada una de aquellas máquinas llevaba adherido a la espalda un paquete de color naranja fluorescente, conectado por cables a su cuerpo.

70

El insidioso traqueteo de las patas metálicas se intensificó hasta hacerse insoportable. El suelo vibraba bajo sus pies y el rumor de la corriente de agua había desaparecido bajo el tumulto de aquella marabunta mecánica.

—No te muevas —susurró Elías a su lado—. En algún sitio leí que esas cosas son sordas, pero que detectan hasta la más mínima vibración.

Nuria no se atrevió ni a contestar, paralizada de terror, mientras contemplaba por el agujero aquella miríada de máquinas de aspecto escalofriante y cargadas de explosivos, aproximándose con rapidez y sin la aparente intención de detenerse.

Uno solo de aquellos aparatos con forma de araña y sensores como malignos ojos rojos ya resultaría lo bastante inquietante como para tener pesadillas durante semanas. Pero la visión de un ejército de ellos era como contemplar algo salido de lo más profundo del infierno; una imagen que sabía que la acompañaría el resto de su vida y que, en ese preciso momento, le provocó un escalofrío que le recorrió toda la columna vertebral.

Las primeras roboarañas alcanzaron el otro lado de la balsa, deteniéndose justo antes de entrar en contacto. Pero no solo estas, sino que todas lo hicieron al unísono como si se tratara de un mismo organismo con una mente colmena.

De pronto se hizo un silencio absoluto, tan enervante y amenazador como el estrépito de segundos antes.

El dócil siseo del agua volvió a resonar en el eco de la alcantarilla y de haber cerrado los ojos en ese instante, Nuria se habría podido convencer de que todo había sido debido a una mala pasada de su imaginación. Pero, por desgracia, incapaz de apartar la mirada, podía ver que no era así con el ojo pegado al pequeño agujero, al otro lado del cual el tiempo parecía haberse detenido.

Un simple milímetro de goma amarilla era lo que la separaba de aquellos engendros mecánicos, tan próximos que de haber respirado podría haber sentido su aliento.

Nuria ni siquiera se atrevía a parpadear. Su único gesto fue mirar de soslayo a su derecha, donde Elías se mantenía tan estático como ella y, al darse cuenta de que lo estaba mirando, alzó el dedo índice y, muy lentamente, se lo llevó a los labios.

El gesto era del todo innecesario, porque Nuria no pensaba abrir la boca bajo ningún concepto. Aquellos bichos estaban tan cerca que, aunque estuvieran sordos como él había dicho, podrían haber detectado las vibraciones de su voz.

Entonces percibió un tenue sonido en el límite de su audición, un levísimo golpeteo seguido de un roce de metal contra la goma y, mirando hacia su izquierda, vio cómo una de aquellas patas afiladas palpaba la superficie de la balsa, como tratando de calibrar su solidez.

Aterrada, descubrió cómo, bajo los sensores de la cabeza de cada araña, unas afiladas cizallas se abrían y cerraban como amenazantes tijeras de podar, capaces de seccionar cualquier cosa que se interpusiera en su camino.

Si con ellas rasgaban la frágil lámina de goma amarilla, todo se habría acabado.

En algún lugar de aquella mente colmena, un procesador de Inteligencia Artificial estaría evaluando la situación y preguntándose qué diantres hacía ahí esa pared que no aparecía en el plano almacenado en su memoria, mientras decidía qué hacer a partir de ese momento.

Nuria trataba de imaginar el proceso mental que estaría siguiendo; rogando para que no concluyera que aquel supuesto tabique no era tal y que podían atravesarlo sin mayor inconveniente. O incluso, que decidiera que, de cualquier manera, estaba lo bastante cerca de su objetivo como para detonar los explosivos.

Fernando Gamboa

Nuria rezó para que a Kamal o a Alí no se les hubiera ocurrido la posibilidad de que alguien hiciera lo que ellos estaban haciendo en ese momento, tratando de engañar a su ejército de roboarañas suicidas.

Decenas de otras arañas imitaron a la primera, tomando contacto en diferentes puntos, valorando si había algún punto débil o resquicio por el que colarse.

Nuria, mientras tanto, aguantaba la respiración, apoyando su peso sobre la balsa para evitar que pudiera moverse un solo milímetro, mientras rogaba para que aquellos bichos mecánicos no fueran más listos que sus homólogos naturales.

De pronto, la exploración de las patas metálicas sobre la goma cesó abruptamente, como si todas las roboarañas hubieran recibido la orden al mismo tiempo o su mente colmena hubiese concluido que por ahí no podían pasar.

Aquella quietud se prolongó durante lo que pareció una eternidad, y Nuria se planteó la inquietante posibilidad de que hubieran decidido acampar ahí mismo. No podría mantener durante mucho más tiempo aquella postura sin moverse, amén de que un inoportuno cosquilleo en la nariz amenazaba con hacerla estornudar en cualquier momento.

Angustiada por la tensa espera, desvió la vista hacia la derecha en busca de alguna esperanza en el rostro de Elías, pero justo al hacerlo, el tableteo de patas metálicas se reinició súbitamente y, por un terrible instante, temió que hubieran percibido su movimiento.

Paralizada, aguzó el oído esperando ver cómo en cualquier momento se rasgaba la goma y por la abertura emergía una riada de negras roboarañas.

Pero con indescriptible alivio, se dio cuenta de que el ruido no aumentaba, sino que disminuía.

Se estaban alejando.

Entonces volvió a acercar el ojo al agujero, para comprobar cómo aquella temblorosa mancha oscura se marchaba por el mismo túnel por el que había venido, como una diabólica sombra retirándose ante la luz del día.

No fue hasta que la última de aquellas roboarañas desapareció tras el recodo de la alcantarilla que Nuria se atrevió a cerrar los ojos y, dando un paso atrás, se recostó sobre la pared de ladrillo, quedándose en cuclillas y exhalando un profundo suspiro.

—Madre mía —musitó, abriendo de nuevo los ojos—. Qué horror.

De pie y también apoyado contra la pared, Elías mostraba un gesto de alivio idéntico.

—Ha estado cerca —resopló.

—¿Qué…, qué demonios eran esas cosas?

—Roboarañas militares —aclaró, volviendo la mirada hacia el ya casi inaudible traqueteo—. Autómatas con Inteligencia Artificial de colmena. Los usan para infiltrarse en edificios o cuevas enemigas cargados de explosivos, y luego los hacen detonar cuando están dentro. Es increíble… —añadió, meneando la cabeza con incredulidad— que esos terroristas hayan podido hacerse con algo así.

—Está claro que no se trataba de una simple pandilla de fanáticos descerebrados.

—No, eso está claro —confirmó Elías—. Igual de claro que tienen gente con mucho dinero y recursos apoyándolos —razonó, pensativo—. Esos trastos no los venden en Amazon.

—En fin… —apuntó Nuria, sacándolo de su súbito ensimismamiento—. Sea como sea, se han ido, y lo que me pregunto es ¿qué hacemos ahora? ¿Crees que volverán?

—No lo sé—admitió—. Pero son robots, al fin y al cabo —arguyó—. Si han decidido que por aquí no pueden pasar, no veo razón alguna para que vuelvan a intentarlo.

—Entonces… ¿Ya está?

Elías torció el gesto y negó lentamente.

—No lo creo.

—¿Qué quieres decir?

—Que quizá buscarán otra manera de llegar a su objetivo.

Nuria señaló el túnel por el que ellos habían llegado.

—¿Te refieres a…?

Elías asintió pesadamente.

—Darán un rodeo.

—Mierda —rezongó Nuria.

—Ya.

—¿Y cuánto tiempo tenemos?

Elías se pasó la mano enguantada en neopreno por el rostro.

—Esos bichos se movían deprisa. Quizá diez minutos, como mucho. —Torció el gesto y añadió—. Puede que menos.

—Pues entonces —anunció Nuria, incorporándose con cansancio—, hemos de ponernos en marcha. Hay que llegar antes que ellos.

Elías frunció los labios antes de contestar.

—¿Seguro?

—¿Cómo lo quieres hacer, si no? —inquirió Nuria, extrañada.

—De lo que no estoy convencido… —contestó, pensando sus palabras— es de que tengamos que ir los dos.

Nuria dio un paso atrás, con el ceño fruncido de incredulidad.

—¿Qué? —Señaló hacia el túnel—. Uno solo no podrá detener a toda esa marabunta.

—Ni los dos tampoco —concluyó Elías—. Creíamos que íbamos a enfrentarnos a un robot, no a cientos de pequeños robots militares. No tenemos balas para detener ni a una fracción de ellos, y el truco de la balsa no va a funcionar de nuevo.

—¿Y qué propones? —El ceño de Nuria era ya una «V» rodeada de profundas arrugas—. ¿Salir corriendo?

Elías negó de nuevo con la cabeza.

—No —objetó—. Lo que quiero es que *tú* te vayas.

—¿Qué? ¡No! ¡Ni hablar!

Elías levantó las manos a la altura del pecho, buscando calmarla.

—No tiene sentido que nos quedemos los dos, Nuria —argumentó todo lo calmado que pudo—. No habrá diferencia si acabamos con diez o con veinte bichos de esos. El resto acabará el trabajo y habrá sido un sacrificio inútil.

—Puede que tengas razón y no sirva de nada —replicó furibunda—, pero pienso intentarlo. Tú puedes irte si quieres —añadió señalando la balsa, aún colgada del techo—, lo entenderé, esta no es tu guerra. Pero yo me quedo.

—Te equivocas —la corrigió—. Esta precisamente —añadió señalando hacia el suelo— es mi maldita guerra, y tampoco voy a ir a ningún lado sin ti.

Nuria contempló los grandes ojos azules de Elías mirándola fijamente, irradiando determinación.

Sintió un desmesurado deseo de besarlo, a pesar de que se había manchado la cara de apestoso cieno al pasarse la mano por el rostro.

Sin pensarlo, se dirigió hacia Elías atravesando la infecta corriente de aguas negras y, tomando su rostro entre sus manos, juntó sus labios con los de él, demorándose en sentir el tacto de su piel y el húmedo roce de ambas lenguas, prolongando unos instantes que quizá ya nunca volvería a tener.

«Para ser quizá el último beso de mi vida —pensó Nuria, separando finalmente los labios—, no ha estado nada mal».

—¿Y qué hay de Aya? —preguntó en voz baja.

—Aya ya es mayorcita —alegó Elías—. Sabrá cuidarse.

A pesar de la respuesta, Nuria le preguntó por última vez.

—¿Estás seguro de querer hacer esto?

—No querría estar en ningún otro lugar ahora mismo.

Nuria le golpeó amistosamente en el hombro, esbozando una sonrisa desabrida.

—Anda ya, no te pases —rezongó, y volviéndose hacia la balsa preguntó—. ¿Nos la llevamos?

Elías meneó la cabeza.

—No podríamos, aunque quisiéramos —alegó—. Tardaríamos una eternidad llevándola contra corriente. Es mejor dejarla aquí —añadió—, por si les da por volver por este túnel.

—De acuerdo —asintió Nuria, llevándose la mano al bolsillo del neopreno donde llevaba la Sig Sauer—. Pues entonces pongámonos en marcha —dijo, comenzando a caminar.

—Un momento —la detuvo Elías, alzando el índice con aire de haber tenido una idea de última hora—. Hay algo… que quizá sí podría sernos útil.

71

Con mucha mayor dificultad que cuando habían hecho ese mismo recorrido a favor de la corriente, Nuria y Elías desandaban el camino por el alcantarillado, arrastrando los pies con dificultad y, en no pocas ocasiones, usando los remos que se habían llevado a modo de bastones para no resbalar.

—¿Es cosa mía... —apuntó Nuria con curiosidad— o el nivel del agua ha subido un poco?

Elías la miró de reojo.

—Ha subido varios centímetros —confirmó—. Pero no estoy seguro de que todo esto sea agua —señaló hacia arriba y añadió—. Hace ya un rato que empezó el mitin.

—Puaj... No hacía falta que me lo recordaras.

Elías sonrió malicioso.

—De nada.

Nuria puso los ojos en blanco, meneando la cabeza.

—¿Cuánto crees que falta? —preguntó a continuación, volviendo la vista atrás y tratando de calcular lo que habían avanzado.

Elías hizo lo propio y luego indicó hacia adelante con su remo.

—Unos cien metros más, ese recodo de ahí parece un buen sitio —señaló la siguiente curva—. Creo que aún estamos bajo el pabellón.

No hizo falta que añadiera que cuanto más alejados de la vertical del Palau Blaugrana, menos posibilidades había de que las roboarañas decidieran inmolarse.

Nuria estimó que ya habrían pasado más de cinco minutos desde que se pusieron en marcha, y que en cualquier momento volvería a escuchar ese escalofriante repiqueteo emergiendo desde las sombras del túnel. El peso de la pistola en el bolsillo del neopreno le hacía rememorar los miles de veces que había patrullado de uniforme, con el arma reglamentaria golpeándole el costado en la cartuchera. Parecía imposible que solo unas semanas atrás ella hubiera sido una agente de policía en servicio que disfrutaba de una vida hasta cierto punto previsible y rutinaria.

Sacudió la cabeza para librarse de ese recuerdo de un tiempo que, ahora ya estaba segura de ello, jamás iba a regresar. Irónicamente, pensó frunciendo una mueca amarga, se disponía a realizar el acto más heroico de su vida, ahora que era una prófuga de la justicia y su cara aparecía en los carteles de «Se busca» de las comisarías.

—Tiene guasa —murmuró para sí.

—¿El qué? —preguntó Elías, a su lado.

—Nada…, cosas mías —negó con la cabeza—. ¿Alguna idea de qué vamos a hacer cuando esas cosas lleguen?

En lugar de contestar de inmediato, Elías siguió caminando en silencio, con los músculos de la mandíbula contraídos.

—No —respondió cuando parecía que ya no iba a hacerlo, volviéndose con una disculpa en la mirada—. Lo que podamos…, supongo.

Nuria asintió quedamente; sabía la respuesta de antemano. Las posibilidades de detener aquella marabunta mecanizada con un par de pistolas que apenas sumaban treinta balas entre ambas eran remotas…, y eso, siendo muy optimistas.

—En fin… —resopló flemática—. Por si te sirve de consuelo, he tenido citas peores.

Elías esgrimió una sonrisa esquinada.

—Me lo creo.

Nuria entrecerró los ojos con suspicacia.

—¿Qué insinúas?

—Nada —alegó a la defensiva—. Solo que sospecho que no tienes muy buen ojo con los hombres.

—Ah, ¿sí? —inquirió incisiva—. ¿Lo dices por ti?

—Precisamente —admitió Elías, llevándose la mano derecha al corazón—. Aunque espero que si salimos de…

Pero no pudo acabar la frase, pues alguien gritó desde la penumbra frente a ellos.

—¡Alto ahí! —ordenó una voz autoritaria—. ¡No se muevan! ¡Policía!

Nuria y Elías se quedaron petrificados en el sitio, aturdidos por el sobresalto.

—¡Las manos en alto! —les exigió la voz—. ¡Ahora!

Nuria aguzó la mirada, y no fue hasta entonces que logró distinguir varias siluetas agazapadas a unos veinte metros más adelante. Situados en una zona mal iluminada y gracias a sus trajes mimetizados, había que fijarse bien para poder verlos.

Tres puntos rojos de láser comenzaron a bailar sobre su pecho y, volviéndose hacia su izquierda, descubrió que Elías tenía otros tantos a la altura de su esternón. Intercambiando una breve mirada, comprendieron que no tenían nada que hacer.

Elías dejó el remo en un saliente de la pared y obedeció la orden, imitado al momento por Nuria.

A continuación, mientras dos de los hombres guardaban la posición, los otros cuatro, equipados con trajes tácticos, visores de infrarrojos y pasamontañas se aproximaron hacia ellos con cautela, sin dejar de apuntarlos ni un momento con el puntero láser de sus SCAR-L.

No fue hasta que se acercaron a un par de metros que Nuria fue capaz de identificar la insignia de las Fuerzas Especiales de Acción Rápida en los uniformes.

—¡Al suelo! —ordenó uno de ellos—. ¡De rodillas! ¡Las manos en la cabeza!

—No hemos hecho nada —declaró Nuria, arrodillándose—. Se están equivocando.

—¡Silencio! —rugió el policía más cercano, acercando el cañón del arma a su cabeza.

—Pero…

—¿Dónde han puesto la bomba? —les exhortó otro de los encapuchados, uno con galones de capitán en el parche de identificación.

—No hay ninguna bomba —aclaró Nuria—. Bueno, sí que la hay en realidad… —se corrigió—, pero ni es una bomba ni es nuestra.

Sin pensarlo, el capitán López desenfundó su Colt del calibre cuarenta y cinco y apuntó con él a la cabeza de Nuria.

—Déjate de gilipolleces —le espetó—. Dime dónde está si no quieres que te vuele la puta cabeza.

—Dice la verdad —intervino Elías—. Va a haber un atentado, pero hemos venido a evitarlo, no a cometerlo.

—Tú cállate si no quieres que te reviente la cara —le ordenó otro de los agentes

—¡Registradlos! —ordenó el capitán.

En décimas de segundo Elías y Nuria se vieron empujados contra la pared y cacheados a fondo sin ningún miramiento. Rápidamente, los policías encontraron las pistolas que ambos llevaban en los bolsillos del neopreno.

—¡Arma! —indicó el que registraba a Elías, quitándosela y guardándola en uno de los propios bolsillos de su chaleco antibalas.

—¡Arma! —repitió el que hacía lo propio con Nuria, haciendo lo mismo.

—No hay tiempo para esto —advirtió Nuria, girando la cabeza.

—¡Que te calles! —ladró el agente a su espalda, agarrándola del cuello y empujándola contra la pared.

—¿Dónde está la bomba? —insistió el capitán, aún con su arma en la mano—. ¿Cómo vais a detonarla? ¿Con temporizador? ¿A distancia?

—¡Ya le he dicho que no tenemos ninguna bomba! —repitió Nuria, tratando de no perder los estribos—. ¡Nosotros no somos terroristas!

El capitán aproximó su rostro al de Nuria, hasta quedar a escasos milímetros de su oído.

—Hay media docena de vídeos en la red en los que se los ve a ustedes dos parando el tráfico y bajando al alcantarillado con un artefacto explosivo dentro de una caja.

—¿Un artefacto explosivo dentro de una caja? —repitió Nuria, y casi se le escapa una carcajada al comprender a qué se refería—. Pero ¡si era una balsa hinchable! —El equívoco le resultaba tan absurdo que incluso le costaba explicarse—. ¡Es lo que usamos para llegar hasta aquí!

—Ah, ¿sí? —intervino el cabo, con tono de no creer una palabra—. ¿Y dónde está ahora esa supuesta balsa?

—Atada a la pared, corriente abajo. —Nuria volvió la cabeza en aquella dirección—. La usamos para engañar a las roboarañas.

—¿Para engañar a las...? —comenzó a repetir el capitán, dejando la frase a medias—. ¿Está burlándose de mí?

—Le juro que es verdad —insistió Nuria—. No somos terroristas. Estamos aquí para detener un atentado, lo mismo que ustedes.

—Ya, claro... —El capitán se dirigió al agente que tenía a su lado—. Sargento, coja a un hombre e inspeccione el túnel. Pueden haber colocado el artefacto explosivo en cualquier sitio.

—A la orden, mi capitán. —Cabeceó marcialmente, antes de darse la vuelta y salir corriendo por el túnel.

—Estamos perdiendo el tiempo —volvió a recordarles Elías—. Vendrán en cualquier momento y entonces ya no podremos hacer nada para detenerlas.

—Te he dicho que cierres la puta boca —le recriminó el policía que tenía a su espalda, empujándole bruscamente la cabeza contra la pared.

—Déjalo que hable —le ordenó el capitán—. ¿A quién no podremos detener? —Se acercó a Elías, y Nuria adivinó una sonrisa burlona bajo el pasamontañas—. ¿A las... roboarañas?

—Las hemos engañado, pero estarán buscando otro camino para llegar y, cuando lo hagan, destruirán el pabellón que está sobre nosotros —explicó Elías, y Nuria se dio cuenta de lo desquiciado que sonaba todo aquello al decirlo en voz alta.

—Entiendo —rezongó el capitán—. Así que unas arañas robóticas van a destruir el Palau Blaugrana, y ustedes bajaron aquí con dos pistolas y... ¿una barca hinchable? para tratar de detenerlas, ¿es eso?

—Dicho así sé que no suena muy razonable —admitió Elías—. Pero es la verdad.

—Tiene que creernos —terció Nuria—. Si no nos ayuda, no podremos detenerlas.

—A las roboarañas —repitió el capitán, que parecía disfrutar con la palabra.

—Van cargadas con varios kilos de explosivo CL-20 cada una —aclaró Nuria, ignorando el tono sarcástico del oficial—. Y hay más de cien..., quizá doscientas o trescientas.

—O sea, que sí hay explosivos —inquirió, ufano de haberla pillado en una contradicción.

—Arañas robot cargadas de explosivos —precisó Nuria.

El capitán dejó escapar una carcajada desabrida.

—¿En serio cree que voy a tragarme ese montón de gilipolleces?

—¡Es la verdad, maldita sea! —explotó Nuria—. ¡Hasta mi madre estará en el mitin de aquí arriba! ¡Tiene que creerme!

El capitán se despojó del visor y el pasamontañas, mostrando un rostro de facciones duras con signos de agotamiento. La barba mal afeitada y las profundas ojeras bajo sus fatigados ojos grises delataban demasiado trabajo y poco descanso.

—Se lo voy a explicar muy claramente —siseó en voz baja, acercándose a su oído—. O me empiezan a contar la verdad o le juro que les meto una bala a cada uno en la cabeza…, y aquí paz y después gloria, ¿me entiende? Nadie los va a echar de menos.

—No…, no puede hacer eso —alegó Nuria, menos segura de lo que pretendía aparentar—. Soy agente de policía.

La boca del capitán se acercó unos milímetros más su oído.

—Sé perfectamente quiénes son ustedes dos —susurró con voz ronca e intimidante—. Usted es la cabo Nuria Badal, una agente de policía suspendida y en busca y captura, y él —señaló a Elías—, es Elías Zafrani, un traficante de origen sirio. Ambos sospechosos del atentado terrorista cometido esta madrugada en Villarefu. Así que, dígame…, cabo Badal —añadió al límite de su paciencia—, ¿qué pensaría si estuviera en mi lugar y se encontrara a dos presuntos terroristas embutidos en traje de neopreno, armados y deambulando por el sistema de alcantarillado, justo debajo de un pabellón con miles de personas?

Nuria ató cabos y comprendió que debían haberlos identificado al poco de bajar al alcantarillado. Por eso habían mandado a un equipo de los FEAR.

—Le juro… —masculló, con la frente pegada a la pared y la voz truncada por la impotencia— que esto no es lo que parece.

—Vaya, ahora suena como mi exmujer.

—El ISMA me tenía secuestrada en una casa de Villarefu… —insistió Nuria, sin esperanza real de llegar a convencerlo—. Elías me rescató, se produjo un incendio, la casa explotó y nosotros nos salvamos de milagro. Entiendo que no me crea... —admitió—, pero piense en que, si se equivoca, si resulta que tengo razón..., será el responsable de la muerte de veinte mil personas.

—Joder, ¿ha oído eso, capitán? —resopló el cabo—. ¡Menuda imaginación tiene la cabrona!

—¡Es la verdad! —prorrumpió Nuria fuera de sí, volviéndose para encararse a los agentes.

Su intención era gritarles a la cara que no les estaba mintiendo. Pero al girarse de forma tan inesperada pilló desprevenido al cabo, aún vuelto hacia su capitán.

Entonces descubrió la empuñadura de su Sig Sauer asomando por uno de los bolsillos del chaleco antibalas del agente y, empujada por el instinto y la desesperación, sin pensarlo alargó la mano y una décima de segundo después ya tenía el arma en su mano.

El capitán gritó una advertencia, pero antes de que el cabo comprendiera lo que estaba pasando Nuria se revolvió ágilmente, colocándose a su espalda y apuntándole con la pistola a la cabeza.

—¡Que nadie se mueva! ¡Bajad las armas! —aulló, escudándose con el cuerpo del cabo—. ¡Y tú levanta las manos! —le ordenó, clavándole el cañón en la espalda.

Ignorando su orden, el capitán López apuntó a lo poco que asomaba de Nuria tras el corpulento cabo. Al mismo tiempo, el agente que mantenía a Elías contra la pared desenfundó su arma y le obligó a ponerse de rodillas con las manos en la nuca.

—Suelte la pistola —siseó el capitán, con el punto de mira puesto en la cabeza de Nuria—. No me obligue a disparar.

—Si lo hace, su cabo también morirá.

—La está cagando a base de bien —le advirtió López—. Baje el arma y hablaremos.

—Ahora es usted quien me trata de imbécil —replicó Nuria—. No le interesa nada de lo que yo pueda decirle.

—Baje el arma y le aseguro que tendrá toda mi atención.

—Está mintiendo, Nuria —advirtió Elías, de rodillas y con las manos en la nuca.

—Cierra el pico —le amenazó el agente a su espalda, presionando el cañón del arma contra su cabeza.

—Solo tiene una salida posible —prosiguió el capitán—. Hay policías bloqueando todos los accesos con orden de disparar a matar. Así que suelte el arma y hablaremos de lo que quiera, pero no haga ninguna estupi...

—¿Capitán, me recibe? —lo interrumpió una voz en la radio que este llevaba al cinto.

Sosteniendo el Colt con la mano derecha, sin dejar de apuntar a Nuria, se llevó la mano izquierda al comunicador en su oreja.

—Adelante, sargento —contestó—. ¿Qué pasa?

—*Hemos encontrado la balsa que decía la mujer* —informó—. *Está como... puesta para bloquear el túnel.*

—¿Alguna cosa más?

—*Negativo. Solo mierda y basura.*

—Recibido. —confirmó, mirando a Nuria de reojo—. Vuelva aquí de inmediato.

—*A la orden, mi capitán.*

—¿Lo ve? —le espetó Nuria—. ¡Le estamos diciendo la verdad, maldita sea!

—Eso no prueba nada —alegó impasible—. Baje el arma.

—No puedo hacer eso.

—Claro que puede, y debe —arguyó, señalando el suelo con la mano izquierda—. En realidad, es lo único que...

—¡Silencio! —exclamó Elías, sorprendiendo a todos—. ¡Escuchad!

—¡Cierra el pico pedazo de mierda! —gritó el agente que lo vigilaba.

—¿Es que no lo oyen? —preguntó Elías, ignorando la orden de callarse.

El agente fue a abrir la boca de nuevo, pero el capitán le hizo un gesto para que guardara silencio, girando levemente la cabeza, como un sabueso que oyera un silbido lejano.

—*¡Capitán!* —lo interrumpió en la radio uno de los hombres que se había quedado en retaguardia—. *¡Tiene que ver esto!*

—¿Qué pasa, Martínez? —inquirió, dirigiendo su atención hacia el túnel por el que habían llegado—. ¡Informe!

—*¡No sé lo que son!* —exclamó alarmado—. *Pero ¡se acercan rápido! ¡Dios mío, son muchísimos!*

—Ya están aquí… —anunció Nuria, con la frustración impregnándole la voz.

El capitán López se volvió hacia ella, pero antes de que llegase a decir nada, el tableteo de un rifle automático resonó en las paredes del túnel.

72

artínez! ¡Aguado! —aulló el capitán, llamando a los dos hombres que había dejado protegiendo la retaguardia, pero el furioso tiroteo que se había desatado ahogó su voz en el eco del estrecho pasaje.

El capitán López dividía su atención entre los disparos de sus hombres y la mujer que apuntaba con un arma a la cabeza de su cabo, tratando de establecer una orden de prioridades.

Pero entonces, inesperadamente, Nuria dio un paso a un lado poniéndose voluntariamente a tiro de un disparo claro. El capitán presionó ligeramente el gatillo, tentado de resolver el dilema por la vía rápida.

—Tenemos que detener a esas cosas —dijo Nuria, bajando la pistola y señalando hacia el túnel—... o moriremos todos.

El capitán acariciaba el gatillo, indeciso, mientras que el cabo que había sido rehén de Nuria se apartó de un salto y la apuntó también con su arma a la cabeza.

—Decídase, capitán —le espetó la mujer, ignorando la doble amenaza—. ¿Me dispara o me ayuda?

En ese preciso momento, regresaron a toda velocidad los hombres que habían ido corriente abajo, chapoteando con sus pesadas botas.

—¿Capitán? —jadeó el sargento, deteniéndose junto a él con la mirada puesta en el túnel donde se desarrollaba la refriega.

El oficial cerró los ojos, buscando un instante de calma para tomar una decisión.

Cuando volvió a abrirlos, un segundo más tarde, Nuria vio una clara determinación en sus pupilas grises.

—*Cagoenlaputadeoros...* —masculló exasperado, devolviendo el Colt a su cartuchera—. Cabo, baje el arma —le ordenó, y volviéndose de inmediato hacia los disparos, añadió aferrando su fusil de asalto—. ¡Seguidme!

—¡Aguantad! —exclamaba el capitán por encima de los disparos, corriendo hacia ellos con el SCAR-L aferrado entre sus manos—. ¡Aguantad!

Los rayos de los punteros láser se entrecruzaban nerviosamente al ritmo de los pasos de los cuatro agentes. Pasos que se detuvieron en seco al doblar el recodo y presenciar una escena más propia de pesadillas que del mundo que el capitán López creía conocer hasta ese momento.

De espaldas a él, los cabos Martínez y Aguado disparaban en ráfagas cortas al tiempo que retrocedían dando cortos pasos hacia atrás.

Los destellos de los disparos, aunque amortiguados por los silenciadores, iluminaban la escena como si esta se encontrara bajo parpadeantes lámparas estroboscópicas. Las luces del pasillo ya habían desaparecido, así que todo lo que el capitán López podía ver era la silueta de sus hombres disparando frenéticamente a una imparable marea mecánica que no dejaba de avanzar. Centenares de sombras moviéndose como tarántulas, traqueteando siniestras con sus afiladas patas metálicas.

—Mierda... —masculló, comprendiendo que esa estrambótica pareja embutida en neopreno le había dicho la verdad—. ¡Posición defensiva! —ordenó, saliendo de su aturdimiento.

Guiados por el capitán, los cuatro llegados tomaron el relevo de Martín y Aguado, que retrocedieron a su espalda para recargar las armas.

—¡Ráfagas cortas! —ordenó el capitán, alzando la voz por encima del estruendo de las roboarañas y los disparos—. ¡No derrochéis munición!

López conocía aquellas máquinas, al menos su versión de búsqueda y rescate, y aunque sabía de su uso militar para la infiltración y el sabotaje, nunca imaginó que pudieran adoptar una operativa de ese tipo. Lo que sí sabía era que su limitada inteligencia les bastaba para alcanzar su objetivo esquivando obstáculos, valiéndose de su robustez y agilidad. Aun perdiendo la mitad de sus ocho patas, eran capaces de desenvolverse en casi cualquier medio sin problemas y las sólidas carcasas que protegían sus centros de control eran tan resistentes que podían soportar fuertes golpes y elevadísimas temperaturas. Además, para colmo, disponían de unas poderosas tenazas que usaban para abrirse camino o defenderse en caso de necesidad.

Por suerte, el explosivo plástico que al parecer cargaba cada uno de aquellos engendros a modo de joroba resultaba inerte a las balas y solo detonaba bajo un impulso eléctrico, así que no debían preocuparse por provocar una explosión mientras hacían saltar en pedazos una tras otra a aquellas máquinas, acribilladas por las balas de sus fusiles de asalto.

Lamentablemente, la programación de esas mismas máquinas parecía no incluir la posibilidad de la rendición o el instinto de autoconservación, de modo que, aunque aquel tramo de alcantarilla se estaba convirtiendo con rapidez en un cementerio de roboarañas, estas no dejaban de aparecer en masa, escalando sin remordimientos sobre los restos de sus compañeras caídas y avanzando como una lenta ola negra.

—¡Último cargador! —advirtió el sargento, dejando caer el vacío e introduciendo uno nuevo con treinta y dos balas. Sus últimas treinta y dos balas.

—¡Yo también! —avisó Aguado—. ¡Último!

—¡Asegurad los blancos! —les gritó el capitán, comprendiendo que no iba a poder detenerlas por la sencilla razón de que había más máquinas de aquellas que balas en sus cargadores—. ¡Central! ¿Me recibe? ¡Aquí el capitán López! —aulló al micrófono de su radio—. ¡Necesitamos refuerzos!

Aguardó la respuesta durante unos segundos, temiendo que los miles de toneladas de tierra y hormigón sobre sus cabezas bloquearan también las ondas de radio.

Un crujido de estática chisporroteó en la radio.

—*Aquí Central* —respondió al fin una voz anodina—. *Adelante, capitán.*

—¡Refuerzos, joder! —bramó al micrófono—. ¡Necesitamos refuerzos aquí abajo!

—*Especifique, por favor* —requirió la voz con indolencia, como si estuviera encargando una pizza por teléfono—. ¿Cuál es la situación? ¿Qué tipo de refuerzos?

—¡La situación es una puta mierda! —le aclaró el capitán, exasperado—. ¡Mande todos los refuerzos disponibles a mi posición!

—*Pero...*

—¡Sin peros, joder! —tronó hasta enronquecer—. ¡Mande a la puta infantería si está por ahí! ¡¡¡Ahora!!!

La radio enmudeció durante unos segundos y cuando empezaba a temer que se hubiera cortado la señal, crepitó de nuevo.

—*Recibido* —contestó la voz—. *Tiempo estimado de llegada a su posición, ocho minutos.*

—¡Que sean cuatro! —reclamó López al micrófono, y cortó la comunicación antes de gritar a sus hombres—. ¡Aguantad! ¡Los refuerzos ya están de camino!

Entonces cruzó una mirada con su sargento que, meneando la cabeza, le hizo saber lo que él ya sabía: que no podrían resistir esos ocho minutos.

—¡Capitán! —llamó su atención Martínez, disparando a una de aquellas máquinas prácticamente a sus pies—. ¡Nos están superando!

López se corrigió mentalmente. No podrían resistir ni siquiera los cuatro que había exigido.

La tormenta de plomo que habían desatado en el túnel había mantenido a aquella marea mecánica a raya, pero en cuanto se habían visto obligados a espaciar más los disparos por la escasez de munición, el ejército de robots arácnidos comenzó a ganar terreno metro a metro, amenazando con desbordarlos en cualquier momento.

—¡Replegaos! —vociferó el capitán, comprendiendo que ya no podían contenerlos—. ¡Atrás!

—¡Estoy seco! —advirtió entonces el cabo, cuando el percutor de su SCAR-L hizo clic, pero ningún proyectil más salió del cañón.

El capitán vio cómo entonces desenfundaba su Glock de nueve milímetros y reventaba los sensores frontales de un roboaraña de un solo disparo. Pero mientras lo hacía, otras dos se colaron por la pared de su costado, rebasándolos a la búsqueda de su objetivo.

Percatándose de ello, el capitán disparó a bocajarro contra una de aquellas arañas, destrozándole tres de sus patas antes de quedarse sin balas. Entonces echó mano al bolsillo lateral de su pantalón y, contrariado, descubrió que ya no le quedaba ningún otro cargador.

Fue en ese momento de descuido cuando la tullida roboaraña se impulsó de un salto con sus patas restantes abalanzándose sobre su pierna y, aunque López casi logró esquivarla con una finta, esta cerró su pinza con un escalofriante chasquido metálico.

El capitán aulló de dolor y cayó trastabillando hasta darse de espaldas contra la pared, con un gran agujero en su pantalón y un feo corte en su gemelo izquierdo.

—¡Hija de puta! —bramó, tratando de desenfundar su Colt al ver cómo la máquina volvía a saltar en su dirección, dispuesta a terminar el trabajo.

Pero justo cuando la roboaraña flexionaba sus patas para saltar de nuevo sobre él, la mujer apareció de la nada embutida en su traje de neopreno y, lanzando un grito de rabia, levantó el remo que aún llevaba en la mano por encima de su cabeza y lo descargó con violencia sobre dos de las patas restantes del bicho, rompiéndolas con un fuerte crujido y haciendo que se detuviera definitivamente.

Luego levantó la vista hacia el capitán, esgrimiendo una mueca salvaje.

—Tenga cuidado, capitán —le advirtió, tendiéndole la mano—. Estos bichos muerden.

—¿No me diga? —resopló, ignorando el gesto de Nuria y apoyándose en la pared para levantarse.

A su alrededor, sus hombres eran superados por las roboarañas, que ahora saltaban de forma agresiva hacia ellos abriendo y cerrando aquellas fauces de acero capaces de cercenar un miembro. Si se quedaban ahí, los harían picadillo.

—¡Retirada! —ordenó, temiendo por la vida de sus hombres—. ¡Atrás!

—¡No! —replicó Nuria—. ¡No podemos irnos! —señaló el bulto enganchado a la espalda de la roboaraña que acababa de neutralizar—. ¡Si estas cosas alcanzan su objetivo, explotarán! —añadió vehemente—. ¡Hay que detenerlas!

Y dándose la vuelta, arremetió violentamente contra otro engendro al que Elías estaba tratando de mutilar. Ambos armados con sendos remos de aluminio, con los que destrozaron sus patas hasta que ya no pudo hacer otra cosa que tambalearse con solo tres de sus extremidades.

El capitán López tardó menos de un segundo en hacerse una idea de la situación, y menos de dos en sopesar los pros y los contras de creer a esa mujer de aspecto desquiciado.

—¡Cancelar repliegue! —ordenó, volviéndose hacia sus hombres—. ¡Hay que contener a esos bichos cueste lo que cueste!

—Pero ¡¿cómo?! —inquirió el sargento—. ¡Estamos sin munición, capitán!

—¡Pues usad lo que tengáis a mano! —replicó el capitán—. ¡Golpearlos con los fusiles o con la punta de la polla si es necesario! ¡Me da igual! —ladró, agarrando su fusil de asalto por el cañón y esgrimiéndolo como si fuera un garrote—. Pero ¡que no pasen!

El tiroteo cesó tan abruptamente como había comenzado cuando las municiones se agotaron, y el resto del equipo imitó a su oficial al mando, arremetiendo contra la horda robótica con frenéticos mandobles.

El sordo tableteo de las armas fue sustituido por los gritos de rabia, el enervante tamborileo de centenares de afiladas patas sobre el cemento y los chasquidos de sus tenazas de metal al cerrarse.

—¡Rompedles las articulaciones! —indicó Elías, mientras se cebaba en una de las máquinas que habían superado la primera línea de defensa formada por los agentes—. ¡Es lo único vulnerable!

—¡No podemos pararlas! —gritó el cabo, dando un salto hacia atrás para evitar que unas terribles cizallas amputaran su pie izquierdo—. ¡Son demasiadas!

—¡Cierre la puta boca, cabo! —le ladró el capitán, mientras golpeaba con furia las patas de una con la culata del SCAR-L.

Pero Nuria se daba cuenta de que el cabo tenía razón. Era como tratar de contener la subida de la marea con una red de pesca. Daba igual cómo lo hicieran, al final acabarían sobrepasados.

Y entonces, sucedió lo inevitable.

Esquivando la acometida de una roboaraña, el sargento González resbaló con los restos de una bolsa de basura, cayó de espaldas y perdió su arma bajo la corriente de agua negra.

Su grito de sorpresa fue escuchado por todos, pero nadie pudo hacer nada mientras veían cómo el arácnido de acero saltaba sobre su pecho, como un inquietante cachorro al ver a su dueño.

El sargento cruzó sus manos frente a sí en un acto reflejo, al ver cómo las tenazas se cernían sobre su cuello, abriéndose de par en par.

—¡No! —gritó Nuria, adivinando lo que estaba a punto de suceder.

Horrorizada, fue testigo de cómo las tenazas se cerraron con un horrible chasquido sobre los antebrazos del sargento, seccionándolos como lo haría una cizalla con una rama seca.

El espantoso alarido de dolor del sargento le atravesó el cerebro y supo que la imagen de este contemplando sus muñones sangrantes con la boca abierta en un grito de espanto nunca la podría borrar de su memoria.

Paralizada por una pavorosa sensación de irrealidad, observó cómo la roboaraña, aún no satisfecha con su trabajo, volvió a abrir sus fauces en dirección al cuello del sargento.

Pero cuando ya parecía inevitable que fuera a decapitarlo, Elías embistió a la roboaraña desde el costado, propinándole un golpe con el remo que la lanzó a varios metros de distancia.

—¡Ayudadle, joder! —bramó el capitán, viendo cómo Elías agarraba al sargento por debajo de las axilas—. ¡Ayudadle!

Solo entonces, dos de los agentes salieron de su aturdimiento y corrieron a auxiliar al sargento, que no cesaba de gritar fuera de sí.

—¡Capitán! —exclamó entonces su cabo, llamando su atención—. ¡No podemos contenerlas!

López miró a su alrededor, a su sargento mutilado y del que tenían que ocuparse otros dos hombres, a los otros dos que apenas eran capaces de hacer algo más que evitar las continuas dentelladas, a sí mismo sangrando en abundancia por la herida abierta en su pierna, y a la pareja que había venido a detener y que, al límite de sus fuerzas, se defendían dando golpes cada vez más débiles con sus patéticos remos.

Fernando Gamboa

Luego levantó la vista, y vio cómo la marea negra de roboarañas seguía aproximándose inexorable. Habían acabado con veinte o
treinta de ellas, y aunque era consciente de que eso no suponía más
que una fracción de su número total, ya no podían hacer nada más.

Si se quedaban un minuto más todos iban a morir, inevitable e
inútilmente.

73

El capitán López apretó los dientes, resistiéndose a aceptar aquel desenlace para sus hombres.

—Vive para luchar otro día —masculló, repitiendo una cita oída en alguna vieja película, comprendiendo que aquella batalla no la podían ganar—. ¡Retirada! —rugió entonces, volviéndose hacia su cabo—. ¡Llevaos al sargento!

—¡Retirada! —repitió este—. ¡Retirada!

Nuria dirigió una mirada interrogativa hacia el capitán, a la que este respondió negando con la cabeza.

Por un breve instante estuvo a punto de rebatirle, de decirle que debían resistir a toda costa, pero un alarido de dolor del sargento mientras era arrastrado por sus compañeros le hizo comprender al fin que aquella marea mecánica era imparable. No podían hacer otra cosa que huir o morir allí mismo.

Entonces vio a Elías manteniendo a raya a una roboaraña, que avanzaba hacia él lanzando dentelladas, y supo que ya habían hecho todo aquello que podían hacer, que ya había perdido demasiadas cosas en su vida y no quería perder una más.

Sacando fuerzas de flaqueza, arremetió a remazos contra aquella máquina, hasta que entre ambos lograron fracturarle seis de sus ocho patas y se quedó inmóvil al fin.

—Se acabó… —jadeó Nuria, apoyándose exhausta sobre sus rodillas—. Ya no podemos hacer nada más.

Elías la estudió un momento, con el rostro sudoroso y el gesto desencajado de un hombre al borde del agotamiento.

—De acuerdo —resopló, dándole un último golpe de remo a la roboaraña que, aun inmóvil, todavía trataba de alcanzarlos con sus tenazas—. Vámonos de aquí.

Los dos agentes que llevaban al sargento en volandas ya se habían adelantado unos metros, mientras el capitán y los dos hombres que restaban trataban de mantener a raya a las máquinas mientras retrocedían.

—No nos va a dar tiempo —advirtió Elías en tono fúnebre, observando a los agentes.

Nuria se volvió hacia él.

—¿Qué quieres decir?

—Que no podremos alejarnos lo suficiente antes de que esas cosas estallen —aclaró, como si se tratara de una evidencia—. La onda expansiva dentro del túnel nos hará pedazos.

Nuria necesitó un instante para comprender a lo que se refería.

—¡Mierda! —prorrumpió, dando un puñetazo sin fuerzas a la pared—. ¿Y qué podemos hacer?

Elías bajó la mirada, abatido.

—Nada —señaló el estrecho pasaje—. El túnel actuará como un jodido cañón..., y nosotros seremos los perdigones. Lo siento —añadió, tomándola de la mano.

—Un cañón... —repitió Nuria sin prestarle atención al gesto de Elías—. Eso es, joder —dijo, y soltándose corrió hacia el capitán López—. ¡Capitán! ¡Capitán!

Elías se quedó perplejo, viendo cómo Nuria se alejaba rápidamente en dirección al oficial. Tan perplejo como el propio capitán, al ver cómo aquella mujer se situaba a su lado y empezaba a hablarle atropelladamente, mientras él luchaba a brazo partido contra aquellas abominaciones mecánicas.

—¡Lárguese! —le gritó exasperado—. ¡Estamos conteniéndolas para que puedan huir!

—¡No! —replicó Nuria—. ¡Escúcheme! ¡Dígales que abran las compuertas!

—¿De qué coño me habla? —inquirió irritado, repartiendo mandobles con la culata de la Vector—. ¿Qué compuertas?

—¡Las del depósito de aguas pluviales!

El capitán se volvió un instante hacia aquella desquiciada. Por su ceño de incomprensión, Nuria entendió que no tenía ni idea de lo que le hablaba.

—¡A dos manzanas de aquí hay un gran depósito de aguas pluviales! —le explicó, señalando corriente arriba—. ¡Con la lluvia debe estar a tope de agua! ¡Millones de litros!

Como fiel representante del género masculino, López no era capaz de pelear contra aquellas máquinas y seguir el hilo de la conversación al mismo tiempo.

—¡¿Y qué cojones importa eso?! —bramó, tratando de evitar que unas tenazas le seccionaran el tobillo.

—¡Llame por radio y dígales que abran las compuertas! —exclamó exasperada—. ¡El agua arrasará con todo!

El capitán se volvió de nuevo hacia Nuria, olvidándose momentáneamente de las máquinas. Nuria pudo ver en su rostro cómo procesaba la información en su cerebro y, abriendo de par en par los ojos, llegaba a la misma conclusión que ella.

—¡Central! —llamó a continuación, conectando el micrófono—. ¡Aquí el capitán López!, ¿me recibe?

—*Le recibo* —contestó la voz anodina, con la misma parsimonia de antes—. *Adelante, capitán López.*

—¡Anule la petición de refuerzos! ¿Me oye?

—*Ya están en camino, capitán* —alegó, casi con reproche.

—¡Pues que se desencaminen, joder! —ladró al micrófono—. ¡Y quiero que abra las compuertas del depósito de agua de... —se volvió hacia Nuria, que le dictó la respuesta—, de Zona Universitaria! ¿Me ha oído?

—*Alto y claro, capitán* —alegó la voz—. *Pero no sé si...*

—¡Cierre el pico y haga lo que le digo! —le exigió López—. ¡Aunque tengan que volar las compuertas! ¡Quiero que inunde esta puta alcantarilla ahora mismo!

De nuevo la respuesta se retrasó un par de segundos, pero esta vez el tono era de obediencia.

—*A la orden.*

—Ah, y que desalojen el Palau Blaugrana. Lo más rápido que puedan.

—*Perdone, capitán* —carraspeó incrédulo—. ¿*Ha dicho que desa...*?

—Que desalojen el jodido pabellón. Sí, lo ha oído bien. Hágalo o morirá mucha gente, ¿me ha entendido? —Y antes de que pudiera contestar, añadió lapidario—. Corto y cierro.

Luego se volvió hacia Nuria, evaluándola con nuevos ojos.

—Espero que funcione.

—Ya somos dos —convino, y señalando las máquinas que los cercaban, agregó—. Y ahora, si no le importa, salgamos de aquí a toda leche.

En cabeza del maltrecho grupo y siguiendo la dirección de la corriente, los dos agentes en mejores condiciones físicas cargaban con el sargento. Aunque le habían practicado torniquetes en ambos brazos, había perdido tanta sangre que se mostraba lívido y con los labios azules en su rostro inconsciente.

Tras ellos, Nuria, Elías, el capitán López y los dos agentes restantes caminaban de espaldas al tiempo que mantenían a raya a aquella horda de máquinas como buenamente podían. Todos ellos mostraban signos de agotamiento y sufrían heridas más o menos profundas en las piernas, producidas por las afiladas cuchillas de acero. Aun así, continuaban defendiéndose a culatazos o golpes de remo, cojeando y sangrando mientras retrocedían.

—¡Se están parando! ¡Mirad! —advirtió el cabo con alivio—. ¡Ya no nos siguen!

—Mierda... —maldijo Elías—. ¡Hay que salir de esta alcantarilla ahora mismo!

—¿Qué? ¿Por qué? —preguntó el cabo.

—Porque eso significa que van a detonar —dedujo el capitán, mirando a Nuria—. ¿No es así?

—En cuanto se sitúen donde tienen programado... —confirmó abatida, meneando la cabeza—, se acabó lo que se daba.

—Pues estamos bien jodi...

—¡La balsa! —lo interrumpió el grito de uno de los agentes—. ¡Capitán! ¡La balsa está aquí!

Nuria volvió la cabeza para comprobar que, en efecto, ahí estaba. Colgando aún en mitad del túnel a una veintena de metros, como una aparatosa cortina de ducha. Se había olvidado de ella completamente.

—¡Bajémosla de ahí! —les exhortó Nuria, corriendo en su dirección—. ¡Ayudadme!

Al pasar junto a uno de los agentes, vio el mango de un cuchillo asomando en su funda y, sin pedir permiso, le aligeró del mismo antes de que se diera cuenta. Con el cuchillo de combate en una mano y el remo en la otra, Nuria alcanzó la balsa y poniéndose de puntillas cortó los cabos que la unían al techo.

Al hacerlo, la embarcación hinchable cayó sobre el agua negra con un sonoro chapoteo y, empujada por la corriente, hubiera escapado alcantarilla abajo si no fuera porque Elías apareció a su lado sujetándola en el último momento.

Nuria le dirigió un breve agradecimiento con la mirada y se volvió hacia los policías.

—¡Subid al sargento! —gritó, señalando el interior de la balsa—. ¡Vamos!

Los agentes que llevaban al suboficial se volvieron hacia López, dudando si obedecer a la mujer que solo diez minutos atrás consideraban una terrorista.

En cambio, la respuesta del capitán no dejó margen para la duda.

—¡Ya la habéis oído! —los apremió con aspavientos—. ¡Subid al sargento a la balsa! ¡Y vosotros dos, también! —añadió, señalando a los dos agentes que cojeaban de forma más ostensible—. ¡Y usted, cabo Badal! —terminó, señalando a Nuria—. ¡Suba con ellos!

—Y una mierda —repuso Nuria mientras ayudaba a subir al sargento, quien lucía el característico aspecto de un candidato a cadáver—. ¿Porque soy mujer?

—No, joder —replicó López—. Porque usted y su amigo son quizá los únicos que saben de qué va todo esto, y si tengo que elegir entre salvar a una agente de policía y un mafioso... —Miró de reojo a Elías—. No se ofenda.

—No me ofendo, yo opino lo mismo —dijo Elías—. Sube a la balsa, Nuria.

—No —porfió esta.

Elías se disponía a abrir la boca para recordarle que estaban perdiendo un tiempo precioso cuando un grave rumor a su espalda le hizo volverse, temiendo que se tratase del inicio de la explosión.

De pronto se hizo un silencio fúnebre entre el maltrecho grupo, seguros de que aquel iba a ser el último sonido que escuchasen en su vida. Pero pasaron los segundos y la deflagración y brutal onda de choque que esperaban ver aparecer por el túnel no llegaba.

En cambio, el rumor crecía a cada momento acompañado de una sorda vibración bajo sus pies, como si un vagón de metro se aproximase por el túnel.

—Dios mío…, lo han hecho —masculló el capitán, orgulloso y aterrado al mismo tiempo.

No fue hasta ese momento que Nuria comprendió que habían abierto las compuertas del depósito pluvial y, de pronto, aquello ya no le pareció una idea tan buena.

—Mierda —prorrumpió, al ver cómo las luces de emergencia del túnel iban apagándose una a una—. ¡Todos a la balsa! —gritó—. ¡A la balsa!

El rumor se convirtió en rugido, cuando una pared de espuma blanca que llegaba hasta el techo irrumpió como un tren de mercancías desbocado, justo en el preciso instante en que las primeras roboarañas comenzaron a detonar, haciendo temblar el túnel como si estuviera a punto de derrumbarse la ciudad sobre sus cabezas.

Pero entonces la brutal riada alcanzó al fin a las roboarañas, llevándose por delante a las que aún no habían estallado y amortiguando el efecto destructor de las que ya lo habían hecho, trasladando el efecto de la onda de choque a la fuerza destructora de aquella imparable avalancha de agua que se dirigía directamente hacia ellos como un monstruo informe decidido a acabar con sus vidas.

Nuria, paralizada de puro terror ante aquel muro de espuma que estaba a punto de devorarla, sintió que alguien la empujaba y la hacía caer de bruces en la balsa sobre el inconsciente sargento. Luego alguien más cayó pesadamente sobre ella y justo en ese instante, el rugido del agua se convirtió en un trueno y la balsa salió disparada como un tapón en una botella de champán.

Durante unos segundos la balsa hinchable se mantuvo al frente del muro de agua como si lo estuvieran surfeando, y Nuria pensó fugazmente que quizá, al fin y al cabo y contra todo pronóstico, iban a poder salvarse.

Pero aquella esperanza le duró lo que tardaron en llegar a la primera bifurcación, pues aquella balsa, sin timón ni forma alguna de controlarla, se dirigía directa e inevitablemente hacia la sólida esquina de hormigón que dividía ambos túneles.

Buscando dónde aferrarse, su mano derecha encontró el cabo que habían usado para atarla y lo enrolló alrededor de su muñeca en el preciso momento en que impactaron brutalmente contra la esquina.

La balsa se dobló sobre sí misma proyectando a sus ocupantes como una catapulta, menos a Nuria que, amarrada al cabo, sintió que la fuerza del impacto iba a arrancarle el brazo.

Alguien gritó mientras volaba por los aires, pero Nuria no tuvo tiempo de adivinar quién era, pues la balsa comenzó a dar vueltas sin control, empujada por los miles de litros de agua en estampida, como un calcetín en una lavadora.

El agua infecta entró a borbotones en la boca de Nuria cuando no tuvo más remedio que abrirla para respirar, y mientras giraba sin control envuelta en los restos de la balsa, como un enorme burrito amarillo y sin aire apenas en los pulmones, creyó que aquel era su fin.

Su último pensamiento, sin embargo, fue de alivio, al comprender que había logrado evitar el atentado terrorista. Y así, arrobada por ese último sentimiento y la falta de oxígeno en el cerebro, notó cómo la oscuridad se cernía sobre ella y cómo, finalmente, perdía el conocimiento.

74

Un, dos tres… —dijo alguien, acompasando unos bruscos empujones sobre su esternón.

Acto seguido, unos labios se posaron sobre los suyos y, cuando creía que un príncipe de cuento la estaba despertando con un beso de amor, sintió cómo una vaharada de aire caliente le entraba por la boca a raudales y le hinchaba los pulmones hasta el punto de pensar que iban a estallarle.

Abriendo los ojos de golpe, Nuria apartó de un manotazo al príncipe besucón, pero cuando fue a respirar, descubrió que apenas podía borbotear algo de aire en sus pulmones inundados de agua y todo lo que logró fue una tos espasmódica de tuberculosa terminal.

—¡Pongámosla de lado! —exclamó alguien a su lado, y dos pares de manos la hicieron rodar hasta quedar sobre un costado.

Un nuevo espasmo arreció desde sus pulmones, pero esta vez una sorprendente cantidad de agua recorrió su tráquea hasta salirle por la boca, como si fuera una de esas estatuas ornamentales de los parques. La garganta le ardía como si hubiera tragado salsa picante, así que tosió una y otra vez hasta que la última gota de agua salió de sus pulmones y pudo volver a respirar con normalidad.

Volvió a cerrar los ojos, y cada célula de su ser le pedía que los mantuviera así, que se quedara donde estaba, descansando bajo la lluvia sobre el duro suelo, recuperándose del dolor y agotamiento que la agarrotaba desde el lóbulo de la oreja al dedo gordo del pie.

—Cabo Badal —dijo la voz de antes—. ¿Me oye?

Nuria ignoró la pregunta, confiando en que la dejaran dormir un rato.

—Cabo Badal —repitió, con algo más de vehemencia.

«Quizá haya por ahí otra cabo Badal», ponderó esperanzada.

—Nuria, despierte —insistió por tercera vez, esta vez acompañando la orden de un cachete en la mejilla.

Irritada, se obligó a abrir los ojos de nuevo, para encontrarse frente a otros remotamente conocidos que la estudiaban con preocupación.

—¿Está usted bien? —le preguntó el hombre tras aquellos ojos—. ¿Puede respirar?

Nuria fue a contestar, pero en lugar de ello tosió como si fueran a salirle las entrañas por la boca.

El hombre dio un paso atrás para darle espacio, y no fue hasta que Nuria vio su uniforme desgarrado y la herida en su pierna cuando advirtió a quién tenía delante.

—He estado mejor… —farfulló con un hilo de voz—. ¿Qué…, qué ha pasado?

—¿Qué es lo último que recuerda? —preguntó el capitán López.

Nuria cerró los ojos un momento, antes de contestar.

—Que nos alcanzaba el agua y… —tragó saliva con dificultad— me ahogaba.

—Ha estado a punto —apuntó Aguado, de pie junto a su capitán.

—La balsa se quedó atascada en una escalerilla de acceso —explicó López—. Si no hubiera sido por eso… —Meneó la cabeza, con el aire de alguien que aún no se cree la suerte que ha tenido.

—¿Y… las bombas? —inquirió Nuria—. ¿Han…?

—Sí, algunas explotaron —afirmó el capitán—. Pero imagino que pocas lo hicieron donde debían y, además, el agua contuvo la explosión —añadió, señalando a la espalda de Nuria—. Porque desde aquí se ve el techo del Palau Blaugrana y parece que sigue en pie.

Nuria se volvió hacia donde miraba López y, en efecto, por encima de los edificios pudo ver la abombada cubierta del pabellón, en apariencia intacto y sin ninguna columna de humo negro saliendo del mismo.

Una indescriptible oleada de alivio le inundó el pecho y, felizmente rendida, se dejó caer boca arriba sobre el asfalto con los brazos en cruz.

—Gracias a dios —suspiró, alzando la mirada hacia el cielo plomizo.

—No, gracias a usted —le corrigió López—. Usted ha salvado a toda esa gente.

Nuria negó con la cabeza.

—Jamás lo habríamos conseguido sin su ayuda —apuntilló—. Y por cierto... —añadió, acordándose de pronto—. ¿Dónde está el resto? —preguntó incorporándose.

El silencio del capitán le hizo girar la cabeza tan deprisa que casi se marea.

—¿Elías? —preguntó, mirando a su alrededor—. ¿Elías?

—Tranquila... —le sugirió el capitán, tomándola del brazo—. Relájese, cabo.

—¡Y una mierda me voy a relajar! —replicó, desasiéndose y tratando de ponerse en pie—. ¡Elías! ¿Dónde está? —espetó al capitán, agarrándole del uniforme—. ¿Dónde cojones está?

Desolado, el capitán negó con la cabeza muy lentamente.

—Solo hemos salido nosotros tres —aclaró con la amargura del superviviente, señalando la tapa abierta de una alcantarilla—. Su amigo y cuatro de mis hombres han desaparecido.

—¿Qué?

—Puede que aún estén vivos —agregó.

—¿Puede? —repitió, apartando a López y poniéndose en pie con dificultad, como un borracho en la cubierta de un barco.

—¡Elías! —lo llamó, tambaleándose en dirección a la alcantarilla abierta—. ¡Elías!

López la sujetó antes de que se precipitara por el agujero.

—Ya no está ahí —le dijo, tratando de calmarla—. Podría estar en cualquier sitio, pero lo encontraremos.

—¡Tienen que encontrarlo! —le exigió, agarrándolo por la pechera—. ¡Me oye! ¡Me lo deben!

Nuria sintió cómo le flojeaban las piernas y caía de rodillas sobre el asfalto, abrumada por el cansancio y las emociones.

—Haremos todo lo posible, se lo juro —aseguró López, acuclillándose junto a ella.

—Me lo deben —insistió Nuria con un lamento, en el momento que un coro de sirenas irrumpía en la calle acercándose a toda velocidad—... Se lo deben.

Horas más tarde, sentada al borde de la cama de una habitación aséptica e inmaculada, vestida con el típico camisón hospitalario de gasa verde, Nuria contemplaba la ciudad velada por la lluvia desde la décima planta del nuevo y lujoso Hospital MediCare de San Gervasio.

Llevaba el brazo izquierdo en cabestrillo y una reconfortante combinación de ansiolíticos y calmantes le recorría las venas, aplacando el dolor de las heridas y adormeciendo sus preocupaciones. Aunque, en realidad, la única preocupación que en ese momento la abrumaba era la desaparición de Elías, de quien aún no había noticias.

El capitán López le había dado su palabra de que lo encontrarían y la mantendría al corriente, pero desde que la habían subido a la ambulancia no había vuelto a saber de él, y ninguno de los médicos y enfermeras que la habían atendido parecían saber nada del tema.

Los agentes de la brigada antiterrorista que le habían tomado declaración no habían querido decirle nada de lo que estaba sucediendo. Parecía que la consigna era informarla lo menos posible, y, solo gracias a las preguntas que le hicieron, pudo deducir que habían encontrado el zulo bajo la casa de los terroristas en Villarefu con abundantes restos de material electrónico y explosivos, así como fragmentos de las roboarañas en el alcantarillado y que resultaron ser ingenios militares de la empresa israelí Tactical Robotics.

La sorpresa de Nuria ante la paradoja de que terroristas islámicos poseyeran tecnología militar israelí ultramoderna no parecía ser compartida por sus interrogadores, que pasaron a la siguiente pregunta sin hacer el menor comentario al respecto.

Para colmo de frustración, le habían bloqueado la conexión a Internet del monitor de su habitación y este solo estaba disponible para usarlo como aparato de televisión.

En todos los canales no se hablaba de otra cosa que de las detonaciones subterráneas que habían sacudido los cimientos del Palau Blaugrana y que habían provocado numerosas grietas en la estructura del pabellón, que con toda probabilidad habría que echar abajo para reconstruirlo. Se sucedían asimismo las imágenes de pánico en los alrededores del lugar, con decenas de vehículos de emergencia con las sirenas encendidas y policías muy nerviosos vallando toda la zona.

Sin embargo, en el interior del pabellón no se habían producido las previsibles escenas de pánico cuando se ordenó su desalojo en mitad del mitin, sobre todo —y eso no dejaban de recalcarlo—, gracias a las palabras que Salvador Aguirre, líder de España Primero, había dirigido a la multitud desde el estrado, solicitando calma y que se comportasen como cristianos dignos y valerosos.

Así que, milagrosamente —otra palabra de la que también estaban abusando—, la única víctima mortal del atentado había sido una anciana con problemas del corazón y un pobre gato al que la sacudida había sorprendido en el alféizar de un noveno piso.

La explicación oficiosa de las autoridades hasta ese momento era que se había tratado de un intento de atentado frustrado por un valeroso equipo de las fuerzas especiales, quienes, arriesgando sus vidas, habían evitado la masacre *in extremis,* si bien, por desgracia, un número aún sin determinar de estos agentes todavía se hallaban desaparecidos.

Aunque Nuria zapeaba de un canal a otro, en ninguno de ellos se la mencionaba a ella…, y mucho menos a Elías.

El portavoz del gobierno dijo no saber aún quién podía ser el responsable del intento de atentado, pero no habían tardado en relacionarlo con la explosión de la madrugada en el campo de refugiados y habían establecido una más que posible conexión entre ambos hechos. No habían pasado ni cinco horas desde el suceso, y ya se elevaban las primeras voces exigiendo el desmantelamiento de Villarefu y la deportación inmediata de todos sus habitantes.

Nuria meneó la cabeza con tristeza, intuyendo que aquello no tenía pinta de acabar bien para los refugiados y, cansada, decidió apagar la televisión.

Con la mirada perdida en las gotas que repiqueteaban contra la ventana, se le ocurrió la inquietante idea de que las autoridades corrieran un tupido velo sobre la intervención de ella y Elías en aquella alcantarilla. Aunque el testimonio del capitán despejara las dudas sobre su inocencia y esclareciera su papel en el desmantelamiento de la trama terrorista, podría ser que sus jefes políticos y policiales no quisieran quedar en evidencia frente a la opinión pública, declararan el asunto secreto y nadie supiera nunca lo que había pasado de verdad.

Pero lo que de verdad la acongojaba era que llegaran a la conclusión de que Elías estaba mejor muerto que vivo. Que un sirio refugiado en España hubiera salvado al líder de España Primero y a veinte mil de sus fieles de una muerte segura podría resultar algo embarazoso de explicar dentro del discurso oficial que etiquetaba a cualquier musulmán como un terrorista en potencia. De modo que les resultaría mucho más conveniente tapar lo que había sucedido, asegurándose de que Elías no apareciera jamás.

Y cuanto más lo pensaba, más probable le parecía que a ella también la incluyeran en el mismo paquete.

En ese momento, unos nudillos repiquetearon sobre la puerta de la habitación interrumpiendo sus lúgubres especulaciones.

—Adelante —dijo sin volver la cabeza, imaginando que sería la enfermera que venía a realizarle el enésimo análisis en busca de infecciones por haber tragado aguas fecales.

La puerta se abrió a su espalda y unos pasos crujieron sobre el suelo de linóleo, deteniéndose al otro lado de la cama.

—Buenas tardes, cabo —la saludó una voz familiar.

Nuria se volvió de golpe, encontrándose frente a alguien que no esperaba ver en absoluto.

—¿Qué hace usted aquí, comisario? —preguntó con hostilidad, dándose la vuelta para cubrirse con aquella bata abierta por detrás—. ¿Ha venido a detenerme?

Puig se acercó a la cama y dejó su gorra de plato sobre la colcha.

—Si quisiera detenerla, ya estaría en un calabozo.

—Hay dos policías frente a la puerta —señaló—, y el seguro se cierra por fuera.

—Es por su seguridad.

—Ya, claro.

Puig se dirigió a la ventana y, uniendo las manos a la espalda, se quedó en silencio con la mirada puesta en la desdibujada silueta de la montaña de Montjuïc.

—Aún hay muchas cosas que aclarar —dijo, volviéndose hacia Nuria—, y no podemos arriesgarnos a que desparezca… otra vez.

—No voy a irme a ningún sitio —aclaró Nuria—. No tengo adónde ni motivo para hacerlo.

—Puede —concedió Puig—. Pero, aun así, la mantendremos bajo vigilancia hasta que le tomemos declaración.

—No diré nada más hasta que no tenga noticias de Elías.

El comisario se tomó unos segundos para procesar aquella respuesta.

—Eso no me parece una buena idea.

—Me importa una mierda lo que le parezca —replicó con una calma que incluso a ella misma la sorprendió—. Encuentre a Elías y le explicaré todo lo que necesite saber. Mientras tanto, no les diré una maldita palabra.

—Esto está muy por encima de ti, Nuria —dijo en tono conciliador—. Gente de muy arriba quiere respuestas y si no me las das a mí…, se las tendrás que dar a otros.

—Pues que se jodan. —Nuria estaba descubriendo el placer de hablar sin preocuparse de las consecuencias.

Puig meneó la cabeza, aparentemente apenado.

—Veo que no lo comprendes —advirtió—. El CNI, la PNU y el ECTC quieren saber qué ha pasado exactamente…, y no serán tan amables como yo.

—Ah, ¿sí? ¿Y qué van a hacerme? —inquirió retadora—. ¿Devolverme la placa y quitármela otra vez? ¿Meterme en la cárcel por evitar un atentado? —Cuanto más hablaba, más ira sentía fluirle por las venas—. Les he salvado el culo a todos ellos, y a usted también, dicho sea de paso, a pesar de que lo único que ha hecho ha sido joderme y tratar de manipularme. De modo que deje de tocarme los ovarios amenazándome —concluyó—, y encuentre a Elías de una puta vez.

Puig no abrió la boca durante la perorata de Nuria, pero esta lo conocía lo suficiente como para saber que debía estar consumiéndose por dentro.

—Haré lo que pueda —dijo al fin en tono contenido, con un reproche en la mirada que Nuria ignoró conscientemente.

Dicho eso, cogió la gorra que había dejado sobre la cama y colocándosela bajo el brazo se encaminó hacia la puerta.

—Por cierto —añadió cuando su mano ya se alargaba hacia el pomo—. Tienes otra visita esperándote.

—No quiero ver a nadie —alegó Nuria, imaginando que sería su madre.

En respuesta, Puig esbozó una sonrisa torcida y, abriendo la puerta, abandonó la habitación sin añadir nada más.

Nuria se quedó mirando la puerta que Puig había dejado abierta y entonces, sin preámbulos ni decir palabra, irrumpieron en la habitación un par de guardaespaldas de casi dos metros, pinganillo en la oreja y gafas de espejo que, tras registrarla con un rápido vistazo, murmuraron algo al micrófono oculto en la manga de sus trajes Armani Armour.

—¡Eh! ¡Vosotros dos! —los increpó Nuria, poniéndose en pie—. ¿Quiénes sois y quién os ha dado permiso para entrar así?

Sin embargo, la pareja de intrusos la ignoró olímpicamente, como si ella ni siquiera estuviera allí.

Indignada por aquella irrupción, trataba de buscar en su archivo mental un insulto adecuado para aquel par de gorilas con sordera selectiva cuando se dio cuenta de que una tercera persona entraba por la puerta.

En esta ocasión entró un hombre de unos cincuenta años, mediana estatura, barba recortada con pulcritud y bien vestido, que Nuria tardó poco en reconocer tras haberlo visto media docena de veces en la televisión esa misma mañana, arengando a sus fieles en el mitin de España Primero.

Siguiendo sus pasos, le acompañaba también un segundo hombre, más alto, de mirada torva y gesto agrio, cuyo rostro le sonaba remotamente por haberlo visto alguna vez a la sombra de su jefe.

—Buenos días, señorita Badal —la saludó con voz cansada Salvador Aguirre—. ¿Nos permite pasar?

75

Nuria dio un paso atrás, incrédula, asimilando que el hombre que copaba todos los noticieros estuviera en su habitación delante de ella y dirigiéndole la palabra.

Por un breve instante sospechó que estaba alucinando, pero la leve sonrisa del hombre al ver su reacción la convenció de que aquello era real y no un error de los médicos con la dosis de la morfina.

—Usted... —balbució insegura—. Usted es...

—Salvador Aguirre —confirmó con su pulcro acento del norte, ofreciéndole la mano—. Espero no venir en mal momento.

—Yo... —tragó saliva, buscando palabras en su mente en blanco—. No..., no, supongo que no, señor Aguirre.

—Nada de señor Aguirre —desechó el trato con un ademán campechano—. Llámeme Salvador, que es el nombre con que me parió mi madre. —Y señalando a su espalda añadió—. Y este hombre tan alto y serio que me acompaña es Jaime Olmedo. Mi mano derecha..., y muchas veces también la izquierda.

—Señor Olmedo —saludó Nuria a aquel hombre enervado y de porte castrense, que dejaba traslucir su pasado como militar.

En respuesta, Olmedo le dedicó un seco «buenos días», pero en su caso sin pedirle que lo tuteara.

Nuria se quedó sin saber muy bien qué decir, plantada en mitad de la habitación con una bata de hospital ridículamente corta frente al candidato de España Primero y líder de los Renacidos en Cristo en España.

—Disculpe la irrupción —dijo este—, pero deseaba verla en persona y tengo una agenda sumamente apretada. Este es el único momento en que me ha sido posible venir —añadió—, espero no molestarla.

—Yo…, no, claro que no. Aunque no esperaba que viniera a visitarme.

—¿Cómo no iba a hacerlo? —replicó—. Solo lamento no haber podido venir antes, pero tras saber lo sucedido esta mañana, me he ocupado de que tuviera los mejores cuidados posibles. Espero que la estén tratando bien aquí.

—Sí, muy bien. Gracias —contestó Nuria, comprendiendo al fin por qué estaba en un exclusivo hospital privado y no en un centro de la Seguridad Social.

—No, señorita Badal. —Levantó su mano—. Soy yo quien he de darle las gracias por lo que ha hecho. Aún desconozco los detalles, pero se dice que nos ha salvado de un terrible atentado de esos asesinos terroristas del ISMA. No encuentro palabras para decirle lo agradecido que me siento —añadió—, no solo por mí, sino por los miles de cristianos que, de no ser por usted, habrían muerto a manos de esos emisarios de Satán. A partir de este día —concluyó—, estará en mis oraciones y en las de todos los Renacidos, y si hay algo que pueda hacer por ayudarla, solo ha de decirlo y haré todo lo que esté en mi mano para lograrlo.

Interiormente, Nuria sopesó la posibilidad de pedirle que desmantelara su partido político. Pero decidió que su cupo de estupideces ya estaba cubierto por ese día.

—Gracias, Salvador —dijo en cambio—. En realidad, sí que hay algo que me gustaría pedirle.

—Adelante —le invitó a hablar con un gesto—. ¿Qué es lo que desea?

—Había un hombre conmigo en las alcantarillas. Un sirio llamado Elías Zafrani. Sin él no habríamos conseguido impedir el atentado, pero desapareció ahí abajo y no tengo noticias desde… —sintió que le fallaba la voz—. No estoy segura de que la policía esté haciendo todo lo necesario para buscarle —añadió—, y le agradecería mucho si pudiera presionar de algún modo para que…, bueno, lo encuentren.

—Claro, querida —asintió, haciendo girar con la otra mano el voluminoso anillo de oro que lucía en el dedo anular de su mano izquierda—. Haremos todo lo que esté en nuestra mano. Jaime se encargará de este asunto —añadió, señalando a su espalda—. ¿Verdad que sí?

—Por supuesto —confirmó su segundo con aire circunspecto.

—¿Lo ve? —asintió el político, y entonces un acceso de tos le obligó a cubrirse la boca con un pañuelo que sacó de su manga izquierda—. No se preocupe por nada... —añadió con voz ahogada cuando remitió la tos—. Haremos que encuentren a su amigo.

Salvador Aguirre devolvió el pañuelo al bolsillo, pero no antes de que Nuria se fijara en unas pequeñas manchas rojas sobre el lino blanco.

Cuando levantó la vista, descubrió que el hombre la estaba mirando fijamente y se sintió como si la hubieran sorprendido copiando en un examen.

—Perdone... —se aturrulló—. No pretendía...

—Tranquila —la interrumpió, desechando la disculpa—. Por cierto —apuntó, como si acabara de recordarlo—. Como no podía ser de otra manera, mañana asistiré a la inauguración del maravilloso templo de la Sagrada Familia, en la que mi buen amigo el papa Pío XIII me ha concedido el honor de decir unas palabras durante la homilía en representación de los Renacidos en Cristo..., lo que me lleva a la segunda razón por la que he venido a verla —añadió—. Y es que sería un gran honor para mí poder contar con su presencia en dicha ceremonia.

Nuria parpadeó, confusa.

—¿En la inauguración de la Sagrada Familia?

—Así es.

—Yo... —vaciló—, no sé si la policía estará de acuerdo —añadió, señalando hacia la puerta—. Creo que no tienen intención de dejarme libre, al menos de forma inmediata.

—Por eso no se preocupe —aseguró Aguirre despreocupadamente—. Me encargaré de que dejen de importunarla y sea tratada como la heroína que es —agregó, señalando a Olmedo—. Jaime se ocupará de todo, además de reservarle un asiento en primera fila. Usted merece más estar ahí que la mayoría de esos burócratas de medio pelo que solo buscan salir en la foto.

—Vaya..., yo no sé qué decir.

En un gesto que nunca habría esperado ver, Salvador Aguirre le guiñó un ojo.

—Diga que sí, se lo ruego.

—Mmm... Sí, de acuerdo —asintió Nuria, incapaz de resistirse y dándose cuenta de que, muy a su pesar, comenzaba a sentir cierta simpatía por ese hombre, al que había detestado de forma sistemática desde que inició su carrera política—. Iré.

Aguirre sonrió satisfecho.

—¡Estupendo! Le aseguro que será un día inolvidable, señorita Badal —añadió—. No sabe usted bien lo feliz que me hace contar con una heroína como usted.

A Nuria le costaba cada vez más relacionar a ese político animoso con la imagen que se había forjado de él, tras escuchar sus virulentas alocuciones públicas en contra de casi todo lo que ella consideraba justo y razonable. ¿Podría ser que lo hubiera interpretado mal? ¿Que su madre, al fin y al cabo, no estuviera tan errada al creer en él y en la Iglesia que defendía?

—Será un placer, señor Aguirre —respondió Nuria, saliendo de sus cavilaciones.

—Salvador —le recordó este con un nuevo guiño—. Mis amigos quiero que me llamen por mi nombre.

—Claro, señor... —carraspeó—. Perdón, Salvador.

—Así me gusta.

—Me temo que tenemos que irnos —intervino Olmedo en voz baja, inclinándose sobre Aguirre—. Le recuerdo que tiene una reunión con el santo pontífice dentro de una hora.

—Cierto —asintió—. Me he saltado mi agenda para poder venir a verla, pero después de lo de esta mañana, como llegue tarde a mi reunión con su santidad y me descubran en este hospital, los medios empezarán a especular con que han tenido que ingresarme de urgencia. En fin... —añadió, despidiéndose—. Ha sido un verdadero placer conocerla, señorita Badal.

—El placer ha sido mío —contestó Nuria y, para su sorpresa, se dio cuenta de que no estaba mintiendo.

—Lamento no poder dedicarle más tiempo —se disculpó—, pero ya sabe cómo es esto —concluyó—. Confío verla mañana en la inauguración.

—Allí estaré —confirmó Nuria.

—Si no hay inconveniente —intervino Olmedo—, yo me quedaré con la señorita Badal para concretar los detalles de la ceremonia de mañana.

—Desde luego. Nos vemos en el Palacio Episcopal entonces —asintió Aguirre, despidiéndose a continuación de Nuria con un último guiño—. Hasta mañana, señorita Badal.

—Hasta mañana —respondió esta, esbozando incluso una tímida sonrisa.

«Quién te ha visto y quién te ve...», se dijo a sí misma, mientras veía cómo los dos guardaespaldas salían tras el candidato a la presidencia de España Primero para las elecciones del siguiente fin de semana y cerraban la puerta a su espalda.

Con el suave clic de la puerta, tomó conciencia de que Jaime Olmedo la observaba como una hiena contemplaría a un conejo despistado. Toda la simpatía y desenfado que —para su sorpresa— desplegaba el líder de España Primero era contrarrestada por el rostro hierático y aquella boca con las comisuras curvadas hacia abajo del secretario general del partido.

—¿Le importa si me siento? —preguntó Olmedo, señalando la silla que ocupaba una esquina de la habitación—. Ha sido un día muy largo.

—No, claro que no —contestó Nuria, aunque rogando para que no se pusiera demasiado cómodo.

Este se acercó a la silla y, acomodándose la americana, tomó asiento con movimientos deliberadamente lentos. Luego permaneció unos segundos en silencio, como si meditara qué decir a continuación.

—Ha sido muy valiente... —dijo al fin, pasándose la mano por el pelo engominado— lo que usted ha hecho esta mañana.

—Gracias, pero tan solo cumplí con mi deber.

—¿Con su deber?

—Parece que no le han puesto al corriente, señor Olmedo —apuntó—. Soy cabo de la policía.

El aludido frunció el ceño con extrañeza.

—¿Ya la han readmitido? —inquirió con fingida ignorancia—. Creí que estaba suspendida.

—Bueno, técnicamente...

—Y no solo eso —añadió—. Además, creo que hasta hace unas horas también estaba en busca y captura por violación de la libertad condicional, como sospechosa de asesinato y por colaboración con grupos terroristas.

Nuria se cruzó de brazos. Al parecer, sí que le habían puesto al corriente.

—¿Adónde quiere ir a parar? —preguntó con fastidio.

—¿Por qué lo hizo? —insistió.

—Ya se lo he dicho —alegó—. Aunque esté suspendida sigo siendo policía. Eso no es algo que…

—Déjese de tonterías, por favor —la interrumpió de golpe, inclinándose hacia adelante—. Esas respuestas guárdeselas para sus jefes. Dígame la verdad, ¿por qué arriesgó la vida de esa manera? Por su expediente personal, sé que detesta a nuestro partido e incluso a la Iglesia del Renacido… ¿Por qué no se quedó en casa, viendo a nuestro líder y a parte de nuestros votantes volar por los aires?

Nuria dudó un instante si mandarlo a la mierda, pero terminó por sentarse en el borde de la cama, haciéndose a sí misma aquella pregunta.

—No estoy segura —admitió tras pensarlo durante un momento—. Supongo… que era una forma de saldar cuentas.

—¿Con quién?

—Conmigo misma —respondió sin pensarlo, comprendiendo en el mismo momento que lo decía que era la verdad.

Olmedo cabeceó lentamente.

—Entiendo —afirmó.

—¿Seguro?

—Mejor de lo que se imagina —replicó enigmáticamente, añadiendo a continuación—. ¿Conoce usted la expresión «No hay mal que por bien no venga»?

Nuria tardó en contestar, desconcertada por el giro de la conversación.

—Pues… sí, claro que la conozco.

—Ya, por supuesto. Pero ¿entiende su significado?

—Que algo aparentemente malo —respondió con fastidio, sin ganas de jugar a las adivinanzas— puede traer algo bueno.

—Excelente —la felicitó Olmedo, como si fuese una niña que hubiera aprendido a recitar su nombre y apellidos—. Pues en este caso —añadió con el mismo tono didáctico—, sus acciones han puesto a nuestro partido en una posición delicada. Pero, de algún modo —añadió—, usted también puede ser parte de la solución.

Nuria parpadeó confusa.

—No..., no comprendo a qué se refiere.

—No, por supuesto que no —resopló Olmedo—. Como la inmensa mayoría de la gente, usted no es capaz de ver más allá de las consecuencias directas de sus acciones. Hace esto, sucede lo otro y ya está; como un perro persiguiendo ambulancias sin saber por qué lo hace —arguyó, haciendo círculos en el aire con el dedo índice—. Pero yo sostengo una inmensa responsabilidad sobre mis hombros y he de ser como un jugador de ajedrez, señorita Badal. Tengo que predecir qué sucederá más allá de muchos movimientos, anticiparme a eventos que otros ni siquiera son capaces de imaginar, para corregirlos incluso antes de que ocurran.

—¿Qué? —inquirió Nuria con absoluto desconcierto—. ¿Perros? ¿Ambulancias? Pero ¿de qué demonios está hablando?

—... y de la misma manera —prosiguió Olmedo, ignorándola—, también estoy obligado a calcular mis movimientos con la mirada puesta en un horizonte que casi nadie más alcanza a ver. Mi labor consiste en tomar decisiones incomprensibles para la mayoría —añadió—, pero imprescindibles a largo plazo. Soy como el padre severo que castiga a su hijo, y que sabe que a pesar de que hoy le duela, mañana se lo agradecerá. —Clavó en ella sus ojos de depredador—. ¿Comprende lo que le digo?

—Ni una maldita palabra —replicó Nuria, cansada de escuchar a aquel Gargamel pretencioso—. Dígame lo que quiere y déjeme descansar —apostilló, bajando el tono—, ha sido un día muy largo.

—Ya, claro —asintió para sí—. Solo trataba de..., en fin, no importa. Lo que venía a decirle es que sus irreflexivas acciones han desencadenado una serie de peligrosas reacciones —concluyó, inclinándose hacia adelante—, y si no lo evito, las consecuencias van a causar un auténtico desastre.

—¿Se refiere a... evitar el atentado? —preguntó, con una mueca de incredulidad—. Joder. Lo dice como si hubiera preferido que no lo hiciera.

El secretario general de España Primero se retrepó en el asiento y guardó un significativo silencio, sin dejar de mirar a los ojos de Nuria.

—Tiene que estar bromeando… —masculló esta, irguiendo la espalda—. ¿Qué es esto? ¿Una prueba? —Miró a su alrededor, en busca de una cámara oculta—. ¿Una especie de chiste de políticos o algo así? Pues si es así, ya le digo que no tiene ni puta gracia.

—Usted ha hecho algo que no debería haber hecho —prosiguió Olmedo, ajeno al tono de Nuria—. Ahora, es necesario que repare su error.

—¿Mi error? —repitió, incapaz de descifrar lo que estaba pasando—. ¿Qué error?

—Se ha inmiscuido usted en acontecimientos que la superan, señorita Badal —explicó con indiferencia—. Pero nuestro Señor Jesucristo, en su infinita gracia, nos ha proporcionado también la herramienta para subsanar su grave intromisión.

—¿Herramienta? —inquirió Nuria, siguiéndole la corriente mientras miraba de reojo hacia la puerta, súbitamente preocupada por estar encerrada con un loco—. ¿Qué herramienta?

Olmedo sonrió como si le acabara de hacer una pregunta graciosísima, mostrando los dientes en una mueca salvaje. Como si la hiena hubiera descubierto que el conejo tenía una pata rota.

—Usted —contestó en voz baja, levantándose de la silla y caminando hacia ella, hasta situarse tan cerca que Nuria pudo oler su desagradable aliento a rancio—. Mañana acudirá a la inauguración, tal y como ha aceptado —añadió—. Y una vez allí, enmendará todo el mal que ha causado.

—¿Enmendar el mal que he causado? —repitió aturdida, señalándose a sí misma—. ¿Yo?

—Así es —confirmó Olmedo—. Hará lo que tiene que hacer.

Nuria había alcanzado tal punto de desconcierto, que solo se le ocurrió hacer una última pregunta y así quizá averiguar de una vez por todas qué quería de ella.

—¿Qué…, qué es lo que tengo que hacer? —inquirió temerosa.

Jaime Olmedo acercó sus labios a la oreja de Nuria y le susurró al oído:

—Matar a Salvador Aguirre.

76

Nuria apartó de un empujón a Olmedo y se puso en pie de un salto, mientras el secretario general daba un paso atrás y contemplaba el rostro desencajado de aquella mujer, que ahora lo miraba con una mezcla de asco y estupefacción. La misma que emplearía alguien que descubriese una rata nadando en su retrete. No era la primera vez que lo miraban así, y le gustaba pensar que era la señal de que estaba haciendo bien su trabajo.

No fue hasta el cabo de unos segundos que Nuria recobró el don del habla, aunque la voz que salió de sus labios resultó ser poco más que un susurro.

—Está loco… —murmuró, más que diciéndoselo a él, confirmándoselo a sí misma.

Olmedo suspiró como si todo aquello le produjese un profundo cansancio. Se dio la vuelta y regresó a su asiento, donde volvió a acomodarse y a entrelazar los dedos, como si los últimos segundos de la conversación no hubieran tenido lugar.

—Ojalá fuera así —contestó, con un matiz de amargura impregnándole la voz—. Pero me temo que es justo lo contrario. Ojalá no viera lo que veo, ojalá no comprendiera el funcionamiento de la naturaleza humana y supiera a dónde nos dirigimos. Todo sería más fácil para mí si desconociera los peligros que nos acechan a la vuelta de la esquina y, como el resto de ustedes, me dedicara a reaccionar a los acontecimientos según se van sucediendo. Poder ver más allá que los demás

—añadió tras una hacer pausa—, como un vigía con unos prismáticos encaramado al mástil, es el don con que Dios me ha castigado por mis pecados. Soy el único que puede ver los arrecifes a los que nos dirigimos, pero el timonel no puede oírme y el capitán está enfermo. Dígame —miró fijamente a Nuria—, ¿qué haría usted en mi lugar?

Nuria parpadeó un par de veces antes de señalar hacia la ventana.

—Saltar por la borda —le sugirió—. Nos haría un favor a todos.

—Muy graciosa. —Sonrió con tristeza—. Pero tengo una responsabilidad con el partido, con la Iglesia del Renacido y con España. Incluso con usted —añadió—. No puedo cerrar los ojos y engañarme a mí mismo, eso sería cobarde y una traición a Dios y a mi patria por no hacer lo que debo.

—Está usted como una puta cabra —le espetó Nuria, desde lo más profundo de su alma.

—¿En serio? ¿Eso cree? —replicó—. Usted es policía… o al menos lo era. Seguro que ha visto el pozo de podredumbre en el que está cayendo la sociedad. Drogas, pobreza, sequía, guerras, independentismo, terrorismo… —enumeró, levantando un dedo por cada una—, y mientras tanto los políticos corruptos solo se preocupan por llenarse los bolsillos dictando leyes para proteger a sus compinches, mientras hordas de infieles invaden Europa ante su pasividad y, como sucedió mil años atrás, nos encaminan hacia una nueva edad media de oscuridad y tinieblas. ¿Acaso le gusta lo que ve, señorita Badal? —inquirió, inclinándose hacia adelante—. ¿Es ese el futuro que quiere para España?

—Yo no soy capaz de ver el futuro —alegó—. Y usted tampoco.

—Pues no lo haga. Mire al pasado, luego al presente, y dígame si no estamos repitiendo la historia punto por punto. Si sumas dos y dos, hoy o hace mil años —argumentó—, siempre suman cuatro. Estoy seguro de que es capaz de verlo igual que yo.

—De lo único que estoy segura… —contestó con todo el desprecio que fue capaz de reunir— es de que se cree un puto mesías y, en realidad, solo es un pobre chiflado con muchos humos.

Olmedo meneó la cabeza, simulando estar apenado.

—Lamento que lo vea así —masculló—. Tenía la esperanza de convencerla de que, en tiempos desesperados, son necesarias las medidas desesperadas.

—¿Y matar a su líder es la solución? —resopló Nuria—. Joder, está como una puta cabra.

Jaime Olmedo se frotó los ojos con cansancio.

—Él ya está muerto —anunció, matizando sus palabras al ver el gesto de sorpresa de Nuria—, o casi. Le quedan semanas de vida; días, probablemente. Toda esa vitalidad de la que ha sido testigo es solo fruto de calmantes y estimulantes. Salvador Aguirre sufre un cáncer terminal inoperable que ya ha hecho metástasis por todo su cuerpo, y aunque se aferra al timón sabiendo que las elecciones están a la vuelta de la esquina, ya no es el que era hace unos años y España Primero se quedará fuera del gobierno. Llevamos años manteniendo su enfermedad en secreto —añadió—, pero sabemos que hay varios partidos que ya lo saben y están esperando a los días previos a la votación para revelarlo.

—Pero si ya está con un pie en la tumba… —razonó Nuria, tratando de hallar una explicación a aquel sinsentido—. ¿Por qué narices quiere matarlo?

—Yo no quiero matarlo, entiéndalo —alegó Olmedo—. Salvador Aguirre es…, bueno, como mi hermano de armas. Daría mi vida por él sin dudarlo un segundo. Pero el partido y el futuro del país son más importantes que él o que yo. Cuando se sepa de su enfermedad, los votantes españoles, que necesitan un líder fuerte y vigoroso en estos tiempos de confusión y miedo, mirarán hacia otra parte —explicó sin disimular su inquietud, en la voz y el gesto—, y el nuevo gobierno, en el que no estaremos nosotros, no tendrá el valor ni la determinación de hacer lo que debe. Pero… —añadió— si nuestro líder muere asesinado por los islamistas, y un nuevo candidato con la experiencia y el coraje necesarios ocupa su lugar, millones de españoles simpatizarán con nosotros y nos votarán, comprendiendo al fin que solo una mano firme salvará a España de la ruina y del odio que los extranjeros han traído a nuestra patria.

Nuria guardó unos instantes de silencio, mientras en su mente ataba los cabos de aquel discurso.

—Usted —dijo señalándole, comprendiendo finalmente—. Joder. Usted lo que quiere… es ser el nuevo presidente de España.

Olmedo asintió, satisfecho de su rápida deducción.

—Soy el más preparado para ello —confesó—, pero se equivoca si cree que se trata de una ambición personal. Solo hago lo que Dios me pide que haga por el bien de nuestra patria.

—No —le interrumpió furibunda—. Lo que me está pidiendo es que lo haga yo.

—Lo mejor hubiera sido un atentado terrorista con miles de muertos —alegó—. Pero esa oportunidad ya se ha encargado usted de estropearla, y que un cualquiera le pegue un tiro en la calle no causaría el mismo efecto. Ha de ser usted.

—¿En serio? —resopló, señalándose con el pulgar—. ¿Le parece que yo doy el perfil de una integrista musulmana?

Jaime Olmedo dedicó un segundo a contemplar a aquella mujer alta de ojos de gata, poco preocupada por cubrirse con su escueta bata de gasa verde.

—La gente cambia —apuntó, como si de una acusación se tratara.

—¿Qué quiere decir con eso?

—Bueno, sabemos que últimamente ha estado relacionándose con ese amigo suyo... —Se llevó el índice a los labios—. El señor Zafrani. ¿No es así como se llama? Un refugiado sirio y musulmán, investigado por la policía desde hace tiempo. Por usted misma, si no me equivoco —concluyó con una sonrisita de suficiencia.

—Elías Zafrani no es en absoluto un integrista —señaló Nuria, intuyendo por dónde iban a ir los tiros—, sino justo lo contrario. De hecho, si no fuera por él —señaló a Olmedo—, usted no estaría aquí sentado en este momento.

—Ya, bueno. En realidad, yo no estaba en el pabellón esta mañana —admitió—. Y por desgracia para el señor Zafrani, él tampoco está aquí para defenderse y sería muy fácil vincularlo con movimientos terroristas. A él y a usted, dicho sea de paso —añadió—. Sus encuentros con el imán, la explosión en el campo de refugiados, su presencia en las alcantarillas justo en el momento del atentado...

—Pero ¡era para evitarlo, joder! —estalló—. ¡Todo lo que he hecho ha sido para evitar el atentado!

—Lo sé —confirmó Olmedo—. Pero imagine lo fácil que resultaría demostrar todo lo contrario.

—Es usted un hijo de puta —masculló Nuria entre dientes, apretando la mandíbula.

Olmedo meneó la cabeza.

—Soy la voluntad de Dios —la corrigió—. El humilde copista que escribe sus renglones torcidos en la historia de España... y usted es la pluma. La herramienta que él ha puesto en mis manos. Debería estar orgullosa de ello.

—¿Orgullosa? —rezongó, dando un paso hacia él con los puños crispados—. Le voy a meter esa pluma por el culo y verá lo orgullosa que me siento.

—Eso no sería una buena idea —objetó Olmedo.

Con un rápido movimiento, el político sacó de su bolsillo un pequeño artefacto, que Nuria tardó un instante en identificar como un arma. Parecía más bien el asa de una jarra de color negro brillante, sin mecanismo alguno a la vista, pero con un orificio en uno de los extremos que apuntaba justo en su dirección. Había visto armas parecidas en algún informe interno, pistolas que lanzaban agujas de tungsteno y fabricadas con una resina de fibra de carbono que las hacía indetectables a los escáneres. La nueva arma favorita de los secuestradores de aviones y magnicidas.

—¿Me va a disparar con esa cosa? —inquirió Nuria.

—Espero que no sea necesario —alegó—, pero lo haré si me obliga a ello.

—Ya veo ¿y cuál es su plan? —Esbozó una sonrisa ácida—. ¿Obligarme a punta de pistola a matar su jefe?

—Mi plan era persuadirla de hacer lo mejor para la patria —aclaró—. Pero como sospecho que eso a usted le importa poco, me temo que me veo obligado a emplear medidas más... convincentes.

—¿Me está amenazando? —resopló—. Pierde el tiempo. Yo ya no tengo nada que perder.

Olmedo negó con la cabeza.

—Todos tenemos siempre algo... o alguien que perder, señorita Badal.

—¿A qué se refiere? —preguntó, sabiendo cuál iba a ser la respuesta antes de oírla.

—Sé que está distanciada de su madre..., pero estoy seguro de que no quiere que le suceda nada malo —Olmedo se retrepó en el asiento, sin dejar de apuntarle con el arma—. Ni a ella ni a su abuelo.

Nuria, horrorizada, se llevó la mano derecha al corazón, sintiendo que este se le detenía.

—No hará algo así... —masculló, a medio camino entre la amenaza y la súplica—. Ellos no le han hecho daño a nadie. Mi madre incluso es una Renacida, por Dios. ¿Sería capaz de lastimar a un miembro de su congregación?

La inesperada respuesta del sacerdote heló la sangre en las venas de Nuria.

—Estaba dispuesto a que hoy murieran miles de ellos por un bien mayor —repuso con voz gélida—. ¿Cree acaso que la muerte de su madre significa algo para mí?

Nuria, boquiabierta, necesitó un buen rato para comprender el significado real de las palabras que acababa de pronunciar el secretario general de España Primero.

—¿Usted...? —balbució incrédula, dando un paso atrás y señalándole con el dedo acusador—. ¿Usted lo sabía? ¡Joder! —exclamó, recordando la máxima de que, para dar con el culpable de un crimen, basta con encontrar al que se beneficia del mismo—. ¡Pues claro que lo sabía! ¡Por eso no estaba en el mitin!

—Veo que ya lo va comprendiendo —asintió satisfecho—. Ahora solo espero que use ese cerebro suyo, para entender que no tiene alternativa.

—Usted... —insistió Nuria, que aún seguía procesando las implicaciones de esa revelación—. Ha sido usted todo el tiempo, joder —dijo para sí, llevándose las manos a la cabeza—. Yo sabía que esa pandilla de integristas descerebrados no podían haberlo hecho solos, que había gente detrás con recursos e influencias para ayudarlos y borrar sus huellas... Joder, ahora comprendo la cara de sorpresa del imán cuando le acusé del asesinato de Gloria. Maldita sea..., fue usted —musitó, apartando las manos de la cara y clavando la mirada en Olmedo—. Usted envió al sicario a matar a Vílchez y a David.

Incluso mientras le acusaba directamente, Nuria mantenía la esperanza de que este lo negase todo y aludiera a un terrible malentendido.

Pero este no solo no lo negó, sino que se limitó a realizar un ademán con su mano libre, como si apartara una mosca.

—Yo no me encargaba de esos detalles —alegó, como si aquello le excusara—. Pero creo que no contaban con que usted apareciera. Si no lo hubiera hecho, quizá todo habría terminado ahí. —Chasqueó la lengua, añorando esa posibilidad perdida—. Pero no solo sobrevivió y mató al operativo, sino que, desde ese momento, se convirtió en un grano en el culo, complicándolo todo y haciendo que muriera más gente de la necesaria. —Vio el rictus de culpabilidad en el rostro de Nuria y lanzó su estocada—. Sí, su amiga también murió por su ansia de venganza, señorita Badal, ¿cómo le hace sentir eso?

Nuria sintió cómo su corazón se hacía pedazos al oír en boca de Olmedo cómo se confirmaba su responsabilidad por el asesinato de Gloria.

—No murió, hijo de puta —masculló, crispando los puños, sintiendo cómo una irracional ansia asesina crecía dentro de ella—. La asesinaste a sangre fría.

—Pero por su culpa —insistió el religioso, hurgando en la herida—. Aunque ahora tiene la oportunidad de redimirse, de hacer que su muerte no fuera en vano.

Nuria sintió la poderosa tentación de abalanzarse sobre él y sacarle los ojos con la cucharilla del yogur, pero Olmedo pareció leerle el pensamiento y alzó el arma para recordarle su existencia.

—Lo odio como jamás creí que pudiera odiar a nadie —dijo Nuria mordiendo las palabras, mientras negaba con la cabeza.

Jaime Olmedo aguardó unos segundos y, sin perder la compostura, preguntó con aire aburrido.

—¿Ya ha terminado?

—Es usted un puto monstruo —sentenció Nuria, exasperada con su indiferencia—. Es el maldito diablo reencarnado y, después de que yo le mate, su dios le hará pagar todo el dolor que está causando.

—Mis cuentas las arreglaré yo cuando llegue el momento —objetó Olmedo—. Pero hasta entonces, Él es el único con potestad para juzgarme.

—Pero yo sí tengo potestad para denunciarle —replicó Nuria.

—Adelante —le invitó, haciendo un gesto hacia la puerta—. Hágalo, y perderá a la poca familia que le queda. Pero le advierto que las probabilidades de que crean a una expolicía con problemas psiquiátricos, acusada de asesinato y probable cómplice de terrorismo son bastante escasas. Usted decide, señorita Badal —concluyó abriendo las manos, aunque sin dejar de apuntarla—. Solo anticipará unos días la muerte de un hombre moribundo, y al hacerlo salvará no solo a sus seres queridos, sino también el futuro de su patria. Será un pequeño sacrificio a cambio de un bien muchísimo mayor.

Esta vez fue la respuesta de Nuria la que se hizo esperar.

Deseaba con toda su alma abalanzarse sobre Olmedo y matarlo con sus propias manos, pero si lo hacía no solo se estaba condenando ella misma, sino también a su madre y a su abuelo. Ya no se trataba de sí misma, sino de causar aún más dolor a quien no lo merecía.

Ella ya estaba condenada de antemano…, pero a ellos aún podía salvarlos.

—¿Cómo sé que, si hago lo que me pide, no les pasará nada a mi madre ni a mi abuelo?

—¿Y qué iba a ganar yo con eso? —alegó—. Una vez usted cumpla su parte, para mí no tendrán la menor importancia. En lo que a mí respecta —añadió—, le aseguro que estarán a salvo, e incluso me encargaré de que a ninguno de los dos nunca les falte de nada. Tiene mi palabra.

—Su palabra no me vale una mierda.

—Eso ya es su problema —alegó—. Pero me encargaré de que su madre ascienda en la organización de los Renacidos, y de que su abuelo pase el resto de sus días en un asilo de cinco estrellas. —Y llevando la mano izquierda a su cuello, tirando de una cadenita de oro se sacó un pequeño crucifijo y lo besó—. Se lo juro —confirmó solemnemente.

Nuria se pasó las manos por el rostro con infinito agotamiento y, sentándose de nuevo en la cama, resopló sin fuerzas, incapaz de seguir enfrentándose a su malhadado destino.

—Lo mataré —masculló entre dientes, acuchillándole con la mirada—. No sé cómo ni cuándo… pero algún día lo mataré con mis propias manos.

En respuesta Olmedo alzó una ceja, impasible ante la amenaza.

—Entonces… ¿tenemos un trato?

77

El coche que había pasado a recogerla por el hospital avanzaba muy lentamente, convertido en uno más de aquella interminable fila de vehículos oficiales que, bajo la intensa lluvia, hacían cola para desembarcar a sus ilustres pasajeros frente a la Puerta del Nacimiento de la Sagrada Familia, situada en el costado derecho del templo.

Al otro lado del cordón policial que franqueaba el acceso a los invitados, pendientes de las pantallas gigantes que ofrecían el evento en directo, una multitud de fieles Renacidos llegados de todo el mundo rodeaba el templo con las manos en alto. Todos ellos cantaban himnos y alabanzas por encima del estruendo de la lluvia y las rachas de viento que agitaban sus capelinas blancas, semejando un ejército de fantasmas asediando un castillo.

Desoyendo las reiteradas súplicas del Sumo Pontífice y los optimistas pronósticos de los meteorólogos, la depresión tropical mediterránea no solo no se había alejado hacia el norte, en dirección al Golfo de León, sino que se había dirigido en línea recta hacia la costa de Barcelona y aumentado su virulencia a niveles jamás vistos en esas latitudes.

En aquel instante, a las 11.32, del domingo 24 de septiembre de 2028, la lluvia y el viento arreciaban sobre la ciudad como si se estuviera gestando el fin del mundo.

Mientras Nuria se había estado vistiendo en su habitación del hospital con el uniforme de gala que le habían hecho llegar desde comisaría, había mantenido la televisión encendida para mantener alejados los nervios que la atenazaban. Así había podido ver cómo aquel descomunal ciclón que se extendía por buena parte del Mediterráneo Occidental, y cuyo ojo se encontraba a pocas millas mar adentro frente a la costa, acababa de ser nombrado huracán de categoría dos, con vientos sostenidos de ciento treinta kilómetros por hora y rachas de más de ciento cincuenta.

La Universidad Libre de Berlín, combinando las denominaciones *Mediterráneo* y *Huracán,* y en honor al día y el lugar en que había tocado tierra, lo había bautizado como el Medicán Merçè. Una denominación que algunos medios de comunicación habían acogido con sospechoso entusiasmo, repitiendo titulares sensacionalistas del tipo: «La ira de la Merçè cae sobre los catalanes» o «El martillo de la Merçè aplasta Barcelona».

Todas las televisiones sin excepción alternaban conexiones de Pío XIII dirigiéndose a la Sagrada Familia en su vehículo acristalado con imágenes de toldos, banderas españolas y sombrillas de restaurantes revoloteando por los cielos de Barcelona como bandadas de pájaros desquiciados. Sin olvidar las puntuales conexiones con el frente marítimo, donde olas de ocho metros destrozaban los diques e inundaban las zonas bajas de la ciudad, amenazando con devolver el marítimo barrio de la Barceloneta a su condición de isla, como lo había sido muchos siglos atrás.

Aunque no había podido ponerse en contacto con su abuelo, cuya residencia ilegal se situaba precisamente en ese barrio, Nuria se alegró de que se encontrara en un quinto piso y se obligó a pensar que Daisy habría tenido la previsión de hacer acopio de agua y alimentos frente a lo que se avecinaba. Según le había explicado en una ocasión, había emigrado a España después de perderlo todo a causa de un devastador huracán en la República Dominicana, de modo que, si alguien sabía de primera mano cómo enfrentarse a algo así, esa era ella.

Gracias a que era domingo y que se había restringido el uso de vehículos particulares salvo en caso de emergencia, la ciudad de Barcelona parecía una de esas ciudades de Corea del Norte donde costaba ver a un solo coche circulando por sus enormes y vacías avenidas.

Aun así, a nadie se le había pasado por la cabeza cancelar la anhelada inauguración de la Sagrada Familia, y aunque la pompa del acontecimiento había quedado definitivamente deslucida, el programa había seguido adelante como si nada estuviera pasando.

Después de ciento cuarenta y seis años de obras inacabables y de haberse visto obligados a retrasar dos años la inauguración debido a la falta de fondos, no había un solo responsable político dispuesto a retrasar la ceremonia ni un solo día más. De hecho, un par de horas antes había escuchado al presidente del gobierno en persona jactarse ante las cámaras de que ni un huracán ni un intento de atentado lograrían doblegar la voluntad de los españoles y que, aunque habían redoblado las medidas de seguridad del evento, ya de por sí impresionantes, ante la atenta mirada del mundo entero demostrarían su tenacidad, determinación y fe en Dios, contra cualquier adversidad que se les presentase. Nuria había torcido el gesto al ver la sonrisa dentífrica del nefasto político, más falsa que su declaración de hacienda, y apagó la pantalla barbullando un insulto.

El vehículo en que iba se detuvo y la devolvió de golpe al amplio asiento de cuero negro de las plazas traseras, e instintivamente Nuria apretó contra su pecho la gorra de plato, percibiendo el peso extra de la pistola de fibra de carbono oculta bajo el forro interior de la misma.

Desde el asiento del copiloto, un miembro del equipo de seguridad de Jaime Olmedo, que la había mantenido bajo vigilancia desde el día anterior, se volvió en su asiento y señaló la portezuela del vehículo.

—Ya puede bajar —le indicó, mirándola tras sus gafas de espejo.

Nuria se dio cuenta entonces de que se habían detenido frente a la fachada del Nacimiento; tras esperar vanamente a que su guardián le hiciera los honores, se caló la gorra, abrió la puerta con su mano buena y salió al exterior.

De inmediato, apareció un ordenanza con un paraguas en la mano y la absurda intención de protegerla de aquella lluvia que el viento escupía de forma horizontal. La saludó con un «buenos días» que apenas logró hacerse oír por encima del viento y, forcejeando con el paraguas, la invitó con un gesto a dirigirse hacia el ciclópeo portal que tenía enfrente, con sus dos puertas gemelas de bronce de siete metros de altura.

Con el brazo izquierdo en cabestrillo —que gracias a los calmantes apenas le dolía— y la mano derecha sobre la gorra para evitar que esta saliera volando, Nuria se dirigió hacia la alfombra roja que cubría la escalinata de piedra, pero se detuvo tras subir unos pocos escalones y levantó la vista hacia el cielo. Sobre su cabeza se elevaban cuatro afiladas torres de piedra de cien metros de altura, tras las que asomaban los pináculos de las torres de Marcos y Lucas y, por encima de todas ellas a casi doscientos metros por encima del suelo, parcialmente oculta entre las nubes bajas, la torre del crucero dedicada a Jesús, coronada por una colosal cruz de piedra de cuyos extremos brotaban poderosos rayos de luz blanca que se difuminaban en la lluvia.

A pesar de que lo había visto ya mil veces y desde casi cualquier perspectiva, el tamaño y la forma de aquel pasmoso edificio la dejó sin aliento. Como un indescriptible castillo de arena de un niño gigantesco, el templo de la Sagrada Familia no dejaba de impresionarla cada vez que lo veía.

Aunque la lluvia resbalaba sobre el tejido hidrofóbico de su uniforme de gala, las gotas que le azotaban el rostro como pequeñas agujas le hacían muy incómodo permanecer a la intemperie. Aun así, se tomó un momento para darse la vuelta y contemplar a la multitud que abarrotaba la plaza de Gaudí y las calles aledañas. En su mayoría fieles Renacidos bajo chubasqueros blancos, ajenos al temporal, que hacían flamear sus banderas con el emblema de España Primero o de los Renacidos en Cristo, indistintamente unidas como si se tratara de una misma cosa.

Nuria no pudo evitar pensar por un momento en que entre esos miles de devotos quizá se encontraba su propia madre, gritando aleluyas a Pío XIII y ondeando una de aquellas banderas que abogaban por el fin de la separación entre Iglesia y Estado.

El consuelo de todo aquello, caviló esbozando una mueca amarga, es que no había ninguna posibilidad de volver a ver a su madre y ser testigo de su cara de decepción. Había leído las suficientes novelas policíacas como para saber que Olmedo no permitiría que fuese detenida y pudiera irse de la lengua en algún interrogatorio. Recordaba el asesinato de Kennedy a manos de Lee Harvey Oswald, asesinado antes de que pudiera declarar ante la policía, y tuvo la certeza de que a ella le iba a pasar exactamente lo mismo. Siempre había habido y seguiría habiendo quienes manipulasen y sacrificasen con impunidad a personas como ella para lograr sus fines. Era ley de vida.

Lanzando un hondo suspiro, Nuria se volvió de nuevo hacia la entrada del templo, uniéndose al resto de invitados que, subiendo la escalinata a paso ligero, trataban de cruzar las puertas lo antes posible y así guarecerse bajo techo. La mayoría de ellos, imaginó, sin más interés en la ceremonia que el estatus que concedía ser uno de los cinco mil invitados y poder lucir palmito frente a las cámaras de televisión de medio mundo. Un plan que en buena parte se les vino abajo cuando el Medicán Merçè decidió presentarse en el evento sin haber sido invitado y convirtió el acontecimiento social del siglo en una carrera de pamelas bajo la lluvia.

—Identificación, por favor —dijo una voz a su lado.

—¿Qué? —contestó Nuria, volviéndose hacia un trajeado miembro del equipo de seguridad con un discreto aparato lector en la mano.

—Su invitación, por favor —insistió, señalándose la credencial que colgaba de su propio cuello.

Nuria miró fugazmente a los invitados que pasaban a su lado, comprobando que todos llevaban una igual, con su nombre y fotografía. No recordaba que le hubiesen dado una en ningún momento. ¿O sí lo hicieron?

—Yo… —farfulló, palpándose la ropa—, creo que la he olvidado.

—Entonces no puede pasar —le indicó tajante el agente—. Hágase a un lado.

—No —replicó Nuria, alarmada ante la posibilidad de que no la dejaran pasar—. Tengo que entrar. Salvador Aguirre me ha invitado.

—Hágase a un lado —repitió, esta vez con mayor contundencia y señalando al pie de la escalera.

—Escúcheme. Ha sido un error, alguien se ha olvidado de…

Sin más preámbulos, el agente dirigió su mano a la parte de atrás del pantalón con disimulo, donde Nuria calculó que llevaba el arma.

En una respuesta instintiva, Nuria llevó también su mano derecha al lugar donde debía estar su cartuchera. Pero ahí no había nada.

Sin embargo, al pasar la mano sobre el bolsillo de la americana, tuvo la sensación de que había algo plano y rígido en su interior.

—¡Joder, aquí está! —exclamó aliviada, introduciendo la mano y sacando la identificación con su nombre y su foto.

Al alzar la mirada, sin embargo, vio que el agente la miraba con ojos afilados y el rictus tenso. Su mano derecha permanecía en la parte de atrás de su cinturón, y Nuria comprendió que había estado a un segundo de terminar tumbada boca abajo y con una pistola apoyada en la nuca.

—¿Lo ves? —dijo, colocándose la identificación alrededor del cuello—. Aquí está. —Y reprochándole con un punto de chulería, añadió—. A ver si nos calmamos un poquito, amigo.

El agente respiró hondo y mordiéndose la lengua deslizó el aparato lector sobre la tarjeta plastificada mientras la acuchillaba con la mirada.

—Adelante —rezongó de mala gana, haciendo un gesto con la cabeza hacia el interior.

Nuria le dedicó una última mirada retadora y, pasando entre los detectores de metal dispuestos a ambos lados de la entrada, franqueó las puertas del templo.

Pero a los pocos pasos se detuvo en seco, extasiada.

Las hipnóticas vidrieras que trasformaban la apagada luz del día en un estallido de colores, el relajante canto de los coros y el embriagador olor a incienso que flotaba en el ambiente la transportaron por un instante a un mundo mejor; uno en el que reinaba la paz, la serenidad y la esperanza. Un mundo muy diferente al enloquecido y tormentoso que aullaba más allá de las puertas. Uno en el que no hubiera muerto David, ni Gloria, ni Elías ni tantos otros. Uno en que no tuviera que asesinar a nadie para salvar a su madre y su abuelo.

Tratando de apartar de su mente esos funestos pensamientos, recordó que, en una ocasión, cuando era niña, su padre la había traído a ver la Sagrada Familia. Por aquel entonces aún se encontraba en obras y por ello —y por tener ocho años— no pudo apreciar la majestuosidad de aquellas columnas como gigantescos árboles blancos, que parecían brotar del suelo de mármol y se ramificaban en lo alto para sostener un techo perdido en las alturas, desde el que se filtraban oblicuos rayos de luz como a través de la fronda de un bosque.

Aquel era posiblemente el lugar más majestuoso y sobrecogedor en el que había estado en toda su vida, y con una sonrisa amarga en los labios concluyó que, al fin y al cabo, tampoco era un mal sitio para morir.

78

U n solícito ujier indicó a Nuria el pasillo por el que acceder a su asiento, pero no antes de comparar tres veces la foto de la tarjeta de identificación con la mujer que tenía de frente a sí.

Nuria, aún irritada por la actitud del agente de la puerta, estuvo a punto de preguntarle si es que tenía monos en la cara, pero en un alarde de autocontrol se mordió los labios y aguardó hasta que el ordenanza se dio por satisfecho. No era un buen día para ir peleándose con todo aquel que le saliera al paso.

La mayoría de los invitados a la ceremonia ya se encontraban en sus localidades, ocupando casi todo el espacio disponible de la nave con la salvedad de los pasillos. En las vertiginosas cantorías a más de veinte metros de altura se emplazaban los coros infantiles y frente al altar mayor, en el presbiterio en forma de arco, aguardaban un centenar de obispos, cardenales y sacerdotes con sus mitras y casullas blancas, estólidos como estatuas aburridas.

Nuria avanzó por el pasillo lateral en dirección a la cabecera de la nave, observando de reojo a los empresarios, políticos y aristócratas de gomina y caspa, muchos de ellos con el pin de los Renacidos en una solapa y el de España Primero en la otra. La «crème de la crème», pensó Nuria mientras pasaba entre ellos recibiendo miradas de extrañeza, según iba rebasando filas y a sus ojos ascendía por aquella suerte de pirámide social. Cuanto más adelante se sentaba alguien, mayor era el estatus, así de simple. Nuria estuvo segura de que eso era lo único que importaba a la mayoría de los presentes en aquella ceremonia.

Finalmente alcanzó la primera fila y comprobó, incrédula, que había una silla con su nombre en una hoja de papel, justo entre las reservadas al comandante en jefe de la Guardia Civil y el jefe del Estado Mayor del Ejército de Tierra.

—Tiene que ser una broma —resopló, tentada de cambiar las cuartillas de sitio.

Pero con un solo vistazo, se dio cuenta de que en ese momento despertaba demasiada atención entre los guardaespaldas apostados ubicuamente por el templo.

Mirando a su alrededor, Nuria observó que muchos invitados parecían estar preguntándose por la identidad de aquella desconocida sentada en la codiciada primera fila; mientras que otros, viendo sus expresiones de alarma, puede que la hubieran reconocido de las noticias como la sospechosa de asesinato y colaboración con un grupo terrorista.

«Solo falta un puñetero foco apuntándome a la cabeza», pensó contrariada, rindiéndose a las circunstancias y tomando asiento antes de llamar aún más la atención.

Al poco de hacerlo, sin embargo, aparecieron los dos militares charlando animadamente mientras se aproximaban al lugar donde se encontraba, deteniéndose frente a ella con gesto sorprendido al comprobar que estaba sentada entre las sillas asignadas a ambos.

Nerviosa, Nuria no recordó el protocolo para aquellos casos. ¿Debía saludar? ¿Ponerse en pie? ¿Asentir discretamente? En realidad le daba bastante igual lo que pensaran, pero no quería llamar aún más la atención sobre su persona.

Afortunadamente, fue el general con el uniforme del ejército quien tomó la iniciativa con una sonrisa en su anguloso rostro.

—Parece que alguien ha tenido la sensatez de poner a una hermosa señorita entre estos dos vejestorios —dijo señalando al guardia civil—. Buenos días, cabo...

—Badal —contestó Nuria, sin decidirse a ofrecerle la mano—. Si quieren... —se ofreció, indicando la silla a su derecha— puedo cambiarme de sitio y así pueden seguir hablando.

—Ni hablar de eso —objetó el comandante—. Quédese donde está. Así no tendré que ver la cara de ajo del general cada vez que mire a mi lado.

—¿Nos conocemos? —inquirió el general, ignorando la pulla y estudiando a Nuria—. Me suena mucho su cara, cabo.

—Eso iba a decir yo también —añadió el comandante frotándose la barbilla, pensativo—. ¿Ha salido últimamente en televisión? ¿Cómo es que está usted en primera fila?

Nuria sintió cómo una fría gota de sudor nacía en su nuca y resbalaba por la curva del cuello hacia su espalda.

—Yo… —farfulló, temiendo que la reconocieran y no le quitaran ojo de encima—. Solo me han dicho que me siente aquí —alegó, mostrándoles la tarjeta de identificación—. Soy… amiga de Salvador Aguirre —improvisó con su mejor cara de póquer—. Él me ha invitado personalmente.

—Ah, ¿sí? ¿Y eso por qué? —inquirió el guardia civil.

—Ya vale, Blas —le recriminó el general—. No te pongas a interrogar a la muchacha, ¿no ves que la estás intimidando? La pobre ya ha empezado a sudar, mírala. —Señaló a Nuria y las incipientes gotas de sudor que perlaban su frente.

—Es verdad, discúlpeme, cabo —admitió—. Deformación profesional. —Le guiñó un ojo cómplice y añadió—. Seguro que sabe de lo que le hablo.

Nuria se esforzó por recrear una sonrisa lo menos tensa posible.

—Sí…, claro —asintió—. Cuando uno es policía, lo es veinticuatro horas al día.

—Exacto —coincidió, tomando asiento a su izquierda—. Y los buenos policías… —añadió, mirándola una última vez de reojo— nunca olvidan una cara.

Sin saber qué contestar a eso, Nuria optó por adoptar un cauto silencio y hundirse en su silla, tratando de evadirse todo lo posible de su campo de visión.

A su derecha, el general se inclinó hacia ella.

—No le haga mucho caso. Le encanta poner nervioso a los jóvenes —secreteó a su oído—. En especial a las mujeres guapas.

Nuria asintió comprensiva, pero mordiéndose los labios para no soltar el exabrupto que estaba pensando en ese preciso momento.

Afortunadamente, pudo ahorrarse responder al general, pues en ese instante pasó frente a ellos, en dirección a sus asientos de primera fila, el ministro del Interior acompañado de su esposa, quien saludó a los dos militares con una inclinación de cabeza, al tiempo que con un gesto de la mano les pedía que no se levantaran.

Discretamente, Nuria echó un vistazo a quienes ocupaban aquellas primeras filas frente al altar del templo, reconociendo a buena parte de ellos por haberlos visto en los noticiarios o revistas del corazón mientras esperaba su turno en la peluquería. Por las ropas que vestían, la tez bronceada y el corte de pelo que lucían, casi idénticos en la mayoría de los casos, Nuria pensó que bien podían ser todos familia, o acaso imitadores del rey Felipe VI, la reina Letizia y sus dos hijas adolescentes, que en ese preciso momento hacían su aparición entre murmullos de reconocimiento y tomaban asiento sobre una tarima dispuesta aparte, a la izquierda del altar.

Observando por el rabillo del ojo cómo los últimos invitados en llegar desfilaban hacia sus asientos, Nuria se preguntó ociosamente si es que a todos los que alcanzaban el poder y la riqueza se les ponía la misma cara o si es que solo los que exhibían ese porte confiado y aristocrático eran los que llegaban a alcanzar el poder y la riqueza.

El grandioso y casi onírico templo, el viento azotando las caleidoscópicas vidrieras, las decenas de personalidades sentadas a su alrededor, tan conocidas y tan ajenas al mismo tiempo…, todo aquello parecía irreal, como parte de un extraño sueño del que no lograba escabullirse y en el que no tenía otra opción que dejarse llevar por los acontecimientos, con la única esperanza de despertarse en algún momento.

Pequeños minidrones de televisión volaban por el cielo de la nave como brillantes libélulas metálicas, ofreciendo imágenes desde cualquier ángulo imaginable a los millones de espectadores de todo el mundo que estarían siguiendo la ceremonia en directo. De vez en cuando, algunos de esos aparatos descendían a nivel del suelo para tomar primeros planos de los invitados más relevantes o conocidos, hasta que uno de ellos comenzó a recorrer la primera fila del costado derecho y fue a detenerse justo enfrente de Nuria.

La primera reacción fue de sobresalto, al ver cómo las dos microcámaras emplazadas en lo que hubieran sido los ojos de una libélula real la enfocaban directamente y sin ningún tipo de recato, tomándose su tiempo para estudiarla detenidamente. Nuria apostó a que al otro lado de la pantalla habría algún cretino de pelo naranja preguntándose ante sus seguidores de Instaface o YouTube quién era esa desconocida de rostro serio y magullado, con las puntas de pelo quemadas en el extremo de una burda coleta, para que mereciera el privilegio de estar ocupando un asiento en primera fila.

Aun sabiendo que sería una mala idea llamar la atención sobre ella, Nuria sintió la irrefrenable tentación de largarle un manotazo a la insidiosa cámara voladora, pero justo cuando iba a hacerlo, desde las cantorías situadas en las alturas del templo comenzaron a entonar aleluyas, y una salva de aplausos arreció junto a la puerta de la fachada de la Gloria, extendiéndose como una ola entre los parroquianos.

Entonces todo el mundo se puso en pie, volviéndose al unísono hacia la entrada principal y aplaudiendo con desbocado entusiasmo. Nuria hizo lo propio, tanto por curiosidad como por no llamar la atención, pero al encontrarse casi en la esquina opuesta no logró distinguir más que una cohorte de obispos desfilando por el pasillo central.

Después de un minuto largo de aplausos y aleluyas, al parecer recuperado de su convalecencia, Pío XIII hizo su apoteósica aparición por la puerta principal, engalanado con mitra y casulla hiladas en oro. Lo hizo en loor de multitudes, saludando a diestro y siniestro con aire condescendiente y besando la frente de los niños que le salían al paso, flanqueado por una docena de guardaespaldas que impedían que ningún invitado sobrepasara el cordón de seguridad que ribeteaba el pasillo central.

Oculto tras un bosque de invitados puestos en pie, Nuria debía conformarse con seguir el recorrido del pontífice atravesando el templo en uno de los enormes monitores que colgaban de las columnas, y no fue hasta que la procesión papal alcanzó el altar que pudo al fin verlo con sus propios ojos.

El fundador y líder universal de los Renacidos en Cristo, que había sucedido al difunto papa Francisco, presentaba su habitual gesto grave y ceñudo. En esta ocasión de forma comprensible, al verlo hundido bajo aquel aparatoso atuendo de eucaristía que parecía aplastarle.

Nuria estiró el cuello en busca de Aguirre u Olmedo, pero no logró distinguirlos entre los invitados que se habían puesto en pie a la espera de que el Sumo Pontífice y sus prelados terminaran de ocupar las sillas que quedaban libres en la cabecera del templo.

No fue hasta entonces que cayó en la cuenta de que Olmedo estaría viendo la ceremonia por televisión; del mismo modo que el día anterior tampoco había acudido al mitin del Palau Blaugrana. Si pretendía ser el nuevo presidente no podía arriesgarse lo más mínimo.

En cuanto Pío XIII, ayudado por dos acólitos, ocupó su lugar en la cabecera del presbiterio bajo un colosal Cristo crucificado sostenido por cables invisibles, los coros cesaron al mismo tiempo que las salvas de aplausos, y los cinco mil asistentes a la ceremonia volvieron a sentarse entre murmullos de excitación, como fans en un concierto a la espera de que el cantante agarre el micrófono.

La tormenta golpeaba furiosa contra las vidrieras, aullando como un alma en pena y exigiendo que la dejaran entrar. Entonces un achacoso prelado con solideo morado se puso en pie y, situándose frente al papa, le dio la bienvenida en nombre de los presentes, para, seguidamente, desglosar los privilegios de contar con su presencia el día de la inauguración de aquel templo único en el mundo, que rivalizaba en relevancia y majestuosidad con la mismísima basílica de San Pedro del Vaticano.

Escondiendo las manos debajo de la gorra para ocultar sus temblores, Nuria deseó que el soporífero discurso del arzobispo de Barcelona no acabara nunca, y así no llegase el momento de afrontar lo que había venido a hacer.

Sin embargo, al cabo de unos pocos minutos la disertación del prelado tocó a su fin y, tras aproximarse al Santo Padre y besar con reverencia su anillo del pescador, le entregó la llave de oro del templo de la Sagrada Familia, ante el entusiasmo de los asistentes que pudieron contemplarlo a través de los ubicuos monitores de televisión.

Pío XIII alzó el suvenir por encima de su cabeza como si acabara de ganar un Oscar y, cuando los aplausos se apagaron, señaló a un punto a su derecha e invitó a alguien a que se levantara y tomara la palabra.

Nuria no necesitó verlo para saber que la persona señalada era Salvador Aguirre, quien se levantó de su asiento al otro lado de la nave y se dirigió hacia el púlpito con aire resuelto, sin aparentar en absoluto ese cáncer terminal que, según Olmedo, estaba a punto de acabar con su vida.

Acaparando la absoluta atención de los presentes, Aguirre apoyó ambas manos sobre el borde del púlpito y carraspeó un par de veces para aclararse la voz, al tiempo que extraía unas cuartillas del bolsillo interior de su traje negro y las extendía frente a él.

El creciente murmullo de admiración de muchos de los presentes se convirtió en alguna que otra exclamación de ánimo que Aguirre se vio obligado a silenciar con un gesto de la mano, para así poder iniciar su discurso.

Quizá en su fuero interno, muchos de los invitados que ahora le vitoreaban detestaban a Aguirre y si a la semana siguiente quedaba definitivamente fuera de la coalición gobernante, no serían pocos los que querrían lanzarlo a la hoguera como un mueble viejo. Pero, de momento, ahí estaba, frente a las cámaras de medio mundo, con pinta de no haber roto nunca un plato y disfrutando durante varios minutos de una audiencia de cientos de millones de espectadores en todo el mundo.

«Lo que todos ignoran —pensó Nuria, abriendo con discreción el forro interior para extraer la pistola de fibra de carbono— es que su carrera política va a terminar incluso antes de las elecciones».

Rota por dentro, Nuria solo quería salir corriendo de aquel lugar y no volver la vista atrás. Solo pensar en lo que estaba a punto de hacer le provocaba unas arcadas a duras penas reprimidas.

Pero si no lo hacía, Olmedo ordenaría asesinar a su familia, y eso sería también el fin de su vida. Comprendió entonces que tendría que haber intentado matarlo en la habitación del hospital, aunque le hubiera costado la vida. Había perdido su oportunidad y ya era demasiado tarde para cambiar las cosas.

Aguirre se apoyó en el borde del púlpito, tomándose unos segundos antes de iniciar su prédica.

—Estimados hermanos y hermanas… —dijo al fin con voz enérgica—. Estamos hoy reunidos en esta maravillosa casa de Dios, levantada gracias a un siglo de esfuerzo, fe y devoción por parte de auténticos creyentes —clamó, mientras su voz retumbaba en los altavoces del templo—. Hombres y mujeres que, inspirados por nuestro señor Jesucristo, dedicaron su vida a la consecución de un sueño. Por eso, hoy es día de dar las gracias —añadió tras hacer una pausa, bajando el tono de voz—: Gracias a Dios Nuestro Señor —levantó la mirada hacia el lejano techo— por derramar su inspiración divina sobre Antonio Gaudí y todos aquellos que han diseñado este maravilloso lugar. Gracias a los millones de donantes y a las autoridades civiles y religiosas —prosiguió, paseando la mirada por los fieles y las primeras filas, asintiendo levemente mientras lo hacía—, quienes, durante ciento treinta y seis años, pese a las crisis y a las dificultades, han hecho posible la construcción del templo más hermoso que la humanidad haya conocido jamás. —Hizo una nueva pausa y concluyó—. Y gracias también, cómo no, a todos aquellos que nos han protegido de la violencia, el odio y el caos. —Esta vez su mirada se dirigió hacia la sección donde se encontraban los mandos policiales y militares—. Sin su voluntad y sacrificio, algunos de nosotros no estaríamos aquí hoy.

Y al decir esto último los ojos de Aguirre se posaron en ella, asintiendo esta vez a modo de agradecimiento.

Entonces, durante ese breve instante en que Aguirre y ella cruzaron las miradas, Nuria supo que si esperaba un minuto más ya no sería capaz de hacerlo.

Comprendió aterrada que era ahora o nunca.

Con el corazón latiéndole desbocado en el pecho, Nuria apretó los dientes para darse fuerza, aferró la empuñadura del arma oculta bajo la gorra y se puso en pie para matar al hombre que ocupaba el púlpito junto al altar.

79

Con la mirada de Aguirre aún puesta sobre ella, Nuria avanzó decidida hacia él sin que nadie hiciera el amago de detenerla. Un leve murmullo se levantó entre el público a su espalda, pero más de curiosidad que de otra cosa, suponiendo que aquello formaba parte de la ceremonia.

Los guardaespaldas o los agentes de la policía presentes no movieron un músculo, ya que todos habían visto cómo el político parecía haberse dirigido a aquella mujer con el uniforme de gala de la policía, quizá invitándola a aproximarse, y este no aparentaba estar preocupado por verla caminar en su dirección.

Desde luego nada de eso constaba en el programa de la ceremonia, pero en realidad era habitual que Aguirre se saltara el protocolo de seguridad e hiciera lo que le daba la gana. Algo que permitió a Nuria llegar hasta el altar a paso tranquilo y situarse junto al político, quien, aunque algo sorprendido, la recibió con una afectuosa sonrisa.

Una sonrisa que se esfumó de su rostro cuando Nuria extrajo la pequeña pistola negra de la gorra que llevaba en la mano izquierda. Aguirre no reaccionó ante la aparición del arma en la mano de Nuria, y solo pareció ser consciente de la situación cuando ella se disculpó con un sincero «lo siento», al tiempo que apoyaba el cañón en su sien.

Unos pocos gritos y exclamaciones de sorpresa resonaron a lo largo del templo, pero de inmediato se diluyeron en un murmullo de incredulidad ante lo que estaba pasando. Los invitados parecían demasiado atentos a la escena que se desarrollaba ante ellos como para perder el tiempo alarmándose.

A su derecha, Nuria escuchó los pasos del rey y su familia repiqueteando sobre el suelo de madera, abandonando a toda prisa su estrado. Posiblemente, recordando que se habían dejado un cazo al fuego en la cocina de palacio.

Como ratones trajeados, el personal de seguridad irrumpió desde la oscuridad de los rincones, desplegándose al instante para proteger al Santo Padre y a las personalidades de las primeras filas. Al mismo tiempo, una epidemia de brillantes puntitos rojos brotó desde todas partes y Nuria pudo sentir cómo decenas de punteros láser convergían sobre su pecho. Lo único que impedía que la acribillaran en ese mismo momento era el temor a que, en un acto reflejo, ella también apretase el gatillo.

Según el guion especificado por Olmedo, debía aproximarse a Aguirre durante el breve discurso que tenía preparado y, cuando estuviera lo bastante cerca para no errar el tiro, dispararle a la cabeza al grito de *Allah Ackbar* sin mediar explicaciones.

Si quería salvar a sus seres queridos, todo lo que debía hacer era matarlo y luego dejarse matar. Un plan sencillo y efectivo, tenía que admitirlo.

A la mañana siguiente los periódicos hablarían de una mujer desequilibrada, íntimamente relacionada con un criminal que llegó a España como refugiado, y que había sido abducida por el islamismo radical para asesinar al líder de España Primero y campeón de los Renacidos en Cristo, por ser el hombre más beligerante y radical contra cualquier cosa que sonara a islam.

Una mujer desequilibrada, un refugiado criminal y musulmanes terroristas atentando contra un político español patriota y católico, todo en el mismo pack. Los periodistas de extrema derecha babearían sobre sus teclados de puro gusto.

El único problema era que, por mucho que quisiera proteger a su familia, de pie junto a Aguirre y con la pistola apuntando a su cabeza, descubrió que era incapaz de apretar el gatillo. No iba a poder matarlo, ni gritando *Allah Ackbar* ni ninguna otra cosa.

Se había metido en una situación sin salida pues hiciera lo que hiciera a partir de ese momento, estaba claro que saldría de ahí con los pies por delante y su familia sufriría las consecuencias.

Aquello no iba a acabar bien de ninguna de las maneras.

Desesperada, dejó vagar su mirada por los rostros atemorizados y expectantes de los invitados de las primeras filas, aunque sin apartar el cañón de la sien de Aguirre. Rostros conocidos en su mayoría que, con los ojos como platos, la miraban con expresión alucinada.

De pronto fue consciente de que era el centro de atención no solo de los miles de asistentes a la ceremonia, sino de millones de personas en todo el mundo que, con el corazón en un puño, estaban atentos a cualquier cosa que pudiera hacer.

O decir.

«De perdidos al río», pensó, buscando la cámara de televisión más cercana.

—¡Que nadie se mueva! —exclamó acercándose al micrófono, sobresaltándose con la potencia de su voz en los altavoces—. No quiero disparar a nadie —añadió bajando el volumen—, pero si alguien intenta algo les juro que dispararé.

Aguirre, mudo hasta ese momento, volvió la cabeza hacia Nuria para clavar en ella su mirada.

—Cabo Badal —musitó en voz baja—. ¿Por qué no...?

—Cállese —lo interrumpió Nuria—. Dígales que bajen las armas.

—Pero...

—Dígaselo, joder.

Dudó por un momento, pero finalmente se acercó al micrófono, pidiendo calma con la mano.

—Bajen las armas, por favor —solicitó con voz tranquila y, aunque renuentes al principio, los puntos rojos de los láseres fueron extinguiéndose uno a uno.

Una vez se sintió segura de que no le dispararían a la menor oportunidad, se colocó por detrás y al costado del político para poder dirigirse al micrófono mientras apoyaba el cañón en su espalda.

Dirigiéndose a la cámara que tenía justo enfrente, carraspeó ligeramente y se presentó al mundo.

—Me llamo Nuria Badal —anunció temblorosa—. Cabo Nuria Badal de la Policía Nacional —se corrigió a sí misma—. Ustedes creen que soy una terrorista, y mañana es lo que los medios dirán de mí, pero no lo soy, créanme. —Desvió la vista hacia el público presente, pero en ellos vio de todo, menos comprensión—. Soy agente de policía... o al menos lo era —prosiguió—, y en los últimos días he descubierto una conjura para asesinar a este hombre. Un comando yihadista trató ayer mismo de volar el Palau Blaugrana durante su mitin, pero junto a un equipo de las fuerzas especiales y mi... —dudó que apelativo ponerle—, y Elías Zafrani, logramos impedirlo. Aunque pagando un precio muy alto por ello... —añadió, bajando la mirada—, demasiado alto.

En el templo reinaba un tenso silencio, que Nuria no supo cómo interpretar. No esperaba una salva de aplausos, pero tampoco aquella parálisis expectante que parecía aquejar a todo el mundo, como si esperasen un triple mortal en el aire por su parte que finalizara el espectáculo.

«Pues si es un buen desenlace lo que queréis», pensó, hastiada de todo aquello, «eso es justo lo que vais a tener».

—Sé lo que están pensando en este momento —prosiguió, estudiando los rostros de las primeras filas—. Creen que soy una terrorista o una loca en busca de su minuto de gloria, y no los culpo, yo pensaría lo mismo que ustedes en su lugar..., pero la realidad es que no es así. Ayer —explicó—, mientras me recuperaba en el hospital, alguien me amenazó con matar a mis seres queridos si hoy no asesinaba a Salvador Aguirre. Esa persona —añadió—, la que quería obligarme a que le disparara al grito de *Allah Ackbar*, para que toda España creyera que soy una fanática yihadista..., es la misma que colaboró y financió a los terroristas del ISMA para cometer el atentado que impedimos ayer en el Palau Blaugrana. —Hizo una nueva pausa, esperando que asimilaran aquella información, antes de acometer la revelación final—. Esa persona, a quien muchos de ustedes conocen y cuyo objetivo no es otro que ganar las próximas elecciones y convertirse en el nuevo presidente del gobierno, es... —tomó aire y lo exhaló lentamente, antes de aproximarse al micrófono y soltar la bomba— el secretario general de España Primero, Jaime Olmedo.

Nuria no había pensado ni un momento en la reacción que podía desencadenarse tras su revelación; pero lo que no habría esperado jamás es que no hubiera ninguna en absoluto. Paseó la vista sobre los rostros más cercanos, pero no apreció cambio alguno en sus expresiones.

Desconcertada, se preguntó si no habría estado hablando en otro idioma sin darse cuenta. No se produjo ningún rumor escandalizado ni se levantaron murmullos de clase alguna. Lo que había dicho parecía no significar nada para nadie.

Se volvió de nuevo hacia Aguirre, pero este solo le devolvió la mirada piadosa que le dedicaría a un niño que se ha orinado en la alfombra en presencia de unos invitados, y comprendió que, no importaba lo que dijera, para todos los presentes no era más que una puta chiflada que apuntaba a la cabeza de un hombre con un arma.

Cualquier cosa que saliera de su boca no serían más que los desvaríos de una perturbada, y cuanto más insistiera en su cordura mientras estaba ahí de pie con una pistola en la mano, hablando de conspiraciones y conjuras inverosímiles, más loca parecería.

Lo había intentado. Una vez más había tratado de hacer lo correcto... y de nuevo se había equivocado. Un último error que esta vez le costaría la vida a su madre, a su abuelo y a ella misma.

Aceptando que ya no había nada más que pudiera hacer o decir para cambiar las cosas, sintió cómo las fuerzas la abandonaban y la liviana pistola de fibra de carbono, de pronto, le pesaba una tonelada.

Rendida ante la persistencia de un terco destino ante el que no podía resistirse, suspiró largamente y se acercó al micrófono para dirigirse a David, a Gloria, a su madre, a su abuelo, a Elías... y a todos aquellos a los que había fallado de un modo u otro, entonces miró a Aguirre y susurró en voz baja:

—Lo siento.

Apartó el arma dejándola sobre el púlpito, como si fuera una serpiente venenosa, inclinándose de nuevo hacia el micrófono para dirigirse esta vez a todos los presentes y a los que la veían desde sus casas.

—Yo no... —comenzó a decir. Pero no pudo acabar la frase.

Varios pinchazos en su espalda y costado precedieron a una serie de brutales descargas eléctricas que estallaron en una insoportable oleada de dolor. Sus músculos sufrieron un espasmo involuntario y, sin control alguno sobre su propio cuerpo, las piernas le fallaron y se derrumbó inconsciente al pie del altar, golpeándose la cabeza contra el suelo, como un títere al que hubieran cortado los hilos.

80

Cuando Nuria abrió los ojos tras parpadear aturdida un par de veces, lo primero que sintió fue una enorme sorpresa al descubrir que aún estaba viva.

Frente a sus pupilas, más allá de la neblina que parecía emborronar su vista, brillaba una potente luz que tardó unos segundos en identificar como una lámpara que colgaba del techo.

Comprobó que se encontraba tumbada en una especie de camilla y, volviendo la cabeza a un costado, confirmó sus sospechas al ver una habitación blanca con estanterías y armarios colmados de frascos, dispensadores de plástico y un equipo de monitoreo de signos vitales.

Aquello era una enfermería y, por un momento, pensó que la habían llevado de vuelta al hospital; pero entonces sintió las inconfundibles vibraciones de un órgano acompañado de un coro de voces angelicales entonando un canto religioso, y supo que aún seguía en el interior de la Sagrada Familia.

Un ramalazo de dolor arreció de improviso en su sien izquierda, y cuando trató de llevarse las manos a la cabeza, descubrió que no podía moverlas en absoluto. Le habían amarrado ambas muñecas a la estructura de acero de la camilla con cinchas de cuero, como a las locas peligrosas de los manicomios.

—Mierda —barbulló, intuyendo que ese sería el trato que recibiría a partir de ese momento.

Sin poder ni querer evitarlo, las lágrimas comenzaron a escaparse de las comisuras de sus ojos y a resbalar por las mejillas, camino de su nuca.

Lo había hecho todo rematadamente mal. No había tomado ni una sola decisión correcta hasta donde alcanzaba su memoria y, a consecuencia de ello, pasaría el resto de su vida atada a una cama en un centro psiquiátrico o encerrada en una celda de dos por tres, soportando el dolor de haber sido la causante de la muerte de aquellos a quienes más quería.

Con las lágrimas corriéndole por el rostro, meneó la cabeza, desconsolada, lamentando haber soltado la pistola y no haberse pegado un tiro ella misma.

Hasta eso lo había hecho mal, se dijo, resoplando con hastío y prometiéndose a sí misma que se quitaría la vida en cuanto tuviera oportunidad.

Esperaba, al menos, ser capaz de hacer eso bien.

Con la mente embotada por el dolor de cabeza, divagaba sobre las posibilidades de cometer suicidio con las manos atadas, cuando una puerta se abrió con un leve chirrido, y varios pasos irrumpieron en la habitación.

De forma instintiva, Nuria levantó la cabeza y, a causa de ello, el dolor de la sien se la clavó de nuevo como un hierro candente que le atravesara el cerebro. Pero, aun así, entrecerrando los ojos, soportó el martirio para poder ver quién era.

—¿Cómo se encuentra, señorita Badal? —preguntó con voz afectada un hombre alto y de mirada torva, flanqueado por dos guardaespaldas.

Nuria no necesitó ver su cara de cuervo para identificar la repulsiva voz de Jaime Olmedo.

—Que le den… por culo —gruñó con voz pastosa.

En respuesta, Olmedo resopló divertido.

—Ya veo que bien —comentó y, volviéndose hacia sus dos acompañantes, los despidió con un gesto, indicándoles que esperaran fuera.

Los dos agentes vacilaron un instante, seguramente, preguntándose tras sus gafas de espejo si era sensato dejar a su jefe a solas con una peligrosa terrorista.

Olmedo, al ver sus dudas, señaló hacia la puerta con su dedo índice.

—Fuera —ordenó—. Ahora.

Los guardaespaldas aún intercambiaron una última mirada entre ellos, pero terminaron marchándose por donde habían venido.

En cuanto cerraron la puerta a su espalda, Olmedo se volvió de nuevo hacia ella y, con pasos cortos y lentos, se aproximó hasta situarse junto a la camilla.

Nuria pudo oler de nuevo su fétido aliento cuando se situó a su lado y, meneando la cabeza con desaprobación, chasqueó la lengua repetidas veces.

—¿Cómo ha podido ser tan estúpida, señorita Badal? —añadió luego—. Creía que teníamos un acuerdo.

—Váyase a la mierda.

—Podría haber hecho lo correcto —prosiguió Olmedo, como si no la hubiera oído—. Hacer un servicio a su país, salvándose a sí misma y a sus seres queridos. Pero no —añadió decepcionado—, ha tenido que estropearlo todo…, y ahora, su madre y su abuelo sufrirán por su culpa.

—Los habría matado igual —replicó Nuria, sobreponiéndose a las dolorosas punzadas en su sien cada vez que hablaba—. Pero la diferencia es que ahora el mundo entero sabe que usted me amenazó con asesinarlos y, aunque no me hayan creído, si algo les pasa será la prueba de que yo decía la verdad.

En respuesta Jaime Olmedo rio por lo bajo, con una carcajada ahogada que a Nuria le recordó a un asmático con un ataque tos.

—Señorita Badal, señorita Badal… —dijo a continuación, meneando la cabeza—. Parece mentira que no sepa usted cómo funciona el mundo hoy en día. ¿Cuánto tiempo cree que la gente se acordará de sus palabras? Y lo que es más importante ¿a quién le importan? Dentro de unas semanas o unos meses, usted será solo un difuso recuerdo y sus palabras se habrán diluido como una gota de agua en un océano de noticias y cotilleos. Hoy ha tenido su minuto de gloria —concluyó—, pero le aseguro que dentro de muy poco nadie se acordará de usted.

—Puede —concedió—. Pero se abrirá una investigación y se sabrá todo lo que ha pasado en realidad.

—Qué inocente… —Sonrió—. ¿De verdad cree que habrá una investigación?

Nuria se esforzó por disimular un estremecimiento. Por supuesto que no, nunca la habría. De hecho, aún no salía de su asombro por seguir con vida.

—De un modo u otro la verdad saldrá a la luz —dijo en cambio, tratando de infundirse esperanza a sí misma.

—La verdad… —repitió Olmedo, como si le resultara extraña aquella palabra—. La verdad es cuestión de perspectiva, señorita Badal. El mundo entero está perdido, porque cada uno tiene su propia verdad y esta cambia de un día para otro. De cada diez noticias, nueve son falsas o exageradas, y todas tienen la misma credibilidad según las creencias de quien las lea. Por eso España necesita a mi partido y a los Renacidos en Cristo —explicó—, porque somos portadores de certezas. Damos respuestas simples a las preguntas complejas, y nuestra voz es a la vez la de Dios Nuestro Señor —añadió, primero señalando al cielo y luego abriendo las manos con falsa modestia—, expresándose a través de sus humildes emisarios. De modo que… ¿qué palabra cree que tendrá más valor para la gente, señorita Badal? ¿La mía… o la de una terrorista desequilibrada?

—Si mata a mi madre o mi abuelo, demostrará que lo que dije era cierto.

—¿Y quién dice que los voy a matar? —replicó, llevándose la mano al pecho con teatral inocencia—. Su abuelo ya es un hombre mayor, y su madre… vive sola, ¿no es así? Eso es bastante peligroso en estos tiempos que corren. Hay tanto delincuente y tanto refugiado suelto…

Al oír aquello Nuria cerró los puños con fuerza y tensó sus ligaduras, pero estas no cedieron ni un milímetro.

—Psicópata miserable… —barbulló, apretando los dientes con rabia—. Me alegro de haberle jodido sus putos planes para ser presidente.

Olmedo se encogió de hombros ligeramente.

—Ya, bueno… Lo cierto es que me ha complicado un poco las cosas —confesó—, pero nada ha cambiado en realidad. Aunque no haya llegado a disparar, su presencia en los atentados previos la relaciona de forma directa con el ISMA y los refugiados. Una terrorista islámica que se arrepiente en el último momento ante la presencia del líder de España Primero… —añadió satisfecho— es casi tan bueno como si hubiera apretado el gatillo. Solo con su aparición ante las cámaras amenazando a Aguirre nos dará millones de votos por simpatía y demostrará que somos a quienes más temen los terroristas. Ganaremos las elecciones de cualquier modo —concluyó—, y ya poco importará que se revele la enfermedad de nuestro amado líder.

Impotente y desesperada, Nuria no supo qué más responder a aquel hombre que la observaba sin el menor atisbo de empatía. No había odio en aquella mirada, solo la indiferencia del entomólogo clavando un insecto para su colección.

No fue hasta ese momento que comprendió que el secretario general de España Primero y próximo presidente del gobierno era un psicópata de manual.

—No se saldrá con la suya —fue lo único que se le ocurrió decir, negando con la cabeza.

Olmedo se inclinó sobre ella.

—En realidad, ya lo he hecho —siseó a modo de confidencia—. Y ahora, si me disculpa… —Se incorporó señalando hacia la puerta—. Tengo asuntos más importantes que atender.

En respuesta, Nuria le escupió a la cara con toda la saliva y el desprecio que fue capaz de reunir.

—Que te jodan.

Jaime Olmedo dio un paso atrás y sacó un pañuelo de tela de un bolsillo de su americana.

—En fin —resopló, mientras se secaba el rostro con parsimonia—. Le diría que hasta pronto…, pero ambos sabemos que eso no va a pasar. Así que, adiós, señorita Badal —se despidió, llevando su mano derecha sobre el corazón que probablemente no tenía—. Que el Señor se apiade de su alma.

Luego se dio la vuelta y se dirigió hacia la puerta, pero, cuando ya tenía la mano en el pomo, Nuria se dirigió a él.

—Una última cosa, Jaime —le tuteó expresamente.

Este se detuvo de forma instintiva, aunque sin darse la vuelta.

—Arderás en el infierno, hijo de la gran puta —le espetó desde la camilla.

El secretario general no reaccionó a sus palabras, limitándose a salir de la habitación y cerrando la puerta a su espalda con un irritante clic cargado de indiferencia.

Nuria volvió a quedarse sola en aquella enfermería y, sin un antagonista con quien desfogar su rabia, no encontró a nadie más a quien culpar aparte de a ella misma.

Desesperada, buscó a su alrededor cualquier objeto cortante con el que pudiera terminar con su vida en ese momento. El profundo dolor que la atenazaba iba más allá de cualquier dolor que hubiera sufrido antes. Más allá de lo que era capaz de soportar.

Pero entonces, el pestillo exterior chasqueó y la puerta se abrió de nuevo. Cuatro agentes de policía uniformados entraron en la enfermería y mientras dos de ellos montaban guardia, los otros dos se afanaron en quitarle las cinchas de cuero que la sujetaban.

Cuando hubieron terminado, el que lucía galones de sargento le pidió que se incorporara y se sentase en la camilla.

Nuria obedeció sin rechistar, aliviada por poder levantarse.

—Las manos a la espalda, por favor —le pidió a continuación el sargento, sacándose unas esposas de la funda del cinturón.

—¿De qué comisaría sois? —preguntó Nuria—. No me suena haberos visto antes.

—Manos a la espalda —repitió el suboficial, sin atisbo de querer entablar ninguna charla.

Consciente de que no podía hacer otra cosa, Nuria llevó atrás sus manos y al instante sintió el frío acero de las esposas rodeándole las muñecas, con el desagradable cric cric del cierre apretándole un poco más de la cuenta.

—¿Ya ha terminado la ceremonia? —Quiso saber, paseando la mirada entre los cuatro policías—. ¿Adónde me vais a llevar?

Ninguno de ellos hizo el amago de responderla, pero en ese momento la puerta volvió a abrirse y un hombre alto, de rostro pétreo y uniforme de gala de oficial, apareció por la misma.

—Buenos días, cabo —saludó con frialdad.

A pesar de su tono, un puñado de lágrimas afloraron en los ojos de Nuria al ver una cara conocida.

—Hola, comisario.

81

Puig despidió a los cuatro agentes con un gesto y luego se quedó allí plantado, junto a la puerta, como si aun viéndolo le costara creer lo que tenía ante sí y no supiera muy bien cómo reaccionar.

—Nuria… —comenzó a decir, meneando la cabeza—. Nuria… —repitió, y el tono de decepción en su voz le dolió a Nuria más que las descargas de un táser—. Nuria…

—Lo…, lo siento —fue lo único que se le ocurrió argüir.

—Todo esto es culpa mía —prosiguió el comisario—. Sabía que algo iba mal con usted desde el principio, pero no hice lo que debía ni ejercí mi responsabilidad, y bueno… —La señaló con un vago gesto—. Mírese ahora.

—No es culpa suya —le disculpó Nuria—. Lo que dije antes era la verdad. Es ese maldito Jaime Olmedo quien amenazó con matar a mi familia si no asesinaba hoy a Aguirre. Él me dio la pistola en el hospital y es quien está detrás también del intento de atentado de ayer en el mitin. Tiene que detenerlo, comisario, por favor… —imploró, y las lágrimas volvieron a manar desde la comisura de sus ojos—. No deje que haga daño a mi familia.

Puig bajó la cabeza, rehuyendo el contacto visual con su subordinada.

—No me lo ponga más difícil, cabo.

—¡Es la verdad! —alegó—. Es él quien ha movido los hilos desde el principio. Ordenó matar a Vílchez porque descubrió a los terroristas, luego a David porque estaba investigando y se acercó demasiado, y después a Gloria para borrar el rastro y quitarme a mí de en medio. Todo el tiempo ha sido él. ¿De dónde cree que saqué el arma mientras estaba en el hospital? No recibí más visitas, aparte de usted y él. Seguro que puede comprobarlo.

—Eso es algo que investigaremos —afirmó Puig—. Pero el diseño de ese tipo de pistolas puede descargarse en la red y luego imprimirse en cualquier impresora 3D. En el mismo hospital que estuvo, deben tener una.

—Pero ¡me la dio él! —insistió Nuria—. ¿Es que no me está escuchando? Olmedo quiere matar a Aguirre para ocupar su lugar, pero necesita que parezca un atentado para convertirlo en mártir, ganar apoyo hacia su partido y lograr que lo elijan presidente en las elecciones de la semana que viene.

Puig cerró los ojos y se llevó la mano a la frente con incomodidad.

—Claro, claro… —asintió—. Me pondré a ello de inmediato.

—¡Es cierto! —estalló Nuria—. ¡No me dé la razón como si estuviera loca, joder!

—Acabo de verla apuntando con una pistola a la cabeza de un hombre, mientras soltaba una arenga sobre el secretario general de un partido político ultracatólico, organizando atentados yihadistas contra ellos mismos —alegó—. ¿Qué pensaría si estuviera en mi lugar?

Nuria resopló por la nariz, al tiempo que negaba con la cabeza.

—Supongo que lo mismo —admitió, bajando el tono de voz—. Pero solo le estoy pidiendo que investigue un poco, comisario. ¿Acaso cree que me he convertido en una terrorista islámica de la noche a la mañana? ¿No le parece que hay algo muy raro en todo esto? ¿Qué le dice su instinto de policía? —le espetó finalmente.

Puig guardó un esperanzador silencio durante varios segundos, y a Nuria le pareció que la chispa de una duda razonable prendía en él.

—No es a mí a quien ha de convencer.

—Lo sé. Pero… ¿me cree? —preguntó, casi implorando—. Necesito saberlo.

El rictus circunspecto de Puig no varió ni un ápice, pero Nuria quiso ver un rastro de piedad en sus ojos.

—Si tiene pruebas de lo que afirma, podrá presentarlas cuando vaya a juicio y será entonces cuando se decida si lo que dice es cierto.

—Olvídese —Nuria negó con la cabeza—. No habrá ningún juicio. Al menos, ninguno en el que yo esté presente. Olmedo se encargará de que sufra un accidente o algún fanático Renacido me pegue un tiro, de eso estoy segura. —Puig fue a abrir la boca para objetar, pero Nuria no le dejó hacerlo—. Solo le pido que investigue —prosiguió— y que, por favor, proteja a mi familia de ese monstruo. Prométamelo.

—Yo no puedo...

—Prométamelo —le rogó—. No puedo recurrir a nadie más, comisario. A pesar de... todo esto —tironeó de las esposas a su espalda—, confío en usted. Ahora mismo es el único que puede ayudarme.

Puig frunció los labios, en aparente lucha consigo mismo.

—Haré lo que esté en mi mano —aseveró finalmente—. No puedo prometerle nada más.

Aquel era el mayor compromiso que podría obtener de su comisario. Tendría que valer.

—De acuerdo —aceptó Nuria, exhalando un suspiro—. Gracias.

En respuesta Puig asintió en silencio, como si le costara incluso aceptar aquel mínimo agradecimiento.

A pesar de los gruesos muros de piedra del templo y el incesante aullido del viento, Nuria alcanzó a oír las voces de los cincuenta mil fieles reunidos en el exterior, gritando una repetitiva consigna que era incapaz de distinguir.

—¿Qué es lo que dicen? —preguntó, aguzando el oído.

De nuevo, Puig dudó si contestar, como si no estuviera seguro de que esa fuera una información que debiese compartir con ella.

—Quieren que te entreguemos —aclaró, en un inesperado tono de confidencia.

Que de pronto Puig hubiera pasado a tutearla, más que reconfortarla le provocó un escalofrío de preocupación.

—¿Que me entreguéis? —preguntó.

—A ellos —puntualizó Puig—. O vendrán a por ti.

Nuria tardó unos instantes en comprender.

—Mierda.

Fernando Gamboa

—Que apuntara a su idolatrado líder con una pistola al parecer los ha cabreado bastante.

Nuria imaginó a todos aquellos miles de fervientes Renacidos sitiando el templo, enarbolando horcas y antorchas encendidas como cuando siglos atrás se dedicaban a quemar brujas.

—Tranquila —la calmó Puig, al ver su gesto de preocupación—. La sacaremos de aquí enseguida.

—¿Cómo?

—No hay espacio donde hacer aterrizar un helicóptero, así que lo haremos por tierra.

—¿Con toda esa gente ahí fuera? —preguntó escéptica.

—Tenemos una tanqueta blindada.

Nuria fue a comentar que eso no iba a ser suficiente para contener a una turba que pretendía lincharla, cuando la puerta de la enfermería se abrió y apareció un miembro de las fuerzas especiales con su uniforme negro, un fusil de asalto colgando en bandolera y una bolsa de El Corte Inglés en la mano.

—Comisario —se cuadró nada más entrar—. La tanqueta está preparada y los hombres en posición.

—Gracias, sargento —se acercó hasta él—. Salimos en dos minutos.

—Dos minutos —repitió el suboficial a modo de confirmación y, entregándole la bolsa, añadió—. Aquí tiene lo que solicitó.

—Gracias, sargento —contestó Puig—. Ya puede retirarse.

—A la orden —contestó, cuadrándose de nuevo y saliendo de la habitación.

El comisario se aproximó a Nuria y de forma inesperada, rodeó la camilla y se situó a su espalda.

—Nos marchamos —dijo, y la sorpresa fue aún mayor cuando sintió que Puig manipulaba las esposas y con un clic, liberaba el cerrojo y estas se abrían, dejándole las manos libres.

Nuria las llevó de inmediato frente a su rostro, mirándolas como si hubiera creído no volver a verlas jamás.

—No se haga ilusiones —le advirtió el comisario, y ofreciéndole la bolsa le indicó—. Póngase esto.

Nuria tomó la bolsa y abriéndola sacó de la misma una gran pieza de tela blanca que tardó unos instantes en identificar.

Desconcertada, levantó la vista hacia el comisario cuando comprendió de qué se trataba.

—Debe de estar bromeando —apuntó incrédula, sosteniendo en alto aquella suerte de sábana de tacto áspero y trama gruesa.

—Vamos, no tenemos tiempo que perder —le apremió Puig.

Con un suspiro de resignación, Nuria se introdujo la holgada túnica por la cabeza y los brazos, dejándola caer por su propio peso hasta que le llegó casi a los pies. Se aseguró de que se la había colocado de la forma correcta, disimulando el cuello del uniforme de policía bajo el recatado escote y, al volverse hacia una vitrina de cristal para comprobar que parecía una Renacida más, su corazón le dio un vuelco al descubrir que no era así.

No era una Renacida más. El cristal le estaba devolviendo el reflejo de su madre.

Vestida igual que ella lo hacía en las reuniones de su Iglesia, el parecido entre ambas se acrecentaba hasta resultar doloroso. Con unas cuantas arrugas más y unos hematomas menos, casi podrían haber pasado por hermanas.

—Joder —rezongó, al descubrir cuánto le dolía esa imagen y comprender que, de algún modo, ambas habían acabado con el mismo atuendo para protegerse de algo. Ella de una turba enfurecida y su madre de una realidad que detestaba, pero huyendo ambas a fin de cuentas.

—Es hora de irse —le urgió Puig, sacándola del trance—. Irá sin esposar para no llamar la atención, pero no haga ninguna estupidez, se lo advierto. —Apuntó con el índice hacia la pared—. Hay más de mil policías rodeando el templo, y eso sin contar con que, si la descubren los piadosos devotos de ahí fuera, acabará colgada de una farola o lapidada en mitad de la calle sin que podamos hacer nada para evitarlo, ¿comprende lo que le digo?

—No voy a salir corriendo —alegó Nuria, bajando los hombros—. Estoy demasiado cansada.

—Ya —asintió Puig, sin cara de estar muy convencido—. Pero por si acaso…

Y metiendo la mano en el bolsillo, sacó del mismo una pulsera táser y la ciñó a la muñeca izquierda de Nuria. Cuando se sintió convencido de que no podría quitársela, volvió a meter la mano en el bolsillo para sacar esta vez un pequeño mando a distancia con un solo botón rojo y mostrárselo.

—Esto no es necesario —alegó Nuria, contemplando aquella pulsera de aspecto inocente, pero que podía lanzarle una descarga eléctrica de setecientos voltios y dejarla de nuevo inconsciente. No era una experiencia que le apeteciese repetir.

—Eso espero —contestó Puig—. Si tengo que usarla, llamará la atención de la gente sobre usted y…, bueno, no queremos que eso pase, ¿no?

—No —resopló Nuria, negando con la cabeza—. Supongo que no.

—De acuerdo entonces —asintió Puig, llevando al bolsillo del pantalón la mano donde guardaba el mando—. Yo iré delante, pero no se aleje de mí más de un metro, ¿entendido? Ah, y cúbrase con la capucha, que no le vean la cara.

Nuria asintió obediente y, echándose la capucha sobre la cabeza, sintió como si de pronto el mundo desapareciera para ella y ella desapareciera para el mundo. Todo lo que veía era la punta de sus zapatos y el pequeño espacio de suelo frente a ellos, como si ya no hubiera nada más.

Ese inocente gesto le hizo entender por qué tantas mujeres asqueadas con sus circunstancias decidían recluirse bajo aquel o cualquier otro hábito. Era una concha, un último lugar donde evadirse y refugiarse, quizá el único método que les quedaba para dejar fuera todo aquello que las amenazaba o las hacía sufrir.

Puig abrió la puerta de la enfermería y, tras intercambiar unas palabras con los agentes que custodiaban la puerta, Nuria escuchó sus pasos alejándose por el pasillo de la derecha.

—Adelante —le indicó Puig—. Péguese a mí y no levante la cabeza.

Y sin esperar respuesta, giró a la izquierda y comenzó a caminar a paso tranquilo por el pasillo.

A Nuria le extrañó que los dos agentes se hubieran marchado en dirección contraria, pero cuando quiso preguntarle, empezaron a cruzarse con otras personas y prefirió mantener la boca cerrada. Su voz se había vuelto demasiado conocida últimamente.

Aun con la mirada puesta en las baldosas de mármol que transcurrían bajo sus pies, Nuria era consciente de que cada vez había más gente a su alrededor, cuchicheando con nerviosismo sobre lo que estaba sucediendo. Nuria solo lograba captar fugazmente palabras como terrorista, huracán o multitud, pero resultaban suficientes como para hacerse una idea bastante precisa de la situación. Solo faltaba que la acusaran de invocar el temporal, para convertirse en una villana de película de superhéroes.

—Por aquí —le indicó Puig—. No se aleje.

Nuria estuvo a punto de replicar que seguía pegada a su culo, pero en ese momento había tanta gente a su alrededor que no se atrevió ni a toser.

De pronto, una puerta se abrió frente a Puig con un crujido de madera y, aun encontrándose tras él, una inesperada ráfaga de viento le levantó la capucha haciendo que la lluvia impactara contra su rostro como un centenar de agujas.

Sorprendida, Nuria aún tuvo los reflejos para agarrar el borde de la capucha y volver a cubrirse con ella con rapidez; pero no antes de darse cuenta de que se encontraban frente a las puertas de la fachada de la Pasión de Cristo. Justo donde varios miles de Renacidos gritaban y alzaban puños y palos, con una ira muy poco cristiana, exigiendo que les entregaran a la terrorista para ajusticiarla y amenazando con romper el cordón policial que a duras penas lograba contenerlos.

Lo que sin embargo no había era vehículo blindado alguno, ni tanqueta, ni medio de transporte a la vista dispuesto para su evacuación. Nada.

Solo fanáticos religiosos ocupando la plaza de la Sagrada Familia, soportando la furia de la tormenta y sedientos de sangre.

Su sangre.

Puig la había traicionado y allí, bajo los frisos que representaban a Judas entregando a Jesús a los romanos, Nuria supo que, confiada, le había seguido como un cordero y, a cambio, este la había conducido al matadero.

82

Abrumada por aquella última traición, Nuria levantó la cabeza y se volvió hacia Puig, decidida a mirar a los ojos a su verdugo y preguntarle por qué.

Este, sin embargo, parecía estar ignorándola deliberadamente y solo prestaba atención a la exacerbada muchedumbre, aguardando con la mano sobre el micrófono de la radio.

Justo cuando Nuria fue a abrir la boca para preguntarle por sus mentiras, este acercó los labios al micrófono y accionó el botón de emitir.

—Aquí Puig —se identificó—. Equipo uno, salgan ya.

—*A la orden* —contestó una voz en la radio—. *Nos ponemos en marcha.*

Nuria seguía con la vista puesta en el comisario cuando este pareció recordar su existencia y se volvió hacia ella, frunciendo el ceño al verla con la cabeza levantada.

—Agáchese, por Dios —le recriminó impaciente—. Si alguien la reconoce estamos jodidos.

Nuria parpadeó ante su recriminación. ¿A qué estaba jugando el comisario?

—¿Qué coño está pasando? —inquirió desafiante, sin dejar de mirarlo—. ¿Va a entregarme a esos fanáticos?

Ahora fue Puig quien la miró con desconcierto.

—¿Qué?

—¿Va a entregarme a esa gentuza? —repitió Nuria, levantando la mano para señalar a la turba que insistía en romper el cordón policial, pocos metros más allá de donde se encontraban—. Para salvar su culo y el de los que están aquí dentro, ¿no?

Para sorpresa de Nuria, la respuesta de Puig fue de estupor primero y después de algo demasiado parecido a la vergüenza ajena, poniendo los ojos en blanco.

—¿En serio cree que voy a entregarla para que la linchen? —preguntó, vagamente ofendido—. ¿Tan ruin me cree?

Nuria tragó saliva.

—Entonces... ¿qué hacemos aquí? —inquirió, resistiéndose a cambiar de tono—. ¿Y dónde está ese vehículo blindado?

Pero no había acabado de formular la pregunta cuando sintió cómo algo le sucedía a la multitud del exterior.

De pronto, algo cambió en el ambiente y los gritos desordenados de los manifestantes se apagaron por un instante, sustituidos por un rumor creciente como el de un avión acelerando los motores para despegar.

Nuria se volvió hacia ellos, preguntándose qué estaba pasando, cuando el rumor se convirtió en voces de alerta y, sin razón aparente, la muchedumbre comenzó a dispersarse, olvidándose de cargar contra el cordón policial y saliendo en desbandada hacia izquierda y derecha, como si trataran de llegar a toda prisa al otro lado del templo.

—La tanqueta es solo el cebo —aclaró Puig, viendo el desconcierto en el rostro de Nuria—. ¿Para qué la íbamos a disfrazar de Renacida, si no? Tardarán un rato en darse cuenta de que no se trata de usted y para entonces, ya nos habremos ido.

—Pero ¿cómo vamos a irnos? —inquirió, buscando con la vista algún medio de transporte.

—Caminando tranquilamente —explicó Puig, señalando al frente.

—Pero aún queda gente ahí —indicó Nuria, observando que, aunque la gran mayoría se había marchado en desbandada, todavía había varios cientos de manifestantes montando guardia frente a la puerta, la mayoría con las túnicas blancas de los Renacidos más adeptos—. ¿Vamos a tener una escolta?

Fernando Gamboa

—Eso solo llamaría más la atención —explicó Puig, negando con la cabeza—. El plan no es perfecto —añadió, con tono tranquilizador—, pero lo conseguiremos si se hace pasar por uno de ellos.

Nuria necesitó un instante para hacerse una idea del nuevo escenario.

Dos minutos atrás pensaba que el comisario la estaba traicionando. Ahora se estaba planteando cruzar una plaza plagada de fanáticos que la colgarían del árbol más cercano de tener oportunidad. Si uno solo llegaba a reconocerla, no habría fuerza policial capaz de evitar que la lincharan.

—Con todo el respeto, comisario…, es una mierda de plan —resopló meneando la cabeza.

—Tiene razón —admitió Puig—. Pero no tenemos ninguno mejor. —Y ciñéndose la gorra, preguntó—. ¿Está lista?

Nuria sentía que las piernas le flojeaban de puro terror, y temió que pudieran fallarle en cualquier momento. Tenía el horrible presentimiento de que acabaría trastabillando y cayendo el suelo cuan larga era, llamando la atención y provocando que la reconocieran y mataran allí mismo.

Tratando de infundirse valor a sí misma, tomó aire profundamente y, levantando la mirada, contempló una última vez a la iracunda multitud, a los árboles aullando por la furia del viento y al intenso aguacero que los ametrallaba desde el cielo, emborronando la silueta de las personas y los edificios.

—No. No estoy lista —contestó al fin a la pregunta del comisario, al tiempo que bajaba la cabeza y volvía a cubrirse con la capucha—. Pero vamos allá.

Nuria de nuevo siguió los pasos de Puig, que no vaciló en franquear la puerta principal y dirigirse en línea recta hacia el cordón policial que, afortunadamente, se había visto aligerado de la presión de los manifestantes.

La lluvia y el viento la golpeaban desde todas direcciones, empapándole la túnica y aguijoneándole las manos y el rostro, mientras que la fuerza del viento la obligaba a inclinar el cuerpo para conservar el equilibrio.

—¡No te separes! —le advirtió Puig, viendo que se había distanciado un par de metros.

Nuria estuvo por replicarle que no era fácil caminar contra el viento con la cabeza agachada y sin poder ver adónde iba, pero se limitó a apretar el paso hasta situarse justo a su espalda.

Cuando alcanzaron el cordón policial, Nuria escuchó cómo Puig daba un par de órdenes a los agentes que lo formaban, y al instante se abrieron e hicieron un hueco en las vallas de protección para que pasaran.

Inevitablemente, aquello llamó la atención de los muchos Renacidos que aún quedaban en la plaza, y cuya justa ira los llevaba a soportar la lluvia bajo sus túnicas blancas, alzando sus voces por encima del estruendo del temporal reclamando venganza.

Con aparente indiferencia, Puig se adentró perpendicularmente en la vociferante multitud, levantando recelosas miradas a su paso y que de momento caían solo sobre él. Incluso alguno que otro llegó a recriminarle en voz alta al pasar por su lado que no hubieran protegido a Salvador Aguirre como era su obligación, pero el uniforme de policía, su arma al cinto y la contundente presencia física del comisario hicieron que nadie pasara de ahí.

Nuria, caminando en silencio a la estela de Puig, no se atrevía a hacer otra cosa que no fuera mantener la cabeza gacha y procurar que nadie reparase en ella, como si fuera invisible. Todo lo que veía dentro del reducido campo de visión que le permitía la capucha era la punta de sus propios zapatos y los talones de los del comisario. Su mundo se reducía a esos dos únicos aspectos; pasar desapercibida entre la multitud y no perder de vista a Puig. Si esto sucedía, el comisario podía llegar a creer que estaba tratando de huir y, en consecuencia, activar la pulsera táser, lo que la dejaría sufriendo convulsiones en el suelo y llamando la atención como si llevara una sirena en la cabeza. Y eso no sería nada bueno para su salud.

A pesar de sus temores iniciales sobre la insensatez del plan, Nuria se fue sintiendo cada vez más tranquila y confiada, así que, cuando por el rabillo del ojo se apercibió de que ya se encontraban a medio camino de salir de la plaza y cada vez había menos gente a su alrededor, se permitió el lujo de exhalar aliviada, como si hasta ese instante hubiera estado aguantando la respiración.

—Joder... —musitó entre dientes, relajando la tensión que la hacía llevar crispados los puños.

Pero, justo entonces, sintió que alguien la sujetaba del brazo por detrás, reteniéndola con firmeza.

—¿Hermana? —preguntó una voz de hombre a su espalda—. ¿Se encuentra usted bien?

Nuria, paralizada por la sorpresa, se quedó completamente quieta, viendo cómo los pies de Puig se alejaban de ella y, sin que este pareciese darse cuenta de lo que sucedía.

—¿Está usted bien, hermana? —insistió el desconocido—. ¿Tiene algún problema con la policía? ¿Necesita ayuda?

Eso era, comprendió Nuria. Al verla seguir tan de cerca y de forma tan sumisa a Puig, daba la acertada impresión de que la llevaban detenida.

En circunstancias normales se habría reído del malentendido y resuelto el problema dándole las gracias por el interés, pero que se metiera en sus asuntos. Pero claro, aquellas circunstancias no tenían nada de normal, y solo con abrir la boca ya corría el riesgo de que reconocieran su voz. Ni qué decir, que lograran verle la cara o tuvieran la remota sospecha de que pasaba algo raro.

El inoportuno samaritano no aflojaba su presa y a cada segundo que pasaba, aumentaba el riesgo de que Puig se diera la vuelta, no la viera detrás de él y creyendo que huía le soltara una descarga eléctrica.

Tenía que hacer algo, y rápido.

—Estoy bien —contestó sin volverse, impostando tanto la voz que sonó como un personaje de dibujos animados.

Al contrario de lo que pretendía, su penosa actuación provocó aún más extrañeza en el hombre, que sin soltarla del brazo se situó enfrente.

—Algo malo le pasa. Lo sé —concluyó el desconocido—. ¿La han detenido?

A su alrededor, decenas de Renacidos seguían lanzando gritos de protesta con el puño en alto, reclamando la entrega de la terrorista, pero algunos de ellos dejaron de pronto de hacerlo y Nuria sospechó que se había convertido en un indeseado foco de atención.

—He intentado colarme para ver al Santo Padre —improvisó, modulando la voz para no parecer tan fingida—. Pero me han descubierto.

—¿Y la han detenido por eso? —inquirió el hombre, en un tono de conspiración—. Pues quédese aquí —sugirió—. El policía no se ha dado cuenta de que la ha perdido y entre el resto de hermanos y hermanas no podrá encontrarla.

La constatación de que Puig se había alejado, lejos de tranquilizarla le provocó un escalofrío. En cualquier momento recibiría la descarga.

—No, tengo que irme —replicó Nuria, tratando de zafarse de aquel hombre al que ni siquiera veía la cara.

—Pero hermana, usted... —insistió aquel, sin soltarla.

—¡Que me sueltes, coño! —explotó Nuria, apartándolo de un manotazo y alzando la voz más de la cuenta. Su auténtica voz.

Durante un segundo eterno Nuria se quedó paralizada, lamentando su estallido de cólera y temiendo que aquel pelmazo, o algún otro a su alrededor, la hubiera reconocido.

Pero nadie dijo nada. A su alrededor se formó una burbuja de silencio que apagó incluso los gritos de los manifestantes, ahora pendientes de ella.

A pesar de que lo que le pedía el cuerpo era salir corriendo tras el comisario, supo que sería un error hacerlo. Darle un manotazo a un hermano de culto no era propio de una buena Renacida, y salir corriendo sin motivo aparente, menos aún.

La cabeza le hervía en busca de una salida que no terminara con ella corriendo delante de una turba dispuesta a lincharla.

—¡Muerte! —exclamó con una súbita inspiración, volviéndose hacia la entrada del templo—. ¡Muerte a la terrorista! ¡Viva el Papa! ¡España Primero! —añadió, aún con la cabeza gacha pero alzando el puño, gritando con toda la fuerza de sus pulmones.

En respuesta, los que estaban a su alrededor corearon sus proclamas, inspirados por su fervor.

—¡Muerte a la terrorista! ¡Viva el Papa! —la secundaron.

—¡Muerte a la terrorista! —insistió Nuria, descubriendo que no estaba en total desacuerdo con esa petición—. ¡A la hoguera con ella! —añadió sin pensarlo, temiendo al momento haberse pasado de la raya.

Sin embargo, un instante después, decenas de voces comenzaron a repetir con entusiasmo a su alrededor.

—¡A la hoguera! ¡A la hoguera!

Nuria recordó entonces que era a ella a quien proponían quemar viva, y presa de un súbito escalofrío supo que no podía perder un segundo más entre aquella gente.

Con disimulo y sin bajar el puño comenzó a caminar hacia atrás, rezando para no tropezar con nadie y que nadie se diera cuenta de su discreta retirada.

Pero, claro, eso era mucho pedir.

No había dado ni dos pasos cuando alguien la sujetó por detrás, agarrándola por la muñeca izquierda para inmovilizarla.

Instintivamente se revolvió con fiereza, harta de que esos misóginos Renacidos se creyeran con derecho a sujetar a una mujer como si fuera un perro.

Pero al volverse no se encontró frente a una túnica blanca, sino ante una casaca azul marino con botones dorados y galones en las hombreras.

Alzando la vista, descubrió unas facciones demasiado familiares y unos ojos que la escrutaban con dureza bajo la visera de la gorra de plato.

—Le he dicho que no se separe —la recriminó ásperamente.

Nuria, en cambio, sintió una oleada de alivio al reconocer las facciones angulosas e inescrutables del comisario Puig y tuvo que contenerse para no darle un abrazo.

83

Nadie más volvió a fijarse en ella mientras abandonaban la plaza de la Sagrada Familia, dejando atrás a la vociferante multitud y con ello la angustiosa preocupación por ser descubierta.

Afortunadamente, más allá de los fanáticos y los policías que protegían el templo de su asedio, no había ni un alma en las calles. Los barceloneses medianamente sensatos se encontraban en sus respectivas casas, protegiéndose de la furia de los elementos, de modo que, cansada ya de ir encorvada, Nuria se sintió lo bastante segura como para enderezarse y al fin alzar la mirada.

Suponía que en cualquier momento aparecería un furgón policial para conducirla a comisaría, por lo que en silencio siguió caminando tras los pasos de Puig, quien se estaba internando ya por la calle Mallorca.

Observando la nuca del comisario, se le ocurrió que si encontraba un objeto contundente podría golpearlo por detrás y dejarlo inconsciente, para a continuación hacer mutis por el foro. Sería algo ruin y, si no lo dejaba fuera de combate con el primer golpe, no tendría un segundo intento, pero ¿qué podía perder? Con todos los crímenes que llevaba acumulados, sumar el de agresión a la autoridad sería solo la guinda del pastel.

Pero lo cierto es que ya estaba cansada de huir y, sin nadie más a quien recurrir, Puig era la única y remota esperanza que tenía de mantener a su familia a salvo de las amenazas de Olmedo.

De pronto, como si le hubiera leído el pensamiento, Puig se detuvo en seco y se volvió hacia ella.

Nuria temió por un instante que hubiera estado pensando en voz alta sin darse cuenta, confirmando las sospechas de que estaba como un cencerro.

Pero el comisario no la acusó de planear agredirlo. Lo que hizo, en cambio, fue señalar la puerta de un Jaguar I-Pace plateado aparcado junto a la acera y decir secamente:

—Adentro.

Nuria miró alternativamente al automóvil y a Puig, sin comprender.

No fue hasta que este rodeó el vehículo y abrió la puerta del conductor que Nuria comprendió lo que pretendía.

—Vamos —insistió Puig—. Estamos perdiendo el tiempo.

Nuria fue a preguntar qué prisa había, si es que llegaba tarde a algún sitio, pero antes de poder hacerlo el comisario se metió en el coche y ya no le quedó más remedio que imitarlo.

En cuanto se sentó, la empapada túnica comenzó a chorrear sobre el asiento como si exprimiera una esponja, mojando la tapicería y formando un creciente charco de agua a sus pies.

—Un momento —dijo y, con un bufido de hartazgo, se sacó la túnica por la cabeza y, abriendo la puerta, la lanzó con ensañamiento lo más lejos que pudo.

—¿Ya ha terminado? —inquirió Puig, alzando una ceja impaciente.

Nuria cerró con un deliberado portazo y confirmó, sacudiéndose el agua del pelo:

—Sí, ya he terminado.

Puig aguardó unos segundos, como esperando que fuera a añadir algo más para poder reprenderla, pero Nuria decidió no darle ese gusto y guardó silencio sin siquiera mirarlo, cruzándose de brazos como una niña molesta con un padre estricto.

Viendo su actitud, Puig optó por poner los ojos en blanco y sin decir una palabra arrancó el vehículo, que con un siseo eléctrico maniobró de forma autónoma para incorporarse a la inexistente circulación. A continuación, apoyó las manos sobre el volante, desactivó el piloto automático y prosiguió en línea recta hasta la confluencia con la avenida Diagonal, donde dobló hacia la izquierda por el paseo de San Juan.

A Nuria le pareció extraño que, teniendo en cuenta todo lo que había pasado, Puig estuviera trasladándola a comisaría en lo que parecía ser un lujoso vehículo policial camuflado. Ya se habían alejado lo suficiente de las multitudes como para tener que seguir ocultándola, al fin y al cabo, no era una simple carterista a la que hubiera atrapado robando en el metro.

Estuvo tentada de preguntarle qué estaba pasando; por qué iba sentada en el asiento del copiloto y no encadenada en la caja de un transporte policial con media docena de agentes apuntándole a la cabeza.

Sin embargo, tras pensarlo un momento supuso que querían que todo su traslado se realizara de la manera más discreta posible, evitando de ese modo que los Renacidos supieran dónde la llevaban y que al cabo de unas horas trataran de sitiar el lugar en cuestión.

Además, concluyó a la postre, ese no era su problema y bien pensado quizá se trataba de una de esas ocasiones en las que resultaba buena idea mantener la boca cerrada.

Por la dirección que llevaban, Nuria dedujo que se dirigían a la jefatura de la plaza de España, la más grande de Barcelona y su destino previsible, pero cuando llegó el punto en que debían acceder al aparcamiento subterráneo de la comisaría, Puig no desaceleró en absoluto sino que pasó de largo, para a continuación rodear la glorieta de la plaza de España y encarar la avenida María Cristina en dirección a la montaña de Montjuïc.

—Esto..., ¿no nos hemos pasado? —advirtió Nuria, volviendo la cabeza en el asiento y viendo cómo dejaban atrás el edificio de cristales tintados con el logotipo de la PNU—. ¿Adónde vamos?

Puig no abrió la boca para contestar.

—¿Comisario? —insistió Nuria, viendo cómo seguían avanzando avenida arriba—. La comisaría está ahí atrás.

—Ya lo sé.

—¿Y entonces? ¿Adónde me lleva?

—Ya lo verá. Confíe en mí.

Nuria, extrañada con que Puig se dirigiera a ella en esos términos, guardó unos instantes de silencio mientras el vehículo tomaba la avenida del Estadio y comenzaba a serpentear montaña arriba. Allí solo se encontraban las instalaciones olímpicas, los miradores de la ciudad y… la prisión del Castillo de Montjuïc. El siniestro centro penitenciario de infausta historia, reacondicionado hacía unos años para albergar a los líderes independentistas catalanes. Una cárcel de alta seguridad y bajas garantías, donde se rumoreaba que las torturas y los «suicidios» estaban a la orden del día. Uno de esos lugares donde, si se entraba, había pocas posibilidades de volver a salir.

—¿Qué…, qué está pasando, comisario? —inquirió alarmada—. ¿Me está llevando al castillo?

Puig la miró de reojo, pero no contestó. Lo que en cambio sí hizo fue salir de la amplia avenida que llevaba a la prisión y tomar una estrecha calle lateral, respondiendo así a su pregunta.

—Pero… ¿adónde demonios vamos? —preguntó de nuevo, asomándose por la ventanilla—. Por aquí no se va al castillo ni a ninguna otra parte.

Esta vez sí, Puig se volvió hacia ella, pero no para darle explicación alguna sino tan solo para advertirle.

—Agárrese.

Aturdida, Nuria creyó haber oído mal.

—¿Qué?

—¡Que se agarre! —repitió el comisario, pisando el pedal del acelerador y apuntando con el vehículo hacia un grueso álamo de los que flanqueaban la carretera.

—¡No! ¡No! —gritó Nuria, al ver cuáles eran sus intenciones, cruzando los brazos frente al rostro para protegerse, anticipándose al inminente impacto.

Un segundo más tarde, como a cámara lenta, Nuria fue testigo de cómo el morro del Jaguar colisionaba y se deformaba como si quisiera abrazar el tronco del árbol.

Una milésima de segundo después los acelerómetros activaron los airbags y media docena de bolsas blancas se hincharon a su alrededor de forma instantánea, comprimiéndola contra el asiento desde todas las direcciones y arrancándole el aire de los pulmones.

El brutal rebote la aplastó contra el airbag y sintió cómo todos sus órganos internos pretendían proseguir en línea recta independientemente de que el cuerpo se hubiera quedado atrás. Luego salió despedida de nuevo hacia el asiento y su nuca rebotó contra el reposacabezas con tanta fuerza que creyó que le iba a romper el cuello.

Cuando el vehículo se detuvo al fin y los airbags se deshincharon como flotadores pinchados, cayó de nuevo hacia adelante y solo el cinturón de seguridad evitó que se golpeara la frente contra la guantera.

Nuria quedó inerte, sujeta por el cinturón de seguridad y con la cabeza colgando hacia adelante, conmocionada por la salvaje colisión y las sacudidas. El estruendo del accidente había dado paso a un fantasmagórico silencio, sobre el que se imponía el ruido del viento y la lluvia golpeando la chapa del coche; una molesta lluvia que le azotaba el rostro a través del destrozado parabrisas y que la llevó a abrir los ojos, saliendo poco a poco de su estado de semiinconsciencia.

Frente a ella, la chapa del capó aparecía arrugada como un acordeón mientras que el tronco del árbol se encontraba desconcertantemente cerca, casi al alcance de su mano. Los restos del parabrisas, convertido en cientos de trocitos de vidrio templado, se esparcían sobre el salpicadero, sus piernas y el suelo bajo sus pies.

—Nuria —dijo una voz a su lado, al tiempo que alguien le apretaba el hombro—. Nuria —repitió—. ¿Se encuentra bien?

Parpadeando confusa, se pasó la mano por la frente para secársela y se volvió hacia su izquierda.

—¿Comisario…? —inquirió, como si se preguntara por qué estaba ahí—. ¿Qué…, qué ha pasado?

—¿Se encuentra bien? —repitió Puig.

—Sí, yo… No sé —dijo, moviendo las manos frente a sí, comprobando que aún podía moverlas—. Creo que sí.

—Estupendo —se felicitó, para añadir a continuación—. Vamos, no tenemos tiempo que perder.

Nuria se lo quedó mirando, desconcertada.

—¿Qué?

—Salga del coche —le instó, mientras hacía lo propio, abriendo la puerta con algo de dificultad—. Los equipos de emergencia estarán aquí en menos de cinco minutos.

Nuria siguió con la vista a su comisario, mientras rodeaba el vehículo por detrás y, situándose junto a su puerta, la abría como un chófer impaciente.

—¿Qué está pasando? —insistió Nuria sin hacer gesto alguno y, ordenando al fin sus pensamientos, añadió—. ¿Por qué se ha estrellado contra el árbol?

—No hay tiempo para explicaciones —replicó, y sacándose un pequeño inyectable del bolsillo de la americana, le quitó el capuchón y sin contemplaciones lo clavó en cuello de Nuria antes de que esta tuviera ocasión de reaccionar.

—¿Qué coño hace? —protestó, llevándose la mano al cuello demasiado tarde—. ¿Qué me ha inyectado?

Pero antes de que pudiera recibir ninguna respuesta, experimentó cómo una oleada de calor se expandió desde su cuello al resto del cuerpo, recorriendo irresistible venas y capilares, alcanzando cada terminación nerviosa y cada músculo de su organismo.

De inmediato las pulsaciones del corazón redoblaron su ritmo, bombeando sangre como un pistón neumático, y su cabeza se despejó como si una ráfaga de viento se llevara todos sus pensamientos superfluos y solo dejara una resplandeciente percepción de todos y cada uno de sus sentidos.

En cuestión de segundos, su cuerpo y su mente parecieron elevarse a un nivel que nunca en su vida había logrado alcanzar. Un nivel, comprendió enseguida, que ni siquiera había imaginado que fuera posible.

Bajo aquella súbita claridad su respiración se calmó y, volviéndose hacia Puig, lo miró a los ojos.

—Me ha inyectado limbocaína —afirmó sin asomo de duda. Pero no como un reproche, sino como la constatación de un hecho tan inesperado como inexplicable.

84

Nuria se desabrochó el cinturón de seguridad y salió del vehículo como lo haría una mariposa de su capullo, todavía ella misma pero aun así diferente. Bajo un océano de extraña calma, mantenía a raya el deseo de cada fibra de su organismo por desatarse, por explorar, por volar con sus nuevas alas.

En el fondo de su cerebro una voz le advertía de que aquellas sensaciones eran engañosas, que su cuerpo seguía siendo el mismo y todo aquello era producto de la limbocaína; que la metamorfosis duraría lo que durase el efecto de la droga en su torrente sanguíneo. Pero era una voz ahogada por los cañonazos del corazón en su pecho y el hormigueo en sus terminaciones nerviosas, que parecían capaces de lanzar rayos desde la punta de sus dedos.

Era aquella una voz que apenas lograba oír. Que no quería oír, en realidad.

—¿Por qué? —preguntó una vez fuera del coche, irguiéndose frente a Puig y, por primera vez en su vida, no sintiéndose cohibida ante su presencia.

Se sentía poderosa, capaz de enfrentarse a cualquiera, pues a pesar del uniforme y sus casi dos metros, el comisario no era más que un simple hombre.

—Diré que alguien debió inyectársela en la enfermería. Será la forma de explicar cómo fue capaz de provocar este accidente y luego escapar mientras era mi prisionera. Pero también... —añadió— es la manera de darle una oportunidad para huir.

—No le pregunto por la limbocaína —alegó Nuria, indiferente a la lluvia que resbalaba por su rostro y su ropa—. Le pregunto por qué me está ayudando.

Puig negó con la cabeza.

—Solo estoy haciendo lo correcto.

—¿Cree que soy inocente?

Puig lo meditó un momento antes de contestar.

—Creo que no debería ir a la cárcel.

—Eso no es lo que le he preguntado.

—Pues es la única respuesta que va a tener —arguyó—. Y ahora, márchese —añadió, señalando hacia un sendero que se internaba en la asilvestrada maleza—. Si sigue por ahí, a unos cien metros, encontrará una fuente abandonada y junto a ella, una mochila con documentación, ropa y algo de dinero. No es mucho, pero suficiente como para salir del país.

Nuria, atónita, no podía creer lo que estaba oyendo. Cuando ya lo daba todo por perdido, aquel al que creía convencido de su culpabilidad lo arriesgaba todo por ayudarla a escapar.

—No sé qué decir —masculló, agradecida y desconcertada—. Yo no...

—No tiene que decir nada —la interrumpió Puig—. Y váyase de una vez —insistió—, antes de que cambie de opinión.

—¿Se encargará de proteger a mi madre y a mi abuelo?

—Me encargaré de ellos.

Nuria, satisfecha, asintió quedamente dando un paso atrás y articulando un inaudible «gracias», justo antes de darse la vuelta.

Confusa por el inesperado desarrollo de los acontecimientos, y con la cabeza bullendo por efecto de la limbocaína, se encaminó hacia el inicio del sendero que le había indicado Puig y, abriéndose paso entre los arbustos, comenzó a descender por la embarrada ladera.

No fue hasta entonces, cuando ya se había alejado una decena de metros, que una pregunta se abrió paso en su cerebro con la sutileza de una linterna apuntándole a los ojos.

¿Por qué justo ahora había decidido ayudarla?

Y sobre todo ¿cuándo había dejado esa mochila preparada para ella?

Era imposible que le hubiera dado tiempo, a menos que hubiera sabido lo que iba a pasar. Pero… ¿cómo? Aunque hubiera sospechado de los planes de Olmedo, ella misma no sabía lo que iba a hacer hasta el último momento. ¿Cómo sabía que no iba a apretar el gatillo, que la iban a neutralizar con un táser en lugar de pegarle un tiro o que tendría la oportunidad de sacarla del templo a escondidas?

La respuesta resultó tan evidente, tan obvia, que se detuvo en seco como un perro guardián que llega al final de su cadena.

¿Cómo no lo había visto antes?, se reprochó a sí misma.

Meneando la cabeza, se dio la vuelta y levantó la vista hacia el inicio del sendero.

Allí, inevitablemente, se encontraba el comisario Puig apuntándola con su pistola.

—Lo siento —se disculpó, alzando la voz por encima del estrépito de la lluvia y el viento sobre los árboles.

—No hay ninguna mochila, ¿verdad? —concluyó Nuria, uniendo las piezas en su cabeza.

En lo alto del sendero, el comisario chasqueó la lengua con disgusto.

—Te lo advertí —le recordó—. Te ordené que te apartaras del caso, que te quedaras en casa…, pero no. Desobedeciste mis órdenes, y mira adónde te ha llevado eso —añadió, y Nuria comprendió que aquel inédito tuteo era una forma de despedida.

—Usted borró mis registros en la nube, accedió al sistema de mi cámara y robó mi pistola —tal y como lo iba deduciendo, lo iba expresando con alucinada certeza—. Mató a Gloria —razonó—… y me acusó del asesinato para quitarme de en medio. Joder, la limbocaína… —comprendió al fin—. Usted mandó a ese asesino a matar a Vílchez y a David. —Le señaló con el dedo—. Usted le dio la limbocaína.

—He hecho todo lo posible para mantenerte al margen y protegerte —arguyó sin desmentir ninguna de las acusaciones—, pero ya no puedo ayudarte más.

—¿Ayudarme? —bufó Nuria con desprecio—. ¿En serio te crees eso?

—Desde el principio recibí ordenes de eliminarte —aclaró—. No te imaginas todo lo que he tenido que insistir para mantenerte con vida. Pero, ya ves… —se encogió de hombros—, al final no ha servido de nada.

—¿Quién te lo ordenaba? ¿Olmedo? ¿Lo que te paga vale la vida de David, de Gloria o la mía?

El comisario resopló y negó con la cabeza.

—Sigues sin entender nada —lamentó—. Esto no tiene nada que ver con Olmedo, él es solo una pieza más. Hay en juego cosas mucho más importantes que las intrigas de un político o la vida de quien sea —aclaró—. España se está derrumbando a nuestro alrededor y el deber de un patriota es hacer lo que sea necesario para salvarla.

—¿Salvarla de qué?

—De los propios españoles —aclaró efusivo—. De la cobardía, de la falta de miras, de lo políticamente correcto, de la gente como tú… —concluyó—, que cree que sabe lo que está haciendo y solo consigue estropearlo todo cada vez más.

—¿Y haciéndome matar a Aguirre o volando el Palau Blaugrana se iba a salvar al país? —espetó incrédula—. ¿Es que ha perdido la cabeza?

—Esa iba a ser solo la primera ficha de dominó que tumbara a todas las demás —afirmó—. Pero tú lo has estropeado todo, no tienes ni idea del mal que has hecho.

—Pues me alegro de haber estropeado tus putos planes.

—¿Mis putos planes? —Puig sonrió con amargura—. Esto está muy por encima de mí. Yo solo recibo órdenes y las cumplo, eso es todo. Y si tú hubieras hecho lo mismo —le recriminó—, no estaríamos aquí ahora.

—¿Órdenes de quién? —inquirió Nuria—. ¿De la Central? ¿Del ministerio?

—¿Y eso qué importa? Todos recibimos órdenes de alguien, incluso ellos.

—A mí me importa.

—Ya, bueno…, pero por desgracia no tengo tiempo para eso —explicó, quitándole el seguro a la pistola con el pulgar—. Ojalá esto no acabara así.

—¡Espere, joder! —lo interrumpió Nuria, leyendo en sus ojos la intención de disparar—. ¡No tiene que hacerlo!

El comisario apuntó con su arma a la cabeza de Nuria.

—Lo siento —se disculpó, engarzando el dedo sobre el gatillo.

Nuria supo que Puig iba a disparar en menos de un segundo, pero esa certeza, lejos de atemorizarla, desató un torrente de adrenalina que se expandió en un instante desde la planta de sus pies a los dedos de sus manos.

La limbocaína le entregó el mando de su organismo a la amígdala y, como una pasajera en su propio cuerpo, fue testigo de cómo las piernas se flexionaban y la impulsaban de un salto en dirección a Puig.

El comisario contempló asombrado cómo se elevaba en el aire, apartándose de la mirilla del arma, y cómo al tocar el suelo se lanzaba hacia él haciendo zigzag sendero arriba con una velocidad sobrehumana.

La mente racional de Nuria, condenada en un principio a ser una mera espectadora, dejó de alarmarse y comprendió que quizá tendría una oportunidad. Los diez metros que la separaban de Puig se reducían a cada paso, y el comisario no hacía intención de fijar el blanco en ella. Nuria sabía que, si lograba acercarse a menos de tres metros, estaría en ventaja y ya de poco le serviría la pistola.

Sin embargo, una alarma se encendió en su cerebro al ver que Puig no parecía preocupado mientras ella se acercaba rápidamente, y que su rostro pétreo aún seguía imperturbable cuando ella dio un último salto, abalanzándose sobre él con agilidad felina.

Y justo en ese momento, el comisario abrió su mano izquierda para mostrarle el mando de la pulsera táser que sostenía en la misma y cómo mantenía el dedo pulgar sobre el botón rojo.

Nuria, a merced de su propia inercia, fue incapaz de hacer otra cosa que ver cómo el comisario presionaba el botón y, al instante, una brutal descarga eléctrica se desataba en su muñeca y le recorría todo el cuerpo, contrayéndose en el aire y cayendo al suelo inerte, como una tigresa abatida en mitad de un salto.

Cuando la descarga eléctrica cesó, Nuria levantó la cabeza boqueando en busca de aire, aunque aquello parecía todo lo que podía lograr. Carecía de cualquier control de sus extremidades y solo era

vagamente consciente de que se encontraba tirada en el barro, encogida sobre sí misma y hecha un ovillo.

A pesar de todo esta vez no perdió el conocimiento con la descarga, cosa que atribuyó al efecto de la limbocaína, pero ni siquiera
esa droga era capaz de sobreponerla al efecto paralizante de setecientos voltios.

Por eso Puig le había inyectado la limbocaína. Sabía que con
la pulsera táser podía detenerla cuando quisiera, al tiempo que le
proporcionaba una explicación de cómo había logrado escapar y por
qué no había tenido más remedio que matarla.

Indefensa, Nuria no podía hacer otra cosa que respirar y tratar
de alzar la vista hacia Puig, pero solo alcanzaba a ver la punta de sus
zapatos por el rabillo del ojo.

Lo imaginaba observándola, rendida a sus pies desde sus dos
metros de altura, apuntándola con la pistola mientras se regodeaba
con la sensación de tenerla totalmente a su merced. La partida había
tocado a su fin y él, Olmedo y quien fuera que le daba órdenes habían ganado. Así habían sido siempre las cosas y así seguían siendo;
los poderosos saliéndose con la suya, manipulando a pobres idiotas
como ella para lograr sus fines, lanzándola a la basura una vez lograban lo que querían.

Trató de consolarse, pensando que les había jodido los planes
todo lo que había podido a esos titiriteros, aunque ese mínimo consuelo desapareció de pronto, al recordar que ya nadie iba a proteger
a sus seres queridos de la venganza del futuro presidente. Nada podía
hacer ya por ellos. Ni por ella.

Allí, tirada en el barro, con la lluvia cayendo sobre ella como
paladas de tierra sobre su ataúd, pensó en todo aquello que había
hecho mal; como quien ve su vida pasar ante sí mientras cae desde la
azotea de un edificio.

Había cometido tantos errores de juicio que no le vio sentido
a pasar lista y recrearse en su desgracia. Pero, al pensar en ello, descubrió que, si algo lamentaba de veras, era no haber tenido la oportunidad de despedirse de David, de Gloria, de su madre, de su abuelo, de
Susana, de Elías…, de todas las personas a las que quería. Algunas
de las cuales habían pagado con su vida el estar demasiado cerca de
ella, como si en lugar de una mujer fuera una enfermedad contagiosa.

Quizá merecía que Puig le disparara. Tenía cierta justicia poética que su antiguo comisario y mentor fuera la herramienta del destino impartiendo justicia por todo el mal que había hecho, evitando así que, voluntaria o involuntariamente, pudiera dañar a más gente.

—Siento que esto termine así —dijo la voz grave de Puig muy por encima de ella.

Nuria exhaló el aire de sus pulmones y apoyó la frente contra el suelo, ofreciendo la nuca para recibir en ella un disparo limpio.

«Que sea rápido», rogó, cerrando los ojos con fuerza.

Con el sentido del oído aumentado por la droga, pudo percibir cómo Puig inspiraba y espiraba profundamente antes de repetir:

—De verdad que lo siento.

Y acto seguido, un disparo restalló como un trueno en mitad de la tormenta.

85

Una ráfaga de líquido espeso y caliente salpicó a Nuria en la nuca y, abriendo los ojos, distinguió unas manchas bermellón moteando el barro, diluyéndose en regueros bajo la lluvia.

No entendía lo que acababa de suceder.

No había sentido el impacto de la bala y se preguntó si otro de los efectos de la limbocaína podía ser la ausencia de dolor.

Aún tardó un instante en comprender que un disparo en la nuca no le habría dolido. La habría matado al instante.

Pero, entonces, si aquella no era su sangre...

Levantó la mirada y la respuesta estaba a su lado, entre los arbustos, en forma de cuerpo inerte con uniforme de gala de la policía.

No podía verle el rostro, pero reconoció los zapatos de Puig.

Era incapaz de comprender lo que había pasado y, por un segundo, se planteó la extravagante posibilidad de que, en el último momento, presa de un insoportable sentimiento de culpabilidad el comisario se hubiera suicidado con su propia arma.

Pero aquello era absurdo, concluyó con la cabeza aún abotargada por la descarga eléctrica, alguien le había disparado.

Pero ¿quién?

La contestación llegó en forma de voces que parecían hablar en árabe, pasos apresurados y unos brazos fuertes que la alzaron del barro sin miramientos, cargándosela a la espalda como un saco de patatas y llevándola sendero arriba hasta regresar a la carretera.

Una vez allí, la introdujeron en el asiento trasero de un vehículo que se puso en marcha de inmediato.

La habían encajonado entre dos hombres en mitad de un amplio asiento de cuero negro y, apenas saliendo de su aturdimiento, miró a un lado y a otro para averiguar quién la había secuestrado.

Lo que vio, sin embargo, la dejó sin habla.

Aquellos dos hombres le resultaban muy familiares.

—Hola, Nuria —saludó una voz femenina desde la primera fila de asientos, reclamando su atención.

Nuria se volvió hacia ella, encontrándose con los ojos negros de Aya, que la estudiaban con detenimiento.

—¿Estás bien? —preguntó, vuelta hacia atrás en el asiento del copiloto—. ¿Estás herida?

—¿Qué...? —balbuceó Nuria—. ¿Qué haces aquí? ¿Cómo me has encontrado? —Y al instante comprendió que solo había una pregunta que quería hacerle—. ¿Dónde está tu tío?

—Eso es lo que espero que tú me digas —le espetó Aya con inesperada frialdad.

Nuria se llevó la mano al pecho, desconcertada.

—¿Quién? ¿Yo? ¿Y cómo quieres que lo sepa?

—La última vez que lo vi, se iba en un taxi contigo.

—Pe..., pero él desapareció —masculló—. En las alcantarillas..., yo, no... ¿No sabes lo que pasó? ¿No te has enterado del intento de atentado en el Palau Blaugrana? Tu tío y yo estábamos ahí, con un equipo de las fuerzas especiales —trataba de explicarse, pero las palabras se atropellaban en sus labios y salían a trompicones—. Luego llegaron esos robots..., tratamos de detenerlos —añadió, cerrando los ojos mientras rememoraba dolorosamente la mañana anterior—, y para que no explotaran inundaron las alcantarillas. Yo me agarré a la balsa, pero Elías no... —Abrió los ojos y levantó la vista hacia Aya—. No sé qué le pasó a tu tío —concluyó—. Lo siento mucho.

—¿Dices que estabais allí? —preguntó incrédula—. ¿En las alcantarillas?

Nuria afirmó con su cabeza.

—Queríamos detener el atentado.

—¿Vosotros dos? ¿Por qué? ¿No dices que había un equipo de la policía?

—Ellos llegaron luego —aclaró—. Nos vieron en las cámaras de vigilancia y creían que éramos terroristas —tragó saliva, sentía la boca como si hubiera estado chupando una cuchara de madera—, pero luego nos ayudaron y... —se interrumpió para tomar aliento—. Sé que es difícil de creer —añadió tras una pausa—, pero todo fue muy confuso ahí abajo. Cuando desperté me estaban reanimando en la superficie, y aún no sé cómo lograron sacarme de ahí.

—Pero a ti te sacaron —le recordó Aya como si le clavara un puñal—. ¿Qué pasó con mi tío?

—No lo sé, de verdad. —Hizo una pausa para respirar, parecía que faltaba aire dentro de aquel coche—. A él lo arrastró el agua, como a todos, y luego ya no... —Se pasó las manos por la cara, atormentada por el recuerdo de una escena aún demasiado fresca en su memoria.

—¿Y no sabes si a él también lo rescataron?

—No lo creo —razonó tras pensarlo un momento—. Supongo que me lo habrían dicho, aunque solo fuera para presionarme.

—Entonces... ¿es posible que mi tío aún esté ahí abajo —señaló en dirección a la ciudad que se extendía a los pies de la montaña—, tirado en una asquerosa alcantarilla?

—No lo sé —confesó Nuria con un hilo de voz.

—¿Y por qué no trataste de ponerte en contacto conmigo? —le reprochó Aya, frunciendo el ceño—. Si me hubieras dicho lo que pasaba, habríamos empezado a buscarle de inmediato.

—Porque no pude. Cuando me di cuenta de lo que sucedía ya estaba en la habitación de un hospital, incomunicada y vigilada —aclaró—. Ni siquiera me permitieron comunicarme con mi familia para decirles que estaba viva.

—¿Te tenían vigilada e incomunicada —preguntó con palpable incredulidad—... y al día siguiente estabas en primera fila de la ceremonia en la Sagrada Familia?

—¿Me has visto?

—¿Que si te he visto? —resopló incrédula—. *Todo* el mundo te ha visto, Nuria. ¿Por qué te crees que estoy aquí? —le espetó—. Tú y mi tío desaparecéis juntos..., y veinticuatro horas después, a ti te veo en directo por televisión poniéndole una pistola en la cabeza a un político.

—Por eso me tenían incomunicada —explicó—. Querían que asesinara a Salvador Aguirre.

—¿Por qué? —inquirió atónita—. ¿Quiénes?

Esta vez, Nuria negó con la cabeza.

—Es mejor que no lo sepas.

—¿Los yihadistas?

—Creo que los yihadistas han sido unos fanáticos útiles en manos de otra gente. Eran otros quienes movían los hilos.

—¿Otros? —Aya sacó de su bolsillo una cartera de piel marrón con manchas de sangre y la desplegó ante Nuria, dejando a la vista la chapa identificativa de la Policía Nacional y el carnet del comisario—. ¿Te refieres al comisario… Puig? —añadió, leyéndolo—. ¿Por qué un comisario de policía querría ejecutarte?

—Cuanto menos sepas, más segura estarás —contestó, alargando la mano para hacerse con la cartera.

—No me jodas, Nuria —replicó Aya, apartándole la mano—. Quiero saber lo que está pasando. *Necesito saber* lo que está pasando, joder.

—Lo que necesitas es ponerte a salvo —objetó Nuria, inclinándose hacia adelante y tratando de calmarla—. Es… lo que tu tío habría querido.

—No hables de él como si estuviera muerto —siseó, echándose hacia atrás en respuesta.

—Perdona, yo… no quería decir eso.

—Pero lo piensas —la acusó Aya—. Tú crees que está muerto.

Nuria fue a decirle que se equivocaba, pero se dio cuenta de que no podía hacerlo y guardó silencio.

—No, no, no… —Aya negó repetidamente con la cabeza—. Mi tío está vivo en alguna parte. Lo sé.

Nuria asintió indulgente.

—Es posible —dijo, pero su tono de voz insinuaba lo contrario.

—No me des la razón como a una niña —protestó Aya, furiosa—. Te digo que está vivo y lo encontraremos. ¿A que sí? —consultó con la mirada a Giwan y Yady, y ambos asintieron imperceptiblemente—. ¿Lo ves? —se dirigió de nuevo a Nuria—. Ellos también lo creen.

Nuria hizo lo propio, y en la mirada de los kurdos no vio la esperanza que Aya albergaba.

—Ojalá tengas razón.

—Claro que la tengo —arguyó con vehemencia—. Tú no conoces a mi tío tan bien como yo. Es un superviviente.

Nuria asintió a modo de disculpa.

—Es verdad. No lo conozco tan bien como tú —se rindió, aunque incapaz de mentirle a la muchacha y alimentar sus vanas esperanzas.

Tampoco quiso señalarle la evidencia de que, de haber sobrevivido, ya se habría puesto en contacto con ella.

—Pero… dime —buscó cambiar de tema—. ¿Cómo me has encontrado?

—Ya te lo he dicho. Te vi en televisión y vine a por respuestas.

—Me refiero aquí, en Montjuïc. ¿Cómo has dado conmigo?

—Ya, bueno…, la verdad es que tuvimos algo de suerte —confesó, aproximando las yemas del índice y pulgar—. Estábamos llegando a la Sagrada Familia cuando vimos a ese comisario con una mujer con túnica de Renacida entrando en un vehículo. Si no hubiera habido tan poca gente en las calles, no os habríamos prestado atención —añadió—. Pero luego vimos cómo lanzabas la túnica por la ventanilla y nos dimos cuenta de que eras tú, así que decidimos seguiros, vimos cómo os estrellabais… y, bueno, ya sabes el resto.

A Nuria le costaba creer que, por una vez, los hados no le hubieran dado la espalda.

Se volvió hacia Giwan y Yady, quienes mantenían la vista puesta en el exterior controlando cualquier posible amenaza. Giwan sujetaba entre las piernas su Kriss Vector aún humeante.

—¿Lo has matado tú? —preguntó al kurdo, señalando con el pulgar hacia atrás.

Este la miró de reojo y asintió en silencio. No parecía demasiado satisfecho.

Nuria apoyó la mano en su rodilla y le dedicó un amago de sonrisa.

—Gracias.

Giwan aceptó el agradecimiento con una leve inclinación de cabeza y devolvió su atención al mundo exterior. Aunque acabara de salvarle la vida, no estaba orgulloso de haber disparado a un hombre por la espalda.

—Gracias —repitió Nuria, pero esta vez dirigiéndose a todos—. Siento de veras todo lo que está pasando. Siento que Elías haya desaparecido y siento haberos complicado la vida de este modo. Lo siento muchísimo —concluyó.

Nadie contestó ni aceptó su disculpa.

Estaba claro que, aunque quizá no la creyeran responsable, sí que la veían como culpable de todas las desgracias que habían caído sobre ellos desde que irrumpió en sus vidas.

Incluso Aya, con su anterior complicidad y sus juegos de alcahueta, la miraba ahora con el sordo rencor que se dedica a quien te ha arrebatado lo que más quieres.

Nuria no la culpaba en absoluto. Es más, compartía con ella aquel rencor. Solo que, en su caso, era también compartido con aquellos que la habían metido en ese pozo. Un pozo profundo y oscuro, al que había arrastrado a sus seres queridos y del que ya no había manera alguna de salir.

Con un arrebato de furia, resopló por la nariz y se inclinó de nuevo hacia adelante apoyando la mano en el hombro derecho de Ismael, que era quien conducía el vehículo.

—Detén el coche, por favor —le pidió, mirándole a los ojos por el espejo retrovisor.

—Tenemos que alejarnos de aquí —contestó Ismael, devolviéndole la mirada—. Esto se va a llenar de policías en cualquier momento.

—Por eso mismo —replicó Nuria—. Detén el vehículo y deja que me baje.

—No —objetó Aya—. Aún necesito respuestas.

—Pero yo no tengo ninguna más que darte —le recordó Nuria—. No sé lo que le ha pasado a Elías, ni si está vivo o muerto. Pero lo que sí sé es que estando con vosotros también os pongo en peligro. De modo que detened el vehículo y dejadme aquí.

—Vamos a un lugar seguro y ahí podremos...

—Ya no hay sitios seguros para mí —la interrumpió Nuria—. Ni para vosotros, si seguís conmigo —añadió—. Así que dejadme aquí y marchaos. Es lo mejor para todos.

Ismael se giró hacia a Aya.

—Tiene razón —apuntó el conductor—. Si nos encuentran con ella...

El rostro de Aya reflejaba sus sentimientos encontrados hacia Nuria, incapaz de tomar una decisión.

—Detén el coche —insistió Nuria—. Deja que me vaya.

Aya aún se debatió consigo misma durante unos segundos, pero terminó por cerrar los ojos y asentir.

—Está bien —admitió finalmente—. Para el coche, Ismael.

El chófer obedeció en el acto, deteniendo el vehículo junto a la acera.

—Con ese uniforme te reconocerán enseguida —le señaló Aya—, y estás hecha un asco y cubierta de barro. Llamarás mucho la atención.

Nuria miró hacia abajo y se contempló a sí misma. No era buena idea ir por la calle con el mismo aspecto que había salido en televisión.

—Ten, ponte esto —añadió la muchacha, sacando un chubasquero verde fluorescente de la pequeña mochila que llevaba entre las piernas—. Al menos no te reconocerán enseguida.

—Gracias —dijo Nuria, tomando el chubasquero—. Aunque necesito un par de cosas más.

—¿El qué?

—Todo lo que había en el cuerpo de Puig, y un arma.

—¿Un arma? ¿Para qué? —inquirió Aya—. Lo que tienes que hacer es huir o esconderte, como vamos a hacer nosotros, no buscarte más problemas de los que ya tienes.

—Y eso haré. Pero antes debo hacer una última cosa.

—¿El qué?

Nuria dudó, dirigió la mirada hacia la ventanilla del coche y, cuando Aya ya creía que no iba a contestarle, murmuró entre dientes.

—Lo que debí haber hecho cuando tuve oportunidad.

86

Solo puedo llegar hasta aquí —dijo el taxista tras detener el vehículo, señalando el control de la guardia urbana que impedía la entrada a los automóviles.

—Aquí está bien, gracias —aceptó Nuria y, sacando del bolsillo uno de los billetes que le había dado Aya, pagó al taxista y sin esperar la vuelta bajó del coche.

Con buen criterio, la sobrina de Elías la convenció para que se bajara en la Plaza de España y, tras despedirse de ella, de Giwan, de Yady e Ismael, tomó allí el taxi que la había dejado en el paseo Juan de Borbón, junto a la entrada de la Marina Vela del puerto de Barcelona.

Subiéndose la capucha del chubasquero, vio cómo el taxi amarillo y negro encendía la luz verde sobre el techo y se alejaba bajo la lluvia, dejándola junto al grupo de policías que restringían el acceso de vehículos al complejo del Hotel W Barcelona. Un majestuoso edificio de acero y cristal que se erguía frente al mar, con una característica forma de vela y un parecido razonable con el famoso Burj Al Arab de Dubái.

A pesar del viento, la lluvia y los rociones de las descomunales olas, que se estampaban contra el dique de cinco metros de altura que protegía al hotel de la furia del Mediterráneo, una pequeña multitud de seguidores de España Primero y devotos Renacidos montaban guardia frente el hotel con sus banderas y túnicas blancas, lanzando proclamas a favor de Salvador Aguirre que el viento se llevaba apenas salían de sus bocas.

Nuria levantó la mirada hacia lo alto del edificio, tratando de imaginar qué ventanas correspondían a la Suite Presidencial de la planta veinticinco, donde Salvador Aguirre y su segundo, Juan Olmedo, habían establecido su base en Barcelona durante el fin de semana. Por fortuna, la tormenta había obligado a cerrar el aeropuerto e incluso detenido el funcionamiento del tren de alta velocidad a Madrid, con lo que estaba casi segura de que el presidente y el secretario general de España Primero aún se encontrarían en el hotel.

Sesenta metros más abajo, Nuria observó que los guardias urbanos solo se ocupaban de controlar el acceso de los vehículos, dejando pasar libremente a cualquiera que lo hiciera caminando. Lo cual significaba que el control de verdad estaría más adelante.

Aunque el problema más inmediato que se le presentaba era cómo atravesar aquella multitud de fanáticos con un chubasquero que la hacía destacar como una mosca en un plato de leche. Las probabilidades de que alguno de ellos se fijara en su cara y la reconociera eran demasiado altas y aunque la limbocaína que circulaba por sus venas la empujaba a ser imprudente, la parte de ella que aún mantenía cierta sensatez le hizo ver que tenía que hallar una alternativa.

Nuria miró a su alrededor en busca de una manera de aproximarse al hotel sin que la vieran, pero al ser un edificio aislado casi en el extremo del dique, solo había dos caminos para llegar hasta el mismo. La entrada principal, junto a la que se encontraba, o nadando por el borde del dique y sorteando de algún modo el rompeolas de cinco metros de altura.

En otras circunstancias, la opción de nadar habría sido la más inteligente. Pero en ese momento, con las olas del Medicán Merçè arremetiendo brutalmente contra la escollera, ni con toda la limbocaína del mundo lo habría conseguido.

Plantada bajo la lluvia con su chubasquero verde, mientras elucubraba una forma de sortear a la muchedumbre sin que la viesen, sus ojos fueron a parar al logo iluminado de un AmazonGo24, a menos de cien metros de distancia de donde se encontraba.

Al instante, una idea tomó forma en su cabeza y una sonrisa esquinada asomó en su rostro oculto bajo la capucha.

Recorriendo las estanterías del surtido minimarket llenó la cesta en la sección de droguería y, justo antes de pagar, sintió una punzada de hambre en el estómago, así que sin pensárselo agarró un puñado de barritas energéticas y las incluyó en la cesta. Sentía cómo su cuerpo estaba quemando calorías mucho más rápido de lo normal, y el desayuno de esa mañana en el hospital ya lo tenía a la altura de los tobillos.

Con la compra ya en una bolsa de papel, ahora necesitaba algo de privacidad durante un rato.

—¿Dónde tienes el lavabo? —le preguntó al cajero, un joven indio con la sombra de un fino bigote delineando su labio superior.

—Lu siento, siñorita. Il lavabo is solo para impleados.

Sin tiempo para convencerlo, Nuria echó mano de la cartera de Puig y le mostró la reluciente placa de la policía.

—¿Estás seguro? ¿Qué tal si me enseñas tus papeles?

La piel del joven bajó un par de tonos en la escala de color, y Nuria se sintió ligeramente culpable al intimidarlo de ese modo.

—Pirdón, agente —se disculpó, bajando la cabeza y sacando una llave del bolsillo—. Pirdón —repitió, señalando una puerta.

—Gracias, no pasa nada —le tranquilizó, tomando la llave y dirigiéndose al lavabo.

En cuanto entró en el mismo, cerró la puerta con pestillo y dejó la compra sobre la taza del retrete. Sin éxito buscó una percha donde colgar la ropa, pero tuvo que contentarse con dejar el chubasquero en una esquina del suelo, consolándose con que al menos el pequeño lavabo estuviese limpio.

A continuación se puso manos a la obra y, tras cepillar el uniforme para deshacerse de los rastros de barro que aún quedaban sobre la tela hidrofóbica, sacó las tijeras y las situó ante sí como dudando si llegar a usarlas.

—Ya volverá a crecer —se dijo a sí misma, y sin darse un momento para replanteárselo, agarró el extremo de su maltratada melena y la cortó a la altura de la nuca, justo por debajo de las orejas.

Sintió como si en lugar de pelo se hubiese cortado una extremidad, pero ahogando un suspiro de lástima, siguió cortando sin vacilar hasta que una montaña de pelos se amontonó sobre el lavamanos.

—Fase uno completada —murmuró, satisfecha con el resultado—. Vamos a por la fase dos.

Dejó las tijeras en la bolsa y sacó de la misma un espray de Instatint color negro azabache.

—Vamos allá —se animó a sí misma, destapando el espray y aplicándoselo en el pelo como si fuera una laca.

El componente activo se fijaba a las fibras del cabello mientras con la mano libre Nuria alborotaba su corta melena para que el tinte llegara a todas partes. Afortunadamente, aquel producto a base de nanopartículas no llevaba amoníaco ni nada que oliera a kilómetros, como sucedía antiguamente, y además se fijaba al instante con lo que, en cuanto terminó de aplicárselo en las cejas, ya parecía que ese fuera su auténtico color de pelo.

A continuación, sacó el set de maquillaje de la bolsa de papel y se lo aplicó sobre las magulladuras y cortes de la cara, hasta que los disimuló lo bastante como para que solo fueran visibles a muy corta distancia. Luego se delineó los ojos con rímel y se aplicó algo de colorete y pintura en los labios, para a la postre sacar unas gafas de pasta negra que se colocó sobre la nariz, alejándose definitivamente de la imagen que los testigos de lo sucedido esta mañana tuvieran en su memoria.

Cuando terminó de transformarse, dio un paso atrás y se quedó mirando a la mujer que la miraba desde el espejo. Nunca se había teñido de negro y, al verse así, con el pelo corto como no lo llevaba desde la adolescencia, le costó reconocerse a sí misma. Aquella mujer que la observaba con las pupilas enrojecidas y en exceso dilatadas parecía interrogarla con la mirada, preguntándole qué diantres se creía que estaba haciendo.

Incómoda, Nuria apartó sus ojos del espejo, metió todo en la bolsa de papel, volvió a ponerse el chubasquero y salió del baño, lanzando la bolsa a la papelera ante la mirada atónita del dependiente, que vio salir a una mujer diferente a la que había entrado quince minutos antes.

Ignorando la perplejidad del muchacho, Nuria abandonó la tienda y se encaminó con paso decidido en dirección a la multitud.

Cincuenta metros más allá pasó frente a los guardias urbanos, que apenas le prestaron atención, pues parecían bastante más inquietos por el creciente alboroto del gentío acumulado frente a las puertas del hotel que de comprobar quién pasaba junto a ellos.

Apuntando sus pasos hacia el singular edificio acristalado, Nuria se dirigió en línea recta hacia la puerta principal, abriéndose paso entre la exaltada multitud que, al estar todos ellos con la vista puesta en el hotel, en ese momento le daban la espalda.

Al pasar junto a un par de Renacidos especialmente acalorados, pudo captar parte de su conversación, que giraba en torno al rumor de que la terrorista que había tratado de asesinar a Salvador Aguirre había desaparecido.

La indignación de los manifestantes ahora se focalizaba en la policía, a los que algunos acusaban a gritos de estar compinchados y de ayudar a la asesina a escaparse. Otros, incluso, no contentos con los abucheos y los insultos, lanzaban monedas y los palos de sus pancartas contra los agentes que custodiaban la puerta del hotel.

Nuria bajó la cabeza y apretó el paso, deseando salir de ahí, antes de que alguien se fijara en que, bajo el llamativo chubasquero verde fosforito con el que se ocultaba, llevaba puesto aún el uniforme de gala de la Policía Nacional Unificada.

Como si la tempestad marítima se hubiera contagiado a tierra firme, la multitud comenzó a moverse adelante y atrás emulando al oleaje, empujando las vallas que protegían el recinto del hotel y zarandeando a Nuria en el proceso, mientras esta pugnaba por abrirse camino braceando. Aunque procuraba no resultar demasiado ruda al hacerlo, no fuera a pisarle el callo a una beata chillona y terminase siendo el indeseado centro de atención.

Finalmente, tras bogar con denuedo durante lo que le pareció una eternidad, logró alcanzar el frente de la batalla y, procurando que nadie más se diera cuenta, sacó la placa de Puig con disimulo y la mostró a los agentes que trataban de contener a la multitud.

Uno de ellos se dio cuenta de lo apurado de su situación y, haciendo un hueco en la valla, le permitió pasar al otro lado de la barrera. Para cuando los manifestantes que habían estado junto a ella un segundo antes se dieron cuenta de la jugada, Nuria ya se encontraba a salvo de su ira y hasta se permitió el lujo de volverse una última vez, desprendiéndose del chubasquero y lanzándoles un provocativo guiño a los que habían comenzado a increparla al ver su uniforme.

Irónicamente, el peligro de que los manifestantes superasen la barrera policial hizo que nadie le prestara demasiada atención a Nuria y de ese modo logró acceder al lujoso vestíbulo del hotel sin mayor problema.

Sobre el pulido suelo de mármol negro del hall se reflejaba el altísimo techo que se elevaba a cincuenta metros sobre su cabeza, coronado con una gran lámpara dorada con forma de letra «W». A pesar de hallarse rodeada de policías que podían identificarla en cualquier momento, Nuria no pudo evitar detenerse y mirar hacia arriba, embobada como si acabara de descender del autobús recién llegada del pueblo.

Y fue entonces, al bajar de nuevo la vista, que sus ojos se toparon con una figura familiar vestida de uniforme que, de espaldas a ella, parecía estar ensimismada en su teléfono.

Con el corazón acelerado, Nuria se aproximó dando pasos cautelosos, hasta que estuvo segura de no equivocarse. Entonces, sorteando al resto de policías que poblaban el vestíbulo, franqueó los pocos metros que la separaban y tomándola del brazo le susurró al oído:

—Agente Román —la saludó.

Susana se volvió hacia ella sobresaltada y durante unos segundos se quedó mirándola sin llegar a reconocerla.

Cuando lo hizo, sus ojos se abrieron de forma desorbitada, como si se le hubiera aparecido su abuela muerta diez años atrás.

87

Qué? ¿Tú? —balbució Susana con gesto alucinado—. Pero ¿cómo…?

—Ven, sígueme —le indicó Nuria, señalando hacia los lavabos.

Susana, clavada en el sitio, todavía necesitó unos momentos para reaccionar y, solo entonces, miró a su alrededor para comprobar que nadie les estaba prestando atención. Luego se encaminó tras los pasos de Nuria, que acababa de desaparecer tras la puerta del lavabo de señoras.

Para cuando Susana entró en el baño, Nuria ya había comprobado que no había nadie más usándolo y la esperaba junto al lavamanos, con una genuina sonrisa de felicidad en los labios.

—¡Oh, Susi! —exclamó Nuria, yendo hacia ella con la intención de estrecharla entre sus brazos—. ¡No te imaginas cuánto me alegro de verte!

—¿Qué haces aquí, Nuria? —le espetó en cambio Susana, dando un paso atrás—. ¿De dónde sales? ¿Qué…, qué coño está pasando aquí?

—Es muy largo de explicar —arguyó Nuria, deteniéndose en seco y aguando la sonrisa—. Pero las cosas no son lo que crees.

—¿Las cosas? —le espetó Susana—. ¿Te refieres al asesinato de Gloria con tu arma? ¿O a la explosión en Villarefu en la que se te ve en el vídeo huyendo del lugar? ¿O quizá… a tu gran éxito, haciendo dúo con Aguirre? ¿A qué cosas te refieres exactamente, Nuria?

Nuria asintió comprensiva, consciente de cómo se debía ver todo aquello desde fuera. Cualquier alegato de inocencia debía parecer poco menos que risible, incluso para su amiga del alma.

—Tienes que confiar en mí —alegó, apelando a su amistad como único argumento—. Yo no he matado a nadie —hizo una imperceptible pausa para hacer memoria—…, al menos no intencionadamente —se corrigió—. Pero te aseguro que yo no le hice nada a Gloria —resopló, negando con la cabeza—. Joder, Susi, tú me conoces.

—Ya no estoy tan segura —objetó, mirándola de arriba abajo.

—Alguien entró en mi casa y se llevó mi pistola —explicó—. Gloria me estaba ayudando a resolver el asesinato de David, y por eso la mataron a ella implicándome a mí. Querían quitarme de en medio y hacerme cargar con las culpas.

—Pero… ¿quién? ¿Elías Zafrani?

—¿Elías? No, joder. Él ha sido quien me ha ayudado a seguir viva desde entonces. Él… —sintió cómo un puño le oprimía el corazón al recordar que ya no podía hablar de él en presente—, él me salvó de los terroristas que me tenían en Villarefu, en la casa que explotó.

—¿Los terroristas que te tenían? —repitió Susana con escepticismo—. Según los informes, tú y tu amigo provocasteis la explosión. Hay imágenes de ambos huyendo en coche del lugar.

—No, Susi. —Nuria meneaba la cabeza repetidamente—. Elías me rescató, y horas más tarde evitamos el atentado durante el mitin del Palau Blaugrana.

—¿También estuviste ahí? —preguntó Susana con incredulidad—. Por lo que sé, fue un equipo de las fuerzas especiales quien lo hizo.

—Sí, es cierto —confirmó Nuria—. Pero en realidad estaban persiguiéndonos a Elías y a mí. No tenían ni idea del atentado.

—¿Y tú sí?

—Cuando me secuestraron los yihadistas, vi lo que planeaban. Luego apareció Elías, hubo un tiroteo y la casa explotó. Por eso salgo en las grabaciones de seguridad.

Susana resopló, ahogando una carcajada.

—Tienes una explicación para todo, ¿no? —inquirió a modo de burla—. ¿Y qué pasa con lo de Aguirre? ¿También es cosa de los yihadistas? Porque la que salió en televisión esta mañana apuntándole a la cabeza se parecía mucho a ti.

—Me obligaron a hacerlo —alegó—. Amenazaron con asesinar a mi familia si no lo mataba frente a las cámaras.

—¿Quién te amenazó? ¿Los mismos yihadistas?

Nuria negó con la cabeza.

—No me vas a creer.

—Joder, Nurieta —bufó por la nariz—. No has dicho nada creíble desde que has abierto la boca. Un absurdo más no va a marcar la diferencia.

—Está bien. —Nuria abrió las manos—. Fue el propio secretario general de España Primero, Jaime Olmedo. Quería que matara a Aguirre delante de todo el mundo gritando *Allah Ackbar*, para convertirlo en un mártir y que lo votaran a él como nuevo presidente.

Susana, boquiabierta, tardó un buen rato en volver a cerrarla.

—Tenías razón con lo de que no iba a creerte —dijo al fin.

—Lo sé —admitió—. A mí también me cuesta hacerlo.

—Pero... no lo hiciste.

—¿A qué te refieres?

—A que no lo mataste. Aguirre llegó al hotel hace un rato, y parecía bastante vivo.

—Lo iba a hacer —admitió—. Iba a matarlo. Pero comprendí que iban a asesinar a mi madre y al abuelo igualmente, así que solté mi discurso con la esperanza de que alguien me creyera.

—¿Qué discurso?

Ahora fue Nuria quien la miró extrañada.

—Pues el que di mientras apuntaba a Aguirre a la cabeza, ¿cuál va a ser si no?

Susana torció el gesto.

—No sé cómo decirte esto... —advirtió, rascándose la nuca con incomodidad—. Pero a los pocos segundos de que aparecieras en escena, cortaron la retransmisión. Solo dijeron que todo el mundo estaba bien y que las fuerzas de seguridad lo habían salvado de un nuevo intento de asesinato. Al cabo de diez minutos prosiguió la transmisión de la ceremonia como si tal cosa, explicando que la terrorista había sido neutralizada.

Al oír aquello, Nuria echó la cabeza hacia atrás y puso los ojos en blanco.

—Mierda —masculló—. Pues sí que estoy jodida. Debo haber parecido una puta loca con una pistola.

—Una puta loca terrorista —puntualizó Susana—. Lo que me lleva a preguntarme, ¿cómo lograste escapar?

—Me llevaron a Montjuïc para eliminarme antes de que hablara —aclaró—, pero… tuve suerte y logré escapar —añadió, evitando mencionar a Puig.

—Joder —prorrumpió Susana—. Pero, entonces… ¿Qué estás haciendo aquí? ¿Has venido a entregarte?

—No exactamente.

Nuria pudo ver en el rostro de su amiga cómo las piezas iban encajando en su cabeza. Cuando completó la imagen, dio un paso atrás con gesto alarmado, tropezándose al hacerlo con el lavamanos.

—¿No estarás pensando en…? —señaló hacia arriba—. Joder, Nuria. Dime que no has venido a por Olmedo.

—Pues no te lo diré.

Automáticamente, Susana llevó la mano derecha a la cadera, apoyándola en la culata de su pistola.

—No puedo permitir que lo hagas —le advirtió.

Nuria la miró con súbita tristeza.

—Yo solo quiero hacer justicia, Susi.

—No me jodas, Nuria —replicó—. Tú lo que quieres es vengarte.

—En este caso es lo mismo. Ese miserable financió a los yihadistas para el atentado, mandó el sicario a asesinar a David y ordenó que mataran a Gloria. Es un demonio con escaño y, si sale elegido presidente, mucha más gente sufrirá por su culpa. Este es el momento de detenerlo.

—Pues denúncialo —le espetó Susana—. Cuéntalo en las redes sociales, llama a la prensa, haz lo que sea necesario…, pero si tratas de matarlo, lo único que lograrás es darle la razón.

—Eso dará igual si está muerto.

—A mí no me dará igual, Nuria. Porque lo que pasará será que te matarán a ti.

—Ese es mi problema.

Susana respiró hondo y desenfundó su arma, apuntando a su amiga mientras las lágrimas comenzaban a asomar por la comisura de sus ojos.

—No voy a permitir que te suicides —le advirtió—. Si vas a juicio, podrás contarle al juez todo lo que me has dicho. Yo testificaré a tu favor —agregó—, y seguro que Puig y otros muchos también lo harán. Debes confiar en la justicia, Nuria. Al final, todo se aclarará.

Nuria mantenía los ojos fijos en Susana, ignorando el cañón del arma que apuntaba hacia ella.

—Todo está muy claro ya, Susi —sentenció, dando un paso hacia ella.

—No, por favor... —rogó Susana, bajando el martillo del percutor—. No me obligues a dispararte.

Nuria le mostró las manos vacías en señal de rendición.

—De acuerdo. Tú ganas —afirmó.

En respuesta, las facciones de Susana se relajaron en señal de alivio, apartando el dedo del gatillo.

Y eso fue todo lo que Nuria necesitó.

Su brazo izquierdo se proyectó hacia la mano derecha de Susana, desviando el arma primero y luego accionando la aleta de desmontaje con el índice y tirando de la corredera de la pistola. Susana aún trataba de comprender qué estaba pasando cuando descubrió que en su mano ya solo sostenía la mitad inferior de su arma, completamente inútil.

—Pero ¿qué...? —farfulló, mirando sucesivamente su mano derecha y la izquierda de Nuria, donde se encontraba ahora el cañón y la corredera de su pistola—. ¿Cómo has hecho eso? —inquirió desconcertada—. Ni..., ni siquiera lo he visto.

—Necesito tu ayuda —dijo, señalando la tarjeta enganchada al bolsillo superior de su uniforme, que la identificaba como agente del operativo que protegía el hotel.

—¿Qué? —Susana caminó de espaldas en dirección a la puerta, fijándose por primera vez en las pupilas dilatadas de su amiga y el rojo intenso en la esclerótica de sus globos oculares—. ¿Qué es lo que quieres? —preguntó, y su tono ya no era de sorpresa o extrañeza, era de miedo.

—No voy a hacerte daño, Susana —le aseguró mientras caminaba hacia ella, pero viendo que la duda ya había arraigado en su amiga.

Esta echó un fugaz vistazo a su espalda, en busca de la puerta del baño.

Nuria advirtió que se iba a girar y a salir corriendo, y entonces todo habría acabado para ella, para su madre, para su abuelo y quién sabe para cuantos más.

—Lo siento, Susi —le dijo, y tensando los músculos se abalanzó sobre su amiga.

88

Con la tarjeta de identificación de Susana colgando del bolsillo, Nuria salió del baño y se dirigió en línea recta hacia los ascensores.

Cualquiera que se fijara se daría cuenta de que ella y la mujer de la foto se parecían como un huevo a una castaña. Pero Nuria confiaba en que el caos que se estaba desatando en el exterior los tendría a todos tan ocupados que nadie repararía en su presencia.

Además, sabía por experiencia que caminar con aire resuelto y confiado sugería, a cualquiera que reparase en ella, que tenía todo el derecho de estar ahí. Estaba segura de que nadie la detendría mientras se comportase como si estuviera al mando.

Nuria caminó entre las decenas de agentes de policía que ocupaban el vestíbulo del hotel, convertido de facto en una suerte de comisaría con paredes de caoba y sofás de diseño, rogando por que ningún compañero llegara a reconocerla.

Los veinte metros que la separaban de los ascensores se hicieron interminables, pero al llegar descubrió que, para acceder al ascensor exprés que llevaba a las plantas superiores, debía superar un detector de metales y un lector de tarjetas.

Procurando que no se trasluciese su nerviosismo, desenfundó el arma y la depositó en la bandeja junto al detector de metales, y tomando la identificación de Susana la pegó al cristal del lector.

¡Meeek!, sonó la alarma, y una luz roja se encendió junto al sensor.

A Nuria casi se le para el corazón en ese instante, ¿qué demonios pasaba?

Miró por encima de su hombro, pero nadie parecía estar prestándole atención.

Entonces se fijó en la identificación que sostenía en la mano, y comprendió lo que había pasado.

—Seré burra —se dijo, dándole la vuelta a la tarjeta y colocándola, ahora sí, del modo correcto sobre el lector.

El aparato pareció pensárselo durante una eternidad, hasta que una satisfactoria luz verde iluminó la pantalla y le permitió al fin cruzar el arco de detección de metales y recoger su arma al otro lado.

No fue hasta llegar frente a la puerta del ascensor que se dio cuenta de que todo ese rato había estado conteniendo el aliento.

Sin perder un instante, pulsó el botón de llamada y un sonido de campanillas sonó un segundo antes de que las puertas se abrieran frente a ella. Mientras entraba en el ascensor, pensó que no podía ser tan fácil que, a pesar de tanta seguridad, hubiera llegado hasta ahí sin que nadie le preguntara quién era.

Por desgracia, al pulsar el botón que la llevaba a la planta veinticinco, descubrió que no era así.

Una luz roja se encendió en la pantalla informativa, y la amable voz de la Inteligencia Artificial del ascensor la informó con naturalidad.

—Buenos días —saludó en primer lugar—. La planta de la Suite Presidencial está restringida temporalmente al personal autorizado.

—Soy agente de Policía Nacional Unificada. —Nuria mostró su identificación a la cámara situada sobre la pantalla, tapando con disimulo la fotografía de Susana en el mismo.

—Lo lamento, agente Román —se disculpó, leyendo el nombre escrito en la tarjeta—. Pero necesita una tarjeta de acceso específica para acceder a la planta veinticinco.

—Se trata de un asunto urgente —terció Nuria—. Necesito subir ahora mismo.

—Lo lamento, agente Román —repitió la Inteligencia Artificial—. La planta veinticinco está restringida temporalmente al personal autorizado.

Nuria comprendió la inutilidad de discutir con una máquina y echó de menos aquellos tiempos en que los ordenadores solo eran capaces de fastidiarte simulando no ser capaces de encontrar la impresora.

Entonces se dio cuenta de que, en el hall, un policía del operativo se volvía en su dirección con repentino interés.

El corazón de Nuria dio un salto en su pecho al darse cuenta de quién se trataba.

—Mierda —musitó.

El cambio de imagen había impedido que Raúl la reconociera de inmediato, pero disponía de solo unos segundos antes de que lo hiciera.

No podía perder más tiempo discutiendo con el maldito ascensor.

—¿Puedo acceder a otras plantas? —le preguntó apremiante.

—Eso depende —contestó la Inteligencia Artificial—. ¿A qué planta desea ir?

Nuria contestó lo primero que le vino a la cabeza.

—A la planta veintiséis.

—¿Al Club Eclipse?

—Sí, eso.

—En este momento el Club Eclipse se encuentra cerrado. Su horario de apertura es desde las 18 horas a las 2.30 de la mañana.

—Me da igual que esté cerrado, joder. Es un asunto policial y necesito ir ahora mismo a la planta veintiséis.

—El horario de apertura es…

—Súbeme a la planta veintiséis —la atajó Nuria con impaciencia, viendo cómo el ceño de Raúl se fruncía en un gesto de incredulidad—… o haré que te desmonten y te instalen en una maldita aspiradora.

El ascensor guardó silencio durante más de un segundo que, en términos de inteligencia artificial equivale casi a consultarlo con la almohada, para terminar anunciando en tono complaciente:

—Planta veintiséis. Por supuesto, agente. —Y las puertas se cerraron, justo cuando Raúl levantaba el brazo y señalaba en su dirección.

Los números de los pisos iban creciendo a gran velocidad en la pantalla, al tiempo que lo hacía el temor de Nuria a que, en cualquier momento, la policía detuviera el ascensor y la mandara de vuelta al vestíbulo.

«Catorce. Quince. Dieciséis…».

Contaba mentalmente, preguntándose qué haría al llegar a la planta veintiséis. No creía que ese subinspector la hubiera reconocido, pero estaba claro que había levantado sus sospechas y, si había dado el aviso, era posible que al abrirse las puertas se encontrara con un multitudinario recibimiento.

«Veintiuno. Veintidós. Veintitrés…».

Llevó la mano derecha a la culata del arma y al hacerlo se acordó de Susana, a la que había dejado amordazada y esposada a un retrete en el baño de señoras. No le había gustado nada tener que hacerle algo así a su mejor y única amiga, pero de ese modo podría justificar la pérdida de su tarjeta de identificación y que no diera el aviso tras haberla visto.

«Veinticuatro, Veinticinco. Veintiséis».

—Planta veintiséis —anunció el ascensor—. Que tenga un buen día, agente.

Nuria creyó percibir cierto sarcasmo en la voz de la Inteligencia Artificial y, aunque sabía que eran imaginaciones suyas, no pudo resistirse a responderle con el mismo tono:

—Lo mismo digo —contestó, al tiempo que las puertas se abrían con un siseo neumático.

Instintivamente, Nuria se pegó a un costado de la cabina del ascensor para ofrecer menos blanco en el caso de que ya estuvieran esperándola, pero asomando la cabeza, comprobó que allí no había nadie. Todavía.

Frente a ella se abría un pequeño vestíbulo, que daba acceso a un ancho corredor apenas iluminado, el cual, veinte metros más allá, desembocaba en lo que era el club propiamente dicho.

Pasando las piernas por encima, sorteó el cordón de terciopelo negro que cortaba el paso y, con la mano cerca de la empuñadura de su arma, recorrió el pasillo pisando con cautela el suelo de madera negra que gemía bajo sus pies.

Al llegar al final del pasillo, se encontró con una inmensa pared acristalada que daba a la montaña de Montjuïc y al puerto, con el World Trade Center, la decimonónica torre del funicular, y la media docena de cruceros amarrados a los muelles como inmensas ballenas blancas del tamaño de rascacielos. Y más allá incluso, velada por la lluvia, se intuía la silueta de la Sagrada Familia coronada por los focos que dibujaban una cruz en las nubes negras que cubrían la ciudad.

Por un instante, Nuria se quedó admirada ante la vista de Barcelona bajo una perspectiva que nunca había disfrutado antes, pues tanto el Hotel W como aquel Club Eclipse estaban mucho más allá de lo que su sueldo de policía le permitía visitar. Pero enseguida, recordando por qué estaba ahí, apartó aquella distracción de su mente y se centró en lo que había ido a hacer.

El Club Eclipse se dividía en dos ambientes a izquierda y derecha, ambos muy similares, con barras de bar, cómodos sofás y pistas de baile. Aleatoriamente tomó el camino de la izquierda, pero enseguida se dio cuenta de que daba lo mismo, pues el club ocupaba toda la planta veintiséis del edificio y ambos espacios volvían a unirse frente a la fachada inclinada del edificio, la que miraba al Mediterráneo.

Convencida ya de que no había nadie más en la desierta discoteca, cruzó el local hasta situarse frente a aquella cristalera inclinada, que era azotada por la lluvia proveniente del este y crujía ante las ráfagas de viento que parecían a punto de resquebrajarla.

La Suite Presidencial estaba justo bajo sus pies, pero a menos que hubiera una trampilla secreta que condujese al piso de abajo, hubiera dado lo mismo que estuviera en el sótano. Había ido hasta ahí sin una idea clara de qué hacer a continuación, solo buscando alejarse del vestíbulo antes de que la reconocieran, y ahora tenía que pensar en algo con rapidez, pues era cuestión de tiempo que alguien encontrara a Susana maniatada en el baño y sumara dos y dos.

Mientras pensaba eso, recorrió todo el ventanal de lado a lado, buscando alguna escalera de emergencia o pasarela de limpieza, pero no había nada parecido o al menos no llegó a verlo. Aquello significaba que solo podía salir de ahí usando de nuevo el ascensor, pero no habría manera de convencer a la Inteligencia Artificial de que la llevara a la planta veinticinco.

Así que solo le quedaba una opción.

Levantó la vista hacia los enormes ventanales, golpeados por las violentas ráfagas de viento y lluvia, y calculó que estos debían tener unos cuarenta y cinco grados de inclinación. Trató de calibrar las posibilidades de romper uno de ellos y, dejándose resbalar, acceder por el exterior a la Suite Presidencial. Pero su instinto de supervivencia, aunque atenuado por la limbocaína, le advirtió de que aquello era un suicidio.

El problema es que no había otro camino.

Había llegado tan lejos que ya no había vuelta atrás. Era consciente de que en diez o quince minutos a lo sumo estaría detenida o muerta, y la única duda consistía en saber si, antes de que ocurriera, habría acabado con Olmedo.

Con la cabeza dándole vueltas a aquella idea, y todos sus sentidos puestos en el huracán que rugía al otro lado del cristal, Nuria casi no escuchó el sutil tintineo del ascensor al llegar a la planta veintiséis, ni el ruido de pasos apresurados sobre el suelo de madera.

—Mierda —maldijo Nuria, dándose la vuelta. Habían tardado menos de lo que esperaba.

Aún tenían que recorrer el pasillo y dar la vuelta por todo el club como había hecho ella para llegar a donde se encontraba, pero, aunque lo hicieran tomando precauciones, no tardarían más de treinta segundos en tenerla a tiro.

El tiempo se le había agotado.

Como un espíritu que invocara al aumentar su nivel de adrenalina, la limbocaína estimuló su centro nervioso y, proporcionándole esa misma calma tan inhumana que sintió justo después de que Puig se la inyectara, se deshizo de la rígida americana del uniforme de gala, desenfundó su pistola y apuntó al ventanal más cercano.

—¡Quieta! —gritó alguien a su espalda.

—¡Policía! ¡Suelte el arma! —ordenó otra voz.

Sin necesidad de darse la vuelta Nuria supo que solo había dos agentes, aunque en menos de tres minutos aquello sería un hervidero de policías armados hasta los dientes.

Pero tres minutos era tiempo de sobra.

Le sobraban dos, de hecho.

—¡Suelte el arma! —insistió uno de ellos—. ¡Suelte al arma o disparo!

Por un fugaz segundo, Nuria sintió la tentación de enfrentarse a ellos con la certeza de que no podrían detenerla. Pero lo que de policía aún quedaba en ella refrenó aquel impulso y le recordó que eran dos simples agentes que creían hacer lo correcto, con familias que los esperaban en casa.

—¡Suelte el arma! ¡No se lo volveré a repetir!

—No hará falta que lo haga —le contestó Nuria con extremada calma, volviendo la vista hacia ellos.

Los dos policías vacilaron un instante al escuchar su voz y quizá reconocer en ella a la presunta terrorista. Y eso fue todo lo que Nuria necesitó para efectuar dos disparos al ventanal.

La tormenta hizo el resto y antes de que los agentes pudieran reaccionar, el ventanal no soportó la presión, estalló hacia adentro y la tempestad irrumpió en una explosión de viento, lluvia y cristales que arrasó el local como una onda expansiva que obligó a los agentes a ponerse a cubierto.

Cuando se incorporaron y volvieron a mirar hacia donde estaba la mujer, descubrieron que allí ya no había nadie.

89

La intención de Nuria había sido engañar a los dos policías, haciéndoles creer que se había suicidado saltando por la ventana o al menos, tenerlos confundidos durante un rato. Sin embargo, en cuanto aterrizó sobre los inclinados ventanales de la fachada del edificio, comprendió que había cometido un grave error de cálculo.

La pulida superficie era como uno de esos terroríficos toboganes de los parques acuáticos, tan pendiente y resbaladiza por el agua que era imposible frenar. Con la salvedad de que, en lugar de terminar en una amigable piscina, lo que había al final de este era una caída de sesenta metros al vacío y una escollera de hormigón armado.

Antes de saltar, en su cabeza, Nuria se había imaginado patinando por la fachada hasta la Suite Presidencial situada en el piso inmediatamente inferior y aterrizando de forma espectacular en la pequeña terraza, como Wonder Woman en sus películas.

Pero la realidad es que resbaló como si hubiera pisado un suelo enjabonado y acabó de espaldas y cabeza abajo, deslizándose por aquel tobogán kamikaze totalmente descontrolada.

Durante dos eternos segundos trató de aferrarse a cualquier juntura entre las ventanas, buscando frenar como fuera la creciente velocidad que iba tomando mientras veía cómo la antena que coronaba la azotea del hotel se iba alejando cada vez más deprisa.

Hasta que, inevitablemente, su espalda perdió el contacto con la fachada de cristal y, tras permanecer un instante suspendida en el aire, cayó con estrépito sobre el duro suelo de madera del balcón, golpeándose en la cabeza y el hombro lastimado.

De no haber sido por la limbocaína, habría perdido el conocimiento por el duro impacto, pero la droga ahogó el dolor y la mantuvo lúcida a pesar del terrible golpe.

Sinceramente asombrada por haber sobrevivido a su demencial ocurrencia, Nuria se incorporó lentamente, comprobando mientras lo hacía que no tenía ningún hueso roto.

Luego levantó la vista hacia el interior de la suite, y allí, justo frente a ella, sentados en un sofá con forma de herradura, vio cómo Salvador Aguirre y Jaime Olmedo la miraban con ojos como platos y la mandíbula desencajada; incrédulos, ante la inexplicable aparición de aquella mujer en su balcón.

Nuria, ajena a la tormenta que agitaba su corta melena negra y le empapaba el rostro, dibujó en sus labios una mueca feroz, como un ángel caído sediento de sangre.

El desconcierto en el rostro de aquellos dos hombres dio paso al terror cuando al fin la reconocieron, señalándola con el brazo extendido como si hubieran visto al mismísimo demonio.

Nuria se aproximó a la puerta deslizante del balcón y la abrió de par en par, invitando a que la furia del viento y la lluvia entraran con ella en aquel amplio salón rodeado de columnas, como si fueran una expresión más de su ira.

Un rayo partió el cielo a su espalda y, por un instante, Nuria fue solo una oscura silueta a contraluz, apretando los puños mientras avanzaba hacia ellos.

—¡Tú! —exclamó Aguirre, incrédulo ante lo que veían sus ojos.

—No... —Olmedo negaba con la cabeza—. No es posible.

Nuria se plantó frente a este último, dejando una mancha oscura de agua sobre la mullida alfombra.

—Soy tu fantasma de las Navidades pasadas —contestó, disfrutando del terror que veía en los ojos de Olmedo.

Pero no había acabado de decir la frase cuando tres guardaespaldas irrumpieron en el salón alertados por el ruido. Sin embargo, los tres se quedaron paralizados durante unos segundos ante la inesperada presencia de una mujer de pie en mitad del salón, con el pelo negro cubriéndole el rostro y chorreando agua por los cuatro costados.

Buscando aprovechar aquella vacilación de los guardaespaldas, Nuria echó la mano a la cartuchera de su cinturón, pero solo para descubrir que estaba vacía.

Comprendió que debía haber perdido el arma al saltar por la ventana o al caer en el balcón. Pero ya no podía hacer nada al respecto. Aquellos hombres tardarían dos segundos en salir de su estupor y al tercer segundo ya la habrían acribillado a balazos.

Solo podía hacer una cosa.

Atacar primero.

Los sentidos potenciados por la limbocaína le permitieron contemplar la escena con una calma glacial. Era como si no fuera ella la que estaba ahí, ralentizando su percepción del tiempo y permitiéndole estudiar individualmente a cada uno de ellos, evaluar la inmediatez de la amenaza y elegir el curso de acción a seguir con mayor índice de supervivencia.

Entonces, antes incluso de ser consciente de ello, su cuerpo comenzó a moverse en dirección al guardaespaldas más cercano.

El agente de seguridad, al ver sus intenciones, llevó la mano derecha a la parte de atrás de su pantalón, donde portaba su pistola. Pero ni con todo su adiestramiento y entrenados reflejos, pudo competir con la velocidad sobrehumana de Nuria, que en un parpadeo franqueó los cinco metros que los separaban.

Apenas había terminado de desenfundar, cuando Nuria le alcanzó y, mientras le aferraba a la altura de la muñeca la mano donde portaba el arma, se situó bajo él y, proyectando el codo, le propinó un brutal codazo en el rostro con el brazo libre.

Un angustioso crujido, reveló que le había roto la nariz a aquel gorila que le sacaba una cabeza y treinta kilos de músculo. Y antes de que pudiera escabullirse, un asqueroso chorro de sangre caliente de esa misma nariz la roció como si estuviera en una ducha.

Frente a ella, el segundo guardaespaldas ya había desenfundado su arma y la levantaba en su dirección, pero para Nuria todo aquello parecía transcurrir a cámara lenta, como si todo el mundo menos ella se moviera debajo del agua.

Antes de que el cañón de aquella arma apuntara en su dirección, Nuria arrancó la pistola de entre los dedos inertes de su primera víctima y sin pensárselo, la lanzó con todas sus fuerzas.

El agente tuvo los reflejos de agacharse para esquivar el impacto de aquel trozo de acero de casi un kilo, pero al hacerlo perdió de vista un instante a Nuria y eso fue más que suficiente para ella.

Cuando el guardaespaldas recuperó el equilibrio, Nuria ya se cernía sobre él como una pantera, casi demasiado rápida para ser seguida por la vista. El corpulento agente trató de volverse hacia aquella fantasmal mujer que, de algún modo, se había situado a su lado y, sin poder hacer nada para evitarlo, sintió cómo una rodilla se hundía en su plexo solar, vaciándole el aire de los pulmones y arrancándole el arma de la mano mientras se doblaba sobre sí mismo, luchando por volver a respirar.

El tercer agente, sin embargo, había tenido tiempo de desenfundar y apuntar con su Glock de nueve milímetros a aquella desconocida que se movía a una velocidad imposible.

Cuando su segundo compañero cayó fulminado, boqueando como un pez fuera del agua, dirigió su arma en dirección a aquella mujer que, por un breve instante, se había quedado mirándolo como si esperara a ver qué hacía para reaccionar en consecuencia. Tan inhumana en su absoluta inmovilidad, como cuando se movía más rápido de lo que parecía posible.

Recordó fugazmente el comentario de un compañero sobre una droga experimental que producía un efecto parecido, pero en aquel entonces se lo tomó a broma y se burló de su credulidad, acusándole de leer demasiados cómics de superhéroes.

Ahora ya no se reía.

Con la mirilla del arma centrada en el pecho de la desconocida, miró a sus ojos enrojecidos y comprendió la razón de aquella inesperada tregua. Estaba esperando a que bajara el arma.

Pero no podía hacer eso. No podía rendirse ante una mujer desarmada que amenazaba la vida de su cliente. Su trabajo era protegerlo y no podía hacer otra cosa que cumplir con el papel que le había tocado interpretar en esa obra.

De modo que, ejerciendo los dos kilos y medio de presión sobre el gatillo necesarios para deshabilitar el seguro de la Glock, disparó a bocajarro una de las diez balas de nueve milímetros del cargador.

El estampido y la detonación cegaron por una décima de segundo los sentidos del propio agente, que no dio crédito a sus propios ojos al comprobar que, para entonces, la mujer ya no estaba frente a su arma. De alguna manera se había adelantado al disparo, inclinándose hacia su izquierda para esquivarlo, aunque no del todo. Un trazo ensangrentado cruzaba su hombro allí por donde la bala había pasado rozándola, arrancándole al hacerlo una tira de tela de la camisa.

La mujer pareció no advertir siquiera aquella herida, ni la mancha de sangre que empezó a extenderse por su camisa blanca. Tampoco mostró ninguna reacción de dolor, ni cambió la expresión de su mirada. Tan solo ensanchó aquella mueca felina, mostrando los dientes como si estuviera feliz de haber recibido un disparo.

—No me jodas… —masculló, volviendo a apretar el gatillo de su arma, pero esta vez de forma repetida y sin molestarse en apuntar directamente.

Las detonaciones de la Glock retumbaron en las paredes del amplio salón, una detrás de otra casi de forma automática, de modo que solo dos segundos después el percutor hizo clic al no tener ya más balas con que impactar.

Cuando el viento huracanado que entraba por la puerta abierta del balcón deshizo la nube de humo y pólvora de los disparos, el guardaespaldas descubrió que la mujer se había aproximado tanto que ahora podía ver sus pupilas dilatadas en aquellos ojos febriles y enrojecidos.

En un movimiento fulminante, la mano izquierda de la mujer se disparó hacia su garganta, golpeándole la tráquea con los dedos extendidos y dejándole sin posibilidad de respirar.

Sintiendo cómo el aire dejaba de entrar en sus pulmones, el guardaespaldas dejó caer su ya inútil pistola y, llevándose las manos al cuello, se derrumbó sobre el suelo de madera encharcado por la lluvia. Su último pensamiento consciente fue el temor a morir ahogado en menos de un centímetro de agua.

La refriega había durado menos de diez segundos, pero a causa de la percepción del tiempo acelerada de la limbocaína, a Nuria le pareció que habían transcurrido varios minutos.

Miró a su alrededor, primero al guardaespaldas arrodillado y lívido que buscaba aire desesperadamente, y luego en dirección a los otros dos, aún en peores condiciones y fuera de combate durante un buen rato.

El suficiente para terminar lo que había venido a hacer.

A su espalda, aún en el sofá, los dos políticos mantenían el mismo rictus de espanto y sorpresa ante lo que acababan de presenciar. Ambos miraban alternativamente a sus guardaespaldas y a Nuria, tratando de explicarse qué acababa de pasar ante sus ojos.

—Eso... —balbució Olmedo, señalando a los hombres caídos— ha sido obra del diablo. El maligno está en ti —añadió, señalando ahora a Nuria.

Aguirre se santiguó con ojos desorbitados, sin duda de acuerdo con el razonamiento de su secretario general.

Nuria rodeó el sofá, situándose de pie frente ellos.

—No, Jaime —rebatió, mostrándole la pistola que ahora llevaba en la mano—. Todo esto es obra suya, y hoy va a pagar por ello.

Para su sorpresa, Aguirre se interpuso entre ambos, alzando la mano para detenerla.

—Señorita Badal —le dijo, llevándose la mano al pecho con su mejor tono de predicador de los Renacidos—. Esto no es necesario. No haga nada de lo que vaya a arrepentirse.

—¿Arrepentirme? Pero ¿usted sabe la clase de sabandija que tiene a su lado? —Señaló a Olmedo—. Él planeó el atentado durante su mitin y me chantajeó para matarle a usted, amenazándome con asesinar a mi familia si no lo hacía. Él sí es el mismísimo demonio.

—Todos cometemos errores —le excusó—. Pero el castigo está solo en manos de Dios Nuestro Señor, no en las tuyas, ni en las mías.

—¿Todos cometemos errores? —repitió incrédula—. ¿En serio? ¿Eso es todo lo que tiene que decir? ¿No le importa que me ordenara asesi...?

Y de pronto, la última pieza del puzle encajó en su cabeza, y Nuria ya no fue capaz de terminar la frase.

La realidad se presentó como una bofetada en la cara, como cuando de pequeña comprendió que su padre no iba a volver esa noche, ni ninguna noche más.

No parecía posible. No podía ser... Pero así era.

De pronto todo comenzó a dar vueltas a su alrededor, como si la Suite Presidencial hubiera empezado a girar sobre su eje.

—Usted. —Señaló a Aguirre, dando un paso atrás y casi trastabillando—. Joder..., usted lo sabía.

90

El líder de España Primero levantó las manos, buscando tranquilizarla.

—Cálmese, señorita. Se lo ruego.

Pero Nuria no estaba nerviosa.

Quizá fuera por la limbocaína o por el efecto calmante que producen las inevitables certezas por muy devastadoras que estas sean, pero el caso es que, por alguna razón, Nuria sintió cómo una profunda serenidad se apoderaba de ella.

—Son unos desgraciados —les dijo a ambos con un tono meramente descriptivo, como quien detalla las características de un virus bajo un microscopio—. Los dos.

—Usted no lo entiende, señorita Badal —alegó Aguirre.

—Lo entiendo perfectamente —bufó Nuria—. Están dispuestos a asesinar a miles de personas para lograr el poder.

—No es algo que quisiera hacer. Pero era la única manera.

—La única manera de salirse con la suya.

—No con la mía —le corrigió Aguirre—. Con la de todos. ¿Cree que todo esto lo hago por motivos egoístas? Le recuerdo que yo iba a ser el primero en morir. —Alzó la voz, clavándose el pulgar en el pecho—. Nada de esto es por mí, ni por Olmedo…, ni siquiera por el partido o los Renacidos. Todo lo que he hecho ha sido pensando en su futuro.

—¿Mi futuro? —preguntó incrédula—. Pero ¿de qué narices habla?

—Su futuro y el de todos los españoles —intervino Olmedo, tomando la palabra—. Los bárbaros están a las puertas y somos nosotros quienes se las hemos abierto de par en par. Hay que hacer lo que sea necesario para recordar a la gente que somos nosotros o ellos y que, si esperamos un día más, quizá ya sea demasiado tarde.

Nuria miró a ambos, negando con la cabeza sin dar crédito a lo que estaba escuchando.

—Están locos…, los dos —certificó con desasosiego—. Solo quieren alcanzar el poder a cualquier precio, justificándose con todo ese rollo mesiánico. Pero no cuela. Son solo dos hombrecillos miserables, que se han convencido de sus propias mentiras. Pirómanos dispuestos a prenderle fuego al mundo, si las cosas no son como ustedes quieren.

—¿Eso cree? —inquirió Aguirre—. ¿Que queremos prenderle fuego al mundo? No, señorita Badal. —Mostró los dientes en una sonrisa triste—. Al contrario. Somos los bomberos que queman la maleza antes de que llegue el incendio. Somos el cortafuegos ante la invasión musulmana y la pérdida de nuestros valores.

—Joder, y ahora sale con eso, ¿aún le queda algún tópico por mencionar?

—¿Es que no ve lo que está pasando a su alrededor? —le espetó Aguirre—. La civilización occidental está en decadencia y hemos de hacer todo lo posible para recuperarla. Nuestros valores, nuestra cultura, nuestra historia, nuestra religión e incluso nuestras propias vidas…, todo eso está en peligro por décadas de cortoplacismo, buenismo y estupidez liberal. Hemos de hacer lo que sea necesario para detener el desastre, y si para eso hemos de expulsar a los infieles, poner coto al libertinaje y la tecnología, o acabar con esta pantomima en la que se ha convertido la democracia, pues lo haremos.

—Gilipolleces —replicó Nuria—. Solo son dos viejos asustados por el cambio, compinchados con otros viejos igual de asustados que están dispuestos a sacrificar lo que haga falta para que nada cambie, para que todo siga igual. Intentan engañarse a sí mismos y a los demás —prosiguió desahogándose, como una olla a presión a la que abren la válvula de escape—, alegando que lo hacen por el bien común, pero no es verdad. Lo hacen por ustedes, única y exclusivamente por ustedes —sentenció con una ira creciente—. Las generaciones futuras les importan una mierda.

Y diciendo esto, levantó el arma en dirección a ambos.

—De acuerdo, hágalo —le retó Aguirre—. Dispare de una vez y acabemos con esto.

Entonces, para su sorpresa, el líder de España Primero puso los brazos en cruz y cerró los ojos.

Desconcertada, Nuria apuntó en su dirección, pero se dio cuenta de que ahora ya no podía hacerlo.

Aquella discusión había tenido el efecto de diluir su rabia, como si saber las razones del porqué de todo aquello le hubiera lanzado un cubo de agua sobre el fuego de la ira que la embargaba.

Seguía odiando a aquellos dos miserables, y sabía que, probablemente, el mundo sería un lugar mejor sin ambos, pero ya no se veía capaz de apretar el gatillo y matarlos a sangre fría.

—Puede que esté en lo cierto —concedió Aguirre, bajando los brazos—. Puede que todos los demás estemos equivocados y usted tenga razón —añadió—. Pero si nos mata…, será casi lo mismo que si me hubiera disparado esta mañana. Todo el mundo sabrá que ha sido usted, culparán a los terroristas musulmanes y, al final, otro miembro del partido será elegido candidato y ganará las elecciones.

—Puede —admitió Nuria—. Pero así al menos haré justicia por todo lo que han hecho y evitaré que hagan daño a mi familia.

—¿Su familia? —repitió Aguirre—. Nosotros nunca hemos querido hacer daño a su familia.

—No, claro que no… —apuntó con el arma a Olmedo—. Pregúntele a él.

—Solo trataba de presionarla para que cumpliera con la misión que le encomendé —se excusó—. Nunca pensé en hacer daño a su madre o a su abuelo.

—Mentira —replicó Nuria entre dientes, cerrando el dedo sobre el gatillo al recordar sus amenazas.

Pero entonces una voz de mujer dijo a su lado.

—No, hija mía. Es la verdad.

Lentamente, como en un sueño, Nuria se volvió hacia su derecha, y allí de pie junto a la puerta de una de las habitaciones, ataviada con la túnica blanca agitada por el viento, su madre la contemplaba con gesto triste y decepcionado.

—¿Mamá? —inquirió atónita—. ¿Qué..., qué haces aquí? ¿Te han secuestrado?

—¿Secuestrado? —bufó, meneando la cabeza—. Qué cosas dices... Te equivocas del todo con ellos, hija. Al saber que yo era tu madre, contactaron conmigo justo después de tu incidente en Villarefu para ofrecerme toda la ayuda que pudiera necesitar. Además —añadió, llevándose las manos al pecho—, en reconocimiento a mi fe y devoción, me concedieron el grado de supernumeraria de la orden y me invitaron a acompañarlos durante su estancia en Barcelona para inspirar a otras madres en situaciones difíciles con sus hijos. No te lo conté cuando me llamaste porque sé cuánto los odias —hizo un gesto hacia ambos—, pero son personas maravillosas y siempre te han tenido presente en sus oraciones. No creerías todo lo que hemos estado hablando de ti en estos últimos días.

—Vaya si me lo creo—rezongó Nuria, sombría. Lamentando no haber escuchado más y juzgado menos a su madre. Si hubiera estado más cerca de ella en lugar de alejarla...

Estela Jiménez avanzó unos pasos, con la sombra del reproche empañando su voz.

—Entonces ¿qué haces aquí y por qué los estás amenazando con un arma?

—Porque estos dos hombres a los que veneras son el demonio, mamá —masculló con desprecio—. No sé qué te habrán dicho, pero amenazaron con matarte a ti y al abuelo si no hacía lo que me pedían. Por eso te han traído aquí. Para tenerte como rehén si hacía falta y lograr información sobre mí.

—Pues ya ves que te equivocas —señaló, abriendo las manos—, y no creo que nadie tenga tampoco la intención de hacerle daño a tu abuelo. Creo... —vaciló antes de proseguir—, creo que esta es una de esas ocasiones en que confundes la realidad con tu imaginación.

—No, mamá. Esto es real. Es a ti a quien están manipulando.

—¿No eras tú a quien vi en la misa de esta mañana... apuntando con un arma a este hombre?

—Sí. Pero ellos dos me obligaron. Ya te lo he dicho.

—¿Y también te están obligando a estar aquí ahora?

—No..., yo. —Siempre le había costado debatir con su madre, tenía la infalible capacidad de hacerla sentir equivocada en todo lo que hacía—. Yo solo... quería protegeros a ti y al abuelo.

—Protegernos —repitió en voz baja—. Hablé con tu comisario hace unos días, Nuria. Estaba muy preocupado por ti, y me pidió que le avisara si te ponías en contacto conmigo, que te estaba buscando. Me explicó también —añadió— que estabas de baja por problemas psiquiátricos y que necesitabas ayuda urgente.

—Eso no tiene nada que ver.

Su madre dio unos pasos más hacia ella, hasta apoyar la mano en su antebrazo, buscando tranquilizarla.

—Claro que tiene que ver —indicó bajando la voz, lo justo para que pudiera oírla sobre el fragor de la tormenta—. Lo de tu compañero David y su mujer fue una tragedia..., tuvo que ser terrible, y es lógico que buscaras a quién culpar. Que acabaras culpabilizando al señor Aguirre es consecuencia de ello, ¿es que no lo ves? Siempre has odiado a su partido y a los Renacidos, y él encarna ambas cosas. Por eso has creado una fantasía en la que los responsabilizas de todos tus males.

—No..., eso no es cierto. Bueno, sí que los odiaba —se corrigió, al ver el gesto de incredulidad de su madre—, pero no tiene nada que ver. Detesto a los Renacidos y a los fascistas, es cierto, pero Aguirre y su sicario son unos monstruos manipuladores, unos psicópatas.

Su madre respiró profundamente, conteniendo el aire en los pulmones antes de exhalar apesadumbrada.

—¿Unos psicópatas, dices? —Cogiendo a Nuria por el brazo, la obligó a volverse hacia el monitor de televisión que ocupaba casi por completo una de las paredes del salón—. ¿Qué ves ahí?

Sobre la superficie negra reflectante, como si se tratara de un espejo, Nuria vio la imagen de su madre sosteniendo a una extraña junto a ella. Una mujer de pelo corto y negro apelmazado sobre un rostro ojeroso y amoratado, vistiendo un uniforme de policía hecho jirones y cubierto de manchas de sangre, que sostenía una pistola en su mano derecha y la miraba con ojos enrojecidos y desquiciados.

Nuria necesitó unos momentos para reconocerse y comprender que se había convertido en la viva imagen de una psicópata peligrosa. No recordaba cuándo o cómo se había obrado ese cambio, pero allí estaba, frente a ella, devolviéndole la inconfundible mirada enajenada de alguien que está fuera de control.

Contemplando a aquella extraña en el reflejo de la pantalla, Nuria sintió cómo las rodillas comenzaban a flaquearle ante el peso de la evidencia y el acoso de la duda. La duda de si su madre tenía razón y había perdido la cabeza.

¿Estaba segura de que era real todo lo que había visto y oído? Podría haber jurado que sí un minuto atrás, pero ahora ya no estaba tan segura.

En realidad, a cualquier loco que le preguntaran sobre sus alucinaciones, aseguraría que eran reales, y que eran los demás los que vivían engañados y confusos.

¿Era eso lo que estaba pasando? ¿Se había vuelto loca e imaginado en su cabeza todas las tramas y conspiraciones que creía haber descubierto? ¿Y si después de todo no era Elías el esquizofrénico..., sino que lo era ella?

Es más... ¿podía estar segura de que Elías había sido real y no un producto de su imaginación, o su necesidad de tener a alguien junto a ella?

—Nurieta... —le susurró la voz de su madre al oído, sacándola de ahí—. No te preocupes, cariño. Verás cómo todo se arregla.

Nuria se volvió hacia su madre y, por primera vez en mucho, mucho tiempo, vio en sus ojos el amor que siempre le había profesado, pero que se negaba a aceptar. En aquel rostro, que sería el de ella con treinta años más, vio compasión y perdón. Vio el remanso de paz donde quería cerrar los ojos y arrebujarse a descansar.

Sin fuerzas para soportarse un segundo más sobre sus piernas, cayó de rodillas sobre el agua de lluvia que cubría el parqué, mientras su madre se agachaba frente a ella y la sujetaba en un abrazo de consuelo.

—Todo está bien, Nurieta... —le susurraba al oído, repitiendo el cariñoso diminutivo que tan pocas veces había oído en sus labios—. Todo está bien.

—Cierto —coreó la voz de Olmedo, inesperadamente cercana—. Ahora sí que todo está bien.

Nuria levantó la mirada para descubrir de pie, junto a ellas, al secretario general con una mueca satisfecha en su feo rostro.

Se pasó el dorso de la mano para secarse las lágrimas que le empañaban los ojos, y al hacerlo se dio cuenta de que estaba vacía. En algún momento, había dejado caer el arma sin darse cuenta.

No fue hasta entonces, con la vista ya clara, que descubrió la pistola en la mano derecha de Olmedo.

El exmilitar contemplaba pensativo la pistola que sostenía, como sopesándola, sorprendido por su liviano peso.

Nuria pensó en advertirle de que tuviera cuidado con ella, que las armas las carga el diablo, pero entonces sucedió algo que no habría imaginado jamás.

Jaime Olmedo se volvió hacia Aguirre, que aún se hallaba de pie a su lado, y le apuntó con la pistola a la sien.

—¿Qué…, qué haces? —preguntó tontamente, con gesto de incredulidad.

—Solo tenías que hacer una cosa —le recriminó su segundo—: morirte. Y hasta de eso me voy a tener que encargar yo.

—¿Qué? ¡No vayas a…! —exclamó, levantando las manos para protegerse en un gesto inútil.

Pero antes de que terminara la frase, Olmedo disparó el arma y la bala impactó contra la cabeza de Aguirre, que salió rebotada en dirección contraria en una explosión de sangre, hueso y materia gris.

Nuria aún estaba asumiendo la espantosa escena que acababa de transcurrir ante sus ojos cuando Olmedo se volvió hacia ellas dos, apuntándoles con el arma todavía humeante.

—No puedo dejar testigos —se excusó como toda explicación.

Luego apretó el gatillo.

91

Nuria cerró los ojos en un acto reflejo y en la décima de segundo que tardó en comprender que iba a morir, aceptó su destino y relajó su cuerpo. Estaba harta de luchar y deseó que, al menos, la muerte fuera rápida y pudiera descansar al fin.

Pero la muerte no llegó cuando sonó el disparo.

Lo que sintió en cambio fue una fuerte sacudida, un espasmo que recorrió su cuerpo acompañado de un quejido lastimero.

Pero no era ella quien lo había proferido.

Abrió los ojos y, a su lado, su madre la miraba con ojos vidriosos y el semblante contraído por el dolor. Una mancha roja se extendía por su inmaculada túnica blanca, como una flor abriendo sus pétalos a la altura de su corazón.

En el último instante, se había interpuesto frente a la bala que llevaba su nombre.

—No…, mamá —rogó Nuria, sujetándola para evitar que cayera—. No, por favor… Tú no.

—Nuria… Mi niña… —respondió con un hilo de voz, llevando su mano al rostro de Nuria como si se estuviera alejando—. Te quiero…

—Lo sé…, mami —masculló angustiada, con un río de lágrimas resbalando por sus mejillas—. Yo también te quiero mucho.

Con infinita ternura, Nuria acarició el rostro de su madre mientras esta se apagaba ante sus ojos, moviendo los labios para pronunciar unas últimas palabras que no llegó a oír, cerrando los párpados muy lentamente para no volver a abrirlos jamás.

Nuria pasó la yema de sus dedos ensangrentados sobre el rostro de su madre, como lo haría un ciego memorizando cada facción y cada arruga que quisiera recordar.

Acarició su pelo, su frente, el puente de su nariz, la cuenca de aquellos ojos que ya no la volverían a mirar y aquellos labios que ya no la volverían a besar. Luego recorrió la línea de su cuello y bajó por la túnica blanca, apoyando la palma de la mano sobre la herida de bala y dejándola ahí un rato, sintiendo cómo el corazón se ralentizaba latido a latido hasta que terminó por detenerse.

El dolor y la desolación por aquella pérdida irreparable le atravesó el corazón como una estaca ardiente. Todas las discusiones y diferencias que tuvo con ella en el pasado dejaron de tener sentido mientras sostenía su cuerpo inerte entre sus brazos.

Como tantos otros, había muerto por su culpa.

De no haber sido ella su madre, aún seguiría viva. Igual que Elías o Gloria estarían vivos de no haber sido sus amigos, e incluso David, de no haber sido su compañero. Todos ellos muertos. Asesinados por el simple hecho de conocerla…, mientras que ella misma seguía absurda e injustamente viva.

Con todo el cuidado del mundo, Nuria depositó el cadáver de su madre en el suelo y, al hacerlo, su sangre se disolvió en la fina capa de agua, extendiéndose como una mancha rosácea a su alrededor.

—No es nada personal —dijo Olmedo apuntándola a la cabeza, mostrando los dientes en una mueca que decía lo contrario.

Nuria alzó la mirada hacia el causante de todo aquel dolor, y una ira oscura y vengativa emergió desde lo más profundo de sus tripas. Calculó las probabilidades que tenía de cubrir los dos metros que la separaban de Olmedo, antes de que este le disparara, pero enseguida comprendió que no lo iba a conseguir.

El efecto de la limbocaína se había diluido hasta casi desaparecer, y cada extremidad, cada músculo y cada célula de su cuerpo le gritaban que habían alcanzado el límite del agotamiento. El simple hecho de mantener la cabeza erguida ya le suponía un insostenible esfuerzo.

Pero entonces, desde algún rincón de su mente, surgió el recuerdo de algo que Aya le había entregado antes de despedirse. Algo que llevaba el comisario Puig y que Nuria se había guardado en el bolsillo del pantalón sin darle importancia, olvidándose de ello hasta ese momento.

—Adiós, señorita Badal —se despidió Olmedo, presionando el gatillo.

Nuria extendió la palma de su mano izquierda hundiéndola en el agua, al mismo tiempo que metía la derecha en el bolsillo del pantalón y localizando el objeto con forma de pequeño mando de televisión, apretó los dientes y pulsó su único botón con todas sus fuerzas.

Al instante, una descarga eléctrica recorrió de nuevo su maltrecho cuerpo, combando su espalda en un espasmo y haciéndola caer en redondo, sin control de sus propios músculos.

Esta vez la limbocaína no pudo parar el golpe como en la otra ocasión, pero a cambio, los setecientos voltios se dispersaron a través del agua atenuando su efecto y extendiéndose como un arco a su alrededor, alcanzando de lleno los elegantes mocasines de terciopelo de Olmedo, completamente empapados en agua.

Al recibir la descarga, más a causa de la sorpresa que de los escasos voltios que le llegaron a impactar, Olmedo lanzó un gritito de sorpresa y, trastabillando hacia atrás, cayó sobre el sofá que tenía a su espalda, perdiendo en el proceso la pistola.

Nuria, buscando recuperarse de su tercera descarga eléctrica del día, levantó la cabeza y, apoyando las manos en el suelo, hizo el titánico esfuerzo de erguirse unos centímetros. Lo justo para ver cómo Jaime Olmedo se recuperaba también de la limitada descarga que había recibido y, tras dedicarle una torva mirada al comprender que había sido cosa de ella, cómo comenzaba a mirar a su alrededor en busca del arma.

Nuria la vio enseguida, pues había caído al suelo justo frente a ella. Pero Olmedo también lo hizo inmediatamente después y, mientras ella debía hacer un esfuerzo sobrehumano para ponerse de rodillas, él solo tuvo que agacharse y estirar la mano para alcanzarla.

Olmedo aferró la pistola por la culata y la dirigió hacia Nuria, pero antes de que lograra situarla en la mira, esta arremetió, embistiéndolo con un grito de desesperación en la garganta.

Olmedo logró disparar a pesar de todo y Nuria sintió cómo la bala le pasaba rozando la oreja izquierda, pero de un golpe le arrancó el arma de las manos y esta fue a parar al otro lado de la habitación.

Olmedo se revolvió con rabia, lanzándole un torpe manotazo a Nuria, que, aunque logró esquivarlo, le dejó un rastro de uñas en la mejilla.

—Vas a pagar por todo lo que has hecho, hijo de puta —dijo Nuria y, situándose a horcajadas sobre él, le lanzó un puñetazo a la cara, y luego otro, y otro.

La sangre comenzó a manar por la nariz y los labios partidos de Olmedo, que trataba de parar los golpes como podía.

—¡No! ¡No! —gimoteaba—. ¡Para! ¡No me pegues más!

Nuria detuvo su lluvia de golpes y se lo quedó mirando un segundo.

—Es verdad. No tiene sentido pegarte.

Por un breve instante, los ojos suplicantes de Olmedo reflejaron un destello de esperanza.

Una esperanza que duró lo que Nuria tardó en terminar la frase.

—Mejor acabemos con esto de una vez —siseó entre dientes, y seguidamente colocó sus manos alrededor de su cuello y apretó con fuerza.

—¡Nogggg…! —protestó Olmedo, agarrando con sus manos las de Nuria, tratando de detenerla mientras pugnaba por respirar.

—Esto sí que es personal —rezongó Nuria, mientras las venas del cuello de Olmedo comenzaban a hincharse por la falta de flujo sanguíneo.

Pero en ese preciso momento, las puertas de la suite se abrieron de golpe y, con un tableteo de botas corriendo sobre el suelo de madera, media docena de agentes encapuchados de las fuerzas especiales irrumpieron con sus armas listas para disparar, barriendo el lugar con el láser de sus miras.

—¡Policía! —gritó uno de ellos—. ¡Al suelo! ¡Al suelo!

Las voces llegaban desde el recibidor de la enorme Suite Presidencial, pero en pocos segundos irrumpirían en el salón y todo habría terminado.

Aunque lo que de verdad volvió loca de rabia a Nuria no es que fueran a acabar con ella, sino que no iba a tener tiempo de ajusticiar a Olmedo.

—¡Mierda! —maldijo.

El arma estaba demasiado lejos, no tenía tiempo de alcanzarla. No tenía tiempo para nada, en realidad..., o para casi nada.

—¡Levántate! —espetó a Olmedo tomándolo de la solapa y, aprovechando que estaba demasiado ocupado tratando de volver a respirar, lo agarró del brazo y lo arrastró con ella en dirección al balcón.

—¡Quieta! —ordenó una voz—. ¡Ni un paso más!

Nuria se dio la vuelta rápidamente, pasando un brazo por el cuello de Olmedo e interponiéndolo entre ella y el miembro de las fuerzas especiales.

El viento huracanado y la lluvia golpeaban sin piedad contra su espalda, amenazando con hacerle perder el equilibrio en alguna de sus rachas.

—¡Si os acercáis, lo mato! —amenazó Nuria, clavando el mando de la pulsera táser en la espalda de Olmedo, haciéndole creer a él y al resto que se trataba del cañón de una pistola.

—¡Baje el arma! —rugió el mismo agente de antes—. ¡Baje el arma ahora!

—Tengo otra idea —replicó Nuria, dando un paso atrás—. Bajadlas vosotros o disparo.

—¡Ha matado a Aguirre! —exclamó Olmedo con voz lastimera, una vez recuperado el aliento—. ¡Los ha matado a todos!

—Eso es mentira —alegó Nuria, clavando con más fuerza el mando en la espalda de Olmedo—. Este cabrón es quien está detrás de... —Y se calló de repente, dándose cuenta de que aquellos agentes encapuchados con uniformes negros, que clavaban en ella los puntos rojos de sus láseres, solo esperaban la oportunidad de poder volarle la cabeza.

Sin embargo, para su sorpresa uno de los agentes, el que impartía las órdenes y lucía galones de capitán, bajó el arma y se quitó el pasamontañas.

—¿Nuria Badal? —preguntó incrédulo, dando un paso adelante—. ¿Es... usted?

—Capitán López —contestó, igual de sorprendida—. Qué pequeño es el mundo.

El capitán, aturdido, señaló en derredor y luego a Olmedo.

—¿Qué está pasando aquí? —quiso saber, dando otro paso hacia ella.

—Quieto ahí, capitán —le advirtió Nuria—. No dé un paso más, y diga a sus hombres que bajen las armas o me lo cargo aquí mismo.

—De acuerdo. Tranquilízate —contestó López, deteniéndose, pero sin dar orden alguna a sus hombres—. Suelta el arma y hablemos.

—Puedo hablar perfectamente sin soltarla.

—Pues entonces, deja ir al civil.

—Lo siento, capitán. Tampoco puedo hacer eso.

López meneó la cabeza con frustración.

—Joder, Nuria. Estoy tratando de ayudarte.

—Nadie puede ayudarme.

—Venga ya —alegó López—. No te pongas melodramática. Ríndete y todo se aclarará. Te conozco —añadió, señalando a su alrededor—, sé que todo esto ha de tener una buena explicación.

—Ya lo creo que la tiene, pero nadie la va a creer.

López dio un nuevo paso hacia ella.

—Yo te creeré —afirmó convencido.

—Pues peor para usted —contestó Nuria, dando dos pasos atrás, alcanzando la puerta del balcón.

El viento alborotó su pelo negro, ahogando sus últimas palabras.

—¡Haga algo! —exigió Olmedo, tratando de zafarse del brazo de Nuria, que lo sujetaba por el cuello con la fuerza de un cepo—. ¡Deténgala!

—¡Deja el arma y suéltalo! —le gritó López a Nuria, tratando de hacerse oír por encima del viento—. Ríndete y prometo que declararé en tu favor.

Ignorándolo, Nuria siguió caminando de espaldas, subiendo a una silla primero y luego a una de las mesas bajas del balcón, obligando a Olmedo a subir con ella. Allí de pie, la barandilla de cristal le quedaba justo por debajo de la cadera.

No fue hasta ese momento que López comprendió lo que quería hacer.

—¡No hagas una estupidez! —exclamó, saliendo también al balcón seguido de sus hombres, que formaron un semicírculo ante ella—. ¡No tienes escapatoria!

—Siempre hay una salida —replicó Nuria, volviendo la vista atrás por un instante.

A su espalda se abría el abismo. Sesenta metros de caída hasta el mar embravecido y las descomunales olas que golpeaban el espigón del puerto.

—¡Te pagaré lo que quieras! —le ofreció Olmedo entre llantos—. ¡Confesaré lo que haga falta! ¡Lo juro! ¡Me entregaré!

—Demasiado tarde —sentenció Nuria.

—¡Por favor! —le rogó López, extendiendo la mano hacia ella—. ¡No lo hagas!

—Es la única manera de hacer justicia.

López negó con la cabeza.

—¡Eso no es justicia, Nuria! —replicó—. ¡Eso es venganza!

Nuria pareció pensarlo un momento, para finalmente terminar asintiendo, conforme.

—A mí me vale.

El capitán vio la determinación en sus ojos y, en una acción desesperada, saltó hacia Nuria y su rehén, tratando de sujetarlos.

Pero antes de que llegara a alcanzarlos, Nuria se inclinó hacia atrás, dejándose caer de espaldas y arrastrando junto a ella a Olmedo.

López saltó de inmediato sobre la mesa y, asomándose al balcón, pudo ver la silueta del político golpeándose con un saliente y precipitándose desmadejado al vacío, mientras en su boca se dibujaba un grito de pavor.

A Nuria, sin embargo, no llegó a verla caer. Aunque le pareció que una sombra se deslizaba por el lomo curvo de la fachada a toda velocidad, justo antes de desaparecer tras la cortina de lluvia, engullida por la tormenta.

92

El brutal impacto contra el agua la dejó sin aliento y aunque lo hizo adoptando la misma posición que había visto en los clavadistas mexicanos, con los pies por delante y los brazos cruzados sobre el pecho, el terrible golpe estuvo a punto de hacerla perder el conocimiento.

Pero, a pesar de ello, lo peor fue cuando tras hundirse a varios metros de profundidad trató de regresar a la superficie braceando y sin aire en los pulmones, y el descomunal oleaje la volvió a hundir bajo el agua sin darle tiempo a respirar.

Al límite de la consciencia, exprimiendo sus últimas fuerzas, luchó con denuedo por alcanzar la luz del día y cuando ya estaba a punto de rendirse, convencida de que no lo iba a lograr, de pronto sintió cómo su cabeza salía del agua y pudo tomar una desesperada bocanada de aire.

Pero solo dispuso de un segundo, antes de que otra ola rompiera justo sobre su cabeza y la hundiera de nuevo, haciéndola girar vertiginosamente como si estuviera en una gigantesca lavadora.

Cuando todas aquellas vueltas cesaron, no podía saber dónde era arriba o dónde era abajo, y el poco oxígeno que había logrado aguantar en los pulmones empezaba a ser insuficiente. Necesitaba más, y rápido.

En aquella mar revuelta y sin visibilidad alguna, sin tener la seguridad de si estaba yendo hacia la superficie o hundiéndose todavía más, forcejeó apelando a su tenaz instinto de supervivencia y las últimas moléculas de limbocaína que aún quedaban en su cuerpo.

De nuevo, logró sacar la cabeza del agua cuando ya sentía que sus pulmones iban a explotar, pero en esta ocasión lo hizo entre la marejada de espuma de una ola que acababa de romper. Eso le dio unos segundos para recuperar el aliento y anticiparse a la siguiente, sumergiéndose antes de que estallara sobre ella y volviendo a salir de inmediato en cuanto pasó.

Al fin podía respirar de forma más o menos regular, pero aquel juego del escondite con el oleaje resultaba agotador y no podría hacerlo durante mucho más tiempo. Tenía que ganar la orilla como fuera.

Con la siguiente ola emergió en la cresta, y eso le dio oportunidad de mirar hacia tierra y tratar de situarse.

Para su sorpresa, descubrió que la fuerte corriente y el oleaje la habían arrastrado hacia el norte más de un kilómetro, en paralelo al muro de contención que años atrás había sido la playa de la Barceloneta. A su izquierda se alejaba la inconfundible silueta del Hotel W, mientras que a su derecha pudo intuir la presencia del Espigón del gas, donde el oleaje estallaba contra sus bloques de hormigón de decenas de toneladas.

Aunque menos de cien metros la separaban del espigón, llegar hasta él mientras era zarandeada por olas de seis metros de altura resultaría toda una hazaña, y ya sería un auténtico milagro teniendo en cuenta su maltrecho estado.

Pero no tenía alternativa. Si no alcanzaba pronto tierra firme moriría ahogada sin remedio y, después de todo por lo que había pasado, no estaba dispuesta a rendirse de ningún modo. Llegaría hasta ese dique o moriría en el intento.

Nadando en contra de la resaca que la alejaba de la costa y tratando de aprovechar al mismo tiempo el impulso del oleaje, logró aproximarse hasta el dique. Una doble hilera de cubos de hormigón armado adentrándose cien metros en el mar y sobre cuyo extremo iban a estrellarse las olas en una sucesión estremecedora, como trenes estampándose uno tras otro contra las toperas de una estación.

Tenía que evitar aquello como fuera. Si una ola la atrapaba y la lanzaba contra el dique, al día siguiente tendrían que recoger sus trozos con un rastrillo. Su única posibilidad consistía en ganar el sotavento del dique, allí donde el impacto del oleaje era menor, y una vez ahí tratar de encaramarse de algún modo al espigón.

«Chupado», se dijo, ignorando conscientemente el peligro de no calcular bien las distancias, de que una serie de olas potentes la desviara de su trayectoria, de que la corriente o la resaca fueran allí más fuertes, de que se quedara sin fuerzas o que un maldito rayo le cayera en la cabeza. Teniendo en cuenta la suerte que lucía últimamente, pensó, cualquier cosa era posible.

Sacando la cabeza y sumergiéndose cuando se acercaba una ola, tratando de no perder de vista su objetivo, se aproximó paulatinamente al dique apretando los dientes ante el continuado esfuerzo que solo la desesperación y el instinto de supervivencia le permitían mantener.

Finalmente, rodeando el extremo del dique más al norte, en un último arrebato de coraje, forcejeando contra la resaca que la alejaba de su destino, alcanzó la relativa calma del sotavento del dique.

A pesar de que las olas no rompían directamente en ese costado del espigón, el oleaje de fondo hacía que acercarse a los bloques de hormigón resultase muy peligroso, más aún teniendo en cuenta lo débil de su estado.

Pero no tenía otro camino, así que aguardó a unos metros de distancia, hasta que la violencia del oleaje bajó por unos instantes y entonces, apretando los dientes, se encaramó al dique y se aferró a uno de los bloques como una lapa.

Apremiada por la posibilidad de que en cualquier momento una ola la estampara como un sello contra el hormigón, trepó por la resbaladiza escollera de gigantescos cubos grises, como piezas de un juego de construcción desparramados por un niño, hasta alcanzar un punto relativamente seco por encima del nivel del oleaje.

Agotada hasta un punto que no creía posible, con los rociones de las olas y la lluvia cayendo sobre ella sin piedad, siguió escalando el rompeolas como buenamente podía, buscando asideros y resbalando continuamente, hasta el punto de dudar si iba a conseguirlo.

Pero entonces se dio cuenta de que justo bajo ella se abría un gran hueco oscuro y vacío, una inesperada oquedad entre aquellos bloques megalíticos. Sin dudarlo se deslizó en su interior y, sorprendida, descubrió que era una especie de madriguera de un par de metros de profundidad y un metro de alto. El lugar apestaba a pescado podrido y orines de gato, y estaba segura de que en las cercanías había algún ratón muerto. Pero, dadas las circunstancias, aquel agujero húmedo y maloliente le pareció un apartamento de lujo.

—En peores sitios he dormido —se consoló a sí misma, con la voz ronca por el esfuerzo.

Y así, sin fuerzas ya ni para pestañear aunque su vida dependiera de ello, Nuria se derrumbó sobre la fría superficie de hormigón y, en menos de diez segundos, cerró los ojos abandonándose al oscuro placer de la inconsciencia.

Cuando al fin despertó, las secuelas de la limbocaína hicieron su efecto con la sutileza de un martillazo.

Fue como si despertara tras veinte resacas seguidas, una detrás de la otra, para descubrir que se había quedado sin café ni aspirinas y que el perro se había cagado en el salón.

Lentamente se atrevió a abrir los ojos, y reparó en que un estrecho rayo de luz se colaba entre los huecos de las piedras e iba a caer a su lado, iluminando lo bastante aquella suerte de madriguera como para ver que se trataba de un espacio sembrado de plásticos y restos de basura, en el centro del cual se había quedado dormida en posición fetal, con las manos unidas haciendo las veces de almohada.

En un principio no recordó cómo había llegado hasta ahí, y los acontecimientos del día anterior fueron abriéndose paso perezosamente en su memoria, hasta que, con un vuelco del corazón, rememoró lo sucedido y deseó no haberlo hecho.

Y no fue hasta entonces que se dio cuenta de algo extraordinario: no se oía nada. Solo el apacible batir de las olas besando la orilla rompía aquel irreal silencio; nada del viento huracanado o el aguacero que no permitía oír ni sus propios pensamientos. Solo un placentero sonido de fondo, como sacado de un audiolibro de relajación.

De lo siguiente que se dio cuenta es que tenía un hambre atroz. De hecho, era el vacío en el estómago lo que la había terminado despertando. Tenía tanta hambre que recordó la historia de unos náufragos que se comieron a sus compañeros muertos y se le hizo la boca agua.

Lo malo es que no tenía ningún náufrago a mano, de modo que decidió que debía encontrar alguna comida con urgencia, así que fue a incorporarse... y entonces descubrió que su cuerpo no le respondía.

—Pero ¿qué...? —farfulló con la boca pastosa, y al despegar los labios sintió cómo estos se le cuarteaban y agrietaban, como si llevara un año sin abrirlos.

Parpadeó confusa, y hasta los mismos párpados parecieron resistirse a sus órdenes.

Apretando los dientes hizo un nuevo intento y, sacando fuerzas de flaqueza, apoyó el codo en el suelo y se incorporó muy lentamente, hasta quedar sentada y con la cabeza rozándole el techo. Cada agarrotado músculo de su cuerpo le dolía como si la hubiera atropellado un autobús, y se resistían a responder a sus órdenes porque sencillamente no podían, les faltaba el combustible para poder funcionar: comida.

Tenía que conseguir comer algo, reponer las fuerzas, o quizá ya no podría volver a levantarse.

En aquel agujero no podía darse la vuelta, así que se arrastró sobre su trasero hacia la salida con los pies por delante, empujándose con las manos, y no fue hasta ese momento que descubrió con una mueca de fatalidad que le faltaban los zapatos. ¿Cuándo los había perdido?

De ese modo cubrió la escasa distancia hasta el hueco que hacía las veces de salida, y dándose la vuelta, se asomó con precaución, aunque nada más hacerlo se vio obligada a cerrar los ojos y protegérselos con la mano.

Aunque ni tan siquiera tenía el sol de frente, el cielo lucía un azul cobalto deslumbrante y todas las cosas, desde las ventanas de los edificios a la asombrosamente calmada superficie del mar, parecían reflejar la luz del sol como si alguien hubiera abrillantado la Tierra.

¿Qué había sucedido? ¿Cuánto tiempo había pasado dormida? No quedaba rastro del Medicán Merçè y aunque arramblados al muro de protección de la Barceloneta, podía ver montañas de maderas, algas y plásticos arrastrados por las olas, nada más parecía indicar que una tempestad hubiera pasado por ahí. Incluso una bandada de

escandalosas gaviotas cruzó el cielo, graznando con absoluta normalidad.

Aún confusa por la diferencia entre lo vivido y lo que ahora
tenía ante sus ojos, emergió de su guarida como una osa despertando
de la hibernación; débil, desorientada y con un hambre que se comería de una vaca hasta los cuernos.

Entonces un gato negro asomó de otro agujero y, mirándola
con cierta desconfianza, pasó ante ella y subió ágilmente de un salto
al bloque de hormigón que había justo sobre su cabeza. Por un breve instante, Nuria pensó en toda la carne que debía tener un gato,
pero avergonzándose de sí misma apartó de inmediato esa horrible
idea de su cabeza.

Luego otro gato cruzó frente a ella, y luego otro, y otro más,
todos en la misma dirección, y la respuesta a aquel enigma gatuno
llegó cuando oyó a una voz cercana chasqueando los dedos y repitiendo: «Misho, misho…».

Desesperada, dejando de lado cualquier precaución, Nuria siguió la ruta de los mininos y encaramándose con dificultad, alcanzó
la parte superior del dique, donde una mujer de aspecto andrajoso
rodeada por una docena de felinos rellenaba unos improvisados
cuencos con agua y pienso para gatos.

A Nuria le rugió el estómago al ver aquello, como si presen-
ciara un banquete al que no hubiera sido invitada, y como una zom-
bi de tres al cuarto comenzó a caminar hacia la señora y sus gatos
dando tumbos, abriendo y cerrando la boca como si anticipara el
momento de masticar.

La mujer, naturalmente, casi se cae de culo al verla aparecer de
ese modo, y trastabillando dio unos pasos hacia atrás con ojos desorbitados, temiendo que se la fuera a comer allí mismo.

Pero Nuria tenía la vista puesta en los cuencos de comida y,
agachándose frente a estos, apartó a los gatos y comenzó a coger pu-
ñados de aquellas bolitas marrones y a llevárselas a la boca, masti-
cándolas apenas antes de tragárselas, tomando el cuenco del agua y
bebiendo del mismo con la misma desesperación, sin darse cuenta
hasta ese momento de que tenía aún más sed que hambre.

La señora, a esas alturas, ya había salido corriendo despavori-
da, mirando hacia atrás para asegurarse de que no la seguía.

—¡Mañana mejor traiga queso, si no es molestia! —le gritó Nuria al verla huir a toda prisa.

La respuesta fue un exabrupto que no llegó a entender, y olvidándose de la mujer, Nuria continuó devorando aquella comida que sabía a rayos pero que su cuerpo agradecía como un bufé libre de marisco.

Entre bocado y bocado se preguntó de dónde venía esa necesidad animal de proteínas, hasta que cayó en la cuenta de que aquel podía ser un peaje por el uso de la limbocaína. Toda aquella fuerza inusitada y aceleración neuronal debía exigir al cuerpo mucha más energía de lo habitual. Y eso, sumado a que bien podía haber pasado uno o dos días durmiendo, explicaba su extrema debilidad y esa voracidad desmesurada.

Tardó menos de cinco minutos en terminar con los dos cuencos llenos de pienso y tres de agua y, al fin ahíta, se dejó caer de nuevo hasta quedar boca arriba mirando aquel deslumbrante cielo azul, sin una sola nube que lo mancillara, mientras los gatos maullaban indignados a su alrededor, protestando airados por aquella inadmisible intromisión.

—¿Y ahora qué? —se preguntó en voz alta.

No tenía adónde ir, ni a quién recurrir.

No podía volver a su piso, ni acercarse a la residencia de su abuelo, ni ir a casa de su madre… y, al pensar en ella, un puño de hierro al rojo le retorció el corazón y tiró de él tratando de arrancárselo. El dolor fue tal y tan físico, que tuvo que morderse los labios para soportarlo.

Cuando este remitió, se esforzó por centrar su mente en los problemas más inmediatos, retornando a la posible lista de personas a las cuales recurrir. Una lista en la que ya no estaban Elías —otro puñal en el corazón— ni Aya, a la que no podría localizar, aunque quisiera. Ni por supuesto Susana, que nunca le perdonaría, y con razón, el haberla dejado amordazada en el lavabo de señoras.

Todo ello reducía la lista de amigos y familiares exactamente a cero.

Ahora sí que podía decir que estaba total e irremediablemente sola en el mundo.

Y eso sin contar con que su rostro debía estar en las televisiones de medio planeta, que la policía del otro medio estaría buscándola, y que unos cuantos millones de Renacidos y patriotas de España Primero estarían rogando a su dios que les concediera el placer de arrancarle la piel a tiras.

Había tenido semanas mejores, eso estaba claro.

Con ese humor oscuro que da la resignación de saber que, hagas lo que hagas, todo va a salir mal, paseó la mirada por la ciudad que se extendía tras el muro de contención, desde los avejentados edificios de la Barceloneta a su izquierda, a los nuevos rascacielos de acero y cristal mellados por el huracán que se elevaban frente a ella, hasta las torres gemelas que dominaban el Puerto Olímpico, donde incluso podía distinguir los mástiles blancos de los...

Entonces abrió los ojos desmesuradamente y sus pulsaciones se detuvieron en seco, cuando un nombre casi olvidado acudió a su mente.

93

Nuria dedicó el resto del día a planear sus próximos movimientos, refugiada en la gatera —que ahora le parecía más minúscula y apestosa que la noche anterior—, para evitar que alguien la viera.

En realidad, hasta bien entrada la madrugada, no se arriesgó a asomar la cabeza de nuevo por el agujero, y hasta que no estuvo convencida de que no había nadie más en el dique paseando, pescando o haciendo manitas, no abandonó su pequeño escondite.

Ante la mirada recelosa de algunos gatos, que por la forma en que la observaban aún se la debían tener jurada, Nuria se puso en pie sobre uno de los bloques y, tras estirar los músculos agarrotados por tantas horas encogida, se quedó en ropa interior, infló los pulmones de aire y con notable gracia se lanzó al mar de cabeza.

El agua parecía bastante más fría de lo que recordaba la noche pasada, aunque quizá era la consecuencia de no tener ninguna droga circulando por su corriente sanguínea. Pero el efecto le resultó tonificante, y lo primero que hizo fue frotarse la piel vigorosamente, tratando de librarse del olor a pis de gato que le impregnaba el cuerpo y de desinfectar sus múltiples heridas y arañazos. A continuación, puso la mirada en la bocana del Puerto Olímpico y comenzó a nadar a ritmo pausado.

Aunque el puerto deportivo solo distaba unos ochocientos metros y se moría de ganas de llegar a su destino, razonó que en su estado era mejor tomárselo con calma. La comida de gato le había salvado la vida, pero su acopio de energía seguía con la luz de la reserva encendida.

Cambiando de estilo cada pocos minutos para no forzar el adolorido hombro izquierdo, se fue aproximando paulatinamente a la bocana del puerto deportivo, señalada con una baliza roja a izquierda y otra verde a derecha.

Por fortuna nadie se molestaba en vigilar las bocanas de los puertos, dado lo poco sensato que resultaba acceder nadando por un lugar tan transitado por lanchas y barcos de todo tipo. Pero lo mejor de todo era que a esa hora de la madrugada a nadie le apetecía salir a navegar y, además, el manto de la noche cubría su intención de colarse en el recinto.

Así, al cabo de veinte minutos, se adentró en el puerto y, sin salir del agua, con cuidado de esquivar las cámaras de vigilancia, se dirigió hasta el pantalán número seis escabulléndose entre las boyas de amarre y los cascos de los barcos.

Con lo que no había contado, sin embargo, era con la profusión de cabos, defensas, lonas y todo tipo de basura y fragmentos de barcos que flotaban en el agua, arrancados por la fuerza del viento y que hacían mucho más difícil bracear.

Procurando mantener la cabeza por encima de la repugnante capa de aceite que flotaba sobre la superficie, alcanzó el pantalán que buscaba y, con el corazón acelerado por la emoción, llegó hasta la popa de un velero con el nombre de Fermina escrito en estilizadas letras de color azul.

La suave brisa marina hacía tintinear los cabos del velero contra su mástil y, tras comprobar que no había nadie a la vista, Nuria ascendió por la escalerilla de popa y subió a bordo.

A primera vista el barco parecía hallarse en buen estado y las defensas en su sitio, protegiéndolo de los cascos de los otros dos barcos que lo flanqueaban. Sin preocuparse de estar aún en ropa interior, tironeó de los cabos de amarre, comprobó los obenques, tensó los nudos y cuando al fin se sintió satisfecha, introdujo los dedos en un hueco de la botavara y sacó una pequeña llave, que su abuelo guardaba ahí como quien lo hace bajo el felpudo de su casa.

Con dicha llave Nuria se acercó a la escotilla de madera que daba acceso al interior y abrió el candado que la cerraba. Luego levantó la portezuela y, haciendo crujir los escalones de madera bajo sus pies descalzos, descendió al salón y tanteando con la mano derecha encontró el interruptor y encendió la luz.

Aquel salón de apenas tres metros de ancho y dos de alto, de paredes y muebles de madera, con cuadros de nudos en las paredes, viejos libros de náutica, lámparas y cojines pasados de moda y un ligero tufillo a aceite de motor le proporcionó una sensación de hogar tan profunda e inesperada, que sin poderlo evitar se echó a llorar de pura felicidad.

De pronto se sentía de nuevo en casa y protegida, aunque solo fuera por la delgada capa de fibra de carbono que la resguardaba del exterior. Ese barco tenía impregnado como una capa de resina la presencia de su abuelo y los buenos recuerdos junto a él. El Fermina no era solo un velero, era un pedazo de memoria, un recuerdo físico y palpable de todo el amor y las risas que habían tenido lugar en él.

Allí, de pie en el centro del salón del Fermina, sin nada más en el mundo que las braguitas y el sujetador que llevaba puestos, Nuria se permitió sonreír por primera vez en mucho tiempo.

Para evitar a Hacienda, el barco constaba a nombre de una vieja empresa de su abuelo quebrada hacía décadas, que impedía relacionarlo con ella a menos que se investigara detenidamente. Eso significaba que nadie iría ahí a buscarla, y que, si lograba ser discreta, podría usarlo como refugio hasta que decidiera qué hacer a continuación.

De modo que así, tranquila y confiada como no había podido estarlo en semanas, dejó de preocuparse por todo aquello que sucediera fuera del barco y se encaminó a la austera ducha de la cabina de proa. Una vez en ella, terminó de desnudarse y abriendo el grifo del agua caliente se enjabonó a fondo y luego se quedó quieta bajo el chorro, hasta que terminó con la reserva de cuarenta litros del calentador.

Al terminar, se envolvió con una vieja toalla de playa y comenzó a registrar la despensa, poniendo sobre la mesa todas las latas que encontró de mejillones en escabeche, aceitunas rellenas, sardinas en aceite y berberechos, así como algunas bolsas de patatas y palitos de pan. Su abuelo y ella siempre tenían en el barco suficientes aperitivos como para abastecer el catering de un cumpleaños y, aunque en ese momento habría matado por una pizza cuatro quesos o una buena hamburguesa, siempre era mejor aquello que el asqueroso pienso para gatos.

En el fondo de la nevera encontró unas cuantas latas de cerveza y, sin molestarse en refinamientos tales como cubiertos o platos, se sentó en el sofá frente a toda aquella comida y abriendo bolsas y latas de una en una, comenzó a devorarlas sistemáticamente, como si le esperara un premio por acabar con todas ellas.

Iba ya por la cuarta lata de conservas, tan concentrada en lo que estaba haciendo, que le tomó de sorpresa cuando alguien dijo con cierto tono de reproche:

—Definitivamente, me gustas más con el pelo largo.

Redención

ANuria casi se le salió el corazón por la boca del susto y los berberechos que tenía en la boca en ese momento salieron disparados hasta estamparse en el mamparo de enfrente como perdigones.

Nuria se volvió hacia la voz con el corazón en un puño, y por poco se desmaya de la impresión al ver asomándose por la escotilla un rostro que no creyó volver a ver jamás.

Allí, en cuclillas en lo alto de la escalerilla, Elías la observaba en silencio mostrando su dentadura blanca en una sonrisa radiante.

—¡No me lo puedo creer! —exclamó Nuria, poniéndose en pie de un salto—. ¡Estás vivo!

—Eso parece —apuntó Elías, descendiendo los escalones de madera—. Me alegro mucho de verte, Nuria —añadió al llegar abajo, abriendo los brazos.

Nuria, sin embargo, no se movió del sitio. Feliz, confusa y cabreada a partes iguales.

—Pero... ¿qué...?, ¿cómo...? —farfulló atropelladamente, apuntándole con el dedo—. ¿Dónde cojones te habías metido?

—Ya veo que tú también te alegras... —ironizó sin perder la sonrisa.

—¡Pensaba que habías muerto! —alegó en estado de shock.

Elías, viendo que no le iba a quedar más remedio que dar explicaciones, se acomodó apoyándose en la pequeña mesa de cartas.

—Tú y todo el mundo —aclaró—. Hasta ayer por la tarde no pude contactar con Aya de forma segura y decirle que estaba vivo.

—¿Ella está bien?

—Sí, perfectamente —confirmó—. Aya está en buenas manos con Giwan y Yady.

Nuria bajó la cabeza, afligida.

—Yo..., lo siento. Te he complicado mucho la vida.

—¿Complicado la vida? —resopló—. ¡Al contrario! Gracias a ti estoy oficialmente desaparecido y en unos meses me darán por muerto. Y eso, en mis circunstancias —añadió—, resulta extremadamente práctico.

Nuria se dio cuenta entonces, de que el aspecto que Elías presentaba no era mucho mejor que el de ella. Llevaba puesta una sudadera vieja con capucha para ocultarse de las cámaras de vigilancia, tenía una mano vendada y tanto en el rostro como en los brazos exhibía multitud de cortes y heridas, además de un feo moratón en la sien.

Nuria sintió el irrefrenable deseo de acercarse a él y acariciar sus heridas con la yema de los dedos.

Acercándose lentamente, aproximó su rostro al suyo hasta que sus labios se unieron y mirándose a los ojos se fundieron en un largo y silencioso abrazo.

Lágrimas de alivio recorrieron las mejillas de Nuria, que fueron a parar al cuello y el hombro de Elías, quien al sentirlas la abrazó aún con más fuerza.

—Creí que me había quedado sola —susurró Nuria.

—No lo estás —contestó Elías en el mismo tono—... ni lo estarás mientras me quieras a tu lado.

Nuria trató de sonreír y llorar al mismo tiempo, con lo que el efecto fue algo así como un fruncir de labios con un bufido.

—Todos los que se acercan a mí acaban muertos —le advirtió—. Es como si estuviera maldita.

—Bueno, en cierto modo yo ya estoy muerto, así que tu maldición ya no me afecta —bromeó Elías—. Y, en cualquier caso, es un riesgo que estoy dispuesto a correr.

Nuria dio un paso atrás, con el fin de poder mirarle directamente a los ojos.

—Estás loco —sentenció.

—… dijo la que saltó por la ventana de un piso veinticinco —replicó Elías, alzando una ceja.

—En realidad era un balcón —corrigió Nuria, con una sonrisa culpable—. Pero sí, fue una locura. Aún no me creo que lo hiciera.

—También dicen que te cargaste a todo el equipo de seguridad… —inquirió, ahora con tono más serio—, y luego a Aguirre y a Olmedo.

—No, eso no es verdad —objetó Nuria—. No del todo, al menos —puntualizó, y negando con la cabeza añadió—. Pero no quiero hablar de eso ahora.

—Lo imagino.

—¿Y tú? —preguntó—. ¿Cómo saliste de aquella alcantarilla? Elías hizo un gesto con la mano, restándole importancia.

—Nada tan espectacular como lo tuyo —aclaró—. Pasé un mal rato y creí que iba a morir ahogado allí abajo, pero al final logré agarrarme a una escalerilla y terminé saliendo a la superficie en algún lugar del barrio de Sants, con solo algunos golpes y cortes sin demasiada importancia. Luego fui al piso franco —añadió, como si describiera una aburrida jornada laboral—, y ahí me quedé hasta que fue seguro salir.

—Pero… ¿cómo me has encontrado? —inquirió Nuria, cayendo en la cuenta—. Nunca te hablé de este barco.

—No, pero sí de tu abuelo.

Nuria necesitó unos segundos para comprender a lo que se refería.

—¿Has hablado con él? —preguntó entusiasmada—. ¿Se encuentra bien?

—Perfectamente. No me resultó difícil localizarlo —aclaró—. Te manda saludos.

—Dios mío. —Se llevó las manos a la cara, sollozando—. Pensé que él…, que lo habían… —barbulló incoherente—. Me amenazaron con matarle si yo no…

—Tranquila. —La abrazó de nuevo para calmarla—. Puse a gente a vigilar la residencia por si tú ibas a verlo, tu abuelo está a salvo.

—Gracias —suspiró Nuria, aunque apartándose ligeramente—. Pero creerá que he muerto. Tengo que avisarlo.

—¿Tu abuelo? —resopló Elías, casi divertido—. ¡Él me convenció a mí de que estabas viva! No dejó de insistir en lo gran nadadora que eres. Repetía una y otra vez que unas cuantas olitas no habrían podido con su Nurieta.

Nuevas lágrimas de felicidad resbalaron por el rostro de Nuria, que ya no podía ni quería contenerse. Se acabó aparentar una firmeza impostada; si necesitaba llorar, lloraría hasta deshidratarse.

—¿Y ahora qué? —preguntó, cuando sintió que ya se había desahogado—. ¿Qué vas a hacer?

—Qué *vamos* a hacer —la corrigió Elías.

Nuria meneó la cabeza, con la sensación de que no la estaba escuchando.

—Estoy muy jodida —insistió—. Debo ser la persona más buscada por la Policía Nacional y la Interpol en este momento, los de la Iglesia del Renacido y los de España Primero me la tendrán jurada, y quién sabe quiénes más me estarán buscando para silenciarme.

—Sí, es verdad —le lanzó un guiño—. Últimamente eres bastante popular. Procura que no se te suba a la cabeza.

—¿Te parece gracioso?

Una sonrisa delatora asomó en el rostro de Elías.

—Un poco sí, la verdad.

Nuria hizo el amago de ir a enfadarse, pero acabó por imitarle.

—Es verdad —admitió—. Tiene su gracia. Pero eso no quita que sea muy peligroso estar cerca de mí.

—No querría estar en ningún otro sitio —aseguró Elías, súbitamente serio—. Y no vas a hacerme cambiar de opinión, así que no insistas.

—Tendré que pasar el resto de mi vida huyendo.

—¿Y acaso yo no? —le recordó—. Pero no te preocupes por eso. Ahora mismo a todos les conviene pensar que hemos muerto, y dentro de un año ya nadie nos estará buscando. Con un profundo cambio de imagen para engañar a las cámaras y documentos falsos, podrás volver a pasear por la plaza Catalunya si te apetece.

—¿Un año? —repitió—. ¿Y qué vamos a hacer mientras tanto?

Elías pasó la mano sobre la mesa de cartas y echó un vistazo a su alrededor.

—Este parece un buen sitio —apuntó con tono apreciativo.

A Nuria le tomó un instante seguir el hilo de sus pensamientos.

—¿Quieres…, quieres quedarte aquí?

—No exactamente —apuntó—. Sabes llevarlo, ¿no?

—¿Y tú?

—Aprendo rápido.

Nuria sacudió la cabeza varias veces.

—A ver, a ver…, ¿estás insinuando que nos vayamos a navegar?

—¿Por qué no? Tenemos un barco y el dinero no será un problema.

—¿Y tu sobrina? —quiso saber—. ¿Y tus negocios?

—Mis negocios los he dejado en buenas manos y Aya irá a París con Giwan y Yady en cuanto sea seguro, para pasar allí un año estudiando y derrochando mi dinero. Te aseguro que no me ha costado nada convencerla.

—¿Y qué hay de Yihan y Aza? —recordó con un chispazo de culpabilidad —¿Están bien?

—Mejor que nosotros —resopló Elías—. Están a cuerpo de rey en un hospital privado.

Nuria asintió aliviada y se cruzó de brazos, sopesando la propuesta.

—Entonces… ¿hablas en serio?

—Completamente.

—En fin…, qué narices. —Soltó una carcajada seca—. De acuerdo, ven conmigo y ayúdame —añadió, soltándose del abrazo y subiendo por la escalerilla—. Tú recoge las amarras de proa y yo las de popa. Encenderé las luces exteriores y pondré el motor en marcha para que se vaya calentando.

—¿Qué? —preguntó Elías con gesto aturdido, sin llegar a moverse del sitio—. ¿Quieres zarpar ahora? Pero si aún es de noche.

Nuria se dio la vuelta, asomándose por la escotilla.

—¿Es que tienes algo mejor que hacer?

Elías la miró con picardía.

—Bueno… —Se pasó la mano por el cuello—. La verdad es que se me ocurren un par de cosas.

Nuria puso los ojos en blanco.

—Ya habrá tiempo para eso. Debemos aprovechar la oscuridad.

Elías asintió tras pensarlo un momento, comprendiendo la conveniencia de ser discretos.

—Sí, claro —aceptó a regañadientes—. Ya habrá tiempo. —Y salió a cubierta en pos de Nuria.

En un par de minutos soltaron amarras, y Nuria tomó el timón, poniendo el motor de veinte caballos en reversa y, tras hacer la maniobra de desatraque, viró en dirección a la bocana del puerto al mínimo de revoluciones.

—¿No sería más discreto si fuéramos a vela? —sugirió Elías—. Este motor suena como un concierto de batucada.

—Primera lección de náutica: por el interior del puerto es obligatorio ir a motor —le aclaró Nuria—. Amén de que, en espacios tan pequeños, sería muy difícil controlar la vela.

—Ah, entiendo.

—Lo que sí necesito es que retires las defensas, por favor —le indicó Nuria a continuación, señalando los costados del barco.

—¿Que retire qué?

—Las defensas —repitió—. Esos flotadores que cuelgan a los lados. Súbelos a cubierta.

—Ah, ya —bromeó Elías imitando un saludo militar—. A la orden.

—Se dice «A la orden, mi capitana», grumete —le regañó Nuria, aguantándose la risa—. Y date prisa, que es para hoy.

Elías la miró de reojo y soltó un teatral resoplido mientras obedecía la orden, murmurando lo bastante alto como para que Nuria lo oyese.

—… aunque igual no ha sido tan buena idea lo de navegar contigo.

Nuria sonrió de nuevo, sintiéndose absurdamente feliz mientras atravesaba la bocana del puerto y ponía rumbo este, dejando a su espalda, justo por la popa, a la ciudad de Barcelona.

De inmediato el mar de fondo comenzó a mecer el velero arriba y abajo, haciéndolo cabecear levemente al compás del oleaje.

—Ven —llamó a Elías, cuando acabó de recoger la última defensa—. Acércate.

Este, agarrándose a los obenques para no caer al agua, se aproximó a la bañera del timón, situándose de un salto junto a Nuria.

—¿Alguna cosa más, capitana? —inquirió burlón—. ¿Limpio la cubierta? ¿Le saco brillo a las barandillas?

—Coge el timón —le indicó, haciéndose a un lado.

Elías la miró extrañado.

—¿Estás segura? Yo nunca he…

—Segura. —Sonrió—. Vamos, cógelo.

Elías se encogió de hombros.

—De acuerdo —accedió, colocando las manos sobre la enorme rueda de aluminio y fijando la mirada al frente, por donde la noche comenzaba a teñirse de índigo y violeta—. ¿Y ahora?

—Ahora solo tienes que mantener la proa cara al viento, siguiendo el rumbo que llevamos, mientras yo despliego las velas.

—Hecho. ¿Algo más?

—Bueno, procura no chocar con nada.

—Muy graciosa.

—Ya lo sé. —Le lanzó un guiño y se puso manos a la obra, desplegando la mayor y el génova, azocando nudos y adujando los cabos sueltos tal y como le había enseñado su abuelo.

Cuando se dio por satisfecha, volvió junto a Elías y, tras comprobar que seguían el rumbo correcto, le preguntó.

—¿Qué tal lo llevas?

—Muy bien, la verdad. La sensación de independencia es increíble. Como si no hubiera nadie más en el mundo.

—Cierto —coincidió Nuria, haciendo una pausa antes de añadir—. Me he estado preguntando algo.

—¿El qué?

—Más bien…, por qué —puntualizó—. ¿Por qué yo? Haciendo memoria, veo que desde que nos conocimos has estado ayudándome, y ahora me dices que quieres estar conmigo cuando solo voy a traerte problemas.

—Será que me va la marcha.

—Te lo pregunto en serio.

Elías se tomó un segundo antes de contestar.

—¿Y qué quieres que te diga? —alegó, sin quitar la vista de la proa—. Desde el día que entraste en mi oficina, supe que quería estar contigo. Cada segundo a tu lado ha sido excitante y peligroso, pero me has hecho sentir vivo, como si nunca antes lo hubiera estado en realidad. Contigo he dejado atrás el pasado —añadió sombrío—, y he regresado por fin al presente, a exprimir cada momento sabiendo que puede ser el último. Ya no me preocupa lo que me vaya a suceder mañana —concluyó—, sino que las horas que restan hasta ese momento no las pueda pasar contigo.

Los labios de Nuria se curvaron hacia arriba.

—Eso es lo más hermoso que nadie me ha dicho jamás.

—Y eso que aún no te he visto desnuda —bromeó Elías, guiñándole un ojo.

—Pues eso tiene fácil solución —contestó Nuria, y soltándose el nudo de la toalla dejó que esta cayera a sus pies.

—¡Madre mía! —exclamó Elías, apabullado al ver el cuerpo desnudo de Nuria a su lado—. No me hagas esto ahora, joder. ¿No ves que no puedo soltar el timón?

—Claro que puedes —aclaró Nuria con una mueca ladina—. El piloto automático está puesto desde el principio.

—¿Qué? —le espetó Elías, levantando las manos del timón y comprobando que el barco seguía el rumbo perfectamente—. ¿Por qué me has engañado?

—Así estabas atareado en algo —se excusó—… aunque ahora prefiero que te ocupes de otra cosa.

Elías se olvidó definitivamente del timón y se acercó a ella como si fuese un ser humano único y frágil, acariciando la curva de su cadera con la yema de sus dedos, aproximándose para empaparse del olor a mar de su piel. Una promesa de sal, amor y libertad.

—No imaginas cuántas veces he soñado con esto —susurró, sumergiéndose en aquellos increíbles ojos verdes.

—Yo también —confesó Nuria—. Pero ahora ya no es un sueño.

—Aunque lo parece —señaló Elías—. Tú desnuda frente a mí, navegando en un velero hacia… —se interrumpió, cayendo en la cuenta—. En realidad, aún no me has dicho adónde vamos.

Nuria volvió la vista hacia la proa un instante, donde el alba comenzaba a despuntar sobre el horizonte como un halo de esperanza y redención.

—Hacia el amanecer —contestó, pensando en que todo el mundo se merece un final feliz. Incluso ella—. Siempre hacia el amanecer.

Nuria

Nuria Badal Jiménez es un personaje real. Lo fue, en realidad. Una policía de los Mossos d'Esquadra tal y como la describo: noble, tímida, generosa y tan hermosa por dentro como por fuera. Sin duda alguna, una de las mejores personas que he conocido en toda mi vida. Uno de esos ángeles caídos del cielo que de algún modo aterrizan en nuestras vidas y de los que presumir con orgullo de haber coincidido.

Nuria fue una mujer única y maravillosa, y con esta humilde novela he querido que ustedes también la conocieran.

Pero esta historia, obviamente, no es la suya.

Aunque…, bien pensado, quizá sí lo sea.

Nuria dejó este mundo huérfano de su presencia en un malhadado día de julio de 2012. Pero si es cierta esa teoría de que existen infinitos universos paralelos en que todo es posible, en uno de ellos no solo sigue viva, sino que, como en esta obra, es una heroína que ha salvado a miles de inocentes y ahora navega hacia el amanecer en el viejo velero de su abuelo.

Personalmente, si tengo que elegir, elijo creer en ese universo en el que ella sigue viva y es feliz; porque sin duda será un lugar más hermoso y más justo, un mundo mejor donde existir.

Gracias por acompañarme hasta allí para ir a visitarla.

Fernando Gamboa
Barcelona-Chiang Mai

Nota del autor

Si le ha gustado *Redención*, le invito a dejar una reseña con su opinión —aunque sea breve— en la página de la editorial o del canal de venta donde lo adquirió. A usted le tomará solo un momento, pero para mí es muy importante ya que animará a otros lectores a descubrir la novela.

A cambio de esos dos minutos de su tiempo, le enviaré personalmente un relato exclusivo relacionado con esta novela titulado *La bomba 16*. Solo tendrá que escribirme un mail a gamboaescritor@gmail.com y se lo enviaré en el acto con mi más sincero agradecimiento.

Ah, y si lo desea, también puede encontrarme en Facebook, Twitter o Instagram, donde podrá tratar conmigo y estar al día de cualquier novedad u oferta de mis novelas.

Muchas gracias.

@gamboaescritor

Agradecimientos

Quiero dar las gracias a todos aquellos que han hecho posible esta novela, empezando por mi familia y amigos —vosotros ya sabéis quiénes sois—, a mis lectores alfa; Diego, Noelia, Xose y Jorge Magano por sus acertadas sugerencias y en especial a Teresa Márquez, por su paciencia y apoyo constante durante dos agotadores años de trabajo. Han canonizado a santas por mucho menos.

También quiero hacer extensivo mi agradecimiento a todos aquellos seguidores y amigos en las redes sociales que siempre están ahí, apoyándome y metiéndome prisa para que siga escribiendo, azuzándome cada vez que me relajo. Espero que ahora me dejéis descansar un buen rato.

Tampoco me quiero olvidar de Carlos Liévano de KDP, Pablo Bonne de Audible o de Gonzalo Albert de Suma de Letras, por su confianza ciega en mi trabajo, así como a todos los libreros que han hecho un hueco a esta humilde novela en sus estanterías. Crecí vagando por las librerías, acariciando encuadernaciones con la yema de mis dedos, y para mí es un placer volver a formar parte de ese maravilloso universo de olor a tinta y celulosa.

Pero si he de dar las gracias a alguien por poder dedicarme a escribir historias, es a usted.

Usted, que está leyendo estas últimas líneas de la novela, exprimiéndola hasta su última gota para prolongar la lectura unos segundos más, es la persona a la que le debo todo lo que soy y todo lo que tengo.

Sin usted, el escritor Fernando Gamboa no existiría, y la verdad es que sería una pena porque he empezado a cogerle cariño.

Así que, de todo corazón, gracias por leerme.

Un fuerte abrazo y nos vemos en la próxima aventura.

Fernando Gamboa